D1746640

Carl Albert Loosli
WERKE BAND 3:
Die Schattmattbauern

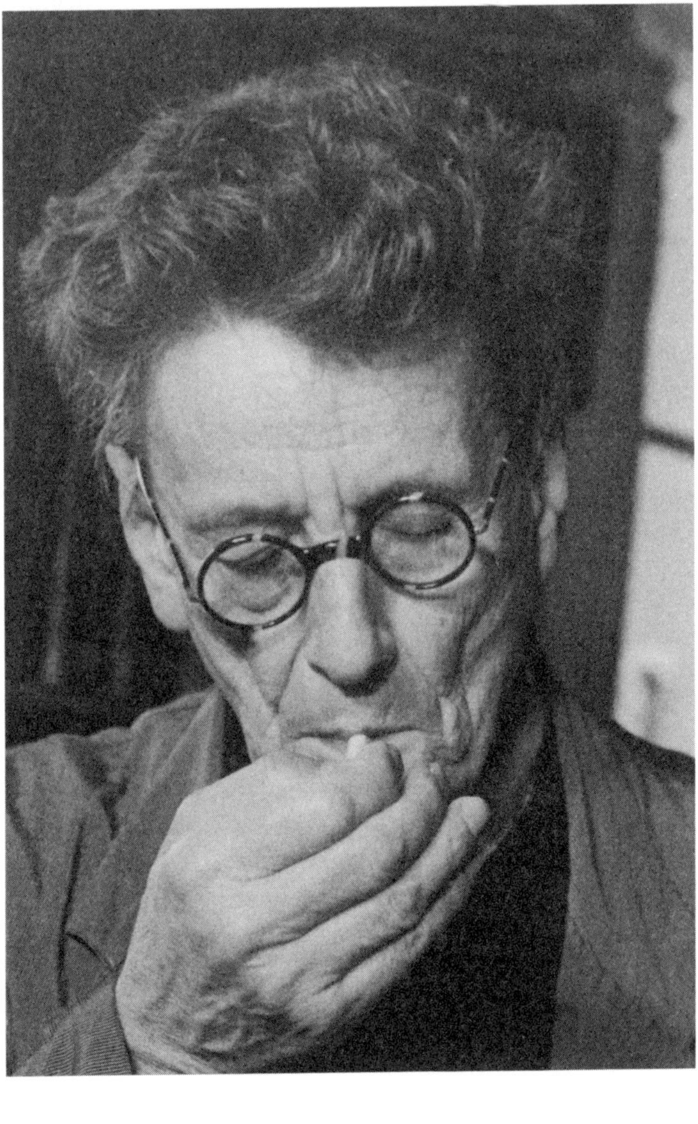

Carl Albert Loosli

DIE SCHATTMATTBAUERN

Werke Band 3: Kriminalliteratur

Herausgegeben von
Fredi Lerch und Erwin Marti

Rotpunktverlag

Wir danken auch den folgenden Privatpersonen,
Institutionen und Stiftungen für die finanzielle Unterstützung:

Dieter A. Stoll

prohelvetia

KulturStadtBern

✻SWISSLOS
Amt für Kultur
Kanton Bern

Stiftung der Schweizerischen Landesausstellung 1939
Zuger Kulturstiftung Landis & Gyr
Burgergemeinde Bern
Otto Gamma-Stiftung
Schweizerische Akademie der Geistes- und Sozialwissenschaften

Etliche nicht genannt sein wollende Privatpersonen haben die Werkausgabe C. A. Loosli finanziell unterstützt. Ohne diese Zuwendungen wäre die Realisierung dieses Projekts nicht möglich gewesen.
Der Verlag dankt ihnen allen ganz herzlich!

© 2006 Rotpunktverlag
www.rotpunktverlag.ch
Gestaltung (Umschlag und Inhalt): Beate Becker
Druck und Bindung: fgb, freiburger graphische betriebe, www.fgb.de
ISBN10 3-85869-332-4
ISBN13 978-3-85869-332-7

EINFÜHRUNG

DER KRIMINALAUTOR C. A. LOOSLI

Welch teufelssüchtiger Plan, den der alte Schattmatt-Bauer Rees Röstiausheckt und durchführt: Er inszeniert seinen Selbstmord so, daß alle Indizien gegen seinen Schwiegersohn Fritz Grädel, den jungen Bauern auf dem Schattmatt-Hof, sprechen. Dieser gerät prompt in Untersuchungshaft, wird des Mordes angeklagt und vor ein Schwurgericht gestellt. Trotz des Freispruchs ist er danach ein gebrochener Mann: So wenig wie ihm das Gericht die Tat nachweisen kann, so wenig gelingt es ihm, seine Unschuld zu beweisen. Der unausrottbare Verdacht, doch der Mörder seines Schwiegervaters zu sein, erdrückt ihn. Das ist die Geschichte von C. A. Looslis Roman *Die Schattmattbauern*, der verschiedentlich als «erster Kriminalroman der Schweiz» apostrophiert worden ist. Ist er das tatsächlich? Und: Handelt es sich überhaupt um einen Kriminalroman?

Die frühe Kennerschaft

Bereits zwanzig Jahre bevor Loosli Ende Februar 1926 *Die Schattmattbauern* abschließt, weist er sich als Kenner der Kriminalliteratur aus: Im Frühling 1908 schreibt er als Redaktor der *Berner Tagwacht* eine Einleitung zu Edgar Allan Poes Erzählung *Die Mordtaten in der Rue Morgue* (1841), die in Fortsetzungen abgedruckt werden soll. Diese Erzählung gilt heute als Prototyp der Detektivgeschichte und als Vorbild für Arthur Conan Doyles Erzählungen um den Detektiv «Sherlock Holmes» (1891), die den weltweiten Erfolg des Genres begründet haben. Loosli verteidigt in seiner Einleitung die «Holmes»-Geschichten einerseits als vergnügliche Lektüre gegen den hochgestochenen Literaturbegriff der «‹teutschen› Philologen und Professoren», kritisiert an ihnen andererseits aber, daß es ihnen «an psychischer und materieller Wahrscheinlichkeit» mangle.¹ Ebenfalls 1908 illustriert er dann seine Kritik mit der parodistischen Detektivgeschichte «Die Geisterphotographie» (S. 317): Der Detektiv Harlock Shelmes entlarvt mit seiner untrüglichen Beobachtungs- und Kombinationsgabe eine spiritistische Sensation als Betrug aus Geldgier, überführt den Betrüger und inszeniert für die Betrogenen auch noch gleich das Happyend.

So allerdings, das ist die zentrale Botschaft des Kriminalautors C. A. Loosli, funktioniert die Welt eben gerade nicht. Jeder Versuch, ein Verbrechen aufzuklären und zu sühnen, bleibt unvollständig und unmöglich: Kann – im Fragment «Zweierlei Kaliber» (S. 383) – immerhin nachgewiesen werden, daß der vorgetäuschte Suizid ein Mord ist, müssen die Behörden ihre Untersuchungen einstellen, ohne einen Täter oder ein Tatmotiv gefunden zu haben. Gelingt – in «Der verlassene Stuhl» (S. 340) – Jahre nach der Tat die Klärung des Tathergangs, bleibt der Täter verschollen und sein Motiv rätselhaft. Sind – in «Sunnemüli-Bänzes Burdi» (S. 359) – mit Erpressung und Geldgier Tathergang und -motiv klar, führt die Unerträglichkeit der Situation zur Selbstjustiz und das Eingreifen der Behörden nicht zur Sühne, sondern direkt in die Katastrophe. Am eindrücklichsten aber läßt Loosli den Versuch der biederen Rechtschaffenheit, ein Verbrechen aufzuklären und zu sühnen, im Roman *Die Schattmattbauern* scheitern.

Looslis Absichten und Deutungen

Am 12. Februar 1926 schrieb C. A. Loosli an Jonas Fränkel, er beschäftige sich mit einem «ziemlich umfangreich gewordenen Roman», den er «im Hinblick auf raschen und wenn möglich guten

---

[1] C. A. Loosli, «Wo Bartl den Most holt, oder Edgar Allan Poe und Conan Doyle», *Berner Tagwacht*, Bern, Nr. 69, 22. 3. 1908.

Verkauf geschrieben habe». Diese Hoffnung wird enttäuscht. Als der Text drei Jahre später gekürzt als Fortsetzungsroman im *Schweizerischen Beobachter* zu erscheinen begonnen hat, schreibt Loosli an den Verleger der Zeitschrift: «Ich befinde mich zur Zeit in einer finanziell so prekären Lage, daß mir, falls sich nicht in ganz allernächster Zeit ein Ausweg weist, nichts anderes übrigbleibt, als an die öffentliche Armenpflege zu gelangen.»[1]

Neben der Hoffnung auf «guten Verkauf» hat Looslis Griff zu einem kriminalistischen Stoff inhaltliche Gründe: Einerseits ist er «nun einmal ein alter Gerichtspraktikus: schon als Zwanzigjähriger war ich Gerichtsberichterstatter; dann Übersetzer und Geschworener: ein alter Routinier der Strafrechtspflege»[2]. Andererseits verfolgt er als Kritiker des veralteten und unmenschlichen Strafrechts mit dem Roman eine politisch-aufklärerische Absicht. 1932 weist er in der «Vorbemerkung» zur ersten Buchausgabe der *Schattmattbauern* darauf hin, daß die hauptsächlich im Jahr 1893 spielende Handlung die strafrechtliche Praxis spiegle, wie sie sich aus dem «Gesetzbuch über das Verfahren in Strafsachen für den Kanton Bern» vom 1. Januar 1851 ergeben habe. Dieses Gesetz sei am 28. Mai 1928 vom «Gesetz über das Strafverfahren des Kantons Bern» abgelöst worden und habe «viele wesentliche Mängel unserer Strafrechtspflege behoben» (S. 390). Ein gutes Jahr bevor das *Schweizerische Strafgesetzbuch* am 3. Juli 1938 vom Volk angenommen wird, erweitert er dieses Schreibmotiv gegenüber Jakob Bührer: «Gerade in allernächster Zukunft, wo der Kampf um das Schweizerische Strafrecht entbrennen wird», seien verschiedene in den *Schattmattbauern* «entwickelte Gesichtspunkte […] nicht eben belanglos»: «Hab ich ja doch das Buch teilweise im Hinblick gerade darauf veröffentlicht.»[3]

1 C. A. Loosli an Max Ras, 8. 4. 1929. Nachlaß C. A. Loosli, Schweizerisches Literaturarchiv Bern (SLA, Bern).
2 C. A. Loosli an Albert Merckling, 8. 8. 1939 (SLA, Bern).
3 C. A. Loosli an Jakob Bührer, 25. 5. 1937 (SLA, Bern).

Obschon Loosli in seinen Briefen von den *Schattmattbauern* gewöhnlich als von einem «Roman» spricht, fehlt diese Gattungsbezeichnung sowohl in der ersten als auch in der hier maßgeblichen zweiten Buchausgabe von 1943 (erst die beiden postumen Ausgaben von 1981 bringen den Begriff «Roman» auf dem Vorsatzblatt). Insofern sich hier ein Vorbehalt zeigt, mag dieser mit Looslis Zweifel zu tun haben, ob es sich bei den *Schattmattbauern* tatsächlich um einen «Kriminalroman» oder doch eher um ein «Kulturbild der emmenthalischen vorkriegsmäßigen Bauernsame und Rechtspflege» handle.[1] In der «Vorbemerkung» von 1932 sagt er, der Text sei ein «Beitrag zur schweizerischen Gesittungsgeschichte [...], der möglicherweise auch für später einige urkundenhafte Bedeutung in sich trägt»; an anderer Stelle im gleichen Jahr, er sei «keine Dichtung im engeren Sinne», sondern «lediglich ein fleißig herausgearbeitetes Stück bernisch-schweizerischer Gesittungs-, Gesellschafts- und Rechtsgeschichte in kurzweilig erzählender Form».[2] Später, als der Mißerfolg der Erstauflage feststeht, bezeichnet er den Roman trotzig als «ein bestimmtes Lebens- und Weltanschauungswerk», das eben nicht «Kunstwerk im Sinne der ‹l'art pour l'art›» sein könne: «die Leute wünschen eine Konfektionsliteratur, die ich nicht liefern kann und nicht liefern möchte, auch wenn ich könnte.»[3]

Die kriminalistische Innovation

Paul Ott hat in seiner historischen Auslegeordnung der schweizerischen Kriminalliteratur gezeigt, daß die Rede von den *Schattmattbauern* als erstem Schweizer Kriminalroman nicht haltbar ist.[4]

1 C. A. Loosli an Jonas Fränkel, 12.2.1926 (SLA, Bern).
2 C. A. Loosli an Jonas Fränkel, 24.6.1932 (SLA, Bern).
3 C. A. Loosli an Jakob Bührer, 25.5.1937 (SLA, Bern).
4 Paul Ott, *Mord im Alpenglühen. Der Schweizer Kriminalroman – Geschichte und Gegenwart*, Wuppertal (NordPark Verlag) 2005.

Die Tradition von «Verbrechensberichten und Gerichtsreportagen, mehr oder weniger literarisch nacherzählt» reicht, so Ott, bis ins frühe 19. Jahrhundert zurück. Jünger sei die Tradition der fiktionalen Kriminaltexte. In diesem Genre wird in der Nachfolge von Poe und Doyle in irgendeiner Weise das Schema der «detective story» variiert, das der Literaturwissenschaftler Richard Alewyn in drei Punkte gefaßt hat: 1. Das Verbrechen ist schon geschehen. 2. Der Täter ist unbekannt. 3. Der Detektiv klärt den Hergang des Verbrechens durch außergewöhnliche Kombinationsgabe auf und überführt den Täter.[1] In dieser Tradition stehen *Die Schattmattbauern* – aber in der Deutschschweiz nicht an ihrem Anfang: Seit 1920 lag ein Band mit den Geschichten des Kommissärs Potterat auf Deutsch vor, die der Westschweizer Benjamin Vallotton seit 1904 veröffentlicht hatte.[2] Und seit den frühen zwanziger Jahren erschienen auch in der Deutschschweiz kontinuierlich Kriminalromane.

Einen Meilenstein in der modernen Kriminalliteratur bilden *Die Schattmattbauern* trotzdem. Loosli erweise sich darin, schreibt der Literaturwissenschaftler Edgar Marsch, als «erster kritischer Rezipient der englischen detective story», indem er das «überlieferte Regelwerk der Gattung [...] einer kritischen Überprüfung» unterwerfe.[3] Loosli führe damit die «Revolte gegen das Schema» an, das Edgar Allan Poe in Abgrenzung zur linear erzählten Verbrechensdarstellung mit seiner analytischen Erzählweise entwickelt hat. Das Schema bestehe darin, daß ein Detektiv «mit seinen Recherchen in die Vergangenheit, in die Vorgeschichte» aufbreche, den Fall löse und so die gestörte Ord-

---

[1] Zitiert nach Jochen Vogt [Hrsg.], *Der Kriminalroman. Poetik, Theorie, Geschichte*, München (Wilhelm Fink Verlag) 1998, 75.

[2] Benjamin Vallotton, *Portes entr'ouverts. Propos du Commissaire Potterat*, 1904; *Monsieur Potterat se marie*, 1906; *Ce qu'en pense Potterat*, 1915; Benjamin Vallotton, *Polizeikommissär Potterat*, Zürich 1920.

[3] Im Folgenden nach Edgar Marsch, «Die Revolte gegen das Schema. Stationen auf dem Weg zur modernen Schweizer Kriminalerzählung seit Carl Albert Loosli», *Quarto* 21/22, Bern 2006, 9 ff.

nung wiederherstelle. Hinter dieser «souveränen Ordnungsmacht» des Detektivs, so Marsch, habe «sich traditionellerweise der positivistische Glaube» verborgen, «daß das Denken die Wirklichkeit meistert und daher immer in der Lage ist, eine durch ein Verbrechen entstandene Unordnung wieder zu korrigieren».

Looslis Roman *Die Schattmattbauern* sei, so Marsch, «nicht nur verfahrens- und damit justizkritisch», sondern stelle genau diesen positivistischen Glauben in Frage. Insbesondere in den beiden großen Plädoyers von Staatsanwalt und Verteidiger läßt Loosli die detektivische Kombinationsgabe zwar tatsächlich brillieren, aber trotzdem gleichermaßen scheitern (S. 275 ff.): Die scheinbar lückenlose Indizienkette führt weder zum Beweis der Schuld noch zu deren Widerlegung. So kommt es zum Freispruch mangels Beweisen, an dem der tatsächlich unschuldige Fritz Grädel psychisch zerbricht. Indem Loosli die Offenlegung des Tathergangs um Jahre nach Grädels Tod ansetzt, entlarvt er die Naivität des Poe'schen Krimi-Schemas: In den *Schattmattbauern* sind weder Detektivarbeit noch Rechtsprechung in der Lage, die gestörte Ordnung wiederherzustellen.

Allerdings wird Loosli dem Schema der Detektivgeschichte insofern gerecht, als er mit dem Gemeindepräsidenten und Verteidiger Grädels, Hugo Brand, einen Quasi-Detektiv einführt, der den Fall mit eigenen Nachforschungen zu erhellen sucht. Läßt Poe aber seinen Protagonisten Dupin den rätselhaften Doppelmord an der Rue Morgue nach einem Augenschein am Tatort durch die scharfsinnige Deutung der Indizien lösen, verfährt Hugo Brand in der Terminologie Marschs bei seinen Abklärungen gar nicht kriminalistisch, sondern «anamnestisch»: Brand «sucht die Lösung im Menschen, nicht in den logischen Schlüssen, die sich aus dem kombinatorischen Spiel mit den Indizien ergeben». Gegen den Indizienbeweis stellt Loosli die Geschichte von Rees Röstis Ressentiments – also eine biographisch begründete, juristisch jedoch nicht beweiskräftige Plausibilität.

Für Edgar Marsch ist diese «kritische Auseinandersetzung mit dem rationalistischen Sherlock-Holmes-Lösungsschema» zukunftsweisend. Sie habe in Friedrich Glausers Studer-Romanen (in Buchform ab 1936) zu neuen Grenzen der detektivischen Möglichkeiten geführt, die sich weniger aus der Minderung des Scharfsinns als vielmehr dadurch ergeben hätten, daß der Detektiv in eine vorab psychologisch komplexere, rational nicht mehr restlos entschlüsselbare Welt gestellt worden sei. Daß Glauser Loosli übrigens gelesen haben muß, schließt Marsch daraus, daß er seinen Wachtmeister Studer in *Schlumpf Erwin Mord* «einen Fall von Versicherungsbetrug» referieren läßt, «der in der Fachliteratur Aufsehen erregt hatte (ein Mann hatte sich erschossen und den Selbstmord als Mord kamoufliert)».[1]

Die volkserzieherische Pointe

Ob es C. A. Loosli allerdings überhaupt darum zu tun war, mit innovativer Kritik die literarische Form des Kriminalromans voranzubringen, darf bezweifelt werden. Loosli sah in den *Schattmattbauern* in späteren Jahren immer weniger einen Kriminalroman. Tatsächlich verzweifelt Fritz Grädel nicht primär an den unzulänglichen Schlüssen des Indizienverfahrens, sondern daran, daß ihm seine bis dahin festgefügte diesseitige und jenseitige Welt auseinanderbricht: Er verliert sowohl den Glauben an das Recht als «sichern gesellschaftlichen Hort» (S. 245) als auch jenen an «seinen Gott» (S. 248). Grädel scheitere, heißt es im Roman, weil es ihm an «einer gewissen Bildungshöhe» mangle, «weil er, in einfachen Verhältnissen aufgewachsen, der vergleichenden Maßstäbe entbehrte, die ihm, hätte er andere Sitten und Leute erfahren, ermöglicht hätten, sich über die Ansichten, die ihn umgaben, verstehend, mild-verzichtend oder grim-

---

[1] Friedrich Glauser, *Schlumpf Erwin Mord*, Zürich (Limmat Verlag) 1995, 37.

mig-humorvoll hinwegzusetzen» (S. 299). So aber habe Grädel in der langen Untersuchungshaft «eine unwiderrufliche innere Wandlung» durchgemacht, «von der es kein Zurück mehr gab» (S. 249). In dieser Interpretation sind Kriminalistik und Detektion nur noch Mittel zum eigentlichen Zweck des Textes: Mit Grädels Scheitern plädiert Loosli ex negativo für die Notwendigkeit größerer «Bildungshöhe» auch für Menschen aus «einfachen Verhältnissen».

Daß Loosli diese Sicht des Romans immer wichtiger wurde, ist belegbar. 1943 schreibt er, er habe sich «des Gewandes einer rechts- und kulturgeschichtlichen Erzählung in diesem Falle lediglich» bedient, «um darauf hinzuweisen, wie sehr das sittliche Kulturmanko unseres Volkes von seiner schablonenhaften, bloß in die Breite, nicht aber in die Tiefe gehenden Bildung und Erziehung bedingt ist, in einem Grade, daß, wenn es sich einmal vor ein etwas von der Norm abweichendes Ereignis gestellt sieht, davon verwirrt, ratlos, hilflos und schließlich daran zerspellt wird. [...] Der gegenwärtig Viele mit Recht erschreckende, fortschreitende Rechtszerfall ist, mit anderen, ähnlichen beklagenswerten Erscheinungen, lediglich das Ergebnis unserer zunehmenden Edelkulturverdämmerung, verdrängten Selbstbewußtseins und eigenmenschlichen Fühlens, Denkens und Handelns.»[1]

Ähnlich argumentiert Jakob Bührer in seinem ebenfalls 1943 verfaßten, einführenden Text in *Die Schattmattbauern*, in dem er das Literarische gerade dort erkennt, wo ihm der Text über den Kriminalroman hinauszuführen scheint: «Es ist eine Verbrecher-Detektivgeschichte, wenn man so will, aber eine, die in eines der echtesten Dramen hinaufgesteigert ist. Denn was ist die schließliche Ursache jedes wirklichen Dramas, als die: unsere äußere und innere Bildung genügt nicht!»[2] Für diese «liebenswürdige

---

1 C.A. Loosli an Büchergilde Gutenberg, 13.5.1943 (SLA, Bern).
2 Jakob Bührer, «C.A. Loosli: Die Schattmattbauern», in: *Büchergilde*, Heft 8, August 1943.

Einführung» hat sich Loosli bei Bührer dann postwendend bedankt: «Du warst, übrigens von Anfang an, der erste und einzige, der ohne weiteres erfühlte, was ich eigentlich mit dem Roman sagen wollte, und nun hast Du es so dargestellt, als wäre es mir wirklich gelungen, es so eindrücklich zu sagen, wie es mir vorschwebte und wie ich gewünscht hätte.»[1]

Freilich gibt es noch einen anderen Grund, warum C. A. Loosli *Die Schattmattbauern* vom Stigma des «Kriminalromans» befreit sehen wollte: Spätestens ab 1910 wurde im deutschsprachigen Raum mit Vehemenz die Frage diskutiert, ob die Detektiv-Erzählung überhaupt Literatur sei oder nur «Schund» oder gar «Rauschgift». Vertreten wurde in dieser Debatte zum Beispiel, ein guter Kriminalroman sei am ehesten noch jener, «der Werte vermittelt und erzieht», und Psychologie müsse «die entscheidende Ingredienz» sein.[2] Es ist unwahrscheinlich, daß Loosli diese Diskussion nicht mitverfolgt hat.

Wahr ist aber daneben auch, daß er bereits 1932 an Fränkel schrieb: «Vorderhand lesen es [das Buch, die Hrsg.] die Leute wie einen Gerichts- oder Kriminalroman; das heißt zur bloßen Unterhaltung.»[3] Offensichtlich hat er gehofft, daß ein späteres Publikum *Die Schattmattbauern* nicht nur als «Gerichts- oder Kriminalroman» lesen wird. C. A. Loosli sah sich eben weniger in der Tradition von Poe und Doyle als in jener von Jeremias Gotthelf (siehe Band 4 dieser Werkausgabe).

Fredi Lerch und Erwin Marti

---

1 C. A. Loosli an Jakob Bührer, 7. 8. 1943 (SLA, Bern).
2 Eine Übersicht über die Diskussion bietet: Patrick Bühler, *Die Leiche in der Bibliothek*, Heidelberg (Universitätsverlag C. Winter) 2002, 22 ff. (Zitate 28 und 40).
3 C. A. Loosli an Jonas Fränkel, 24. 6. 1932 (SLA, Bern).

EDITORISCHER BERICHT

Daß sich die vorliegende Ausgabe der *Schattmattbauern* nicht auf die Erstausgabe, sondern auf die zweite Ausgabe von 1943 stützt, bedarf einer Erklärung. Bis heute ist keine Typoskript-Fassung des Romans bekannt.[1] Der Text liegt aber in fünf verschiedenen Buchausgaben vor (S. 405 ff.). Die Ausgabe der deutschen Büchergilde Gutenberg von 1976 stützt sich auf die Erstausgabe von 1932; die beiden Ausgaben von 1981 dagegen auf jene der schweizerischen Büchergilde Gutenberg von 1943.

Im Nachwort der Ex-Libris-Ausgabe von 1981 schreibt der Literaturwissenschaftler Gustav Huonker: «1976 gab die Büchergilde Frankfurt den inzwischen vergriffenen Roman in der mangelhaft redigierten Urfassung von 1932 erneut heraus, 1981 folgt nun, in der Fassung letzter Hand von 1943, die vierte Auflage.»[2] Unzweifelhaft richtig ist, daß die Fassung von 1943 sorgfältiger redigiert ist als die Erstausgabe. Auf letztere wäre deshalb nur dann zurückzugreifen, wenn nachweisbar wäre, daß Loosli gegen die Fassung von 1943 unabwendbare Einwände gemacht hätte.

Aufgrund von C. A. Looslis Korrespondenz mit dem Verlag[3] ist zwar nicht nachzuweisen, daß die Büchergilde 1943 tatsäch-

---

1 Im SLA, Bern, wo C. A. Looslis Nachlaß liegt, gibt es kein Roman-Typoskript. Was die Büchergilde Gutenberg Zürich betrifft, bestätigt der Verleger Heiner Spiess (mündlich, 29. 3. 2006), daß bei der Auflösung der Büchergilde-Geschäftsstelle Anfang der achtziger Jahre das ganze Material dem Sozialarchiv Zürich übergeben worden sei, Manuskripte seien aber keine dabei gewesen. Was die Büchergilde Frankfurt betrifft, schreibt die Lektorin Heike Guderjahn an Erwin Marti (2. 1. 2006): «Leider kann ich Ihnen bezüglich der Frage der unterschiedlichen Fassungen [des Romans, die Hrsg.] nicht weiterhelfen, denn unser Archiv ist sehr lückenhaft, und der ehemalige Cheflektor der Büchergilde, der vielleicht noch etwas hätte wissen können, ist kürzlich verstorben.»
2 C. A. Loosli, *Die Schattmattbauern* (mit einem Nachwort von Gustav Huonker), Zürich (Buchclub Ex Libris) 1981, 360.
3 Vgl. L Ms B/Vq 13 (SLA, Bern).

lich, wie Huonker schreibt, «eine vom Autor überarbeitete und da und dort erweiterte Neufassung»[1] publiziert hätte. Aber immerhin ergibt sich folgendes: Nachdem Mitte Januar 1943 der Entscheid gefallen ist, daß der Roman im dritten Quartal gedruckt werden soll, bittet die Büchergilde Loosli um «die verbindliche Druckvorlage».[2] Loosli antwortet: «Ich werde mich nun unverzüglich an die Fertigstellung der Druckvorlage machen und hoffe, Ihnen diese schon im Laufe dieses Monats senden zu können.»[3] Eine Woche später, am 10. Februar, schickt Loosli den von ihm unterzeichneten Verlagsvertrag für den Roman nach Zürich und fügt bei: «Gleichzeitig erhalten Sie angeschlossen als eingeschriebene Wertsendung die Druckvorlage der *Schattmattbauern*.»[4] Daraus ergibt sich: Loosli nahm sich, obschon ihm mehr Zeit zur Verfügung gestanden hätte, für die redaktionelle Überarbeitung des rund 300 Seiten langen Textes nur gerade eine Woche Zeit.

Weiter ergibt sich, daß der Autor in den folgenden Monaten in die Buchproduktion einbezogen worden ist: Belegt ist die Zusendung der «Korrekturspalten Seite 1–100, in zweifacher Anzahl, mit Manuskript Seite 1–160» mit der Bitte, «uns diese nach Korrektur wieder zuzusenden»[5], sowie die Zusendung des Umbruchs «Bogen 1 bis und mit 8, mit der Bitte um nochmalige Durchsicht und Rücksendung an uns».[6] Loosli sah demnach – belegbar zumindest für den ersten Teil des Romans – zwei verschiedene Korrekturversionen.

Es gibt keinen Hinweis darauf, daß sich die Textgestalt damals nicht in Looslis Sinn entwickelt hätte. Kaum liegt das Buch Anfang August 1943 vor, konstatiert er gegenüber seinem Freund

---

1 Gustav Huonker, a.a.O., 359.
2 Bruno Dressler an C.A. Loosli, 2.2.1943 (SLA, Bern).
3 C.A. Loosli an Büchergilde, 3.2.1943 (SLA, Bern).
4 C.A. Loosli an Büchergilde, 10.2.1943 (SLA, Bern).
5 Büchergilde an C.A. Loosli, 31.5.1943 (SLA, Bern).
6 Büchergilde an C.A. Loosli, 26.6.1943 (SLA, Bern).

Jonas Fränkel: «Bei der Zweitauflage, wo ich Gelegenheit gehabt hätte, [das Buch, die Hrsg.] umzuarbeiten, getraute ich mir nicht mehr daran zu rühren, weil ich mich nicht mehr in die damalige Geistesverfassung zurückzuversetzen vermochte und weil ich bei Neubearbeitungen meiner Sachen eine in der Regel unglückliche Hand habe und verschlimmbessere.»

Dieser Hinweis legt nahe, daß die Veränderungen zwischen den Fassungen von 1932 und 1943 im großen ganzen vom Lektorat der Büchergilde vorgenommen und von Loosli stillschweigend akzeptiert worden sind. Im gleichen Brief an Fränkel fährt Loosli fort: «So mag denn auch dieses Buch als ein Denkmal meiner Not und Unzulänglichkeit, nachdem es so milchspendend als möglich gewesen sein wird, den Weg alles Kuhfleisches gehen. Allzu schlecht ist es ja nicht – ich weiß, was darin steckt und was manch einer nicht so leicht hineingesteckt haben könnte. Ich kann es zur Not verantworten und damit gut!»[1]

Kurzum: Gustav Huonker ist zuzustimmen, daß die Ausgabe von 1943 als von Loosli autorisierte «Fassung letzter Hand» angesprochen werden kann.

Was die Frage nach der Orthographie betrifft, halten sich die Herausgeber an C. A. Loosli, der 1945 an das Korrektorat der Büchergilde nach Zürich schrieb: «Auf Ihre gestrige Anfrage, ob ich mit Ihrer Korrektur [des Novellenbands, die Hrsg.] *Ewige Gestalten* im Sinne der Duden'schen Rechtschreibung einverstanden sei, kann ich nicht anders als Ihnen dankbar bejahend antworten, da mir Duden weitgehend fremd geblieben und in mehrfacher Hinsicht rein sprachlich unverständlich geblieben ist. Als Kind des 19. Jahrhunderts habe ich drei Rechtschreibungen erlernen müssen, die dann später von Duden über den Haufen geworfen wurden und die auch anderen meiner Zeitgenossen seither stets durcheinander geraten. Also erhalten Sie meine restlose Vollmacht in dieser Hinsicht und meinen verbindlichen

---

1 C. A. Loosli an Jonas Fränkel, 8. 8. 1943 (SLA, Bern).

Dank obendrein nebst hochachtungsvollen Grüßen.»[1] Da Loosli der orthographischen Kompetenz des damaligen Gutenberg-Verlags «restlos» vertraute, tun es auch die Herausgeber dieser Ausgabe: Sie präsentieren den Roman typenidentisch mit der Textversion von 1943. Stillschweigend bereinigt wurden einige offensichtliche Druckfehler. Die herausgeberischen wie auch die weiteren Loosli-Texte in diesem Band, die zum Teil aus schlecht oder nicht redigierten Quellen stammen, wurden an die Duden-Rechtschreibung angeglichen, die zwischen 1901 und 1998 gegolten hat.

Der Romantext blieb insbesondere auch an jenen paar Stellen unverändert, an denen sich nachweisen läßt, daß Loosli den Roman 1925/26 tatsächlich «rasch, eines Zuges zusammenschrieb, um so rasch als möglich vom *Schweiz. Beobachter* Geld zu kriegen».[2] In den «Anmerkungen und Worterklärungen» im Anhang dieses Bandes sind unter anderem Hinweise auf einige Unstimmigkeiten im Romantext aufgeführt. Sie spiegeln die schwierigen Arbeitsbedingungen, unter denen C. A. Loosli seinen Roman geschrieben hat.

In diesem Anhangteil werden auch Begriffe und Redewendungen erklärt, die heutigen Leserinnen und Lesern nicht mehr geläufig sein dürften.

Fredi Lerch und Erwin Marti

---

[1] C. A. Loosli an Büchergilde, 23. 11. 1945 (SLA, Bern).
[2] C. A. Loosli an Jonas Fränkel, 8. 8. 1943 (SLA, Bern).

DIE SCHATTMATTBAUERN

Habligen gehört bei weitem nicht zu den größten, wohl aber zu den reichsten Gemeinden des Unteremmentals. Im Jahre 1893 mochte sie an die 2600 Einwohner zählen, wovon freilich höchstens ein Fünftel im eigentlichen Dorfe niedergelassen war. Aber die Gemeinde Habligen umfaßt, außer den zahlreichen, voneinander getrennten Gehöften der unmittelbaren Umgebung des Dorfes, den Stieren- und Moosgraben, die Studeren, den Fluhberg und den Habligenschachen, namentlich auch die gewerbreiche, rührige Dorfschaft Oberhabligen, woselbst sich schon damals eine Backsteinfabrik, eine ziemlich große mechanische Spinnerei, die bekannte Blitzableiterschmiede von Röthlisberger & Söhne und endlich die noch bekanntere Käsegroßhandlung von Gerber, Lehmann & Cie. befanden.

Aus dieser gemischten Zusammensetzung ergab sich auch die öffentliche Stellung der Gemeinde, die für damalige emmentalische Verhältnisse als auffällig fortschrittlich galt. Mit wenigen Ausnahmen, die von ihren Gegnern etwas spöttisch «die Herrenbauern» genannt wurden, bekannten sich die alteingesessenen Bauerngeschlechter und ihr Anhang zur Konservativen Volkspartei. Sie wurden, um ihres Parteihauptes, des unerschrockenen, geistvollen Herausgebers der *Buchsi-Zeitung*, Großrat Ulrich Dürrenmatts, willen, «Dürrenmätteler» genannt.

Die gewerbliche Bevölkerung dagegen, namentlich die Oberhabligens, gehörte, ebenso wie ihr Arbeiteranhang, der Freisinnig-Demokratischen Partei an; denn von Sozialdemokraten war bisher ins Emmental höchstens gerüchtweise Kunde gedrungen. Ihre Führer in Bern, Karl Moor und der in Muri bei Bern eingebürgerte Russe Dr. Wassilieff, vom Bauernvolk «Waschlisepp» genannt, galten den Bauern gewissermaßen als reine Verkörperungen des leibhaftigen Gottseibeiuns.

Diese Gliederung der Gemeinde bedingte ein öffentliches Leben, das wesentlich lebhafter ausfiel als das der meisten andern emmentalischen Ortschaften, sooft auf eidgenössischem oder kantonalem Gebiete etwas Politisches von besonderer Tragweite los war. Aber auch die Gemeindepolitik war hier reger als anderswo; seit einigen Jahren hielten die Freisinnigen, die vorher stets in der Minderheit geblieben waren, den Volksparteilern die Waage, so daß ihnen an der letzten ordentlichen Gemeindeversammlung im vorjährigen Herbst sogar eine zwar knappe, aber immerhin eine Mehrheit zugefallen war.

Zwei Verhandlungsgegenstände vor allem hatten die Freisinnigen damals zahlreich auf die Beine gebracht. Zunächst ihr Antrag, der von den Gegnern bis aufs Äußerste bekämpft worden war, sich an das seit kurzem entstandene Fernsprechnetz anzuschließen. Die Gewerbeleute von Oberhabligen machten geltend, Huttwil, ein kleines emmentalisches Marktstädtchen, habe sich bereits angeschlossen; da dürften die Habliger nicht zurückstehen, um so weniger, als die neue Einrichtung den Geschäftsleuten große Verkehrserleichterungen bringe, ja ihnen bald unentbehrlich sein werde, so daß man früher oder später doch daran glauben müsse. In der Hauptsache werde die Gemeinde ja in keiner Weise mit der Neueinrichtung belastet; man verlange von ihr keine Geldbeiträge, sondern lediglich gewisse, leicht erfüllbare Gewährleistungen. Die Gegner, die Bauern, sahen das ein. Es sei ihnen hier nicht um den Gemeindesäckel zu tun, sondern sie trauten der Erfindung nicht! Man habe bis jetzt ohne Fernsprechanschluß leben können, darum sehe man nicht ein, warum er nun plötzlich zum so dringend unabweisbaren Bedürfnis geworden sein sollte. Eigentlich hätten sie wohl wenig dagegen einzuwenden gehabt, wäre der Vorschlag dazu nur nicht von den Freisinnigen ausgegangen. Viele, die dagegen stimmten, hatten überhaupt nur sehr unklare Vorstellungen von dem, um was es sich eigentlich handelte; andere hatten sogar eine abergläubische Furcht vor der neuen Einrichtung und scheuten sich nicht, zu sagen, sie wenigstens könnten ihre Stimme nicht zu einer Sache geben, von der man nicht wisse, ob dabei auch alles mit rechten Dingen zugehe; sie wollten sich nicht versündigen. Zwar, an der Gemeindeversammlung sprach solches niemand aus, aber vorher war es da und dort nicht bloß gemunkelt, sondern in den Wirtshäusern gelegentlich vernehmlich genug erörtert worden.

Diesmal mußten jedoch die Volksparteiler den kürzern ziehen: der Fernsprechanschluß wurde beschlossen. Daher kam es, daß vom 1. Juli 1893 an Habligen, vorläufig freilich nur mit sechs Fernsprechern, angeschlossen war.

Der zweite wichtige Gegenstand, der an der ordentlichen Herbstgemeinde von 1892 zu hartem Kampf Anlaß geboten hatte, waren die Erneuerungswahlen des Gemeinderates gewesen. Seit fast undenklichen Zeiten waren sie gewissermaßen reibungslos vor sich gegangen. Die einflußreichen Bauern, die Mannen, einigten sich einige Wochen oder Monate zuvor über die der Gemeinde vorzuschlagenden Anwärter. Diese wurden dann ausschließlich vorgeschlagen, und nie hatte es sich ereignet, daß einer nicht gewählt worden wäre. So war zum Beispiel der Gemeinderatspräsident nun schon seit achtundzwanzig Jahren im Amt. Keinem Menschen war es je im Ernste eingefallen, seine Stellung könnte eines Tages auch nur erschüttert werden. Um so überraschender, ja niederschlagender war nun das Ereignis, daß die Freisinnigen, der Übereinkunft der bekannten üblichen Wahlmacher entgegen, fünf von neun Gemeinderäten, worunter den Gemeindepräsidenten, für sich beanspruchten, Gegenvorschläge aufstellten und damit mit schwacher Mehrheit durchdrangen. So kam es, daß seit dem Neujahr 1893 der dreiunddreißigjährige Fürsprech Hugo Brand als Gemeindepräsident von Habligen amtete.

Hugo Brand war der Sohn des weitbekannten freisinnigen National- und Großrates, der sich im benachbarten Bezirksstädtchen des Rufes eines ebenso vorzüglichen Arztes als trefflichen Menschen erfreute. Der junge Mann hatte in Bern, dann in Leipzig die Rechte studiert, war nach vollendetem Studium noch etwa zwei Jahre in einer großen Anwaltskanzlei Berns zur beruflichen Ausbildung, wie man im Emmental sagt, als «Hüttenknecht», dann noch etwa drei Jahre Schreiber der bernischen Kriminalkammer und fernere zwei Jahre im Verwaltungsdienst tätig gewesen; daraufhin hatte er sich, im Januar 1891, als Fürsprecher in Habligen niedergelassen, woselbst er die Tochter des dortigen Bauern Christian Roth geheiratet hatte.

Als kluger, wohlmeinender, rechtschaffener Mann, dessen Name schon seines Vaters ebenso wie seines allgemein geachteten Schwiegervaters wegen sehr angesehen war, erfreute er sich nicht bloß des Zupruches seiner politischen Gesinnungsgenossen, der Gewerbetreibenden; auch die Andersgesinnten hatten bald Vertrauen zu ihm gefaßt und hielten sich an ihn, sooft sie eines Anwalts bedurften. Dazu trug nicht wenig bei, daß er als Dragonerhauptmann äußerst beliebt war und sich seine Schwadron in der Hauptsache aus den jungen Dragonern gerade seines Wirkungskreises zusammensetzte, von denen jeder für ihn durchs Feuer gegangen wäre.

Das war auch der Grund, warum sich wenigstens die jungen Bauern mit der Niederlage, die seine Wahl zum Gemeindepräsidenten ihrer Partei bereitet hatte, bald versöhnten. Ja gelegentlich erklärten sie sogar, ob freisinnig oder nicht freisinnig, sei der Fürsprech jedenfalls ein ehrenwerter, tüchtiger Mann; dazu als Gemeindepräsident denn doch um ein gut Stück beschlagener und kundiger, als sein Vorgänger gewesen sei, von dem sie jedoch nichts Ungerades gesagt haben möchten.

In der Gegend von Habligen führt der Bahnstrang ziemlich barlaufend dem rechten Ufer der Emme entlang. Wer auf der Bahnstation Habligen aussteigt, stößt unmittelbar an den Gasthof zum «Bären», ein stattliches Gebäude mit hinten angebautem, geräumigem Saal für Tanz- und sonstige festliche Anlässe. Um den Gasthof herum stehen vereinzelte Wirtschaftsgebäude, denn der «Bären»-Wirt, Hans Mutschli, betreibt neben seinem Gasthof nicht bloß eine Metzgerei, sondern steht auch noch einem ansehnlichen Bauernwesen vor. Die Straße, die sich zwischen der Station und dem «Bären» hindurchzieht, führt, emmeaufwärts, nach Oberhabligen, emmeabwärts, in annähernd nordöstlich-südwestlicher Richtung, gerade durch das Dorf Habligen. Etwa fünf Minuten unterhalb der Bahnstation überschneidet die Straße den Dorfbach. Links davon erblickt man einen mächtigen Riegelbau, dessen unterster Kranz in Sandstein aufgeführt ist: die Dorf- und Hufschmiede. Jenseits der Straße und des Baches fällt ein großes, währschaftes Bauernhaus samt Wohnstock und Nebengebäuden in die Augen. Es gehört dem Großbauern Christian Roth, dem Schwiegervater des neuen Gemeindepräsidenten Hugo Brand. Dieser selbst wohnt ein wenig dorfeinwärts, rechts der Straße, in einem neuzeitlich aussehenden Einfamilienhaus, das auf dem Grund und Boden seines Schwiegervaters erstellt wurde und das im Erdgeschoß die Kanzlei, im ersten Stock die Wohnung des Anwaltes birgt. Ihm gegenüber, links der Straße, in einigem Abstand, tief in üppigem Obstgarten zur Hälfte versteckt, erhebt sich wiederum ein altes, mächtiges Bauernhaus, das seine Rückseite der Straße zukehrt und zu dessen rechter Seite, von der Straße aus gesehen, einer der schönsten Speicher steht, an denen das Emmental auch sonst nicht gerade Mangel leidet. Hier haust Jakob Moser, der ständige Schwellen- und derzeitige Brandmeister, ein ordentlich rauhbeiniger, dabei aber grundguter Mann mit einem weißbärtigen Patriarchengesicht und einer Stimme, die Tote zu erwecken vermöchte. Verfolgt man die Straße weiter dorfeinwärts, so fällt einem zunächst zur rechten Hand das Schulhaus mit dem geräumigen Turn- und Spielplatz und wenige Schritte weiter die Kirche auf, die sich, ein bißchen von der Straße zurückstehend, inmitten des lauschigen Friedhofs, mit ihren weißgetünchten Mauern, ihrem eisengrauen Schindeldach, ihrem zierlichen Turm und spitzen Helm überaus reizend ausnimmt. Ihr gegenüber, auf der linken Straßenseite, steht, der Längsachse der Straße entlang, ein Wohngebäude. Eine daran angebrachte Blechtafel belehrt uns, daß da der Landjäger wohnt, der Kantonspolizeiposten sich hier befindet. Noch ein paar Schritte weiter und wir schreiten, der Längsseite einem rechts der Straße stehenden währschaften Haus folgend, das die Krämerei und die Bäckerei der Ortschaft birgt, dorfeinwärts. Hinter diesem Haus erblicken wir zunächst den Pfarrhausgarten, dann das schöne Pfarrhaus mit dem gefälligen französischen Biberschwanzdach, dessen hintere Seite mit der Friedhofmauer bündig verläuft.

Gegenüber der Krämerei, auf der linken Straßenseite, ein wenig in einen Baumgarten zurückgedrängt, erhebt sich ein mittelgroßes Haus, woselbst Wagnermeister Niklaus Meyer haust, der «Sigrist-Chlaus», wie er genannt wird, dem im Nebenamt auch die Verrichtungen eines Sigristen und Totengräbers obliegen. Weiterhin stößt man, rechts von der Straße, auf die Postablage, während links, inmitten eines vorgelagerten Ziergartens, ein fast herrschaftliches Haus im Bernerstil des 18. Jahrhunderts steht. Eine Schmelztafel am Gartenausgang gibt kund, hier übe Dr. Emil Wyß als praktischer Arzt seine Kunst aus. Noch ein wenig weiter, und wir erschauen, rechter Hand, die Dorfpinte mit ihrem breitausladenden Vordach, und in einigem Abstand hinter ihr erblicken wir ein großes Bauerngut, die Moosmatt, dem Andreas Christen gehörend.

Gleich nach der Pinte zweigt ein Fahrsträßchen linker Hand von der Hauptstraße ab. Der Wegweiser belehrt uns, daß es nach dem Stierengraben führt. Links dieses Sträßchens steht die geräumige Käserei, die ihren Wasserbedarf vom Hüttenbach deckt, der sich, gleich ob der Hauptstraße, mit dem vom Stierengraben herkommenden Sägebach vereinigt und von da weg, in fast genau nördlicher Richtung, der Emme zustrebt. Das Stierengrabensträßchen beginnt gleich hinter der Käserei anzusteigen, so daß wir die rechts davon gelegene Sägemühle schon vom Wegweiser aus deutlich zu erkennen vermögen. Die emmentalabwärts verlaufende Hauptstraße jedoch führt in gerader Richtung weiter, und jenseits des vereinigten Hütten- und Sägebaches steht nur noch ein einziges, altes Häuschen, in dem der Dorfpolizist und Gemeindeweibel Michel Bärtschi, genannt «Weibel-Micheli», wohnen würde, wenn er überhaupt je zu Hause wäre und ihn seine Ämter – denn er ist nebenbei auch Bannwart – nicht Tag und Nacht bald hier-, bald dorthin führten. Sein Häuschen ist das letzte Haus des Habligendorfes, denn einen Scheibenschuß weiter unten fängt schon eine andere Dorfschaft, der Habligenschachen, an.

Das Jahr 1893 war eines derjenigen, von denen die alten Bauern noch ihren Enkeln erzählen werden, eines von jenen, die man nicht so rasch vergißt. Am 7. Mai, am Maisonntag also, hatte es noch recht tüchtig geregnet. Aber von diesem Tage an heiterte das Wetter nicht nur zusehends auf, sondern es setzte eine Hitze ein, die für Jahreszeit und Gegend gleich ungewohnt war. Soweit war alles recht, zieht doch der Bauer die heißen Jahre den kalten vor. Aber als es nun vierzehn Tage unerbittlich gebrannt hatte und immer noch kein Regen fiel, da meinten die Habliger untereinander, nun wäre es bald an der Zeit, wieder einmal gehörig zu gießen; das Gras gehe eher zurück, und wenn es noch lange so andaure, dann sei heuer bald geheuet. Eine Woche darauf war noch kein Regen gefallen, sogar der Morgentau blieb aus; die Sonne aber sengte erbarmungslos hernieder. Der Heuet war beinahe beendet; man hatte das Heugras schneiden müssen, solange überhaupt noch welches vorhanden und nicht alles ganz welk geworden war. Es gab übrigens wenig genug, kaum ein Drittel des gewohnten Ertrages. Freilich duftete es wie noch nie, aber mit dem bloßen Duft ist im Winter das Vieh doch nicht gefüttert. Noch eine Woche später begann es mit dem Grünfutter zu hapern. Die Gesichter der Bauern wurden zusehends länger; allein Regen fiel immer noch keiner. Glücklicherweise für die Habliger Bauern waren die etwas sumpfigen Schachenmatten im Moosboden, der Emme entlang, da. An diese konnte man sich vorläufig noch halten, vorausgesetzt, daß bald einmal Regen fiele; denn schon jetzt waren Dorf- und Sägebach sozusagen abgestanden und der Wasserstand der Emme so tief, daß ein zehnjähriger Bube wohl darüberzusetzen vermocht hätte.

Wenn es nun nicht bald, und zwar ganz gehörig, regne, hatte der Sägerbenz am Samstagabend in der Pinte geäußert, dann könne er Band hauen gehen und seinen Betrieb einstellen. Das bißchen Wasser, das noch fließe, reiche schon jetzt kaum mehr hin, das Wasserrad zu treiben.

Die Milch hatte sich ebenfalls stark vermindert. Statt des üblichen Doppelmulchens, auf das die Habliger besonders stolz waren, ergab es nur noch einen Käse täglich, und sogar der wog vom Ende Brachmonat an nicht einmal mehr einen vollen Doppelzentner.

Alle Brunnen, deren Fassungen nicht sehr tief lagen, standen einer nach dem andern ab. In den Pflanzungen mußte man, Wassermangels halber und weil es auch sonst nichts mehr nützte, mit Wässern und Jauchen aufhören; man beschränkte sich, wenigstens noch die Gärten, so gut es ging, eher nur zu befeuchten als ordentlich zu begießen. Die Blattgemüse sahen schlapp und welk aus; aber jeden Morgen erstand im Osten die mitleidlos sengende Sonne und vermehrte die Hitze, die nun auch des Nachts je länger, je unerträglicher wurde.

Von Eingrasen war nicht mehr die Rede; das wenige Gras, das noch vorhanden war, verdorrte auf dem Halm, war nicht mehr zu mähen. Man war genötigt, das Vieh auf die Weide zu treiben, wo es sich übrigens bald nicht mehr sättigen konnte, sondern den ganzen Tag in den Ställen und, was schlimmer war, ganze Nächte lang auf den Matten erbärmlich brüllte. Die Viehpreise sanken in nie erhörter Weise. Wer noch vorjähriges Heu und Emd hatte, half freilich damit nach. Aber es galt an den Winter zu denken; also stieß man alle Stücke, die nicht gerade zu den auserlesensten Tieren gehörten, sozusagen zu jedem Preis auf die Schlachtbank ab. Allein sie waren mager und galten wenig.

Vom Juli an konnte man gute Kühe um fünfzehn Napoleon kaufen, soviel man wollte. Wenn ein Stück deren zwanzig galt, dann mußte es schon ein Ausbund von einer Kuh sein. Aber die Nachfrage war gering. Die Dürre erstreckte sich über das ganze Land hin; Futtermangel war überall. Schwere, sechs Wochen alte Mastkälber galten am Langenthaler Markt nur mehr dreißig Rappen das Kilogramm, ja Mitte Juli sogar einmal nur noch achtundzwanzig. Dabei stand Regen nicht einmal in Aussicht. Alles versengte; die Matten röteten sich zusehends, und viele Bauern waren genötigt, ihre Viehware den Waldrändern entlang weiden zu lassen. Einige hackten sogar Tannenschößlinge klein und warfen sie den hungrigen Tieren in die Krippe, hörten aber bald damit auf, weil die Kühe davon erkrankten. Man kaufte ausländisches Heu zu teuren Preisen. Nicht einmal mehr die gewohnten Feldarbeiten vermochte man zu bewältigen. Pflugschartief war der Boden wie ausgeglüht; es gab keine Furchen, sie zerfielen sogleich zu Staub.

Zwar, in den Seitentälern des Emmentals war es da und dort nicht ganz so schlimm, denn die Berge sind wasserreich, und Seitentäler, wie etwa die zu Habligen gehörenden Moos- und Stierengraben, die sich in der Richtung von Norden nach Süden ziehen, wurden, an der Schattseite wenigstens, von der Morgensonne nicht so unmittelbar betroffen wie das offene, sich von Osten nach Westen hinziehende Haupttal, dem auch nicht ein Sonnenstrahl erspart blieb. Übrigens war Habligen von allen emmentalischen Dörfern immer noch nicht am schlimmsten, wenn auch gerade schlimm genug dran. Die Habliger hatten die Schachenmatten im Moosboden. Nachdem diese bis auf den Grund abgeweidet waren, und nicht daran gedacht werden durfte, es würde bei der andauernden Hitze neues Gras sprießen, nahmen sie die Bauern unter den Pflug, was man noch nie erlebt hatte, und säten Kunstgrasungen an. Es waren die ersten, die überhaupt im Emmental angebaut wurden, nämlich Welschkorn, Wicken, Hafer, Roggen oder Gerste durcheinander. Denn, so dachten sie, einmal würde es doch wieder regnen; dann wüchse ihnen noch etwas zum Eingrasen auf den Herbst. Die Berechnung täuschte nicht, sie erwies sich später als richtig. Das Vorgehen der Habligenbauern wurde übrigens bald überall, wo es nur tunlich war, mit Erfolg nachgeahmt.

Von Emd war dieses Jahr natürlich keine Rede; die Ernte dagegen konnte früher als andere Jahre eingebracht werden, hatte doch die stete Hitze das Getreide früh zur Reife gebracht. Abgesehen vom Hafer, der besser bei nasser Witterung gedeiht, war der Ertrag mittelgut, die Frucht war voll und schwer, wenn auch der Strohertrag zu wünschen übrig ließ. Nun lagen die Stoppelfelder kahl. Ob man sie nun umpflügte oder nicht, kam auf eins heraus, denn von Ansäen konnte ohnehin keine Rede sein; dazu war der Boden zu trocken, zu ausgeglüht.

Der Juli war zu Ende gegangen, der August hatte begonnen, allein noch kein Tropfen Regen war gefallen. Die Hitze nahm im Gegenteil täglich zu; knöchelhoch bedeckte Staub die da und dort von Hitzespalten klaffenden Straßen.

Am 6. August, am ersten Sonntag des Monats, war die Sonne wie gewohnt klar und glänzend aufgestiegen. Noch war's nicht acht Uhr morgens, so brannte sie schon hernieder wie am hellen Mittag. Das freilich kümmerte die Bauern nicht sonderlich, wenigstens die Jungmannschaft nicht. Denn erstens hatte man sich nachgerade an die Trockenheit gewöhnt; man erwartete eigentlich nichts mehr anderes. Wenn auch in den letzten Tagen gegen Abend im Westen einige regenverheißende Wölklein aufgestiegen waren, so waren sie ebenso rasch wieder nach einigem fernen Wetterleuchten verweht worden, so daß man, obwohl jedermann danach lechzte, die Hoffnung auf Witterungsänderung allgemein fallen gelassen hatte.

Die Jungmannschaft aber hatte heute anderes zu denken, denn heute war ja Augustsonntag, einer der sechs gesetzlich anerkannten öffentlichen Tanzsonntage des Jahres: ein bäuerlicher Festtag. In Habligen war im «Bären» sowohl wie in der

Pinte zum «Rößli» Tanz ausgeschrieben, und da sie großen Zuzug erwarteten, hatten sich beide Wirte aufs beste vorgesehen.

Sie hatten sich nicht verrechnet. Schon um drei Uhr schwärmten die Burschen und Mädchen in hellen Scharen herbei. Kaum hatte es halb vier geschlagen, als im «Bären» der erste Walzer und in der Pinte der erste Schottisch erklang. Für Durst brauchte heute nicht gesorgt zu werden; hätten ihn die Gäste nicht mitgebracht, so würden sie ihn ob dem Tanzen in der Gluthitze der Säle bald erworben haben, obwohl alle Fenster sperrangelweit offen standen. Die Wirtsleute und ihr Gesinde hatten gerade genug zu tun, allen Bestellungen so rasch als möglich gerecht zu werden.

Etwa eine halbe Stunde später kamen auch die ältern Leute, die nicht mehr oder nur noch ganz ausnahmsweise tanzten, angerückt, langsam, behaglich und gesetzt. Im «Bären», wo vorwiegend die Freisinnigen verkehrten, kam in der hintern Stube, wie fast alle Sonntage, zwischen dem Gemeindepräsidenten, seinem Schwiegervater Christian Roth, dem Posthalter und Gemeindeschreiber Ulrich Stalder und dem Schwellenmeister Moser ein währschafter Kreuzjaß zustande, und es ging nicht lange, so folgten auch andere Gäste dem gegebenen Beispiel. In der «Rößli»-Pinte ging's auch nicht viel anders zu: oben wurde getanzt, unten gespielt, hinter der Wirtschaft recht vaterländisch gekegelt, indessen beiderorts in den Küchen die Köchinnen und Dienstboten am dampfenden Herd kochten, sotten und brieten, was das Zeug hielt, während ihnen der helle Schweiß stromweise über den Körper hinabrieselte. Als es sechs Uhr schlug, erhoben sich die vier Männer im «Bären», die den Jaßreigen eröffnet hatten, und stapften zusammen dem Dorfe zu. Längs dem westlichen Höhenzug hatte sich einiges Gewölk zusammengeballt, das die vier mit gierigen Augen betrachteten. Ihre Gedanken waren dieselben, doch meinte Christian Roth verdrießlich:

«Es wird wohl wieder einmal nichts daraus werden; es hat uns jetzt schon ein paarmal genarrt mit dem Gewölk, und Regen ist doch keiner gefallen.»

Worauf der Schwellenmeister erwiderte:

«Ich weiß nicht, lange kann's auf keinen Fall mehr dauern, es muß bald regnen. Einmal steht das Eschenlaub im Schachen wieder gradaus, und heute morgen war unsere Brunnenröhre ordentlich angelaufen, was den ganzen Sommer hindurch sonst noch nie vorgekommen ist.»

«Wenn du nur recht hättest», äußerte der Gemeindepräsident, «man könnte den Regen wahrhaftig endlich einmal brauchen.»

Die Männer verabschiedeten sich voneinander; jeder ging seiner Behausung zu.

Nach dem Abendbrot meinte der Gemeindepräsident zu seiner Frau:

«Du, Marie, ich gehe noch eine Weile in die Pinte. Heute ist Tanz; es ist heiß, wird viel getrunken, und da die Dörfler, die Schächeler und die Stierengräbler dort zusammenkommen, könnte es leicht eine Prügelei absetzen. Da ist es gut, wenn jemand von den Gemeindemannen dabei ist, um zu wehren, wenn's nötig werden sollte.»

«Geh nur», antwortete die Frau, «sobald die Kinder im Bett sind, gehe ich noch auf eine Stunde ins Haus hinüber zu den Eltern. Bäbeli mag inzwischen hüten.»

«Gut», sagte der Fürsprech, «aber meinetwegen braucht dann niemand aufzubleiben; ich komme möglicherweise erst spät heim, je nachdem der Wind weht in der Pinte.»

Gleich darauf schritt er gemächlich durch das Dorf, ohne Eile, sicher, noch immer zu frühe zu kommen. Als er am Kantonspolizeiposten vorbeiging, kam Landjäger Blumer eben die Treppe herunter. Er stak in voller Amtstracht, und der Gemeindepräsident frug ihn:

«Wo hinaus, Landjäger?»

«Ein wenig die Runde machen und mich zeigen, Präsident; 's ist heute allerorten Tanz, da ist's manchmal nötig, daß man ein bißchen zur Stelle ist. Zunächst gehe ich jetzt in den Moosgraben, dort wird im Pintli getanzt; nachher schau ich in den beiden Wirtshäusern in Oberhabligen um, und wenn's überall sauber ist, werd' ich wohl so um Mitternacht herum wieder hier sein. Im ‹Bären›, da gibt's selten etwas, dagegen im ‹Rößli› könnt's wohl Feuer fangen, wenn Schächeler und Stierengräbler beisammen sind.»

«Das hab' ich mir gerade auch gedacht, darum geh' ich hin. Ich werde wohl bis um Mitternacht dort bleiben; braucht also meinetwegen nicht zu eilen, denn sollte vorher etwas vorfallen, bin ich da, und das Schlimmste wird's wohl schwerlich absetzen. Freilich mag bei dem Wetter ordentlich getrunken worden sein; das macht die Köpfe noch heißer, als sie ohnehin schon sind.»

«He nun», meinte der Landjäger, «da bin ich schon froh, wenn hier jemand zum Rechten sieht. Besser verhüten als schlossen.» Dann setzte er neckisch hinzu:

«Wenn's dann schon weniger Fürsprecherfutter gibt!»

«Bin auch Eurer Meinung, und wegen dem Futter – nein, solche Raufhändel sind gewöhnlich denn doch zu mager für unsereinen!» gab der Präsident lachend zurück.

«Ich hab's auch nur spaßeshalber gesagt», erwiderte der Landjäger, «und weiß schon, daß Ihr nicht auf solche Lumpenhändel angewiesen seid.»

Die Männer trennten sich. Der Gemeindepräsident setzte seinen Weg fort. Er war kaum an der Pinte vorbeigekommen, als er schon dumpfes Gelärm von der Pinte her vernahm, getragen von hopsendem Walzertakt. Als er in die Gaststube trat, wurde er von allen Seiten freundlich, von einigen Gästen gerade laut genug begrüßt. Man merkte: die Leute, ohne noch eigentlich betrunken zu sein, hatten dem Wein bereits ordentlich zugesprochen. Nachdem der Ankömmling die Grüße erwidert hatte, zog er sich in die hintere Gaststube ans Fenstertischchen zurück, wo sich bereits der Ortsarzt Dr. Wyß und der Kreistierarzt Wegmüller, der in Oberhabligen wohnte, niedergelassen hatten. Die drei Herren waren Farbenbrüder der Studentenverbindung «Helvetia», wenn auch verschiedenen Alters. Wyß, der Älteste der drei, zählte wohl an die fünfzig Jahre, während der Kreistierarzt höchstens etwa drei Jahre jünger sein mochte als der Fürsprech und Gemeindepräsident Brand. Erst plauderten sie eine Weile zusammen, dann schlug der Arzt einen Skat vor. Weil der Gemeindepräsident ohnehin noch längere Zeit zu bleiben gedachte und der Kreistierarzt ebenfalls nichts dagegen einzuwenden hatte, vertieften sie sich bald in das ihnen selten gewordene Spiel, das zu üben vielleicht gerade sie die drei einzigen in dieser Gegend waren.

Sie waren bald dermaßen davon beansprucht, daß sie die Pärchen, die abwechslungsweise in die Stube zum raschen Abendessen kamen, nicht sonderlich beachteten, sondern sich begnügten, die gebotenen Grüße freundlich zwar, aber kurz zu erwidern, um sich wiederum mit voller Aufmerksamkeit ihrem Skat zuzuwenden. Die Herren mochten etwa anderthalb Stunden gespielt haben, als sie sich auf eine Weile allein in der Stube befanden. Sie bemerkten es kaum, waren in ihre Karten vertieft, als plötzlich durch das offene Fenster eine bekannte Stimme an des Gemeindepräsidenten Ohr schlug.

«Schwatze jetzt keine Dummheiten, Fritz; beruhige dich! Es gibt überall etwas, und daß du mit deinem Schwiegervater nicht eben das große Los gezogen hast, weiß jedermann in der Gemeinde; aber jedermann weiß auch, wer er ist und wer du bist!»

Zornbebend erwiderte eine andere, dem Fürsprech ebenfalls bekannte Stimme:

«Du hast gut krähen; du mußt nicht dabei sein! Aber schau, der verfluchte Hund hat den lötigen Teufel im Leib; 's ist nicht mehr zum Aushalten. Im Anfang meinte ich, ich wolle mich stille halten und ducken, alles vermeiden, was zu offenem Streit führen könnte. Meiner Frau zulieb; denn sie kann ja nichts dafür, daß sie einen solchen Halunken zum Alten hat. Aber es geht in

Gottes Namen nicht, trotzdem schon die Mannen bei ihm vorgesprochen und ihm erklärt haben, was er zu gewärtigen habe, wenn er nicht aufhöre. Eine Zeitlang mäßigte er sich, jetzt ist wieder der Teufel los.

Am Ende bin ich der Bauer und muß zum Rechten sehen, aber mein Schweigen macht ihn nur um so dreister. Und nun das mit dem Roß, das schlägt dem Faß den Boden aus. Als ich's bemerkte, war mir sofort klar, daß das wieder einer seiner Lausbubenstreiche sei. Er hätte gar nicht nötig gehabt, dabeizustehen und zu sticheln; ich hätte auch ohnehin gewußt, was die Uhr geschlagen hat, als ich es aus dem Stall nahm und es so erbärmlich hinkte und nur ganz spitz auf den rechten Hinterfuß auftrat. Denn, das weißt du selber so gut wie ich, ob ein Roß, das man am Abend zuvor gesund und recht, kaum ermüdet in den Stall stellt, am Morgen in solcher Weise lahmt, wenn ihm nichts Ungerades angetan wurde. Der Lumpenkerl weiß, wie ich an meinem Dienstpferd hange; er wußte wohl, wie er mich am empfindlichsten kränken könne, der schlechte Hund!

Schau, ich hätte ihn auf der Stelle erschlagen können, und wer weiß, was geschehen wäre, wenn ich nicht an Bethli und die Kinder gedacht hätte.

Aber das sag' ich dir, Reesli, das hat der Alte keinem Toten angetan, hol mich der Teufel, ich schlag' ihn noch einmal tot, den verdammten Schweinehund!»

«Nu, nu», beschwichtigte die andere Stimme, «laß dir das jetzt nicht so zu Herzen gehen! Dem Gaul wird will's Gott wohl zu helfen sein, und was den Alten anbetrifft, so denke halt, daß alles einmal ein Ende nimmt. Auch er! Wie ich hörte, soll er überhaupt nicht mehr fest in den Schuhen stehen, und ändern wirst du ihn in seinem Alter nicht mehr. Beiß die Zähne zusammen und hab' Geduld!»

«Ja, Geduld! Mit dem Geduld! Bis er unser ganzes Familienleben vollends vergiftet hat. Ich hab' nun lange Geduld gehabt; hab' zusehen müssen, wie Bethli sich abrackert, wie es sich grämt, wie es sich alle Mühe gibt, jeden Stein des Anstoßes aus dem Weg zu räumen, wie es stets vermittelt, stets dazwischen steht, wenn wir drauf und dran sind, aufeinanderzuprallen. Bis jetzt ist ihm das auch meistens gelungen, aber es hat sich abgehundet dabei. Heute hat er mir das Roß geschändet, morgen, wenn's so weiter geht, macht er mir Bethli auch noch kaputt, und unser beider Leben geht zum Teufel. So kann's nimmer gehen, ich halt's nicht mehr aus!

Du kennst mich, Reesli; wir haben uns von Kindsbeinen an gekannt, und du weißt, ob ich unverträglich bin, oder ob mit mir ein Auskommen ist. Aber was zuviel ist, ist zuviel!»

«Freilich schon, aber bedenke: der Alte ist krank! Er soll, wie man sagt, oft fürchterliche Schmerzen leiden. Das macht solche Leute wunderlich, ganz abgesehen vom Alter.»

«Er hat nicht aufs Alt- und Kranksein warten müssen, um ein elender Schuft zu werden. Er war's immer; das steckt ihm im Blut, er kann nicht anders. Aber ist das ein Grund, um meine Frau und mich zu Boden reiten zu lassen? Einer von uns beiden ist zuviel auf der Welt... Schau, ich bin kein Unhund, aber das sage ich dir, wenn dieser Sternsdonner morgen verreckt wäre, Gott verzeih mir die Sünde, ich könnt mich drob freuen!»

«Höre, Fritz; laß das jetzt für heute ruhen. Komm; trinken wir noch eine Flasche Neuenburger zusammen, dann kommst du auf andere Gedanken und vielleicht wird's dir leichter.»

Der Angeredete ließ sich eine Weile nötigen, dann meinte er: «He nun! Meinetwegen! Ich hätte sowieso noch hineingemußt, weil ich hörte, der Viehdoktor sei da; da wollte ich ihn bitten, morgen früh zu kommen, um zu sehen, was mit meinem Dragoner los ist und ob man da noch helfen könne.»

Das Gespräch war nicht eben laut geführt worden, aber doch auch nicht so leise, daß die drei Herren am Skattisch nicht jedes Wort verstanden hätten. Alle drei hatten übrigens die beiden Sprechenden an ihren Stimmen erkannt. Der Zornige war der junge, etwa seit drei Jahren eingeheiratete Bauer Fritz Grädel auf der Schattmatt; der andere der junge, noch ledige Andreas Christen, Sohn des Großbauern, gleich hinter der Pinte. Beide waren dem Gemeindepräsidenten ordentlich ans Herz gewachsen, denn beide gehörten seiner Schwadron an. War Fritz Grädel sein tüchtigster Unteroffizier, so war Andreas Christen seiner besten Dragoner einer. Während des Gesprächs hatten die drei Herren unwillkürlich das Spiel unterbrochen und gelauscht. Noch während die beiden draußen redeten, hatte sich der Gemeindepräsident vorgenommen, sobald sich Gelegenheit böte, wenn möglich noch heute nacht, mit seinem Korporal, Fritz Grädel, zu sprechen, ihn zu beschwichtigen. Als nun die beiden draußen schwiegen, meinte der Tierarzt:

«Das ist wieder ein schändlicher Streich von diesem alten Rösti; weiß der Kuckuck: wenn das Pferd meins wäre, das würde mich auch in den Harnisch bringen. So ein Spitzbube!»

«Nun, lange wird er's ja nicht mehr treiben», nahm Dr. Wyß das Wort auf, «er leidet schwer an Gallensteinen; ich hab' ihm schon vor einem halben Jahr erklärt, da könne nur mehr ein Eingriff helfen, ich wolle nichts mehr mit ihm zu schaffen haben. Aber er fürchtet sich offenbar und kann sich nicht dazu entschließen, auf den Schragen zu liegen. Das kommt übrigens auf eins heraus, denn so wie ich die Sache beurteile, wäre es jetzt wahrscheinlich ohnehin zu spät, und ich denke, der alte Schattmatt-Rees hört im Frühjahr die Vögel nimmer pfeifen.»

Gerade wollte auch der Gemeindepräsident sprechen, als man in der Gaststube draußen die Stimme Andreas Christens vernahm:

«Komm du in die hintere Stube, Fritz; hier kriegt man ja doch keinen Platz mehr, und wenn's mir recht ist, so ist der Tierarzt auch drinnen, da kannst du ihn gleich bestellen.»

Ob allem Reden erschien er bereits in der Türöffnung, trat, von seinem Freunde gefolgt, ein. Beide begrüßten die Herren am Fenstertisch, die ihrerseits den Gruß freundlich erwiderten. Während nun die Wirtstochter eintrat, sich nach dem Begehr der eben eingetretenen Gäste erkundigte und Andreas Christen eine Flasche Neuenburger bestellte, war Fritz Grädel an den Fenstertisch getreten und wandte sich nun mit seinem Anliegen an den Tierarzt.

«Der Gaul ist doch nicht etwa vernagelt?» frug der.

«Ja, schon vernagelt!» stieß jener aufgeregt hervor, doch sich rasch besinnend, fuhr er im gewöhnlichen Tone fort:

«Wo's fehlt, weiß ich nicht; gestern sah man ihm noch nichts an, und heute morgen konnte er mit dem rechten Hinterfuß nicht einmal mehr auftreten. Man sieht ihm wohl an, daß es ihm weh tut an der Fessel, auch ist er dort ein wenig angeschwollen und frißt den ganzen Tag nicht.»

«Was hast du gemacht? Hast du schon etwas versucht?» fragte der Tierarzt.

«Nichts, als daß ich dem Melker befohlen habe, man solle ihm kalte Umschläge machen, aber auch die scheint der Gaul nicht ertragen zu können; er zuckt davor wie vor glühendem Eisen.»

«Nun, das war das Dümmste nicht. Fahr nur damit zu, bis ich komme. Spätestens um neun Uhr werde ich bei dir oben sein.»

«Gut; ich danke vorläufig viele Male», erwiderte Fritz und begab sich unten an den langen Tisch zu seinem Freund. Alsbald stießen sie an und unterhielten sich zusammen mit gedämpfter Stimme, während die Herren am Fenster ihr Spiel wieder aufnahmen. Kaum war das geschehen, so fegte ein heftiger Windstoß zum Fenster herein und zerstreute die auf dem Tisch liegenden Karten auf den Fußboden. Während der Arzt das Fenster schloß und die beiden andern die Karten aufhoben, zuckte ein blauer, greller Blitz durch die Luft, dem sogleich ein heftiger Donnerschlag folgte.

Die Herren legten ihre Karten hin; das Spiel war ohnehin fertig geworden.

«Sollte am Ende doch Regen kommen; höchste Zeit wär's allerdings», meinte der Arzt. In diesem Augenblick prasselte ein stürmischer Platzregen wütend an die Scheiben.

Nun geschah etwas Sonderbares. In den eben noch so lärmigen Galträumen wurde es einen Augenblick totenstill. Die Fenster waren alle aufgerissen worden; jedermann lauschte. Oben im Saal wurde die eben noch so eintönig fröhliche Tanzweise unterbrochen; auch dort war eine fast sinnverwirrende Stille eingetreten. Sie mochte wohl eine halbe Minute angedauert haben, als draußen eine Stimme jubelte:

«Es regnet!»

«Es regnet!» wiederholten gleichzeitig zwanzig, dreißig Rufer.

«Juchhui! Es regnet!» klang es von draußen; ein übermütiger Jauchzer durchriß die Luft wie ein Peitschenknall.

Nun hörte man die dicht aneinandergedrängten Gäste wie aus einer Brust tief aufseufzen, dann aber brach plötzlich ein tobender, sinnberückender Jubel aus, ein Jauchzen, Gröhlen und Schreien, das den Donner draußen übertönte. Hemdärmlig drängten sich die jungen Bauern ins Freie; sie ließen sich brüllend, wollüstig, wie irrsinnig bis auf die Haut durchnässen, als bedürften sie dieses Beweises, um an den so lang vergeblich ersehnten Regen wirklich zu glauben. Sogar Frauen standen auf der Straße und freuten sich des köstlichen Genusses, nicht achtend, daß ihnen dieser ihre schönen, gesteiften, weiten Ärmel und Vorlegehemdchen aufweichte. Tischmacher-Hansens Frau weinte wie ein Kind vor Ergriffenheit und Freude. Ein eigentlicher Rausch hatte sich aller bemächtigt; die Bauern waren einfach aus dem Häuschen. Da, durch all den lärmenden, jauchzenden Trubel hindurch erscholl die alles übdröhnende Stimme des Schwellenmeisters:

«Pintenfritz, dieser Regen ist die beste deiner Flaschen wert! Her mit dem Neuenburger!»

Jubelnd fiel die Menge ein:

«Bravo, Schwellenjoggi! Her mit dem Wein! Es gilt dem Petrus! Wein auf den Laden!»

Nun begann ein Gelage, wie es Habligen noch selten erlebt hatte. Niemand schloß sich davon aus; alles machte mit, auch die drei Herren, die vorhin Skat gespielt hatten, wenn auch mit größerer Mäßigung als die Bauern. Namentlich der Gemeindepräsident hütete sich davor, zuviel zu trinken, obwohl er mit allen und jedem wohl oder übel anstoßen mußte. Aber das erlauschte Gespräch wollte ihm nicht aus dem Kopf; er hatte sich vorgenommen, wenn möglich heute abend noch ein Wort mit seinem Korporal Fritz Grädel zu reden. Außerdem erachtete er es als seine Pflicht, nun wenigstens so lange hier auszuharren, bis der Landjäger käme. Nicht, daß er jetzt noch Schlägereien zwischen den jungen Leuten befürchtete; sie waren im Gegenteil jetzt alle zusammen ein Herz und eine Seele und freuten sich gemeinsam des in stets unverminderter Wucht niederklatschenden Regens. Aber sie tranken jäh, waren ausgelassen wie der Satan; da konnte man nicht voraussehen, was ihnen der Übermut noch eingeben würde.

Als sich der Präsident nach Grädel umsah, vermochte er ihn zunächst nicht zu entdecken. Schließlich erblickte er ihn inmitten des tollsten, ausgelassensten Haufens an der Seite seines Freundes Andreas Christen. Der Präsident beobachtete ihn eine Weile. Grädel war der Übermütigste von allen; er lachte, jauchzte, tobte, krakeelte wie toll und leerte jeden Augenblick sein Glas bis auf die Nagelprobe, das ihm von seinen Tischkameraden gleich wieder zugefüllt wurde.

Brand begriff, daß heute nacht nichts mehr mit dem jungen Bauern anzustellen und es am Ende besser sei, ihn gründlich austoben zu lassen. Doch nahm er sich vor, ihn schon in den nächsten Tagen anzuhauen, wenn einmal der Rausch verflogen sein würde, den sich Fritz nun unbedingt antrank, um ihm ratend und tröstend beizustehen.

Als das Gewitter ausbrach, war der Tanz plötzlich unterbrochen worden. Niemand hatte daran gedacht, ihn wieder aufzunehmen. Nun war Mitternacht vorbei, aber in der Pinte ging es noch genau so ausgelassen zu wie vor zwei Stunden. Landjäger Blumer war noch nicht eingetroffen. Begreiflich: auch er war wohl vom Regen überrascht worden und irgendwo, in Oberhabligen, oder im «Bären» droben, untergestanden. Der ursprüngliche Platzregen hatte sich allmählich in einen ausgiebigen Landregen aufgelöst; es goß wie aus Kannen. Dr. Wyß hatte sich verabschiedet und war nach Hause gegangen. Wegmüller dagegen, der Kreistierarzt, war dageblieben und leistete nun dem Präsidenten bei einer Flasche Lavaux Gesellschaft. Er trug ein leichtes, helles Kleid, hatte selbstverständlich keinen Schirm, sondern nur seine Arbeitstasche mitgenommen, und erklärte, bei diesem Wetter nicht nach Hause gehen zu wollen, wozu er übrigens einer guten Wegstunde bedurft hätte. Der Präsident lud ihn ein, den Rest der Nacht in seiner Wohnung, im Gastzimmer zuzubringen; dort stehe immer ein Bett bereit, er brauche sich nur hinzulegen. Allein, fügte er hinzu, er möchte noch ein wenig dableiben; wenigstens so lange, bis Landjäger Blumer von seinem Dienstgang zurückkäme. Der Tierarzt erklärte, weder Schlaf noch Müdigkeit zu verspüren, nahm jedoch das Anerbieten des Präsidenten dankbar an und bestellte eine weitere Flasche.

Nun unterhielten sich die beiden Freunde, bald zusammen, bald mit ihren bäuerlichen Gemeindegenossen, die sie gelegentlich umdrängten und vom reichlich genossenen Wein redseliger wurden, als sonst ihre Art war. Landjäger Blumer aber kam nicht, doch so um die dreie herum begannen sich die Gäste allmählich zu verziehen. Fritz Grädel, der Präsident hatte es bemerkt, war schon vor einer geraumen Weile verschwunden. Mehrere, die dem Wein allzu hastig oder zu lang zugesprochen hatten, schliefen ein, die Arme auf die Tische und die Köpfe auf die Arme gelegt. Der Gemeindepräsident überschaute die beiden Gastzimmer und meinte zum Tierarzt:

«Nun, ich denke, wir können heimgehen. Die noch da sind, werden kaum mehr den Teufel aus der Hölle holen und froh sein, wenn sie selber in Ruhe gelassen werden.»

Der Tierarzt nickte, ein leises Gähnen unterdrückend. Die beiden bezahlten ihre Zeche und erhoben sich. Während der

Gemeindepräsident zum Hut und der Tierarzt zu seiner Ledertasche griff, drängte sich plötzlich ein Bäuerlein durch die sonntäglich gekleideten Gäste, im Stallgewand, über das es bloß ein Überhemd angezogen hatte.

Als der Kleinbauer den Tierarzt erblickte, ging er hastig auf ihn zu:

«So, gottlob finde ich dich endlich! Ich habe dich überall gesucht, war bei dir zu Hause, dann sagte man mir, du seiest nach dem Moosgraben, und erst vor einer halben Stunde vernahm ich im ‹Bären›, du säßest hier. Da hätte ich mir und dem Gaul den Weg ersparen können, aber jetzt komm gleich, das Fuhrwerk wartet draußen.»

«Ja, was ist denn los, Schachen-Ueli? Ein Notfall?»

«Ja, eben! Der Blösch kann nicht kalben; wir haben schon alles versucht, aber es geht einfach nicht. Und es ist meine beste Kuh!»

«Gut, ich komme!» und zum Präsidenten gewandt: «Da hörst du, ich muß noch in den Schachen.»

«Ich hab's gehört; aber mehr als eine Stunde oder anderthalbe wird die Geschichte wohl kaum dauern. Jetzt nimmst du gleich hier einen Schirm mit, den dir der Pintenfritz leihen kann, und wenn du fertig bist, dann kommst du einfach zu mir; ich lasse die Haustüre offen, dann steigst du die Treppe hinauf und gehst ins Gastzimmer. 's ist die zweite Türe rechts. Dort legst du dich ins Bett und schläfst, solang du magst, denn bei diesem Regen wär's ja ein Unsinn, heimzugehen.»

«Wird mit Dank angenommen, um so mehr, als ich ja diesen Vormittag ohnehin wieder hier sein müßte, da ich ja auf der Schattmatt nachschauen soll, was dem Dragonerpferd fehlt. Also, gute Nacht bis auf weiteres!»

Der Tierarzt verschwand mit dem Schachen-Ueli, und gleich darauf schritt auch der Gemeindepräsident heimwärts. Eine halbe Stunde später schlief er.

An der Kirchenturmuhr von Habligen schlug es eben sechs Uhr, als der Tierarzt hastigen Schrittes der Wohnung Brands zustrebte. Es regnete nicht mehr, doch war der Himmel ordentlich verhängt, und die Morgendämmerung verbreitete nur ein fahles, graues Zwielicht. Der Tierarzt schien vollständig frisch und munter; er rauchte eifrig und war höchst aufgeregt. Wie er das Haus seines Freundes erreichte und auf die Haustürfalle drückte, zog er die Hand noch einmal zurück, wandte sich halb um, sah versunken vor sich hin, als wolle er sich zu etwas Gewichtigem sammeln, dann trat er entschlossen ein. Auf der Treppe, die nach dem ersten Stock führte, erblickte er Bäbeli, die alte Magd, die ihm überrascht Guten Morgen bot. Er dankte.

«Ist der Präsident schon auf?» frug er, obwohl er sich wohl denken konnte, daß dies nicht der Fall sein würde. Bäbeli verneinte. Er sei gar spät heimgekommen und werde ausschlafen, erwiderte sie.

«Dann geh, weck ihn sofort; sag ihm, er möchte sich gleich ankleiden, zum Ausgang rüsten und so rasch als möglich kommen; es handle sich um etwas sehr Wichtiges, Dringendes!»

Bäbeli verschwand nach oben; der Tierarzt wartete stehend im Treppenhaus. Fünf Minuten später erschien Hugo Brand halb angekleidet oben auf der Treppe und rief den Freund in nicht eben rosiger Laune an:

«Na, was ist denn los? Schon auf, oder noch auf?»

«Mach dich marschbereit und komm herunter, aber rasch!» gab jener zurück, in einem Ton, der kein Bedenken duldete.

Der Präsident verschwand, und der Tierarzt, um seine Ungeduld zu meistern, steckte sich eine neue Zigarre an. Kurz darauf schritt Brand die Treppe herunter:

«Nun, was zum Teufel hast du denn schon so Wichtiges?»

Der Tierarzt sah sich vorsichtig um, dann meinte er leise:

«Können wir einen Augenblick in die Kanzlei eintreten?»

Der Präsident öffnete die Türe, ließ den Freund vorantreten, folgte ihm dann, und die Türe schließend, frug er:

«Nun?»

«Der Schattmatt-Rees ist diese Nacht ermordet worden; vor einer halben Stunde habe ich seinen Leichnam gefunden.»
Brand erbebte.
«Du bist nicht bei Trost, Wegmüller!» rief er aus. In diesem Augenblicke war es ihm, als höre er wieder das erregte Gespräch, das wenige Stunden zuvor zwischen Fritz Grädel und dem jungen Moosmatt-Andreas geführt worden war.
«Leider ist's, wie ich sage», fuhr der Tierarzt fort.
«Erzähle! Wie war's?» frug der Präsident, der sich noch immer nicht in die schreckliche Nachricht finden konnte.
«Nun, als ich dich um drei Uhr verließ, ging ich mit dem Schachen-Ueli zu ihm heim. Die Geschichte mit der Kuh war nicht so einfach; es wurde halb fünf, bis ich endlich fertig wurde. Die Frau hatte inzwischen etwas Warmes gemacht; ich ließ mich nicht lange nötigen, sondern war ganz froh, zuzulangen. Als ich dort wegging, mochte es wohl ein Viertel vor sechs sein. Da fiel mir ein, ich könnte, da ich nun doch einmal nicht geschlafen hätte, gleich nach der Schattmatt, mir das Pferd Grädels besehen. War das einmal geschehen, dann hatte ich hier in der untern Gemeinde für heute nichts mehr verloren, konnte unmittelbar heimgehen, ausruhen, und daß ich den Schattmättlern nicht zu früh kommen würde, war sicher, denn jemand mußte um diese Zeit ja längst im Stalle sein. Auf den jungen Bauern zählte ich freilich nicht; ich dachte mir wohl, der würde noch in den Federn liegen. Aber um das Pferd zu untersuchen, brauchte ich ihn auch gar nicht. In zwanzig Minuten war ich oben. Es war, wie ich mir gedacht hatte; der Melker schlurfte eben über das Jaucheloch, und schon von weitem hatte mir der Schornsteinrauch verraten, daß das Frühstück gekocht werde.
Auf meine Frage, wo sich die Meistersleute befänden, antwortete Miescher, der Melker: den Meister habe er noch nicht bemerkt, dagegen sei Bethli, die Meistersfrau, eben in der Küche. In diesem Augenblick trat sie unter die Haustüre. Ich grüßte und neckte, Fritz werde wohl noch schlafen, er sei gar früh nach

Hause gekommen. Sie antwortete lachend, ja, so rasch sei er noch selten eingeschlafen. Nun schnarche er noch, daß die Fensterscheiben zitterten; ob sie ihn wecken solle. Ich verneinte, befahl dem Melker, das Pferd aus dem Stall zu führen, und meinte zur Frau, es sei nicht nötig, Fritzen zu wecken; ergäbe dann die Untersuchung etwas Ernstes, so sei dazu immer noch Zeit. Der Melker führte das Pferd vor, und wirklich, es hinkte ganz bedenklich am rechten Hinterfuß. Daß es empfindlich litt, ergab sich schon daraus, daß es so spitz als möglich auftrat. Ich untersuchte den Huf, und durch das Gespräch, dessen Zeugen wir letzte Nacht waren, geleitet, im besonderen die Krone. Nach wenigen Griffen hatte ich einen schmerzhaften Druckpunkt gefunden, und weißt du, was ich vorfand?

Eine etwa fünfzehn Millimeter lange Stecknadel mit einem winzigen, vom Haar wohl verdeckten Knopf, war in die Krone eingetrieben worden. Dadurch litt natürlich das Tier entsetzlich und getraute sich selbstverständlich nicht mehr, auf den Fuß aufzutreten. Der Melker, der dem Pferd das Bein hochhielt, merkte natürlich nichts; daher gelang es mir, mit der Klammer die Stecknadel mit einem Ruck herauszuziehen. – Hier ist sie! – Der Gaul wird nun noch etwa zwei bis drei Tage lahmen, bis die Entzündung gewichen sein wird, dann aber ist die Sache ohne irgendwelche weitere Folge vorbei.

Ich hatte übrigens kaum entdeckt, um was es sich handle, als mir das diese Nacht erlauschte Gespräch durch den Kopf fuhr, und ich gleichzeitig den Vorsatz faßte, durch die Preisgabe meines Befundes nicht noch Öl in das Feuer zu gießen. Daher bemerkte ich, nach vollendeter Behandlung, es handle sich lediglich um eine kleine Sehnenverstreckung, man möge den Gaul etwa drei bis vier Tage ruhen lassen, ihn im Hafer knapp halten, damit er nicht fiebere, dann werde alles von selbst wieder gut; der Meister könne beruhigt sein.

Ich verabschiedete mich; doch statt wieder, wie ich gekommen war, straßenwärts zu gehen, fiel mir ein, vor dem Haus durch gegen den Wagenschuppen zu schlendern, um zu schauen, ob die Edelreiser, die Fritz dieses Frühjahr bei mir geholt und auf die zwei Bäume neben dem Schuppen aufgepfropft hatte, auch wirklich angewachsen seien. Dessen hatte ich mich bald versichert, und wie ich nun umkehrte, schritt ich geradewegs über den Hofplatz, der sich zwischen dem Bauernhaus und dem Wohnstock befindet.

Wie du vielleicht weißt, ist der Garten des Wohnstockes durch einen Lattenzaun gegen den Hofplatz hin abgeschlossen. Vor dem Wagenschuppen, von dem ich eben kam, oder noch genauer, vor dem daran angebauten Holzhaus ist gegenwärtig ein runder Scheiterhaufen aufgeschichtet, wie sie unsere Bauern überall aufführen. Wie ich nun vom Schuppen um die Ecke kam, sah ich, zwischen Zaun und Holzstoß, eine menschliche Gestalt liegen, und zwar so, daß sie weder vom Haus noch vom Wohnstock aus sichtbar sein konnte. Ich dachte zunächst, da werde wohl einer sein Räuschlein ausschlafen, deren es ja letzte Nacht etliche gegeben haben mag, wollte schon vorbeigehen, als mir einfiel, der Mann würde sich denn doch nicht gerade bei strömendem Regen dort in die hohen Brennesseln gelegt haben, und trat hinzu. Der erste Blick meldete mir, daß der Mann, der da lag, kein anderer war als der alte Schattmattbauer, der Rösti-Andreas, und ein zweiter Blick überzeugte mich, daß er mausetot war. Am Hinterkopf wies er eine entsetzliche Schlag- oder Schußwunde auf; der Schädel war vollständig zertrümmert.

Im ersten Augenblick dachte ich daran, Lärm zu schlagen und die Leiche zu untersuchen; da fiel mir aber glücklicherweise gleich ein, daß beides eine allfällige, wohl unausbleibliche gerichtliche Untersuchung nur beeinträchtigen könnte, und da weder im Wohnstock noch im Haus jemand etwas von dem Unglück bemerkt zu haben schien, rannte ich sporenstreichs hierher. Da bin ich nun!» schloß der Tierarzt seinen hastigen Bericht.

Der Präsident setzte sich wortlos an seinen Schreibtisch, ließ sich die Meldung des Tierarztes langsam wiederholen und fertigte danach eine Vernehmungsschrift aus, die er dem Freunde vorlas und sie von ihm unterzeichnen ließ, nachdem sie dieser seinen Aussagen entsprechend anerkannt hatte. Dann meinte Brand:

«Donnerwetter, das ist eine schlimme Geschichte! Du glaubst also, daß droben in der Schattmatt noch niemand etwas gemerkt hat?»

«Als ich dort wegging, sicher nicht, sonst würde man kaum so ruhig gewesen sein. Die Leute wollten frühstücken, wenigstens roch ich, als ich an der Küche vorbeiging, die Bratkartoffeln; da wird's ihnen wohl aufgefallen sein, daß der Alte nicht zu Tische kam.»

«Da heißt's, keine Zeit mehr verlieren, Wegmüller. So leid es mir tut, ich muß dich noch weiter beanspruchen. Oder bist du zu müde?»

«Müde? Nein; die verfluchte Geschichte hat mich auf einmal wieder ganz ermuntert. Nur zu sehr!» ergänzte er, und der Präsident bemerkte, daß des Tierarztes Hände leise zitterten.

«Nun, dann komm mit!»

Im Treppenhaus rief er:

«Bäbeli, wartet nicht auf mich mit dem Frühstück; ich muß ausgehen und werde schwerlich vor einer Stunde oder zwei zurück sein.»

Bäbeli frug, was es denn gegeben habe, aber Brand hörte nichts mehr; er war schon mit dem Freund ins Freie getreten. Wie sie auf die Straße kamen, erblickten sie hinter seinem Hause den Schwellenmeister, Jakob Moser. Brand überlegte einen kurzen Augenblick, dann rief er ihn an:

«Joggi, hast schon gefrühstückt?»

«Gerade komm' ich davon.»

«Hast du viel zu tun heute morgen?»

«Nichts Besonderes. Warum?»

«Je nun, es wäre mir anständig, wenn du mit zwei oder drei vertrauten Leuten mir gleich nach in die Schattmatt folgen könntest, aber so bald wie möglich. Wir gehen inzwischen voraus.»

«Was ist dort droben zu tun?»

«Das sage ich dir an Ort und Stelle. Mach keinen Lärm, sag nicht, wo du hingehst, und komm, gelt?»

«Ja, wenn es schon sein muß, so komme ich eben. Was sollen wir für Werkzeug mitbringen?»

«Keines!»

Als die Herren am Landjägerposten vorbeikamen, rief Brand die Treppe hinauf:

«Landjäger Blumer!»

Statt seiner erschien die Frau:

«Was wollt ihr mit dem Landjäger? – Ja so, 's ist der Präsident! – Guten Tag, ihr Herren!»

«Ist Euer Mann da?»

«Gerade ist er heimgekommen; er frühstückt eben!»

«Und ist schon fertig», ergänzte Blumer, indem er ebenfalls aus der Küche auf den Geländergang trat.

«Landjäger, Ihr müßt gleich mitkommen.»

«Jetzt gleich? Was ist denn los?»

«Das vernehmt Ihr dann unterwegs; beeilt Euch!»

«Ich komme! Nur noch rasch den Säbel angeschnallt und die Mütze aufgesetzt, dann bin ich fertig!»

Eine Minute später hatte er die beiden Freunde eingeholt. Mit wenigen Worten wurde er von dem Geschehenen verständigt. Er seinerseits erklärte dem Präsidenten, daß es in der Moosgrabenpinte zu einer argen Rauferei gekommen sei, die ihn genötigt habe, zum zweitenmal dorthin zurückzukehren. Dies sei der Grund, warum er erst vor einer halben Stunde heimgekommen und darum auch gleich marschbereit gewesen sei. Eine Viertelstunde später wäre er im Bett gelegen und hätte geschlafen.

Die drei Männer schritten eilig durch das Dorf. Manch einer, der sie so hastig davonlaufen sah, fragte sich, was wohl geschehen sein möge, um sie so zeitig und aufgeregt auf die Beine zu bringen.

Als sie bei der «Rößli»-Pinte links abgeschwenkt hatten, an der Sägerei vorbei und nun auf offener Wegstrecke, auf dem Sträßchen nach dem Stierengraben dahinschritten, hielt der Landjäger an und schlug vor, den bereits sichtbaren, vom Sträßchen nach rechts abzweigenden Feldweg einzuschlagen, der es ermögliche, ohne vom Bauernhaus auf der Schattmatt gleich bemerkt zu werden, von der Wohnstockseite her zum Tatort zu gelangen. Seine Begleiter billigten den Vorschlag. Der Gemeindepräsident erklärte, nach seinem Dafürhalten werde es am besten sein, lediglich eine Tatbestandsaufnahme vorzunehmen, die der unvermeidlichen Strafanzeige gegen dermalen noch unbekannte Täterschaft zugrunde zu legen sei, und zwar, um der gerichtlichen Untersuchung nicht vorzugreifen oder ihre Aufgabe zu erschweren, sollte sie ohne irgendwelche Veränderungen oder Eingriffe an den Beweisstücken des Tatortes stattfinden. Der Landjäger war einverstanden.

«Im weitern», erklärte der Gemeindepräsident, «wird man dafür besorgt sein müssen, daß ein ununterbrochener Wachtdienst daselbst stattfindet und nichts von der Stelle gerückt wird, bis der Regierungsstatthalter und seine Leute an Ort und Stelle sind. Zu diesem Zweck habe ich mir den Schwellenmeister mit zwei oder drei Mann herbestellt, denn wir – Ihr, Landjäger, und ich – werden gleich nach den ersten Feststellungen wieder umkehren und den Behörden Anzeige einreichen müssen.»

Fünf Minuten später waren die Männer am Bestimmungsort. Niemand hatte ihr Kommen bemerkt. Der Tierarzt, nachdem er eine Weile um sich geschaut, erklärte, seit seinem Weggang sei hier nichts verändert worden. Offensichtlich sei weder im Hause noch im Wohnstock die Abwesenheit des Alten aufgefallen oder auch nur bemerkt worden.

Die Schattmatt ist ein Bauerngut von etwa sechzig Jucharten Anbauland und zweiunddreißig Jucharten zum größten Teil schlagreifen Waldes. Das eigentliche Gehöft liegt hart an dem von Habligen herführenden Stierengrabensträßchen, etwa zwanzig Minuten ob der Habligensägemühle. Wer dieses gleich ob der Sägerei ansteigende Sträßchen verfolgt, das, um die Steigung zu mildern, in ziemlich weitem Bogen ausholt, der erblickt oberhalb der zweiten Krümmung, schon auf einen Abstand von gut zehn Minuten, das breitbehäbige Bauernhaus, an dem das Sträßchen hart in der Richtung von Südosten nach Nordwesten hinführt. Die Breitseite des Hauses steht von der Straße um etwa zwanzig Meter zurück. Seine Längsachse liegt ebenfalls, barlaufend zur Straße, in südöstlich-nordöstlicher Richtung. Auf der Höhe der in den Hausgang einmündenden Eingangstür zweigt ein Fuß- und Fahrweg von dem Fahrsträßchen ab, und einige Meter weiterhin die breitangelegte An- und Einfahrt, die, ordentlich lang, daher nicht übermäßig steil, mit Hausteinen äußerst haltbar aufgemauert ist.

Jenseits der Einfahrt, an ihre nordwestliche Stützmauer angelehnt, sprudelt der ergiebige Brunnen, die Tränkstätte des Viehs, und gleich daneben erhebt sich der geräumige, wohlgepflegte Misthaufen, der in beiden der Straße zugewandten Ecken von schon ziemlich üppigen Lindenbäumen beschattet wird. Bündig zum äußersten Rande des Misthofes, etwa zehn Meter von dessen westlicher Ecke entfernt, zieht sich die hintere Schmalseite des Hauses hin.

Das Haus selbst ist ein Bauernhaus, wie man sie im Emmental häufig findet. Biegt man von dem Stierengrabensträßchen in den zur Haustüre führenden Fußweg ab, so befindet sich, gleich linker Hand, auf der Rampe vor dem Hause, die Kellertreppe, die von der Haustüre weg abwärts führt. Darüber erhebt sich in entgegengesetzter Richtung eine Holzstiege, die das Erdgeschoß mit dem Geländergang oder «der Laube» im ersten Stock verbindet. Rechts von der Haustüre liegt der Pferdestall. Tritt man in den Hausgang ein, gewahrt man gleich, daß er durch die ganze Breite des Hauses führt und auf dessen Hinterseite ebenfalls durch eine Haustüre abgeschlossen ist. Die linke Gangwand ist von drei Türen unterbrochen. Die erste führt ins Eß- und Wohnzimmer, die zweite in die geräumige Bauernküche, die dritte ins Schlafzimmer der Meistersleute. Wohn- und Schlafzimmer sind mit der Küche ebenfalls durch Mitteltüren verbunden.

Über diesen drei Räumen, im ersten Stockwerk, befinden sich in gleicher Einteilung drei Zimmer, von denen zwei als Gesinde- und das dritte, letzte, als gewöhnlich unbenutztes Schlaf- und Gastzimmer dient. Rechts des Hausganges liegt der Pferdestall, zu dem, von jenem aus, keine Verbindungstüre führt. Hinter diesem, in der Gangflucht, steht ein Treppenhaus, und zwar führt die sandsteinerne Treppe, die sich gleich der Küchentüre gegenüber befindet, in den Keller, während am äußersten Gangende, rechts, eine Holztreppe nach dem ersten Stock emporstrebt. Der etwa drei Quadratmeter umfassende Vorplatz dieses Treppenaufgangs weist eine Zimmertüre, die in das Schlafzimmer des ermordeten Altbauern Andreas Rösti führt. Dieses Zimmer bildet also gleichsam den Fortsatz zum Pferdestall, doch liegt zwischen ihnen, vom Treppenhaus um dessen Breite eingeengt, eine sogenannte Futterkammer, wo sich die Haferkasten für die Pferde befinden und woselbst die nicht gerade gebrauchten Pferdegeschirre aufbewahrt werden. Auch diese drei Räume sind untereinander durch Verbindungstüren verbunden. Barlaufend zu diesen drei Räumen zieht sich die durchgehende Tenne, dann folgen ein Kuhstall, der Futtergang, der zweite Kuhstall, und endlich, der Hausachse nach geteilt, nach Nordosten, ein Raum, in dem gewöhnlich allerhand Gerätschaften und Werkzeuge aufbewahrt, gelegentlich auch ausgebessert wurden, und, nach der hintern Hausseite, der Schweinestall.

Von der Höhe des ersten Kuhstalles an bis zur hintern Schmalseite des Hauses ziehen sich vorn und hinten geräumige Jauchelöcher. Auf dem hintern der beiden steht, als loser Bretterverschlag eingebaut, der Abort des Hauses.

Die Wohnstube weist zwei Fenster in nordöstlicher und eines in südöstlicher Richtung auf, die Küche deren drei, das Schlafzimmer der Meistersleute ein Fenster in südöstlicher und fernere zwei in südwestlicher Richtung auf. Das Zimmer des alten Rösti hat nur ein Fenster, nach dem Hof hinaus, also ebenfalls nach Südwesten.

Verfolgt man nun die von Habligen nach dem Stierengraben führende Straße bis zur nördlichen Ecke des Misthofes, so zweigt daselbst ein Fahrweg in südwestlicher Richtung ab. Rechts davon, also hinter der Schmalseite des Bauernhauses, steht ein geräumiges Ofenhaus, zum Backen und Waschen dienend, mit einem etwa zweiundeinhalben Meter ausladenden Vordach. Etwa dreißig Meter weiterhin, doch diesmal links des Weges, steht der zum Gehöfte gehörende Wohnstock. Er unterscheidet sich nicht wesentlich von den meisten Gebäuden dieser Art. Für die Ereignisse, die uns hier beschäftigen, kommt vorläufig lediglich in Betracht, daß seine Längsachse, der des Bauernhauses gleich, von Nordwesten nach Südwesten verläuft, daß das Stubenwerk, daher auch die Hauptfensterreihe, ebenfalls nach Südosten gerichtet ist, während das Küchenfenster und das Fenster des östlich gelegenen Zimmers Ausblick auf das Bauernhaus und den zwischen dem Stock und jenem liegenden geräumigen Hof bieten. Wie vor dem Bauernhaus selbst, liegt auch, wiederum nach Südosten, ein ordentlich großer Haus- und Gemüsegarten, der nach der Hofseite, zur Abhaltung des Nordwindes, von einer anderthalb Meter hohen Bretterwand abgeschlossen ist.

Im Jahr 1893 war der Wohnstock nur im Erdgeschoß bewohnt, und zwar von Christian Rösti, dem Bruder des ermordeten Bauern, und dessen Brudersfrau, der ziemlich schwerhörigen Anneliese. Dieses Ehepaar war kinderlos und Christian selbst zwölf Jahre jünger als sein nun toter Bruder. Mit Ausnahme der hintern Schmalseite zieht sich um den ganzen Wohnstock eine zwei Meter breite Sandsteinrampe herum.

Die Bretterwand, die den Garten des Wohnstockes vom Hof scheidet, ist ungefähr acht Meter lang, der Garten aber wohl an die fünfzehn Meter. Vom achten Meter an wird er nämlich durch den vorgelagerten Holzschuppen abgeschlossen, an den linker Hand ein geräumiger Wagenschuppen angebaut ist, zwischen dessen nordöstlicher Wand und dem Garten des Bauernhauses die zwei jungen Apfelbäumchen stehen, deren Neupfropfung die Nachschau des Tierarztes veranlaßt und ihn so zu der Entdekkung des Toten geführt hatte.

Ungefähr in der Achse des Hausganges, vom Bauernhaus und der nordöstlichen Gartenecke des Wohnstockes, ziemlich in der Mitte, erhebt sich eine weitausladende Linde. Zwischen dieser und dem Holzhaus, ein wenig gartenwärts, erhob sich, als die drei Männer eintrafen, ein kunstvoll aufgebauter runder Scheiterhaufen von fast drei Meter Höhe. Der Gartenwand entlang waren, dicht und üppig, hohe Brennesseln ins Kraut geschossen, die jetzt aber, infolge der lang anhaltenden Hitze, ziemlich mager aussahen. Zwischen dem Holzstoß und der Gartenwand nun lag die Leiche Andreas Röstis, und hinter dieser, zum Teil noch auf die Leiche überhängend, stand im Stockgarten, etwa einen halben Meter von der Wand abstehend, ein ungefähr zehnjähriges Apfelbäumchen.

Es war nun lichter Tag, so daß der Augenschein den soeben Angekommenen keine Schwierigkeiten bot. Als sie sich dem Tatort genähert, hatte der Gemeindepräsident geäußert:

«Landjäger, ich halte dafür, daß wir uns mit einer möglichst knappen Tatbestandsaufnahme begnügen und vor allem nichts unternehmen dürfen, das die Untersuchung verwirren oder stören könnte. Zur Anzeige wird es also genügen, wenn Ihr den gewaltsamen Tod Schattmatt-Reesens feststellt und es bei einer oberflächlichen Umschreibung Eures Befundes bewenden läßt. Etwas anrühren würd' ich nicht, denn ich halte dafür, daß das Sache des Gerichtes ist. Daß aber bis zu seinem Eintreffen hier nichts verändert wird, dafür habe ich, wie schon gesagt, den Schwellenmeister und seine Leute beordert, die wir, wie es uns am vorteilhaftesten scheinen wird, aufstellen werden. Vor acht

Uhr ist der Regierungsstatthalter nicht erreichbar; zu versäumen haben wir also nichts. Übrigens werdet Ihr Euren Bericht in aller Ruhe ausfertigen können, denn Ihr werdet, sobald wir hier das Nötigste angeordnet haben, mit mir heimkommen, im Schloß anläuten und darauf dringen, daß der Regierungsstatthalter sich noch diesen Vormittag einfinde. Bis dahin habt Ihr Eure Anzeige zu Papier gebracht und könnt sie gleich in aller Form dem Statthalter senden oder sie ihm bei seiner Ankunft einhändigen. Auf diese Weise ist er dann von vornherein auf dem laufenden über das, was bis dahin angeordnet sein wird und wie die Leiche entdeckt wurde. Du, Wegmüller, wirst dem Landjäger den Hergang, wie du ihn mir bereits erzählt und verurkundet hast, mitteilen, dann haben wir vorläufig unsere Pflicht getan. Was weiter geschehen soll, wird sich weisen, je nach den Erfordernissen der Untersuchung. Wichtig scheint mir außerdem, daß wir, das heißt Wegmüller und ich, nicht zu nahe an die Leiche herantreten, damit keine neuen Fußspuren entstehen; wenn Ihr es aber für nötig befindet, Landjäger, so ist das Eure Sache, denn Ihr müßt ja wissen, was Ihr zu tun und zu verantworten habt.»

Der Landjäger nickte, nahm seinen Taschenkalender hervor und machte schweigend seine Aufzeichnungen, während seine beiden Begleiter, einige Meter davon entfernt, unter der Linde standen und schweigend zuschauten.

Die Leiche lag, mit den Füßen gegen den Gartenzaun gerichtet, in halb kniender, halb liegender Stellung vornübergesunken, der Kopf dem Scheiterhaufen zugekehrt. Die Arme waren weit nach vorne ausgestreckt und lagen am Boden auf. Der Kopf war mit dem Gesicht dem Holzhaus zugewandt; es wies einige Blutspritzer, aber keine Verletzungen auf. Das Hinterhaupt dagegen bot eine einzige, tiefe Wunde, ein gähnendes, blutiges Loch. Der Landjäger näherte sich der Leiche, und die Wunde betrachtend, meinte er:

«Das war ein Schuß!»

Er erhob sich, machte seinen letzten Eintrag und wollte eben sein Taschenbuch zusammenklappen, als Fritz Grädel, der junge Bauer, zur hintern Haustüre heraustrat. Als er die drei Männer erblickte, blieb er überrascht stehen. Er sah ein wenig übernächtig aus, wenn auch nicht eigentlich verkatert. Der Gemeindepräsident und der Tierarzt faßten ihn scharf ins Auge und sahen ihn unverwandt an. Als er sich von der ersten Überraschung erholt hatte, sagte Fritz:

«Guten Morgen miteinander! Was ist denn los, daß ihr alle drei um diese Zeit schon in der Schattmatt droben seid?»

Die Angesprochenen blickten einander einen Augenblick verlegen an, doch ermannte sich der Gemeindepräsident gleich und frug:

«Wo steckt der Rees?»

«Der Alte? – Das kann ich wahrhaftig nicht sagen», erwiderte Fritz. «Es hat diese Nacht ein bißchen lange gedauert, bis ich heimkam; nun habe ich mich ein wenig verschlafen. Bin erst um dreiviertel sechs aufgestanden, gerade eben recht, um zu Tisch zu sitzen. Der Alte ist nicht da; er frühstückt in der letzten Zeit überhaupt nicht mehr regelmäßig. Weil er sagt, er könne Schmerzen halber nicht schlafen, geht er oft in aller Herrgottsfrühe ins Holz und kommt manchmal erst um die neune herum heim. Aber», setzte er, von den ernsten Mienen der Männer betroffen, hinzu, «was wollt ihr mit ihm? Was gibt's?»

Der Gemeindepräsident und der Tierarzt wechselten einen raschen Blick und schwiegen. Da ergriff der Landjäger das Wort.

«He, ein Unglück ist geschehen; komm, schau selber», sagte er und winkte Fritz unter die Linde.

Dieser folgte zögernden Fußes. Der Landjäger wies mit der Hand nach der Leiche:

«Da – schau!»

Weder Brand noch Wegmüller wandten einen Blick von dem jungen Bauern ab.

Der starrte wie entgeistert nach der Leiche; jede Farbe wich aus seinem Gesicht. Er bebte am ganzen Körper und frug stokkend:

«Ja, was bedeutet das? ... Ist er tot?»

Der Landjäger nickte:

«Erschossen!»

«Er hat sich erschossen?» rief Fritz wie erleichtert. «Ja, wann denn?»

«Nein, er wurde erschossen», stellte der Landjäger fest.

Fritz erbebte aufs neue. Seine Knie wackelten, als er stotterte:

«Er wurde erschossen? ... Ja, von wem denn?» Dann murmelte er, leise zwar, aber für den Gemeindepräsidenten und seine Begleiter gerade noch vernehmbar: «Der verfluchte Lumpenhund!»

Und plötzlich schrie er auf:

«Hört, Mannen, so wahr mir Gott beistehe, ich hab's nicht getan, nein, meiner Seel' nicht, ich hab's nicht getan!»

Der Landjäger beschwichtigte:

«Je nun, was ist mit dir, Fritz? An so was denkt ja auch gar kein Mensch!»

Aber des Jungbauern Ausruf hatte immerhin einen Argwohn im Landjäger geweckt. Nun überlegte er und war gerade im Begriff, eine Frage an Fritz zu richten, als um die südliche Hausecke herum, auf dem Sandsteinbelag, der Schwellenmeister mit drei Begleitern erschien. Diesen wandten nun die drei Männer ihre Aufmerksamkeit zu. In kurzen Worten wurden sie von dem Vorgefallenen unterrichtet. Der Präsident verlangte von ihnen, sie möchten den Tatort absperren und so lange bewachen, bis die Amtsleute vom Amtssitz einträfen; im weitern möchten sie dafür besorgt sein, daß keinerlei Veränderungen vorgenommen noch die Tatstelle von irgend jemandem betreten werde. Am besten werde es sein, wenn vom Wagenschuppen bis zur Linde und von dieser bis zur nördlichen Gartenecke des Wohnstockes ein Seil gezogen und zwei Mann den abgesperrten Platz bewachen würden.

Der Schwellenmeister begriff. Wenige Minuten später waren einige Pfähle geschlagen und ein Waschseil gespannt. Zwei Mann übernahmen die Bewachung, während der Gemeindepräsident ihnen nochmals einschärfte, den Tatort unangetastet zu belassen und unter keinen Umständen jemandem Zutritt zu gestatten, unter welchem Vorwand es auch sein möchte.

Fritz hatte sich inzwischen wieder einigermaßen gefaßt; er selbst hatte das Waschseil wie auch die Axt, die Pfähle einzurammen, beigebracht.

Nun meinte der Gemeindepräsident zu seinen beiden Begleitern:

«Ich denke, wir haben hier vorerst nichts mehr zu tun. Was geschehen mußte, ist geschehen; wir haben den Behörden immerhin so vorgearbeitet, daß sie mit unsern Anordnungen zufrieden sein dürfen. Jetzt gehen wir heim und benachrichtigen sie, während Ihr, Landjäger, Bericht und Anzeige abfaßt. Oder nicht?» setzte er hinzu, als er bemerkte, daß der Landjäger zauderte.

«Doch», antwortete Blumer, «aber ich denke, wir haben noch eine Kleinigkeit zu besorgen.»

«Nun also! Was fehlt noch?»

«Grädel», wandte sich nun der Landjäger an Fritz, «wo schlief denn eigentlich der Rees?»

Der Befragte wies auf das gegen den Hof hinaus gerichtete Fenster:

«Dort in dem Stübchen.»

«Gut, ich möchte es mir einmal ansehen; kommt mit!»

Fritz schritt voran, der Landjäger, der Präsident und der Tierarzt folgten. Als Fritz sich anschickte, die Zimmertüre zu öffnen, kam ihm Blumer zuvor:

«Warte einmal!» Damit drängte er Fritz zurück, stieß die Türe auf, ohne einzutreten und es auch den nachdrängenden Männern, denen sich der Schwellenmeister angeschlossen hatte, verwehrend.

Er blickte in das Zimmer hinein, dann, auf der Schwelle stehen bleibend, zog er aufs neue sein Taschenbuch hervor und schrieb einiges hinein. Soweit man das Zimmer übersehen konnte, war zwar das Bett gebraucht worden; Kleider lagen hingeworfen an dessen Fußende, sonst aber schien im Zimmer nichts in Unordnung zu sein.

Der Schrank und ein altes Schreibpult, die sich darin befanden, schienen unberührt und verschlossen. Am Schranke steckte der Schlüssel im Schloß.

«Hatte Rees Geld oder Geldeswert hier in diesem Zimmer?» frug der Landjäger.

«Nicht, daß ich wüßte», erwiderte Fritz, an den die Frage gerichtet war, «und wennschon, dann jedenfalls nichts von Belang.»

«Es ist gut», meinte der Landjäger, dann zog er die Türe wieder zu und griff, ohne die Schwelle zu verlassen, nach der Innenseite des Schloßes, wo, wie er erwartet hatte, der Schlüssel stak. Nun schloß er den Raum von außen ab. Dann meinte er zum Schwellenmeister:

«Weil nun glücklicherweise gerade Leute genug da sind und wir nichts hier haben, die Türe zu versiegeln, so mag dein dritter Mann diese Türe bewachen. Sie soll nicht geöffnet werden, bis die Herren vom Gericht da sind. Oder hat das Zimmer noch einen andern Zugang?»

«Freilich, von der Futterkammer aus», gab Fritz zum Bescheid.

«Gut, dann laßt uns den auch ansehn», ordnete der Landjäger an. Die vier Männer folgten Fritz durch den Hausgang dem Pferdestall zu, den sie erst verließen, nachdem der dritte Begleiter des Schwellenmeisters seinen Posten bei der Zimmertür im Hausgang eingenommen und seinen Wachbefehl entgegengenommen hatte. In der Futterkammer, die von der andern Seite in Andreas' Zimmer mündete, ergab es sich nun, daß die Verbindungstür zwischen beiden Räumen durch einen schweren Haferkasten verstellt war. Nichtsdestoweniger besichtigte sie der

Landjäger im Schein einer Stallaterne äußerst sorgfältig. Erst nachdem er sich überzeugt hatte, daß sie vom Zimmer aus gegen die Futterkammer verschlossen oder verriegelt war, meinte er:

«Nun, ich denke, wir können jetzt aufbrechen.»

Als die Männer aus dem Pferdestall auf das Pflaster traten, hörten sie entsetztes Geschrei und Weinen durch den Hausgang an ihre Ohren dringen. Offensichtlich war ihre Anwesenheit endlich auch den übrigen Hausbewohnern aufgefallen; nun hatten sich alle hinter das Haus, auf den Hof gestürzt.

Präsident, Landjäger und Tierarzt benutzten die Gelegenheit, sich von Fritz und dem Schwellenmeister zu verabschieden.

«Wir verlassen uns auf dich und deine Leute, Joggi», meinte der Präsident zu diesem. Darauf der Schwellenmeister:

«Seid ohne Sorge; ich stehe gut dafür, daß alles besorgt wird, wie Ihr es angeordnet habt.»

Fritz Grädel sagte nicht viel. Er war ruhiger geworden und reichte jedem der Abgehenden wortlos die Hand. Es war, als wäre er vollkommen niedergedonnert, todmüde. Sein Gesicht schien fahl; er sah so elend aus, daß der Präsident sein Bedauern nicht zu unterdrücken vermochte. Als er ihm, als letzter der drei, die Hand reichte, tröstete er:

«Fasse dich, Fritz; es ist freilich ein Unglück, ein schweres Unglück sogar, aber halte den Kopf hoch!»

Fritz, der wohl das Gutmeinen des Präsidenten, seines Schwadronhauptmanns, verspürte, drückte die dargebotene Hand kräftig, dann erhob er das Haupt, schaute ihm klar und frei in die Augen und antwortete:

«Werd' wohl müssen!»

Nun gingen die Männer. Sie sprachen nicht viel unterwegs. Kaum, daß sie einige gleichgültige Bemerkungen austauschten. Der Präsident und der Tierarzt waren beide in tiefes Sinnen versunken. Beiden war das erlauschte Gespräch je länger, je deutlicher gegenwärtig; beide erwogen in ihrem Innern die Möglichkeit der Täterschaft Grädels, gegen deren Annahme sich ihr ganzes Gefühl empörte, für die aber der Schein zu sprechen schien. So sannen sie, ohne zu einem bestimmten Ergebnis zu gelangen. Der Landjäger dagegen, der von dem Gespräch nichts wußte, war zwar ebenfalls schweigsam, doch beschäftigten ihn sichtlich andere Gedanken, über die er sich nur noch nicht recht klar war. Auf einmal, etwa einen Steinwurf ob der Sägerei, stand er still und meinte zu seinen Begleitern:

«Etwas kommt mir merkwürdig, ja beinahe etwas verdächtig vor. Wie ist es möglich, daß im Wohnstock, also wenige Schritte vom Tatort, niemand den Schuß gehört und daß der Hund nicht angeschlagen hat? Wenigstens haben ihn weder Fritz noch der Melker, die ich darum im Vorbeigehen befragte, anschlagen hören. Und wie kommt es, daß sich nun während der ganzen Stunde, die wir da oben verbrachten, niemand vom Stocke gezeigt hat? Sollten Christian und Anneliese am Ende abwesend sein?»

«Das ist in der Tat sonderbar», gab der Präsident zurück, «'s ist wahr, man hat niemand gemerkt.»

«Aber doch muß jemand zu Hause sein», ergänzte der Tierarzt, «denn als ich heute morgen zum erstenmal droben wegging, sah ich aus dem Schornstein Rauch aufsteigen. Ich dachte sogar einen Augenblick daran, Christian herbeizurufen, dann aber überlegte ich, daß in diesem Falle bald die ganze Familie auf dem Tatort herumtrampeln und viele für die gerichtliche Untersuchung wertvolle Hinweise verwischen würde. Vorhin nun, bevor wir nach dem Pferdestall gingen, stand die Haustüre des Wohnstockes gegen den Hof hin offen, während sie heute morgen, als ich wegging, geschlossen war.»

«Ich war dumm», nahm der Landjäger wieder das Wort, «man hätte auch den Stockgarten bewachen lassen sollen oder wenigstens einen Blick hineinwerfen.»

«Nun, wenn dort jemand hineingeht, so werden es die beiden Wächter am Tatort wohl bemerken», meinte Wegmüller.

«Das ist nichts weniger als sicher», gab der Landjäger zurück. «Die Wand ist über mannshoch, folglich können sie nicht darüber hinwegsehen, und wenn sie auch jemand hörten, so würde ihnen das nicht einmal auffallen, geschweige denn verdächtig vorkommen. Die Frage ist nur, ob sich das Versäumnis noch gutmachen läßt. Fast hätte ich Lust, umzukehren, aber dann würde meine Anzeige nicht rechtzeitig fertig.»

«Ihr habt freilich Recht», erwiderte der Gemeindepräsident, «daran hätten wir denken sollen. Aber jetzt ist keine Zeit mehr dazu; die Anzeige ist dringlich.»

Inzwischen waren die drei Männer sowohl an der Sägerei wie an der Käserei vorbeigekommen und von den Leuten, die sich um beide herum befanden, bemerkt worden. Man fragte sich, woher sie um diese Stunde wohl schon herkämen, was wohl geschehen sei. Wie nun der Präsident zufällig über den Bach nach dem Häuschen des Gemeindepolizisten und -weibels blickte, sah er diesen gerade seine Pfeife anstecken und rief ihn an:

«Weibel-Micheli, komm, hör doch einmal!» Und zu den Begleitern gewandt: «Es mag zu spät sein; ist es aber noch nicht zu spät, dann haben wir hier einen Wächter für den Stockgarten und brauchen nicht wieder umzukehren.»

«Das ist recht!» meinte der Landjäger. Als Micheli nun herzutrat, erteilte er ihm in aller Eile die notwendigen Belehrungen und mahnte ihn zu größter Eile. Micheli verlangte noch einige Auskünfte, doch als er seiner Sache sicher war und restlos begriffen hatte, was von ihm verlangt wurde, stob er talaufwärts, als wäre der leibhaftige Teufel hinter ihm drein.

Als die drei Männer an der Kirche vorbeischritten, schlug es eben acht Uhr. Allerhand neugieriges Volk belagerte die Dorfstraße, in der Meinung, zu vernehmen, woher sie kämen und was vorgefallen sei, denn selbstverständlich hatte der plötzliche Aufbruch des Präsidenten und des Tierarztes mit dem Landjäger einiges Aufsehen erregt, das durch das kurz darauffolgende Aufgebot des Schwellenmeisters und seinen Weggang mit drei Leuten noch gesteigert worden war.

Allein die Männer hatten es eilig; sie verschwanden gleich darauf im Hause des Fürsprechs, so den abenteuerlichsten Vermutungen, die gleich darauf im Dorfe herumgeboten wurden, freie Bahn lassend. Der Gemeindepräsident klingelte am Amtssitz an, verständigte das Regierungsstatthalteramt von dem Geschehnis, bestätigend unterstützt von Landjäger Blumer, der gleich darauf Anzeige und Bericht niederschrieb und damit begann, die Aussagen des Tierarztes über die Entdeckung der Leiche aufzunehmen, die gleichlautend ausfielen wie die bereits vom Präsidenten verurkundeten. Alles das nahm ihn über eine Stunde in Anspruch.

Inzwischen hatte der Amtsgerichtspräsident in seiner Eigenschaft als ordentlicher Untersuchungsrichter des Bezirkes angeläutet und Brand von seiner und der Ankunft seiner Beamten mit dem Elfuhrzuge verständigt, wie auch davon, daß der anderweitig, eines letzte Nacht durch das Gewitter hervorgerufenen Brandfalles wegen, in Anspruch genommene Regierungsstatthalter ihm den Fall Rösti ohne weiteres zur Untersuchung überwiesen habe. Im weiteren hatte er den Tierarzt bitten lassen, gleich in Habligen auf ihn zu warten, damit er ihn als ersten ebenfalls gleich vernehmen könne.

«Wegmüller», meinte der Präsident launig, «wie ich merke, hat sich alles gegen deinen wohlverdienten Schlaf verschworen!»

«Schadet nichts», gab er zurück. «Die Geschichte hat mich derart aufgeregt, daß ich ohnehin kein Auge schließen könnte.»

Inzwischen war der Landjäger mit seiner Schreiberei fertig geworden und empfahl sich, versichernd, bei der Einfahrt des Elfuhrzuges zur Stelle zu sein. Er ging. Die beiden Freunde blieben allein zurück. Beide schwiegen, sinnend und fast ein wenig verlegen, bis endlich der Tierarzt das Schweigen brach.

«Was denkst du von der Geschichte?» frug er.

Der Präsident, nach einiger Überlegung, erklärte:

«Eigentlich gar nichts! Wenigstens nichts Bestimmtes. Dennoch weiß ich, was dich drückt und was mir auch den ganzen

Morgen nicht aus dem Sinn gekommen ist: das Gespräch Grädels mit dem jungen Christen, das wir gestern abend belauschten. Ich habe mir nun die Sache nach allen Seiten hin überlegt und komme zum Schluß, daß wir es, vorläufig wenigstens, als nicht gehört behandeln und die Ergebnisse der gerichtlichen Untersuchung abwarten müssen. Geben wir nämlich unser Wissen von vornherein preis, so ist der Untersuchungsrichter nicht mehr ganz unbefangen; wir hetzen ihn damit gewissermaßen auf eine Fährte, sprechen einen Verdacht aus. Dann aber ist hundert gegen eins zu wetten, daß er jene ausschließlich oder doch vornehmlich verfolgen und im Untersuchungsverfahren Tatsachen übersehen oder leichthin behandeln wird, die anders dazu dienen könnten, den wahren Tatbestand abzuklären.

Im weitern will ich dir, ohne dich damit irgendwie beeinflussen zu wollen, ganz offen gestehen, daß ich nicht an die Täterschaft Grädels glaube. Erstens kenne ich den Mann; er ist Korporal in meiner Schwadron, nebenbei gesagt, der beste Unteroffizier, den ich habe. Ich glaube ihn gründlich zu kennen und kann dir versichern, daß er sich immer als durchaus ehrenwert, klug und in jeder Hinsicht rechtschaffen bewährt hat. Außerdem ist er kein Hitzkopf, der sich leicht hinreißen ließe, in der Aufregung etwas zu verüben, das über die Grenzen des Zulässigen hinausginge. Meine Kenntnis seiner Wesensart liefert mir den sittlichen Beweis dafür, daß er am Tode seines Schwiegervaters unbeteiligt ist. Darauf möchte ich die Hand ins Feuer legen.

Aber auch sachlich spricht bis jetzt nichts für seine Täterschaft, im Gegenteil! Wir, das heißt nicht nur du und ich, sondern alle, die ihn kennen, wissen, daß er gerade kein Dummkopf, sondern ein für seinen Stand mehr als durchschnittlich gebildeter, umsichtiger, gescheiter Mensch ist. Wie uns bekannt ist, stand er freilich mit dem alten Rees so schlecht als möglich. Die Geschichte mit dem Dragonerpferd war, wie wir wissen, nicht der erste Lumpenstreich, den der alte dem jungen Bauern spielte. Gesetzt nun den Fall, Fritz hätte wirklich den Vorsatz gefaßt, seinen Peiniger aus dem Wege zu räumen, würde er dann sein Vorhaben auch dem besten Freunde gegenüber, und zwar sozusagen öffentlich, anvertraut haben? Denn es konnte ihm nicht entgehen, daß er belauscht werden konnte!

Als er mit Christen-Reesli sprach, war er nicht einmal angetrunken. Wir sahen ihn gleich darauf im Gastzimmer; er kam an unsern Tisch und unterhielt sich mit dir des Pferdes wegen. Nachher freilich trank er ganz gehörig, zuerst mit seinem Freund, dann in der Gesellschaft der andern Bauern. Aber er trank nicht bösen Wein. Erinnere dich, wie er scherzte, lachte, sang, als wir gegen die zwei herum in das vordere Gastzimmer traten. Ich sage nicht, er habe dabei nicht zu tief ins Glas geguckt. Aber ist anzunehmen, daß der nun wieder heiter gewordene Fritz am frühen Morgen, um halb drei Uhr, heimgeht, in der Absicht, den Alten zu ermorden? Und wenn das auch angenommen werden könnte, wer hätte diesen dazu bestimmt, sich fix und fertig, bis auf die Schuhe, anzukleiden und ihm hinter den Scheiterhaufen zu folgen, wo er ihn dann bequem, ohne irgendwelchen Widerstand des Alten, von hinten hätte erschießen können?

Aber auch das angenommen: ist es auch nur denkbar, daß Fritz nach getaner Tat nicht einmal versucht hätte, die Leiche zu beseitigen, die Spuren zu verwischen, daß er in aller Gemütsruhe schlafen gegangen wäre und sich verschlafen hätte? Und das alles ohne Aufregung, ohne Angst; ein Mann, der sich, wie gesagt, in allen Lebenslagen durch und durch aufrichtig, rechtschaffen erwies? Gesetzt den Fall, er hätte sich des Alten wirklich entledigen wollen, hätte er es so kreuzdumm angestellt, er, einer der klügsten unserer Bauern?

Darum schau, ich kann die Sache drehen und wenden, wie ich will, so muß ich Fritz von jedem Verdachte lossprechen.»

Der Tierarzt hatte aufmerksam zugehört.

«Du hast recht», erwiderte er nach einer langen Pause nachdenklichen Schweigens. «Dennoch scheint mir, Grädel habe heute morgen den Verdacht gegen sich sozusagen selber herausgefordert. Warum die leidenschaftliche Unschuldsbeteuerung angesichts des Toten, in einem Augenblick, wo er doch für sicher annehmen durfte, daß kein Mensch auch nur entfernt an die Möglichkeit seiner Täterschaft denke? Denn daß wir beide sein Gespräch mit dem jungen Christen belauscht haben, kann er nicht wissen.

Ich weiß nicht, ob du es bemerkt hast, aber er war fahl wie der Tod, als er seine Unschuld, die ja kein Mensch auch nur in Frage stellte, so hitzig beteuerte. Das fiel auch dem Landjäger auf; ich nahm wahr, daß er davon in seinem Taschenbuch Vormerk nahm.»

«Das alles ist mir ebensowenig entgangen wie dir», ließ sich der Gemeindepräsident vernehmen, «und ich gestehe, daß es mich einen Augenblick verwirrte, aber nur einen Augenblick. Entsinne dich, wie Fritz unbefangen und ahnungslos aus der Haustüre trat. Zuerst dachte er an Selbstmord! Jawohl, er glaubte daran, denn so schauspielert keiner an der Leiche seines Opfers, jedenfalls kein Fritz Grädel. Was sich nun in seinem Gehirn abspielte, kann ich, ich will wetten, lückenlos wieder aufbauen.

Als er verständigt wurde, der Alte sei ermordet worden, sagte er tonlos: ‹Ja, von wem denn?› Dann fiel ihm ein, was ihm der Tote alles angetan hatte; er stierte die Leiche unverwandt an, und aus der Tiefe seines Gemütes löste sich sein ganzer Groll in die Worte aus: ‹Der verfluchte Lumpenhund!› Dabei mag er im weitern unklar gedacht haben: Und nun, um uns neue Verlegenheiten zu bereiten, läßt er sich auch noch ermorden! In diesem Augenblicke aber fiel ihm ein, was er gestern abend mit Andreas Christen verhandelt hatte. Wie ein Blitz erhellte sich in seinem Innern, daß, wenn dieses Gespräch ruchbar würde, er dem Mordverdacht unwiderruflich preisgegeben sei. Dagegen nun setzte er sich unüberlegt, ganz triebmäßig, durch seine Unschuldsbeteuerung zur Wehr. Gerade das aber spricht in meinen Augen zu seinen Gunsten, denn wäre er der Täter, dann würde ihn seine bloß menschliche Klugheit davon abgehalten haben, sich überhaupt, in welcher Weise es auch immer gewesen sein möchte, mit der Tat in Verbindung zu setzen. Er würde nichts getan haben, unsere Aufmerksamkeit, ebensowenig wie auch die des Landjägers, auf sich zu lenken.»

Der Tierarzt nickte beistimmend. Doch fuhr der Präsident fort:

«Vergegenwärtige dir nun Grädels nachheriges Verhalten. Als der erste Schreck gewichen war, da war er wieder ganz er selbst. Er gab sich keine Mühe, gegenüber dem Toten Gefühle vorzutäuschen, die ihm fremd waren. Er fand sich mit dem Geschehnis rasch ab, und als es galt, den Tatort abzusperren, legte er sachlich, ruhig Hand an. Er holte Seil, Axt und Pfähle herbei, und wenn sein Äußeres Verdruß verriet, so war es eben um der andern, um seiner Leute willen. Er sah bekümmert, aber nicht ängstlich aus. Man sah: für ihn selbst bedeutete des Alten Tod eine Erlösung, die Art seines Todes jedoch ein arges Mißgeschick. In diesem Augenblick, dessen bin ich überzeugt, dachte er schon nicht mehr daran, daß ihn ein ernsthafter Verdacht auch nur streifen könnte.»

«Das alles leuchtet mir ein», meinte Wegmüller. «Also, du meinst, wir sollen über unsere Wahrnehmung überhaupt schweigen?»

«Vorläufig wenigstens, ja! Und zwar gerade um der Vollständigkeit und Gewissenhaftigkeit der Untersuchung willen, obwohl unser Vorgehen rechtlich nicht durchaus einwandfrei sein mag. Allein sollte sie indessen Ergebnisse zeitigen, die unser Zeugnis darüber notwendig machten, das übrigens ebensowohl zur Entlastung wie zur Belastung dienen kann, dann können wir immer noch zeugen und haben dann auch unsere Pflicht zu tun. Für die Verzögerung übernehme ich die Verantwortung und kann sie übernehmen.

Überdies sind wir mit unserer Wahrnehmung nicht allein. Dr. Wyß und namentlich Andreas Christen selbst waren ebenfalls Zeugen des Gesprächs. Ich meine daher nur, wir hätten uns vorläufig mit unserer Aussage darüber nicht hervorzudrängen. Möglich, daß wir übrigens bald einmal ohnehin zur Rede gestellt werden; dann aber wird es gelten, die Wahrheit, nur die Wahrheit, und zwar die ganze Wahrheit auszusagen, wie es in den Zeugenvermahnungen etwa heißt.»

«Abgemacht!» erwiderte der Tierarzt nach kurzem Besinnen.

Inzwischen hatte verworrene Kunde des Geschehnisses in der Schattmatt das Dorf erreicht. Obwohl es Werktag war, bildeten sich eifrig sprechende Gruppen auf der Dorfstraße und vor den Häusern, ja die neugierigsten unter den Männern scheuten sich nicht nach der Pinte zu steuern, um dort womöglich Näheres zu vernehmen. Auf diese Weise erfuhr auch Dr. Wyß von der Mordtat, und da auch ihm gleich das erlauschte Gespräch zwischen Grädel und Christen-Reesli einfiel, begab er sich kurz entschlossen zum Gemeindepräsidenten, um sich dort zuverlässige Auskunft einzuholen. Dieser und der Tierarzt setzten ihn von allem in Kenntnis, auch von ihrer Auffassung von dem allfällig abzugebenden Zeugnis über das erlauschte Gespräch. Dr. Wyß billigte die Auffassung der beiden, indem er sich ihr anschloß, und war schon im Begriffe, sich wiederum zu verabschieden, als ihn Brand zurückhielt.

«Hör mal, Doktor», sagte er, «ich weiß nicht, ob der Untersuchungsrichter, der mit seinen Leuten um elf Uhr eintrifft, einen Arzt mit sich bringt. Wenn dies, wie anzunehmen ist, nicht der Fall sein sollte, wird er deiner bedürfen, um die notwendigen ersten sachverständigen Feststellungen vorzunehmen. Es wäre daher gut, wenn du dich bereit hieltest, ihn nach der Schattmatt, gleich nach seiner Ankunft, zu begleiten. Da überdies der Ermordete vor länger als drei Monaten in deiner Behandlung gestanden hat, wie du uns gestern abend berichtetest, so kann sich wohl ereignen, daß gerade dein Zeugnis und Befund für die Untersuchung von besonderer Bedeutung sein wird. Halte dich also bereit, wenn es dir möglich ist.»

«Das kann leicht geschehen, denn gegenwärtig habe ich die reinsten Ferien; 's ist sozusagen niemand krank in Habligen und Umgebung, und schon vor einer Stunde hat mein letzter Besucher das Wartezimmer verlassen. Ich stehe also zu Hause zur Verfügung, wenn man meiner bedürfen sollte.»

Der Arzt entfernte sich. Soeben hatte es zehn Uhr geschlagen, da fiel dem Gemeindepräsidenten ein, daß sowohl er wie sein Freund seit gestern nacht noch nüchtern waren und nun, da sich die erste Aufregung gelegt hatte, meldete sich der Hunger recht empfindlich. Zehn Minuten später frühstückten die beiden in der Wohnung Brands. Wohl oder übel mußten sie nun, in Gegenwart der Frau Präsidentin und der ohrenspitzenden Magd Bäbeli, erzählen, was sie so zeitig von Hause geführt und so lange vom Frühstück abgehalten hatte. Der Präsident tat es mit aller Vorsicht, da ihm darum zu tun war, allfälligen falschen Gerüchten, wie sie sich bei solchen Fällen stets ohne weiteres einstellen, womöglich keine Nahrung zu bieten.

Nachdem die Herren gefrühstückt hatten, plauderten sie noch eine Weile. Der Präsident verständigte seine Frau davon, daß er voraussichtlich nicht zum Mittagessen heimkommen, sondern wahrscheinlich mit dem Untersuchungsrichter im Wirtshaus, wenn überhaupt, speisen würde. In dieser Annahme ordnete er auch in seiner Kanzlei alles Nötige an, so daß sein Schreiber auch in seiner Abwesenheit Bescheid und zu tun wußte. Kurz vor elf Uhr trat er mit dem Tierarzt wiederum ins Freie, gerade in dem Augenblick, als der Landjäger in voller Uniform vom Dorfe hergeschritten kam. Der schloß sich ihnen ohne weiteres an; nun gingen sie selbdritt zur Bahn. Sie waren noch keine fünf Minuten dort, als der Zug einfuhr und ihm drei Männer, an ihrer Spitze der Untersuchungsrichter, entstiegen. Außer diesen waren noch da der Gerichtsschreiber und ein weiterer Herr, der vom Untersuchungsrichter den ihn Erwartenden als Wachtmeister Räber, Abteilungsvorsteher der bernischen Fahndungspolizei, vorgestellt wurde. Dieser habe sich zufällig gerade auf dem Gericht befunden, als die Meldung des Mordes von der Schattmatt eingetroffen sei, und er werde nun, im Einverständnis mit seinen Vorgesetzten, seine Fähigkeiten in den Dienst der vorzunehmenden Untersuchung stellen.

Nach Erledigung der gegenseitigen Vorstellungen meinte der Gerichtspräsident, übrigens ein Studienfreund des Gemeindepräsidenten und Fürsprechs Brand:

«Wenn es euch recht ist, schlage ich vor, uns zunächst gleich in die Hinterstube des ‹Bären› zu begeben, um eure Berichte, namentlich den des Landjägers Blumer, entgegenzunehmen, worauf wir uns dann nach dem Tatort begeben werden. Inzwischen wird es gut sein, Dr. Wyß zu verständigen, er möchte sich uns zur Verfügung stellen und sich uns anschließen, um uns nach der Schattmatt zu begleiten.»

«Das ist bereits besorgt; den Doktor werden wir gleich mitnehmen, wenn wir, an seiner Wohnung vorbei, hinaufgehen.»

«Dann ist's gut», erklärte der Richter, worauf die ganze Gesellschaft im «Bären» verschwand. Daselbst angekommen, besammelte sie sich in einem abgelegenen Zimmer, wo sie ungestört verhandeln konnte. Etwas mehr als eine halbe Stunde später hatte sich der Gerichtspräsident über den Bericht des Landjägers Blumer unterrichtet, dessen Anzeige entgegengenommen und den Gemeindepräsidenten Brand sowie den Tierarzt Wegmüller verhört. Als sie vor das Wirtshaus traten, stand auf Brands Anordnung hin bereits ein Wagen des «Bären»-Wirts in Bereitschaft und führte nun die Herren rasch dorfwärts, gefolgt von den neugierigen Blicken der Leute. Dr. Wyß wurde im Vorbeifahren rasch mitgenommen. Er säumte nicht, da er sich, des Rufes gewärtig, bereit gehalten hatte. Eben schlug es zwölf Uhr, als die Braunen des «Bären»-Wirts, ordentlich schwitzend, in der Schattmatt anlangten. Der Knecht, der sie geführt, wurde mit dem Wagen sogleich heimgeschickt, da man seiner nicht mehr bedurfte.

Ohne sich weiter umzusehen, betraten die Herren den Hof und stellten fest, daß die Wachen auf ihrem Posten standen. Der

Schwellenmacher wurde herbeigerufen. Er erklärte, seit dem Weggehen des Gemeindepräsidenten und seiner Begleiter sei nichts von der Stelle gerückt worden, und auch sonst sei nichts zu melden; eine Aussage, die vom Schreiber gleich gebucht und vom Schwellenmeister unterzeichnet wurde.

Nun wurde der Dorfpolizist, der Weibel-Micheli, in gleicher Weise einvernommen. Der gab an, sofort nach seinem Eintreffen den ihm angewiesenen Posten eingenommen zu haben. Seit seinem Hiersein habe niemand den Garten des Wohnstockes betreten. Auch diese Aussage wurde festgehalten und vom Zeugen unterfertigt. Nun ordnete der Gerichtspräsident die Entfernung der beiden Wächter vom Tatort an, dann, zu seinen Begleitern gewandt, bat er diese, sich bis auf weiteres ein wenig zurückzuziehen, worauf er mit dem Schreiber und dem Wachtmeister Räber auf den eigentlichen Tatort zuschritt.

Während der Fahnder nun zunächst die Mordstelle eingehend besichtigte und gelegentlich mit dem Gerichtspräsidenten kurze Bemerkungen austauschte, unterhielten sich die Zurückgebliebenen, der Schwellenmeister und die beiden von ihren Posten abberufenen Männer inbegriffen, über alles mögliche, nur nicht über den Fall selbst, denn sooft die Rede darauf kommen wollte, schnitt sie der Gemeindepräsident durch eine auf einen andern Gesprächsgegenstand führende Bemerkung ab, da er vermeiden wollte, daß die Leute, die später als Zeugen im Strafverfahren auftreten mußten, wenigstens nicht in seiner Gegenwart, den Fall besprachen. Das Wetter war noch immer gewitterhaft, obwohl es seit der letzten Nacht nicht mehr geregnet hatte. Aber dünstig und trübe war's; im übrigen jedoch schon wieder ordentlich heiß.

Nach einer Weile wurde auch Dr. Wyß nach dem Tatort berufen. Nach ferneren zehn Minuten wurde die Untersuchung des Wohnstockgartens vorgenommen, die fast eine halbe Stunde dauerte. Bei dieser Gelegenheit hatte Christian Rösti, der Bruder des Ermordeten, den Garten betreten und sich den Herren anschließen wollen. Es wurde ihm aber bedeutet, zurückzubleiben und bis nach Beendigung der Untersuchung den Garten nicht zu betreten sowie auch seine Frau davon abzuhalten. Eine Weisung, der er sich ohne weiteres fügte.

Nachdem der Garten besichtigt worden war und der Weibel-Micheli seinen Posten mit einem neuen, vom Gerichtspräsidenten erteilten Wachbefehl wieder eingenommen hatte, begaben sich die Herren nach dem Bauernhause und nahmen die Untersuchung des Zimmers des Verstorbenen vor. Auch diese dauerte eine gute Viertelstunde, worauf das Zimmer abgeschlossen und beide Türen, wie auch das nach dem Hofe gerichtete Fenster, versiegelt wurden.

Als sich die Gerichtsherren wieder zu den auf sie Wartenden gesellten, war es schon etwa zehn Minuten über ein Uhr. Der Gerichtspräsident schlug vor, die Arbeit zu unterbrechen und zum Mittagessen zu gehen. Er erbat sich, der Schwellenmeister möchte etwa um drei Uhr wieder am Tatort erscheinen. Die Leiche Röstis wurde nun ins Ofenhaus übergeführt. Als sie dort aufgebahrt war, wurde auch dieses verschlossen und versiegelt. Nun begab sich die ganze Gesellschaft, mit Ausnahme des Weibel-Micheli, der auf seinem Posten auszuharren hatte, dorfwärts. Die Herren vom Gericht, mit ihnen der Gemeindepräsident und der Landjäger, verschwanden im «Rößli», wo auf die Anordnung des Gemeindepräsidenten hin, der zu diesem Zwecke einen der abgelösten Wachposten vorausgesandt hatte, das Mittagessen ihrer harrte. Dr. Wyß verabschiedete sich vor seiner Wohnung, und der Tierarzt war im Begriffe, ein Gleiches zu tun, da er gerade einen Zug zu erreichen vermochte, der ihn in wenigen Minuten nach Hause, nach Oberhabligen, führen konnte. Bevor er jedoch dazu kam, hielt der Gerichtspräsident den Schritt an, dankte im Namen der Behörden sowohl dem Tierarzt wie auch dem Gemeindepräsidenten und dem Landjäger für die von ihnen getroffenen umsichtigen Anordnungen, die dazu beitrügen, die Untersuchung wesentlich zu erleichtern.

Nun ging der Tierarzt seines Weges und die übrigen ins «Rößli». Die Herren machten es kurz. Der Gerichtspräsident hatte es eilig, weil, wie er sagte, auf der Schattmatt diesen Nachmittag noch viel zu tun sei. Während der Mahlzeit frug er den Gemeindepräsidenten, ob er ihn auch diesen Nachmittag dorthin begleiten würde; seine Gegenwart als Gemeindepräsident, somit als oberster Ortspolizeibeamter der Gemeinde und bester Kenner der Bevölkerung wie der örtlichen Verhältnisse, wäre ihm äußerst wertvoll. Brand sagte zu.

Die Herren hatten bald gespeist. Nun saßen sie beim schwarzen Kaffee, während der Schreiber seine Aufzeichnungen ordnete und deren vorläufige Reinschrift dem Gerichtspräsidenten zur weiteren Verfolgung der Untersuchung überreichte.

Die Ergebnisse des Augenscheins ließen sich in folgende Feststellungen zusammenfassen:

Auf dem engeren Tatort, also im Hofe, wo die Leiche gefunden worden war, ließen sich, trotz des frisch gefallenen Regens und des dadurch aufgeweichten Bodens, keine Fußspuren nachweisen, die für die Untersuchung von Belang sein konnten. Denn der Hof war fast in seiner ganzen Ausdehnung mit kurzem, zähem Gras und der Bretterwand des Wohnstockes entlang, wo die Leiche gelegen hatte, mit hohen Brennesseln überwachsen, die wohl von Fußtritten geknickt waren, aber keine weiteren Anhaltspunkte boten.

Dicht hinter dem rechten Ohr des Erschossenen, vom Blut angeklebt, hatte Wachtmeister Räber ein verblutetes, versengtes Stoffetzchen gefunden, das sich unter dem Vergrößerungsglas als Leinen erwies und dessen ursprüngliche Farbe ein verwaschenes Blau war.

Die Leiche selbst war vollständig bekleidet und beschuht. Der Tote trug mittelstark beschlagene Lederschuhe, an deren Sohlen einige Nägel zum Teil ausgefallen, zum Teil abgewetzt waren. Die Strümpfe bestanden aus weiß- und rotgesprenkelter Baumwolle; sie wiesen keine anderen Merkmale auf als das, daß sie, der bloß äußeren Untersuchung nach, offensichtlich frisch angezogen worden waren. Die Hose und die Weste waren aus Guttuch. In den Hosentaschen fand sich ein noch ungebrauchtes Taschentuch, ein altmodisches Taschenmesser mit Stahlrücken zum Feuerschlagen, zwei Drahtstifte und ein Stück jener gezwirnten Schnur vor, deren sich die Bauern für ihre Pferdepeitschen als Schmitze bedienen und die im Emmental «Zwick» genannt wird.

Die rechte Westentasche barg einen metallenen Hosenknopf, eine ziemlich große, silberne Zylinderuhr, die offensichtlich kurz vor dem Tode des Bauern aufgezogen worden war, denn Wachtmeister Räber stellte fest, als er sie neuerdings sorgfältig aufzog, daß es dazu nur zweiundfünfzig Zahngriffe bedurfte. Die Uhr war, wie gesagt, von schwerem Silber, lag an einer ebenfalls silbernen Kette, die vermittels eines Hakens im drittuntersten Knopfloch der Weste eingehängt war. Unmittelbar unter dem Haken war auch der metallene Uhrschlüssel angebracht, so daß zum Aufziehen der Uhr der Haken aus dem Knopfloch ausgehängt werden mußte. Die Uhr ging, im Augenblick, als sie Wachtmeister Räber zur Hand nahm, gegenüber der Ortszeit um sechs Minuten vor.

Der Westenrücken bestand aus grauem Barchenttuch und war oben, gegen den Nacken, ordentlich angesengt, am Rand mit Pulverschmauch belegt und verblutet. Über der Weste trug der Bauer einen ebenfalls guttuchenen Rock, in dessen rechter Außentasche die offensichtlich schon lange im Gebrauch stehende, hölzerne Tabakspfeife des Ermordeten gefunden wurde. Sie erwies sich als nicht völlig heruntergeraucht, so daß anzunehmen war, der Bauer habe sie noch kurz vor dem Tode benutzt. In der linken Außentasche stak ein lederner Tabaksbeutel, der ebenfalls unverkennbare Spuren schon langen Gebrauchs aufwies und eine schwache Handvoll gewöhnlichen Murtener Kanasters enthielt. Außerdem fand sich daselbst auch eine messingene Zündholzdose vor, zu zwei Dritteln mit Phosphorstreichhölzern angefüllt.

In der rechten Innentasche des Rockes befand sich eine Schweinsblase, die dem Bauern als Geldbeutel gedient hatte. Sie enthielt sechs Fünffrankenstücke und drei Einfrankenstücke sowie fünfundsechzig Rappen in kleiner Scheidemünze. Die rechte Innentasche barg einen Schreibkalender, der, außer noch ungeprüften Aufzeichnungen, in einem Innenfach, das an der Innenseite des vorderen Deckels angebracht war, vier Hunderter- und zwei Fünfzigfrankenbanknoten enthielt, was immerhin, wie auch der übrige Befund, darauf schließen ließ, es liege kein Raubmord vor. Der Kragen des Rockes wies ebenfalls starke Beläge von Pulverschmauch und Spritzer von Gehirnteilen auf, und er war ziemlich stark mit nun fast eingetrocknetem Blut getränkt. Er war, ebenso wie der obere Westenrand, ordentlich angesengt.

Das flächserne, gestärkte und geplättete Hemd war eines derjenigen, die die Bauern, wenigstens im Sommer, nur sonntags zu tragen pflegen. Auch der Hemdkragen war am obern Rande, wenn auch viel weniger stark, angesengt. Er wies Spuren von Pulverschmauch auf, war über und über verblutet, da der Erschossene nach vorne gestürzt war und sich der reichliche Bluterguß seiner Hinterkopfwunde dem Hemdkragen entlang nach vorne, unter dem Kinn auf Hals und Brust verlor. Das Hemd, steif gestärkt und geplättet, hatte natürlich sehr wenig Blut angesogen, sondern seine Härte bewahrt.

Die Leiche selbst war die eines ältlichen, über seine Jahre abgelebten Mannes. Sie wies am Hinterkopf eine große, unregelmäßig gerandete Einschußwunde auf, die auf einen Rehpostenschuß aus einer Vorderladerfeuerwaffe schließen ließ. Der Schuß mußte ziemlich in der Mitte des Scheitelbeins, unmittelbar oberhalb des Hinterhauptbeins, in annähernd rechtem Winkel eingetreten, demnach der Waffenlauf leicht von oben nach unten geneigt gewesen sein, denn auch das Hinterhauptbein wie ein ziemlich großer Teil des Scheitelbeins waren zertrümmert. Die Wundränder sahen zackig, zerfetzt, schwarz unterlaufen aus; die sie umgebenden Haare waren, ebenso wie die äußern Wundränder, versengt; die unmittelbare Umgebung der Wunde zeigte deutliche Pulverschmauchbeläge. Das Kleinhirn und ein Teil des Großhirns waren zerstört; Teile des letzteren zerspritzt und ausgetreten, so daß sich Gehirnfetzen um die Wunde herum, namentlich auch auf dem Rock, gelagert hatten. Der Streukegel des Schusses war auffällig eng. Er maß bei der Einschußwunde durchschnittlich nur acht Zentimeter. Alles das ließ darauf schließen, daß der Schuß aus allernächster Nähe, dicht vor der Laufmündung, von oben nach unten eingeschlagen hatte.

Der Tod war sofort eingetreten, der Angeschossene vornüber auf die Knie gestürzt und bereits bewußt- und regungslos, als ein starker Bluterguß immer noch stattfand, was dem Blutgerinnsel dem Hemdkragen entlang deutlich zu entnehmen war. Die Leichenstarre schien ziemlich rasch eingetreten zu sein, denn im Augenblick der Untersuchung befand sich die Leiche bereits wieder im Zustande der Entspannung. Daraus konnte, freilich ohne vollständige Sicherheit, geschlossen werden, der Tod sei etwa acht bis zwölf Stunden vor der Untersuchung eingetreten. Bemerkenswert war außerdem noch, daß die äußere Schmalseite der rechten Hand, der Handballen, und das erste Zeigefingergelenk Pulverschmauchspuren und einige, übrigens eingetrocknete Blutspritzer aufwiesen. Näheres würde die Leichenöffnung ergeben, zu der sich Dr. Wyß auf die Anfrage des Gerichtspräsidenten hin bereit erwies, jedoch nicht ohne Beiziehung eines weiteren, vom Gericht zu bestellenden Arztes.

Die Untersuchung des Wohnstockgartens förderte Überraschendes zutage. Zunächst zeigten sich um das Apfelbäumchen herum, das dicht an der Bretterwand unmittelbar hinter dem Toten stand und dessen Äste über die Wand hinaus in den Hof hineinragten, deutliche, scharf ausgeprägte Fußspuren, die unter keinen Umständen von den Schuhen des Toten herrühren konnten. Der Umstand, daß sie sehr scharf eingeprägt waren, ließ darauf schließen, daß sie erst nach dem Aufhören des Regens, demnach nicht vor halb drei Uhr morgens, entstanden sein konnten, anders sie vom Regen verundeutlicht worden wären.

Durch das Bäumchen herab baumelte eine ungefähr ein Meter und zwanzig Zentimeter lange Schnur, von der gleichen Beschaffenheit wie die auf der Leiche gefundene. Das eine Schnurende war an einem Hauptast des jungen Bäumchens befestigt, am andern Ende war ein eiserner, S-förmiger Dörrfleischhaken angeknotet, dessen unterer Teil gewaltsam ausgebogen war.

Zwei Schritte seitwärts lag eine messingbeschlagene Sattelpistole, wie sie von den berittenen Truppen noch in den siebziger Jahren geführt wurden. Schon ein Blick in den dreizehn Millimeter Seelendurchmesser aufweisenden Lauf genügte zur Feststellung, daß kurz zuvor daraus geschossen worden war. Auch sah das kupferne Zündhütchen blank und neu aus; doch untersuchten weder Wachtmeister Räber noch der Untersuchungsrichter die Waffe näher, sondern begnügten sich, deren äußere Gestalt und Form festzustellen und sie in möglichst unberührtem Zustande zu bewahren, um das Gutachten des heranzuziehenden amtlichen Sachverständigen so wenig als möglich zu trüben.

Merkwürdigerweise und ärgerlicherweise für die Untersuchungsbeamten ließen sich außer den Fußspuren, die sie unter dem Apfelbäumchen in den Gartenbeeten entdeckt hatten, keine weitern finden, die für die Richtung, aus der der Schütze hergekommen oder nach der er sich entfernt, hätte Anhaltspunkte bieten können.

Zu guter Letzt fand der Wachtmeister, dicht an der Bretterwand, eine stark gebrauchte Zigarrenspitze aus Weichselholz mit einem fast zu Ende gebrannten Zigarrenstummel darin. Dieser ließ, seiner dunkeln Färbung sowohl als der Dichtigkeit seiner Wicklung nach, darauf schließen, daß er der Rest eines sogenannten Stumpens, einer in der Schweiz üblichen Zigarrenform vorstellte, und zwar war anzunehmen, daß es sich um einen Grandsonstumpen «extra-fort» oder FF aus der Fabrik der Gebrüder Vautier handelte.

Nachdem der Wachtmeister das alles festgestellt, namentlich aber von den Fußspuren genaue Messungen vorgenommen und in sein Taschenbuch eingetragen hatte, war die Untersuchung, der Mittagspause wegen, unterbrochen und dem Weibel-Micheli eingeschärft worden, dafür zu sorgen, daß niemand den Garten betrete und daselbst nichts verändert werde, da der Wachtmeister beabsichtigte, gleich nachmittags von den Fußspuren Gipsabgüsse aufzunehmen.

Zu diesem Zwecke begab er sich nun in die Krämerei und kehrte bald, versehen mit einem ansehnlichen Paket, das Gips, Öl, Schmierseife und Pinsel enthielt, ins «Rößli» zurück. Der Untersuchungsrichter hatte ihn bis zur Post begleitet, wo er an die Behörden in Bern einige Drahtnachrichten aufzugeben hatte, von denen eine einen erfahrenen Gerichtsarzt dringend nach Habligen erbat. Er gab daselbst Weisung, ihm allfällig eintreffende Antworten unverzüglich nach der Schattmatt einzusenden.

Es war halb drei geworden, als die Herren sich wieder auf den Weg nach der Schattmatt machten. Auch Landjäger Blumer, der zu Hause gespeist hatte, fand sich wieder ein und schloß sich an. Daselbst angelangt, versicherten sich die Untersuchungsbeamten zunächst, daß die vor einigen Stunden angebrachten Siegel an den Türen und an dem Fenster des Zimmers von Andreas Rösti unversehrt geblieben waren und daß auch im Wohnstockgarten, wie der Bericht Weibel-Michelis und der Augenschein des Wachtmeisters Räber übereinstimmend ergaben, alles unberührt geblieben war. Dieser machte sich nun ohne weiteres an die Arbeit und fertigte die Gipsabgüsse der Fußspuren an, während der Untersuchungsrichter sich einen Tisch vor die Bank, die an der nach dem Hofe gerichteten Längsseite des Wohnstockes stand, aufstellen ließ. Nachdem dann seine Urkunden geordnet waren und der Schreiber sich zur Aufnahme der Zeugenaussagen bereit gemacht hatte, begann er die Verhöre. Dem Landjäger Blumer lag ob, die Zeugen vorzuführen. Im Hause sowohl wie im Wohnstock war den Bewohnern Weisung erteilt worden, sich nicht zu entfernen, sondern sich zum Verhör bereit und dem Richter zur Verfügung zu halten.

Als erster Zeuge wurde der im Wohnstock hausende jüngere Bruder des Ermordeten, Christian Rösti, abgehört. Er gab an, am Martinstage, also am 11. Wintermonat 1843, hier auf der Schattmatt geboren worden zu sein; also sei er annähernd fünfzig Jahre alt. Er habe das Metzgen erlernt und betätige sich im Winter als sogenannter «Störenmetzger», das heißt, er besorge winterliche Hausschlachtungen auf verschiedenen Bauerngütern der Gemeinde Habligen. Im Hauptberuf jedoch sei er Viehhändler, daher in der schönen Jahreszeit meistens von Hause abwesend, weil er regelmäßig nach Thun, Langenthal und Bern zu Markt fahre. Seit seinem vierundzwanzigsten Altersjahr sei er verheiratet, habe, nachdem er als lediger Bursche das väterliche Heimwesen verlassen, zunächst einige Jahre im Habligenschachen, dann während der ersten Jahre seiner Verheiratung in Oberhabligen gewohnt. Seit fünfzehn Jahren nun bewohne er den hiesigen Wohnstock als Mieter seines Bruders Andreas oder vielmehr, seit dessen Abtretung des Anwesens an seinen Schwiegersohn, als des Fritz Grädels.

Über die Mordtat befragt, erklärte Christian, erst heute, im Laufe des Vormittags, als die Herren schon eingetroffen gewesen seien, davon Kenntnis erhalten zu haben.

Auf die Frage des Untersuchungsrichters, wie es denn möglich sei, daß er, so nahe dem Tatort, nicht einmal den Schuß gehört habe, erklärte er, er sei schon am letzten Samstag sehr spät von Bern heimgekommen, wo er zu Markte gewesen sei. Daselbst seien ihm von zwei Bauern, von denen der eine zwei, der andere, in entgegengesetzter Richtung, drei Stunden von seinem Wohnort wohne, Rinder und Mastkälber angetragen worden. Da er sich bereits verpflichtet gehabt habe, am Montag verschiedene Kleintiere aus der Umgebung abzunehmen, die er am Dienstag, also folgenden Morgens, nach Langenthal auf den

Markt zu bringen gedenke, habe er gewußt, daß er heute zu Hause bleiben müsse; folglich habe er den Sonntag dazu benutzt, die beiden Bauern aufzusuchen. Er sei erst gegen zwölf Uhr, gleich nach dem Mittagessen, von zu Hause weggegangen und kurz vor zehn Uhr abends, etwa eine Viertelstunde vor dem Gewitterausbruch, von der vorausgegangenen drückenden Hitze und dem langen Weg äußerst ermüdet, nach Hause gekommen. Nach einem leichten Abendbrot habe er sich unverzüglich zu Bette begeben und sei sogleich eingeschlafen. Da sein und seiner Frau Schlafzimmer sich in der westlichen Ecke, also der vom Hofe am weitesten abgelegenen befinde, in der sogenannten Küchenstube, und es außerdem stark donnerte, wovon er aber auch nichts gehört habe, da er sich eines sehr tiefen Schlafes erfreue, sei es leicht erklärlich, daß er auch von dem im Hofe gefallenen Schuß nicht geweckt worden sei.

Auf die Frage, ob ihm bekannt sei, daß sein Bruder Andreas Feinde gehabt hätte, antwortete er: Gerade beliebt sei sein Bruder seiner Lebtag nur bei wenigen Leuten gewesen; doch glaube er nicht, daß er mit jemandem dermaßen verfeindet gewesen wäre, daß ihm nach dem Leben getrachtet worden sein könnte. Befragt, ob Andreas Rösti die Gepflogenheit gehabt habe, Geld oder Geldeswert in ansehnlicher Menge zu Hause aufzubewahren, erwiderte Christian, genaue Auskunft vermöge er darüber nicht zu erteilen. Sein Bruder sei ein Sonderling gewesen, der sich nicht leicht von andern Leuten, auch von seinen nächsten Verwandten nicht, habe in die Karten gucken lassen. Immerhin glaube er nicht, daß Andreas länger als bloß vorübergehend und zufällig größere Summen zu Hause aufbewahrt hätte, obwohl er sich nie vollständig jeglicher Barschaft entäußert habe. Auf die weitere Frage, wie hoch sich wohl die jeweilige Barschaft seines Bruders belaufen haben möchte, erklärte der Zeuge, darüber keine bestimmten Angaben machen zu können, doch glaube er, es würden schon jeweilen einige hundert Franken gewesen sein, die er gewöhnlich auf sich getragen habe.

Die Brieftasche und die als Geldsäckel dienende Schweinsblase, die auf dem Ermordeten gefunden worden waren, erkannte Christian als des Verstorbenen Eigentum an.

Auf weiteres Befragen des Untersuchungsrichters, wann er heute aufgestanden sei, erklärte Christian Rösti, das sei kurz nach sieben Uhr geschehen, da er gründlich ausgeschlafen habe. Woher es komme, daß man weder ihn noch seine Frau den ganzen Vormittag außer dem Hause erblickt habe, erklärte er dadurch, daß er, gleich nach dem Frühstück, seine Zeit dazu verwendet habe, verschiedene Schreibereien und Rechnungen nachzutragen. Seine Frau sei in der letzten Zeit etwas unpäßlich gewesen, leide überdies an Krampfadern und geschwollenen Beinen, so daß sie sich, gleich nach dem Geschirrwaschen, mit einer Handarbeit an den Tisch der Wohnstube gesetzt und dabei verharrt habe, bis es, etwa um halb elf herum, Zeit geworden sei, das Mittagessen zu kochen.

Nun legte der Untersuchungsrichter dem Zeugen die in seinem Garten gefundene Sattelpistole vor und frug ihn, ob ihm die Waffe bekannt sei und wem sie gehöre. Es entging keinem der Anwesenden, daß der Zeuge einen Augenblick unschlüssig wurde und offensichtlich überlegte, was er antworten solle. Der Untersuchungsrichter wiederholte die Frage, auf unverzügliche Auskunft dringend. Christian Rösti erklärte, eigentlich sei ihm die Waffe nicht bekannt; immerhin glaube er sich erinnern zu können, sie oder eine ganz ähnliche drüben im Bauernhause gesehen zu haben. Die Frage lag offenbar dem Zeugen nicht recht.

Der Schreiber neigte sich zum Untersuchungsrichter hin und wies ihm mit dem Zeigefinger den Artikel 220 des Gesetzbuches über das Verfahren in Strafsachen für den Kanton Bern, der folgendermaßen lautet:

«Der Zeugenpflicht können entbunden werden die Verlobten, die Verwandten oder Verschwägerten des oder der Angeschuldigten in der geraden und in der Seitenlinie bis zum zweiten Grade. Der Untersuchungsrichter soll sie von ihrem Rechte in Kenntnis setzen. Wollen sie keinen Gebrauch davon machen, so werden sie als einfach Auskunftgebende abgehört.»

Der Richter warf einen raschen Blick zunächst auf den vorgehaltenen Artikel, dann auf den Schreiber und meinte lächelnd zu diesem:

«Danke! Die Voraussetzung des Artikels 220 trifft hier nicht zu; der Zeuge ist kein Verwandter zweiten Grades, da es vorderhand überhaupt noch keinen Angeschuldigten gibt!»

Daraufhin setzte er das Verhör fort, nicht ohne den Zeugen neuerdings auf seine Zeugenpflicht im Sinne des Artikels 218 des eben erwähnten Gesetzes aufmerksam gemacht zu haben.

Nichtsdestoweniger beharrte Christian auf seiner Aussage, nicht zu wissen, wem die Sattelpistole gehöre.

Inzwischen war Wachtmeister Räber mit seiner Arbeit im Garten fertig geworden und mußte eine Weile warten, bis sich die Gipsabgüsse gehärtet hatten. Er trat zu der Gruppe, blieb an der Seite des Schreibers stehen, den Zeugen scharf beobachtend und dem Verhör aufmerksam folgend.

Der Untersuchungsrichter wies nun diesem die gefundene Zigarrenspitze vor, fragend, ob er sie kenne. Auch hier antwortete der Zeuge, sichtlich verlegen und mit sich kämpfend, verneinend. Nachdem auch diese Aussage des Zeugen aufgeschrieben war, nahm Wachtmeister Räber, obwohl in bürgerlicher Kleidung, dienstliche Stellung an und bat den Untersuchungsrichter um die Erlaubnis, ebenfalls einige Fragen an den Zeugen richten zu dürfen. Da jener zustimmte, wurde Christian gefragt, ob ihm hier auf der Schattmatt jemand bekannt sei, der sich dieser oder einer ähnlichen Zigarrenspitze bediene. Nach einigem Zögern erklärte der Zeuge, er glaube, Fritz, der junge Bauer im Hause drüben, besitze eine solche.

Ob er die vorliegende als dem Bauern gehörig erkenne. Das möchte er nicht mit Bestimmtheit behaupten, glaube es aber.

Ob der junge Bauer ein starker Raucher sei.

Ziemlich; er rauche wohl so an die zweihundert Stück Stumpen im Monat.

Woher der Zeuge das so genau wisse.

Weil Fritz eine Sorte rauche, die hier in der Gegend wenig verlangt, daher auch von den hiesigen Läden nicht geführt werde, nämlich Grandson FF (extra-fort). Aus diesem Grunde werde er meistens von dem Bauern beauftragt, ihm ein Paket von zweihundert Stück, sei es von Bern oder Langenthal, mitzubringen, was ungefähr alle Monate einmal geschehe.

In diesem Augenblick wurde das Verhör vom Schwellenmeister unterbrochen, der dem Untersuchungsrichter eine Drahtnachricht überbrachte. Dieser riß sie auf und frug ihn, ob er selber ein Pferd und ein leichtes Fuhrwerk stellen könne. Moser bejahte. In diesem Falle möchte er gleich nach dem Dorfe zurückkehren und Herrn Dr. Wyß melden, Professor Emch aus Bern komme mit dem Halbfünfuhrzug in Habligen an; dann möchte er die beiden Herren gleich hierherführen. Der Schwellenmeister entfernte sich.

Nun nahm der Untersuchungsrichter seine Einvernahme neuerdings auf.

Wann er, Christian Rösti, das letztemal in seinem Garten gewesen sei.

Das könne er nicht bestimmt sagen; vielleicht vor acht, möglicherweise auch vor vierzehn Tagen.

Ob ihm da nichts Besonderes aufgefallen sei.

Antwort: Nein.

«Wir werden nun das Verhör einen Augenblick in den Garten verlegen müssen», verfügte der Richter, sich erhebend.

«Kann man hinzutreten, Herr Wachtmeister; seid Ihr mit Euren Abgüssen fertig?»

«Im Augenblick!» gab der zurück.

Nach einer kurzen Weile rief er, die Herren könnten nun kommen; doch bat er, sie möchten die vorhandenen Fußspuren soviel als möglich schonen, da er ihrer vielleicht noch bedürfen werde.

Die Herren traten hinzu. Der Untersuchungsrichter machte Christian Rösti auf die am Apfelbäumchen befestigte Schnur aufmerksam, an deren unterm Ende der ausgeweitete Fleischhaken baumelte, und frug ihn, zu was diese Vorrichtung wohl diene. Der Zeuge geriet neuerdings in auffällige Verlegenheit, dann antwortete er hastig, davon habe er keine Ahnung, er habe das Anhängsel noch nie bemerkt. Der Untersuchungsrichter, dem die Aufregung des Zeugen nicht entgangen war, ersuchte ihn dringend, sich möglichst genau zu erinnern, worauf dieser, nicht ohne ein klein wenig Trotz in der Stimme zu verraten, verdrießlich, aber fest erklärte, er habe die Schnur nie bemerkt und wisse nichts davon.

Befragt, ob die Möglichkeit vorhanden sei, daß sich Kinder im Garten herumgetrieben und die Schnur an dem Bäumchen befestigt hätten, um zu spielen, erklärte er, das sei wenig wahrscheinlich, denn er selber habe keine Kinder, und die des jungen Bauern im Hause drüben seien noch zu klein.

Hier wurde das Verhör abgebrochen und der Zeuge entlassen, ihm jedoch eingeschärft, nicht ohne behördliche Begleitung ins Bauernhaus hinüberzugehen, noch daselbst mit jemandem zu verkehren, bis er, der Untersuchungsrichter, es erlaube.

Nun wurde Anneliese, Christian Röstis Frau, einvernommen. Die Aussagen der schwerhörigen und übrigens geistig nicht besonders regsamen Frau brachten nichts Neues, namentlich aber nichts Wesentliches zutage. Sie bestätigte, soweit sie deren aus eigener Wahrnehmung sicher sein konnte, die Aussagen ihres Mannes, insofern sie sich auf dessen Zeitverwendung des gestrigen Tages bezogen. Im übrigen hatte auch sie weder den Schuß gehört, noch war ihr sonst irgend etwas Ungehöriges aufgefallen. Die Belegstücke, nämlich die Pistole und die Zigarrenspitze, erklärte sie nicht zu kennen, noch je gesehen zu haben.

Zu dem Apfelbäumchen im Garten geführt, beteuerte sie dagegen mit allem Nachdruck, die Schnur mit dem Fleischhaken sei am Samstagnachmittag, wo sie im Garten, gerade an dem

Beet, das an das Bäumchen anstieß, gearbeitet haben wollte, nicht vorhanden gewesen.

Auf die Frage des Untersuchungsrichters, wieso sie mit solcher Bestimmtheit das Nichtvorhandensein des allfälligen Beweisstückes am Samstagnachmittag behaupten könne, gab Anneliese an, sie habe, um sich vor der sengenden Sonne zu schützen, zuerst ein baumwollenes Kopftuch umgeschlagen; es habe ihr aber bald so heiß gemacht, daß sie stark schwitzte und das Tuch vorläufig in die Vergabelung des Bäumchens gelegt habe. «Wenn die Schnur damals dort gewesen wäre, hätte ich sie sehen müssen; es ist ganz unmöglich, daß sie mir nicht aufgefallen wäre!»

Befragt, ob die Möglichkeit denkbar wäre, daß Kinder die Schnur daselbst angebracht hätten, verneinte Anneliese entschieden. Sie habe gestern vormittag Schnittlauch im Garten geholt, habe noch kurz vor neun Uhr den den Wohnstock umgebenden Sandsteinbelag gekehrt und dabei keinen Menschen erblickt als den Schwager Andreas, der hinter dem Kuhstall auf dem Holzbock, dort auf dem Jaucheloch, gesessen und das Blättlein gelesen habe. Nachher sei sie bis zum Mittagsmahl in der Küche verblieben. Nachmittags, als ihr Mann nicht mehr zu Hause gewesen sei, habe sie auf der Bank gegen den Hof hin, da, wo gerade jetzt der Herr Gerichtspräsident säße, ausgeruht. Eine Weile sei Bethli, Fritzens Frau, zu ihr herübergekommen und habe ihr Gesellschaft geleistet, sonst aber habe sich kein Bein dem Stöcklein genähert.

Anneliese wurde aus dem Verhör entlassen. Der Untersuchungsrichter schien von der Aufrichtigkeit ihrer Aussage so überzeugt zu sein, daß er es nicht einmal der Mühe wert fand, ihr den vorläufigen Verkehr mit den Bewohnern des Hauses zu untersagen. Sie traf übrigens auch gar keine Anstalten dazu, diese aufzusuchen, sondern zog sich in ihre Wohnung zurück, sichtlich befriedigt, die lästige Auskunfterteilung hinter sich zu haben.

Nun wurde Gottfried Miescher, der zweiundvierzigjährige Melker des Schattmattbauern, verhört. Aus seinen Aussagen ergab sich, daß er seit drei Jahren auf dem Hofe diente, am gestrigen Abend, nachdem er im Stalle fertig geworden sei, zunächst seine im Habligenschachen wohnende Frau besucht, sich dann bis etwas nach neun Uhr in der «Rößli»-Pinte aufgehalten habe, dann etwa um die halb zehn herum heimgekommen und gleich zu Bette gegangen sei, wo er sofort geschlafen habe.

Der Zeuge erklärte, keinen Schuß, dagegen den Meister heimkommen gehört zu haben. Das möge etwa um die zwei oder halb drei gewesen sein. Er habe die vordere Haustüre kreischen gehört, dann den Schritt des Meisters erkannt und die Haustüre ins Schloß fallen hören, so daß er angenommen habe, der Meister sei gleich zu Bette gegangen.

Andreas Rösti habe er zum letztenmal kurz nach dem gestrigen Nachtessen gesehen. Da der Meister abwesend gewesen sei und er die Meistersfrau, die sich eben mit dem jüngsten Kinde in ihrer Schlafstube zu schaffen machte, nicht habe herausrufen wollen, sei er, nachdem er noch einen Blick in den Stall geworfen und sich ein wenig sonntäglich angezogen habe, um das Haus herumgeschritten und habe Andreas, auf der Hausbank vor dem mittleren Küchenfenster rauchend, angetroffen. Diesem habe er mitgeteilt, er gehe nun noch, wie es ihm der Meister erlaubt habe, auf etwa eine oder zwei Stunden nach dem Schachen; er, Andreas, möchte, falls er, der Zeuge, bis dahin nicht zurück wäre, vor dem Zubettegehen doch noch in den Stall schauen, ob alles in Ordnung sei. Darauf habe der Alte erwidert, er solle nur gehen, er werde schon zum Rechten sehen.

Der Alte habe den Eindruck erweckt, als ob er Schmerzen leide; wenigstens habe er während der paar Minuten ihres Gespräches wiederholt geächzt und die Hand an die rechte Bauchseite gedrückt.

Befragt, ob er etwas wisse, das zur Ermittlung der Mordtat führen könnte, oder ob er einen Verdacht habe, verneinte der Zeuge.

Die Sattelpistole erkannte er als seinem Meister, Fritz Grädel, gehörig. Sie habe immer ob dem Bett des Ehepaares Rösti an einem Nagel an der Wand gehangen; dort habe er sie, sooft er wegen Lohnbezügen oder anderer Angelegenheiten in die hintere Stube gekommen sei, bemerkt.

Von der Zigarrenspitze sagte er aus, er könne nicht mit Bestimmtheit versichern, daß sie dem Meister gehöre, glaube es aber; auf alle Fälle besitze dieser eine ganz ähnliche.

Den Wohnstockgarten, gab Miescher an, habe er seit Monaten nicht betreten; er könne daher über die Schnur und den Fleischhaken am Bäumchen keine Auskunft geben.

Auf weiteres Befragen erklärte der Zeuge, das Verhältnis zwischen dem Ermordeten und seinem Schwiegersohn sei durchaus unerquicklich gewesen, und zwar habe die Schuld am Alten gelegen, der keine Gelegenheit versäumt habe, den Jungbauern auf alle mögliche Weise zu reizen und zu kränken. Er, Miescher, habe manchmal dessen Geduld bewundert und erkläre offen, daß, hätte er sich an der Stelle seines Meisters befunden, er den Rees trotz seiner Jahre mehr als einmal so recht vaterländisch durchgewalkt hätte. Was Fritz auch nur getan oder unterlassen, habe der Alte hämisch benörgelt; bei jeder Mahlzeit habe er über den Tisch weg gestichelt und gegiftet und außerdem jeden Anlaß wahrgenommen, sowohl ihn wie seinen gegenwärtig im Militärdienst befindlichen Nebenknecht, Kaspar Meister, gegen Fritz aufzuhetzen, wobei er aber an die Unrechten gekommen sei, denn Fritz sei ein braver Mann und ein guter Meister, auf den er nichts kommen lasse.

Auf die Frage, was seiner Meinung nach der Grund zu dem Zerwürfnis zwischen Alt- und Jungbauer gewesen sein möge, äußerte der Zeuge, das wisse er nicht; Fritz habe sich nie darüber ausgelassen, und einen eigentlichen Grund habe er auch beim Alten nie feststellen können. Er habe nur den Eindruck, dieser habe seinen Schwiegersohn gehaßt und sich gefreut, ihm das Leben so sauer als möglich zu gestalten.

Als nächste Zeugin wurde die fünfundzwanzig Jahre alte Magd Grädels, Anna Grütter, einvernommen. Auch diese war nach dem Nachtessen mit Erlaubnis der Meisterin zu Tanze gegangen und erst nach Mitternacht bei strömendem Regen nach Hause gekommen, worauf sie gleich zu Bette gegangen sei. Sie glaubte sich unbestimmt zu erinnern, einen Schuß gehört zu haben, lag aber fest im Schlaf und erwachte nicht vollständig darob. Auch könnte sie nicht sagen, um wieviel Uhr das gewesen sein möchte; jedenfalls schon eine geraume Zeit nach ihrer Heimkunft. Die Sattelpistole erkannte auch sie als dem Meister gehörend. Sie hatte oft im Schlafzimmer der Meistersleute zu tun und sah die Waffe über deren Bett hängen. Die Zigarrenspitze kenne sie nicht bestimmt, glaube aber, daß es die des Meisters sei.

Über das Verhältnis zwischen dem jungen Bauern und seinem Schwiegervater befragt, erklärte sie zögernd und verlegen, wie jemand, der sich fürchtet, durch seine Schwatzhaftigkeit in Ungelegenheiten zu geraten, soviel sie habe wahrnehmen können, sei es keines der besten gewesen. Auf wiederholtes Drängen des Untersuchungsrichters hin gestand die Magd, sie sei letzten Donnerstag unfreiwillige Zeugin eines heftigen Wortwechsels zwischen dem alten und dem jungen Bauern geworden. Nach dem Mittagessen habe sie den Schweinen ausgemistet. In der an den Schweinestall anstoßenden Werkzeugkammer, von diesem nur durch einen Bretterverschlag getrennt, hätten sich der alte Rösti und Grädel befunden. Der alte Bauer habe den jungen mit Vorwürfen und Schmähungen überhäuft, doch habe sie den Anfang nicht gehört und nicht begriffen, was den Zorn des Alten erregt habe. Dieser habe sich in maßlosen Ausdrücken an dem Jungen vergangen, doch sei Fritz dabei so ruhig als möglich geblieben und habe dem Alten zu wiederholten Malen angehalten, er möchte doch Vernunft annehmen und sich nicht wie ein Tollhäusler gebärden. Das habe aber nichts gefruchtet; der Alte habe sich immer ärger in Wut und Aufregung hineingeredet. Da habe Fritz schließlich auch die Stimme erhoben und dem Alten zugerufen:

«Hör einmal, Rees», habe er gesagt, «wenn du nicht der Vater meiner Frau und ein alter Krauterer wärest, so prügelte ich dich mit dem Ochsenziemer, daß dir das Liegen acht Tage lang weh täte. Aber einmal ist's genug; ich rate dir jetzt im Guten, dein Maul zu halten, bevor noch etwas Ungutes geschieht!»

Darauf habe der Alte erwidert:

«Weißt du, du verfluchter Rösseler, du Lumpenhund, ich richte dir noch eine Suppe an, an der du deiner Lebtag zu löffeln haben wirst!»

«Laß es jetzt gut sein, Rees», habe Fritz erwidert; «es ist jetzt gerade genug gegangen!»

Worauf der Alte gekeift habe:

«Einmal die zwanzigtausend von der Lebensversicherung kriegst du nicht; die habe ich schon dem Christian verschrieben!»

Der Meister habe geantwortet:

«Und ich gäbe jetzt bald gern noch weitere zwanzigtausend aus meinem Sack, wenn ich dich nur nie mehr hören und sehen müßte!»

Nun habe der Alte gehöhnt:

«Du könntest dich noch verrechnen, du Fötzel! Dich bringe ich noch hinter Schloß und Riegel, zähl nur darauf, du Roßhändeler!»

Nun habe die Zeugin ein rasches Geräusch wahrgenommen und sich vorgestellt, Fritz habe sich von der Werkbank drohend erhoben. Jedenfalls habe sich der Alte gleich aus der Werkkammer entfernt, während Fritz darin zurückverblieben sei. Eine Viertelstunde später habe sie ihn zum Imbiß gerufen und ihn noch daselbst angetroffen, wie er Werkzeugstiele glättete und allerlei ausbesserte.

Den Stockgarten hatte die Zeugin seit Wochen nie mehr betreten; sie war daher außerstande, irgendwelche Auskunft darüber erteilen zu können. Sie durfte abtreten, und Landjäger Blumer erhielt die Weisung, die Hausfrau vorzuführen. In diesem Augenblicke aber bog eben das Gefährt des Schwellenmeisters um die Hausecke, das die beiden Ärzte brachte. Der Untersuchungsrichter mußte seine Verhöre unterbrechen und sich mit den Ankömmlingen befassen. Er begab sich mit ihnen und dem Wachtmeister Räber nach dem Ofenhaus, löste die angebrachten Siegel und führte die Herren hinein. Da der Raum hell beleuchtet war und sich alles für die vorzunehmende Arbeit geeignet erwies, erklärten die Ärzte, die Leichenöffnung gleich an Ort und Stelle vornehmen zu können.

Daraufhin nahm der Untersuchungsrichter seine Abhörungen wieder auf. Das Zeugnis der jungen Bäuerin ergab, daß sie den ganzen gestrigen Tag zu Hause verbracht hatte, wozu sie schon ihres erst drei Monate alten Säuglings wegen genötigt gewesen sei. Ihr Mann habe sich ebenfalls den ganzen Tag, bis nach dem Nachtessen, nicht vom Hofe entfernt und wäre vermutlich überhaupt zu Hause geblieben, hätte er nicht am Vormittag bemerkt gehabt, daß die Bella, sein Dragonerpferd, lahme. Er sei darob sehr aufgeregt und verdrossen gewesen, habe dann geäußert, er wolle nach dem Nachtessen ins Dorf, um dem Tierarzt anzuläuten, damit dieser so bald wie möglich herkomme und das Pferd behandle. Offenbar habe er dann Gesellschaft gefunden und sei aufgehalten worden, denn er sei erst gegen halb drei Uhr heimgekommen, habe sich unverzüglich ins Bett gelegt und geschlafen.

Auf die Frage, ob sie einen Schuß habe fallen hören, antwortete die Bäuerin bejahend. Ihr Mann sei kaum eingeschlafen gewesen, als sich ihr Kleinster gerührt habe. Sie sei aufgestanden, ihn trockenzulegen, und habe kaum wieder im Bett gelegen, als sie von einem scharfen Knall aufgeschreckt worden sei. Auch Fritz sei darob halb erwacht. Sie habe ihn angerufen und gesagt:

«Fritz, es hat jemand geschossen!»

Darauf habe er schlaftrunken erwidert:

«Dummes Zeug; draußen stürmt's, da wird's auf dem Estrich einen Laden zugeschmettert haben.» Damit sei er wieder eingeschlafen.

Pistole und Zigarrenspitze erkannte Frau Grädel als ihres Mannes Eigentum an. Sie zeigte sich lediglich darüber verwundert, daß die Waffe in die Hände des Untersuchungsrichters gekommen sei, da diese immer über ihrem Bette hänge. Auf die Frage, wann sie die Pistole zuletzt daselbst gesehen habe, erwiderte sie, wenn sie die Waffe nicht vor Augen hätte, würde sie behaupten, sie hänge noch zur Stunde an ihrem alten Platz. Sicher erinnere sie sich, daß sie gestern, kurz vor Mittag, noch an ihrer gewohnten Stelle, wie immer ungeladen, gehangen habe, denn sie selbst habe sie beim Betten heruntergeworfen, weil sich ein Bettuch darein verhängt habe, und Fritz habe sie in ihrer Gegenwart wieder an die Wand gehängt.

Die Zeugin war in den letzten Tagen mehrmals bei Anneliese im Wohnstockgarten gewesen, konnte sich jedoch nicht erinnern, die Schnur mit dem Fleischhaken am Apfelbäumchen erblickt zu haben, ebensowenig, als eine Vermutung darüber äußern, wie sie wohl dorthin gekommen wäre.

Wie nun Bethli befragt wurde, in welchem Verhältnis ihr Mann und ihr Vater zusammen gelebt hätten, brach die Bäuerin, die bisher ihre Erregung tapfer daniedergehalten hatte, in lautes Schluchzen aus. Das begütigende Zureden des Untersuchungsrichters vermochte sie nicht zu beruhigen, im Gegenteil: sie schien nun plötzlich, überwältigt von all dem Grauenhaften, das der Tag über sie gebracht, unter ihrer Seelenlast zusammenzubrechen. Der Richter verzichtete daher vorläufig auf ihr weiteres Verhör und gab Weisung, den jungen Bauern herbeizurufen.

Fritz Grädel erschien, ruhig und gefaßt. Auf die Fragen des Untersuchungsrichters antwortete er klar, überlegt und bestimmt. Befragt, ob er über den Tod seines Schwiegervaters nähere Angaben zu machen oder bestimmte Vermutungen zu äußern imstande sei, antwortete er entschieden verneinend. Seine Auskunft über sein gestriges Verbleiben deckte sich mit den vorausgegangenen Zeugenaussagen. Über die Verwendung des gestrigen Abends und der darauffolgenden Nacht gab er an, kurz nach dem Abendessen das Dorf aufgesucht zu haben, um sich mit dem Tierarzt in Verbindung zu setzen. Als er an der Käserei vorbeigekommen sei, möge es etwa halb sieben Uhr gewesen sein. Dort habe er sich eine kurze Weile mit dem Käser unterhalten und gleich darauf seinen Freund, Dienst- und Schulkameraden, den jungen Moosmattbauern Andreas Christen, dem Sägebach entlang dorfwärts steuern sehen. Er habe ihm gewartet und ihn angesprochen. Auf dessen Befragen, wo er hin wolle, habe er geantwortet, nach dem «Bären», wo sich die öffentliche Fernsprechstelle befinde, um den Tierarzt Wegmüller aufzurufen. Moosmatt-Reesli habe sich ihm angeschlossen. Als sie in den «Bären» gekommen seien, habe er unverzüglich angeläutet; allein Frau Wegmüller habe erklärt, ihr Mann sei seit Mittag abwesend und noch nicht heimgekehrt. Er habe ihr daraufhin mitgeteilt, um was es sich handle; sie möchte ihren Mann veranlassen, so bald als möglich nach der Schattmatt zu kommen. Der «Bären»-Wirt, Hans Mutschli, habe zufällig seinen Anruf gehört und ihm mitgeteilt, das sei jetzt dumm: der Tierarzt sei heute nachmittag da gewesen und habe verlauten lassen, er gehe nach der Blackenegg. Da diese zuhinterst im Stierengraben liege, sei er demnach gerade an seinem, Fritzens Haus, vorbeigekommen, so daß er ihn schon hätte haben können, wenn er ihn erblickt hätte. Doch sei das Unglück nicht groß: Wegmüller habe bestimmt erklärt, er komme noch hier im «Bären» vorbei; bis jetzt sei jedoch nicht eingetroffen. Es sei daher anzunehmen, daß er, Fritz, wenn er noch ein wenig warte, ihn noch antreffen werde.

Sie, nämlich der junge Moosbauer und er, der Zeuge, hätten sich daraufhin in den «Bären»-Garten gesetzt, wo sie Gesellschaft getroffen, getrunken und geplaudert hätten. Allein es sei ihm dabei nicht recht wohl gewesen; die Erkrankung des Pferdes habe ihn fortwährend beschäftigt. Trotzdem habe er im Hinblick auf den zu erwartenden Tierarzt ungefähr bis neun Uhr ausgeharrt, dann sei er aufgebrochen, und sein Kamerad habe ihn begleitet. Sie hätten dann noch allerhand zusammen verhandelt und seien, knapp vor dem Gewitter, in der «Rößli»-Pinte angelangt, wo er den Tierarzt doch noch getroffen habe, der daselbst mit dem Gemeindepräsidenten und Dr. Wyß Karten gespielt habe. Er habe ihm sogleich sein Anliegen vorgebracht. Dann sei das Gewitter hereingebrochen. Weil das nun zu einem allgemeinen Jubel Anlaß geboten, habe er sich, von seinem Freunde dazu gedrängt, um so leichter dazu verstehen lassen, noch ein paar Flaschen auszustechen, als es bei dem wolkenbruchartigen Regen gerade kein Vergnügen gewesen wäre, heimzukehren.

Da die Gesellschaft sehr angeregt und fröhlich gewesen sei und außerdem der Platzregen lange anhielt, habe er sich erst nach dessen mählichem Aufhören, also kurz nach zwei Uhr, auf den Heimweg gemacht. Etwa um halb drei sei er zu Hause angekommen. Nachdem er noch in den Pferdestall geleuchtet und festgestellt habe, daß bei seinem Dragonerpferd keinerlei Besserung eingetreten sei, habe er sich unverzüglich ins Bett gemacht und sei gleich darauf eingeschlafen. Er sei kaum eingeschlafen gewesen, als ihn seine Frau aufgerüttelt und ihm gemeldet habe, es sei in der Nähe des Hauses ein Schuß gefallen. Er sei jedoch zu müde und schlaftrunken gewesen, um darauf einzutreten, sondern habe ihr geantwortet, sie werde wohl von einem andern Lärm, vielleicht einem zuschlagenden Fensterladen, getäuscht worden sein. Darauf sei er wieder eingeschlafen, heute morgen erst knapp vor dem Frühstück erwacht und aufgestanden, als der Tierarzt schon wieder weg gewesen sei und sein Dragonerpferd zu seiner großen Verwunderung schon viel weniger lahmte.

Von dem Tode des Schwiegervaters habe er erst Kenntnis erhalten, als er, etwa eine Stunde später, von der Magd auf deren Anwesenheit aufmerksam gemacht, den Gemeindepräsidenten, den Tierarzt und den Landjäger hier im Hofe angetroffen habe.

Die ihm vom Untersuchungsrichter vorgehaltene Sattelpistole anerkannte der Zeuge ohne weiteres als sein Eigentum an und gab lediglich seiner Überraschung darüber Ausdruck, sie in dessen Händen zu sehen. Über deren Herkunft ausgeforscht, erklärte er, die Waffe sei die Sattelpistole seines seligen Großvaters gewesen, der sie ihm seinerzeit geschenkt und die er, nach seiner Verheiratung, als Andenken an den Geber, nach der Schattmatt mitgebracht habe.

Befragt, wann er die Waffe das letztemal in den Händen gehabt habe und ob sie für gewöhnlich geladen gewesen sei, erklärte der Zeuge, sie habe stets ungeladen ob seinem Bette gehangen. Gestern habe sie seine Frau, als sie die Bettdecke schüttelte, heruntergeworfen; da habe er die Pistole aufgehoben und sie wieder an ihren gewohnten Ort gehängt. Auf die nochmalige Frage, ob damals die Pistole geladen gewesen sei, erklärte der Zeuge, eidlich das Gegenteil versichern zu können.

Auch die Zigarrenspitze wurde von Fritz Grädel ohne Zaudern als sein Eigentum angesprochen. Auf die Frage, ob und seit wann er sie vermißt habe, antwortete er, er habe sie überhaupt nicht vermißt, da er deren mehrere besitze. Zum Beleg holte er zwei gleich gearbeitete Spitzen aus seiner Westentasche hervor und erklärte, er habe vor einiger Zeit einem Hausierer deren gleich ein halbes Dutzend abgekauft, da er, als starker Raucher und weil er seine Spitzen in den Kleidern vergesse oder sie verlege, stets dafür Verwendung habe.

Den Wohnstockgarten habe er seit wenigstens sechs Wochen nie betreten, und auch damals nur auf das Ersuchen Annelieses hin, ihr das Wäscheseil zu spannen. Die Vorrichtung am Apfelbäumchen, bestehend aus einer Schnur und einem Fleischhaken, hatte der Zeuge nie bemerkt. Er erklärte, über deren Zweck und Herkunft nichts zu wissen.

Befragt, wie er mit seinem Schwiegervater gestanden sei, wurde der bisher ruhige, sachliche Zeuge merklich aufgeregt, zögerte eine Weile unschlüssig, bis er, die Herrschaft über sich zurückgewinnend, mit bewegter, doch entschlossener Stimme erklärte, er stehe nicht an, zu bekennen, daß es ihm unmöglich gewesen sei, mit dem Alten auszukommen, und daß, wäre dessen Tod nicht unter so betrübenden und unliebsamen Umständen erfolgt, er ihn als eine wahre Erlösung empfinden würde. Er könne das um so ruhiger zugeben, als es niemand im Hause und in seiner Bekanntschaft verborgen gewesen sei, ebensowenig als die Tatsache, daß er, der Zeuge, an dem Zerwürfnis keine Schuld getragen, sondern im Gegenteil, soviel an ihm gelegen, alles getan habe, um im Frieden mit dem Alten auszukommen. Das sei nun freilich, trotz dessen jüngst erfolgter Ermahnung durch die Mannen, nutzlos gewesen. Der Alte habe ihn gehaßt und ihm weder Kränkung noch Schmach noch Beleidigung erspart; er sei einfach teufelssüchtig gewesen.

Auf die Frage, woher des Verstorbenen Haß wohl gerührt habe, erwiderte Fritz, er jedenfalls habe ihm dazu keinen Anlaß geboten, es wäre denn der, daß er Dragoner und Andreas' Tochtermann geworden sei.

Als der Untersuchungsrichter über diesen Punkt weiter in ihn drang, erklärte der Zeuge, sich darüber nicht weiter verbreiten zu können, und fügte bei:

«Seht, Herr Gerichtspräsident: er ist jetzt tot; damit haben seine Teufeleien eine Ende. Was meine Frau und ich darunter gelitten haben und wie alles vor sich ging, das geht uns allein an, das will ich nicht weiter breittreten, sondern es im Gegenteil mit Gottes Hilfe so bald wie möglich zu vergessen suchen.»

Der Untersuchungsrichter ließ es vorläufig dabei bewenden; doch, auf etwas anderes übergehend, frug er den Zeugen, ob ihm bekannt sei, daß sein Schwäher eine letzte Willensverordnung hinterlassen habe. Die Antwort lautete, Bestimmtes wisse er nicht, doch habe er Grund, zu vermuten, daß dem so sei; denn, sagte Fritz auf weiteres Befragen aus, sein Schwiegervater habe ihm kürzlich, anläßlich eines Wortwechsels, zu verstehen gegeben, er habe Vorsorge getroffen, daß ihm, dem Zeugen, im Falle seines Ablebens nur das Unumgängliche zukomme. Namentlich habe er von einer Lebensversicherung, auf zwanzigtausend Franken lautend, gesprochen und hämisch bemerkt, diese würde nicht ihm, dem Zeugen, sondern seinem Bruder Christian zugute kommen.

Ob Christian Rösti davon Kenntnis erhalten habe, wußte Fritz nicht zu sagen.

Hier brach der Untersuchungsrichter das Verhör ab. Nachdem es Fritz vorgelesen und von ihm unterzeichnet worden war, erklärte ihm der Richter, er sehe sich zu seinem Bedauern genötigt, eine Hausdurchsuchung vorzunehmen, der er als Hausherr, der gesetzlichen Vorschrift zufolge, beizuwohnen habe. Fritz Grädel stimmte gleichmütig zu.

Die Hausdurchsuchung begann bei dem Zimmer des Ermordeten, dessen Siegel sich unversehrt erwiesen. Die Nachforschungen daselbst ergaben nichts, das für die Untersuchung von Belang gewesen wäre, mit Ausnahme vielleicht eines unter den wenigen Papieren des Verblichenen enthaltenen Fetzens, aus dem hervorging, daß er eine letzte Willensverordnung habe abfassen lassen und sie beim Gemeindeschreiber und Notar Ulrich Stalder in Habligen hinterlegt habe. Nichtsdestoweniger ordnete der Untersuchungsrichter die Beschlagnahme sämtlicher Papiere des Verstorbenen an und ließ das Zimmer für allfällige Nachforschungsergänzungen vorderhand wieder versiegeln.

Nun schritt er zur Durchsuchung der weiteren Räume des Hauses, wobei sich Wachtmeister Räber besonders auffällig und zielbewußt betätigte, als verfolge er einen bestimmten Plan, eine nur ihm bekannte Spur. Besonders eingehend fiel die Untersuchung im Schlafzimmer des Ehepaares Grädel aus, aber offensichtlich ohne Erfolg. Obwohl alle Schränke und Behältnisse eingehend durchsucht wurden, ergab sich nichts, das auf das Verbrechen auch nur den entferntesten Bezug aufwies. Ebenso verlief die Durchforschung der Küche ergebnislos. Neben dem Herd standen zwar mehrere Paare ungereinigter Schuhe. Wachtmeister Räber nahm scheinbar gleichgültig ein Paar davon in die Hand, kehrte sie um und, deren Sohlen betrachtend, frug er, wem sie gehörten. Fritz Grädel meldete, das seien seine Sonntagsschuhe, die er gestern getragen habe, um ins Dorf zu gehen.

«Jaso!» hatte der Wachtmeister erwidert und die Schuhe gleichgültig wieder hingestellt. Im Eßzimmer fand sich ebenfalls nichts vor, obwohl der Wachtmeister jeden Spind und jedes Behältnis, ja sogar das Nähkörbchen der Hausfrau und die an der Nähmaschine angebrachten Schubfächer aufs genaueste durchsuchte.

Der Untersuchungsrichter war von der planmäßigen Gründlichkeit des Fahnders, die auf eine ganz bestimmte Absicht zweifelsohne schließen ließ, überrascht, ja fast ein wenig betroffen, enthielt sich aber jeglicher Bemerkung.

Unter dem weit in die Stube vorspringenden Sandsteinofentritt befand sich wiederum ein Haufen Schuhwerk. Der Wachtmeister holte alles hervor und untersuchte jedes Paar mehr oder weniger genau. Plötzlich ergriff er ein Paar Mannsschuhe und warf dem Untersuchungsrichter einen bedeutsamen, eindringlichen Blick zu. Gleich darauf fragte er gleichmütig:

«Wem gehören diese Schuhe da?»

«Mir. Warum?» erwiderte Fritz.

«Habt Ihr sie gestern getragen?» frug der Wachtmeister weiter.

«Nein!» gab Fritz im Tone höchster Verwunderung zurück.

«Welche Schuhe habt Ihr denn den ganzen Tag über an den Füßen gehabt, ehe Ihr ins Dorf ginget?»

«Die, die ich jetzt eben trage», antwortete Fritz trocken.

Der Wachtmeister beantragte die Beschlagnahme der Schuhe, die er in den Händen hielt. Der Untersuchungsrichter nickte bewilligend, und der Wachtmeister, nachdem er sich Zeitungs- und Packpapier hatte herbeischaffen lassen, wickelte sie einzeln ein, verschnürte und versiegelte sie. Der Schreiber nahm davon Vormerk.

Die Hausdurchsuchung wurde auf den Gang, der nichts ergab, dann auf den Pferdestall und die dahinter liegende Futterkammer ausgedehnt. Im Stall fand sich nichts vor, das die Neugierde des Fahnders erregte, obwohl er auch dort alles, auch

Krippe und Barren, aufs gründlichste untersuchte, als ein altes, verwaschenes, abgeschossenes, blaßblaues Arbeitsüberhemd, ein sogenannter «Burgunder». Auf seine Frage, wem das Kleidungsstück gehöre, meldete sich neuerdings Fritz Grädel. Wann er es zum letztenmal getragen habe, fragte der Wachtmeister.

«Heute morgen, beim Pferdeputzen, Misten und Tränken», lautete der Bescheid. Seit wann es da am untern Teil zerrissen sei, frug der Wachtmeister weiter und wies auf ein vom untern hintern Saume anhebendes rechteckiges Loch, dessen Schmalseite dem Saum entlang lief.

Fritz erwiderte, er habe die Beschädigung noch gar nicht bemerkt, worauf der Wachtmeister die Beschlagnahme auch dieses Gegenstandes verlangte und ihn mit der Zustimmung des Untersuchungsrichters in gleicher Weise wie vorhin die Schuhe behandelte und verpackte.

Inzwischen machte der Gemeindepräsident die Bemerkung, mit dem Dragonerpferd stehe es offenbar nicht mehr so schlimm, es trete wenigstens wieder fest auf den rechten Hinterfuß. Fritz meinte, gerade das verwundere ihn auch, denn gestern habe es nicht nur ungemein stark gelahmt, sondern sei auch übermäßig schmerzempfindlich gewesen.

Auch die Futterkammer wurde eingehend besichtigt. Sogar ein alter Arbeitsrock, der hinter der Türe hing, wurde vom Wachtmeister heruntergeholt und eingehend durchsucht. Augenscheinlich ohne Erfolg, denn er hängte ihn sichtlich enttäuscht wieder an seinen Nagel. In einer Ecke, neben dem Haferkasten, standen zwei schmierige grüne Schoppenflaschen am Boden. Aus der einen ragte eine Gansfeder.

«Bremsenöl?» fragte der Wachtmeister. Fritz bejahte. Der Fahnder hielt nun auch das andere Fläschchen in der Hand, dann gegen das Licht der Stallaterne, denn da die Kammer keine unmittelbare Lichtzufuhr aufwies, war man auf künstliche Beleuchtung angewiesen. Er schüttelte den Schoppen, und ein dumpf klirrendes Geräusch wurde hörbar; darauf neigte er ihn in die hohle Hand, die er allen Anwesenden, auch Fritz, vor Augen hielt. Sie enthielt eine Anzahl erbsengroßer Bleikügelchen, deren immer noch mehr dem Schoppen entrollten. Nun ließ er sie wieder ins Fläschchen zurückgleiten und beantragte dessen Beschlagnahme ebenfalls. Sie wurde zugestanden. Als er auch diesen Gegenstand verpackt und versiegelt hatte, meinte der Wachtmeister:

«Herr Gerichtspräsident, ich denke, wir können es hiermit bewenden lassen. Eine weitere Untersuchung scheint mir überflüssig und würde wahrscheinlich doch nichts Gescheites mehr ergeben.»

Er sagte das so gelassen, so trocken, daß sogar der Angeredete, nicht aber der Gemeindepräsident, einen Augenblick getäuscht wurde.

«Wie Ihr meint, Wachtmeister», erklärte der Untersuchungsrichter. Darauf begaben sich alle in die Wohnstube, wo die Beurkundung der Hausdurchsuchung vom Schreiber ausgefertigt und von allen Anwesenden unterschriftlich beglaubigt wurde.

Während der Schreiber noch beschäftigt gewesen war, hatte der Wachtmeister den Untersuchungsrichter ans Fenster gezogen und ihm einige Worte zugeflüstert. Dieser hatte zustimmend genickt. Als nun die Förmlichkeiten, die sich auf die Hausdurchsuchung bezogen, erledigt waren, erklärte der Richter, das Verhör Fritzens noch vervollständigen zu müssen.

Zunächst fragte er ihn, ob er über die Herkunft der soeben in der Futterkammer gefundenen Rehposten Auskunft erteilen könne. Der Befragte verneinte und fügte bei, alles, was er mit Bestimmtheit behaupten könne, bestehe darin, daß sie sich noch am letzten Freitagnachmittag nicht in dem Fläschchen befunden hätten, denn er erinnere sich genau, damals den Rest des darin enthaltenen Bremsenöls aufgebraucht, den Schoppen auf den Boden gestellt und den andern, noch vollen, angegriffen zu haben; eine Aussage, die mit der Inhaltsmenge des zweiten Schoppens wohl übereinstimmen mochte. Auf die weitere Frage, wer außer ihm gewohnheitsmäßig oder gelegentlich den Pferdestall in der letzten Zeit betreten habe, erklärte der Zeuge, da er sich ausschließlich mit den Pferden zu schaffen mache, sei außer ihm in der Regel niemand als sein Schwiegervater dorthin gekommen. Dieser nun allerdings oft, nur zu oft sogar, fügte Fritz nach einigem Zögern hinzu, denn er habe ihn noch vor kurzem darob ertappt, wie er dem Dragonerpferd den Hafer vor dem Maul aus der Krippe weggestohlen habe, um ihn den andern Gäulen vorzulegen.

Befragt, aus welchem Grunde sein Schwiegervater das wohl getan haben möge, erwiderte Fritz achselzuckend:

«Wohl bloß aus lauter Teufelssucht und um mich zu ärgern.»

Ob Christian Rösti den Pferdestall auch betrete und ob dies in letzter Zeit etwa vorgekommen sei?

Antwort Grädels:

«In der Regel spanne ich ihm den vordersten Braunen ein, wenn er zu Markt fährt. Das Fuhrwerk gehört ihm, der Braune mir; aber wir haben ein Abkommen zusammen getroffen, nach dem ihm dieser für sein Gewerbe das ganze Jahr hindurch zur Verfügung steht. Den Stall betritt er selten; denn da ich die Pferde ja doch selber besorgen muß, spanne ich ihm gewöhnlich ein und aus. Freilich, wenn er zur Unzeit heimkommt, entweder mitten im Tag, wenn ich auf dem Feld bin, oder spät in der Nacht, wenn wir schon zu Bette gegangen sind, spannt und schirrt er selber aus, füttert und tränkt er das Pferd. Dieses ist beispielsweise letzten Samstag nachts der Fall gewesen, wo Christian erst gegen die elfe herum heimgekommen ist.»

Die Niederschrift dieser Aussage wurde dem Zeugen ebenfalls vorgelesen und von ihm unterfertigt.

Der Untersuchungsrichter sah auf seine Uhr. Es war schon fast sieben. Er denke, sagte er, für heute wären sie hier fertig; oder was er, der Wachtmeister, meine.

Er meine, erwiderte dieser, daß im Wohnstockgarten noch etwas nachzusehen wäre, wobei aber die Anwesenheit des Zeugen Grädel nicht erforderlich sei. Als die Männer in den Hof traten, regnete es wieder. Ein langfädiger Landregen, der schon vor anderthalb Stunden, als die Herren die Hausdurchsuchung begonnen, eingesetzt hatte. Der Fahnder hatte die Fußspuren unter dem Apfelbäumchen noch einmal besichtigen wollen, nun aber waren sie verwässert und ausgewaschen. Er zuckte die Schultern.

«Je nun», äußerte er gemächlich, «da ist nichts mehr zu sehen. Schadet aber nichts; ich habe glücklicherweise gute Abgüsse.»

Nun löste er sorgfältig die Schnur mit dem Fleischhaken vom Baume und machte die Herren darauf aufmerksam, daß diese vermittels eines sogenannten Schlaufknotens am Ast, dagegen vermittels eines Bindbaumknotens am Fleischhaken befestigt gewesen sei, was darauf schließen lasse, daß der, der sie anbrachte, mit beiden vertraut, also wohl ein Bauer gewesen sein müsse. Als er dieses Beweisstück abgenommen und dem Landjäger zur vorläufigen Aufbewahrung übergeben hatte, verlangte er von Anneliese einen alten Sack, in den er die verschiedenen Beweisstücke einzeln, wohlverpackt und eingewickelt, verstaute. Dann meinte er trocken:

«Ihr habt recht, Herr Gerichtspräsident; wir haben hier vorläufig nichts mehr zu tun.»

Als die Herren aus dem Garten wieder in den Hof traten, erblickten sie die beiden Ärzte, die hemdärmelig am Brunnen des Ofenhauses standen, sich die Hände wuschen, und einen starken Karbolgeruch um sich verbreiteten.

«Sind die Herren fertig geworden?» rief ihnen der Untersuchungsrichter über die Straße zu.

«Gerade jetzt!» lautete die Antwort.

Die Gruppe bewegte sich über die Straße zu den Ärzten. Der Untersuchungsrichter, der Schreiber und der Wachtmeister Räber verschwanden mit ihnen im Ofenhaus, während der Gemeindepräsident und Landjäger Blumer zurückblieben. Da fiel jenem ein, daß er seinen Stock wahrscheinlich in der Wohnstube hatte stehen lassen. Der Landjäger dagegen glaubte sich zu erinnern, der Präsident habe ihn in die Ofenecke des Schlafzimmers gestellt. Dieser ging rasch dem Hause zu, ihn zu holen. Im Hausgang stieß er auf Fritz Grädel und meldete ihm sein Begehr. Fritz brachte den Stock, dann, den Präsidenten bis vor die hintere Haustüre begleitend, wo sie vom Ofenhaus aus nicht gesehen werden konnten, fragte Fritz unvermittelt:

«Präsident, sag mir, was bedeutet das alles?»

«Nun, eine Untersuchung, wie sie in solchen Fällen üblich und vorgeschrieben ist», erwiderte er und blickte Fritz so unbefangen wie möglich in die Augen. Der hielt den Blick aus, eine ganze, lange Weile. Da quellten ihm langsam zwei Tränen in die Augen. Er ergriff des Präsidenten Hand und sagte feierlich:

«Präsident! Was auch geschehen mag, so wahr ich selig werden will – ich bin unschuldig an dem Tode des Alten!»

«Es hat dich aber auch niemand beschuldigt», erwiderte Brand.

«Freilich nicht! Bis jetzt noch nicht; aber es wird schon kommen! Ich selbst habe den Anlaß dazu geboten durch blödsinnige Äußerungen, die ich in Zorn und Aufregung fallen ließ. Die dort drüben», er deutete nach dem Ofenhaus, «wissen noch nichts davon, aber lange wird's nicht gehen, so wird es ihnen bekannt sein, und dann, das weiß ich, werde ich angeklagt. Aber ich wiederhole dir, Präsident, bei meiner Seele Seligkeit – ich war's nicht!»

Als nun der Angeredete sinnend schwieg, ergriff der Bauer seine Hand aufs neue:

«Oder glaubst du mir's nicht? Hältst du mich fähig, fähig, einen Menschen umzubringen – auch wenn es der Schattmatt-Rees wäre?»

Der Gemeindepräsident hob den Kopf, schaute dem Bauern scharf in die Augen, erwiderte dessen Händedruck und erklärte:

«Nein, Fritz, ich glaube an deine Unschuld und weiß, daß du einer solchen Tat unfähig bist!»

Der Brust Grädels entrang sich ein tiefer, befreiender Seufzer.

«Gott Lob und Dank!» keuchte er. Nun ließ er des Präsidenten Hand wieder los und meinte:

«Aber die andern werden nicht so denken; ich seh's schon kommen, ich werde eingeklagt werden. Was soll ich nur tun?»

«Ruhig Blut bewahren und abwarten ist das einzige, das ich dir vorläufig raten kann. Soweit ich übrigens die Sache zu beurteilen vermag, liegt vorderhand ein anderer Verdacht näher.»

Fritz blickte überrascht auf, doch der Präsident wehrte ab:

«Ich darf da nichts sagen; man muß abwarten. Verlier den Mut und den Kopf nicht, Fritz!»

«Aber wenn's dazu kommen sollte, wenn ich beschuldigt oder gar verhaftet werde, willst du dann mein Fürsprech sein; kannst du das aus ehrlicher Überzeugung?»

Der Ton, in dem die Frage gestellt war, schnitt Brand in die Seele.

Er ergriff des Bauern Hand, drückte sie warm und herzlich und gab bewegt zurück:

«Ich werde, wenn's dazu kommen soll, deine Verteidigung gern und freudig übernehmen, Korporal Grädel. Aber so weit sind wir gottlob noch nicht!»

«Das vergelte dir Gott», sagte Fritz gerührt, «nun ist's mir schon viel leichter geworden!»

Sie verabschiedeten sich. Der Präsident schritt dem Haus entlang nach dem Ofenhaus, wo die übrigen seiner warteten. Gerade hörte er noch, wie der Untersuchungsrichter den Landjäger Blumer für seine Arbeit in dem Falle belobte und ihm Weisungen zu dessen weiterem Verfolg erteilte. Eine Minute nachher schritten sie alle zusammen dorfwärts. Unterwegs erklärte der Untersuchungsrichter, daß nach der Meinung der Herren Ärzte der Bestattung des Ermordeten nun nichts mehr entgegenstehe, und händigte dem Gemeindepräsidenten die Ermächtigung dazu aus.

Die Rückkunft der Männer erregte im Dorfe natürlich ebenso großes Aufsehen als mehr oder weniger zudringliche Neugier, die jedoch nicht befriedigt wurde; denn die ansässigen Begleiter verabschiedeten sich rasch von den Herren des Gerichts und eilten geradewegs ihren Wohnungen zu, während diese selbst dem Bahnhof entgegenstrebten und sich, in Erwartung des nächsten Zuges, in die Hinterstube des «Bären» zurückzogen, wo sie einen kurzen Imbiß einnahmen und kurz darauf wegfuhren.

Am folgenden Tage, also dienstags, fand die Eröffnung der letztwilligen Verfügung des verstorbenen Andreas Rösti in der Notariatskanzlei des Gemeindeschreibers Ulrich Stalder statt. Sie war kurz nach Neujahr abgefaßt worden. Nach der Aussage des Erblassers im Hinblick auf seine, wie er wisse, unheilbare Krankheit und sein voraussichtlich baldiges Ableben. Als Haupterbin war seine Tochter Elisabeth, verehelichte Grädel, eingesetzt. Außer wenigen, unbedeutenden Vermächtnissen, bestehend aus kleinen Vergabungen zu gemeinnützigen Zwecken, war nichts Bemerkenswertes daran zu finden. Es erwies sich jedoch, daß der Verstorbene, drei Wochen vor seinem Ableben, einen Nachtrag verfügt hatte, laut dem das Erträgnis seiner Lebensversicherung von zwanzigtausend Franken seinem Bruder Christian anheimfallen sollte. Eine Begründung zu dieser Abänderung seiner ursprünglichen Verfügung hatte der Erblasser nicht gegeben.

Am Mittwoch fand das Begräbnis statt. Der gewaltigen Beteiligung nach hätte man meinen können, Andreas Rösti sei einer der beliebtesten und weitbekanntesten Habliger gewesen, denn der Zudrang zu seinem letzten Geleit war unerhört; doch waren die meisten Teilnehmer, insofern es nicht arme Leute waren, die das Begräbnis eines reichen Bauern wegen des darauffolgenden Leichenschmauses nur notgedrungen versäumen, nur durch Neugier angelockt worden. Da der Mordfall nicht nur in der Gemeinde selbst, sondern darüber hinaus großes Aufsehen erregte, hoffte man, schon aus der Leichenrede des Pfarrers selbst allerhand zu vernehmen, das sich auf den Fall bezog und sich nachher den zu Hause Verbliebenen brühwarm mitteilen oder weiterspinnen ließ. Allein die Leute wurden enttäuscht: der Pfarrer erwähnte das Tatsächliche des jähen Endes des Verstorbenen nur als etwas bereits Bekanntes und knüpfte daran einige landläufige Betrachtungen, so daß nachher seine Rede nichts weniger als gepriesen wurde. Der schon fünfundsechzig Jahre alte Pfarrer von Gatschet galt überhaupt weder als ein großer Kanzelredner noch auch sonst als ein hervorragendes Kirchenlicht; doch hatte er seit nun bald vierzig Jahren sein Amt in der Habligengemeinde schlicht und recht verwaltet und genoß die Achtung, die man einem treuen Seelsorger und ehrwürdigen Greise schuldet, in vollem Maße. Er stammte aus einem alten städtischen Patriziergeschlecht. Als er seinerzeit in Habligen gewählt worden war, hatten seine Wähler, obwohl sie im landläufigen Sinne damals noch kirchlich und rechtgläubig gesinnt waren, ihm ihre Stimme gegeben, obwohl verlautbart worden war, von Gatschet sei, wenn nicht gerade ein eifriger, doch ein überzeugt freisinniger Theologe. Aber wichtiger als sein Bekenntnis galt den Habligern von dazumal der von einem Kirchmeier an der Kirchgemeindeversammlung offen ausgesprochene Umstand, daß der Anwärter sehr begütert sei, und die Gemeinde also einen Vorteil darin sah, das große pfarrherrliche Vermögen schon um der Steuern, wenn nicht um ihrer Armen willen, innerhalb ihrer Marchen zu bannen. So war es gekommen, daß Pfarrer von Gatschet, an dessen Predigten sich längst keiner mehr erbaute, weil er nicht mehr laut genug sprechen konnte, in Habligen verblieben war und immerdar seines Amtes waltete.

Das Leichenmahl war in der «Rößli»-Pinte angerichtet worden; wohl über zweihundert Leute nahmen daran teil. Fritz Grädel stand ihm vor. Er wurde, je nach der seelischen Beschaffenheit seiner Gäste, von den einen um des reichlichen Erbanfalles willen beneidet, von den andern wegen des so unliebsames Aufsehen erregenden Todes seines Schwiegervaters bedauert, obwohl männlich bekannt war, daß die beiden nicht gerade vorbildlich zusammen ausgekommen waren. Übrigens zog er sich mit den Seinen frühzeitig zurück; Fritz jedoch nicht, ohne vorher unter vier Augen einige Worte mit dem Gemeindepräsidenten gewechselt zu haben.

Nach dem Weggang der Trauerfamilie, ferner angeregt vom reichlich fließenden Wein, entspannen sich nun bald lebhaftere Gespräche unter den Zurückgebliebenen, die sich, wie begreiflich, fast ausschließlich um den Mord und dessen mutmaßliche Täterschaft drehten. Trotzdem der Gemeindepräsident unauffällig ein wenig überall hinhorchte, vermochte er nichts zu erlauschen, das auf irgend jemanden einen bestimmten Verdacht gelenkt hätte; das Geheimnis der Untersuchungsergebnisse war demnach von allen Beteiligten streng gewahrt worden, woraus Brand wiederum einen Beweis mehr für die Trefflichkeit und strenge Dienstauffassung des Landjägers Blumer ableitete.

Er selbst blieb mittel- und unmittelbaren Anzapfungsversuchen so verschlossen wie nur immer möglich und machte sich übrigens frühzeitig auf den Heimweg. Was er aber befürchtet hatte, trat dennoch ein; denn am folgenden Morgen schon durchschwirrte ein schlimmes Gerücht das Dorf, das, schon früher in der Käserei verbreitet, nun eifrig, sozusagen in jedem Haus, erörtert wurde, nämlich, Fritz Grädel sei der mutmaßliche Mörder seines Schwiegervaters, gegen den er in der letzten Sonntagnacht leidenschaftliche Todesdrohungen ausgestoßen habe. Obwohl die Nachricht zuerst von weitaus dem größten Teile der Dörfler mit offenem Mißtrauen aufgenommen wurde, blieb doch in den meisten Ohren etwas hängen. Man erinnerte sich jetzt plötzlich an das dorfbekannte, unerquickliche Verhältnis, in dem Fritz zu seinem Schwiegervater gestanden; außerdem gab es auch in Habligen Leute, die immer bereit waren, von jedem am liebsten das Schlimmste zu glauben, die Freude daran hatten, jeden Quark, wenn er nur ihrer Schwatz- und Lästerlust diente, so breit als möglich zu treten.

Fast unvermeidlicherweise war das Gerücht auch bis zu Landjäger Blumer gedrungen; seine Frau hatte in der Krämerei davon gehört und brachte es nun brühwarm ihrem Manne heim.

Blumer horchte auf, ließ sich aber nichts anmerken, sondern frug bloß, in einem Tone, als ob ihn die Sache nur recht entfernt berühre:

«Ja, wer hat dir denn das erzählt? – Weißt du, in solchen Fällen reden die Leute gar allerlei.»

Die Landjägerin nannte einige Weiber, die sich im Kramladen zusammen befunden hatten.

«So, so», hatte Blumer obenhin erwidert, «wissen die nun schon wieder mehr als das Gericht!»

Aber er ließ es nicht dabei bewenden. Er hätte noch acht Tage zuvor, wenn in seiner Gegenwart Fritz Grädel auch nur einer geringen Unehrenhaftigkeit bezichtigt worden wäre, entweder spöttisch gelacht oder, was seiner Art und Dienstauffassung näher gelegen hätte, den Schwätzer auf die Tragweite seiner Worte aufmerksam gemacht und ihn verwarnt. Heute war es für ihn nun doch ein wenig anders. Nicht, daß er in Grädel von vornherein einen zu diesem Verbrechen fähigen Menschen erblickte, aber er hatte der Untersuchung von Anfang an beigewohnt; da war ihm doch manches Rätselhafte aufgefallen, das Fritz Grädel zu belasten schien. Freilich, wenn er sich den ganzen Hergang und besonders des Jungbauern ganze Haltung vergegenwärtigte, so mußte er sich gestehen, daß höchstens einige Inzichten, aber keine Beweise gegen ihn sprachen, und daß, abgesehen von einem kurzen Augenblick, der aber auch falsch gedeutet sein mochte, sein Verhalten nicht den Eindruck eines Schuldbewußten hatte aufkommen lassen.

Landjäger Blumer war ein gewissenhafter Mann, einer jener Landjäger, wie man sie damals noch häufig im Bernbiet antraf, die eine eigentliche Achtungsstellung im Ansehen ihrer Mitbürger behaupteten und sich ebenso, ja häufiger als wohlwollende, kundige Berater denn als starre Vollzieher der Polizeivorschriften erwiesen. Sie genossen daher das Vertrauen der Landbevölkerung in oft weitergehendem Maße als irgendwelche andere Behörden oder Amtspersonen, Gemeinderäte und Pfarrer nicht ausgenommen. Es lag ihnen wenig daran, die Gerichte mit allen möglichen kleinen Händeln zu behelligen, sondern sie verstanden es in den weitaus meisten Fällen, sie in einer Weise zu schlichten und zu vermitteln, daß die einmal zur Vernunft und ruhigen Überlegung zurückgekehrten Betroffenen allen Grund hatten, dem Landjäger für seine sozusagen außeramtliche, friedensrichterliche Tätigkeit dankbar zu sein.

Daher galt das Wort solcher Landjäger etwas in ihren Gemeinden, und dafür konnten jene auch des Beistandes der wohlgesinnten Bevölkerung von vornherein sicher sein, handelte es sich einmal darum, wirklich scharf und schonungslos zuzugreifen; denn man wußte, daß sie es nicht ohne gewichtige Gründe taten, und man hatte recht.

Auch die Oberbehörden wußten solche Landjäger zu schätzen. Wenn sie sie auch elend besoldeten, so boten sie diesen bescheidenen, aber doch so wichtigen Dienern der Allgemeinheit und des Staates dadurch einigen Ersatz, als sie von der Achtung, die sie vor solchen Landjägern unwillkürlich empfanden, in der Regel kein Hehl machten und sie fühlen ließen, daß sie sie viel weniger als Untergebene denn als wertvolle, kaum zu missende Mitarbeiter betrachteten, denen man volles Vertrauen schenken durfte, weil sie es, vermöge ihrer rein menschlichen Eigenschaften ebensowohl als um ihrer Kenntnis der Leute und Verhältnisse willen, reichlich verdienten.

Dieses Vertrauensverhältnis hatte wiederum zur Folge, daß die Landjäger, ihrer Verantwortung und des oberbehördlichen Zutrauens bewußt, ihren Dienst um so ernster auffaßten und meist auch dort ein übriges taten, wo ihnen kein Mensch einen Vorwurf aus ihrer Untätigkeit hätte ableiten können. Gelegentlich freilich gingen sie über den Bereich ihrer gesetzlich genau umschriebenen Zuständigkeit hinaus; doch geschah das in fast allen Fällen nur, wenn dadurch größere Unzukömmlichkeiten vermieden werden konnten. Äußerst selten kam es vor, daß sie bei solchen Vorkommnissen nicht durch die öffentliche Meinung, wie durch die nachträgliche ausgesprochene oder stillschweigende Billigung ihrer Oberbehörden, gedeckt und gerechtfertigt worden wären.

Landjäger Blumer ging mit sich ernsthaft zu Rat, um schließlich zur Überzeugung zu gelangen, seine Pflicht erfordere, dem Ursprung des gegen Grädel gerichteten Gerüchtes nachzugehen. Was weiter zu geschehen habe, würde sich aus dem Ergebnis seiner Nachforschung wohl von selber ergeben. Blumer bedurfte keiner vollen zwei Stunden, um festzustellen, der Urheber des Gerüchtes sei der Stallknecht der «Rößli»-Pinte, Albrecht Ryser, genannt Ryser-Brecht, der, am Begräbnistage Andreas Röstis, nachdem er von vielen Leidtragenden, die mit Roß und Wagen hergekommen waren, mit Wein freigehalten und über den Mordfall ins Gespräch gezogen worden war, zuerst geheimnisvolle Andeutungen fallen gelassen und geäußert hatte, wenn er, Ryser-Brecht, reden wollte, die Leute würden sich wundern; es laufe mancher angesehene Mann herum, der, wenn man wüßte was er, wohl für alle Zeit an den Schatten käme. Aber er sei gewitzigt; ihm werde es nicht einfallen, zu sagen, was er wisse. Es sei ein zu Gewagtes für ein armes Knechtlein, gegen einen reichen Bauern aufzutreten; denn, wenn man noch so Recht habe, so wüßten es die Vermöglichen immer so einzurichten, daß am Ende noch der arme Teufel hängen bleibe und in den Dreck komme.

Einige Bauern, betroffen von den immerhin recht anzüglichen Andeutungen des zwar nicht betrunkenen Stallknechtes – denn bis Ryser-Brecht betrunken war, dauerte es eine gute Weile und brauchte es ordentlich flüssiger Mengen –, dem aber der Wein die Zunge über seine Gewohnheit hinaus gelöst hatte – einige Bauern also drangen um nähere Auskunft in ihn. Der Stallknecht, der sich einesteils wichtig vorkam, weil ihn angesehene Bauern, die sich sonst nicht gerade übermäßig viel aus ihm machten, um seines Geheimnisses willen umwarben, andererseits aber doch von einer geheimen Befürchtung zurückgehalten wurde, die Geschichte könnte zu seinem Nachteil ausschlagen, erklärte, er wolle weiter nichts gesagt haben; im übrigen sei es Sache des Landjägers und des Gerichts, den Mörder zu überführen, nicht die seine. Damit begnügten sich nun die Bauern nicht. Er habe bereits zu viel gesagt, um noch hinter dem Berge halten zu dürfen. Entweder wisse er etwas, dann sei er Auskunft schuldig, oder er habe ein Schandmaul und gehöre ins Loch. Außerdem habe er merken lassen, daß er einen der angesehenen Männer der Täterschaft fähig halte; zu diesen zählten sie sich aber auch und ließen sich derartige Verdächtigungen nicht so ohne weiteres gefallen – am allerwenigsten von einem Knechtlein, das nichts sei noch habe.

Der Stallknecht merkte, daß er sich verrannt und keinen Ausweg mehr hatte. Er begann zu feilschen. Schließlich, nachdem ihm die Bauern Verschwiegenheit zugesichert und ihn, abseits von den Gästen, in die Futtertenne begleitet hatten, gestand er ihnen, er habe am Sonntagabend, ohne es gewollt oder gesucht zu haben, ein Gespräch zwischen Fritz Grädel und dem jungen Christen-Rees belauscht, bei welcher Gelegenheit jener geäußert habe, er werde seinen Schwäher, den Schattmatt-Rees, noch bevor es tage, kaputtmachen und habe, so sehr ihm auch sein Kamerad davon abgeraten und ihm zugesprochen habe, auf seinem Vorsatz beharrt. Aber, fuhr der Stallknecht fort, er wisse, daß der junge Moosbauer und Grädel gute Freunde seien; jener werde daher natürlich die Wahrheit seiner, des Stallknechts, Aussage bestreiten, obwohl sie wahr und er den Eid darauf leisten könnte. Darum habe er auch nichts gesagt und bereue nur, es jetzt getan zu haben; denn die Geschichte möge nun ausfallen, wie sie wolle, so werde er als Lügner gelten müssen. Darum möchte er gebeten haben, sein Vertrauen nicht zu mißbrauchen und keinem Menschen zu sagen, was er ihnen anvertraut habe.

Die Männer legten kein erneutes Versprechen ab. Sie hätten es auch nicht gehalten. Sie ließen Ryser einfach stehen, stapften nach der Gaststube zurück und sprachen kein Wort mehr über die Sache, bis sie sich voneinander trennten, bei welcher Gelegenheit der eine zu den drei andern äußerte, es werde wohl am besten sein, wenn man so tue, als habe man des Stallknechts Geschwätz nicht gehört, sich darauf verlassen oder es gar verlautbaren, könnte höchstens zu Unannehmlichkeiten führen. Die andern teilten diese Ansicht, und so ging jeder seines Wegs, fest entschlossen, sich in keine Geschichten einzulassen, aber doch stets an die Mitteilung Ryser-Brechts denkend und innerlich beunruhigt. Alle vier verfielen, jeder für sich, auf ähnliche Gedankengänge, und alle gelangten zu ähnlichen Schlüssen. Jeder erinnerte sich, daß Fritz Grädel ein durchaus ehrenwerter Mann und eines Verbrechens jedenfalls unfähig sei. Jeder wußte auch mehr oder weniger von dem schlimmen Stand, in dem er sich seinem Schwiegervater gegenüber befunden; ebenso war keinem unbekannt, daß sich Fritz dabei jeweilen die größte Zurückhaltung und Mäßigung auferlegt hatte. Daß der alte Schattmatt-Rees zum allermindesten ein wunderlicher, launischer Querkopf gewesen, mit dem unter Umständen nicht gut Kirschen zu essen war, das war den Männern ebenfalls kein Geheimnis geblieben, und wenn jeder sich selbst prüfte, mußte er erkennen, daß er verteufelt wenig Teilnahme für den Ermordeten aufzubringen vermochte.

Fritz Grädel dagegen, der allezeit dienstfertige, stille, kluge Jungbauer, der war allgemein beliebt, war in der Gemeinde, vor aller Augen, in einem rechten Haus aufgewachsen, und niemand gab's, der ihm zu Recht auch nur das geringste hätte nachreden können, ohne sich an der Wahrheit zu vergehen. Also hatte der Stallknecht gelogen, entweder um sich wichtig zu machen oder sich aus der Patsche zu ziehen, in die ihn seine Sticheleien gebracht hatten. Besser wäre es am Ende gewesen, sie hätten sich seiner gar nicht geachtet und ihn nicht dazu angehalten, die Mitteilungen, von denen sie nun doch bedrückt waren, von sich zu geben.

Bei diesem Ergebnis angelangt, glaubte jeder der vier Männer, die Sache für sich abgetan zu haben; allein sie war es nicht, sondern meldete sich zu stets erneuter Erwägung. Wer hatte ihnen denn diesen Floh hinters Ohr gesetzt? Der Stallknecht Ryser im «Rößli» war's, der Ryser-Brecht; ein Mensch, der wohl etwa bei einer besonderen Gelegenheit ein Glas über den Durst trank, der aber sonst zu keinem Tadel Anlaß bot, einen guten Leumund genoß, der seit nun schon vielen Jahren seinen Dienst in aller Ehrbarkeit und zur oft bekannten Zufriedenheit seiner Meistersleute sowohl als der der Gäste versah. Für gewöhnlich war er weder ein Aufschneider noch ein Schwätzer, und, das mußte man zugeben, was er etwa im Gewöhnlichen redete, hatte Hand und Fuß. Dabei hatte er sich ganz bestimmt ausgedrückt; er hatte nicht nur Grädel, sondern auch den als dessen Freund, den als rechtschaffenen jungen Bauern bekannten Moosmatt-Andreas, genannt. Das nun würde der Stallknecht doch wohl kaum gewagt haben, wenn nichts an der Sache wäre.

Und dann schließlich: War es denn gar so unmöglich, was der Stallknecht vorgebracht hatte? Was konnte man da wissen? Es war ja am Ende so undenkbar nicht, daß auch ein Mann wie Grädel, zum äußersten gereizt, sich selbst vergißt und in der Erregung, im Zorn etwas begeht, das ihn später reut.

Einmal bei diesem Widerstreit der Meinungen und Gefühle angelangt, wußten alle vier keinen Ausweg mehr und taten alle, was zu erwarten war, nämlich: sie plauderten; der eine mit seinem guten Freund, der andere mit seiner Frau oder seinem Nachbarn. Wie aber die Vertrauensmänner des Stallknechts gedacht, so dachten auch die, denen jene ihr Vertrauen geschenkt, und so kam es, daß das Gerücht der mutmaßlichen Täterschaft an dem Morde Andreas Röstis sich schon am Donnerstagmorgen im ganzen Dorfe mehr oder weniger um Fritz Grädel verdichtete, von den einen bezweifelt, von den andern ausgeschmückt und vergrößert, von allen aber erörtert und weitergetragen, so daß es, wie erwähnt, den umsichtigen, wenn auch nicht auffälligen Nachforschungen des Landjägers binnen zweier Stunden gelang, dem Ursprung des Geredes auf die Spur zu kommen.

Nun machte er sich, ohne Aufsehen zu erregen, ums «Rößli» herum zu schaffen. Wie er endlich den Stallknecht im Pferdestall verschwinden sah, war er wie ein Wiesel hinter ihm drein.

Nachdem er sich vergewissert hatte, daß sie von niemandem belauscht würden, sprach er diesen an:

«Hör einmal, Brecht, ich hab' da ein kurzes Wort mit dir zu reden!»

Zehn Minuten später wußte der Landjäger alles, was er wissen wollte. Zwar, dem Stallknecht war die Auskunfterteilung nicht eben leicht gefallen. Er fürchtete um seine Stellung, und die Mißbilligung der Bauern beängstigte ihn. Erst als ihm Blumer vorstellte, daß so, wie die Sachen jetzt stünden, ihm seine Auskunftsverweigerung gefährlicher werden könnte als eine der Wahrheit entsprechende, rückhaltlose Aussage, lenkte er allmählich ein; besonders als Blumer hinzufügte, er, Ryser-Brecht, habe zu gewärtigen, daß ihm im Weigerungsfall ein böser Handel, nämlich eine Klage Grädels wegen Verleumdung, blühen könne.

Der also Bedrängte sah nun zu spät ein, daß er besser getan hätte, am Begräbnistag reinen Mund zu halten, und sagte nun aus, er habe am Sonntagabend, seiner Gewohnheit gemäß, unter dem Birnbaum neben der Pinte ausgeruht, als sich die beiden jungen Bauern einfanden und ihre Unterhaltung laut genug führten, daß ihm kein Wort zu entgehen vermochte. Diese nun gab er, seinem Verständnis und Bildungsgrade entsprechend, in seine Sprache übersetzt, wieder, ohne selber zu merken, daß sie sich in seinem Munde und in seiner Erinnerung zwar nicht wesentlich sachlich, wohl aber der Form nach schärfer und für Fritz Grädel belastender färbte, als sie in Wirklichkeit gewesen war.

Das mochte ihm nachträglich wohl selbst, wenn auch nicht klar bewußt, vorkommen, denn obwohl ihm der Landjäger gutmeinend geraten hatte, über ihre Besprechung zu schweigen, konnte es der Stallknecht, in seinem Gewissen unbestimmt beunruhigt, doch nicht verhalten, noch im Laufe des Tages dem Schwellenmeister, den er wenige Stunden später auf dem Felde antraf, von dem stattgehabten Verhör zu berichten. Dieser beschwichtigte ihn insoweit, als er ihm begreiflich machte, daß, wenn er dem Landjäger nur eröffnet habe, was er mit gutem Gewissen verantworten könne, ihm daraus keine Unannehmlichkeiten erwachsen dürften, was aber den Stallknecht nicht vollständig beruhigte. Der Schwellenmeister jedoch, der an die Schuld Grädels, den er von Kindsbeinen an kannte und in jeder Hinsicht schätzte, nicht einen Augenblick zu glauben vermochte, begriff ohne weiteres, welch ein Gewitter sich nun über dem Schattmattbauern zusammenzog. Da ihm bekannt war, daß der Gemeindepräsident seine gute Meinung über den Verdächtigten teilte, hielt er es für angemessen, jenen aufzusuchen und ihm sein Gespräch mit dem Stallknecht zu hinterbringen.

Brand erkannte ebenfalls die Gefahr, die für Grädel nun unvermeidlich erwachsen mußte, und da nach den Angaben des Schwellenmeisters zu schließen war, der Stallknecht habe das zwischen den beiden jungen Bauern gepflogene Gespräch in verschärfter, für Grädel übertrieben belastender Form wiedergegeben, kam er zur Überzeugung, daß diesem eine offene, wahrheitsgetreue Wiedergabe davon nur noch nützen, auf keinen Fall aber schaden konnte. Folglich setzte er sich hin und verfaßte einen möglichst genauen Bericht über das am Sonntagabend unwillkürlich auch von ihm und seinen Freunden belauschte Gespräch, den er dem Untersuchungsrichter einsandte, wobei er nicht unterließ, Dr. Wyß und Tierarzt Wegmüller ebenfalls als Zeugen namhaft zu machen und offen zu erklären, aus welchen Erwägungen heraus sie alle drei bis jetzt über die Sache geschwiegen hatten.

So kam es, daß der Gerichtspräsident den Bericht Brands fast gleichzeitig mit dem des Landjägers erhielt, und da inzwischen auch die Sachverständigengutachten, die der Ärzte, des Büchsenmachers und namentlich der ungemein gründliche Befund des Wachtmeisters Räber, eingelangt waren, fühlte er sich nun berechtigt und verpflichtet, weitere Maßnahmen anzuordnen.

Inzwischen aber war, unbestimmt freilich, darum aber nur um so beklemmender, das Gerücht von Grädels Täterschaft auch zu diesem selbst gedrungen. Wie, wäre im einzelnen weitläufig, im allgemeinen leicht zu sagen. Eine gutmeinende Freundin der jungen Schattmattbäuerin besuchte diese unter einem nichtigen Vorwand, verwickelte sie in ein allgemeines Gespräch über die Schlechtigkeit der Leute, und von da auf den besondern Fall allmählich überleitend, erklärte sie, es ihrer liebsten Freundin gegenüber schon um des Vorteils willen, den sie und ihr Mann aus der Warnung ziehen könnten, nicht verantworten zu wollen, ihr zu verschweigen, was im Dorfe herumgesprochen werde, wobei sie beteuerte, selber natürlich nie einen Augenblick daran geglaubt zu haben. Es habe ihr im Gegenteil fast das Herz abgedrückt, achtbare Leute in so schandbarer Weise verdächtigt zu hören, und wie die umhüllenden Redensarten, die übrigens zum guten Teil durchaus aufrichtig gemeint waren, etwa lauten mochten.

Bethli brachte genügend Geistesgegenwart auf, um sich weder betroffen noch bewegt zu zeigen, sondern bemerkte trocken, sie danke für die gute Meinung; im übrigen könne man ja den Leuten die Mäuler nicht verbinden, und daß bei derartigen Anlässen alles mögliche, Dummes und Schlechtes, herumgeboten werde, sei ihr ebenfalls nicht mehr besonders neu. Darein müsse man sich eben schicken und sich damit abzufinden verstehen.

Es war ihr gelungen, soviel gleichgültige Kühle zur Schau zu tragen, daß die Freundin betroffen sofort Abschied nahm und es der Bäuerin fast als Undankbarkeit auslegte, ihr für ihre doch so wohlgemeinte Nachricht nicht mehr Ehre erwiesen zu haben. Doch siegte bald ihre ursprünglich wohlwollende Wesensart, so daß sie, sooft sie über den Fall ins Gespräch gezogen wurde, die ruhige Sicherheit der Schattmättelerin nicht genug zu rühmen vermochte und beifügte, so könnten sich nur Leute benehmen, die ein reines Gewissen hätten, womit der Sache Grädels in der öffentlichen Meinung natürlich nicht geschadet ward.

In Wirklichkeit war die Bäuerin zu Tode erschrocken. Besser als irgendwem war ihr das Zerwürfnis zwischen ihrem Vater und ihrem Mann bekannt gewesen; auch hatte, nach diesem selbst, niemand mehr darunter gelitten als eben sie, und zwar gerade um ihres Mannes willen, der aus Zuneigung zu ihr seit langer Zeit mehr geschluckt und erduldet hatte, als billig war. Sie war ihm herzlich dankbar dafür. Wenn sie es auch stets vermieden hatte, mit Fritz darüber zu reden, hatte sie doch alles getan, um ihm zu verstehen zu geben, wie innig sie an seinem Mißgeschick teilnehme, wie sehr sie von seinem Recht ihrem Vater gegenüber überzeugt sei. Sie wußte, daß Fritz es wohl empfunden, daß er es ihr hoch angeschlagen hatte. Sie wußte, besser als irgendwer, wie unschuldig Fritz an der Spannung war, und hatte, sooft sich Anlaß geboten hatte, ihren Vater bestürmt, mit seinen Bosheiten, deren Grund zwar auch sie nie zu erkennen vermochte, einzuhalten. Es hatte sie tief genug geschmerzt, zu erfahren, daß der Vater, wenn er auch ihr zuliebe sich auf Stunden oder Tage zusammengenommen und mildere Saiten aufgezogen hatte, doch bald wieder in seine Arglist, seine Teufelssucht zurückverfiel. Dabei war sie um so mehr davon bedrückt, als sie, trotz mancher Kummerstunde, keinen Ausweg aus der häuslichen Hölle zu erschließen oder auch nur zu entdecken vermocht hatte.

Bei aller kindlichen Liebe, die sie dem Vater trotz alledem bewahrt, hätte sie seinen Tod gelassener hingenommen, als es jetzt, um der ihn begleitenden, entsetzlichen Umstände willen, der Fall gewesen war. Sie hatte gewußt, daß er, unheilbar krank, nur noch kurze Zeit zu leben hatte. Sie hatte gehofft, er würde vor seinem Tode noch zur Besinnung kommen und versöhnt mit sich und ihrem Manne hinüberschlummern, ja es hatte Augenblicke in ihrem Leben gegeben, wo sie den Ausgang fast ersehnt hatte, um sich freilich, sobald der geheime Wunsch sich klar vor ihr Bewußtsein stellte, darob entsetzt zu schämen und sich bittere Selbstvorwürfe zu machen.

Sie wußte, daß auch das ihrem Manne nicht entgangen war, daß er gerade darum manche Kränkung, manche teuflische Bosheit des Alten scheinbar gleichmütig hingenommen hatte – das alles nur, um ihr, seiner Frau, das Leben nicht noch schwerer zu gestalten.

Bethli war außerdem überzeugt, daß Fritz die Tat nicht begangen hatte, wußte, auch wenn sie nicht für sich den unumstößlichen Beweis seiner Unschuld gehabt hätte, daß er einer unehrenhaften Gesinnung, geschweige denn eines Verbrechens durchaus unfähig war.

Und nun dieser entsetzliche, heimtückisch würgende Verdacht! Dieses mörderische Gerücht, von dem sie fühlte, daß es seine beste Nahrung aus den Leiden zog, die ihr Vater ihrem Manne zugefügt und die dieser geduldig ertragen hatte! Daß Fritz gefährdet war, hatte sie triebmäßig, ohne sich im einzelnen über das Warum Rechenschaft ablegen zu können, schon am Montag erfaßt, als die Herren vom Gericht da gewesen waren, als die Erhebungen und schließlich die Haussuchung stattgefunden hatten. Sie zitterte vor den Folgen, zitterte vor dem Ergebnis der gerichtlichen Nachforschungen. Freilich wußte sie, daß Fritz unschuldig war; sie konnte es bezeugen. Aber würde man ihr, der Frau des Verdächtigten, glauben? Sie vermeinte gehört zu haben, daß das Zeugnis von Ehegatten vor Gericht nur sehr bedingt gewertet werde – konnte sie hoffen, ihren Mann, wenn es schon so weit kommen sollte, durch ihre Aussagen von dem fürchterlichen Verdacht zu reinigen?

All das pochte schmerzlich-dumpf auf ihr bedrücktes Gemüt. Sie verbarg sich im Ofenhaus, wo man sie vorderhand nicht vermuten konnte, zunächst, um sich auszuweinen, dann, um mit sich über ihr weiteres Verhalten zu Rate zu gehen. Es wurde ihr bald klar, daß sie, um Fritzens Sicherheit willen, kein Recht habe, ihm das Gehörte zu verschweigen; aber gleichzeitig vergegenwärtigte sie sich auch die ganze hoffnungslose Pein, die ihrem Mann und ihr daraus erwachsen mußte. Verzweifelt hub sie aufs neue an zu schluchzen, zu stöhnen, nichts hörend, nichts sehend, nichts wahrnehmend noch beachtend, ganz ihrem tiefen, bohrenden Schmerz hingegeben, als auf einmal die Stimme ihres Mannes an ihr Ohr schlug:

«Um Gottes willen, Bethli, was hat's gegeben?»

Die überraschte, erschrockene Frau schrie auf. Zu antworten vermochte sie nicht, sondern warf sich ihrem Manne laut weinend an die Brust. Er umfing sie, ruhig begütigend.

«Nu, nu, wo fehlt's denn? Sag mir's bloß!» sprach er beschwichtigend.

Bethli tat sich Gewalt an, erstickte ihre Schluchzer und blickte dem Manne voll ins gelassene, wenn auch bekümmerte Gesicht. Aber sie empfand, daß sein Kummer nur ihr, ihr ganz allein galt; sie fühlte, daß der Augenblick gekommen war, jede Verstellung zu verabschieden, ihm alles, alles zu gestehen. Darum setzte sie sich auf die am Boden stehende umgestülpte Backmulde, Fritz zu sich hinabziehend. Er willfahrte und ließ sich an ihrer Seite nieder, ohne ihre Hand freizugeben. Da sprach Bethli, zögernd erst, dann nach und nach sicherer. Sie sprach von ihrem Familienleben, von ihrem Vater, von ihrer beiden Verhältnis zu ihm, von seinem Tod und schloß mit der Beichte des ihr zugetragenen Gerüchtes, Fritz beschwörend, nichts zu unterlassen, alles anzustreben, was für seine Sicherheit förderlich sein könne.

Wie sie nun fertig war, ihr Herz bis auf den Grund geleert hatte und den Blick zu ihrem Manne erhob, sah sie, wie er zwar bewegt, aber fast heiter lächelte. Dann äußerte er gleichmütig:

«So, so! Ist's nun so weit? Je nun, ich hab's kommen sehen und, offen gestanden, auch nicht anders erwartet. Eigentlich wundert's mich, daß man mich nicht schon am Montag verhaftete. Denn daß mich der Landjäger, der Wachtmeister aus der Stadt und wahrscheinlich auch der Gerichtspräsident für den Täter hielten, das konnte ein Blinder sehen. Was nun geschehen soll, wird geschehen; daran vermag niemand etwas zu ändern. Man wird sich dreinschicken müssen.»

«Und das sagst du so gelassen, als ob es dich nichts anginge! Fritz, um Gottes willen, fühlst du denn nicht, was für dich, für mich und die Kinder auf dem Spiele steht?» schrie Bethli auf.

«Freilich wohl», gab Fritz zurück, «aber ist das ein Grund, den Kopf zu verlieren? Man wird abwarten müssen. Mein Gewissen ist gottlob ruhig, und das übrige wird sich finden. Du weißt, daß ich es nicht getan habe. Andere wissen's auch oder haben wenigstens die Überzeugung meiner Unschuld. Wer mich kennt, traut's mir nicht zu, das weiß ich. Und dann, eine solche Suppe wird nicht so heiß ausgegessen, wie eingebrockt. Man wird mich vielleicht einziehen. Das ist sogar wahrscheinlich und, ich geb's zu, nicht erfreulich. Man wird untersuchen und verhören. Darauf bin ich gefaßt und sehe allem ruhig entgegen. Dann wird man mich möglicherweise vor Gericht stellen. Auch das ist peinlich, besonders auch für dich und die ganze Familie. Aber bevor das Gericht einen verurteilt, muß seine Schuld bewiesen sein. Bewiesen, hörst du! Ein Verdacht ist noch kein Beweis und noch weniger ein Urteil. Und bis dahin kommt Rat. Ich habe nichts zu befürchten, ich fürchte mich nicht, und du, nimm die Sache nicht schwerer, als sie ist. Es hat schon manchem auf die Flinte geschneit, er ist darum doch nicht verdorben.»

«Ja», eiferte Bethli, «willst du denn gar nichts tun? Willst du denn die ganze Sache wehrlos an dich kommen lassen? Bedenke: Richter sind auch Menschen. Du wärest nicht der erste, der unschuldig verurteilt würde!» gab Bethli angstvoll zurück.

«Nicht wehrlos, aber auch nicht kopflos! Daß ich mich meiner Haut wehren werde, so gut ich's kann und vermag, ist klar! Aber womöglich mit Verstand und kühlem Blut. Wie, wo und wann, wird sich aus dem Fortgang selber ergeben. Da nun aber einmal, wie ich erwartete, mein Gespräch mit Moosmatt-Reesli ruchbar wurde, wird's kaum lange dauern, bis man mich verhaftet. Damit du aber siehst, daß ich nicht gesonnen bin, etwas zu vergleichgültigen, werde ich, solange ich noch auf freiem Fuß stehe, zum Gemeindepräsidenten gehen und ihn um Rat fragen.

Erfolgt dann die Verhaftung, wie vorauszusehen ist, und bin ich nicht mehr zu Hause, dann halte den Kopf erst recht hoch. Weißt du dann weder aus noch ein oder bist du sonst Rates bedürftig, dann gehe zum Präsidenten. Er wird mich verteidigen, er hat mir's zugesichert. Er kennt mich, kennt unsere Verhältnisse, meint's gut mit uns und ist ein wohlmeinender, gescheiter Mann. Halte dich an ihn; er wird dir beistehen. Das ist alles, was ich dir jetzt sagen kann.»

Es bedurfte einer geraumen Weile, bis Bethli sich so weit beruhigt hatte, um auf die vernünftigen Tröstungen des verdächtigten Mannes einzugehen. Aber der ließ nicht nach, erwies sich so gefaßten, selbstsichern Mutes, daß Bethli schließlich nicht anders konnte, als ihm beizustimmen und sich selber wieder tapfer zu fühlen. Zwar übermäßig gefestigt war sie auch jetzt noch nicht. Sie bedurfte ihrer vollen Willenskraft, um nicht plötzlich wieder in Tränen auszubrechen. Aber Bethli beherrschte sich, so gut es ging, um der Zuversicht Fritzens nicht unwürdig zu erscheinen.

Auf Bethlis Bemerkung, sie begreife nicht, wie er, Fritz, die unversehens auf ihn hereingebrochene Last so kaltblütig zu ertragen vermöge, gab dieser lächelnd zurück:

«Nun, ich gebe mir vollkommen Rechenschaft darüber, wessen ich mich jetzt und möglicherweise auf lange Zeit hinaus zu versehen habe, und gelogen wär's, wollte ich tun, als wär's mir gleichgültig und ich nicht gelegentlich davor bangte. Aber trotzdem – glaub es oder glaub es nicht –: seit dem Augenblick, wo wir die Leiche des Alten entdeckten, beschäftigten sich meine Gedanken, ob ich wollte oder nicht, fast ausschließlich mit ihm und seinem Tod, nicht mit mir. Ich zerbreche mir den Kopf darüber, wie es dabei zugegangen sein mag, sinne und grüble, ohne auch nur eine einigermaßen stichhaltige Erklärung zu finden, und offen gestanden», so setzte er nach einigem Zaudern hinzu, «ich werde den Gedanken nicht los, daß er mir damit einen letzten und schlimmsten Teufelsstreich spielte.»

Als ihn nun seine Frau überrascht und verwundert anblickte, ergänzte er:

«Versteh mich recht – ich weiß wohl, daß das, was ich da sage, keinen Sinn hat; aber es ist stärker als ich und ist mir wie von jemandem eingeblasen, so daß ich manchmal daran wie an etwas ganz Gewisses glaube.»

Er sann eine Weile verträumt nach, dann schloß er:

«Nun, sei dem allem, wie ihm wolle; wir werden ja sehen! Vorderhand bin ich doch froh, daß du mir alles gesagt hast, denn nun kann ich mich auf alles gefaßt machen. Und damit du nicht denkst, ich lasse alles an mich kommen, ohne mich zur Wehre zu setzen, will ich jetzt gleich nach dem Dorf hinuntergehen, den Gemeindepräsidenten aufsuchen. Mit ihm werde ich mich beraten und ihn bitten, dir und den Kindern beizustehen während der Zeit, wo ich nicht da sein werde. Nein, nein», setzte er begütigend hinzu, als Bethli sich zu neuem Weinen anschickte, «noch ist's nicht so weit; aber man muß sich vorsehen auf das, was kommen kann und wahrscheinlich kommen wird. Das wird mir aber um so leichter werden, je sicherer ich bin, daß du gefaßt und gut beraten bist.»

«Ich will tapfer sein», sprach Bethli entschlossen und umklammerte Fritz noch einmal heftig. Dann verließen sie das Ofenhaus. Bethli ging gekräftigt und ermutigt an die gewohnte Arbeit. Wer eine halbe Stunde später den fast sonntäglich gekleideten Fritz festen Schrittes, erhobenen Hauptes, wie immer eine schwarze Zigarre rauchend, dem Dorf hätte zuschreiten sehen, hätte kaum geahnt, welch eine Bürde auf seiner Seele lastete.

Sein Erscheinen im Dorf erregte wenig Aufsehen; wohl schon darum nicht, weil die meisten Leute auf dem Felde, an der Arbeit standen. Einzig der Stallknecht in der «Rößli»-Pinte verschwand eiligst um die Hausecke, als er den Bauern um die Käserei biegen sah. Er wagte sich erst wieder hervor, nachdem er sich vergewissert hatte, daß Grädel, ohne sich umzusehen, an der Wirtschaft vorbei dorfwärts geschritten war. Sein Blick verfolgte den Bauern; er schlich ihm ungesehen nach, und als er ihn beim Gemeindepräsidenten einbiegen sah, war es ihm wiederum nicht gerade allzu wohl in seiner Haut.

Als Fritz bei Brand angelangt war, zogen sich die beiden Männer in dessen Arbeitszimmer zurück und verhandelten eingehend zwei geschlagene Stunden lang. Nachdem er sich versichert hatte, daß der Fürsprech nach wie vor zu ihm stehe, von seiner Unschuld überzeugt, ihn zu verteidigen bereit und auch sonst gesonnen sei, ihm und den Seinen in allen Fällen ratend und helfend beizustehen, sprach sich Fritz gründlich und vertrauensvoll aus.

Er verhehlte sich keine Minute, daß seine Verhaftung durch das Bekanntwerden seines sonntägigen Gesprächs mit Christen-Reesli und des daraus entstandenen Gerüchtes nun unvermeidlich geworden, also nur mehr eine Frage von Tagen, wenn nicht von Stunden sei; eine Auffassung, die Brand, als er den Bauern so klaren Geistes und gefaßt sah, bestätigte und ihm auch nicht verschwieg, daß und welche Zeugen das Gespräch außer dem Stallknecht noch belauscht hatten und daß er sich samt seinen Freunden dem Untersuchungsrichter zur Zeugenschaft angemeldet habe.

Fritz billigte des Fürsprechs Vorgehen. Da er ihn nun ja einmal verteidigen werde, so müsse er ihm alle ihm gut scheinenden Vorkehren überlassen, meinte er, und in diesem Falle könne es nur günstig auf den Richter wirken, wenn er aus der Anmeldung seines ihm noch als solchen unbekannten Verteidigers sehe, daß weder der eine noch der andere etwas zu vertuschen suchten. Nun ging der Bauer zur klaren, genauen Schilderung seiner Familien- und Geschäftsverhältnisse über. Sonder Stocken oder Zaudern erteilte er seinem Vertrauensmann alle Auskünfte, die sich dieser für die Verteidigung sowohl wie für die Wahrnehmung der Vorteile und des Nutzens der Familie und des Gewerbes wünschen konnte.

Brand, der ohnehin hohe Stücke auf Grädel hielt, war erfreut und überrascht, zu sehen, mit welcher Klarheit, welcher überlegenen Ruhe der junge Bauer seine Angelegenheiten besprach und ordnete. Als dem Anwalt alles klar lag und beide mit ihrer geschäftlichen Besprechung fertig waren, erklärte der Fürsprech:

«Auf etwas habe ich dich noch hinzuweisen! Für den wahrscheinlichen Fall, daß du verhaftet wirst, bleibst du zunächst in Untersuchungshaft. Es steht dir dann frei, deine vorläufige Entlassung daraus anzubegehren. Wird die einstweilige Freilassung vom Untersuchungsrichter oder, wenn er glaubt, sie nicht verantworten zu können, von der Anklagekammer verfügt, so hast du eine von diesen Behörden festzusetzende Sicherheit zu leisten oder Bürgschaft zu stellen. In beiden Fällen stehe ich dir natürlich zur Verfügung. Wird aber das Gesuch abgewiesen, dann bleibst du bis zur Hauptverhandlung in Untersuchungshaft, und ich, als dein Verteidiger, werde erst dann zum Verkehr mit dir zugelassen, wenn die Untersuchungsakten der Anklagekammer überwiesen worden sind. Ich sage dir das heute schon, damit du auf alle Fälle weißt, woran du bist, und nicht an mir zweifelst, wenn du mich so lange nicht siehst und nichts von mir hörst. Du darfst versichert sein, daß ich mich für dich jederzeit wie für mich selber einsetzen werde, kannst demnach in dieser Hinsicht beruhigt sein. Deiner Frau magst du sagen, daß ich ihr stets und gern zu Diensten stehe, wenn sie meiner benötigt, und daß ich es ihr übelnehmen würde, hielte sie mich nicht von allem, was ihr im Guten oder Bösen geschehen mag, auf dem laufenden. Ich werde übrigens, wenn's so weit kommen soll, ab und zu selber auf der Schattmatt vorsprechen. Das ist alles, was ich dir vorderhand zu sagen habe.

Jetzt aber noch eins, Fritz!» fuhr der Fürsprech mit warmer Stimme fort. «Seitdem ich dich kenne, habe ich dich stets als einen rechtschaffenen, tüchtigen Mann erfahren, und in meiner Schwadron bist du mein liebster, bester Unteroffizier. Die Art und Weise, wie du das Unheil, das nun über dich hereingebrochen ist, auffassest und erträgst, erhärtet meine gute Meinung von dir aufs neue. Was dir nun aber bevorsteht, ist hart; es wird dir Tage bringen, wo du niedergeschlagen und verzweifelt sein wirst, auch wenn wir, wie es nicht anders zu erwarten ist, mit allen Ehren aus dem Handel hervorgehen. Wie dem auch sei, Fritz, versprich mir, wenn die bösen Stunden kommen, daran zu denken, daß ich dein Freund, dein Anwalt und dein Hauptmann bin, der dich nicht im Stiche läßt, weil er von deiner Ehrenhaftigkeit überzeugt ist, daß ich nichts versäumen werde, diese meine Überzeugung auch dem Gericht und der Öffentlichkeit beizubringen!»

Brand ergriff des Bauern Hand; dieser drückte sie wortlos und ergriffen. Beider Männer Augen waren fast ein wenig feucht geworden, und nur mühsam drückte Fritz hervor:

«Präsident, das werde ich dir auf dem Todbett nicht vergessen – ich danke dir!»

Sie wechselten noch einen raschen Blick, dann ließ Brand Fritz' Hand langsam fahren und sagte, seine Bewegung unterdrückend, gewöhnlichen Tones:

«Nun haben wir aber lange genug Geschäftliches verhandelt und darob trockene Kehlen gekriegt. Komm mit mir in die Wohnung hinauf, wir wollen noch ein Glas Wein zusammen trinken.»

Also geschah's. Als Fritz dreiviertel Stunden später durch das Dorf zurückschritt, trug er sein Haupt hoch, und seine Augen blickten fast heiter. Wer ihm begegnete, den grüßte er unbefangen, und als er, seiner Gewohnheit entsprechend, in der Krämerei ankehrte, um den Kindern etwas Naschzeug zu kaufen, brachte er es über sich, mit dem Krämer unbefangen, fast scherzend, ein Gespräch zu führen, so daß alle, die ihm begegnet waren, besonders aber der Krämer, erklärten, so sehe keiner aus und gebärde sich niemand, der eine schwere Untat auf dem Gewissen habe. Es sei unverantwortlich von den Leuten, Derartiges nur zu glauben, geschweige denn, es zu verbreiten. Auf diese Weise hatte Fritz, ohne es selbst zu ahnen, die gute Meinung der maßgebenden Dorfbewohner schon mehr als zur Hälfte erobert.

Auch zu Hause färbte die Seelenstärkung, die sich Fritz beim Fürsprech geholt, auf seine Umgebung erfreulich ab, namentlich auf Bethli, das von jener Stunde an mit gewohnter Ruhe und Tüchtigkeit seinen häuslichen Geschäften vorstand und fortan weder durch Laut noch Gebärde verriet, wieviel Schweres es dennoch zu überwinden hatte.

Am folgenden Tag, kurz nach Eingang der Frühpost, erschien Landjäger Blumer in der Kanzlei des Gemeindepräsidenten, ihm übungsgemäß die von den Bezirksbehörden eingegangenen, die Gemeinde betreffenden Amtsschriften vorzulegen und die sich daran knüpfenden Weisungen entgegenzunehmen. Die Geschäfte waren bald erledigt, und der Präsident, indem er seine letzte Unterschrift trocknete, fragte geschäftsmäßig:

«Sonst noch etwas, Landjäger?»

«Nichts, das Euch unmittelbar angeht – wenigstens vorläufig nicht – aber ... –», setzte er zögernd hinzu.

«Nun?»

«Es ist ein Haftbefehl gegen Fritz Grädel eingetroffen; ich soll ihn heute noch ins Schloß führen», antwortete Blumer.

«Heute noch? Das ist aber dumm!» erwiderte der Präsident nach kurzem Besinnen. «Dann seid Ihr heute nachmittag nicht hier und hättet notwendigerweise mit dem Tierarzt Wegmüller nach dem Fluhberg gehen sollen. Er meldet mir, daselbst sei im Stalle Ulrich Großenbachers Milzbrand ausgebrochen. Wegmüller verlangt, daß Stallbann verhängt werde, was natürlich sofort geschieht. Nun wäre es aber wichtig, daß Ihr so bald wie möglich hinginget und Euch überzeugtet, ob auch alle vorschriftsgemäßen Anordnungen getroffen worden sind. Denn für den Fall, daß dies nicht oder ungenügend geschehen wäre, die Seuche sich daher ausbreitete, dürften wir uns auf etwas Schönes vom Statthalteramt und von der kantonalen Landwirtschaftsdirektion gefaßt machen. Die Sache ist um so dringlicher, als die drei Gehöfte dort droben zum Tränken nur einen gemeinsamen Brunnen benutzen, der für Großenbachers, solange der Stallbann dauert, natürlich gesperrt bleiben muß. Das Wasser muß ihnen von außen zugeführt werden, und eben, wie das zu geschehen hat, das müßt Ihr mit Wegmüller anordnen, für den Fall, daß es noch nicht geschehen ist oder in unzweckmäßiger Weise geschah.

Natürlich werden sich die Leute, sobald Ihr ihnen den Rükken gekehrt habt, keinen Teufel um Eure Anordnungen scheren und tun, wie's ihnen beliebt. Ich kenne meine Pappenheimer dort droben! Das hindert aber nicht, daß wir unsere Pflicht tun müssen, und zwar unverzüglich. Kommt's dann schief und läßt sich nachweisen, daß sie selber im Fehler sind, je nun, dann haben wir, was an uns lag, getan, und für den Schaden haben sie allein aufzukommen.»

Blumer pflichtete bei, erklärte aber, beide Aufträge, die beide dringlich seien, könne er unmöglich am heutigen Tage bewältigen, sie führten zu weit auseinander.

Der Präsident schien nachzudenken. Plötzlich rief er:

«Ich hab's! Da ich heute nachmittag ohnehin im Schloß zu tun habe, nehme ich Euch den Häftling ab und liefere ihn ein. Ihr könnt dann nach dem Fluhberg; auf diese Weise wird nichts versäumt.»

Der Vorschlag leuchtete dem Landjäger ein, denn erstens wurde er dadurch der Verantwortung für den Häftling enthoben, die er zwar nicht scheute; aber man konnte ja nie wissen. Zweitens blieb ihm die immerhin peinliche Pflicht erspart, den Schattmattbauern, der ihn dauerte und an dessen Schuld er doch nicht so recht zu glauben vermochte, aus der Mitte der Seinen hinwegzuführen. Endlich war es ihm schon lieber, in der Gesellschaft des Tierarztes ans entfernteste Gemeindeende zu gehen, da er auf Hin- und Rückweg gleich einige Dienstverrichtungen nebenbei besorgen konnte, um derentwillen er anders besonders hätte hingehen müssen. Immerhin glaubte er anstandshalber einsprechen zu sollen und meinte:

«Aber ich darf Euch das fast nicht zumuten, Präsident; Ihr besorgt ja dann eigentlich meinen Dienst!»

«Das laßt nur meine Sorge sein», erwiderte dieser, «Ihr habt mir auch schon manchen Gang abgenommen, zu dem Ihr dienstlich nicht verpflichtet wart; es ist nur recht und billig, daß ich mich auch einmal erkenntlich zeige.»

Blumer ließ dem Präsidenten den Haftbefehl zurück, dankte und ging.

Kaum war er weg, schrieb der Präsident ein paar hastige Zeilen an Fritz Grädel, ihn vom Haftbefehl benachrichtigend und ihn ersuchend, er möchte sich, mit einigem Geld und Wäsche versehen, nachmittags rechtzeitig genug bei ihm einfinden, um den Dreiuhrzug zu erreichen, dann würden sie zusammen nach dem Bezirkshauptort fahren, so daß keinem Menschen die Verhaftung auffalle. Er verschloß den Umschlag und schickte gleich seines Schwiegervaters Güterbuben, der ihm für solche Gänge meistens zur Verfügung stand, nach der Schattmatt, ihm einschärfend, den Brief dem Bauern eigenhändig abzugeben und dessen Bescheid zurückzubringen.

Dreiviertel Stunden später meldete der Junge, Schattmatt-Fritz habe gesagt, er werde sich danach einrichten.

Die Nachricht des Präsidenten hatte Fritz Grädel eigentlich nicht überrascht, da er schon seit Montag und nun gar seit gestern seiner Verhaftung als etwas Unvermeidlichem entgegensah. Im Gegenteil: als er gestern heimgekehrt war, hatte er fast gewünscht, sie möchte bald erfolgen, damit seinem Zustand quälender Ungewißheit und Spannung ein klares Ende gemacht würde. Nun aber, als ihn der kleine Bote, glücklicherweise allein, unterhalb seines Hauses, wo er sich gerade an einem Zaun zu schaffen gemacht, erreicht hatte, war es ihm doch in die Glieder gefahren und lastete nun drückend auf seiner Seele. Zwar hatte er sich nichts anmerken lassen, den Buben so gleichmütig als möglich mit einem kleinen Trinkgeld verabschiedet und sich gleich wieder seiner kaum unterbrochenen Arbeit zugewandt. Aber er sog rascher als gewöhnlich an seiner schwarzen Zigarre; in seiner Brust wogte es je länger, je heftiger. Fünf Minuten später hielt er es nicht mehr aus; er raffte sein Werkzeug zusammen und schritt dem nahen Walde zu, wo er bald im dichten Unterholz verschwand. Erst als er ziemlich sicher sein konnte, von zufällig Vorübergehenden nicht bemerkt zu werden, ließ er sich auf einen Baumstrunk fallen und versank in tiefes, schmerzliches Sinnen. Zum erstenmal stellte er sich vor, was es denn eigentlich bedeute, mitten aus Arbeit und Familie unter schmählichem, entehrendem Verdacht herausgerissen zu werden, um vielleicht auf Monate hinaus, er, der an frohe Arbeit und freie Luft Gewöhnte, in einer engen Zelle untätig zu vermodern. Zum erstenmal wagte er es, sich der nun gegebenen Sachlage nüchternen Sinnes gegenüberzustellen, seine unerbittlich harte Zukunft klar ins Auge zu fassen. Hundert verworrene, sich kreuzende Gedanken, Empfindungen, Wünsche, Erinnerungen stürmten auf ihn ein. Zwischen die Vorstellung des nun für Frau und Kinder beginnenden Elends drängten sich seine verschiedenen Arbeitsvorhaben auf dem Gut, die nun unausgeführt bleiben oder nicht in seinem Sinn erledigt würden, zu seinem Schaden und Verdruß. Dazwischen blitzten hämische Vorstellungen von gesellschaftlicher Ächtung, lieblos tückischen Mitleids, dem er und die Seinen fortan ausgesetzt sein würden, in ihm auf; da ballte er ingrimmig die Fäuste. Dann wiederum, schleierhaft, verschwommen, raunten in seiner Seele verblaßte, religiöse Eindrücke; ihm flüsterte, kaum vernehmbar, eine weltferne Stimme zu, etwas wie: «Vater, nicht mein, sondern dein Wille geschehe!» Doch schon im nächsten Augenblick erstand mit häßlicher Deutlichkeit das hohn- und schadenfrohe Bild seines nun toten Schwiegervaters vor seinem Auge. – Weißt du, du verfluchter Rösseler, du Lumpenhund, ich richte dir noch eine Suppe an, an der du deiner Lebtag zu löffeln haben wirst! – hörte er ihn zischen. Da sah er ihn wieder, wie er leibte und lebte, gerade gestern vor acht Tagen war's gewesen, dort in der Werkzeugkammer.

«Er hat Wort gehalten, der Alte!» keuchte Fritz, und ein entsetzlicher Fluch entrang sich seinen Lippen. – Mag es nun bei seinem Tode zugegangen sein, wie es will – wetterleuchtete es in des Gefolterten Gehirn –, er ist ja doch an allem schuld; er hat den Zwist, der uns das Leben zur Hölle machte, heraufbeschworen und immerdar genährt. Wenn ich heute als sein Mörder gelte, so ist das noch einmal sein verruchtes, satanisches Werk!

«Sein Mörder! – Mörder!» Fritz wiederholte das Wort leise, halb geistesabwesend. Was hatte nur das Wort auf einmal für einen würgenden, fahlen Klang! Wie nebelfeuchter Frost rieselte es durch sein Gebein. – Er, Fritz Grädel, ein Mörder! –

Unverhofft, als hätte ein Blitz in seine Seele gezündet, wurde er sich bewußt, daß er des Mordes schuldig befunden werden, daß es ihm unter Umständen nicht gelingen könnte, seine Unschuld zu beweisen. Dann galt er als Mörder seines Schwiegervaters; dann kam er lebenslänglich ins Zuchthaus; dann lastete auf seinem und seiner Kinder Namen ein nie mehr zu tilgender Makel, eine unauslöschliche Schande; dann war Bethli auf Lebenszeit hinaus geächtet, rettungslos unglücklich und er – verreckte, langsam, erbärmlich, als Ausgestoßener, Verfemter, im Zuchthaus! Denn was bot ihm Gewähr, daß die Richter seinen Beteuerungen glauben würden? Nichts! Rein nichts! Im Gegenteil; alles, was bis jetzt zutage gekommen war, konnte ihn lediglich belasten. Seine Pistole, sein Zigarrenhalter, seine Schuhe, seine Äußerungen zu Christen-Reesli, und wer weiß noch, was alles! Er fühlte plötzlich, daß er schwer belastet war, daß es ihm kaum gelingen würde, seine Unschuld zu beweisen.

Das Gericht würde ihn verurteilen! Er konnte es ihm unter Umständen nicht einmal übelnehmen; alles sprach gegen ihn! Er würde verurteilt werden als Mörder! Zu lebenslänglichem Zuchthaus! Da stöhnte er tief verwundet auf. In seinen Schläfen hämmerte, in seinen Ohren brauste das Blut. Sein Auge ward von rasendbewegtem, dunkelleuchtendem Dunst getrübt. Er ächzte, als hätte ihn ein Keulenschlag getroffen. Dann düsterte er fast gefühllos vor sich hin, bis auch dieser Sturm sich einigermaßen legte, bis sich neue Ausblicke den vorausgehenden zugesellten.

Noch ein paar Stunden, und er würde von der menschlichen Gesellschaft abgeschlossen sein – im Gefängnis; möglicherweise für immer. Die Ellenbogen auf den Knien, den Kopf in beide Hände gestützt, sank des Bauern Gestalt tiefer ein. Er regte sich nicht mehr, kauerte da wie betäubt; ohnmächtig, wehrlos, versank er in zähe, sumpfige Verzweiflung, bis schließlich, scheu lispelnd zunächst, dann klarer, werbender, schließlich gebieterisch drängend, ein Gedanke, ein einziger, alle andern überwucherte: Wozu das alles abwarten? Es gibt ein Mittel, einen Weg, dem allem zu entgehen. Dann ist's aus – man fühlt nichts mehr, hat ausgelitten, ausgerungen. Und die andern – je nun, die mögen selber zusehen!

Die Versuchung zur Selbstvernichtung warb eine Weile mächtig verlockend um Grädel. Nur eine kurze Weile zwar, denn gleich überstürmten ihn neu hastige Überlegungen. Sein gewaltsames Ende käme einem Geständnis, dem Eingeständnis des Mordes gleich. Seine Frau, seine Kinder gälten dann als Angehörige des Mörders und Selbstmörders. Seine Freunde, seine Dienstkameraden würden an ihm verzweifeln. Nicht einmal der Präsident würde mehr an ihn glauben. Erst dann wäre seine Schmach unwiderruflich besiegelt. Er mußte kämpfen, sich seiner Haut bis zum äußersten wehren, um seiner selbst wie um der Seinen willen. Am Ende war doch noch nichts verloren! Es gab wenigstens zwei Menschen, die von seiner Unschuld wußten, davon überzeugt waren: Bethli, seine Frau, und sein Hauptmann, der Präsident.

Wenige Sekunden hatten genügt, ihm alles das klar vor die Augen zu stellen. Ein befreiender, tiefer Seufzer entrang sich seiner Brust. Nun stand er auf, atmete tief, strich sich die Haare zurück, fuhr mit der verkehrten Hand über die Augen, hob sein Werkgeschirr auf und schritt erhobenen Hauptes aus dem Wald heimwärts. Ein nachlässiger Blick auf die Uhr belehrte ihn, daß er mehr als eine halbe Stunde im Walde gesäumt hatte – die gewichtigste seines Lebens vielleicht, aber er hatte gesiegt. Als er, heimgekommen, sein Werkzeug versorgt hatte und ins Haus trat, hätte ihm niemand angesehen, daß er sich, des Mordes angeklagt, unter dem Zwang eines Haftbefehls wußte. Nicht einmal Bethli merkte ihm etwas an. Fritz begab sich in den Pferdestall, um zu füttern und zu tränken. Der Dragoner lahmte nicht mehr; er trat mit dem rechten Hinterfuß so fest auf, daß man ihn als völlig geheilt betrachten durfte. Als Fritz ihm das Tränkwasser hinhielt, murmelte er halblaut:

«Ja, ja, Bella, wie wird man dich jetzt wohl besorgen, wenn ich nicht mehr da bin!» Allein, als ob er sich über einem verbrecherischen Gedanken ertappt hätte, drängte er sogleich seine Empfindung zurück und tätschelte dem Pferd gleichmütig den glatten, glänzenden Hals. Dann ging er in die Wohnstube, schnitt sich ein großes Stück Brot herunter, trat in die Küche, ließ sich von der Magd ein paar Brocken Zucker reichen und stapfte wieder hinaus, beides den Pferden zu verfüttern. Darauf schloß er die Stalltüre, und bald saß er am Mittagstisch, ruhig wie stets, kaum weniger redselig als sonst.

Er besprach über den Tisch hinweg die bevorstehenden Arbeiten in Hof und Feld, verriet jedoch mit keinem Worte, daß es im Hinblick auf seine bevorstehende Abwesenheit geschehe. Erst als Bethli und die Magd das Geschirr gewaschen, diese nach der Pflanzung, der Melker aufs Feld und die Kinder vors Haus zum Spielen geschickt worden waren, rief Fritz seine Frau in die Hinterstube.

Als das Ehepaar nach länger als zwei Stunden wieder in die Küche trat, hatte Bethli wohl verweinte Augen, doch schien es gefaßt und eilte rasch zum Brunnen, das Gesicht zu waschen. Fritz war halb sonntäglich angekleidet. Er hob rasch seine Kinder zu sich empor, küßte sie, wandte sich ab, reichte Bethli ein letztes Mal hastig die Hand und schritt festen Ganges vom Hause weg, ohne auch nur einen Blick zurückzuwerfen. Bethli schaute ihm nach, solange sie ihn zu erblicken vermochte, mit gepreßtem Herzen, bebenden Lippen. Als er nun ganz und gar außer Sicht war, da zuckte ihr Mund, wankten ihre Beine. Wenig fehlte und sie wäre in Tränen ausgebrochen, doch wie auf ein höheres Geheiß hielt sie an sich. Ihre Gestalt trotzte empor, sie überbiß die Zähne, und ungebeugten Hauptes, wenn auch verkrampften Mundes schritt sie auf die Kinder zu, eines um das andere herzend. Darauf ging sie zur Magd in die Pflanzung, an die Arbeit.

Fritz war inzwischen rüstig ausgeschritten und schon bald am Ende seines Eigengrundes angelangt, als eine kaltfeuchte Hundeschnauze auf einmal von hinten seine Hand anstupfte. Er schaute um.

«Jaso – du bist's, Bäri; willst wohl deinen Meister begleiten ins...» Er vollendete nicht, aber faßte den Hund mit beiden Händen am Kopf, zauste ihn kosend, während dieser fröhlich bellte und wedelte. Dann versetzte er ihm einige freundschaftliche Kläpse und gebot ruhig:

«So, jetzt gehst heim, Bäri!»

Das Tier schaute ihn einen Augenblick bittend an, dann wandte es sich, senkte den Schweif und schlich langsam hofwärts.

Der ungesuchte Abschied von dem treuen Vierbeiner hatte Fritz bald wieder ein wenig weich gemacht, doch überwand er sich, raschen Schrittes vorwärts strebend. Aber er wurde die Erinnerung an den treuen, klugen Hundeblick nicht los; seine Gedanken kehrten unwillkürlich zu dem prächtigen, kraftvollen Dürrbächler zurück. Wirklich, ein wertvoller Hofhund! Gerade einer, wie ihn der Bauer, dessen Gehöft abgelegen ist, benötigt. Am Tage gutmütig und der Kinder bester Spielgefährte; des Nachts dagegen wachsam und scharf wie der Satan. – Aber, fuhr ihm plötzlich durch den Kopf: wo war denn der Hund in der Sonntagnacht, als Rösti-Rees erschossen wurde? Angebunden einmal nicht, denn als er, vom Dorfe heimgekommen, in den Pferdestall geleuchtet hatte, da war ihm der Hund gefolgt. Also schlief er nicht, war weder angekettet noch eingeschlossen. Dennoch hatte er die ganze Nacht nicht angeschlagen, wenigstens hatte Fritz nichts gehört. Freilich, den Schuß auch nicht, vorausgesetzt, daß der wirklich erst nach seiner Heimkunft gefallen war. Aber auch die andern Hausgenossen hatten nichts vom Hunde wahrgenommen, auch die drüben im Wohnstock nicht. Jedenfalls hatte niemand etwas gesagt. Das war immerhin merkwürdig; denn für gewöhnlich verführte Bäri einen Höllenlärm, wenn nach dem Vernachten jemand nur in der Nähe des Hauses vom Stierengrabensträßchen abbog. Aufs neue versank Fritz in tiefes, grübelndes Brüten; ihn quälte wiederum die Frage, die ihn seit Montag nie mehr in Ruhe gelassen, auf die er, trotz allem Sinnen, keine Antwort zu reimen vermochte, nämlich: Wir war's beim Tode seines Schwiegervaters zugegangen? – Schade, daß der Hund nicht sprechen kann, der wüßte es vielleicht, fuhr es ihm durch den Kopf. Dabei nahm er sich vor, den Fürsprech auf das merkwürdige Verhalten des Hundes aufmerksam zu machen. Aber da fiel ihm gerade ein, daß des Hundes Schweigen ebensowohl, ja wahrscheinlich sogar eher, zu seinen Ungunsten gedeutet werden könnte. Immerhin – beschloß er –, ich sage es ihm doch!

Es gelang dem Bauern, das Haus des Gemeindepräsidenten zu erreichen, ohne von jemandem angehalten oder ins Gespräch gezogen worden zu sein. Nur wenige Dörfler waren ihm begegnet; sie hatten sich gegrüßt, einige hatten ihm nachgeschaut, gestellt hatte ihn keiner.

Brand hatte befürchtet, Fritz würde angesichts der nun eingetroffenen ernsten Sachlage äußerst niedergeschlagen oder aufgeregt sein. Er hatte sich darauf vorbereitet, ihn zu trösten oder zu beruhigen. Zu seiner Befriedigung ersah er aber sogleich, daß er sich unnötig gesorgt, daß Fritz durchaus kaltes Blut und volle Besonnenheit bewahrt hatte. Er hieß ihn in sein Arbeitszimmer eintreten, allwo sich Fritz vor allem für die rücksichtsvolle Art des Präsidenten, ihn der Haft zuzuführen, bedankte. Dieser wehrte ab. Ob er ihm noch etwas anzuvertrauen habe, frug er, denn voraussichtlich würden sie einander nun eine Weile nicht mehr sehen, es wäre denn, daß die einstweilige Freilassung verfügt würde, was man aber nicht wissen könne.

Grädel erklärte, das, was er im Hinblick auf Familie und Gewerbe mitzuteilen gehabt habe, das habe er bereits gestern vorgebracht; aber nun sei ihm vor einer Viertelstunde noch etwas aufgefallen, das sich auf den Mordfall selbst beziehe, und das er sich nicht reimen könne. Nun teilte er dem Anwalt seine Gedanken über das Verhalten des Hofhundes mit und frug ihn, ob er dafür halte, daß er selber im Verhör darauf hinweisen oder es darauf ankommen lassen solle, ob der Untersuchungsrichter von selber darauf käme.

Der Präsident hatte gespannt und eine Weile wie an etwas ganz anderes denkend zugehört; jetzt aber huschte es wie leise Schalkheit über sein Gesicht und er erwiderte:

«Im ersten Augenblick möchte es freilich scheinen, daß das Verhalten des Hundes nur zu deinen Ungunsten ausgelegt werden könne; aber wenn du selbst darauf hinweisest, so gibt es der Sache ein anderes Gesicht. Übrigens ist an der ganzen Sache noch fast alles so verworren, so rätselhaft, daß auch diese Tatsache, die voraussichtlich durch die nähere Untersuchung doch bekannt wird, wenig am Tatbestand zu ändern vermag. Außerdem halte ich dafür, daß, so wie die Sache liegt, deine beste Verteidigung darin besteht, in allem und jedem, auch in den kleinsten Nebendingen, streng bei der Wahrheit zu bleiben.»

«Ich weiß», fuhr der Fürsprech auf eine verwahrende Gebärde des Bauern eingehend fort, «ich weiß, daß du nicht lügen willst, und wolltest du es, so könntest du es nicht. Aber es gibt Fragen, die man, ohne der Wahrheit unmittelbar Gewalt anzutun, so oder anders beantworten kann; Fragen, die dir in verschiedenen Verhören immer wieder in neuer Form gestellt werden, auf die Möglichkeit hin, dich auf Widersprüchen zu ertappen. Jeder solche Widerspruch würde später, in der Untersuchung sowohl wie im darauffolgenden Hauptverfahren, zu deinen Ungunsten gedeutet. Laß dich also zu keiner voreiligen, unüberlegten Aussage hinreißen. Beantworte jede Frage, aber so, daß du jederzeit zu deiner ersten Antwort stehen, daß du später dabei bleiben kannst. Das wird, wie gesagt, deine beste Verteidigung sein, wird aber auch meine spätere Arbeit, besser als alle Kniffe, fördern.

Ich weiß heute noch nicht, welche Belastungen die Untersuchung bisher zutage förderte, und werde es voraussichtlich noch eine geraume Weile nicht wissen; jedenfalls so lange nicht, bis die Voruntersuchung abgeschlossen und der Überweisungsbeschluß eröffnet sein wird. Immerhin müssen Verdachtsgründe ernster Art vorhanden sein, anders der Untersuchungsrichter, Präsident Steck, den ich als einen gescheiten, wohlmeinenden Mann und tüchtigen Rechtsgelehrten kenne, nicht zu deiner Verhaftung schreiten würde.

Wie dem auch sei; wir haben von der Wahrheit am allerwenigsten zu fürchten, im Gegenteil. Mir selbst schwebt, unbestimmt, unbeweisbar, eine andere Täterschaft vor. Es wäre zuviel gesagt, behauptete ich, einen bestimmten Verdacht zu hegen; ich besitze nichts, das ihn rechtfertigen könnte, als einen schwachen, kaum beachtenswerten Hinweis. Diesem werde ich nachgehen, während du abwesend sein wirst. Ergibt er nähere Anhaltspunkte, gut, dann ist dein Handel gewonnen! Wenn nicht, so ist er darum auch nicht verloren. Kommt Zeit, kommt Rat! Für uns ist es jetzt das beste, den Kopf oben und die Augen offen zu behalten.»

Grädel nickte beistimmend.

«Ist's erlaubt, zu fragen, welche Spur du meinst, Präsident?» frug er nach einiger Überlegung.

«Fragen ist immer erlaubt, doch bitte ich dich, mir die Antwort zu erlassen. Erstens habe ich dir schon gesagt, daß ich kaum einen Verdacht, sondern höchstens eine leise Spur verfolge, die sich leicht als trügerisch erweisen kann. Ist dies nicht der Fall, dann entgeht uns ihr Nutzen nicht; andernfalls aber würde meine Mitteilung höchstens dazu beitragen, einen zweiten Unschuldigen zu gefährden. Das will ich nicht; das willst auch du nicht! Zum andern möchte ich dir gerade jetzt, wo du der Untersuchung entgegengehst, weder eine falsche Hoffnung erwecken noch deine Unbefangenheit erschüttern, auf der gegenwärtig deine beste Kraft beruht. Du darfst und sollst jetzt nur an dich denken, dich durch nichts von deinem Ziel ablenken lassen, das einzig im Nachweis deiner Unschuld, nicht in dem der Schuld eines andern liegt. Das übrige überlaß mir. Ich gebe dir noch einmal mein Wort, daß nichts, was menschenmöglich ist, von mir unversucht bleibt, meine Überzeugung von deiner Unschuld zu erweisen.»

Fritz pflichtete neuerdings bei:

«Ich verlasse mich auf dich; denn ich weiß, ich darf's!»

«Und nun wird es Zeit sein, aufzubrechen», erwiderte der Anwalt, raffte seine Aktenmappe auf und griff nach dem Hut.

Eine Stunde später war Fritz Grädel Untersuchungsgefangener und zwei Stunden darauf der Gemeindepräsident wiederum zu Hause. Sein Schützling hatte sich bis zuletzt tapfer gehalten.

Wenn's nur so bleibt und er's aushält, dachte Brand.

Der vom Untersuchungsrichter gegen Fritz Grädel erlassene Haftbefehl war nicht, wie dieser meinte, lediglich auf das Bekanntwerden seines Gespräches mit Andreas Christen zurückzuführen, obwohl dieses die ohnehin in Aussicht stehende Verfügung des Richters beschleunigt haben mochte.

Die Verhöre und die Hausdurchsuchung vom Montag hatten zwar keine Beweise, wohl aber eine ganze Reihe schwerwiegender Hinweise auf Grädels Täterschaft ergeben, von denen jeder für sich, ja sogar alle zusammen zwar keineswegs bündig waren, aber den Verdacht gegen Fritz und die daraus abgeleitete Verhaftung hinreichend rechtfertigten.

Zunächst war dem Untersuchungsrichter die von Landjäger Blumer in seinem ersten Bericht hervorgehobene, durch nichts weder herausgeforderte noch gerechtfertigte Unschuldbeteuerung Grädels angesichts der aufgefundenen Leiche seines Schwiegervaters aufgefallen.

Im weitern hatten die Feststellungen des Fahnders Räber und die daran geknüpften Untersuchungen allerhand Belastendes ergeben. Da waren einmal die Funde der Pistole, die zur Begehung des Verbrechens gedient hatte, und der Zigarrenspitze, welche beiden Gegenstände auch vom Angeschuldigten ohne weiteres als sein Eigentum anerkannt worden waren und die sich am Tatorte befunden hatten. Die Untersuchung der Pistole durch einen vereidigten Büchsenmacher hatte ergeben, daß daraus wirklich vor ganz kurzer Zeit geschossen worden war, was sich nicht nur aus der Beschmutzung des Laufes, sondern auch aus der Beschaffenheit des kupfernen Zündhütchens ergeben hatte, da dieses nicht einmal angelaufen war, sondern wie neu blinkte.

Im weitern hatte der Fahnder hinter dem rechten Ohr des Gemeuchelten ein verwaschenes, blaßblaues Tuchfetzchen gefunden, das der Pistolenladung als Pflaster gedient hatte. Die Haussuchung hatte ihn zu der Entdeckung des im Pferdestall befindlichen alten Überhemdes geführt, dessen Untersuchung ergeben hatte, daß es gleichen Stoffes wie das Pflaster war, und daß dieses von jenem stammte; denn die Risse des am Überhemd fehlenden Stückes waren laut Untersuch so neu, daß sich die Rißränder weder verstaubt noch die vom Gewebe gelockerten Zettelfaden sich wieder entsteift noch gewellt oder verfasert hatten. Das Überhemd aber hatte der Angeschuldigte ebenfalls als sein Eigentum angesprochen.

Ferner hatte die Prüfung der merkwürdig deutlichen Fußspuren im Wohnstockgarten sowohl im Hinblick auf die Zeitbestimmung der Tat selbst als in bezug auf ihre Herkunft wertvolle Auskünfte ergeben. Der Umstand, daß die Spuren so scharf und deutlich in den frisch beregneten Boden eingeprägt waren, ließ mit Bestimmtheit darauf schließen, daß sie nach dem eigentlichen Gewitter- und Platzregen entstanden sein mußten, anders sie von ihm verschwemmt und verwaschen worden wären und keinesfalls mehr so klare Eindrücke aufgewiesen hätten. Der Regen hatte aber, allen Erhebungen übereinstimmend entsprechend, kurz nach zwei Uhr morgens aufgehört, zu einer Zeit also, wo der Angeschuldigte schon zu Hause war. Außerdem hatte sich durch die Vergleichung der Gipsabgüsse mit den von Wachtmeister Räber beschlagnahmten Schuhen des Angeschuldigten, die dieser aber weder am Sonntag noch am Montag getragen zu haben behauptete, die vollkommene Übereinstimmung der Sohlen-, der Absatzform und der Benagelung ergeben. Endlich hatten sich Spuren von Gerberlohe an den Schuhen gefunden, woraus sich, da nur die Wege des Wohnstockgartens mit solcher belegt waren, während die des Hausgartens Kies aufwiesen, im weitern ergab, daß der Träger der Schuhe sich im Wohnstockgarten, und zwar während oder kurz nach dem Regen befunden haben mußte, anders die Lohespänchen angesichts der vorausgegangenen, wochenlang trockenen Witterung nicht an den Schuhsohlen gehaftet hätten.

Dazu kam der Fund der Rehposten im Pferdestall, deren Beschaffenheit sich als die gleiche erwies, wie die der bei der Leichenöffnung im Hinterhaupte des Ermordeten gefundenen, über deren Herkunft jedoch der Angeschuldigte keine Auskunft zu geben vermocht hatte und sogar, übrigens wenig wahrscheinlichermaßen, bestritt, daß sie sich am Freitag, also drei Tage vor der Tat, daselbst befunden hätten.

Endlich war bekannt und vom Angeschuldigten selber zugestanden, daß man dem Ermordeten, obwohl er nicht beliebt gewesen, keinen Todfeind nachzuweisen gewußt hätte, wogegen das Verhältnis zwischen Schwiegervater und Tochtermann so gespannt als möglich war.

Daß kein Raubmord vorlag, schien durch die immerhin für ländliche Verhältnisse ansehnliche Barschaft bewiesen, die auf der Leiche gefunden worden war. Zog man ferner die von Grädel gegen seinen Schwiegervater wenige Stunden vor dessen Tode ausgestoßenen Drohungen in Betracht, die nun vorläufig von zwei Zeugen, dem Stallknecht in der «Rößli»-Pinte und dem Gemeindepräsidenten Brand, erhärtet waren, so ließ das ganze bisherige Untersuchungsergebnis sozusagen keine andere Annahme zu, als daß Fritz Grädel seinen Schwiegervater aus Rache oder im Zorn erschossen habe.

Freilich sprachen gegen diese Annahme einige gewichtige Bedenken, von denen die Feststellungen des Wachtmeisters Räber, der trotz genauen Suchens im Hause des Angeschuldigten weder den kleinsten Pulvervorrat, noch weitere, als die gebrauchte Zündkapsel gefunden hatte, noch die geringfügigsten bildeten. Denn über den Hergang der Tat selbst konnten nur ungereimte Vermutungen obwalten, die sich bei näherem Besehen in lächerliche Dunstgebilde auflösten.

Aufgeklärt war der Handel demnach keineswegs, was übrigens dem Gerichtspräsidenten Steck, der ein gewiegter, umsichtiger Untersuchungsrichter war, nicht entging. Also versuchte er, an Hand der bisherigen Tatbestandsermittlungen, die Möglichkeit einer andern Täterschaft als der Grädels ins Auge zu fassen. Zunächst fragte er sich, wer außer diesem wohl einen Vorteil aus dem Tode Andreas Röstis hätte ableiten können. Zu diesem Zwecke hielt er sich an die amtliche Abschrift der letztwilligen Verordnung des Verstorbenen, die er sich hatte anfertigen lassen. Allein, alles deutete darauf hin, daß der alte Bauer in geordneten Vermögensverhältnissen gelebt hatte. Nach seinen Aufzeichnungen im beschlagnahmten Taschenkalender erwies sich, daß er nur wenige Schuldner hatte, und daß die Forderungssummen durchaus keinen Anhaltspunkt auf das Verbrechen boten, auch nicht im Hinblick auf die Vermögensanlage der Schuldner.

Der Richter ließ sich nicht entmutigen. Bei nochmaliger genauer Prüfung aller Urkunden fiel ihm der Nachtrag zur Willensverordnung Andreas Röstis auf, betreffend das Vermächtnis des Lebensversicherungsertrages zugunsten seines Bruders Christian. Dieser hätte also einen Vorteil aus dem Tode seines Bruders zu erwarten gehabt. Der Richter verfolgte diese Spur, dieselbe, die auch Brand aufgegangen war, die er aber für sich behielt, weil sie ihm noch zu wenig Gewähr bot. Zur Begründung eines Verdachtes gegen Christian Rösti konnte allenfalls in Betracht gezogen werden, daß er sich merkwürdigerweise den Montagvormittag hindurch nicht auf dem Tatorte gezeigt hatte, obwohl schwerlich anzunehmen war, es sei ihm und seiner Frau die Anwesenheit der Amtspersonen entgangen. Im weitern schien festzustehen, daß Christian im Hause Grädels freien Zutritt hatte. Die Möglichkeit war demnach nicht völlig ausgeschlossen, daß er die Hinweise auf Grädels Täterschaft künstlich geschaffen hatte, um den Verdacht von sich ab-, auf diesen zuzulenken. Er verkehrte im Pferdestall Grädels; zwar, nach dessen Aussage, nicht eben häufig und gewohnheitsmäßig. Aber jedenfalls hinderte ihn niemand, diesen, sooft es ihm beliebte, zu betreten, besonders in der Abwesenheit der Hausbewohner und von ihnen unbemerkt oder ihnen unauffällig. Also konnte er daselbst das Überhemd angerissen und die Rehposten eingeschwärzt haben. Ebenso war es möglich und denkbar, daß er sich ins Haus begeben konnte, um sich dort Schuhe und Pistole Grädels anzueignen, obwohl bis anhin alle Aussagen, die Grädels mit inbegriffen, dagegen sprachen. Mit all diesen Beweisstücken versehen, ließen sich die diesen belastenden Hinweise wohl fälschen.

Der Hergang der Tat selbst schien bei dieser Annahme ebenfalls um ein weniges einer vernünftigen Lösung näher gerückt, weil anzunehmen war, daß Christian das Opfer eher als der ihm feindliche Schwiegersohn an den Tatort zu verlocken gewußt hätte, obwohl die Erklärung auch dann nichts weniger als einfach gewesen wäre.

Der Verdacht gegen Christian wurde im weiteren durch dessen merkwürdig hinterhältiges Benehmen anläßlich seiner Abhörung jedenfalls nicht entkräftet. Nicht nur er, der Untersuchungsrichter, sondern alle Beteiligten hatten den Eindruck davongetragen, Christian verschweige etwas. Sicher schien, daß er bei gutem Willen mehr auszusagen gewußt hätte, daß ihm beispielsweise die Frage nach der Herkunft der Pistole und der Zigarrenspitze sichtlich unbequem gewesen war. Ebenso erinnerte sich der Richter der fast trotzigen Verdrossenheit, mit der Christian auf die Frage nach der Herkunft der am Bäumchen in seinem Garten baumelnden Schnur mit dem daran geknoteten Fleischerhaken begegnet war.

Billigte man allen diesen Feststellungen auch nur einigermaßen Beweiskraft zu, so ließ sich daraus die Mutmaßung der Täterschaft Christians wohl begründen. Freilich, das verhehlte sich der Untersuchungsrichter keineswegs, war damit weder der Grund noch der Hergang der Mordtat aufgeklärt. Aber das waren sie auch nicht, wenn man Grädel als den Täter ansprach. Allerdings setzte die Begründung des Verdachtes gegen des Ermordeten Bruder voraus, daß dieser um die letztwillige Verfügung des Toten zu seinen Gunsten gewußt, oder daß er einen andern bestimmenden Grund gehabt habe, sich seiner zu entledigen – was wohl zu ermitteln sein wird –, hatte der Untersuchungsrichter seine Überlegungen geschlossen.

«Läßt sich jedoch Christian Rösti die Kenntnis der Vergabung seines Bruders zu seinen Gunsten nachweisen, dann – ja dann ist Grädel um so viel entlastet, als Christian dadurch belastet wird.» So rechnete der Untersuchungsrichter und beglückwünschte sich zu dem Einfall, diese Fährte aufgenommen zu haben, denn rein menschlich gesprochen, vermochte er bis dahin nicht an die Schuld Grädels zu glauben, der ihm in jeder Beziehung einen vorteilhaften Eindruck hinterlassen hatte.

Der Untersuchungsrichter, einmal hier angelangt, vertiefte seine Nachforschungen in dieser Richtung, die ihm ungeahnte Aufschlüsse versprach; doch nach einer Stunde angestrengter Arbeit erhob er sich plötzlich und rief verdrießlich aus:

«Narr, der ich bin; daß ich das nicht gleich bemerkt habe! – Je nun, damit ist Christian Rösti von jedem Verdacht gereinigt!»

Es hatte sich nämlich ergeben, daß Christian zur Not wohl alle Grädel belastenden Vorkehren hätte treffen und alle Belegstücke hätte beschaffen können, nur das wichtigste nicht, nämlich die Pistole, mit der der Mord begangen worden war.

Laut den übereinstimmenden Aussagen Grädels und seiner Frau hatte die Waffe am Sonntagvormittag an ihrer gewohnten Stelle im Schlafzimmer, über dem Ehebett der jungen Bauersleute, gehangen. Ja daran erinnerten sich beide sogar noch besonders deutlich, weil sie von Frau Grädel beim Betten heruntergeworfen und von ihrem Manne wieder aufgehängt worden war. Nun war aber Christian an jenem Morgen weder ins Haus noch ins Schlafzimmer Grädels gekommen. Gleich nach dem Mittagessen hatte sich Christian entfernt und war erst kurz nach abends zehn Uhr wieder heimgekehrt. Damals aber lag Frau Grädel im Bett, demnach war es ausgeschlossen, daß er die Pistole um diese Zeit noch hätte holen können. Damit fiel auch die Annahme, er habe die Beweisstücke in seinen Garten geschafft, in sich selbst zusammen. Einzig verdächtig blieb demnach Fritz Grädel, auf den sich jetzt alle Hinweise verdichtet hatten. Als nun noch der Bericht des Landjägers Blumer fast gleichzeitig mit dem des Gemeindepräsidenten Brand über das zwischen Grädel und Andreas Christen gepflogene Gespräch eintrafen, glaubte der Richter, die weitere Verantwortung für das Hinausschieben der Verhaftung nicht länger tragen zu können, obwohl er nichts weniger als gewiß war, damit keinen Irrtum zu begehen.

Trotz allem – dieser Christian Rösti hatte ihm nicht gefallen, gefiel ihm auch jetzt nicht, und der Richter beschloß, ihm auf alle Fälle gehörig auf den Zahn zu fühlen, weil er die innige Überzeugung hegte, der Mann, wenn er auch, was nun sozusagen außer Zweifel stand, nicht der Täter war, könnte doch allerhand zur Abklärung des Falles beitragen, das er jedoch sichtlich und geflissentlich verschwieg.

An diesem Punkte seiner Überlegungen angelangt, durchzuckte plötzlich eine neue Aussicht das Gehirn des Untersuchungsrichters.

Wie, wenn der alte Schattmatt-Rees sich selbst entleibt hätte? Wie, wenn er, der ohnehin nicht mehr lange zu leben hatte, und es wußte, der häufig von fast unerträglichen Schmerzen gepeinigt war, sich entschlossen hätte, sein ohnehin wertloses, qualvolles Leben abzukürzen und dabei die Vorkehren zu treffen, die dazu führen mußten, den Verdacht seines Mordes auf den verhaßten Schwiegersohn zu lenken?

Fast fieberhaft aufgeregt, verfolgte der Untersuchungsrichter diese neue Spur. Seine Züge waren gespannt – angestrengt dachte er sich den Fall von dieser neuen Voraussetzung ausgehend so folgerichtig und scharf, als er es nur vermochte, durch. Über eine Stunde lang. Dann entspannten sich allmählich seine Züge, langsam, fast widerwillig und enttäuscht. Sein Denkergebnis war folgendes:

Durch die Annahme des Selbstmordes fielen wichtige Verdachtsgründe gegen Grädel dahin; nämlich der Zeitpunkt der Tat, die Schuhe samt den Fußspuren im Stockgarten, denn der Tote konnte sich jene vorübergehend angeeignet und diese selber verursacht haben. Ebenso die Pistole, das Schußpflaster, die Rehposten, die Zigarrenspitze.

Schade, daß es weder ihm noch dem Wachtmeister Räber rechtzeitig eingefallen war, am Montag die Schrittweiten der Fußspuren im Stockgarten nachzumessen, nach denen die Körperlänge ihres Urhebers annähernd festzustellen gewesen wäre, um so mehr, als der Ermordete ein kleines, nur hundertsiebenundfünfzig Zentimeter langes Männchen gewesen war, während der junge Dragonerkorporal nicht weniger als hundertzweiundachtzig Zentimeter maß. Die Schrittlänge der beiden mußte demnach verschieden genug gewesen sein, so daß an Hand deren festzustellen gewesen wäre, ob die Spuren von einem der beiden oder gar einem unbekannten Dritten herrührten.

Allein, mit der bloßen Neuvermutung war nun die Erklärung des Herganges des gewaltsamen Todes des Altbauern um nichts näher gerückt. Der konnte nicht im Stockgarten gestanden haben, um sich selber, über den Lattenzaun hinweg, auf dessen entgegengesetzter Seite, zu erschießen. Nun war der Tod, nach dem ärztlichen Befund, sofort eingetreten. Es war somit unmöglich, daß, auch wenn Rees die Fußspuren vorher, zur Irreführung der Untersuchung, selber verursacht haben würde, er noch so viel Kraft und Überlegung aufgebracht hätte, die Mordwaffe nach gefallenem Schuß über den Zaun hinweg in den Garten zurückzuschleudern, wo sie gefunden worden war. Dagegen sprach übrigens auch die Lage der Leiche. Freilich, daß Grädel, seine Täterschaft vorausgesetzt, die Pistole nicht an sich genommen, gereinigt und an ihren gewohnten Aufbewahrungsort zurückverbracht hätte, war ebenso unerklärlich!

Allein, drei Dinge vermochte sich der Untersuchungsrichter nicht zu reimen.

Erstens, den Hergang des Todes Schattmatt-Reesens. Zweitens, die geradezu übernatürliche Schlauheit, Umsicht und Besonnenheit in der Ausführung seines Selbstmordes, wenn ein solcher wirklich vorgelegen hätte. Drittens, die Ursache jenes tödlichen, unerbittlichen Hasses, mit dem Rees seinen Schwiegersohn in diesem Falle verfolgt haben müßte, und zu dem, trotz allem bekannten Zerwürfnis, kein ausreichender Beweggrund vorhanden war.

Alles in allem überwog der Verdacht gegen Grädel denn doch jede andere vernünftige Annahme, und auch wenn sich der Untersuchungsrichter von einer andern als der Täterschaft Grädels oder von dem Selbstmord Reesens an Hand der Akten hätte überzeugen können, so wäre diese Überzeugung doch nur eine rein eigenpersönliche geblieben. Er verhehlte sich nicht, daß sie der Staatsanwalt, angesichts der Tatbestände, mit Leichtigkeit über den Haufen werfen würde, und daß ihm, dem Richter, nichts, aber auch gar nichts einigermaßen feste Handhabe bot, eine andere als die Täterschaft Grädels anzunehmen oder das Verfahren gegen ihn einzustellen.

Steck zuckte bedauernd die Schultern und vertiefte sich neuerdings in den Verfolg seiner ursprünglichen Untersuchung. Immerhin unterließ er es nicht, Wachtmeister Räber zu einer Ergänzung seines Befundes im Hinblick auf das Schrittmaß der

Fußspuren im Stockgarten anzuhalten. Allein dieser erklärte, diese Maße aufzunehmen, wäre ihm wohl eingefallen, hätten sich an der Untersuchungsstelle wirkliche Schritt- und nicht bloß unfreie Standspuren befunden, deren Abstände auf die Körpergröße ebensowenig wie auf das Gewicht ihres Urhebers Schlüsse zugelassen hätten.

Die in der weichen Erde seien im Gartenbeet ganz zufällig und eher im Zurücktreten als im Vorwärtsschreiten verursacht worden, was sich aus den unverhältnismäßig tiefern Eindrücken der Absätze gegenüber denen der Fußspitzen ergeben habe, deren Skizze er seinem Berichte beilege, da er nicht versäumt habe, sie an Ort und Stelle mit sämtlichen Maßen aufzunehmen.

Damit war auch dieser schwache Lichtschein nach einem neuen Ausweg endgültig erloschen.

Die Einlieferung Fritz Grädels ins Untersuchungsgefängnis hatte ohne Zwischenfall stattgefunden. Er war auf alles gefaßt und gesonnen, alles zu ertragen. Nun, als er dem Gefangenwart übergeben worden war und dieser eine eingehende Leibesdurchsuchung an ihm vorgenommen hatte, war etwas wie empörter Zorn in ihm aufgestiegen, den er indessen sogleich unterdrückte. Alles, was er auf sich trug, sein Geld, seine Uhr, sein Taschenmesser, sein Feuerzeug, die Zigarren, mit einem Wort alles, war ihm weggenommen worden, mit einziger Ausnahme des Taschentuches. Einen Augenblick sah es aus, als gedenke der Gefangenwart ihm auch noch die Hosenträger zurückzubehalten, ließ es dann aber doch bleiben. Die ihm abgenommenen Gegenstände und die Barschaft wurden einzeln in einem Verzeichnis aufgeführt, und Fritz mußte es, nachdem es ihm vorgelesen worden war und er es als richtig anerkannt hatte, unterschreiben.

Nun saß er in seiner Zelle, allein, in einem etwa fünf auf vier Meter großen und zweieinhalb Meter hohen Raum, dessen schwer beschlagene, mit einem von außen schließenden Guckloch versehene Türe auf einen langen Gang mündete. Rechts neben der ebenfalls nach außen aufgehenden Türe befand sich ein übelriechender Nachtkübel mit hölzernem Deckel; der rechten Wand entlang stand eine hölzerne Bettstelle, neben der ein Spreusack, an die Wand gelehnt, aufrecht stand, der von Moder oder Fäulnis stank. An der Linkswand befanden sich ein tannener Tisch und ein hölzerner Stuhl, auf jenem ein tönerner Wasserkrug. An der der Türe gegenüberliegenden Schmalseite der Zelle war, etwas über Mannshöhe, das vergitterte Fenster angebracht, das jedoch von außen von einem nach oben ausgeweiteten Bretterverschlag, von der Form eines umgestülpten Rauchfanges, eingefaßt war, so daß das Licht nur von oben einfallen konnte und das Fenster keine andere Aussicht bot als die auf ein kleines, rechteckiges Stück Himmels.

Die früher einmal weißgetünchten Wände waren über und über mit eingekratzten oder mit Rötel und Bleistift aufgetragenen, unbehilflichen, teils schmutzigen Zeichnungen und ungezählten Inschriften, von frühern Gefangenen herrührend, überdeckt; doch diesen wandte Fritz vorderhand keine Aufmerksamkeit zu.

Als die Zellentür hinter ihm geschlossen, der Schlüssel im kreischenden Schloß gedreht worden, der Schritt des Gefangenwarts allgemach auf den sandsteinernen Fliesen des weiten, gewölbten Ganges verhallt und nun auf einmal alles totenstill um ihn herum war, hatte Fritz es zunächst wie eine Wohltat nach all der Aufregung und nagenden Pein empfunden. Er hatte sich auf die Pritsche gesetzt, den Kopf in beide Hände gestützt; nun saß er regungslos da, verwirrt, taumelnden Geistes, nicht fähig, einen klaren Gedanken zu fassen, noch sich genaue Rechenschaft von seinem Zustande abzulegen. Ihn umlullte eine unsägliche Müdigkeit. Ohne eigentlich einzuschlafen, dämmerte er lange Zeit gedanken- und empfindungslos vor sich hin. Es war ihm weder wohl noch weh dabei; er kam sich nicht mehr als lebendes Wesen, sondern fast als ein toter Gegenstand vor, der in die Gerümpelkammer geworfen worden war.

Wie lange er so vor sich hingedämmert hatte, wußte er nicht; ihm war, als hätte er Raum- und Zeitempfinden schon eingebüßt, als wäre er nur noch der leblose Bestandteil eines gewaltigen sinn- und gefühllosen Triebwerkes, dessen Zweck er weder begriff noch zu begreifen versuchte. So eingeduselt war er, daß es einer förmlichen Willensanstrengung bedurfte, um zu begreifen, er solle dem Gefangenwart, der wieder eingetreten und der doch die Türe nicht gerade geräuschlos geöffnet hatte, folgen. Endlich verstand er, erhob sich schlaftrunken und schritt auf dessen Weisung, dem Manne voran, dem Verhörzimmer des Richters zu. Als er zu dem langen, gewölbten Gange hinaus und den Hof durchschritt, der das Gefängnis von den Amtsräumen trennte, kam ihm dumpf zum Bewußtsein, daß es bald Abend war, denn die Sonne schien schon schräg über die Dächer hinein. Erst als er sich im Verhörzimmer befand und ihm gegenüber den Gerichtspräsidenten sowie dessen Schreiber erkannte, rüttelte er sich auf und fand sich mählich wieder selber.

Der Richter unterwarf ihn einem langen, eingehenden Verhör, ohne jedoch etwas zu erfahren, das dazu hätte beitragen können, das Rätsel, das aus des alten Schattmattbauern Tod erstanden war, zu entwirren.

Im Gegenteil: der Untersuchungsrichter wurde mehrmals am Angeschuldigten irre. So zum Beispiel, als ihm dieser unaufgefordert seine Gedanken über das Verhalten des Hundes in der Mordnacht mitteilte. Der Richter war ohne weiteres darauf eingegangen und hatte erwidert:

«Ja, aber gerade das läßt darauf schließen, daß Euer Schwiegervater von jemandem erschossen wurde, den der Hund kannte, also von einem Hausgenossen.»

Darauf hatte Fritz geantwortet:

«Gerade das habe ich mir auch gedacht!»

Auf die weitere Frage, ob er, Grädel, einen Verdacht hege oder auch nur einem andern Hausgenossen oder Nachbarn die Tat zutraue, hatte er bestimmt verneinend geantwortet und hinzugefügt:

«Es geht mir da genau wie Euch, Herr Präsident; etwas ist da nicht lauter, etwas, das ich mir nicht erklären kann, das auch Ihr Euch nicht erklären könnt, und das, wenn wir es wüßten, meine Unschuld beweisen würde.»

Als ihn im weitern Verlauf des Verhörs der Richter auf die Kargheit seiner Aussagen hinwies, ihm zu verstehen gab, daß er durch Vorbehalte und unvollständige Auskunfterteilung seine Lage eher verschlimmere als verbessere, hatte Grädel geantwortet:

«Was ich weiß, habe ich Euch gesagt, und was ich nicht weiß, kann ich nicht sagen. Ich werde jede Frage, die Ihr an mich richten werdet, so gut ich's vermag, beantworten, denn», so fuhr er mit merklich erhobener und zum erstenmal bewegter Stimme fort: «Ihr könnt mir glauben, Herr Präsident, daß es mir um die Ermittlung der Wahrheit noch viel mehr zu tun ist als Euch selbst; davon hängt mein ganzes Leben, mein guter Name und das Glück meiner Familie ab!»

Der Ton, in dem das gesagt wurde, klang so überzeugend, daß ihm der Richter unwillkürlich Glauben schenkte. Aber darum kam er in seiner Arbeit noch um keinen Schritt weiter, im Gegenteil!

Zu dem Gespräch mit dem jungen Christen am Sonntagabend bekannte sich Fritz freimütig. Er gab auf die Aufforderung des Richters dessen Inhalt annähernd in der Fassung wieder, die diesem schon durch die Darstellung des Gemeindepräsidenten Brand bekannt war. Er suchte nichts zu beschönigen, wohl aber zu erklären, daß er, da er seinen Schwiegervater im Verdacht gehabt hatte, sein Dienstpferd geschändet zu haben, außer sich vor Zorn und Wut gewesen sei.

Der Untersuchungsrichter stand vor etwas Unbegreiflichem. Entweder war Grädel ein abgebrühter, hochbegabter Schauspieler, wogegen freilich die auf seine Täterschaft hinweisenden Tatbestände fast ausnahmslos sprachen, oder der Mann war wirklich schuldlos. Man mußte abwarten, was die Zeugenverhöre etwa noch zutage fördern würden; für jetzt war weiter nichts zu machen, als die Sitzung aufzuheben.

Er schloß sie, indem er den Angeschuldigten mit der Gefängnisordnung bekannt machte und ihm mitteilte, daß ihm das Recht zur Selbstverköstigung auf eigene Rechnung zustehe, für den Fall, daß er sich nicht an die gewöhnliche Gefangenenkost halten wolle. Dann machte er ihn auf die Vergünstigungen aufmerksam, die ihm bei guter Führung zugebilligt werden konnten, und schloß seine Auseinandersetzungen mit der Ermahnung an den Angeschuldigten, er möge sich nun wohl überlegen, wie er sich zu der Anklage zu stellen gedenke und, wenn er andern Sinnes werde oder sonst glaube, etwas Neues oder anderes aussagen zu wollen, es ihm durch den Gefangenwart melden zu lassen.

Fritz antwortete:

«Das wird kaum der Fall sein; ich habe meines Wissens alles, was ich weiß, der Wahrheit gemäß gesagt.»

Daraufhin war er in seine Zelle zurückgeführt worden. Das Verhör hatte mehr als zwei geschlagene Stunden gedauert. Fritz fühlte sich wie gerädert und schlief, ohne das kärgliche Abendessen, das ihm durch das Schiebtürchen an der Zellentür gereicht worden war, berührt zu haben, schwer und traumlos die erste Nacht seiner Haft durch.

Der Untersuchungsrichter hatte auf den folgenden Montag alle erreichbaren Zeugen vorgeladen. Bis dahin konnte er nichts Weiteres tun, als deren Verhör, soweit es die Aktenlage gestattete, eingehend vorzubereiten, was ihn aber nicht hinderte, sich jeden Morgen vom Gefangenwart genauen Bericht über das Befinden und Gehaben des Häftlings erstatten zu lassen.

Auch die Zeugenverhöre brachten nichts Neues, Abklärendes, wohl aber boten sie mancherlei wertvolle Ergänzungen. Zunächst wurde der treffliche Leumund, dessen sich der Angeschuldigte überall erfreute, rückhaltlos gefestigt. Von den über zwanzig geladenen Zeugen war auch nicht einer, der an Grädels Schuld geglaubt hätte, und das, das wußte der Untersuchungsrichter aus langer Erfahrung mit den Emmentaler Bauern, wollte mehr heißen, als es Außenstehenden hätte scheinen mögen.

Im weitern wurde der Untersuchungsrichter in seiner Wertung des Zeugen Christian Rösti bestärkt. Die wenigen Auskünfte, die er sich notgedrungen abringen ließ, erweckten den Eindruck, wohlüberlegt und der Zeuge im eigentlichen Sinne des Wortes lichtscheu zu sein. Mehr als je wurde der Richter davon überzeugt, Christian könnte das Rätsel, dessen Lösung gesucht wurde, mit wenigen Worten aufklären, wenn er sich nur dazu hergäbe. Doch bot er keine Handhabe zu Zwangsmaßregeln, wie sie vom Gesetz gegen widerspenstige Zeugen vorgesehen sind; er drückte sich einfach in scheinbarer Unschuld um alles Wesentliche herum, ohne sich fassen zu lassen.

Dagegen ergab sich ganz unzweifelhaft, daß er an dem Verbrechen selbst als Täter oder Mitschuldiger unbeteiligt war. Seine Angaben über die Verwendung seiner Zeit vom Sonntag und Montag, dem 6. und 7. August, erwiesen sich durch übereinstimmende Zeugenaussagen als durchaus der Wahrheit entsprechend. Freilich ergab sich ebenfalls, daß Christian Rösti von der letztwilligen Vergabung des Ermordeten zu seinen Gunsten wenigstens Kenntnis gehabt haben konnte und wahrscheinlich gehabt hatte, da die Zeugin Anna Grütter, die Magd des Ehepaares Grädel, bezeugte, sie habe der Frau Christians, der Anneliese, den am vorletzten Donnerstag belauschten Wortwechsel zwischen ihrem Meister und dessen Schwiegervater zugetragen, wobei sie auch des Alten Ausspruch, die Lebensversicherung betreffend, mit erwähnt habe. Auf die nochmalige Frage des Richters, ob sie sich wirklich genau erinnere, auch davon gesprochen zu haben, erklärte die Zeugin, dessen ganz gewiß zu sein, ja Anneliese habe ihr sogar darauf erwidert, mit dieser Lebensversicherung habe Andreas ihrem Mann schon mehrfach den Speck durchs Maul gezogen. Darüber befragt, gaben die Eheleute Rösti diese Tatsache zu, behaupteten jedoch, ihr keinerlei Bedeutung beigelegt zu haben, da ihnen Andreas als launischer, wetterwendischer Mensch bekannt genug gewesen sei.

Der Zeuge Miescher, Grädels Melker, ebenfalls über diesen Punkt befragt, erklärte, davon nichts gewußt zu haben, doch möge er Christian den Erbanfall wohl gönnen; er werde ihn wohl brauchen können. Zur Rede gestellt, was er damit sagen wolle, erklärte er, eigentlich nichts Besonderes, doch habe ihm Christian vor einiger Zeit anvertraut, er sei mit einem Geschäftsfreund hereingefallen und habe nennenswerte Verluste erlitten; darum denke er eben, das Erbe werde ihm nun um so willkommener sein.

Nicht unwesentlich erschien dem Richter im weitern die Aussage des Tierarztes Wegmüller über die Erkrankung des Dragonerpferdes und des an diesem angewandten «Zigeunerkniffs», wie es der Zeuge nannte. Auf näheres Befragen führte er aus, das Verfahren, durch Einstecken einer Stecknadel in die Krone ein Pferd zu lähmen, rühre tatsächlich von den Zigeunern her, die sich dessen, wie noch andere unlautere Pferdehändler, gelegentlich bedienten, um Tiere zu lähmen und sie dann zu vorteilhaften Bedingungen zu erwerben.

Über die mutmaßliche Täterschaft der Schändung des Pferdes befragt, sagte der Zeuge mit aller Bestimmtheit aus, seiner festen Überzeugung nach könne nur der alte Schattmattbauer in Frage gekommen sein, der nicht nur mit allen Pfiffen und Schlichen des Pferdehandels vertraut gewesen sei, sondern auch über mehr Pferdekenntnisse verfügt habe, als dies bei Bauern und überhaupt landesüblich sei.

Mehr ergaben die Zeugenverhöre für einmal nicht, ebensowenig die spätern oder die Einvernahmen des Angeschuldigten selbst. Schon vom ersten Tage an bekannte Tatsachen wurden freilich noch weiter abgeklärt, vertieft, genauer umschrieben; eigentlich neue jedoch, die unerwartete oder vorher übersehene Beurteilungsmöglichkeiten des Falles geboten hätten, kamen keine zum Vorschein; der Fall selbst blieb, ebenso wie der nähere Hergang der Mordtat, in undurchdringliches Dunkel gehüllt.

Daran hatte auch der Sachverständigenbericht der beiden Ärzte nichts zu ändern vermocht. Ihr Befund hatte nur die ersten Feststellungen von Dr. Wyß bestätigt, begründet und genauer umschrieben. Daraus ergab sich, daß der Ermordete unmittelbar vor der Mündung der Pistole gestanden und ihr den Rücken zugekehrt hatte, als sie abgefeuert wurde. Nach der Gestaltung des Streukegels zu schließen, war die Waffe vom Schützen abwärts nach dem Hinterhaupt des Opfers gerichtet, so daß man sich – dieses war der Ausspruch der Ärzte – nach der Art der Verwundung, des Streukegels und der Lage der Leiche den Hergang kaum anders erklären konnte, als daß der Mörder hinter dem Lattenzaun auf einem mindestens vierzig Zentimeter erhöhten Standpunkt gestanden und über den Zaun hinweg auf den ihm den Rücken zukehrenden Bauern hinabgefeuert habe. Der Tod sei augenblicklich eingetreten, daher es ausgeschlossen sei, daß der Erschossene etwa im Todeskampf eine Wendung vollführt, seine Körperlage verändert oder gar die Waffe, falls er sie in der Hand gehabt hätte, weggeschleudert habe.

Im weitern habe die Leichenöffnung ergeben, was allerdings mit dem gewaltsamen Tode des Schattmattbauern in keinem Zusammenhang stehe, daß dieser seit geraumer Zeit an Gallensteinkolik litt, daß einzelne Gallensteine in den Gallengängen eingeklemmt waren, und daß der Kranke, infolge der dadurch eingetretenen Gallenstauung fortschreitend erschöpft, nach sicherer Voraussicht binnen weniger Monate, ja vielleicht binnen weniger Wochen ohnehin gestorben wäre. Der Bericht wies nebenbei darauf hin, alle Anzeichen seien dafür vorhanden gewesen, daß der Ermordete häufig von Kolikanfällen heimgesucht worden sei und offensichtlich in der letzten Zeit seines Lebens oft fast unerträgliche Schmerzen ausgestanden habe.

Das war also der Stand der Untersuchung, der sich fortan nicht wesentlich veränderte, obwohl sie, in der Hoffnung, weitere Aufklärungen und Beweisgründe zu gewinnen, über lange Monate hinaus ausgedehnt wurde. Die Aussagen des Angeschuldigten blieben sich immer gleich; er widersprach sich nicht, förderte aber selber ebensowenig neue Gesichtspunkte ans Tageslicht als die umständlichen Erhebungen durch Zeugenaussagen und Sonderberichte.

Fritz Grädel hatte übrigens recht gehabt: er war ebensosehr und inniger an der Ermittlung der Wahrheit beteiligt als die Behörde. Diese Auffassung wurde zum Glück von seinem Freunde und künftigen Verteidiger, Fürsprech Brand, durchaus geteilt und gewürdigt. Standen diesem auch nicht, wie dem Untersuchungsrichter, die Verhandlungsberichte über die Verhöre des Angeklagten und der Zeugen, ebensowenig wie die verschiedenen Gutachten, zur Verfügung, so war es ihm doch nicht allzu schwer gefallen, das Wesentlichste daraus zu erfahren, weil die meisten Zeugen aus der Gemeinde stammten, der er als Präsident vorstand, und weil er in seiner weitern Eigenschaft als Anwalt oft vor dem Amtsgericht stand, wobei er sogar durch seinen Freund, den Gerichtspräsidenten und Untersuchungsrichter selber, allerlei zu hören bekam, das er sich sorgfältig merkte.

So war ihm beispielsweise der Verdacht des Untersuchungsrichters, den dieser eine Weile auf Christian Rösti ausgedehnt hatte, bekannt geworden; ebenso der Grund, warum ihn jener wieder fallen ließ, hatte doch der Richter seinen Freund amtlich ersucht, über die Vermögens- und Geschäftsverhältnisse Christians zu berichten, wobei herauskam, daß diese ziemlich zweifelhaft und, jedenfalls bis vor kurzem, nicht glänzend standen.

Es ergab sich von selbst, daß der Untersuchungsrichter den Gemeindepräsidenten, auf dessen guten Willen und Mitarbeit er in seiner Untersuchungstätigkeit gar oft fast ausschließlich angewiesen war, in manches einweihte, einweihen mußte, das sonst von Amtes wegen geheim gehalten wird, obwohl ihm Brand schon das erstemal erklärt hatte, er werde die Verteidigung Grädels führen. Da jedoch die beiden Herren von ihrer gegenseitigen Zuverlässigkeit und Verschwiegenheit überzeugt waren, beide übrigens das nämliche Ziel der Ermittlung der Wahrheit anstrebten, so gab es sich von selbst, daß Brand gewissermaßen die Untersuchung, wenn auch außeramtlich, mit führte.

Ihm, dem Fürsprech, schien übrigens von vornherein klar, daß des Falles Lösung tiefer gesucht werden mußte, als die Macht- und Erforschungsbefugnis des Untersuchungsrichters reichte. Daher hob er auf eigene Faust eine neben der amtlichen hergehende, aber durchaus unabhängige Untersuchung des Falles an, deren Ergebnisse er jeweilen, insofern sie für den Untersuchungsrichter belangreich sein konnten, diesem mitteilte. Aus den Erhebungen, die Brand im Laufe der paar Monate, während deren Dauer die gerichtliche Untersuchung geführt wurde, von sich aus besonders in den Familien und der Umwelt des Angeschuldigten und des Opfers unternahm, weil er überzeugt war, daß, wenn überhaupt, des Rätsels Lösung nur auf diesem Wege gelingen konnte, verbunden mit den Ergebnissen des gerichtlichen Verfahrens, ergab sich mit der Zeit ein ganz eigenartiges Bild.

Der Vater des ermordeten Andreas Rösti war kein Emmentaler, ja nicht einmal ein Berner gewesen. Ob sein Name der wirkliche oder nur ein angenommener war, blieb stets unermittelt. Anfangs der zwanziger Jahre war er plötzlich im Amtsstädtchen aufgetaucht. Er war damals ein kräftiger Mann von etwa fünfundzwanzig Jahren, und seine Erscheinung paßte gar nicht in die nun von ihm gewählte Umwelt. Er gab sich als Pferdehändler aus; sein ganzes Auftreten aber ließ eher auf einen verwegenen Soldaten schließen. Es war leicht ersichtlich, daß er, trotz seiner Jugend, schon vielerlei erlebt, daß er weit in der Welt herumgekommen war. Er war dunkelhaarig, groß und schlank gewachsen, hager und sehnig, von großer Körperkraft und ungewöhnlicher Gelenkigkeit. Seine vielseitigen Kenntnisse und Fähigkeiten waren fast ebenso überraschend wie sein selbstbewußtes, herrisches

Auftreten, wie sein funkelnder Blick aus den tiefschwarzen Augen. Reiten konnte er wie der leibhaftige Satan, verwegen war er wie ein Straßenräuber, das Schreiben hatte er los wie ein Notar, seine Mundart klang den Emmentalern fremdartig, wenn auch verständlich; außerdem war beobachtet worden, daß er sich mit Franzosen, Italienern, ja sogar mit ungarischen Schweinehändlern in ihrer Muttersprache fließend zu unterhalten vermochte.

Niemand wußte, woher er kam, noch was er früher getrieben. Er war unternehmungslustig, und was er an die Hand nahm, gelang ihm scheinbar mühelos. Auf fast allen Gebieten verfügte er über mehr als nur oberflächliche Einsichten, außerdem war er offensichtlich, wenn auch möglicherweise nicht gerade reich, so doch ordentlich wohlhabend.

Oft war er wochenlang abwesend – die Roßjuden der Gegend behaupteten, ihn auf allen möglichen Pferdemarktplätzen angetroffen zu haben, wo er großzügig, aber äußerst umsichtig einkaufte und verkaufte. Dabei war er gesellig, witzig und bald, namentlich bei seinen jüngern Mitbürgern, äußerst beliebt, sogar auch bei den Bauern erst seiner nähern, später auch weitern Bekanntschaft. Es dauerte keine zwei Jahre, so war er es, der sowohl den großen Müllern sowie auch den Bauern die Pferde stellte. Man brauchte ihm nur zu sagen, was man benötigte, so wußte er es in kurzer Zeit zu beschaffen, und zwar in einer Weise, die die Käufer stets befriedigte, so daß ihr Zutrauen zu ihm stetig wuchs, was angesichts der vorsichtigen Zurückhaltung der Emmentaler fast als ein Wunder gewertet werden mußte. Noch war er keine drei Jahre im Land, als er das bernische Heimatrecht in der Gemeinde Habligen käuflich erwarb. Ein halbes Jahr später heiratete er die Tochter des im Habligenschachen angesessenen Bauern Samuel Röthlisberger. Wenige Monate später kaufte er die Schattmatt mit Besatzung, Schiff und Geschirr, die infolge Ablebens ihres kinderlosen Eigentümers feil geworden war. Er bezahlte alles bar; nicht einmal mit der landesüblichen Grundschuld ließ er sein Anwesen belasten.

Kaum war der Kauf verschrieben, entsagte Rösti seinem Pferdehandel sozusagen von einem Tag auf den andern, um seinen neuen Besitz anzutreten. Nun wurde er mit der gleichen Tatkraft und demselben Glück Bauer, wie er vorher Händler gewesen war. Zwar, die Art, wie er seinen Betrieb einrichtete, erregte bei allen bestandenen Bauern seiner Umgebung zunächst nur Kopfschütteln, und manche weissagten ihm ein rasches, schmähliches Ende. Rösti war ein Neuerer; aber offensichtlich wußte er, was er wollte. Ein Drittel seines Grundbesitzes bestand aus sumpfigem, folglich wenig ertragreichem Boden. Rösti machte sich unverzüglich an dessen Entsumpfung, so daß er nach drei Jahren das Moosland in immer ertragreicher werdende Äcker umgestaltet hatte. Der ansehnliche Wald, der zum Heimwesen gehörte, war, wie die meisten Bauernwälder seiner Zeit und seiner Gegend, verwildert. Vieles faulte auf dem Stock, mehr noch vermochte wegen des alles überwuchernden Unterholzes nicht aufzuwachsen. Rösti begann vom ersten Winter an ein planmäßiges Ausleuchten und Durchforsten, beschäftigte zur Winterszeit durchschnittlich sechs bis acht Taglöhner im Wald. Nach weniger als zwanzig Jahren war dieser recht eigentlich mustergültig und in Försterkreisen als vorbildlich und höchst einträglich bekannt geworden. Von allem Anfang an hatte Rösti vorteilhafte Lieferungsverträge mit einem großen Flößereiunternehmer abgeschlossen, so daß ihm trotz bedeutender Forst- und Bodenverbesserungen neben dem gewohnten Ertrag seines Gutes noch ein Erkleckliches herausschaute.

Von einer planmäßigen Rindviehzucht wußte man in jenen Tagen so gut wie nichts. Auch die größten Bauern hielten damals kaum mehr als vier bis sechs Kühe, in der Hauptsache vom Schlage des Simmentals, der in Erlenbacher und Siebentaler Vieh zerfiel. Außerdem wurden Adelbodner und Frutiger Kühe gehalten, die leichter als die Simmentaler waren. Auch die Bollerenkühe, das freiburgische Schwarzfleckvieh, wurde gehegt, das vermöge seines größern Wuchses, stärkern Knochengerüstes und seiner Wetterfestigkeit von manchen gegenüber dem Simmentaler Vieh bevorzugt wurde, wogegen die Anhänger dieses Schlages ihm feinern Gliederbau und größern Milchertrag nachrühmten. Sogar Schwyzer Kühlein kamen vor, doch eigentlich bodenständig waren sie im Emmental nie.

Der neue Schattmattbauer vergrößerte seine Stallungen, grub geräumige Jauchelöcher, dann begann er regelrecht zu züchten, dabei seinen Viehbestand dermaßen vermehrend, daß er nach einigen Jahren schon achtzehn bis zwanzig schöne Simmentaler Kühe eigener Zucht im Stalle stehen hatte. Sein Viehstand erlangte eine gewisse Berühmtheit. Von weit her kamen die Händler und Viehbesitzer, aus seinem Stall Zuchtware zu kaufen. Er erzielte gelegentlich Preise, ob denen die Habliger den Mund zu schließen vergaßen.

Mit dem erhöhten Viehstand war gleichzeitig eine Umwandlung des Landanbaues vor sich gegangen. Man wollte sich erinnern, daß der alte Schattmätteler der erste gewesen war, der im Emmental eigentlichen Kunstwiesenbau betrieb.

Auf alles und jedes erstreckte sich seine Aufmerksamkeit und seine Unternehmungslust. Als er das Heimwesen angetreten, hatte er, wie die meisten Bauern, die sogenannten, den Entlebucher Zuchten entstammenden «Ländersäue» vorgefunden, das lange, grobknochige Schwein mit dem weit vorgestreckten Rüssel, den breiten, herabhängenden Ohren, dem feisten, dicken Schwanz. Rösti erklärte, ihm liege wenig daran, solche unersättliche Fresser weiß der Teufel wie lang zu mästen, um dann in der Hauptsache schließlich nur Knochen, statt Fleisch und Fett, zu erzielen. Er baute seine Schweineställe um, beschaffte sich das gedrungenere deutsche Hausschwein, mästete kurzfristig und erzielte von den Stadtmetzgern bald höhere Preise für leichtere Tiere, als die andern Bauern mit ihren lang gemästeten, drei bis vier Zentner Lebendgewicht ziehenden Ländersäuen.

Im Gegensatz zum üblichen Brauch verkaufte Rösti keinen Halm Heu ab dem Hofe. Er behauptete, der Bauer, der sein Heu den Sennen zur Winterung verhandle, bestehe sich selbst, indem er sein Land ausmergle. Er ziehe es vor, sein Futter selbst zu verwerten und aus den Ställen zu lösen, dann bleibe ihm noch der Sommerdung obendrein.

Als in den zwanziger Jahren, auf Anregung des Obersten von Effinger hin, die ersten Talkäsereien entstanden, war Rösti auf der Schattmatt einer der ersten gewesen, der der Neuerung ebenso unbedingt als begeistert zugestimmt und vorausgesagt hatte, die wirtschaftliche Zukunft der bernischen und im besonderen der emmentalischen Bauernsame beruhe auf der Kräftigung und dem Gedeihen des neuzeitlichen Milchgewerbes. Rösti trieb damals schon daran, auch in Habligen eine Käserei zu errichten, stieß jedoch auf keine Gegenliebe, da den Bauern sein Vorschlag allzu gewagt erschien und sie ihm mißtrauten, wie sie ja zuerst zu allem den Kopf schüttelten, das sie ihn Neues unternehmen sahen, bis der Erfolg ihn gerechtfertigt hatte, was aber damals noch nicht oder wenigstens nicht in allgemein eindringlichem und jedem greifbarem Maße der Fall war. Außerdem mochten auch die futterarmen zwanziger Jahre die Bauern von dem Neuversuch abgeschreckt haben. Als aber der Futterertrag in den dreißiger Jahren unerwartet gut ausfiel, als die Habliger, vom allgemeinen Käsereigründungsfieber, das damals im Bernbiet immer heftiger überhandnahm, mit angesteckt wurden und sie sich überzeugt hatten, daß ihr neuer Mitbürger sich eben doch in keiner seiner zahlreichen Unternehmungen und Neuerungen wesentlich geirrt, sondern sich Jahr um Jahr bereichert hatte und noch bereicherte, da standen sie nicht mehr zurück. Nun gründeten sie eine der ersten Käsereien des Emmentals mit Rösti als Hüttenmeister und treibender Kraft.

Sie hatten es nie zu bereuen; Rösti nahm sich der Käserei mit einer Sachkenntnis und einem Eifer an, die hätten vermuten lassen, er habe zeitlebens nichts anderes als Milchwirtschaft getrieben. Das Habligenmulchen galt bald als eines der vornehmsten des Kantons; seine Käse erzielten die höchsten Preise, was zwar ebensowohl der Geschäftstüchtigkeit des Hüttenmeisters als der Trefflichkeit der Ware zuzuschreiben war, so daß es schon nach wenigen Jahren als eine Auszeichnung für ein Mulchen galt, wenn von ihm gesagt wurde, es habe so viel gegolten wie das von Habligen, und als ein gutes Zeugnis für einen Käsereianwärter, wenn er nachweisen konnte, in der Habligenkäserei als Hüttenknecht gedient zu haben.

Der Wohlstand des Schattmattbauern wuchs von Jahr zu Jahr, damit aber auch seine Tatkraft und seine Leidenschaft für Neuerungen. So hatte er von sich aus und für sich seinen Obstbau veredelt, preßte eigenen Most und ließ ihm eine Kellerbehandlung angedeihen, der ihn im Werte turmhoch über den seiner Umwohner hinaushob. Ebenso war er der ersten einer gewesen, der sich mit Krappbau befaßt und durch den Verkauf von Krappwurzeln, aus denen das prächtige Franzosenrot gewonnen wurde, seinen Wohlstand mehrte, von vielen andern, meist glücklichen Neuerungen und Versuchen ganz zu schweigen.

Da er bei alledem dienstbar, fröhlich und gesellig blieb, wurde er weniger beneidet, als dies sonst wohl der Fall gewesen wäre, und als sich sein Reichtum sichtlich mehrte, guckten ihm die Habliger Bauern bald dieses, bald jenes ab, fragten ihn um seinen nie versagenden Rat und wurden durch seinen Einfluß und sein Beispiel aus den alten, ausgefahrenen Geleisen altmodischer Landwirtschaft in neue, verheißende Fortschrittsbahnen gelenkt, deren Wirkungen sie in wenigen Jahren vor ihren Nachbargemeinden vorteilhaft auszeichneten. Der Übername «Musterbauer», den die zweifelnden Habliger in der ersten Zeit dem vom Roßhändler zum Bauern umgemauserten Schattmätteler angehängt hatten, war diesem längst zum ernst genommenen Ehrentitel gediehen; Rösti genoß ein festbegründetes, weil auf eigener Tüchtigkeit beruhendes, verdientes Ansehen in der Gemeinde, in die er erst vor kurzem aufgenommen worden war und die nur noch selten mehr etwas von einiger Tragweite ohne seinen Rat und seine Beistimmung unternahm.

Von Frau Rösti ließ sich nicht viel sagen, als daß sie eine stille, arbeitsame Bäuerin war, die ihren Mann über alles bewunderte und mit ihrer natürlichen, vermittelnden Klugheit einen größern Einfluß auf ihn ausübte, als man ihr wohl zugetraut hätte. Die beiden paßten vorzüglich zueinander, gerade um ihrer Gegensätze willen. War er unternehmungsfroh und gelegentlich ein wenig draufgängerisch, so war sie eingezogen, stets darauf bedacht, auch das Geringste wert zu halten und zu Ehren zu ziehen. Während ihr Mann im wagemutigen Erwerb groß geworden war, wurde sie durch die Überlieferung strenger Sparsamkeit zur Mehrung des gemeinsamen Gutes geleitet. Dieweilen er sich fröhlich tummelte, mit laut dröhnender Stimme klar und entschlossen befahl, anordnete und werkte, verstand sie es, mild zu schlichten, schier unbesehen Unebenheiten aus dem Wege zu räumen, in stets gleichbleibender, sonniger Frohlaune Gewitter, die bei einem Tatenmensch, wie Rösti einer war, oft genug aufstiegen, leise lächelnd wegzuscherzen, die Wogen seines oft überschäumenden Gemütes mit kundiger Hand zu glätten, so daß trotz des rastlosen Betriebes, abgesehen von gelegentlichen Polterausbrüchen des lebhaften Rösti, in der Schattmatt selten ein verstimmtes Wort gehört wurde.

Sowohl der Bauer wie die Bäuerin waren gutherzig. Die zahlreichen Dienstleute, Gelegenheits- und Störarbeiter, die jahraus, jahrein auf der Schattmatt beschäftigt wurden, waren den Meistersleuten zugetan. Sie rechneten es sich zur Ehre und zum Vorteil an, für und bei Röstis arbeiten zu dürfen. Freilich, der Bauer verlangte viel und Tüchtiges von jedem unter ihnen; dafür war aber die Behandlung auch recht. Er betrachtete seine Leute, sobald sie sich als brauchbar erwiesen, viel mehr als gleichberechtigte Mitarbeiter denn als Untergebene und behandelte sie auch entsprechend, ohne darum an Achtung einzubüßen. Denn obenan stand bei ihm die Arbeitsleistung; aber dabei wußte jeder, daß er keinem etwas zumutete, das er nicht ohne weiteres selber leisten konnte und leistete. Dazu kam, daß in der ganzen Gemeinde und weit darüber hinaus weder die Entlöhnung noch die Kost an die des Schattmattbauern reichten. Daß dem so sei, galt dem Bauern als fester, unverrückbarer Grundsatz, während es bei der Bäuerin der natürliche Ausfluß ihres an sich menschenfreundlichen Gemütes bedeutete.

Dieser Umstand war sogar der einzige Grund gewesen, der fast ein Zerwürfnis des Schattmattbauern mit seinen bäuerlichen Gemeindegenossen herbeigeführt hätte, da ihn diese bezichtigten, die Knechte und Arbeitsleute zu verwöhnen, sie zu bis anhin unerhörten Ansprüchen und Begehrlichkeiten zu erziehen. Er hatte darauf gleichmütig geantwortet, das gleiche sich aus; was er ihnen mehr an Lohn und reichlicherer Kost einräume, das müßten die Leute reichlich durch vermehrte und bessere Arbeit einbringen, versprach aber feierlich, während ihm der Schalk sichtbar im Nacken saß, daß er vom Tage an, wo er durch seine Art, mit seinen Arbeitsleuten zu verkehren, Schaden erleiden sollte, dies öffentlich bekanntgeben und sich ihnen gegenüber der räudigsten Knauserei befleißen wolle, die in Habligen je erhört worden sei, was doch, meine er, etwas sagen wolle. Da hatte man ihn auch darin gewähren lassen.

Schon im ersten Jahr ihrer Ehe war den Schattmattbauersleuten ein Knabe geboren und Ulrich benannt worden. Dieser wurde volle sechs Jahre alt, bis sich ihm ein Bruder, Andreas, im Jahre 1831 zugesellte. Vom ältern war nicht viel zu sagen, als daß er schon im zarten Kindesalter seinem Vater auffällig ähnlich sah und, soweit sich das bei einem so jungen Bürschchen beurteilen ließ, auch den Unternehmungsgeist und dessen lebhaftes Geblüt ererbt zu haben schien. Wenigstens zeichnete er sich schon früh durch allerlei verwegene Streiche und eine nimmermüde Vorstellungskraft aus, die der stillen Mutter oft den hellen Angstschweiß austrieb, während der Vater seine helle Freude daran hatte, ja oft auf des Buben merkwürdige Einfälle lachend einging, sich lediglich bestrebend, sie auf brauchbare Bahnen zu lenken.

Als der Junge sein sechstes Altersjahr zurückgelegt hatte, wurde er, wie üblich und bräuchlich, zur Schule geschickt. Diese war zu jener Zeit in Habligen weder viel besser noch viel schlechter als überall im Kanton Bern. Es wurde notdürftig Lesen, Rechnen und Schreiben gelehrt und gelernt, daneben mußten sich die Kinder in der Hauptsache mit dem Auswendiglernen des Fragebuches, wie man den Heidelberger Katechismus nannte, abquälen. Seit Großvaters Zeiten war es nicht anders gehalten worden; jedermann war damit zufrieden, und wohl nirgends wie gerade im Emmental waren zur Zeit der Helvetik die fortschrittlichen Schul- und Volksbildungsgedanken des Ministers Philipp Albert Stapfer hämischer belacht, weniger verstanden worden.

Es erregte daher ordentliches Aufsehen, als Vater Rösti, just zur Zeit, als der junge Ulrich zwölf Jahre alt, daher nach landläufigen Begriffen für ein Bauernwesen schon einigermaßen brauchbar geworden war, diesen nach Bern versetzte, um ihn gründlich schulen zu lassen. Die Habliger suchten eine Erklärung für des Bauern Tun und fanden sie darin, daß ihm inzwischen ein zweiter Knabe angestanden war. Da nach bernischem Erbrecht der väterliche Hof jeweils auf den jüngsten Sohn überging, vermutete man, der Schattmättler gedenke seinen Ältesten studieren zu lassen, was einige billigten, andere aber mit der Begründung tadelten, Rösti wäre doch reich genug, auch dem älteren Sohn ein Heimwesen zu kaufen, wenn dieser, wie es bis jetzt den Anschein gehabt hatte, Freude am Bauern haben würde.

Über diese Frage gelegentlich angestochen, lachte der Schattmattbauer aus vollem Hals und erklärte, es falle ihm nicht ein, seinen Ältesten zu einem Stubenhocker ausbilden zu lassen; nur habe er, besonders seitdem er es selbst betreibe, die Beobachtung gemacht, daß es zum Bauern auch nicht gerade Tölpel brauche, die nichts wüßten und nichts gelernt hätten. Ein einigermaßen gebildeter Bauer sei darum noch lange kein schlechter Bauer, im Gegenteil!

Die Äußerung wurde ihm verschieden gedeutet, ja von einigen sogar übel genommen. Der Schattmätteler sei vom Hochmutsteufel besessen, so hieß es. Wenn Vernünftigere daran erinnerten, daß davon bis jetzt einmal nicht viel zu merken gewesen sei, daß er bis jetzt noch immer gewußt hätte, was er tue, daß sie alle von ihm gelernt und Grund hätten, ihm dankbar zu sein, so wurde darauf auch wiederum erwidert, es sei noch nicht aller Tage Abend; wenn Rösti bis jetzt überall, wo er hingriff, Erfolg gehabt und sich bereichert habe, sei damit noch lange nicht bewiesen, daß er das seiner höhern Bildung verdanke. Dabei frage es sich im Gegenteil noch, ob bei ihm denn auch alles überhaupt mit rechten Dingen zugehe – man könne nicht wissen; außerdem seien sie, die alteingesessenen Habliger, gerade auch keine Habenichtse, hätten ihr Auskommen gefunden, auch bevor der Musterbauer ins Land gekommen sei, und schließlich seien weder sie selbst noch seien ihre Väter und Großväter Strohköpfe gewesen, die es nötig gehabt hätten, daß sie der eingewanderte Rösti, von dem man noch nicht einmal genau wisse, wo er herkomme und zu Hause sei, das Bauern lernen müßte.

Doch focht das alles den Schattmattbauern wenig an. Über kurzem war's vergessen; denn schließlich waren die Habliger nachgerade an die Absonderlichkeiten Röstis gewöhnt und nahmen sie ihm auf die Dauer auch viel weniger krumm, als dies etwa bei einem der Ihrigen, der mit und unter ihnen aufgewachsen, geschehen wäre. Sie ließen ihm zur Erklärung und Entschuldigung gelten, daß er doch trotz allem ein Fremder und mit den hiesigen Sitten und Bräuchen eben nicht wie sie vertraut sei.

Im siebenten Jahr ihrer Ehe genas die Schattmattbäuerin, wie gesagt, eines zweiten Knaben, der auf den Namen Andreas getauft wurde. Ein Siebenmonatskind, so winzig, so leicht, daß die Mutter besorgte, es würde nicht lange leben. Aber das Bübchen erwies sich als viel zäher, als man gehofft. Obwohl klein von Gestalt, war Reesli doch nicht minder kräftig und behend. Er entwickelte sich schon früh zu einem kleinen, halb drolligen, halb boshaften Kobold, der, meistens in sich gekehrt, verschlossen und trotzig, oft mürrisch, plötzlich seine Umgebung mit abseits liegenden Einfällen blitzartig überraschte, die auf wahre Untiefen einer merkwürdig vertrackten Kinderseele schließen ließen, so daß seiner Mutter darob oft ordentlich bange wurde.

Bevor er noch gehen lernte, bekundete er eine merkwürdige Vorliebe zu den Tieren, namentlich zu den Pferden. Wenn er nur eines erblickte, streckte er die Ärmchen danach aus und krähte wie verzückt mit seiner merkwürdigen, durchdringend falschen, dem Hahnenschrei vergleichbaren Stimme. Nahm ihn gar sein Vater auf die Arme und setzte ihn auf einen Pferderücken, dann kannte der tolle Jubel des Kindes keine Grenzen mehr, dann gebärdete es sich leidenschaftlich entzückt. Von Furcht nicht die Spur! Reesli war noch keine sechs Jahre alt, als er bei jeder Gelegenheit ein Pferd erkletterte und den größten Teil seiner Zeit in der Gesellschaft der Gäule seines Vaters verbrachte, denen er allerhand Leckerbissen, wie Brot, Mohrrüben und anderes, zuschob. Obwohl er die Gäule über alles liebte, quälte er sie oft in kindlichem Unverstand, nicht um ihnen wehe zu tun, nicht aus Grausamkeit, sondern um sich an ihren Sprüngen, an ihrem wilden Ausschlagen zu ergötzen. Dabei schien es, als ob ihn die Pferde verstünden. Sie erwiderten seine Zuneigung ganz offensichtlich, denn er mochte mit ihnen anstellen, was ihm auch nur einfiel, sie schienen darauf einzugehen, ihn zu schonen. Auch um lebhafte Pferde, und sein Vater duldete keine andern, konnte er sich herumtummeln, ohne daß ihm je auch nur das geringste Leid geschah. So hatte der Bauer, als der kleine Andreas noch nicht sieben Jahre alt war, eines Tages einen schönen, feurigen Erlenbacher Hengst vom Thuner Markt heimgebracht, der sich ordentlich wild gebärdete und beim geringsten Anlaß ausschlug wie der höllische Satan, so daß sich sogar der Bauer, der in der Regel die Pferde selbst besorgte, nicht ohne Vorsicht an das Tier heranwagte. Ein prächtig gegliedertes Tier übrigens, glänzend schwarz mit breiter Kruppe, schön gebogenem Hals, feinem, doch festem Knochenbau, engen Fesseln, festem Stand und Gang, gefälligem Kopf und Augen, die wie glühende Kohlen sprühten. Mit diesem Hengst gedachte der Bauer zu züchten; doch weil das Tier, wie gesagt, hitzig, daher nicht ungefährlich war, hatte er ihm einen besondern Verschlag angewiesen, nicht bloß des Hengstes, sondern auch seines Kleinen und der übrigen Pferde wegen, da er befürchtete, sie möchten gelegentlich zu Schaden kommen.

Nach wenigen Tagen jedoch war die Verblüffung des Bauern ebenso groß als der erste Schreck seiner Frau, als sie zufällig in den Pferdestall traten und den kleinen Andreas im Verschlag des Hengstes erblickten, mit dem er allerhand kindlichen Unfug trieb, ihm Brot fütterte, ihn neckte, ohne daß der Rappe auch nur einen Fuß erhoben hätte. Nach zwei fernern Wochen schien eine merkwürdige Gemeinschaft zwischen dem feurigen Tier und dem Knäblein fest besiegelt zu sein, eine Freundschaft, die ans Unglaubliche grenzte, die so weit ging, daß der Hengst, der sehr empfindlich war, daher beim Striegeln wie besessen ausschlug, sofort bocksteif stand und sich gründlich putzen ließ, wenn er nur seines kleinen Freundes krähendes Stimmchen hörte.

Es kam aber noch besser. Der Bauer pflegte seine Pferde stets am Hausbrunnen zu tränken, den Hengst jedoch, aus Sorge um die andern Tiere, immer zuletzt und besonders. Während diese einfach im Stalle losgelassen wurden und von selbst den Weg zur Tränke fanden, nachher gehorsam wieder an ihren Standort zurücktrotteten, wurde der Hengst jeweilen an der Halfter zur Tränke geführt, die der Bauer so lange nicht los- und das Pferd nicht aus den Augen ließ.

Es dauerte nicht lange, bis sich der kleine Andreas die Erlaubnis erbat, den Hengst zur Tränke zu führen. Nach einigem Zögern ließ ihn der Vater gewähren. Der Rappe gebärdete sich so fromm wie ein alter, abgetriebener Ackergaul. Kurz darauf hatte der Kleine den Kniff los, sich, währenddem der Hengst soff, auf den Brunnenrand zu stellen, das Pferd beim Kammhaar zu fassen und sich auf dessen Hals zu hissen. Erhob dann der Hengst den Kopf, so rutschte der Kleine gemächlich auf dessen Rücken hinab und ließ sich fürstenstolz von dem Hengst nach dem Stalle tragen. Der Vater sah nichts Schlimmes dabei, hatte er doch im Grunde seine helle Freude daran.

Eines Tages nun versah sich der Kleine mit einer schlanken Gerte. Als er wieder auf des Hengstes Rücken saß und dieser, da er genug gesoffen, den Kopf erhob, verkrallte sich der Kleine mit beiden Händchen im Kammhaar, nicht ohne rasch dem Tier einen scharfen Schlag mit der Gerte versetzt zu haben. Dieses stieg auf die Hinterbeine, setzte im nächsten Augenblick in hohem Bogen über den Vorplatz hinweg und raste in fieberndem Galopp in die Felder hinaus, gefolgt von den Schreckensrufen der Mutter und des Vaters sprachlosem Entsetzen.

Im nächsten Augenblick jedoch rief der seine Leute zusammen, schickte sie auf die Spuren des Hengstes und seines Kindes, ergriff selber einen Zaum und rannte in der Richtung, die der Hengst eingeschlagen hatte, querfeldein, ohne ihn mehr zu erblicken, während die Mutter auf die Hausbank gesunken war, bebend und klagend. Fünf, zehn Minuten vergingen; keiner der Dienstboten noch der Bauer waren zurückgekehrt, so daß die Bäuerin nicht länger an einem schweren Unfall, der ihr Kind betroffen, zweifelte und ihr tränendes Gesicht schluchzend in ihrer Schürze verbarg, als plötzlich das muntere Wiehern des Hengstes und das übermütige Krähen des kleinen Andreas an ihr Ohr schlug. Wie sie die Augen erhob – fast traute sie ihnen nicht –, kam der Hengst gemächlichen Trabes auf den Hof zu, und auf seinem Rücken, die Händchen noch immer fest in der Mähne verklammert, krähte und jubelte der Kleine in übermütiger, wahnsinniger Lust, einem toll gewordenen Heinzelmännchen gleich. Die Mutter stürzte sich auf den Hengst los, ergriff das Kind, hob es herunter und wollte sich eben damit hauswärts flüchten, als sich der Kleine ihren Griffen entwand, auf den Hengst zueilte, dessen herabhängendes Halfterseil erfaßte und, ihm vorankugelnd, das schaumbedeckte Tier in den Stall führte.

In diesem Augenblick bogen der Bauer, ein paar Knechte und Taglöhner um die verschiedenen Hausecken. Sie hatten den verwegenen Ritt des Kleinen nur von ferne beobachten können. Nun schauten sie sich verblüfft an, als wären sie Zeugen eines Wunders gewesen. Der Bauer schritt in den Stall, band den Hengst fest und kehrte eine Minute später mit dem immer noch jubelnden Kleinen zurück, der offensichtlich nicht das mindeste begriff, als ihn die Mutter ausschalt und ihm vorstellte, in welcher Gefahr er geschwebt. Ganz verwundert krähte er:

«Uh! Der Blücher, der tut mir nichts; wir können's gut zusammen!» Dann trollte er ins Haus hinein. Als Frau Rösti ihrem Manne anhielt, er möchte doch ein für allemal dem Kind den Umgang mit den Pferden und namentlich mit dem Hengste verbieten, strich dieser nachdenklich die dunkeln Haare aus der Stirne und meinte bedächtig:

«Nein, Mutter, das tue ich nicht! Schon darum nicht, weil es nichts nützen würde. Das steckt dem Knirps nun einmal im Blut, so daß er jedes Verbot überträte. Dann müßten wir ihn um etwas abstrafen, das, vernünftig geleitet, vielleicht einst sein größtes Glück ausmacht. Aber», fügte er hinzu, als er die mißbilligende Miene seiner Frau bemerkte, «ein wenig besser aufpassen, wie er's treibt, werde ich schon, denn allemal könnte es dann doch nicht so gut ablaufen.»

Wäre der Bube nur wild und verwegen gewesen, so hätte er, wenigstens dem Vater, keine allzu großen Sorgen bereitet. Aber je länger, je mehr erwies es sich, daß der Kleine tiefen, nachhaltigen Grolles, heißer, unversöhnlicher Rachsucht fähig war. Um seiner kleinen Gestalt und seiner schrillen Stimme willen wurde er gelegentlich etwa von Dienstboten, übrigens harmlos, mehr freundschaftlich als böswillig, geneckt. Aber er faßte es durchaus nicht freundschaftlich auf. Jede, auch nur die leiseste Anspielung auf sein Äußeres nahm er zwar scheinbar gleichmütig hin, war sogar imstande, zum Schein auf den Scherz einzugehen, verstand aber keinen und buchte sorgsam, nachhaltig und zähe, was er als Kränkung oder Spott auffaßte, in seiner kleinen Brust, um sich dafür, wenn längst niemand mehr an den Vorfall dachte, in eigenartig heimtückischer Weise zu rächen.

So hatte ihn eines Tages die Hausmagd aufgezogen und war, ohne viel Arges dabei zu denken, wohl ein wenig zu weit gegangen. Der Kleine erwiderte kein Wort; aber seine in Augenblicken der Erregung oder des Zornes schielenden Augen schossen einen fahlen, gehässigen Blitz. Nur einen, denn gleich darauf hätte keiner dem Knaben angemerkt, daß er sich des Scherzes auch nur erinnere. Drei Wochen später hatten Röstis zwei fette Schweine geschlachtet, und die Magd erhielt den Auftrag, den Schmer in einem großen ehernen Kochhafen auszuschmelzen. Die Bäuerin hatte ihr genau eingeschärft, sobald einmal der größere Teil des Schmers flüssig sei, nur noch mit ganz gelindem Feuer zuzufahren und ja den Herd nicht zu verlassen, sondern aufzupassen, damit das heiße Fett nicht Feuer fange. Das hatte der Kleine gehört, und gegen seine Gewohnheit hielt er sich nun den ganzen Nachmittag in der Nähe der Küche auf.

Die Mutter hantierte im Speicher, die Männer waren alle, bis auf den Melker, im Holz. Dieser hatte gewünscht, es möchte für eine kranke Kuh ein Trank gekocht und ihm, sobald er fertig sei, in den Stall gebracht werden. Als der Heiltrank angerichtet wurde, verzog sich der Kleine und legte sich, von der Magd ungesehen, auf die Lauer, sich still verhaltend, damit sie ihn nicht bemerken und beauftragen könne, dem Melker den Topf zu bringen. Also mußte sie selber gehen. Kaum hatte sie die Küche verlassen, so stand der Bube am Herd, schürte das Feuer nach Leibeskräften, indem er dürre Tannenzweige und Stroh, soviel er fassen konnte, hineinwarf, das natürlich bald hoch aufzüngelte. Die Magd mochte sich etwas länger, als zur Verrichtung im Stalle gerade notwendig gewesen wäre, dort aufgehalten haben, denn als sie wieder in die Küche kam, brannte das Fett lichterloh; der

Junge aber hatte sich in den Pferdestall gedrückt und freute sich königlich der Vorwürfe, die nun der Magd nicht erspart blieben. Diese aber wußte bald Bescheid, denn als sie kurz darauf mit einem neckischen Wort an den kleinen Kobold geriet, grinste ihr der schadenfroh entgegen und fletschte sie gehässig an:

«Hast du schon vergessen, daß dir kürzlich das Fett verbrannte, hihihi! Hast wohl noch nicht genug gekriegt für dein ungewaschen Maul, hihihi. Aber wenn du's haben willst, kann ich dir ja dran denken, hihihi!»

Die Magd begriff den Zusammenhang und fürchtete sich von jenem Tage an vor dem kleinen Wicht wie vor dem leibhaftigen Gottseibeiuns.

Ein anderes Mal beobachtete der kleine Andreas, wie ein junges, kurzgewachsenes Knechtlein, das ein ohnehin kummetscheues Pferd anschirren sollte, diesem, da der Bursche es nicht recht zu erreichen vermochte, das Kummet um den Kopf schlug.

«Wenn du's nicht erreichen magst, mußt du auf etwas hinaufstehen», befahl der Junge, «das tut dem Pferd weh!»

«Halt das Maul; das geht dich nichts an, du Zwerg!» erwiderte der Knecht, erbost darüber, daß ihn Reesli, wie er meinte, wegen seines kleinen Wuchses foppen wollte. Der Kleine schwieg, aber als sich das Knechtlein nach einigen Wochen in der Tenne zu schaffen machte, warf ihm der Bub unversehens ein eisenbereiftes Salzkübelein von der Heubühne herunter an den Kopf. Als nun das Knechtlein fluchte und blutete, kicherte es von oben:

«Merkst du jetzt, wie's den Rossen tut, wenn man ihnen das Kummet um den Kopf schlägt, hihihi!»

Das Knechtlein getraute sich nicht, den Kleinen, wie es wohl gemocht hätte, zu verprügeln noch ihn zu verklagen, und kündigte bei der nächsten passenden Gelegenheit seinen Dienst. Dennoch war es unvermeidlich, daß die Eltern dann und wann von des Jungen Streichen erfuhren, die an sich, auch wenn sie schlimm genug waren, meistens dennoch weniger arg schienen, als die nachhaltig rachsüchtige, hämische Gesinnung, von der sie geleitet waren, die regelmäßig zutage trat und sich mit einer für des Kindes Alter geradezu unfaßbaren Verschlagenheit und Verstellungskraft paarte.

Dabei erwies sich der Knabe wohlgemeinten Vorstellungen ebenso unzugänglich als ernsten Strafen. Er schien einfach nicht zu verstehen, was man von ihm haben wollte, noch wie das, was man ihm sagte, gemeint sei. Er hörte einfach trotzig zu oder nahm die Strafe verstockt entgegen. Ohne daß man wußte, ob er deren Sinn und Absicht auch nur geahnt habe, verübte er bei nächster Gelegenheit neuerdings eine wenn möglich noch schlimmere Teufelei, zum großen, geheimen Kummer der Mutter und zum nicht weniger gewaltigen Ärger des Vaters.

Als der kleine Andreas einmal zur Schule mußte, ward es auch dort nicht besser, so daß sich seine Mitschüler bald empört von ihm abwandten und nichts mehr mit ihm zu schaffen haben mochten, wodurch er sich neuerdings gekränkt, daher berechtigt fühlte, überall da, wo sich ihm Gelegenheit bot, seinen Rachegelüsten freien Lauf zu lassen. Dabei benahm er sich so dreist, so überlegt, daß er bald in den Ruf einer kleinen, garstigen, giftigen Kröte geriet und danach behandelt wurde, um so mehr, als seine Bosheiten auch vor den größten Schülern, ja nicht einmal vor dem Schulmeister halt machten.

Als dieser, der ein fürchterlich armer Schlucker und im Nebenberuf Leineweber war, ihn seiner Meinung nach eines Tages zu Unrecht bestraft hatte, verzog der Knabe keine Miene; aber einige Zeit darauf, als der Schulmeister seinen Webkeller betrat, fand er zwei Zettel so hoffnungslos verwirrt, daß er sich darob fast krank ärgern mußte und obendrein an seinem Verdienste empfindliche Einbuße erlitt. Dieser, wie noch so mancher andere schlimme Streich wäre dem Jungen nie ausgekommen, hätte er sich dessen nicht später, zu einer Zeit, wo er der Straflosigkeit sicher war, selber gegenüber seinen Freunden gerühmt. Denn er hatte Freunde oder betrachtete wenigstens diejenigen seiner Kameraden als solche, die ihm am meisten und aufdringlichsten schmeichelten, ihm zu verstehen gaben, sie hielten ihn für weiß Gott was für ein Wunder von Überlegenheit und Tüchtigkeit.

Als er zwölf Jahre alt war, weilte sein Bruder schon nicht mehr in der Stadtschule, in die nun er versetzt wurde, sondern Ulrich war von seinem Vater in die Westschweiz, ins Welschland, geschickt worden, wo er Französisch und sonst noch allerlei lernen mußte. Daß Vater Rösti auch seinen zweiten Buben städtisch schulen ließ, verdachte ihm diesmal merkwürdigerweise keiner; denn jedermann, sogar erwachsene Dorfleute waren froh, daß der kleine Reesli, vor dem die meisten ein zwar lächerliches, aber darum nicht weniger vorhandenes unbestimmtes Grauen empfanden, fürs erste auf ein paar Jahre weg, aus aller Augen kam.

Für diesen selbst war der Abschied von zu Hause etwas Fürchterliches gewesen. Nicht etwa, daß ihm die Trennung von seinen Eltern, seinen Hausgenossen oder Schulkameraden besonders schwer gefallen wäre, aber den Abschied von den Pferden, namentlich von Blücher, dem Hengst, glaubte er nicht verwinden zu können. Allein, der Vater blieb fest, der Junge mußte!

Rösti brachte ihn in derselben Familie in Bern unter, die schon Ulrich während seiner Schulzeit aufgenommen und ihn dann liebgewonnen hatte wie ein eigenes Kind; doch mußte sie bald zu ihrer unangenehmen Überraschung wahrnehmen, daß der Neuling aus ganz anderm Holze geschnitzt war als sein frei- und frohmütiger, unverdorbener älterer Bruder. Andreas befand sich noch keinen Monat in der Stadt, als er eines Morgens, als man ihn zum Frühstück rief, verschwunden und sein Bett unberührt war. Als an jenem Morgen Vater Rösti, seiner Gepflogenheit gemäß, den Pferdestall betrat, fand er den Jungen im Verschlag des Hengstes in der Krippe schlafend. Der Knabe hatte sich nächtlicherweile aus Haus und Stadt geschlichen und die fünf Wegstunden, die ihn von der Heimat trennten, hinter sich gelegt, verzehrt von unbezwingbarer Sehnsucht nach seinem einzigen Freunde, dem Blücher.

Der alte Rösti sagte nicht viel. Die Mutter aber kümmerte, weniger um des Streiches selbst als um des Umstandes willen, daß ihn der Junge nur des Hengstes und nicht der Eltern wegen begangen hatte.

Nach dem Mittagessen spannte Vater Rösti den Hengst ins Reitwägelchen und führte den Buben in die Stadt zurück, an seinen Pflegeort, sich und ihn, so gut es ging, entschuldigend. Dann, beim Abschiednehmen, erklärte er dem Knaben fest und entschlossen:

«Hör jetzt, Reesli, was ich dir sage, und laß dir's ein für allemal gesagt sein: Wenn du noch einmal unerlaubt heimkommst, oder sonst Streiche verübst, die mir nicht gefallen, dann verkaufe ich den Blücher irgendwohin, wo du ihn deiner Lebtag nie mehr zu sehen bekommst. Du weißt, daß ich, wenn ich einmal etwas gesagt habe, mein Wort zu halten pflege; magst dich also danach einrichten! Leb wohl!»

Damit hatte er den Hengst anziehen lassen und war scheinbar gleichmütig, in Wirklichkeit aber doch nicht ganz beruhigt, weggefahren; denn ihm war der böse, tückische Blick des Kindes nicht entgangen, mit dem es seine Ermahnung entgegengenommen hatte.

Immerhin, die Drohung mußte doch gewirkt haben; wenigstens bot der Junge fortan zu keinen großen Klagen mehr Anlaß. Doch wurde er zusehends verschlossener, undurchdringlicher. Kein Mensch, weder seine Pflegeeltern noch seine Lehrer wurden klug aus ihm; er ward je länger, je rätselhafter und übrigens bei seinen städtischen Schulkameraden bald ebenso verhaßt und gemieden wie vorher auf dem Dorfe. Aber während sonst solche Kunden von ihren Mitschülern gequält und verprügelt werden, war es, als wagten sie sich nicht an diesen merkwürdigen Knirps, der ihnen eigentlich unheimlich war und den sie im Grunde genommen alle zusammen fürchteten, wie ein unsichtbares, unnennbares Unheil. Man mied ihn und damit war's gut.

Oder vielleicht nicht gut; denn Reesli empfand die Abneigung, die ihm alle entgegenbrachten, eigentlich nur um so tiefer, als sie ihm durch ihr sonstiges Verhalten keinen Anlaß boten, sich zu rächen. Er empfand sich als das Opfer einer stillen, böswilligen Verschwörung, die ihn verbitterte, der er nicht beizukommen, die er nicht zu beseitigen vermochte. In der Schule war er mittelmäßig, obwohl es ihm weder an Aufmerksamkeit noch an Geschicklichkeit, Klugheit oder Fleiß gebrach. Aber es gab Fächer, die man ihm ebensogut in einer fremden Sprache hätte vortragen können, so verschlossen, so vollkommen verständnislos stand er ihnen gegenüber. Dagegen gab es wieder andere, wie etwa das Rechnen sowie alles, was mit der sinnlichen Welt, der Natur zusammenhing, in denen er durch seine Frühreife, sein scharfes Beobachtungs- und Verbindungsvermögen seine Lehrer in eigentliches Erstaunen versetzte.

In seinen freien Stunden spielte er nie mit seinen Schulgefährten, sondern trieb sich entweder in den damals noch zahlreichen Gasthofställen der Stadt, bei Pferden und Roßknechten herum, wo er auf jedes Wort erfahrener Pferdekenner und auf jeden Gaul, der vorübergehend daselbst eingestellt war, dermaßen acht gab, daß er ein Pferd, wenn er es auch nur einmal gesehen hatte, bei jeder folgenden Gelegenheit, wenn sie auch noch so lang auf sich warten ließ, ohne weiteres wieder erkannte. Am liebsten freilich schlenderte er in den Pferdestallungen des damals weitbekannten jüdischen Pferdehändlers Boneff herum, mit dessen Knaben ihn eine Art Freundschaft zu verbinden schien, die er aber nur darum pflegte, um ungehindert Zutritt zu des Händlers Ställen zu bewahren. Diesem selbst fiel mit der Zeit der stets um den Weg lungernde Knirps auf, und als er ihn ein paarmal angesprochen oder ihm kleine Besorgungen aufgetragen hatte, erkundigte er sich nach seiner Herkunft. Der Junge gab einsilbige Auskunft, taute dann aber plötzlich auf, als der Händler das Gespräch auf die Pferde seines Vaters überleitete, den er wohl kannte, und war nun erstaunt, zu erfahren, welch ein gerissener Pferdekenner der zwölf Jahre alte Junge, dem man kaum neun Jahre zugetraut hätte, schon war. Von da an ließ er den Kleinen in seinen Stallungen erst recht gewähren; ja es machte ihm Spaß, ihn auf alles mögliche in der Pferdekunde und -behandlung aufmerksam zu machen, so daß Reesli in kurzer Frist, nach der Beteuerung des Händlers, mehr vom Pferdewesen verstand als mancher im Joch ergraute Roßkamm.

Wenige Monate nach der Übersiedlung Reeslis in die Kantonshauptstadt war sein nun bald neunzehnjähriger Bruder Ulrich aus der Westschweiz heimgekehrt und unverzüglich vom Vater in seinen Betrieb gespannt worden. Nach vierzehn Tagen hätte man es dem jungen Mann kaum angesehen, daß er seit sieben Jahren, etwa mit Ausnahme der Ferien, nicht mehr auf dem väterlichen Hofe und überhaupt nicht viel auf dem Lande gearbeitet hatte. Es erwies sich, daß der alte Rösti seinerzeit recht gehabt hatte; dem Jungen hatten die Schulen nicht geschadet. Im Gegenteil; sie hatten ihn nicht von der Scholle entfremdet, denn von Tag zu Tag entwickelte er sich immer mehr unter der tüchtigen väterlichen Anleitung zum kundigen, überlegten und geschickten Bauern. Nicht lange ging's, so war er unter der dörflichen Jungmannschaft ebenso beliebt, wie es vor zwanzig Jahren sein Vater im Kreisstädtchen und seither in Habligen auch immer mehr geworden war. Im folgenden Jahre wurde Ulrich zwanzigjährig und Rekrut; selbstverständlich bei den Dragonern. Er legte seine Rekrutenschule in Bern zurück, und da sein kleiner Bruder nicht sehr weit von der Kaserne und dem militärischen Übungsfelde wohnte, sahen sie sich nun öfter, als es seit langer Zeit zu Hause der Fall gewesen war, wobei der kleine den großen Bruder förmlich mit den Augen verschlang und ihn von seines Herzens Grund unendlich um sein Pferd und um seine, ihm so begehrenswert scheinende Eigenschaft als Dragoner beneidete.

Als er das nächstemal in die Ferien nach Hause kam, frug er, kaum angelangt, den Vater, ob er dann später auch, wie Ulrich, Dragoner werden dürfe und ob ihm sein Vater ein Pferd stellen werde. Der sagte, daran solle es nicht fehlen, wenn er tüchtig lerne und sich immer ordentlich aufführe. Nun schien es Vater Rösti, als habe er, zum erstenmal in seinem Leben, einen Schimmer dankbarer Zuneigung in des Knaben Augen gelesen. Der hatte sich im übrigen nicht viel verändert. Wenn er auch ein wenig gewachsen hatte, so blieb er halt doch für sein Alter ziemlich klein und schmächtig von Gestalt; allein, man hätte sich in ihm getäuscht, hätte man ihm darum körperliche Kraft und Gewandtheit abgesprochen.

Wie er nun sechzehn Jahre alt geworden und eingesegnet worden war, versorgte ihn sein Vater, gleich dem ältern Bruder, ebenfalls in der Westschweiz, und zwar traf es sich, daß sich gerade ein Platz für ihn bei einem waadtländischen Tierarzt fand, der von früher her mit seinem Vater bekannt und befreundet war. Es mag wohl sein, daß jene Zeit im Waadtland Andreas Röstis schönste und beste Jahre überhaupt umfaßte, denn er befand sich nun auf seinem eigentlichen Gebiet; er hatte mit Tieren, namentlich mit Pferden Umgang. Obwohl er mühsam Französisch lernte, hatte sein Meister bald des Jünglings besondere Begabung entdeckt, und kein halbes Jahr war verflossen, als er ihn schon zu einem recht brauchbaren, in mancher Beziehung sogar überraschend begabten Gehilfen herangezogen hatte.

«Wenn der junge Mann ein so offenes Gemüt hätte, wie sein Kopf ist, hol mich dieser oder jener, ich glaube, er hätte das Zeug zu einem Ausbund», meldete der Tierarzt dem Vater eines Tages brieflich nach Hause. Der Umstand, daß es Andreas bei seinem Meister so wohl gefiel und ihn dieser nicht gern entbehrte, sowie die Überlegung des Vaters, daß bei der Eigenart seines zweiten Sohnes vielleicht vorderhand dessen gegenwärtiger Platz für ihn der beste sei, veranlaßten ihn, den Jüngling auch dann noch in seiner von nun an übrigens entlöhnten Stelle zu belassen, als die zwei vertraglich übereingekommenen Jahre abgelaufen waren. Andreas wäre daher wohl noch länger darin verblieben, hätte nicht ein erschütternder Unglücksfall seinen Vater veranlaßt, ihn nun heimzuberufen und zu seinem Gehilfen und voraussichtlichen dereinstigen Nachfolger heranzubilden.

Sein älterer Bruder Ulrich wurde nämlich beim Holzen im blühenden Alter von fünfundzwanzig Jahren von einer Tanne erschlagen, zum unendlichen Leidwesen seiner untröstlichen Eltern.

Nun mußte Andreas heimkommen und an die Stelle seines Bruders treten. Es ging viel besser, als seine Eltern erwartet und gehofft hatten. Offensichtlich hatte Andreas allerlei Tüchtiges gelernt, das ihm nun zustatten kam, wenn auch sein Wissen viel mehr als sein Können mancherlei auffällige Lücken aufwies. Aber dafür war der Vater ein guter Lehrmeister, und der Sohn strengte sich sichtlich an, soviel als möglich von ihm zu lernen. Obwohl sich seine Wesensart keineswegs verändert hatte und besonders der Mutter oft bange Sorgen bereitete, wurde er doch, wenigstens zu Hause, umgänglicher als früher, ja er konnte gelegentlich, wenn ihn ein Gegenstand besonders anregte, ordentlich gesprächig werden. Die Mutter begriff, viel eher als der nach außen abgelenkte, vielbeschäftigte, von allen Seiten in Anspruch genommene Vater, daß die erfreuliche Änderung des Sohnes keineswegs innerlich war, sondern daß er sich nun als künftigen Besitzer des Hofes fühlte und sich einzig aus diesem Grunde alle Mühe gab, zu lernen, sich auszubilden, um dereinst zu der Leitung des Anwesens befähigt zu sein und vor den Habligern, von denen er sich stets verkannt, zurückgesetzt und gemieden gefühlt hatte, zu glänzen. Die gute Frau behielt ihre Wahrnehmungen tief in ihrem Innern verschlossen. Sie hütete sich wohl, ihren Mann auch nur das Geringste merken zu lassen, aus Furcht, damit das immerhin recht leidliche, ja fast angenehme Verhältnis zwischen ihm und dem Sohne zu gefährden.

Aber es wurde doch gestört, wenn auch nicht durch das Verschulden eines der beiden. Als sich nämlich Andreas zur Rekrutenaushebung stellen mußte, meldete er sich selbstverständlich zu den Dragonern. Sein Vater hatte ihm im Hinblick darauf, aber auch um ihm seine Zufriedenheit zu bekunden, gestattet, ein Pferd ganz nach seinem Geschmack zu beschaffen, koste es, was es wolle. Sei es nun, daß in jenem Jahr der Bedarf an Berittenen ohnehin schon zur Genüge gedeckt war oder daß Andreas den Aushebungsoffizieren für den Reiterdienst zu klein, schwächlich und schmächtig schien, kurz, er wurde zum Fußvolk eingeteilt. Damit nun ging einer seiner heißesten Wünsche nicht in Erfüllung, was ihn um so tiefer verletzte, als er sich, übrigens mit Recht, sagen durfte, daß er sich, der bereits ein trefflicher Reiter war, dazu wohl besser geeignet hätte als die meisten, die vor den Augen des Aushebungsausschusses Gnade gefunden hatten und Dragoner geworden waren. Dazu kam das Unvermeidliche, nämlich, daß er um seiner Zurückstellung willen, wenn auch nicht gerade boshaft, doch immerhin ein wenig hämisch geneckt wurde, und zwar um so mehr, als er es nie verstanden hatte, sich im Kreise seiner Altersgenossen beliebt zu machen.

Dieses Ereignis fraß tief in ihn hinein. Wenn er auch darum in seiner gewohnten Tätigkeit zu Hause nicht nachließ, sondern sich im Gegenteil mehr als je anstrengte, dem Vater an die Hand zu gehen und ihm sämtliche Vorteile seiner Erfahrung und Wissenschaft auf allen Gebieten abzugucken, so war er doch wieder aufs neue verschlossen, gekränkt, verbittert und wartete nur auf Gelegenheit, seiner neu geweckten Rachsucht so schonungslos als möglich zu frönen.

Außerdem begann er, was er bisher nie getan, sich am Samstagabend von zu Hause zu entfernen. Da seine Eltern annahmen, er beteilige sich am landesüblichen Runden, das heißt an den Liebesfahrten der Jungmannschaft vor und in die Kammern der Dorfmädchen, so fanden sie nicht nur nichts dagegen einzuwenden, sondern freuten sich sogar darob, voraussetzend, daß Andreas dadurch geselliger und mit seinen Altersgenossen engern Anschluß finden würde. Doch ging es nicht lange, so wurde ruchbar, daß Andreas noch nie vor einem Kammerfenster bemerkt worden sei; dagegen wurde fast jeden Sonntagmorgen irgendeine ruchlose Eigentumsbeschädigung oder Leibesgefährdung gemeldet, deren Urheberschaft nie ermittelt werden konnte. So wurden auf dem Hofe eines Bauern nächtlicherweile junge Fruchtbäume geschunden; an einem andern Orte fanden sich im Kurzfutter Schuhnägel vor, die, von den Kühen verschlungen, zu deren Abschlachtung führten; an einem dritten Ort, wo eine Tochter hauste, deren Liebesverhältnis mit einem von Andreas' Jugendkameraden bekannt war, wurde hinterlistigerweise die Jauchegrube abgedeckt, so daß ihr nächtlicher Besucher hineinfiel und beinahe ertrank; auf einem vierten Gehöft standen in kurzer Zeit drei schwere Schweine um, ohne äußerlich sichtbare Ursache, so daß man deren Vergiftung als sicher annehmen mußte; noch anderswo lahmte unerwarteterweise das beste, noch junge Pferd und mußte mit großem Schaden verkauft werden. Doch keinem fiel auf, daß alle diese Schädigungen bei Bauern verübt wurden, die Andreas Rösti wegen seines Mißgeschickes bei der Rekrutenaushebung mehr oder weniger verspottet hatten. Die Schandtaten wurden übrigens immer mit so viel Umsicht und zu so unerwarteten Zeiten durchgeführt, daß jegliche Fahndung auf den Täter erfolglos blieb.

Erst im Laufe der Jahre, als der junge Rösti seinen Ruf als rachsüchtiger Sonderling durch sein ganzes Verhalten sattsam befestigt hatte, erinnerten sich die Leute der merkwürdig aufregenden Vorfälle samt ihrer erst nachträglich klarer gewordenen Begleitumstände, so daß allgemein die Täterschaft Röstis als sicher angenommen, doch niemals offen ausgesprochen wurde, weil sich alle im geheimen vor seinen Streichen fürchteten und, auch wenn die Geschehnisse nicht verjährt gewesen wären, unmittelbare Beweise gegen ihn nicht zu erbringen waren.

Als Andreas seine Rekrutenschule angetreten hatte, führte er sich so merkwürdig verschlagen-dumm auf, daß seinen Vorgesetzten nach vierzehn Tagen keine andere Wahl mehr übrig blieb, als ihn entweder vor Kriegsgericht zu stellen oder heimzuschicken. Seine Begriffsstutzigkeit wie sein Verstellungsvermögen überschritten jedes vernünftige Maß; es war nicht zu entscheiden, ob er bodenlos einfältig oder unergründlich boshaft, geistesgestört oder lediglich teufelssüchtig sei, so daß er es, wie er beabsichtigt hatte, wahrhaftig zustande brachte, noch vor Beendigung der Schule als dauernd dienstuntauglich nach Hause entlassen zu werden, nicht ohne vorher eine Bosheit ausgeübt zu haben, die ihm zwar damals zu seinem Glücke nicht auskam, deren er sich aber noch in vorgerücktem Alter seinen wenigen Freunden gegenüber zu rühmen pflegte.

Der Zufall hatte es gewollt, daß Major von Wattenwyl, der Vorsitzender des Aushebungsausschusses gewesen war, als sich Andreas stellen mußte, und der das entscheidende Wort über seine Einteilung zu den Fußtruppen gefällt hatte, eben eine Offiziersschule leitete, als der junge Rösti in die Rekrutenschule einrückte. Schon am zweiten Tage hatte dieser ausgeheckt, daß der Major jeweilen in der Mittagspause, nach dem Essen, sein Pferd vorführen und es sich von einem gerade herumstehenden Soldaten einige Minuten halten ließ, bevor er es bestieg und davonritt. Andreas baute darauf seinen Plan. Beim nächsten Ausgang beschaffte er sich in einer Apotheke der Stadt, angeblich um es seinem Vater für eine kranke Kuh heimzuschicken, eine kleine Menge Krotonöl, das ihm der Apotheker um so unbedenklicher aushändigte, als ihm der alte Rösti schon seit vielen Jahren bekannt war und er diesem auch schon gelegentlich das damals noch viel gebrauchte Mittel verabfolgt hatte.

Im Besitze des Öles nun suchte es Andreas so einzurichten, daß er sich in der Mittagsfreizeit stets in der Nähe der Stelle befand, wo Major von Wattenwyl sein Pferd zu besteigen pflegte, so daß es ihm bald gelang, von diesem bemerkt und mit der Obhut über das Pferd betraut zu werden. Vom erstenmal an fütterte er ihm von seinem Kommißbrot, und erst nach einigen Tagen, als er sicher war, daß der Major sein Tun mehrfach bemerkt und nichts dagegen eingewendet, sondern ihn im Gegenteil wohlwollend betrachtet, ja ihm sogar eines Tages ein Trinkgeld verabfolgt hatte, tränkte er einen Brocken des Brotes mit einigen Tropfen des gefährlichen Abführmittels, den das Roß als den letzten einer ganzen Anzahl gerade in dem Augenblick verschlang, als der Major hinzutrat und der Rekrut dem Pferde wieder das Gebiß einschnallte. Daß dieser dem Tier, wenn er es fütterte, jeweilen das Gebiß löste, war dem Major besonders aufgefallen und hatte ihm eine gute Meinung von dem übrigens nicht gerade aufgeweckt aussehenden Rekruten beigebracht, den er zwar als dumm, aber gerade dieses Zuges wegen als gutherzig einschätzte.

Die Wirkung des Giftes ließ nicht lange auf sich warten. Nach kaum einer halben Stunde wand sich das wertvolle Tier in Krämpfen und mußte gleich darauf abgetan werden. Kein Mensch, am allerwenigsten der Major, ahnte den Zusammenhang zwischen dem Gebaren des pferdefreundlichen Rekruten und dem Tod des Gauls, der, obwohl unerklärlich, doch durchaus natürlich geschienen hatte.

Einmal vom Heeresdienst endgültig befreit und heimgekehrt, erwies sich Andreas fortan bei jeder Gelegenheit als so verbissen überspannt militärfeindlich, daß die Schattmatt, solange er daselbst erst als Sohn des Hauses und später als Meister lebte, in den seltenen Fällen, bei denen es etwa anläßlich von Truppenübungen in der Habligengemeinde Einquartierungen gab, meistens vorsichtig übergangen ward, während sonst überall die Truppen mit großer Begeisterung aufgenommen und sogar nicht wenig verwöhnt wurden.

Andreas hatte bereits das achte Altersjahr angetreten gehabt, als ihm ein Schwesterchen geboren ward, das aber nach kaum drei Monaten gestorben war. Zwölf Jahre alt war er geworden, als seine Eltern im Spätherbst 1843 mit einem dritten Sohne, Christian, gesegnet worden waren. Dem verschlagenen Andreas schien dieser Nachgeborene zuerst durchaus unwillkommen. Sofort überlegte er, daß nun wohl der jüngere Sohn das väterliche Heimwesen dereinst erben würde, und er malte sich aus, daß unter sotanen Umständen seine besten Jahre draufgehen würden, das Gut zu bearbeiten und instand zu halten, damit ihn dann der Jüngste, wenn er einmal zu Jahren gekommen sein würde, ab dem Hofe drängen könne. Mit der Zeit jedoch schien Andreas andern Sinnes geworden zu sein oder hatte eine neue Berechnung zu seinen Gunsten ausgeheckt, so daß er sich seine ursprüngliche Abneigung gegen den Bruder nicht nur nie mehr anmerken ließ, sondern im Laufe der Jahre in ein fast liebevolles Verhältnis zu ihm trat, das sich zwar nie in besondern Zärtlichkeiten äußerte, wohl aber darin, daß ihn der ältere Bruder bei jeder Gelegenheit wohlwollend bevaterte, so daß ihm Christian nach wenigen Jahren schon wenn nicht ebenso anhänglich wie seinen Eltern, doch viel unbedingter ergeben war.

Als Andreas vierundzwanzig und Christian zwölf Jahre alt geworden waren, verfuhr der alte Rösti mit seinem Allerjüngsten genau so, wie er es mit seinen beiden Älteren gehalten hatte, nämlich, er versetzte ihn zur bessern Schulung in die Stadt, nachher zum Erlernen der Sprache in die französische Schweiz, wo er sich auch in anderer Weise auszubilden Gelegenheit fand.

Im Gegensatz zu seinen beiden ältern Brüdern hatte Christian nie besondere Neigung für die ländlichen Arbeiten und das Bauernwesen bekundet; doch hatte er, ohne darum besonders begabt zu sein, einen praktischen Blick und schien von seinem Vater den Zug zum Handel ererbt zu haben. Sein Erwerbssinn war schon im Kindesalter rege genug, um ihm zu ermöglichen, ohne Zaudern jeden leichten Vorteil wahrzunehmen und ihn sich zunutze zu machen, so daß Vater Rösti gelegentlich lachend bemerkte, an dem Buben gehe einmal ein richtiger Schacherjude verloren. Zum Bauern werde er voraussichtlich nie viel taugen; da werde es wohl vernünftiger sein, ihn zum Kaufmann ausbilden zu lassen, was dann später auch geschah.

Christian erwies sich anpassungsfähig, verstand, sich beliebt zu machen, ohne dabei besonders hervorzutreten, war überall wohlgelitten und fühlte sich in seinem Berufe so glücklich, daß sein Bruder Andreas zuversichtlich damit rechnen durfte, Schattmattbauer zu werden, da keine Aussicht drohte, der jüngste Bruder würde jemals sein Vorrecht auf das Erbe des Heimwesens geltend machen. Dagegen hätte nun auch der Vater nichts einzuwenden gehabt, denn er hatte zuviel Arbeit, Tatkraft und Sorgfalt auf seinen Grundbesitz verwendet, als daß er hätte zusehen mögen, wie das Anwesen unter unlustigen, untauglichen Händen in Abgang gekommen wäre.

Als daher Christian seine Lehrzeit beendet hatte, fand er eine Stelle in der Käsehandlung Jakob Gerbers zu Oberhabligen, dem Begründer des später weithin bekannten, angesehenen Käseausfuhrhauses Gerber, Lehmann & Cie. Nachdem er daselbst einige Jahre als Angestellter gearbeitet und Erfahrungen gesammelt hatte, fing er selber ein Geschäft an, das er aber nach verhältnismäßig kurzer Zeit aufgeben mußte, weil er zuviel gewagt, ihm nicht gewachsen war und Gefahr gelaufen hätte, ob dem Weiterführen sein ganzes väterliches Erbteil zu verlieren. Er war damals bereits verheiratet und erlernte nun, als schon bestandener Mann, notdürftig das Metzgen, das er neben einem mehr oder weniger einträglichen Viehhandel, den er später angefangen hatte und den er nun schon seit fünfzehn Jahren im Wohnstock der Schattmatt betrieb, welchen ihm sein Bruder Andreas gegen mäßigen Zins auch nach dem Tode der beiden Eltern überlassen hatte.

Vater Rösti starb nämlich in seinem sechsundfünfzigsten Lebensjahre an einer Lungenentzündung, die sich der allzeit rührige und lebhafte Mann beim Brunnengraben geholt hatte.

Andreas war damals dreiundzwanzig Jahre alt, sein Bruder Christian also noch lange nicht erwachsen, und Andreas war nun früher, als er geahnt, Schattmattbauer geworden, in einem Alter, wo die meisten Bauernsöhne noch lange unter der Leitung ihrer Väter ein mehr oder weniger unselbständiges Dasein führen. Die Mutter leitete nach wie vor die Haushaltung; doch lag sie seit dem Tode ihres Mannes, den sie nicht zu verwinden glaubte, dem ältern Sohn je länger, je dringlicher an, sich um eine Frau umzusehen, die ihr ihre Arbeitslast erleichtern und sie mit der Zeit vollständig ablösen würde.

Andreas, nicht wenig stolz auf sein junges Meistertum, das ihn, den Verlachten, Gemiedenen, plötzlich in seiner gesellschaftlichen Stellung als selbständigen Bauern über alle seine Altersgenossen erhob, die ihn bisher gewissermaßen über die Schulter angesehen hatten, bildete sich allen Ernstes ein, ihm, der als reich galt, dessen Tüchtigkeit als Bauer sogar seine schlimmsten Feinde nicht in Abrede stellten, ihm könne es beim Heiraten nicht fehlen, er brauchte nur die Hand auszustrecken, um die begehrenswertesten Bauerntöchter zu kirren, da, wie er wähnte, sich jede nicht wenig darauf einbilden würde, von ihm heimgeführt und Schattmattbäuerin zu werden. Das Drängen seiner Mutter kam demnach seinen eigenen Wünschen und Absichten auf mehr als halbem Wege entgegen, doch erlebte er dabei gleich beim ersten Versuch die zweite große Enttäuschung seines Lebens, die ihm alle Heiratsgedanken auf Jahre hinaus vertrieb.

Schon seit geraumer Zeit hegte nämlich Andreas eine geheime, sich selbst kaum eingestandene Liebe, deren Gegenstand ein Mädchen war, das ihm schon in seiner frühen Habliger Schulzeit wohlgefallen und das sich nun zur reizenden Jungfrau ausgewachsen hatte. Gritli Röthlisberger oder, wie es meistens genannt wurde, Fluhberg-Hanses Gritli war von Kindsbeinen auf ein sonnig-neckisches, übermütiges Ding, ein richtiger Wildfang gewesen, von dem seine Eltern behaupteten, offensichtlich habe da ein Versehen stattgefunden: das Kind sei ursprünglich zum Buben bestimmt gewesen. In Wirklichkeit konnte man es sich schwerlich anders vorstellen als mit geröteten Wangen, zerzaustem Haar und lachenden Mundes, dabei in steter quecksilbriger Bewegung, mit glockenheller, auch den knurrigsten Griesgram zur Heiterkeit fortreißenden Stimme. Dazu war es biegsam gewachsen wie eine Weide, ja für eine Bauerntochter, nach dem Geschmacke der bestandenen Leute, fast ein wenig zu schlank. Aber gesund, darüber konnte kein Zweifel obwalten.

Was das Mädchen im Kindesalter verheißen, hielt die Jungfrau: perlender, lebhafter Frohsinn war sein steter Begleiter. Wo es was zu lachen gab, lachte es mit; wo ein harmloser Unfug zu verüben übrig blieb, stand es nie hintan. Ein wahres Wetterhexlein, das manchem Burschen den Kopf verdrehte, bei jeder Dorfbelustigung gern gesehen ward, um so mehr, als es bei allem Übermut, aller Lebhaftigkeit gutherzig und außerdem von erquickender Offenheit war.

Gerade in dieses Mädchen hatte sich der finstere, verschlossene junge Schattmattbauer verliebt und seit langem einen äußern Anlaß gesucht, mit ihm anzubändeln. Das fällt nun auf dem Lande einem jungen Burschen in der Regel nicht schwer. Öffentliche Tanzbelustigungen sowie nächtliche Rundgänge waren und sind im Emmental von alters her die gegebenen, sichersten Heiratsvermittler gewesen. Dann etwa noch Familienfeste, namentlich Kindstaufen, bei denen die Taufeltern recht oft Gelegenheit zur gegenseitigen Annäherung junger Leute dadurch bieten, als sie sich den Burschen zum Paten, das Mädchen zur Patin ausbitten, was nicht selten das Ergebnis vorheriger Abmachung mit wenigstens einer der beiden beteiligten Personen ist.

Was aber für andere Bauernsöhne als einfach und selbstverständlich, weil alter Gepflogenheit entsprechend, galt, war es nicht für den Schattmattbauern, der, wenig beliebt, von vielen gemieden, allgemein zum mindesten als ein wunderlicher Sonderling, als ein sauertöpfischer Eigenbrötler verschrien und der bisher nie weder auf einem Tanzboden erschienen war, noch an einer andern öffentlichen Dorfbelustigung teilgenommen hatte. Nun er Bauer, das heißt eigener Herr und Meister geworden, konnte er erst nicht mehr damit anfangen; Absicht und Zweck wären auch gar zu deutlich, gar zu herausfordernd lächerlich an den Tag getreten.

Ebenso verhielt es sich mit dem Runden des Samstagnachts vor den Kammern der Dorfmädchen. Er hatte sich früher nie daran beteiligt; nun, wenn er es auch begehrt hätte, würde er es nicht gekonnt haben, schon aus dem Grunde nicht, weil er dazu keine Kameradschaft bei denen, die er bis jetzt gemieden, gefunden hätte. Also galt es, eine Gelegenheit zu schaffen. Als Andreas kurz aufeinander zweimal als Pate gebeten wurde, überließ er es seiner Mutter, dahin zu verhandeln, daß ihm Fluhberg-Hanses Gritli als Patin gestellt werde. Allein dieses war mit dem Landsbrauch zu wohlvertraut, um sich nicht nach dem Paten zu erkundigen, und erteilte das erstemal höflich absagenden, das zweitemal aber, wo die Absicht, es mit Rösti-Reesli zusammenzubringen, unverkennbar war, den durchaus deutlichen Bescheid:

«Mit jedem andern gern, mit dem Schattmatt-Reesli unter keinen Umständen!»

Dabei blieb es, und der Bescheid wurde dem jungen Bauern, wenn auch erst verhüllt, zögernd, befangen, schließlich doch in seinem wenig schmeichelhaften Wortlaut hinterbracht, wodurch er nicht wenig gekränkt, darum aber dennoch nicht endgültig entmutigt ward, da ihm das Mädchen zu tief im Kopf steckte, als daß er es ohne weitere Anstrengung hätte fahren lassen. Freilich war er jetzt darauf angewiesen, eine zufällige Gelegenheit abzuwarten. Dabei blieb es ihm ja immer noch unbenommen, dem säumigen Zufall, wenn immerhin tunlich, ein wenig nachzuhelfen, wobei er mit Fug auf die Mitwirkung seiner Mutter zählen durfte. Erstens, weil ihr eine Schwiegertochter überhaupt, zum andern, weil ihr gerade Fluhberg-Hanses Gritli als solche besonders willkommen gewesen wäre, da sie sich von dessen Frohmut einen günstigen Einfluß auf das verschlossene, finstere Wesen ihres Sohnes versprach. Als nun der Wintermonat nahte, an dessen erstem Donnerstag der sogenannte «kalte Markt» im benachbarten Bezirksstädtchen stattfand, der die Bauernsame, namentlich aber das Jungvolk des Unteremmentals, in großer Anzahl um der damit verbundenen Tanz- und andern Vergnügen willen in hellen Scharen anlockt, wußte Mutter Rösti in Erfahrung zu bringen, daß ihn Gritli besuchen werde. Grundes genug für Andreas, sich ebenfalls hinzubegeben, nachdem er sich so vorteilhaft als möglich herausgeputzt und sein bestes, ein wirklich auffallend schönes Pferd ins Reitwägelchen eingespannt hatte. Da er außerdem auf dem Markte Geschäfte zu erledigen hatte, war er zeitig von zu Hause weggefahren, so daß er nach kaum einer Stunde im Städtchen seine ganze Zeit und Aufmerksamkeit dem Hauptzweck der Marktfahrt, der Begegnung mit Gritli, widmen konnte.

Der Zufall wollte ihm wohl. Schon am frühen Nachmittag traf er das Mädchen bei den Verkaufsständen und Buden an. Es war glücklicherweise allein, so daß es dem Bauern leicht gelang, sich an seine Seite heranzupirschen und es zu begrüßen. Gritli erwiderte den Gruß freundlich, wenn auch nicht besonders entzückt. Nun suchte er es in ein Gespräch zu verwickeln, hatte aber darin nur kärglichen Erfolg, weil er, vermöge seiner Abgeschlossenheit wie infolge seines in sich gekehrten Wesens, eigentlich, und zwar gerade immer dort, wo er es am wenigsten brauchen konnte, blöder und schüchterner tat, als er im Grunde genommen war. Gritli, durch die beiden Versuche, mit Andreas zu Patenschaften herangezogen zu werden, gewarnt, war auf der Hut, was es jedoch nicht an dem Vorsatz hinderte, seinen Spaß an dem Eigenbrötler zu üben, da er ihm schon, wie es fast den Anschein hatte, mit aller Gewalt dazu Anlaß bieten wollte. Das schalkhafte Mädchen ließ ihn daher nicht kurzerhand abblitzen, sondern ging auf das angesponnene Gespräch heiter ein, und Andreas, der des Mädchens Entgegenkommen für bare Münze nahm, begann schon zu hoffen, an diesem Tage dem Ziel seiner Wünsche ordentlich näher zu kommen. Gritlis natürliche Gesprächigkeit trug dazu bei, seine Befangenheit zu verscheuchen, so daß er es nach einer guten Viertelstunde glaubte wagen zu dürfen, es zum Weine einzuladen, was Gritli nach einigem Zögern, doch nur, um nicht durch eine Absage schroff zu verletzen, annahm. Andreas, durch die Annahme seiner Einladung ermutigt, doch des Mädchens Grund dazu mißdeutend, glaubte gewonnenes Spiel zu haben. Er beschloß, das Eisen zu schmieden, dieweil es warm sei, und gleich unverhohlen auf seinen Zweck loszugehen. Also führte er Gritli aus dem Gewühle des Marktes weg, durch die hinteren, stilleren Gassen, einem gern besuchten Gasthofe zu. Er benützte die erste Minute, die ihm erlaubte, mit Gritli ein vertraulich Wort zu reden, um gleich mit der Tür ins Haus zu fallen und ihm einen regelrechten Heiratsantrag zu stellen – auf offener Straße.

Gritli war verblüfft, verlor einen kurzen Augenblick die Fassung, doch fühlend, daß es sich um vollen Ernst handelte, faßte es sich rasch, der Sache ein möglichst kurzes Ende zu bereiten. Es versuchte zunächst, das Ansinnen Reeslis als einen von diesem beabsichtigten Scherz abzuweisen, was aber nicht gelang. Der junge Bauer ward zähe, ernsthaft, dringlich, so daß sich das Mädchen wohl oder übel genötigt sah, die Werbung, die es unter keinen Umständen auch nur zu erwägen entschlossen war, ein für allemal unzweideutig abzuweisen.

Es erklärte daher seinem Begleiter, da es ihm damit offenbar wirklich Ernst sei, so halte es dafür, sei die offene Straße, wo sie jeden Augenblick von Bekannten oder Freunden überrascht und verlacht werden könnten, nicht eben der Ort, die Angelegenheit zu erörtern. Liege ihm daher wirklich daran, seinen Bescheid zu vernehmen, so möchte es ihn gebeten haben, es ein wenig aus den Straßen hinauszugeleiten; dann werde es nicht anstehen, ihm auf seine offene Anfrage ebenso aufrichtig zu antworten.

Andreas willigte ein, doch hatte der unvermittelt so entschiedene, herbe Ton des Mädchens seine bisherige Zuversicht ein wenig erschüttert. Er schlug also mit Gritli einen Weg ein, der, auch an Markttagen, wenig begangen, dem Städtchen entlang ziemlich rasch ins freie Feld führte, wenn auch nicht außerhalb des Rufbereiches der Häuser. Als sie sich nun annähernd außer deren Hörweite befanden, stand Gritli plötzlich still, dann, den Freier scharf ins Auge fassend, erklärte es ihm, nicht unfreundlich, aber bestimmt, wenn anders seine vorige Werbung nicht als Spaß aufzufassen sei, was es aber immer noch hoffe, so liege ihm daran, ihm so klar und endgültig als möglich zu erklären, daß es nicht daran denke, darauf einzugehen, und ihn allen Ernstes bitte, sich solche Possen ein für allemal aus dem Kopf zu schlagen.

Auf Reeslis durchaus nicht mehr zuversichtliche Frage, was Gritli denn an ihm auszusetzen habe, antwortete das Mädchen:

«Eigentlich alles und nichts! Fürs erste weiß ich, daß ich dich nie gern haben könnte; das aber scheint mir doch die erste Voraussetzung einer erträglichen Ehe zu sein. Zum zweiten sind wir zu verschieden geartet, als daß wir miteinander auf die Dauer auskämen. Ich bin ein närrisches, gutmütiges, für dich jedenfalls auch viel zu leichtes Ding, als daß du an mir Befriedigung fändest. Du dagegen bist verschlossen, finster, ein Sonderling ohnegleichen, der meine Art keine vier Wochen zu ertragen vermöchte. Du wirst leicht eine Frau finden, die besser zu dir paßt als ich, ganz abgesehen davon, daß es mir noch gar nicht eilt, mich ins Ehegefängnis einspinnen zu lassen.»

Andreas hielt sich nicht für geschlagen. Was nicht sei, könne werden, meinte er. Gerade weil er, wie er wohl wisse, in sich gekehrt und ungesellig sei, täte ihm eine lebhafte, lustige Frau doppelt not. Er glaube, daß er mit einer solchen, gerade durch ihren Frohmut, ebenfalls umgänglicher würde. Eine Frau sollte es nicht schlimm bei ihm haben. Er sei schließlich nicht der erste beste; er besitze einen schönen Hof, in den als Bäuerin hineinzusitzen jedem Mädchen zur Ehre gereichte. Wenn es ihm auch nicht gegeben sei, schöne Worte zu machen, wie vielen andern, zu scharwenzeln, zu schmeicheln, so sollte darum eine Frau bei ihm doch wohlleben. Besser als an vielen andern Orten! Er hätte geglaubt, sein aufrichtig gemeinter Antrag wäre doch immerhin wert, erwogen, nicht aber so aus dem Stegreif einfach abgewiesen zu werden. Freilich könne er ja auch nicht verlangen, daß Gritli sich nun gleich auf der Stelle entscheide. Er verstehe, daß er es vielleicht anders hätte anstellen sollen, um günstigeren Bescheid zu erhalten, darum bitte er vorläufig um nichts anderes, als daß Gritli sich's noch einmal überlegen und ihm erlauben möge, die endgültige Antwort etwa in vierzehn Tagen zu holen.

Die Antwort könne er gleich haben, ward ihm zum Bescheid. Daraus werde nichts; nie und nimmer! Es, Gritli, wünsche ihm alles Gute, auch eine Frau, die zu ihm passe, mit der er so gut als möglich auskomme; es selber aber könne und wolle sie nicht sein; das sei sein letztes Wort, danach möge er sich richten.

«Da bin ich dir wohl nicht reich und nicht gut genug!» hässelte nun Andreas. Der unverkennbar giftige Ton des Einwurfs brachte nun auch des Mädchens Blut in Wallung.

«Hör mal, Reesli», erwiderte es, sich umsonst bemühend, so gelassen als möglich zu bleiben, «wenn du es schon wissen magst, so will ich es dir offen und ehrlich sagen: reich genug wärest du schon, aber recht hast du – gut genug bist du mir nicht!»

Als Gritli nun bemerkte, wie Andreas wütend zusammenzuckte, ja fast eine Drohbewegung umriß, fuhr es mit erhöhter Stimme fort:

«Nein, Rees, du bist mir nicht gut genug! Wärest du vernünftig gewesen, so hättest du es bei meiner ersten Absage bewenden lassen. Ich wollte dir nicht weh tun, weil ich am Ende glaube, sogar ein Mensch wie du trage etwas wie ein fühlendes Herz unter der Weste; weil es schließlich möglich ist, daß du dir ehrlich einbildest, mich gern zu haben und mich zu deiner Frau gewinnen möchtest. Nun du mir aber so begegnest, bin ich doppelt froh, mich nicht mit dir eingelassen zu haben. Gerade hast du mir gezeigt, was ich von dir zu erwarten gehabt hätte, wenn ich, wovor mich Gott behüte, deine Frau geworden wäre.

Daß du's nur weißt, kein Mädchen, das dich wirklich kennt und etwas auf sich hält, wird sich zu dir gesellen, auch wenn du zehnmal, statt einem, Schattmattbauer wärest!»

Nun knirschte Andreas:

«So, und warum denn nicht? Sag mir das auch, wenn du dir's getraust!»

Das Mädchen lachte höhnisch auf:

«Getrauen? Ja, was hätte ich denn von dir zu befürchten – von dir! Ich will es dir sagen, wenn du's noch nicht verstanden hast, ohne Feindschaft, aber weil's mir so ums Herz ist: ich bin nicht allein unter den Mädchen, die lieber ledig bleiben oder den ärmsten Taglöhner heiraten würden als den reichen Schattmattbauern. Wenn wir Mädchen nämlich schon einmal heiraten, dann wenigstens einen Mann, vor dem man sich weder fürchten, noch dessen man sich zu schämen braucht; einen, der uns kein Grauen einflößt, der uns nicht unheimlich ist, der es mit den Leuten doch mindestens ebensogut meint wie mit seinen Pferden!» Und als sie sein Auge neuerdings tückisch aufblitzen sah, fuhr sie beherzt fort:

«Und einen Menschen, Schattmatt-Rees, der nicht fähig ist, andern Leuten, die ihm nichts zuleide getan haben, bei Nacht und Nebel die schändlichsten Streiche zu spielen! – So, jetzt weißt du Bescheid, Rees, jetzt laß mich gehen!» schloß Gritli zornig.

«Was für Streiche?» keuchte Andreas verbissen, indes sein Gesicht fahl wurde und seine Augen unsicher zwinkerten und schielten. «Wer sagt so etwas? Der soll es mir beweisen!»

Nun hatte Gritli sein Gleichgewicht wieder gefunden, so daß es gelassen erwidern konnte:

«Ich meine die Streiche, die dir noch besser bekannt sind als mir, und die ich dir beweisen könnte, wenn ich dir übel wollte, so schlau du sie auch eingefädelt zu haben meinst. Das aber mag ich nun nicht, vorausgesetzt, daß du mich fortan in Ruhe läßt. Aber denk dran, Rees, ich weiß, wer dem Holzmatt-Christen die Bäume geschunden, ich weiß, wer dem Großenbacher-Gläusli das Jauchenloch abgedeckt hat, und ich weiß noch mehr. Einer, der zu so was fähig ist, der hat bei mir nichts zu suchen, mit dem habe ich nichts zu schaffen, verstehst du!»

Nun zischte er bösartig, aber doch eingeschüchtert:

«Das soll dich reuen! Daran sollst du noch einmal denken; das hast du mir nicht umsonst gesagt!»

«Darfst du's etwa leugnen? ... Schau, du darfst nicht; du blickst, wie immer, nebenaus! – Schäme dich! – Deine Drohungen fürchte ich nicht, wenn dich auch sonst alles fürchtet!»

«Hast wohl schon um einen umgeschaut, der sich für dich wehrt!» keifte Andreas bissig zurück. Dabei machte er eine so lächerliche, halb klägliche, halb possenhafte Figur, daß die ursprüngliche Schalkheit Gritlis wieder in ihm die Oberhand gewann und es ihm lachend erwidern konnte:

«Daran werde ich jetzt denken müssen, da du mir so fürchterlich drohst. Aber weißt du, Reesli, es muß dann schon ein Mann sein, ein Dragoner etwa – da hätte ich dich ja ohnehin nicht brauchen können! –» So lachte Gritli, wandte ihm den Rücken und eilte stadtwärts, ihn mit seiner ganzen ungestillten Wut wie einen geprellten Tölpel stehen lassend.

Der Schattmattbauer bebte; das letzte spöttische Wort hatte ihn schärfer getroffen, tiefer verletzt als alles, was Gritli vorher gesagt hatte. Von diesem Augenblick an hatte das sonst allgemein beliebte Mädchen einen Todfeind, dessen Rachsucht nimmer schlummerte. Es war längst aus seinem Gesichtskreis verschwunden, als er sich endlich umsah und, Unverständliches in sich hineinzischend, ebenfalls dem Städtchen zuschritt, dort, ohne umzusehen oder die Grüße ihm bekannter Leute zu erwidern, anspannte und schon früh am Nachmittag heimwärts fuhr. Sein Benehmen an diesem und an den folgenden Tagen belehrte die Mutter, ohne daß sie ihn darum zu befragen gebraucht hätte, daß die Hoffnungen ihres Sohnes auf Gritli endgültig verflüchtigt waren, was sie eigentlich nicht wunderte, auf der andern Seite aber mit um so größerer Besorgnis erfüllte, als Andreas nun je länger, je unumgänglicher, wortkarger und verbissener wurde. Daß er aber alle Heiratsgedanken aus dem Kopfe geschlagen hatte, bemerkte sie erst, als sie nach langem wieder einmal vorsichtig auf den Busch klopfte.

Die nächtlichen Schandtaten aber hatten in Habligen seit jenem kalten Markte aufgehört.

Mit der Zeit gewöhnte sich Andreassens Mutter und mit ihr die Habliger daran, sich ihn als alten Junggesellen zu denken. Vom Heiraten hatte er nie mehr gesprochen; im Hauswesen ließ er seine Mutter nach wie vor alles leiten, ihr freistellend, sich mit so viel Hilfskräften zu umgeben, als sie für gut fand und benötigte, alles billigend, was sie anordnete und befahl. Sie, die Mutter, hatte sich überhaupt nicht über ihn zu beklagen. Nie hatte er es ihr gegenüber an der schuldigen Ehrerbietung fehlen lassen. Sie war der einzige Mensch, der wenigstens einigen Einfluß auf ihn auszuüben vermochte, während er sich von andern gelegentlich wohl beraten, aber nie bestimmen ließ, da er von vornherein fest entschlossen war, ausschließlich nach seinem Kopfe zu handeln.

Ein halbes Jahr nach dem bewußten kalten Markt, wo sich Andreas die nie verwundene Absage Gritlis geholt hatte, feierte dieses wirklich seine Hochzeit mit einem Dragoner, nämlich mit dem angesehenen Bauernsohn Hans Grädel in Oberhabligen, der kurz darauf das väterliche Heimwesen übernahm und seine junge Frau heimholte. Der Verwandtschaft halber hatten Gritlis Eltern die Schattmattleute ebenfalls zur Hochzeit geladen, war doch Mutter Rösti die leibliche Base des Brautvaters. Allein diese hatten ein ansehnliches Hochzeitsgeschenk gesandt und waren zu Hause geblieben. Am Abend zuvor, als die Jungmannschaft dem beliebten Brautpaar zum Zeichen ihrer Freundschaft und Achtung nach altem Brauche mit Böllern schoß, daß es durch das ganze Emmental hinauf und hinab ergötzlich widerhallte, war Andreas gleich nach dem Abendessen verschwunden und den ganzen Abend hindurch nicht mehr gesehen worden. Da seine Mutter zwei Stunden später zufällig den Pferdestall betrat, hatte sie ihn dort angetroffen und zum erstenmal seit seiner frühen Kindheit Tränen in seinen Augen bemerkt. Sie tat, als hätte sie es übersehen, und schloß rasch die Türe, wobei sie einen tiefen Seufzer nicht zu unterdrücken vermochte.

Im übrigen veränderte sich das Gehaben Andreas' nicht besonders auffällig. Freilich war er zunächst noch verschlossener, wortkarger und verbitterter geworden, als er ohnehin schon gewesen, doch mit der Zeit schien er sich in sein Geschick zu finden, ja suchte sogar, was er früher nie oder doch nur höchst selten getan hatte, gelegentlich Gesellschaft im Wirtshaus. Dort verkehrte er zumeist mit älteren Bauern, beteiligte sich aber nur insoweit an ihren Gesprächen, als sich diese auf landwirtschaftlichen Gebieten bewegten. Kam aber die Rede auf Pferdehaltung, -behandlung und -zucht, dann ward der Schweigsame plötzlich der Redseligste von allen, dann vermochte niemand, den Strom seiner Rede zu stauen.

Überhaupt lebte er je länger, je ausschließlicher seinen Pferden. Er hatte sich in den Kopf gesetzt, er, den man unwürdig befunden hatte, den Dragonern zuzugehören, wolle bessere Pferde als diese alle besitzen, sie länger nutzbar erhalten als alle andern, und mit der Zeit brachte er es wirklich dazu, daß seine Pferde den besten Ruf nicht nur in der Habligengemeinde, sondern weit darüber hinaus genossen. Dabei machte es den Bauern nicht wenig Spaß, zu beobachten, wie Andreas, der sonst mißtrauisch und verschlossen seiner Wege ging und, wie sie sagten, nicht manches gute Wort für einen Batzen gab, sofort auftaute, lustig wurde und Wein bezahlte, sobald ihm seine Pferde so recht vaterländisch gerühmt wurden, mochte auch der, der ihm damit um den Bart redete, ein Pferd kaum von einem Sägebock unterscheiden. Oder aber, wenn der Schattmätteler in eine Wirtschaft trat, so genügte ein verständnisvolles, von ihm unbemerktes Augenzwinkern zwischen den anwesenden Bauern, um sie zu veranlassen, ein Gespräch über Pferdezucht und -haltung anzuspinnen, scheinbar ohne Andreas auch nur zu bemerken, wobei dann solche zum Himmel stinkende Ketzereien aufgetischt wurden, daß sich dieser nach wenigen Minuten nicht mehr zu beherrschen vermochte, aufsprang, das Wort an sich riß und den Leuten einen Vortrag aus der Fülle seines Besserwissens hielt, wobei es dann niemals ohne recht handgreifliche Sticheleien auf die Dragoner und Rösseler abging, die stolz in der Welt herumritten und -fuhren, dabei aber von Pferden nicht mehr verstünden, als ein Stierkalb von einer Kirchturmuhr.

Wiederum begannen die Bauern durchaus ernst scheinend mit Andreas eine Unterhaltung anzuknüpfen, wobei dann der eine oder andere plötzlich, so gut es gehen wollte, seine sachlich begründeten Zweifel an der Güte oder Richtigkeit der Behandlung eines Schattmattpferdes äußerte oder von einem daran angeblich bemerkten Zuchtfehler zu sprechen begann. Das alles geschah ruhigen, fachmännischen Tones, wobei der Sprecher tat, als rede er nur so hin, um auch seine Meinung zu äußern, und als habe er die Anwesenheit des Schattmattbauern nicht einmal bemerkt. Der Kniff verfing immer: auf einmal sprang Andreas auf, fluchte und tobte, erklärte dem Tadler, er sei das größte Kamel, das Gott je in seinem Zorn über die dummen Habliger erschaffen habe, bewies ihm klipp und klar, daß er von dem, was er spreche, keinen blauen Teufel verstehe, worauf sich dann die andern Bauern nach und nach von ihm überzeugen ließen, auf seine Seite traten, der Tadler selbst klein beigab, was jedes Mal mit ganzen Auflagen von Flaschenwein endete, die der also geehrte, sieghafte Schattmätteler freigebig aufrücken ließ.

Dieser Kniff war den Habligern ebenso geläufig wie die rettungslose Schwäche Andreassens, regelmäßig, aber ausnahmslos darauf hereinzufallen, so daß er stets wieder mit erneutem Erfolg und Spaß angewandt wurde, sogar von ganz jungen Gelbschnäbeln, was Andreas mit der Zeit in den Ruf einer geistigen Beschränktheit brachte, den er in Wirklichkeit durchaus nicht verdiente.

Er war also im Laufe der Zeit umgänglicher geworden, obwohl er noch immer gerade Sonderlings genug blieb, um eine ganz besondere Stellung innerhalb seines Gesellschaftskreises einzunehmen. Doch ließ sich gelegentlich ein vernünftiges Wort mit ihm reden, ja er war, soweit es die Ecken und Kanten seiner Wesensart zuließen, sogar bis zu einem gewissen Punkt gemeinnützig und dienstfertig geworden, was ja unter Bauern, die oft und viel aufeinander angewiesen sind, nichts Außergewöhnliches bedeutet, bei ihm aber, den man früher anders gekannt hatte, überraschen mußte.

Zwar, ganz rückhaltlos traute dem Landfrieden eigentlich doch keiner um ihn herum. Er hatte wohl gute Bekannte, aber eigentlichen, wirklichen Freund kaum einen. Freilich hatte er sich eine bestimmte Stellung in der Gemeinde erobert; aber es war die eines Menschen, über den man sich zum Teil gern lustig macht, den man aber doch wiederum scheut, den man eben doch nicht als ganz gleichwertig und als seinesgleichen anerkennt. Dazu trug natürlich auch der Umstand bei, daß er sich hartnäckig weigerte, auch nur die geringste Beamtung in der Gemeinde anzunehmen, sondern jede derartige Zumutung mit aller Leidenschaft, deren er fähig war, von sich wies, was den Bauern Anlaß zu erneuten Hänseleien bot, die jedermann, nur der Gehänselte selbst scheinbar nicht, merkte.

So flossen die Jahre dahin, eines um das andere, in stets wechselndem und doch gleichbleibendem Reigen. Man hatte sich gegenseitig aneinander gewöhnt, nahm sich, wie man war, hatte seine Meinungen über sich und andere gegenseitig fest gebildet, und was den Schattmattbauern anbetraf, so schien es unter den Habligern eine ausgemachte Sache zu sein, daß er in den Schuhen eines alten, wunderlichen Hagestolzes sterben werde.

Allein Mutter Rösti, die immer noch der Haushaltung auf der Schattmatt vorstand, wurde älter, ward kränklich, und als sie einmal das sechzigste Altersjahr angetreten hatte, legte sie sich zum Sterben hin.

Die letzte Sorge der dahinscheidenden Bäuerin galt ihrem Andreas, dessen guter Geist sie während all der Jahre ihres Witwenstandes gewesen, den sie besser kannte als irgendwer und von dessen eigenartiger Gemütsbeschaffenheit sie für ihn und andere das Schlimmste befürchtete, um so mehr, als er ihren Lieblingswunsch, ihr eine Schwiegertochter ins Haus zu bringen, die sie nun in der Haushaltung hätte ersetzen und den mildernden Einfluß auf das Sonderwesen ihres Sohnes hätte fortsetzen können, nicht erfüllt hatte.

Dem äußern Gehaben nach schien es nicht, daß Andreas von dem Tode seiner Mutter besonders betroffen worden wäre. Zwar betrauerte er sie äußerlich sitten- und brauchgemäß, doch verriet weder eine Bewegung noch ein Wort, daß ihn der Verlust allzusehr schmerzte oder daß er die Tote auch nur in nennenswertem Maße vermisse. Er war gleichmütig geblieben, suchte sich nun mit einer Haushälterin zu behelfen, so gut es eben gehen wollte, und schien nicht allzu übel damit zu fahren, zur großen Verwunderung der Habliger, die geweissagt hatten, wenn einmal die Mutter nicht mehr da sei, werde der Bauer keine fremden Leute mehr halten können. Darin hatten sie sich nun getäuscht. Nach wie vor waren die Dienstplätze auf der Schattmatt gesucht; denn darin den Gepflogenheiten seines verstorbenen Vaters getreu, hielt Andreas sein Gesinde mit Lohn und Tisch recht. Daß er daneben ein Sonderling, ein Sauerseher und gelegentlich ein wunderlicher Kauz war, konnte man um so leichter in Kauf nehmen, als sich seine Launen eigentlich mehr gegen die weitere Umwelt als gegen die engere Hausgenossenschaft richteten und er sich schließlich selber mehr als andere damit quälte. Außerdem wußten seine Knechte und Mägde aus Erfahrung, daß die Welt nirgends vollkommen ist, daß Dienen eben Dienen heißt, daß man manchenorts noch viel schlimmer gebettet sein könnte als auf der Schattmatt. Denn mit dem Meister ließ sich am Ende, wenn man einmal seine Mucken kannte und ihnen Rechnung zu tragen verstand, wohl auskommen, um so mehr, als er, freilich in seiner eigenen, oft nicht besonders einladenden Weise, denn doch im Grunde um das Wohl und Wehe seines Gesindes besorgt war und sich nicht hätte nachreden lassen, er habe etwa einen Knecht oder einen Taglöhner in Krankheit oder Not im Stiche gelassen. So schien es auf der Schattmatt fast im alten Geleise fortzugehen, wie zur Zeit, wo Mutter Rösti noch gelebt hatte. Als nach einiger Zeit niemand die erwarteten Änderungen bemerkte, gab man sich damit zufrieden. Man erkannte, am Ende sei Rösti-Rees doch klüger oder besser, als man sich allgemein gedacht habe, und kümmerte sich nicht weiter um seinen Hausstand.

In Wirklichkeit war Andreas durch den Tod seiner Mutter recht eigentlich verwaist worden. Er hatte jeden innern Halt verloren, was er bitter und von Tag zu Tag eindringlicher empfand. Zwar, als die Mutter noch gelebt hatte, da hatte er, bei aller Achtung, die er ihr gegenüber nie hintangesetzt, sie ebensowenig als irgend jemanden zu seiner Vertrauten gemacht, war auch ihr gegenüber stets wortkarg, verschlossen, nichts weniger als zutraulich gewesen. Aber die Mutter hatte ihn auch so verstanden. Ohne daß er sich zu äußern brauchte, hatte sie in seinem Innern wie in einem offenen Buche gelesen, hatte vorsorgend Wege geebnet, Hindernisse wortlos beseitigt, geschlichtet da, wo der Zwist erst im Werden stak. Mit einem Wort, sie hatte ihn gründlich verstanden, hatte ihn dementsprechend behandelt, liebevoll, ohne äußere Zeichen, feinfühlig ohne Worte, zuvorkommend ohne Schaugepränge. Selten hatte sie ihm einen Rat erteilt, noch seltener hatte er sie um einen angegangen, und dennoch, was er auch gelassen oder getan, war selten ohne die ihm fühlbare, wenn auch stillschweigende Billigung oder Mißbilligung der Mutter geschehen; sie war, soweit er sich überhaupt beeinflußbar erwies, sein eigentliches Gewissen gewesen, das ihm nun fehlte. Mehr noch als das: die verstorbene Mutter war das einzige Wesen gewesen, von dem er sich geliebt, verstanden wußte, das ihm uneigennützig wohl wollte, und zwar um seiner selbst, nicht um allfällig damit verbundener Vorteile willen.

So fühlte er sich nun doppelt vereinsamt und entwegt. Er, der vermeint hatte, seiner selbst sicher zu sein, sich völlig in seinem krausen Eigengespinst zu genügen, erfuhr nun, daß das Beste, Gehaltvollste, das in ihm gesteckt haben mochte, das ihn vor allzu argen Verirrungen schlicht und still bewahrt hatte, mit der stillen, freundlichen Mutter zu Grabe getragen worden war.

Äußerlich freilich ließ er sich nichts anmerken, doch verfolgte ihn das Andenken seiner Mutter auf zwar eigene, doch beständige Art. Je länger er ihrer, dann wieder seiner nunmehrigen Lage gedachte, desto überzeugender kam ihm zum Bewußtsein, daß er nicht allein um des Betriebes, sondern namentlich auch um seiner selbst willen eines Menschen bedürfe, dem er vertrauen konnte, der willens war, sein Leben mit ihm zu teilen. Nun bereute er, den erst jetzt völlig verstandenen mütterlichen Rat, sich rechtzeitig zu verheiraten, nicht befolgt zu haben, denn er verhehlte sich nicht, daß es ihm nunmehr nicht leicht gelingen würde, die Frau, deren er bedurfte, zu finden, um so weniger, als er nun schon ein Mann bestandenen Alters war, da er wohlgezählte fünfunddreißig Jahre auf dem Buckel hatte.

Ebenso ward ihm bald einmal klar, daß, wenn er sich schon verheiraten würde, er seine Frau nicht aus seiner Gegend heimführen könne, wo er, ob zu Recht oder Unrecht, mochte und wollte er nicht entscheiden, unbeliebt war und sich durchaus unverstanden fühlte. Diese Einsicht kam ihm übrigens nicht von heute auf morgen. Sein grüblerischer Hang ließ ihn überhaupt nie zu einer raschen Einsicht gelangen; hatte er aber einmal eine erworben, dann ward sie ihm auch gleich zum Entschluß, von dem ihn keine Macht der Welt mehr abgebracht hätte, bis er ihn voll verwirklicht hatte.

Als daher Andreas Rösti einmal mit sich und seinen einzigen Vertrauten, seinen Pferden, darüber einig geworden war, daß er einer Frau bedürfe, und ihm auch klar geworden, welcher Beschaffenheit sie sein mußte, um ihm zu genügen, da machte er sich unverzüglich, wenn auch in aller Heimlichkeit, auf die Freite. Keinem seiner Habliger Bekannten fiel es auch nur ein, zu vermuten, welches der Zweck der fortan auffällig vermehrten Tagfahrten des Schattmattbauern ins Land hinaus war. Es schien ihnen jedoch, daß sich in Andreas die Neigung zu dem ursprünglichen Gewerbe seines Vaters unwiderstehlich regte und er in seinen reifen Jahren nun auf einmal seinen Beruf als Pferdehändler entdeckt habe. Wo auch nur ein größerer Pferdemarkt stattfand, wurde er angetroffen, in Erlenbach, in Thun wie in Bern, Freiburg, Aarberg, Biel und Saignelégier, so daß seine häufigen Abwesenheiten von zu Hause bald kein übertriebenes Aufsehen mehr erregten, zumal im Gutsbetriebe auf der Schattmatt schon darum keine Störungen eintraten, weil der Bauer gewohnt war, bevor er wegfuhr, alles wohl anzuordnen und sich jeweilen nach seiner Rückkehr eingehend zu überzeugen, ob auch wirklich alles seinen Weisungen gemäß besorgt worden sei. Da er sich auf sein Gesinde fast unbedingt verlassen konnte und ihm im Notfall sein Bruder Christian aushilfsweise beistand, erwuchs ihm aus seinen Fahrten nicht mehr Schaden, als er in Anbetracht ihres Zweckes wohl zu ertragen vermochte.

Groß war daher die Überraschung der Habliger, als eines Sonntags die Eheverkündigung Andreas Röstis von der Kanzel herunter verlesen wurde. Ein paar Wochen später fand die Hochzeit des Schattmattbauern am Wohnort seiner Braut in aller Stille statt, und wenige Tage darauf zog die junge Frau in ihre neue Heimat ein. Sie war um gut zehn Jahre jünger als ihr Mann, stammte aus einem angesehenen Bauerngeschlecht des bernischen Seelandes, aus einer kinderreichen Familie, deren zweitälteste Tochter sie war. Da in jener Zeit der Verkehr der Bauern zwischen den einzelnen Landesgegenden nicht besonders rege und, ganz außergewöhnliche Ereignisse vorbehalten, schon auf sechs Stunden Entfernung überhaupt kaum denkbar war, so wußte man über Sippe und Herkunft der jungen Schattmattbäuerin eigentlich nicht viel mehr, als was öffentlich, anläßlich des Aufgebotes, von der Kanzel verlesen worden war. Da sie eingezogen lebte, sich wenig im Dorfe zeigte, von diesem überdies durch die abseitige Lage ihres Hofes getrennt war, verflossen Monate, bevor sie den Dörflern allen auch nur vom Ansehen bekannt wurde. Inzwischen aber hatten neue Ereignisse deren Neugier und Teilnahme angeregt, so daß sich die Frau allmählich, ohne großes Aufsehen zu erregen, in ihre Neuumgebung hineinwuchs, nachdem ihre Heirat zuerst gar viele Erörterungen gerufen hatte. Sie machte übrigens nicht viel Wesens, sondern hatte sich vom ersten Tage an als tüchtige, arbeitsame, umsichtige Bäuerin erwiesen, die Zügel des Hauswesens unmerklich, aber fest in die Hand genommen und dadurch die Achtung des Gesindes wie der Nachbarn ganz von selbst erworben.

Es schien sogar, als ob auf der Schattmatt nicht viel anders geworden wäre; alles ging seinen gewohnten, geregelten Gang, als würden nunmehr, wie von jeher, die gebahnten Geleise ausgefahren, die allen Hausgenossen aus den Tagen der Mutter Rösti noch in vertrauter Erinnerung standen.

Ersichtlich war ferner, daß Andreas mit der Zeit umgänglicher, ruhiger wurde. Wenn er auch seine ursprüngliche Wesensart nie ganz verleugnete, schien er doch weniger verbittert und finster als zuvor, so daß das allgemeine Urteil lautete, die Heirat habe ihm über Erwarten gut angeschlagen. Freilich, bei besondern Gelegenheiten, wenn ihm unerwartet etwas in die Quere geriet, oder wenn er sich, was häufiger zutraf, zurückgesetzt wähnte, blitzte wie einst sein Blick tückisch auf; dann war er imstande, tage- und wochenlang auch mit seinen allernächsten Hausgenossen nur das unumgänglich Notwendige zu sprechen und seine Zuflucht im Pferdestall zu suchen. Wer ihn dann schärfer beobachtet hätte, würde wahrgenommen haben, daß er, auch wenn er sein Gleichgewicht äußerlich wieder erlangt zu haben schien, das ihm angetane oder vermeintliche Unrecht nie vergaß, sondern es in seinem Gedächtnis stets gegenwärtig hatte.

Davon lieferte er ab und zu merkwürdig auffällige Proben, die jedoch weder ihrer Art noch ihrer Auswirkung nach auch nur von ferne die verbrecherische Bedeutung derer erreichten, deren man ihn von früher her unter der Hand bezichtigte und von denen ihm einst Fluhberg-Hanses Gritli einige vorgehalten hatte.

Schon im ersten Jahre seiner Ehe wurde Andreas Rösti Vater eines Knaben, der indessen schon nach wenigen Monaten an irgendeiner Säuglingskrankheit verblich. Anderthalb Jahre später wurde ihm ein Mädchen, Bethli, geboren, dessen Geburt seiner Mutter das Leben kostete, da sie kurz darauf am Kindbettfieber starb. Andreas Rösti war somit keine volle drei Jahre verheiratet gewesen. Nun fühlte er sich einsamer und verlassener denn je zuvor. War er während seiner kurzen Ehezeit ordentlich aufgetaut, so ward er nun wieder ingrimmiger und verschlossener denn je. Auch bei diesen neuen Todesfällen wäre es schwer zu sagen gewesen, was Andreas dabei empfunden hatte. Er sprach sich darüber gegenüber niemandem aus, schien sein Geschick ziemlich gleichmütig zu ertragen, verschanzte sich wieder häufiger im Pferdestall, und im übrigen ging's auf der Schattmatt nach längst gewohnter Weise zu.

Der Gedanke ans Wiederverheiraten hatte den Bauern nie auch nur gestreift. Kurz nach dem Hinschied seiner Frau hatte er sich auf einige Tage in ihre Heimat begeben, von wo er eine bestandene, verwitwete Base der seligen Bäuerin mitbrachte, die fortan seinem Hauswesen vorstand und die Erziehung seines Kindes leitete.

Je größer nun das kleine, übrigens hübsche, liebenswürdige Mädchen gedieh, desto wärmer schien es sein vereinsamter Vater ins Herz zu schließen, so daß im Dorfe die Rede herumgeboten wurde, man glaube, der Schattmatt-Rees habe jetzt bald sein kleines Bethli lieber als seine Gäule, was doch, bei Gott, etwas heißen wolle. Unbestreitbar war jedenfalls, daß der für gewöhnlich so finstere Schattmatt-Rees, den seit Jahren die wenigsten Leute anders als heiser oder schadenfroh hatten lachen hören, nun, wenn sich die Kleine um ihn herumtollte, aufmerkte, wobei plötzlich über sein ganzes ledernes, verkniffenes Gesicht Heiterkeit strahlte, wo er Grunzlaute in sich hineinwürgte, die man zur Not als unterdrücktes Auflachen deuten konnte. Unbestreitbar war ferner, daß der sauertöpfische Spielverderber nur darauf bedacht war, dem kleinen Mädchen jegliche Freude zu bereiten, ihm jedes Läunchen vom Gesichtchen ablas, um es dann trocken, sachlich, als verrichte er eine ernste tägliche Pflicht, zu befriedigen. Auch kam es immer häufiger vor, daß er das kleine Mädchen auf die Arme hob, mit ihm in den Pferdestall wanderte, es auf den breiten Rücken eines seiner Gäule setzte, was zweifelsohne der höchste Beweis seiner väterlichen Zärtlichkeit und Zuneigung bedeutete, dessen er sich fähig wußte. Kreischte dann die Kleine vor Vergnügen, gab sie durch ihr Verhalten zu erkennen, daß sie die Pferde nicht bloß nicht fürchtete, sondern Freude daran hatte, dann schaute der Bauer geradezu menschlich, ja glücklich drein. Weiter allerdings gingen seine Gefühlsäußerungen nicht; er war mit dem Töchterchen im übrigen genauso wortkarg wie mit allen seinen Hausgenossen. Den einzigen Vorzug, den er ihm einräumte, war, es nie, unter keinen Umständen, unter seinen Launen leiden zu lassen, mit denen er mitunter seiner Umgebung auf lange Zeit hinaus das Leben versauerte.

Jahre verflossen. Aus dem kleinen, lieblichen Mädchen wurde ein fröhliches Schulkind, aus diesem eine blühende Jungfrau, und aus dem Schattmatt-Rees war inzwischen ein zähes, alterndes Männchen geworden. Er hatte sich wenig verändert, war stets mürrisch, verdrossen und gehässig, es wäre denn gewesen, daß ihn seine Tochter aufgeheitert hätte, wozu allerdings ihre bloße Gegenwart genügte. Kurz nach ihrer Einsegnung hatte er sie, darin den Überlieferungen seines Hauses getreu, aber in vollständigem, aufsehenerregendem Widerspruch zu den damaligen Habliger Sitten, nach der welschen Schweiz verbracht, um Französisch und Schliff zu lernen. Es hatte des Bauern ganzer Selbstüberwindung bedurft, den Entschluß zur Ausführung gedeihen zu lassen, denn in Wirklichkeit gedieh ihm die Trennung von dem Kinde zur eigentlichen Qual, die er aber tief in sein verkauztes Innere verschloß und die er sich nur daran anmerken ließ, daß er nachher wenn möglich noch unausstehlicher wurde, als es sonst in seinen schlimmsten Tagen seine Gepflogenheit war, so daß sogar seine ältesten Dienstleute erklärten, wenn er so zufahren wolle, so verleide es ihnen am Ende doch noch auf der

Schattmatt, obwohl sie nun viele Jahre in guten und bösen Tagen da droben ausgeharrt hätten. Nicht einmal die Base vermochte es Andreassen recht zu machen, der er sonst stillschweigend die weitesten häuslichen Vollmachten erteilt und ebenso wortlos jederzeit alles gebilligt hatte, was sie anzuordnen für gut befand.

Den Dörflern entging die Veränderung des Bauern ebensowenig. Wie früher kam er gelegentlich zum Wein, wie früher ließ er sich gerne seine Pferde rühmen; doch während er im Laufe der Zeit den eigentlich nicht schlimm gemeinten Neckereien, die sich die Bauern ihm gegenüber erlaubten, nur noch einen lässigen Widerstand entgegengesetzt hatte, fuhr er nun neuerdings bei jedem noch so harmlosen Scherz in den Harnisch, giftelte und geiferte in einer Weise, die den Bauern, besonders den jüngern, neue Kurzweil versprach, bis sie zu ihrem Schaden erfahren mußten, daß es der Schattmätteler nicht beim Keifen bewenden ließ, sondern noch in alter, im Laufe der Jahre schier vergessener Art vermeintliche oder angetane Unbill heimlich und unbeschrien, darum aber nicht weniger empfindlich und nachdrücklich, zu vergelten wußte, ohne sich jedoch die Blöße zu geben, sich darob erwischen zu lassen.

Da ließen ihn wenigstens die Klügern unter ihnen bald in Ruhe, denn schließlich, nur um eines am Ende wohl entbehrlichen Zeitvertreibes willen mochte sich denn doch niemand den verschlagenen, rachsüchtigen Schattmattbauern zum dauernden Feinde machen.

Auch seine alte Abneigung gegen die Dragoner schien wieder aufzuleben. Er versäumte keinen Anlaß, sich über die Reiterprotzen gehässig auszudrücken; dann war ihm nicht leicht ein Ausdruck stark oder verächtlich genug, um nicht damit die Waffengattung zu bedenken, von der vor bald einem Menschenalter ausgeschlossen worden zu sein, der alternde Mann immer noch nicht verwunden hatte. Trieb er es nun mit seinen Schmähreden allzu bunt, was in der letzten Zeit, nämlich seitdem seine Tochter fort war, stets häufiger vorkam, ärgerten sich die Bauern doch, obwohl unter ihnen eine stillschweigende Übereinkunft bestand, die Äußerungen Reeslis nicht allzu ernst aufzufassen und sich höchstens ein wenig daran zu belustigen. Aber die meisten unter ihnen waren selber Dragoner gewesen oder hatten Söhne, die dazugehörten. Somit war es schließlich begreiflich, daß Andreas mit seinen Ausfällen, die gewöhnlich durch nichts als durch seine eigene, erbärmlich grämliche Laune hervorgerufen wurden, Anstoß erregte.

Als er nun eines Tages im «Rößli» neuerdings in wirklich herausfordernder Weise giftelte und schmähte, die Dragoner allesamt junge Rotzbuben scheltend, wurde er von einem der anwesenden Bauern, der mit Fug in der Gemeinde groß angesehen war, nämlich vom alten Andreas Christen in der Moosmatt, bestimmt, wenn auch nicht allzu unfreundlich, in die Schranken des Zulässigen zurückgewiesen.

«Du, Rösti-Rees», hatte der Bauer zu ihm gesagt, «was bezweckst du denn eigentlich mit deinen steten Föppeleien und Schmähungen der Dragoner? Suchst doch nicht Händel mit jungem Volk, oder? Wärst auch zu alt dazu, scheint mir. Ich denke, sie haben dir nichts in den Weg gelegt, so daß es dir wohl anstehen würde, auch sie ungeschoren zu lassen. Machst dich damit doch nur lächerlich; die Leute haben so lange ihr Gespött daran, bis du einmal an den Unrechten gerätst, der dann deine nichtsnutzigen Reden nicht ohne weiteres einsackt, sondern dich dabei behaftet, oder dir, wenn's gut geht, deinen grauen Kopf dengelt. Dann hast du zum Schaden den Spott noch obendrein. Möchte dich darum gewarnt haben; mach's nicht zu gut: 's ist keiner so stark, daß er keinen Stärkern fände. Außerdem, ich sag dir's, wie's mir ist, sollte sich der Schattmattbauer zu gut dafür halten, sich den Leuten zum Spott und Ärgernis herzugeben. Bist das deinem Hof und Namen schuldig, Rees!»

Eine derartige öffentliche Zurechtweisung eines bestandenen Mannes von einem ebenfalls ältern, dabei geachteten Gemeindegliede ist ein Ereignis. Der Moosmattbauer hatte ruhig, bestimmt, in mehr bekümmert-freundschaftlichem als zürnendem Tone gesprochen. Da er einer der wenigen Habliger war, die trotz allem, was früher geschehen sein mochte und geredet wurde, ihr Wohlwollen nie vollständig von Andreas Rösti abgewendet hatten, was dieser wohl wußte und wofür er ihm im Grunde dankbar war, wurde er kleinlaut und brummte entschuldigend, es sei ja nicht so arg gemeint gewesen. Andreas war klug genug, um unmittelbar zu empfinden, wie recht sein Jugendgefährte eigentlich hatte, wie lächerlich, wenn nicht verächtlich die Rolle war, die er wieder einmal gespielt. Auch der wohlwollende Unterton der Rüge war ihm nicht entgangen, so daß sich der Zwischenfall zum Guten gewendet haben würde, hätte nicht, wie es in solchen Fällen gewöhnlich geschieht, ein jüngerer Bauer, auch ein Dragoner, gefunden, es sei dem unbekömmlichen Schattmätteler noch zu wenig geschehen. Ermutigt durch des Moosmattbauern Einspruch, den er von sich aus nimmer gewagt hätte, meinte er nun nachbessern, die willkommene Gelegenheit, Andreas eins auszuwischen, das er schon lange für ihn im Salz hatte, benützen zu sollen. Daher fügte er spöttisch hinzu:

«Mag sein, daß der Rösti-Rees einst noch froh sein wird, einen Dragoner zum Tochtermann zu kriegen, damit doch wenigstens einmal einer auf die Schattmatt kommt. Man weiß ja, warum er uns Dragonern nicht grün ist – er wär' gern selber einer geworden, aber es hat ihm nicht gelangt, weil's dazu mehr braucht als ein ungewaschen Giftmaul, mit dem man Jauchelöcher verpesten könnte!»

Lautes Gelächter aller Anwesenden, mit Ausnahme des Moosmattbauern, der mißbilligend den Kopf schüttelte, folgte dieser Rede, woraus Andreas Rösti nicht allein entnehmen konnte, wie allgemein der Ausfall gegen ihn gebilligt wurde, sondern auch, wie unbeliebt, wie mißachtet er unter den Bauern war. Hier nun tat er immerhin das Klügste, was er unter sotanen Umständen vermochte: er lachte mit, zwar sauersüß genug, aber er lachte und meinte, halb verdrießlich, halb entschuldigend:

«Je nun, man wird wohl noch ein Wort sagen dürfen; wenigstens sonst hat man am Wirtstisch etwa noch einen Spaß vertragen!» Allein seine schielenden Augen schossen einen grimmiggehässigen Blitz, der einzig dem Moosmattbauern nicht entging. Kurz darauf erhob sich Rösti, verabschiedete sich, gleichsam versöhnt und gleichmütig, und ging nach Hause.

Nicht nur der Spott des jungen Bauern hatte ihn empfindlich getroffen, denn diesen, das fühlte er wohl, hatte er selbst durch sein loses Reden hervorgerufen; aber zum erstenmal war ihm aufgedämmert, daß eine Zeit kommen könne, wo ihm seine Tochter nicht mehr allein gehören, wo sie heiraten, ja möglicherweise gerade einen Dragoner heiraten würde.

Andreas war zu sehr Bauer, als daß er gewünscht hätte, seine Tochter möchte ledig bleiben, sein Hof dadurch in fremde Hände geraten. Auch hing er zu sehr an seinem Kinde, um es zu einer von diesem nicht erwünschten Heirat zu nötigen, noch ihm eine Heirat nach seinem Geschmacke zu verwehren, vorausgesetzt immerhin, daß der Bewerber ein rechter Bursche wäre. Daß es deren auch unter den Dragonern gab, wußte er sehr wohl, wenn er es sich auch nicht eingestehen mochte, und einen solchen um seiner Heeresdiensteinteilung willen abweisen, das – er fühlte es – wäre Unsinn und würde ihn mit Recht noch größerm Gespött aussetzen, als wenn er klein beigab. Mochte dann seinetwegen der höhnische Weissager in der Pinte recht behalten, mochte so ein Rösseler auf die Schattmatt kommen; er würde sich wohl oder übel dreinschicken und gute Miene zum bösen Spiel machen müssen.

Damit aber, so sann er weiter, wäre dann noch immer nicht geschrieben, daß er der Geschlagene sein würde; wer zuletzt lache, lache am besten, schloß er die lange Reihe seiner nicht eben lieblichen Gedanken, und ein höhnisches Grinsen verkündete einen zwar noch recht verschwommenen, doch fortan festen, zähen Vorsatz, der ihm, je länger er ihn vertiefte, erwog und hätschelte, die Aussicht, einen Dragoner zum Schwiegersohn zu bekommen, fast wünschbar erscheinen ließ. Dem, und damit der ganzen hochmütigen Dragonergesellschaft, würde er dann zeigen, was er könne, wie sehr er, der verachtete Schattmatt-Reesli, ihnen in Wirklichkeit überlegen war.

Als Bethli, seine Tochter, nach anderthalbjährigem Aufenthalt in der Westschweiz, blühender denn zuvor, heimkam, glätteten sich des Bauern Launen. Sowenig wie sein längst verstorbener Bruder hatte die Tochter an Natürlichkeit und Bodenständigkeit eingebüßt, sondern nur an Kenntnissen und Bildung gewonnen. Wenige Tage nach ihrer Rückkehr schaltete Bethli im Hause herum, als wäre sie nie fort gewesen, doch mit größerer Selbständigkeit und Einsicht als zuvor, zumal sie sich ihrer zukünftigen Aufgabe als Bäuerin und Hausmutter bewußter geworden, und die nun schon ältliche Base, die dem Bauern seit seinem Witwertum als Haushälterin gedient, nun froh war, sich durch eine junge Kraft entlastet zu sehen. Sie war klug genug, ihre durch treue Dienste errungene Herrschaft der künftigen Herrin nicht zu bestreiten, was ihr um so leichter fiel, als Bethli ihr alle Achtung und Aufmerksamkeit erwies, die einer erfahrenen Bäuerin gebührte, die obendrein Mutterstelle an ihr vertreten hatte. So schien nun auf der Schattmatt wieder alles aufs beste geordnet. Tage und Wochen flossen in gleichmäßiger Abwechslung von Arbeit und Erholung dahin. Der Bauer selbst, seitdem die Tochter wieder zu Hause war, ging noch weniger unter die Leute als früher. Seit dem Vorfall im «Rößli», den er sich, wie es schien, zu Herzen genommen und zur Lehre hatte dienen lassen, schien er so umgänglich geworden zu sein, als dies seinem alten Querkopf überhaupt möglich war.

Es konnte nicht ausbleiben, daß Bethli, dieses frische, lebensfrohe, als tüchtig und reich bekannte Bauernmädchen, die Aufmerksamkeit der ledigen Bauernjungmannschaft auf sich zog, um so mehr als sie, darin den Wünschen ihres Vaters noch fast eher als den eigenen Neigungen folgend, an allen Dorf- und Marktfestlichkeiten, die sich etwa darboten, harmlos und frohsinnig teilnahm, bei jung und alt bald allgemein beliebt wurde und überdies, trotz der bekannten, schwierigen Wesensart des Vaters, als eine erstrebenswerte Heiratsgelegenheit galt. Dieser, der Vater, schien es darauf abgesehen zu haben, sein Bethli überall zu zeigen, sie an Märkte und Feste zu führen, da er offensichtlich, und zwar mit Recht, auf seine wohlgeratene Tochter stolz war.

Was vorauszusehen war, traf bald ein. Bethli wurde rasch bemerkt, umhöfelt und umworben. Es dauerte nicht lange, so ging das Gerede, es habe vor allen Fritz Grädel, der allgemein beliebte Bauernsohn und Dragonerkorporal in Oberhabligen, Eindruck auf das Mädchen gemacht, und da sich bei drei oder vier kurz aufeinanderfolgenden Tanzgelegenheiten Bethli nur von ihm hatte zum Wein führen lassen, auch fast mit keinem andern getanzt hatte, so galt er bald als ihr erklärter Liebhaber und als künftiger Tochtermann Schattmatt-Reesens.

Diesem selbst blieb das Gerücht nicht lange verborgen. Einmal darauf aufmerksam gemacht, äugte er schärfer hin und überzeugte sich bald, daß alles für dessen Wahrscheinlichkeit sprach, so daß er fortan zu sinnen genug hatte und sich wieder mehr denn lange zuvor tiefsinnigen Betrachtungen mutterseelenallein im Pferdestall hingab.

Der Gedanke, gerade den jungen Grädel, Fluhberg-Hanses Gritlis Sohn, zum Schwiegersohn und Erben seines Hofes zu bekommen, erweckte in Andreassens Innern einen eigentlichen Ausbruch gegensätzlicher Empfindungen und Gedanken, so daß er seiner rechtzeitigen Entdeckung recht froh war. Denn wäre die Tatsache unvermittelt an ihn herangetreten, hätte er sich keinen Rat gewußt und möglicherweise in der ersten Überraschung auf eine unvorhergesehene Werbung unbedachten Bescheid gegeben. So aber hatte er nun den Vorteil, sich alles wohl überlegen, seine Stellung gemächlich beziehen zu können, um dann, wohlvorbereitet, dem Angriff zu begegnen, der, nach allem, was er gehört und erfahren, nun unvermeidlich folgen mußte.

Zu seiner Ehre sei es gesagt: der Schattmattbauer bemühte sich zunächst redlich, die Angelegenheit lediglich im Hinblick auf das Wohlergehen seines Kindes zu erdauern. Da mußte er sich nun sagen, daß von allen ihm bekannten Bauernsöhnen Fritz Grädel der achtbarsten und tüchtigsten einer war. Nach menschlicher Voraussicht durfte angenommen werden, Bethli würde einen braven Ehemann und der Hof einen tüchtigen, sachkundigen Meister in ihm finden. Denn – das schien für Andreas eine ausgemachte Sache zu sein – das Mädchen würde auf dem Hofe bleiben und der Schwiegersohn darauf ziehen, da er keineswegs gesonnen war, das Anwesen, auf das sein Vater und er selbst ihre besten Kräfte und Kenntnisse seit nun zwei Menschenaltern verwendet, das sie zu einem der wertvollsten Bauernhöfe der ganzen Gegend emporgearbeitet hatten, in fremde Hände übergehen zu lassen. Freilich, in diesem Falle war es mit seiner Herrschaft aus und fertig. Allein früher oder später müßte er sie doch abtreten, denn er war nun beinahe sechzig Jahre alt. Ewig konnte er nicht Meister bleiben auf der Schattmatt. Außerdem brauchte er ja den Löffel nicht aus der Hand zu geben, bevor er sich satt gegessen; es würde sich wohl ein Weg finden, der ihm noch ein gewisses Mitsprache- und Mitbestimmungsrecht auf Ableben hin sicherte.

Soweit war alles klar; gegen Fritz Grädel als solchen hätte Andreas wenig oder nichts einzuwenden gehabt. Wollte ihn Bethli zum Mann, hatte er keinen Grund, ihr dawider zu sein. Nun aber kam er selbst, der Schattmatt-Rees, als Sonderling und Querkopf in Frage. Fritz Grädel war Dragoner, Dragonerkorporal sogar! Er war Vorgesetzter, stellte etwas vor in der Truppengattung, der auch nur anzugehören unter den Bauern als eine Auszeichnung, eine Ehre galt, von der er, Andreas Rösti, seinerzeit ungerechter-, schmählicherweise ausgeschlossen worden war. Sein Schwiegersohn würde also ein Ansehen, eine Überlegenheit vor ihm voraushaben, die er, Andreas, seiner Lebtag nicht zu erringen vermocht hatte, was ihn heute noch, als alten Mann, kränkte.

Er gedachte des Spottes, der ihm in der «Rößli»-Pinte zuteil geworden war. Der wurmte! Ein Dragoner würde auf der Schattmatt befehlen, und er, Andreas, mußte am Ende noch froh sein darob, wie jener Bube gehöhnt hatte.

Das war starker Tabak für sein verbittertes Gemüt. Um eines Dragoners willen hatte vor Jahren Fluhberg-Hanses Gritli seine Werbung abgewiesen, ihn bis ins Innerste unheilbar verletzt, gedemütigt. Nun traf es sich, daß das Mädchen, das ihm das herbste, schnödeste Leid angetan, die Mutter, daß der Mann, um dessentwillen sie ihn abgewiesen hatte, der Vater des Dragonerkorporals war, der sein Schwiegersohn, der Herr auf der Schattmatt, seinem Hofe, werden wollte. Um seiner Tochter willen durfte er ihn nicht abweisen, mußte er klein beigeben, zusehen, wie ihn Gritli und ihr Mann nach vielen Jahren noch einmal besiegten, ihn noch einmal, tiefer sogar als zum erstenmal, demütigten.

Bei solchem Überlegen quoll all der bloß halbverharschte Zorn und Groll gallenbitter in des alternden Bauern Seele auf. Heiß-ohnmächtige Wut über sein verpfuschtes, freudloses Leben, die Mißachtung, die ihm überall entgegenwehte, stiegen aufs neue in ihm auf. Von seiner Leidenschaft verblendet, gab er daran Gritli und dem alten Grädel vor allem, dann dem Schicksal und den Habligern im allgemeinen schuld, die ihm stets vor der Sonne gestanden, ihm nie den Platz eingeräumt hatten, zu dem er sich berufen gefühlt, der ihm gebührt hätte.

Die Erwägung, daß er durch sein ganzes Sein und Verhalten vielleicht auch dazu beigetragen habe oder gar die Hauptschuld an seiner freilich wenig beneidenswerten Sonderstellung inmitten der Gemeindegenossen und im Leben überhaupt trage, dieser Gedanke streifte ihn nicht einmal. Er gefiel sich im Gegenteil, sein Leid selbstquälerisch zu erörtern, seine Wunden fast wollüstig aufzureißen, seine Verbitterung künstlich zu nähren, zu vertiefen, wobei sein Empfinden dann regelmäßig an ohnmächtig hoffnungs- und reuelosem Zorn strandete, seine bloß schlummernde Rachsucht schärfend.

Je mehr er dermaßen grübelte, je unerträglicher erschien ihm sein Geschick, das ihm vermeintlich und gelegentlich auch wirklich angetane Unrecht. Damit wuchs auch sein fortan stets kräftiger Wille zur Rache, zur Wiedervergeltung, zum steten, unauslöschlich nagenden Haß, der je länger, je weniger gemildert ward durch seine doch ursprünglich aufrichtig väterlichen Gefühle gegenüber Bethli, seiner Tochter.

So trieb er's wochenlang; finster, verschlossen, gallig, bis er endlich seinen Entschluß gefaßt, seinen Plan umrissen hatte, den zu verwirklichen fortan das einzige Ziel seines Lebensrestes sein sollte, von dessen Durchführung er sich volle Genugtuung seiner stets unbefriedigten Rachsucht versprach, ohne daß, wie er meinte, seine Tochter allzusehr darunter leiden würde.

Diese hatte seine unbegreiflichen Launen, wie stets, gelassen und freundlich ertragen, und zwar um so leichter, als sie sich nicht bewußt war, dazu Anlaß geboten zu haben, und als noch etwas anderes ihr junges Herz inniger bewegte als des Vaters gehässige Verdrossenheit: sie liebte den jungen Grädel.

Dieser, als er erst einmal mit Bethli einig war, was nicht allzulange auf sich warten ließ, zögerte nicht, seine Eltern davon zu verständigen. Sein Vater hatte nichts dagegen einzuwenden, sondern billigte des Sohnes Vorhaben um so mehr, als aller Voraussicht nach Fritz doch nicht auf dem väterlichen Hofe bleiben konnte, da noch zwei jüngere Brüder vorhanden waren, und weil er es seinem Ältesten wohl gönnen mochte, auf einem so berühmten Hofe, wie es die Schattmatt trotz des zweifelhaften Rufes des derzeitigen Bauers dennoch war, Meister zu werden. Mutter Gritli jedoch erschrak. Sie hatte in all den vielen Jahren, die seither ins Land gegangen waren, niemandem etwas von der einstigen Werbung des Schattmattbauern anvertraut, nicht einmal ihrem Mann; allein sie kannte Andreas Rösti zu wohl, um nicht zu wissen, daß er seine Abfuhr nicht vergessen hatte und wohl seit vielen Jahren darauf wartete, sich so oder anders dafür zu rächen. Weniger vielleicht für ihre Weigerung, ihn zu heiraten, als um der Vorhalte willen, zu denen er sie damals genötigt hatte, bei welcher Gelegenheit sie ihm ihre Mitwisserschaft an einigen seiner Bosheiten verraten. Das nun, das wußte Gritli, konnte ihr der Schattmätteler nicht verziehen haben, obwohl sie auch darüber stets reinen Mund gehalten hatte. Gegen Bethli selbst hatte auch Gritli nichts einzuwenden, sondern es wäre ihr, ohne das zweifelhafte väterliche Anhängsel, nach allem, was sie von dem Mädchen wußte, als Sohnsfrau herzlich willkommen gewesen.

Ohne daher von des Sohnes Aussichten sonderlich begeistert zu sein, hütete sich Gritli wohl, ihn in seinem Vorhaben zu erschüttern, weil sie das nur hätte tun können, indem sie alte Geschichten, die zu wissen der alte Schattmätteler und sie vielleicht die einzigen waren, nachträglich doch noch verlautbart hätte. Das aber wollte sie schon um des Sohnes willen nicht, um ihm die Werbung um Bethli nicht zu erschweren, dann aber auch, um schlimmsten Falles gegen den alten Schattmätteler noch einen Trumpf in der Hand zu behalten. Gritli begnügte sich daher, ihrem Sohne vorzustellen, es werde möglicherweise nicht ganz leicht sein, als Tochtermann mit dem alten Andreas auszukommen, und ihn zu ermahnen, falls es dazu kommen sollte, ihn ja nicht unnötigerweise zu erzürnen, was angesichts seiner besondern Gemütsbeschaffenheit zu üblen Händeln führen könnte. Als Fritz, der begreiflicherweise die eigentlichen Gründe der Mutter nicht ahnte, darauf leichthin antwortete, er fürchte sich vor dem Alten einmal nicht, die, die der gefressen habe, befänden sich noch alle um den Weg, hatte sich die Mutter begnügt, mit einem besorgten Seufzer zu erwidern, daß, wenn dem auch so sei, es möglicherweise nicht am guten Willen des Schattmattbauern liege. Der bedeutungsvolle Nachdruck, den Gritli auf diese Worte gelegt, machten Fritz immerhin gerade betroffen genug, um ihn ahnen zu lassen, seine Mutter wisse wohl mehr, als sie zu sagen gewillt sei, so daß er sich vornahm, sich auf alle Fälle vor dem alten Rösti in acht zu nehmen, für den Fall, daß er, wie er hoffte, dessen Schwiegersohn werden sollte. Daß ihn der Alte nicht überaus begeistert empfangen würde, hatte sich Fritz schon selber gesagt, denn auch ihm war bekannt, wer der Schattmatt-Rees war. Er machte sich also auf eine etwas peinliche Auseinandersetzung anläßlich seiner Brautwerbung gefaßt, nahm sich aber fest vor, möge sich der Alte auch gebärden wie er wolle, alles zu vermeiden, was ihn erzürnen könnte.

Mit diesem Vorsatze ausgerüstet und nachdem er von Bethli erfahren hatte, der Vater sei in der letzten Zeit nicht schlimmer gelaunt als gewöhnlich, begab er sich eines Tages unter dem Vorwand, in seines Vaters Auftrag ein Pferd zu besichtigen, das auf der Schattmatt feil stand, zu Andreas Rösti, der selbstverständlich sogleich roch, daß der Besuch Bethli und nicht dem Braunen galt. Er ließ es sich aber nicht anmerken, sondern nahm die Gelegenheit wahr, dem jungen Grädel im Hinblick auf Pferdekenntnis recht gründlich auf den Zahn zu fühlen. Die Prüfung im Pferdestall und draußen auf dem Sträßchen, wo der Alte den verkäuflichen Gaul vortraben ließ, mußte offensichtlich nicht zu Andreassens Unzufriedenheit ausgefallen sein, wenigstens klang seine Stimme nicht unfreundlich, als er den jungen Bauern einlud, in die Stube zu treten und ein Glas Wein zu trinken.

Wie nun Bethli den Wein gebracht, dann wieder errötend verschwunden war, und die beiden nach einigen gleichgültigen Gesprächen über Kauf und Lauf, Wetter und Arbeit belassen hatte, bei denen der Junge sich zusammennahm, um ja nichts entwischen zu lassen, das ihm in des Alten Ansehen hätte schaden können, steuerte Fritz nun unmittelbar auf sein Ziel los, indem er mit wenigen, bestimmten Worten seine Werbung um Bethli vorbrachte. Obwohl Andreas Rösti längst mit sich einig und, das Einverständnis Bethlis vorausgesetzt, an dem jedoch nicht mehr zu zweifeln war, beschlossen hatte, sich ihr nicht zu widersetzen, zog er sein verkniffenes Koboldgesicht in boshafte Falten. Er spielte den Überraschten, schien in tiefes Nachdenken zu versinken, ohne den Bewerber zunächst einer Antwort zu würdigen, wobei es ihm trotz seiner entgegengesetzten Vorsätze doch nicht ganz gelang, seine angeborene Tücke vollständig zu unterdrücken. Erst als er sich sattsam am Anblick des Brautwerbers geweidet hatte, der ihn zunächst fragend angeblickt, dann aber, als der Alte beharrlich schwieg, verlegen vor sich hin auf den Tisch schaute, begann er bedächtig seine seit Wochen wohlerwogene Rede.

Er habe, so erklärte Andreas, gegen ihn, Fritz, als künftigen Tochtermann nicht mehr und nicht weniger als gegen jeden andern einzuwenden. Sein Bethli komme allgemach in die Jahre, wo sich das Weibervolk nach einem Schatz umsehe, und er denke kaum, daß es ledig bleiben wolle, was ihm selber übrigens auch gar nicht anständig wäre. Aber zum Heiraten gehöre mancherlei. Zuerst einmal ihrer zwei, in diesem Falle also er, Fritz, und sein Mädchen, Bethli. Ob er glaube, daß Bethli ihn zum Manne begehre.

Auf Fritzens Antwort, er fürchte sich nicht vor dessen Bescheid, fuhr der Alte fort. Dann gehöre in zweiter Linie auch noch das Einverständnis der beiderseitigen Eltern dazu. Wie es in dieser Beziehung mit ihm stehe. Fritz berichtete der Wahrheit gemäß, er habe die Werbung erst nach vorher eingeholtem Einverständnis seiner Eltern unternommen, worauf Andreas trokken giftelte, es wundere ihn, daß die angesehenen Grädel zu Oberhabligen nichts dagegen hätten, ihren Sohn, der, wie er gehört habe, sogar Dragonerkorporal sei, um ein Mädchen freien zu sehen, dessen Vater es nicht einmal zum ganz gewöhnlichen, windigen Dragonerbuben gebracht habe. Fritz, der den tiefsten Sinn der Anspielung natürlich nicht verstand, sondern meinte, der Alte suche ihn nur zu foppen, da er ja im Rufe besonderer Dragonerfeindschaft stand, erwiderte unbefangen, davon sei keine Rede gewesen. Daß er Dragonerbub sei – er wiederholte absichtlich des Alten Ausdruck –, dafür vermöge er nichts; er hätte, wäre es nur auf ihn angekommen, ebenso gern oder noch lieber als Kanonier gedient. Daß er Unteroffizier geworden, gereiche ihm jedenfalls auch nicht zur Unehre; beweise es doch, daß er sich auch im Dienst bestrebt habe, seine Sache so gut als möglich zu verrichten. Wenn er nichts wäre als Dragonerkorporal, schloß Fritz seine Auskunft, so hätte er sich schwerlich getraut, um des Schattmattbauern Tochter anzuhalten.

«Da würdest du aber auch ganz verflucht recht gehabt haben!» geiferte der Alte. Dann, plötzlich wieder einlenkend, fuhr er fort:

«Aber deiner Mutter, ist's der auch anständig, daß du dich um Schattmatt-Reesens Kind zu schaffen machst?»

Er wüßte nicht, warum es ihr nicht anständig sein sollte; im Gegenteil: soviel er habe merken können, sei ihr Bethli als Schwiegertochter mehr als recht, und er zweifle nicht daran, daß sie es als solche in allen Ehren halten würde.

Daraus schloß nun Andreas richtig, Gritli habe über das, was einstmals zwischen ihnen vorgefallen, nichts verlauten lassen, und ward wieder menschlicher gestimmt. Gesetzt den Fall, nahm er das Gespräch wieder auf, er widersetze sich der Heirat nicht, so müßte er zunächst einige Auskünfte haben, dann aber auch verschiedene Bedingungen stellen. Sollte man, was man ja sehen werde, weiter über die Sache reden, so müßte vor allem die gegenseitige Vermögenslage geregelt werden. Bethli sei sein einziges Kind und Erbe, das er nicht jemanden an den Hals werfen wolle, der anders keine Aussicht hätte, als entweder Stöcklivetter oder ein geringer Pächter zu werden. Fritz erwiderte darauf, daß er, obwohl er über diesen Punkt mit seinen Eltern noch nicht gesprochen habe, überzeugt sei, sein Vater werde ihn nicht schlecht halten und etwa leisten, was üblich und bräuchlich sei.

Das ließe sich hören, wenn's wahr sei, nahm der Alte das Wort wieder auf; aber nun komme noch ein anderes hinzu. Bethli sei, wie gesagt, sein einzig Kind und Erbe. Einen Buben, der den Hof übernehmen könnte, habe er keinen; auch das sei ihm, wie so manches andere, nicht vergönnt gewesen, obwohl er darauf so gut wie manch einer hätte Anspruch erheben dürfen. Auch da sei ihm der Speck nur so durchs Maul gezogen worden; sein Bub habe wenige Monate nach seiner Geburt sterben müssen. Nun sei ihm jedoch daran gelegen, daß sein Hof nicht in fremde Hände falle, sondern seiner Tochter und ihren Nachkommen erhalten bleibe, was jedoch nur geschehen könne, wenn ihr künftiger Mann darauf ziehe. Er, Andreas aber, obwohl er alt werde, fühle sich noch lange kräftig und tauglich genug zum Bauern. Es würde ihn reuen, das Anwesen, auf dem er groß geworden sei und zeitlebens gewerkt habe, nun mir nichts dir nichts unter einem andern Meister zu sehen, ohne daß er mehr ein Wort dazu zu sagen hätte. Anderseits müsse er freilich zugeben, daß es nicht vom Guten wäre, wenn sein Schwiegersohn erst nach seinem Ableben einstünde; denn dann müßte er unter Umständen zuviel Lehrgeld bezahlen, was dem Hof schaden und die Lebensbedingungen seiner Tochter erschweren könnte. Ob aber der Sohn des reichen Grädel-Hannes, außerdem ein Dragonerkorporal, unter seiner Leitung bauern würde, das sei eine andere Frage.

Fritz fühlte in dieser Rede unwillkürlich eine verborgene Fußangel, erkannte sie aber nicht; darum erwiderte er nach kurzer Überlegung ebenso bedächtig, er habe, wo vernünftig befohlen worden sei, sich noch immer zu fügen verstanden, im Dienst sowohl wie zu Hause, wo ja glücklicherweise sein Vater auch noch das Heft in den Händen habe. An seinem guten Willen, mit ihm, Andreas, auszukommen, solle es jedenfalls nicht fehlen, und die Art der Einigung über diese wie über die Vermögensfrage werde, wenn Rösti seine Einwilligung zur Heirat erteile, wohl auch zu erreichen sein.

Andreas erklärte, die Sache noch einmal beschlafen zu wollen, bedang sich eine achttägige Bedenkzeit aus, um dann endgültig Bescheid zu geben, worauf die Verhandlungen für einmal geschlossen wurden. Fritz machte sich, froher Hoffnung voll, auf den Heimweg.

Zu Hause wurde er, wenigstens von der Mutter, ziemlich ungeduldig erwartet. Als sich die Eltern, nach vollendetem Tagewerk, mit dem Sohne allein in der hintern Stube zusammenfanden, um dessen Bericht entgegenzunehmen, begann dieser mit der Mitteilung, der Schattmatt-Rees habe sich viel weniger bockbeinig gestellt, als er befürchtet, und habe, abgesehen von einigen Ausfällen, im großen und ganzen ordentlich vernünftig Bescheid und Antwort erteilt. Daraufhin erzählte Fritz ziemlich wortgetreu, soweit er sich ihrer zu erinnern vermochte, seine Unterredung mit Andreas, wobei er weder zu erzählen vergaß, daß ihn, wie er wohl gemerkt habe, der Schattmätteler im Pferdestall einer eigentlichen Prüfung unterworfen habe, die er jedoch nicht übel bestanden zu haben glaube, noch mitzuteilen, welche Spitzreden er dann in der Stube auf die Dragonerbuben gemünzt und wie er darauf geantwortet habe. Als Fritz schließlich seinen Bericht geendet, meinte der alte Grädel, demnach sei ja die Sache nicht so ungünstig abgelaufen, ja man könne sogar sagen, wenn man die Art des Schattmattbauern in Betracht ziehe, er habe sich außergewöhnlicher Liebenswürdigkeit beflissen, denn für gewöhnlich sei er weniger hirtsam. Am Ende gehöre der auch zu den Leuten, bei denen Sauersehen Gutmeinen und Sticheln, Brummen und Hässeln Höflichkeit bedeuten.

«Das gebe Gott», sagte die Mutter, der die sachliche Bereitwilligkeit Andreassens, auf ihres Sohnes Werbung einzugehen, trotz allem nicht recht geheuer vorkam, die sich aber hütete, ihre Besorgnisse laut werden zu lassen.

«Auf jeden Fall», schloß Vater Grädel die Beratung, «wird man zunächst abwarten müssen, was er in acht Tagen für Bescheid gibt. Ist der annehmbar, wird man mit ihm verhandeln müssen, und gebärdet er sich auch dann nicht unvernünftiger als heute, so müßte es sonderbar zugehen, wenn man sich nicht einigte.»

Man einigte sich wirklich, leichter, als es bei der Absonderlichkeit Andreassens vorauszusehen gewesen wäre. Die Heirat sollte unverzüglich stattfinden, der junge Ehemann gleich darauf auf die Schattmatt ziehen und diese vom folgenden Frühjahr an in Pacht nehmen. Bis dahin würde er Zeit und Gelegenheit finden, sich, mit seinem Schwiegervater zur Seite, auf dem Hofe einzuarbeiten. Der Schattmatt-Rees behielt sich vor, vom Antritt der Pacht an eine Austragstube im Hause zu bewohnen und am gemeinsamen Tische zu essen. Er sollte nach wie vor zur Familie gehören, doch ward ausgemacht, daß vom Tage des Pachtantrittes an Fritz Grädel auf der Schattmatt Meister sein würde. Die Vermögens- und Pachtzinsfragen wurden in einer für beide Teile annehmbaren, billigen Weise geordnet. Der einzige Vorbehalt, den sich der alte Bauer ausbedang, war der, an den gemeinsamen Arbeiten nach freiem Willen und Belieben teilzunehmen, wobei er betonte, es wäre ihm, der einmal eingewurzelten Gewohnheit halber, nicht anständig, von heute auf morgen zu allem nichts mehr zu sagen zu haben.

Die Verhandlungen wurden, bei aller unvermeidlichen Kauzigkeit des Schattmätteler, in so sichtbarem Bestreben nach Verständigung von seiner Seite geführt, daß sogar Gritli, Fritzens Mutter, davon nicht unberührt blieb, sondern in ihrer Meinung über den Alten wankend wurde und mit einem Seufzer wirklicher Erleichterung erklärte, am Ende habe sich Andreas mit dem Alter wirklich gemildert; wenn die Folge halte, was der Anfang verspreche, so seien ihre Befürchtungen gottlob grundlos gewesen, worüber sich zu freuen von allen Beteiligten sie die erste sei.

Die alte Base, die bisher auf der Schattmatt seit dem Witwertum des Bauern dessen Haushaltung geführt, versetzte sich selber in den Ruhestand, indem sie erklärte, sobald einige Wochen nach der Hochzeit verflossen sein würden, werde sie in ihre Heimat zurückkehren, um dort ihren Lebensabend zu verbringen, da sie sich kränklich fühle, hier nicht mehr nötig sei, Sehnsucht nach ihrem Heimatort, ihrer Sippe verspüre und außerdem genug zum geruhigen Lebensabend besitze.

So schien nun alles aufs beste geordnet. Bald darauf fand die Hochzeit statt, an einem sonnigen Freitag. Wer den Abend zuvor als Fremder die Habligengemeinde durchquert hätte, würde wohl gemeint haben, es sei Krieg ausgebrochen oder es finde zum mindesten ein großes Kanoniergefecht statt, denn wie selten bei solchen Anlässen böllerte es bis tief in die Nacht hinein, das allgemein beliebte und geachtete Hochzeitspaar nach altem Brauch währschaft zu ehren.

Die Hochzeit selbst wurde in Oberhabligen, im väterlichen Haus des Bräutigams, gefeiert. Zum erstenmal seit vielen Jahren sahen sich nun Andreas und Gritli anders als bloß vorübergehend auf der Straße oder in der Kirche wieder. Diese hatte dem Zusammentreffen nicht ohne etwelche bange Spannung entgegengesehen; doch auch hier gab sich der wunderliche Kauz alle Mühe, die krausen, durcheinandergehagelten Falten seines Pergamentgesichtes so zu glätten, daß er fast zufrieden aussah. Er sprach übrigens nicht viel, doch klang das wenige, das er äußerte, zum mindesten weder gehässig noch verdrossen, so daß Gritlis Mißtrauen gegen ihn noch wankender wurde, um so mehr, als Rees in einem Augenblick, wo es die andern nicht beachteten, fast neckisch zu ihr meinte:

«Nun wären wir doch noch verwandt geworden, wenn auch anders, als ich vor Jahren meinte», worauf Gritli erwiderte:

«Je nun, so kann es eben gehen; ich hoffe, wir werden beiderseits gut fahren dabei.»

«He, warum sollten wir nicht; wir hausen ja nicht zusammen!» hatte Andreas in einem Ton und mit einem Ausdruck zurückgegeben, die Gritli zu lautem Auflachen veranlaßten.

Anfangs ging auch wirklich alles gut auf der Schattmatt. Der junge Bauer arbeitete sich rasch ein; war er doch ein kluger, tatkräftiger Landwirt, der besser als viele andere das Jahr, das er auf der Rüti, der landwirtschaftlichen Schule, zugebracht, vernünftig, das heißt seinen und des Heimwesens Verhältnissen angemessen, nachträglich fruchtbringend anzuwenden verstand. Er sah übrigens bald ein, daß Andreas, auch wenn er in manchem eigentümlich und vielen Neuerungen abhold geblieben war, doch ein tüchtiger Bauer sei, der sein Anwesen gründlich kannte, es wohl instand gehalten hatte, von dem sich noch manches lernen ließ. Fritz Grädel gehörte zu den Leuten offenen Sinnes, die sich schon früh bewußt werden, daß alles, was man weiß und kann, lächerlich gering ist, gemessen an dem, was das tägliche Leben in der Ausübung jeglichen Berufes von allen verlangt, die darin vorwärtskommen wollen und ihn lieben, denen die Arbeit nicht bloß Fron zur Fristung des Lebens, sondern Ehren- und Herzenssache ist. Darum fiel es ihm leicht, sich die Erfahrungen, die sein Schwiegervater in Feld, Wald, namentlich aber im Stall gesammelt hatte, anzueignen, wobei er jedoch nicht blindlings glaubte, sondern hellen Verstandes alles prüfte, um das Brauchbare, Wertvolle daraus auf seine Weise nutzbringend anzuwenden.

Andreas Rösti aber mußte sich seinerseits, wenn auch nicht offenkundig, zugestehen, daß der junge Bauer gar manches unternahm und mit gutem Erfolg durchführte, das ihm selber nicht so ohne weiteres eingefallen wäre oder das er, der an seinen eingewurzelten Gewohnheiten hing, nicht durchzuführen gewagt hätte. Schon nach dem ersten Jahr der selbständigen Wirtschaft des Schwiegersohnes sah er ein, daß dieser, trotz höheren Aufwandes auf das Gut, diesem einen größern Ertrag abgewann, als er, Andreas, je zu erzielen vermocht hätte, und das nur, weil sich Fritz als wertvollen Zuschuß zu Mist und Jauche dem jeweiligen Zweck und der Bodenart angemessenen Kunstdünger zugelegt hatte, der freilich ein schönes Stück Geld kostete, sich aber ausgiebig bewährte. Fritz Grädel – Andreas mußte sich das eingestehen – war ihm in Boden- und Düngerkunde weit überlegen.

Von Haus aus gewohnt, zwar umsichtig, aber dennoch stetig mit seiner Zeit Schritt zu halten, hatte der Jungbauer vom ersten Tag seiner Meisterschaft an die alten Sterzen- oder, wie man sie im Emmental nannte, die Geitzenpflüge, mit denen sich der alte Schattmattbauer bis jetzt beholfen hatte, abgedankt und einen guten Selbsthalterpflug, nach damals schon lang bewährtem Muster, angeschafft, wobei es sich erwies, daß damit nicht bloß Arbeitskraft eingespart, mehr und bessere Arbeit verrichtet wurde, sondern, und das stach dem Altbauern besonders in die Augen, die Pferde damit mehr als zuvor geschont werden konnten. Ebenso hatte sich Fritz gleich beim Aufzug auf die Schattmatt je eine neue Säe- und eine Mähmaschine verschrieben, die sich schon im ersten Betriebsjahre bezahlt machten, da, abgesehen von wenigen Landstücken, die vorläufig noch wie zuvor nach altem Herkommen bearbeitet werden mußten, das Gut in der Hauptsache wenig unebenes Land aufwies. Diesen Maschinen waren bald ein Heuwender und ein Pferderechen gefolgt, was Fritz ermöglichte, mit weniger Mühe und fremden Hilfskräften besseres Futter rascher einzubringen, als man es sonst auf der Schattmatt gewohnt war.

Im Kuhstall nahm der junge Bauer durchgreifende Änderungen vor. Von der Einsicht ausgehend, daß, vorderhand wenigstens, eine Eigenzucht, so wie sie sein Schwiegervater betrieben hatte, der darin den Überlieferungen seines Vaters gefolgt war, zu geringen, wenn überhaupt einen Gewinn abwerfe, hatte Fritz seinen Viehbestand erneuert und ihn auf möglichst hohen Milchertrag eingestellt. Dafür war er einer der eifrigsten Befürworter und Gründer der dörflichen Viehzuchtgenossenschaft, die gegen verhältnismäßig geringes Entgelt Gewähr für wertvolle, den örtlichen Bedürfnissen angepaßte Nachzucht durch die Einstellung hochklassiger Zuchtstiere bot. Auch diese Maßnahme erwies sich für den Betrieb sowohl wie für den Ertrag fördernd und nutzbringend.

Sogar im Pferdestall hätte Fritz, wäre es auf ihn allein angekommen, nicht ungern einige Änderungen durchgeführt. Zwar hatte sein Schwiegervater wertvolle, den Anforderungen des Hofes und der Art, wie er ihn bearbeitet hatte, durchaus angemessene Pferde besessen, die Fritz mit allem übrigen übernommen hatte, die er nicht unterschätzte. Allein für den Betrieb, wie er ihn jetzt allgemach umgestaltete, indem er ihn durch neue landwirtschaftliche Maschinen beschleunigte und erleichterte, hätte er lieber etwas leichtere, dafür aber beweglichere Pferde an die Normänner Andreassens eingetauscht. Doch wußte er zu wohl, wie sehr diesem die vorhandenen ans Herz gewachsen waren, so daß er klüglich beschloß, damit zuzuwarten, bis sich von selbst, durch natürlichen Abgang der alten Gäule, Anlaß zur Anschaffung von seinen Zwecken entsprechenden Pferden bieten würde. Dies lediglich, um dem Alten, dessen Mucken er allgemach kennengelernt, keine Veranlassung zum Unfrieden zu bieten.

Andreas Rösti nun war zu sehr Bauer, um nicht zu wünschen, die Schattmatt, deren Eigentümer er ja nach wie vor blieb, möchte in Aufgang kommen. Nun konnte er sich der Einsicht nicht verschließen, daß sie unter des Jungbauern Leitung an Wert gewann, was ja auch zu seinen mittelbaren Vorteil geschah. Dennoch begann es ihn zu wurmen. Nicht etwa, daß er sich über den billigen Zinsansatz, den er mit seinem Schwiegersohn vereinbart hatte, gegrämt hätte. Denn knauserig war er nicht; er wußte, daß sich der Eigentümer, der Übermäßiges von seinem Pächter fordert, in letzter Linie am empfindlichsten und dauerndsten selber schädigt. Außerdem lag ihm das Wohl seiner Tochter immerhin zu nahe am Herzen, als daß er sie in ihrem Fortkommen durch übertriebene Forderungen an ihren Mann hätte bedrängen mögen.

Aber ganz abgesehen davon, daß er seine Einwilligung zu ihrer Heirat mit Grädel nur unter der ganz bestimmten, wenn auch unausgesprochenen Voraussetzung so leichten Kaufes erteilt hatte, sich so oder anders den Dragonern, denen dieser angehörte und die Andreas nicht leiden mochte, überlegen zu zeigen, ebenso wie um sich an Grädels Mutter für ihre einstige Abweisung zu rächen, wurmte es ihn nun, daß ihm das Verhalten seines Schwiegersohnes gar keinen greifbaren Anlaß dazu bieten wollte. Wenn bisher sein besseres Selbst über ihn gesiegt hatte, so war dies lediglich dadurch ermöglicht worden, daß sich Fritz nicht nur gut anließ, Bethli offenbar glücklich war und der Hof neu aufblühte, sondern auch, weil ihn der Schwiegersohn als

Vater hielt und behandelte, ihm jeden Grund vorwegnehmend, seine unangenehmen Seiten über Gebühr hervorzukehren. So hatte es Fritz bei all den von ihm durchgeführten Neuerungen stets dermaßen einzurichten gewußt, daß der Alte schließlich das Gefühl haben mußte, selbst dazu geraten oder daran getrieben zu haben. Fritz hatte auch als Meister nichts unternommen, ohne sich mit ihm, dem Alten, vorher zu beraten, seine Meinung einzuholen, und wenn der, das Vorgehen des Schwiegersohnes wohl durchschauend, etwa geäußert hatte, das gehe ihn nun nichts mehr an, er, Fritz, sei nun Meister und möge selber tun, was ihm beliebe, so hatte dieser einfach die Angelegenheit beiseitegelegt, bis der Alte, von Bethli unmerklich bearbeitet, von sich aus darauf zurückgekommen war und, was ihm ursprünglich mitunter hatte unannehmbar scheinen mögen, selber wiederum vorschlug.

In Habligen war man allgemein erstaunt, zu sehen, wie wohl der Alte mit dem Jungen fuhr; viel, viel besser als man je erwartet oder gehofft hatte, wobei sich jedoch die Dörfler nicht verhehlten, ja es auch offen aussprachen, daß, wenn auf der Schattmatt nun noch einsichtiger als je zuvor gebauert werde, es der Tüchtigkeit des Jungen, keinesfalls aber dem Alten zuzuschreiben sei. Diese Meinung der Dörfler blieb Andreas nicht lange verborgen, um so weniger, als sie ihm gegenüber, dem sie stets gerne am Zeuge geflickt, durchaus kein Hehl daraus machten, sondern ihn in aller scheinbaren Gutmeinenheit dazu beglückwünschten, um ihn um so mehr zu reizen.

Das nun ärgerte Rösti im geheimen. Ohne es zu wollen, demütigte ihn der Dragonerbub schon dadurch, daß er sich tüchtiger erwies, als er, der Alte, sich selber fühlte. Dann aber auch, weil Fritz ihm auch gar keinen Anlaß bot, seine Launen an ihm auszulassen, sein Mütchen an ihm zu kühlen. Dadurch fühlte er sich von dem Jungen auf die einfachste Art der Welt zurückgesetzt, ja eigentlich betrogen. Er sah sich, wenn das so weitergehen sollte, um seinen letzten Lebenszweck, um seine Rache geprellt, um den Rest seiner Eigenbedeutung sich selber gegenüber beluxt. Dabei hatte er gegen seinen Schwiegersohn als solchen eigentlich gar nichts einzuwenden. Es wäre ihm sogar lieb gewesen, hätte er sich an seinen vermeintlichen Feinden, den Dragonern und sonstigen Habligern, namentlich aber an Gritli, schadlos halten können, ohne Fritzen dabei zu benachteiligen; denn das mußte er sich schon sagen: besser hätte es seine Tochter mit dem Heiraten schwerlich treffen können.

Dazu gesellten sich in der letzten Zeit Zeichen fortschreitender körperlicher Hinfälligkeit. Immer häufiger empfand er oft fast bis zur Unerträglichkeit gesteigerte Bauchschmerzen; er begriff, daß er ernsthaft erkranke, daß es, ob ein wenig früher oder später, dem Ende zu gehe, und sein Leiden verbitterte sein ohnehin unausgeglichenes Gemüt noch mehr.

So kam es nach und nach, daß sich Andreas nicht nur um sein ganzes Leben, sondern auch um dessen letzten Zweck je länger, je sicherer geprellt wähnte. Er würde abgehen, die Erde würde sich über ihm schließen, ohne daß es ihm gelungen sein würde, zu zeigen, wer er eigentlich hätte sein können, was er vermocht hätte, wenn ihn nicht von allem Anbeginn an ein feindseliges Geschick neidisch auf Schritt und Tritt verfolgt hätte. Er würde, wenn überhaupt, und dann gewiß auch nur auf kurze Zeit, im Andenken der Menschen als der verachtete, minderwertige Querkopf fortleben, dessen man nur halb mitleidig, halb belustigt oder verächtlich gedenken würde. Nie würde er etwas gelten, er, der alte Schattmatt-Rees, dessen Ehrgeiz es von Jugend auf einzig gewesen war, sich trotz seiner kleinen Gestalt, trotz seiner verheißungslosen Erscheinung vor andern auszuzeichnen, sich bewundert, geehrt oder, wenn ihm das versagt bleiben sollte, wenigstens durchgehend gefürchtet zu wissen. Sein ganzes Leben kam ihm nun als ein einziger, nichtsnutziger Irrtum vor, gelang es ihm nicht, in letzter Stunde, vor seinem Hinschied, wenn nicht gegenüber andern, doch wenigstens sich selbst gegenüber einen letzten, höchsten Beweis seines Wesens, seines Einflusses, seiner

Macht zu erbringen. Der vom Schicksal Vernachlässigte wollte sich selber Schicksal sein, wenn nicht im Guten, je nun, dann im Bösen; zur eigenen Selbstbehauptung und -erhärtung.

Gelang ihm das nicht, ja, dann war er zeitlebens ein großer Narr gewesen, sagte er sich jetzt, denn nur dazu hätte er sich bloß zu verhalten brauchen wie die meisten andern auch. Dann hätte er auch weniger gelitten, sich und seine Umwelt weniger zu quälen brauchen. Er hätte sich bloß bescheiden können, und ihm wäre, wie den tausend und abertausend Mittelmäßigen, ein geruhsames Wohlleben erblüht.

Derartige Überlegungen fraßen sich immer tiefer in ihn hinein, sooft er seinen Schwiegersohn, dem alles so mühelos geriet, rühmen hörte, sooft diesem wieder etwas gelang, das ihm, dem Alten, auch wenn es ihm eingefallen wäre, sicherlich hätte mißglücken müssen. Auf diese Weise werkte er sich allgemach künstlich in einen um so innigeren Haß gegen seinen Tochtermann hinein, je weniger ihm dieser dazu äußern Anlaß bot. Ja, die nachsichtige Duldsamkeit, das Entgegenkommen Fritzens schien ihm zuletzt als eine fein angelegte Bosheit, die ihn entwaffnen, ihn hindern sollte, sich selber Geltung zu verschaffen.

Seine körperlichen Beschwerden aber nahmen stetig zu, ließen ihn seines Lebens nimmer froh werden und nötigten ihn endlich, nach langem Sträuben, den Arzt zu Rate zu ziehen.

Des Bauers gelbe Gesichtsfarbe ließ diesen auf eine schon fortgeschrittene Leberkrankheit schließen; die nähere Untersuchung ergab, daß er an häufig auftretender Gallensteinkolik litt, so daß Dr. Wyß, sein Arzt, ihm riet, sich so bald wie möglich, zum Ende eines Eingriffes, in Spitalbehandlung zu begeben. Dazu aber konnte sich Andreas nicht entschließen, und da ihm der Arzt nach einigen vergeblichen Überredungsversuchen erklärte, unter diesen Umständen müsse er darauf verzichten, ihn weiter zu behandeln, wußte Andreas, wieviel es geschlagen hatte, und wurde nun täglich finsterer, teufelssüchtiger, tückischer.

Bald konnten keine Zweifel mehr über seine Absichten obwalten. Er suchte Fritz in jeglicher Weise dermaßen zu reizen, daß dieser schließlich die Geduld verliere, sich zu einer Unbesonnenheit hinreißen lasse, die ihm den Schein des Rechts verschafft haben würde, seinerseits seinen ungestillten Rachegelüsten freien Lauf zu lassen. Fritz aber war auf seiner Hut, darin wohlgeleitet von seiner Frau, die ihres Vaters Mucken, nicht aber die gegenwärtige Veranlassung dazu, nur zu gut kannte. Ihr zuliebe schien Fritz gar manches nicht zu bemerken, das ihm unter andern Umständen das heißeste Blut in die Schläfen getrieben hätte; um ihretwillen verbiß er seinen oft nur zu gerechtfertigten Zorn, wenn der Alte über das bloße Maulen, Sticheln, Dienstbotenaufhetzen hinausging und sich Taten oder Unterlassungen zuschulden kommen ließ, deren Absicht, den Jungbauern zu schädigen oder zu kränken, durchaus nicht zu verhehlen war. Es waren Streiche, die zu ahnden Fritz nach sittlichem und gesellschaftlichem Recht durchaus berechtigt gewesen wäre, was er aber um des lieben Friedens und seiner Frau willen unterließ, da er nur zu schmerzlich bemerkte, wie sehr Bethli unter jeder neuen Teufelei des Alten litt.

Gelegentlich, doch stets nur, wenn sie sich vor ihrem Manne sicher wußte, stellte die Tochter den Vater zur Rede, bat ihn eindringlich, seine Tücken aufzugeben, ihr Leben nicht durch seine Bosheiten zu vergiften. Dann gab es Ruhepausen, wo der Alte in sich zu gehen schien, sein Unrecht scheinbar erkannte, worauf mitunter Tage, ja Wochen hindurch Waffenstillstand herrschte. Aber gerade die planmäßige Widerstandslosigkeit Fritzens, von dem Andreas wohl wußte, daß er sonst wehrbar genug war, erregte seine Galle im buchstäblichen und übertragenen Sinn aufs neue, nötigte ihn mit geradezu ursprünglicher Triebgewalt dazu, stets weiter zu gehen, stets neue Bosheiten zu verüben, als habe er es darauf abgesehen, zu erproben, wieviel er ertragen möge, bis Fritz, endlich doch die Geduld verlierend, seine Selbstbeherrschung aufgäbe und ihm so den Boden zu noch schlimmeren Bosheiten ebnete, oder ihn niederschlüge.

Denn schließlich handelte es sich in barer Wirklichkeit um eigentliche Untaten; um Sachbeschädigungen, die man dem Alten zwar selten unmittelbar hätte nachweisen können, die aber stets mit der so durchsichtigen Absicht, Fritz nebenbei auch noch zu kränken oder zu demütigen, verbunden waren, daß an ihrer Urheberschaft nicht gezweifelt werden konnte. Es bedurfte der ganzen Willenskraft und Selbstüberwindung des Jungbauern, auf dem ein für allemal bezogenen Standpunkt zu beharren und sich stets wieder vorzustellen, daß der Alte eigentlich schwer krank sei und man ihm darum nicht volle Zurechnungsfähigkeit zubilligen könne. In dieser Auffassung bestärkten ihn auch seine Eltern, besonders aber seine Mutter, die nun ihre trüben Ahnungen nachträglich zu ihrem Verdruß gerechtfertigt sah und noch Schlimmeres befürchtete.

Aber all das milderte das Verhalten Andreassens nicht. Im Gegenteil. Die ihm entgegengebrachte Milde sowohl mißdeutend als mißbrauchend, werkte er sich stets tiefer in seine verbissene, ständige Geiferwut hinein, die je länger, je mehr auch die Liebe zu seiner Tochter überwucherte, sich in Taten äußerte, die nun schon zu wiederholten Malen alle Merkzeichen eigentlicher Gemeingefährlichkeit aufwiesen, so daß Fritz Grädel, als ihm der Alte eines Tages die Jauche durch einen Zuguß von fünfzig Liter Schwefelsäure böswillig vergiftet hatte, nun doch die Geduld verlor, ihn zwar nicht zur Rede stellte, aber mitten aus der Arbeit heraus sein Dienstpferd sattelte und zu seinen Eltern ritt, um sich mit ihnen zu beraten, ob und wie dem bösartigen Narren, wie er ihn nannte, endlich das Handwerk zu legen sei, da es der fünfte ähnliche Streich gewesen war, den sich der Alte binnen Monatsfrist hatte zuschulden kommen lassen.

Nach dem einläßlichen Bericht des Sohnes wagte es nun dieses Mal sogar Mutter Gritli nicht mehr, zu weiterer stiller Duldung zu raten; um so weniger, als sie wohl fühlte, daß solcher Rat, trotz aller bisher erwiesenen Selbstüberwindung des Sohnes, von diesem auf die Dauer doch nicht befolgt werden könnte. Sie schloß sich daher der Auffassung Vater Grädels an, der, als vieljähriges, bestandenes, wohlerfahrenes Gemeinderatsmitglied, in gesetzlichen Fragen wohl bewandert, riet, soweit es möglich wäre, Zeugen gegen Andreas zu stellen, diesem dann eine ernste behördliche Verwarnung erteilen zu lassen und ihm zu bedeuten, daß, wenn er seine Tücken nicht lassen könne, man ihm das als Ausfluß einer Geisteskrankheit deuten und die Familie seine Überführung in eine Heilanstalt anbegehren würde.

Dieser Ausweg wurde als richtig erkannt. Damit aber auch den äußeren Formen Genüge geschehe und sich der alte Schattmätteler in keiner Weise über Willkür oder Überrumpelung zu beklagen habe, wurde beschlossen, ihm die Eröffnung im Beisein zweier unbeteiligter Zeugen zu machen, wozu sich Andreas Christen auf der Moosmatt, der Vater des Freundes und Dienstkameraden Fritz Grädels, und Christian Roth, der Schwiegervater des nunmehrigen Gemeindepräsidenten Brand, bereit fanden.

Es traf sich, daß, als die beiden Mannen, begleitet vom alten Grädel, in der Schattmatt eintrafen, Andreas gerade sozusagen einen guten Tag hatte. Seine Schmerzen hatten in der letzten Zeit wieder etwas nachgelassen, Bethli hatte ihn neuerdings mit nie erlahmender Sorglichkeit betreut, so daß er sich dem Zuspruch der Männer ziemlich zugänglich erwies; allerdings erst, nachdem er, Bethli und Fritz gegenübergestellt, seine erst in Abrede gestellten Lumpenstücklein nicht mehr zu leugnen vermocht hatte. Zwar versprach er nichts, sprach überhaupt nicht viel; dennoch hatten die Mannen den Eindruck, er habe sich ihre Warnung zu Herzen genommen und werde sie um so weniger in den Wind schlagen, als ihm bestimmt angedroht worden war, es würde nunmehr bei der ersten Klage seines Schwiegersohnes eine Untersuchung von Gemeinderats wegen anbegehrt und dann das Weitere vorgekehrt werden.

Nun schien es wirklich während einiger Zeit, als habe Rees einen heilsamen Schrecken von der Unterredung davongetragen.

Er befliß sich, Weiteres durch sein Verhalten von sich abzuwenden, obgleich es in seinem Innern oft grimmig genug kochte. Als aber seine Anfälle neuerdings einsetzten, die Schmerzen wiederum bis zur Unerträglichkeit zunahmen, versauerte, verbitterte sich sein Gemüt. Das unter der Asche glimmende Rachefeuer züngelte aufs neue in hellen Flammen empor, und diesmal, grübelte er, habe er nun keine Rücksicht mehr auf Bethli zu nehmen, das ihn vor den Mannen zwar nicht unmittelbar angeklagt, aber auch nicht in Schutz genommen, sondern auf deren Befragen einfach die Wahrheit ausgesagt hatte. Er redete sich nun ein, die Jungen hätten es darauf abgesehen, ihn ins Narrenhaus zu bringen, um ihn bei lebendigem Leibe zu beerben; sie gingen darauf aus, ihn dort verenden zu lassen, ohne daß es ihm möglich sein sollte, seinem letzten Lebenszweck, dem seiner Rache, rückhaltlos zu frönen. Seine giftgeschwollene Bosheit aufs neue betätigend, ward er von nun an einfach vorsichtiger. Er verübte Streich auf Streich, doch allweil so umsichtig, daß man ihm wohl die sittliche, nie aber die sachliche Urheberschaft hätte nachweisen können.

Fritz litt mehr als je; ja er hatte schon zu wiederholten Malen ernsthaft die Frage erwogen, ob er sich nicht draus und davon machen wolle, da ihm Andreas jede Stunde seines Lebens verbitterte. Doch hatte er bis dahin, lediglich um Bethlis willen, keinen Entschluß gefaßt, bis der Alte seinen letzten Streich, den gemeinen Zigeunerkniff an dem Dienstpferd, verübt hatte, der nun freilich genügt haben würde, ihn unschädlich zu machen, von dem aber Fritz nichts ganz Bestimmtes wußte, da der Alte ermordet ward, und er selber, noch bevor ihm der ganze Sachverhalt klar geworden, gefänglich eingezogen worden war.

Zwar, daß die Lähmung seines Dienstpferdes ein Werk seines Schwiegervaters war, daran hatte Fritz nie auch nur einen Augenblick gezweifelt. Auch kannte er die mittelbare Ursache gerade zu dieser Bosheit des Alten. Fritz hatte, als er die Schattmatt in Pacht nahm, das Gut mit Schiff, Geschirr und Besatz übernehmen müssen, wozu unter anderem auch vier schwere normännische Ackerpferde gehörten, die dem Alten besonders teuer waren. Eines davon war im ersten Pachtjahre bereits altershalber eingegangen und darum nicht ersetzt worden, weil Fritz sein Dienstpferd mit auf den Hof gebracht und für ein leichteres Pferd nun bessere Verwendung hatte, als ihm der Ersatz zu dem bisher vorhandenen, schweren Viergespann geboten hätte. Außerdem hätte er mit fünf Pferden auf die Dauer nichts anzufangen gewußt; um so weniger, als sich sein eigenes Roß auch für Schwerarbeit in Wald und Feld ohne Schaden, bei verständiger Verwendung, verwenden ließ.

Nun der ungemein trockene Sommer des Jahres 1893 angebrochen war, der, nachdem die Frühjahrsarbeiten bestellt waren, den Pferden wirklich zu wenig Beschäftigung bot, als daß es sich gerechtfertigt hätte, sie unnützerweise zu füttern, da das Heu vollständig versagt hatte, Korn und Emd aber günstigsten Falles einen schwachen Mittelertrag versprachen, entledigte sich Fritz anfangs Heumonat kurz nacheinander zweier der alten Pferde. Das eine fraß ohnehin schon seit geraumer Zeit eigentlich nur noch sein Gnadenbrot und drohte vollends zu zerfallen; das andere, eine Fohlenstute, war seit ihrem letzten Fehlwurf auch nicht mehr viel wert, so daß sich, besonders angesichts des stets steigenden Futtermangels und der kläglichen Aussichten, sich zu erschwinglichem Preis Heu zu beschaffen, der Jungbauer genötigt sah, darin dem Beispiel aller vernünftigen Bauern landauf, landab folgend, alle entbehrlichen Tiere abzustoßen, um die bescheidenen Futtervorräte, die etwa noch vorhanden sein mochten oder sich vielleicht noch ergeben konnten, den eigentlichen Nutztieren zuzuwenden.

Daß er sich diesmal mit dem Alten nicht vorher darüber besprochen, hatte seinen Grund darin, weil dieser ihm doch nur böse Worte gegeben hätte und seit der Verhandlung mit den Mannen keinerlei Anteil mehr an der Leitung des Gutes zu nehmen schien. Nun aber, da Fritz die Pferde verkauft hatte, war es offenbar, daß ihn der Schwiegervater durch nichts gründlicher in Verlegenheit setzen und schädigen konnte als durch die Lähmung eines der beiden übrig gebliebenen Pferde. Daß er sich zu diesem Behufe Fritzens Dienstpferd aussersah, war noch eine Sonderzugabe an Bosheit, die Fritz nicht nur als Bauern, sondern auch als Dragoner zu treffen bestimmt war.

Dieses waren so ziemlich alle Auskünfte, die sich der Fürsprech und Gemeindepräsident Brand im Hinblick auf die Verteidigung Grädels hatte beschaffen können und die er unter der Hand dem Untersuchungsrichter Walter Steck mitgeteilt hatte, was diesem ermöglichte, eine ganze Reihe von Zeugen einzuvernehmen, deren Aussagen, wenn sie auch nicht belanglos, doch für den ihn beschäftigenden Handel ebensowenig ausschlaggebend und nur in rein menschlicher Beziehung aufschlußreich waren.

Je nachdem man sich auf den Standpunkt der Anklage oder der Verteidigung stellte, konnten sie zu beider Gunsten verwendet werden. Die Anklage konnte behaupten, angesichts des zerrütteten Verhältnisses zwischen Schwiegervater und Tochtermann habe dieser, wie sonst kein anderer, einen Vorteil und eine Erleichterung von dem Tode des Alten zu erwarten gehabt, woraus sich zur Not ein mittelbarer Belastungsbeweis ableiten ließ, während die Verteidigung geltend machen durfte, das bisherige Verhalten des Angeklagten gestatte die Annahme seiner Schuld angesichts seiner nachweisbar geübten Mäßigung, Selbstbeherrschung und seiner ganzen Wesensart schwerlich. Sollten aber alle Stricke reißen, sollte Fritz Grädel wirklich der Tat schuldig befunden werden, so waren ihm jedenfalls mildernde Umstände gesichert, begründet auf die unaufhörlichen Plackereien und Herausforderungen seines Schwiegervaters.

Inzwischen schleppte sich die Untersuchung mühsam vorwärts, ohne mehr Licht über die geheimnisvolle Angelegenheit zu verbreiten, als zu ihrem Anbeginn an schon vorhanden war. Der Angeklagte selbst hatte seine Haltung nicht verändert. Er bestritt nach wie vor seine Schuld, bei seiner ursprünglichen

Darstellung des Sachverhaltes, soweit er ihm bekannt war, beharrend, ohne sich je in irgendeinem Punkte zu widersprechen. Nach mehr als drei Monaten eifriger Nachforschungen und Verhöre gab es der Untersuchungsrichter auf, sein Werk über den toten Punkt, auf dem er angelangt war, hinauszuführen. Er erklärte daher in Übereinstimmung mit der Staatsanwaltschaft im Christmonat 1893 den Schluß der Voruntersuchung. Die von dem Beschluß des Untersuchungsrichters vorschriftsgemäß in Kenntnis gesetzte Anklagekammer des Kantons Bern überwies den Strafhandel dem zuständigen Schwurgericht, das voraussichtlich nach Neujahr zusammenzutreten hatte.

Von diesem Zeitpunkt an hatte nun der Verteidiger des Angeschuldigten, als welchen dieser Fürsprech Brand bezeichnet hatte, freien Zutritt zu ihm. Als ihn der Anwalt zum erstenmal besuchte, hatte er die größte Mühe, seine schmerzliche Überraschung, ja seinen Schreck zu verbergen. Aus dem vor kurzem noch so blühenden, kraftstrotzenden Jungbauern war ein käsbleicher, aufgedunsener Schwächling geworden, dessen ungesundes Aussehen, dessen matte Bewegungen, dessen heisere, gedämpfte Stimme, dessen bleierner, schier teilnahmsloser Blick nur zu deutlich von den Verwüstungen zeugten, die die Untersuchungshaft in dem Gefangenen angerichtet hatte. Es fiel dem Fürsprech nicht leicht, sich zu vergegenwärtigen, daß der gebrochene, gedrückte Mann, der sich bei seinem Eintritt in die Zelle mühsam erhob und ihm mit mattem Lächeln, teilnahmslosem Blick und schleppendem Gang entgegenkam, um ihm die kaltfeuchte Hand zu bieten, derselbe sei, der noch vor wenigen Monaten als forscher Dragonerunteroffizier seine Korporalschaft so stramm und zielbewußt geführt hatte.

Auf die Frage nach seinem Befinden antwortete der Gefangene lässig, es gehe wie es könne: jetzt nicht mehr allzu übel. Der Fürsprech begriff, daß, um ihm neuen Lebensmut einzuflößen, sein Geist wenigstens von seiner gegenwärtigen Lage abgelenkt werden mußte. Allein, es fiel ihm nur im Augenblick nicht ein, wie er das bewerkstelligen könne, ohne daß Fritz Grädel ihn durchschaue. Also begann er von dem Rechtshandel ohne weiteres in vertraulichem Tone zu reden.

Er habe nun die Akten eingehend geprüft, erklärte er, und seiner Meinung nach müsse der Freispruch erfolgen. Die Schuldbeweise ständen auf so lockern Füßen, daß es ihn in Wirklichkeit wundere, wie der Staatsanwalt seine Anklage begründen wolle. Sie, der Fürsprech und Fritz, würden ihm die Hölle schon ein wenig heiß machen. Bis dahin sei es geboten, Geduld zu üben, sich nicht entmutigen zu lassen. Lange werde die Untersuchungshaft nimmer dauern; das Schwurgericht werde Anfang des neuen Jahres zusammentreten, das bedeute Fritzens Rechtfertigung, seine Freiheit, seine Genugtuung! Nur jetzt ausharren, nur nicht schlapp werden, damit er vor Gericht als Fordernder, Stolzer aufzutreten imstande sei, nicht als Verzagter und Bittender.

Fritz ließ den Anwalt, der sich unwillkürlich erwärmt hatte, reden. Als er sich unterbrach und Fritzens Hand ergriff, erwiderte dieser:

«Ich danke dir, Präsident; du meinst es gut! Aber wer erlebt hat, was ich nun seit vier Monaten durchmache, der wird des Lebens nimmer froh!»

Brand begriff zu seinem Leidwesen plötzlich, daß dem wohl bei Fritz so sein könnte. Doch wollte er es nicht gelten lassen und suchte ihn, vom freundschaftlich-warmen Tone zu einem aufheiternd-scherzhaften übergehend, aufzurichten, zu beleben; allein umsonst!

«Schau», hatte Fritz schließlich auf alle Vorstellungen des Freundes erwidert, «ich bin und bleibe ein gebrochener Mann, ob ich freigesprochen werde oder nicht. Offen gestanden: wäre es mir nur um mich selber zu tun, käme es mir gar nicht darauf an, verurteilt zu werden, denn das werde ich, ob freigesprochen oder nicht, doch. Einzig der Gedanke an Bethli und die Kinder hält mich aufrecht, gibt mir die Kraft, das Leben noch zu ertragen. Wie lange, weiß ich freilich nicht!»

Dann, nach einer langen, peinlichen Pause, die der Fürsprech nicht zu unterbrechen wagte, hob Fritz hoffnungsleeren Tones neuerdings an:

«In den vier Monaten, die nun hinter mir liegen, habe ich mancherlei erlebt, mehr als vorher in meinem ganzen Leben. Mag sein, daß das Gericht mich freispricht. Aber der Verdacht, möglicherweise doch ein Mörder gewesen zu sein, wird mich umbringen. Bethli, du, ein paar Freunde meinetwegen, sind von meiner Unschuld überzeugt, das weiß ich und danke es euch von ganzem Herzen. Aber beweisen, so beweisen, daß kein Schatten auf mir zurückbleibt, daß ich nach wie vor rein in der Sonne stehe, könnt ihr meine Unschuld nicht. Das werdet ihr nie können, und so lange ist Fritz Grädel in den Augen der meisten Menschen eben doch ein Gerichteter. Nein, laß mich ausreden», fuhr er hastig fort, als Brand ihm ins Wort fallen wollte, «laß mich reden! Schau, ich habe in den langen Monaten meiner Haft, in den unendlich langen, schlaflosen Nächten Zeit genug gefunden, nachzudenken, mir vieles zu überlegen. Ich weiß, du meinst es gut mit mir! Du möchtest mich trösten und aufrichten! Aber wenn du ganz offen sein willst, und du darfst und sollst es deinem Korporal Grädel gegenüber, dann mußt du mir ehrlicherweise zugestehen, daß nicht einmal ein Freispruch ganz sicher ist. Nein, nein, laß mich reden! Offen und ehrlich, Auge in Auge gesprochen, von Mann zu Mann: besteht nicht trotz allem die Möglichkeit, daß ich als Mörder meines Schwiegervaters verurteilt werde?»

Als nun der Anwalt, schmerzlich bestürzt, schwieg, um dann erst nach einer Überlegungspause zu erwidern, dazu sei denn doch die Wahrscheinlichkeit gering, unterbrach ihn Fritz neuerdings und fuhr fort:

«Mag sein, daß die Wahrscheinlichkeit gering ist, aber du selbst wagst nicht zu leugnen, daß die Möglichkeit vorhanden ist. Sieh, ich habe meiner Lebtag nie etwas mit Gerichten zu tun gehabt. Ich habe sie mir anders vorgestellt. Ich wähnte, sie suchten das Recht; nicht bloß den Handel zu erledigen, wie man sich eines langweiligen oder unangenehmen Geschäftes entledigt. Wohlverstanden, ich beklage mich nicht; am allerwenigsten über den Gerichtspräsidenten. Ich hab' es wohl gemerkt, daß ich ihn dauerte. Er hat mir, soweit er konnte, alle Erleichterungen gewährt. Ich traue ihm sogar zu, er glaube im Grunde gar nicht an meine Schuld. Aber er mußte meinen Fall, neben vielen anderen Fällen, aufarbeiten, wie unsereiner etwa ein Jaucheloch ausschöpft. Er steht heute auf dem gleichen Standpunkt wie vor vier Monaten, trotzdem er sich redlich Mühe gegeben hat, der Sache auf den Grund zu kommen. Das ist ihm nicht gelungen, zu meinem Schaden nicht! Und nun möchtest du mich glauben machen, daß ein Schwurgericht, bestehend aus einem Dutzend rechtschaffener Männer, das will ich zugeben, aber aus einem Dutzend Männer, die der Zufall zusammenwürfelt, die sich einen einzigen Tag mit dem Fall befassen werden, die keinen Grund haben, mir wohl zu wollen, weil sie mich nicht kennen, wie mich der Untersuchungsrichter heute kennt, daß diese zwölf Männer aufklären werden, was seinen eifrigsten Bemühungen, verbunden mit denen der Polizei, dunkel geblieben ist?

Das glaubst du selber nicht, Präsident!

Ich habe nun in meiner langen Haft eine ganze Anzahl Mitgefangene kennengelernt, darunter welche, denen das Gericht nichts Neues mehr ist, die zum Teil schon oft vorbestraft wurden. Sozusagen jeder hat seine Erlebnisse erzählt. Ich habe zugehorcht, und dann, was ich vernommen, in den langen Nächten wieder, immer wieder daran gekaut; da bin ich am Ende klug geworden.

Die Geschworenen werden mich möglicherweise freisprechen. Das kann sein, kann aber auch nicht sein. Wenn ich nicht freigesprochen werde, wird man mir mildernde Umstände zubilligen müssen; das Verhalten des alten Rösti zu mir bietet deren genug. Aber dann wird lediglich die Strafe gelinder ausfallen. Statt lebenslänglich ins Zuchthaus zu wandern, wird man mich mit zwanzig oder weniger Jahren bedenken. Dann aber bin ich dennoch der Mörder und verloren.

Oder aber es gelingt dir, die Geschworenen davon zu überzeugen, daß die mir zur Last gelegte Tat unbeweisbar ist. Du wirst sie in ihrem Gewissen erschüttern, wirst nicht nur dem Staatsanwalt, sondern namentlich auch ihnen die Hölle heiß machen, wirst ihr Gewissen, ihr Verantwortlichkeitsgefühl anrufen. Dann werden sie mich vielleicht freisprechen, nicht aus Überzeugung, nicht aus sicherm Wissen heraus, sondern aus Angst, einen Fehlspruch zu fällen, mir Unrecht zu tun. Sie werden mich freisprechen, weil man mir den Mord doch nicht ganz beweisen kann; aber heißen wird's nachher nicht, Grädel war unschuldig, sondern – man hat es ihm nicht beweisen können! Ob freigesprochen oder nicht, bin und bleibe ich der Mörder! Man wird es mir nicht vorhalten dürfen, denn dann hätte ich das Recht, den Lästerer zur Verantwortung zu ziehen – aber man wird munkeln, man wird verstohlen mit dem Finger auf mich deuten und sich zutuscheln: da, das ist jetzt der, der vor den Geschworenen gestanden hat unter der Anklage, seinen Schwiegervater umgebracht zu haben, und man wird mich meiden, sich vor mir in acht nehmen.

Ich frage dich, was ist das für eine Rechtfertigung, für eine Genugtuung, die nur in dem Rechte besteht, sich von jedem beliebigen, allzu vorlauten Halunken vor Gericht bestätigen zu lassen, man habe dir einen Mord, dessen du angeklagt warst, nicht beweisen können? Damit ist deine Unschuld noch lange nicht erwiesen! Aber du mußt solch einen Kerl einklagen, sonst heißt es erst recht, du hättest dir seine Anwürfe gefallen lassen müssen!

Darum ist es mir um meinetwillen gleichgültig, ob ich freigesprochen werde oder nicht. Mein Leben ist verpfuscht, komme es, wie es wolle! Wenn ich aber dennoch wünsche, freigesprochen zu werden, so ist's um meiner Frau und Kinder willen, und weil ich die schwache, schwache Hoffnung habe, es komme doch vielleicht der Tag, wo es sich aufklären wird, wie der Schattmatt-Rees ums Leben kam.

Allein ich fürchte, ich werd's nicht erleben!»

Bei diesen Worten durchzitterte eine tiefe Bewegung des Gefangenen Gestalt; er ließ sein Haupt auf die Arme, die er auf seinem armseligen Tische verschränkt hatte, sinken und schluchzte aus der ganzen abgründigen Tiefe einer gebrochenen, hoffnungslosen Seele.

Hugo Brand betrachtete ihn eine Weile wortlos und ergriffen, dann zog er sich still zurück, sich vornehmend, dem Gedrückten so viel als möglich seiner freien Zeit zu widmen.

Fritz Grädel hatte sich über seinen Zustand nicht getäuscht: er war ein gebrochener Mann, erdrückt von dem entsetzlichen Verdacht, zermürbt von der zu langen, verblödenden, unwürdigen Untersuchungshaft.

Zum Anbeginn, gleich nach seiner Verhaftung und Einlieferung ins Gefängnis, hatte er die Ruhe, die ihn nun auf einmal nach all den aufregenden vorausgegangenen Tagen umgab, gewissermaßen als eine Erleichterung, eine Erlösung aus einem Zustande unerträglicher Aufregung und Unsicherheit empfunden. Er fühlte sich ruhe- und sammlungsbedürftig; die unfreiwillige Muße, die Stille, die ihn umgab, waren ihm zur Beruhigung seines Gemütes, zur Besänftigung seiner Nerven, zur Ordnung seiner wirren Gedanken und Sorgen nicht unerwünscht. Er war sich ohnehin in den seiner Verhaftung vorausgegangenen Tagen vorgekommen wie ein von stetem Angriff Bedrohter, der keinen Augenblick sicher ist, ob er nicht aus dem nächsten Hinterhalt überfallen werde. Nun befand er sich einer festen, unverrückbaren Tatsache gegenüber, die standhielt, mit der er sich auseinanderzusetzen hoffte, wenn er nur erst wieder ausgeruht und bei Sinnen wäre. Auch hatte die freundschaftliche Art, wie ihm der Gemeindepräsident über den schweren Schritt hinweggeholfen hatte, dazu beigetragen, ihn zu stärken, mit Hoffnung zu erfüllen. Wußte er doch, daß draußen, jenseits der Gefängnistüre,

Menschen waren, die an ihn glaubten, die, von seiner Unschuld überzeugt, an seinem Geschick Anteil nahmen, die ihn nicht verlassen würden.

Vor allem war er nun erschöpft, mußte schlafen, sich sammeln; so erschöpft, daß er sich seiner Neuumgebung zunächst nicht einmal gewahr wurde, sondern, einfach unsäglich müde, auf die Pritsche sank, empfindungs- und gedankenlos vor sich hin dämmerte, bis ihn der Gefangenwart zum Verhör abgeholt hatte. Dieses dauerte bis spät in die Nacht hinein. Als er endlich in die Zelle zurückgeführt wurde und ihm der Gefangenwart ein Blechgeschirr mit nun nicht gerade mehr sehr warmer Suppe reichte, hatte er sie unberührt stehen lassen und sich, nach dessen Anweisungen, sein Lager zurechtgemacht, sich hingelegt und war gleich darauf in einen bleiernen, traumlosen Schlaf verfallen, aus dem er am folgenden Morgen nur schwer zu wecken gewesen war. Maschinenmäßig, geistlos fügte er sich den Anordnungen des Gefangenwartes; er lebte sich in die pünktlich geregelte, immer gleich starr bleibende Gefängnisordnung ein, ohne sich dessen bewußt zu werden. Er brütete geistesabwesend vor sich hin, ganze Stunden, ganze Tage lang, und hätte man ihn gefragt, was er die Minute zuvor getan oder unterlassen, gedacht oder gefühlt, gegessen oder getrunken habe, er wäre wie aus einem Traum erwacht und hätte es nicht zu sagen vermocht. Einzig die Verhöre, die in den ersten Tagen seiner Haft recht häufig und zu den verschiedensten Tageszeiten aufeinander folgten, brachten einige Störung in sein dumpfes Wohlbefinden; aber auch dann bedurfte es seiner ganzen Willenskraft und mitunter eines recht kräftigen Zuspruches des Untersuchungsrichters, um ihn aus seiner Stumpfheit zu einer Art ihm selber wesensfremden Bewußtseins für die Dauer der Verhandlung aufzurütteln, worauf er sogleich wieder in eine Seelenstarre zurückversank.

Nach einigen Tagen kehrte er jedoch allgemach gewissermaßen zur Selbstbesinnung zurück. Damit aber begann die wachsende Unerträglichkeit seiner Lage. Er, der gewohnt war, sich vom frühen Morgen an bis zum späten Abend frei zu bewegen, sah sich zu unendlicher Muße, zu tödlicher Langeweile verurteilt. Statt freies Werken in frischer Luft, unter sengender Sonne stand ihm nur ein beschränkter, übelriechender, von der Außenwelt abgeschlossener Raum zu Gebote, in dem er sich nicht einmal ordentlich zu bewegen vermochte. Der an abwechslungsreicher Schwerarbeit gehärtete Bauer fühlte sich verweichlichen, erfaulen. Die Gefängnisordnung wurde in unerbittlicher Eintönigkeit durchgeführt. Jeden Morgen um halb sechs Uhr wurde Tagwacht gemacht, bei welcher Gelegenheit ihm in einem Blechgefäß ein Liter Kaffee und ein Viertelkilogramm Brot zum Klappschieber seiner Zellentüre hineingereicht wurde. Um sieben Uhr kreischte diese in ihren verrosteten Angeln; dann hatte er sich zu waschen, den Stinkkübel auszutragen und zu leeren, Wasser zu fassen, die Zelle zu reinigen und aufzuräumen, den Spreusack an die Wand zu stellen, da es den Gefangenen nicht gestattet war, tagsüber darauf zu ruhen.

Um siebeneinhalb Uhr wurde den Gefangenen Lesestoff durch das Klapptürchen gereicht, und was für Lesestoff! Entweder waren es von jenen faden, seichten, religiösen Büchlein, Erbauungsschriften unerhört einfältig-verlogenen Gehaltes, geradezu wie geschaffen, die Langeweile der Untersuchungshaft noch zu verschärfen, oder aber alte, hundertmal zerlesene, besudelte, zerfetzte und stets unvollständige Jahrgänge von Zeitschriften erschreckender Gehaltlosigkeit, Familienblättchen, mit Zuckerwasser geschrieben und Lakritzensaft gedruckt, aber auch nicht ein Buch, das nicht unvollständig und beschädigt gewesen wäre, auch nicht ein Blatt, das ein halbwegs vernünftiger Mensch nicht nach zwei Minuten mit einer Gebärde des Ekels oder einem Fluch beiseitegeschmissen hätte, vorausgesetzt immerhin, er wäre nicht Untersuchungsgefangener gewesen und hätte somit eine andere Wahl gehabt. Fritz hatte jedoch keine Wahl. Schließlich, nur um die langsam dahinschleichenden

Stunden würgender Langeweile zu überwinden, las er geistlos und geistesabwesend geistloses, geschmackverlassenes Zeug, das ihn in seinem tiefsten Innersten anwiderte.

Nach wenigen Tagen wurde ihm zwar gestattet, sich von zu Hause oder aus dem Städtchen Bücher kommen zu lassen. Wer aber weiß, wie ein Bauer zu leben und wie wenig er gewohnt ist, stillzusitzen und zu lesen, mag ermessen, wie schneckenhaft Fritz die Stunden dahinschlichen, wie langer Zeit es bedurfte, bis er hinreichend zermürbt war, um nun mit wirklichem Genuß und einiger Aufmerksamkeit zu lesen, bis sich um elfeinhalb Uhr der Schieber wieder öffnete und ihm sein blechernes Litergeschirr voll Suppe und neuerdings ein Viertelkilogramm Brot gereicht wurde.

Er aß dann rein triebhaft, ohne andern Genuß als den, der durch den Unterbruch der Eintönigkeit des Alleinseins vermittels der Mahlzeit geboten wurde. Es vergingen mehrere Tage, bis er vom Recht der Selbstverköstigung, die den Untersuchungsgefangenen auf ihre eigenen Kosten zusteht, Gebrauch machte; doch ward seine Eßlust nicht sonderlich gehoben, da er ungewohnt war, ohne rechtschaffenen, durch gehörige vorausgegangene Arbeit erworbenen Hunger zu Tische zu sitzen. Was ihn jedoch weitaus am meisten quälte, was ihm, dem starken Gewohnheitsraucher, einer eigentlichen Folter gleichkam, bestand im Rauchverbot, das ihm nicht wiederzugebende Pein bereitete, ohne das ihm, wie er meinte, alles übrige noch einigermaßen erträglich vorgekommen wäre. Anläßlich eines Verhöres hatte er sich die Rauchvergünstigung vom Untersuchungsrichter erbeten; allein dieser hatte ihm eröffnet, sie ihm zu erteilen stehe außerhalb seiner Zuständigkeit, da die Gefängnisordnung allgemein bindende Kraft habe und Abweichungen davon zu gewähren nicht bei ihm stehe. Doch hatte er ihn verstehen lassen, er würde nicht allzu streng auf der Durchführung dieser Vorschrift beharren, sollte es Fritz gelingen, sich hinter seinem Rücken gelegentlich an einer Zigarre gütlich zu tun. Fritz hätte weder ein kluger Mensch noch ein Gefangener sein müssen, wäre es ihm nicht wenigstens ab und zu gelungen, dem verbotenen Genusse zu frönen, wobei es sich merkwürdigerweise ergab, daß der Gefangenwart nie etwas bemerkte, obwohl er sonst ziemlich scharfe Aufsicht führte.

War das Mittagsmahl mehr erledigt als genossen, so öffneten sich um zwölf Uhr die Zellen. Mehrere Gefangene wurden zu ihrer Unterhaltung gemeinsam in eine oder zwei Zellen verbracht, wo ihnen gestattet wurde, zu plaudern oder mit erbärmlich schmutzigen Karten zu spielen, bis nachmittags um halb sechs Uhr, wo ihnen wiederum ein Liter Suppe, doch diesmal ohne Brot, verabreicht wurde. Um sechs Uhr mußte jeder in seine eigene Zelle zurückkehren, sein Geschirr leeren, Wasser fassen; dann folgte die quälende, endlose Nacht.

Im Anfang hatte sich Fritz gegen das Zusammensein mit den andern Gefangenen gesträubt, aus Niedergeschlagenheit, Scham, aber auch aus einem gewissen Stolz. Es ging ihm, dem Bauern, nicht ohne weiteres ein, mit Dieben und Landstreichern Kameradschaft zu pflegen. Doch bald wurde ihm die Einsamkeit so unerträglich, daß er froh darob war und die Mittagsstunde ersehnte. Nicht lange ging's, so zeitigte das Zusammenleben mit seinen Unglücksgefährten eine ganz eigentümliche Wandlung seiner Lebens- und Weltauffassung, wie er sie sich früher nie geträumt haben würde. Bis dahin hatte er, darin der allgemeinen Anschauung seines Volkes und seiner Zeit folgend, in diesen Leuten nur Gesindel, verkommenes, arbeitsscheues, fahrendes Volk erblickt. Die teils rohen, teils schmutzigen, teils ausgeschämt lustigen Inschriften, mit denen die Wände seiner Zelle und die weißen Ränder des Gefängnislesestoffes über und über beschmiert waren, hatten ihn in dieser Auffassung eher bestärkt. Nun aber, in tägliche Berührung mit diesen Leuten gebracht, entdeckte er zu seiner großen Verwunderung das ewig Menschliche in ihnen. Er fand nach kurzer Zeit, daß der Unterschied, der sie von der gesitteten, braven Gesellschaft trennte, eigentlich nicht so groß war, vor allen Dingen aber viel weniger unüberbrückbar war, als er sich je hätte träumen lassen.

Er, der stolze, wenn auch nicht hochmütige Bauer und Dragonerkorporal, entdeckte täglich in diesen Ausgestoßenen Eigenschaften, Tugenden, deren er gerade sie am allerwenigsten fähig gehalten hatte. So fand er bei ihnen jenes unmittelbare, ohne weiteres selbsttätige Mitgefühl, das hilfsbereit gleich ans Herz spricht und so himmelweit entfernt ist von jenem kränkenden, demütigenden, pharisäerhaft beleidigenden Mitleid, auf das sich beschränkte Gerechte in ihrer Ohrfeigenseele erst noch etwas einbilden, weil sie bereits zu verknöchert sind, sich darob gebührlich und hundemäßig zu schämen. Freilich, dieses Mitempfinden, das unter den ihn umgebenden, zum Teil zerlumpten und verlausten Kitteln pochte, äußerte sich oft eben gerade lächerlich oder schamvergessen genug; aber es war vorhanden, unmittelbar ehrlich seiner Gesinnung nach.

Er fand auch, daß die Leute untereinander, wie übrigens auch ihm gegenüber, bestrebt waren, sich ihre Lage gegenseitig zu erleichtern, einander über das Schlimmste hinwegzuhelfen. Das geschah freilich, ob bewußt oder unbewußt, zu eines jeden eigenem Vorteil zunächst, hinderte aber nicht, daß jeder Einzelne die Wohltat aller an sich, und alle das Wohlbestreben jedes Einzelnen empfanden. Da war keiner, der nicht aus seinem Leben allerlei erzählte, wobei allerdings oft faustdick aufgeschnitten wurde, was aber nicht hinderte, daß sich Fritz Einblicke in Seelen- und Menschenleben erschlossen, die ihn teils erschütterten, teils erhoben und trösteten, teils aber auch mit eigentlicher Bewunderung erfüllten. Durch diese Menschen trat ihm eine Einsicht entgegen, wie er sie noch nie geschaut; er lernte begreifen, daß, um im höchsten Sinne wahrhaft zu sein, man entweder an der Spitze, über die Gesellschaft erhaben, oder in deren Untergrund heimisch sein müsse.

Befand er sich dann wieder allein in seiner Zelle, für sich, von der ganzen übrigen Menschheit und Welt abgesondert, so gab es sich von selbst in den sich endlos dehnenden schlaflosen Nächten, daß er sich, des Grübelns über den eigenen Fall müde, eingehenden Nachgedanken über all das von seinen Mitgefangenen Vernommene überließ, und da es ihm dazu an Zeit ja nicht gebrach, überdachte er alles gründlich, wiederholt, von seinem Wissen und seiner Erfahrung Lösungen auf Lebensrätsel heischend, deren bloßes Vorhandensein er kurz zuvor nicht einmal geahnt hatte. Dadurch nun wurden Zweifel in ihm mächtig, die sich im schleppenden Laufe der langen, bangen Nachtstunden stets gebieterischer aufdrängten, sich nimmer abweisen ließen und den achtundzwanzigjährigen Mann nötigten, zum erstenmal in seinem Leben über Dinge nachzudenken, sich mit ihnen auseinanderzusetzen, die ihm die billige, allgemeingültige Allerweltsüberlieferung als längst abgeklärt vorgetäuscht hatte.

Er kam zum Schluß, es gebe neben dem oberflächlichen, marktfähigen Gesellschaftsbewußtsein noch eine tiefere Erkenntnis; er begann etwas von einem allgemeinen Menschheitsbewußtsein zu ahnen, das ihn über die Gesellschaft hinaus zu deren Beurteilung und in der Folge zu deren Verurteilung führte. Es schien ihm, daß, was landläufig als Recht und Sitte galt, nur eine übereingekommene, aber unsäglich oberflächliche Tünche bedeute, deren matter Schimmer nur so lange herhalte, als man sich in der glücklichen Lage befinde, nicht aufmerksam hinschauen, sie nicht auf ihren eigentlichen Wert oder Unwert prüfen, erproben zu müssen. Ihm dämmerte, verworren, unbestimmt zwar, aber darum nicht weniger eindrucksvoll, die Erkenntnis der großen, alles beherrschenden, jeden gesunden Begriff fälschenden, jede Tatsache entstellenden gesellschaftlichen Lüge auf; er glaubte die vollkommene Haltlosigkeit, die durchgehende Leere alles dessen zu erkennen, das im gewöhnlichen, geruhsamen Leben füglich ausreicht, es nicht bloß zu ertragen, sondern es sogar recht behaglich zu finden.

Seine von Natur aus gerade, ehrliche Veranlagung bewahrte ihn zwar vor feilen Zugeständnissen, nicht aber vor formelhaften

Überbrückungen klaffender Empfindungslücken, die sich vor seinem Fühlen und Denken nun bei jedem Schritte erschlossen. Nichts von alledem, was er bisher geglaubt und für wahr gehalten, hielt mehr stand.

Das Recht, das er bisher ungeprüft für einen sichern gesellschaftlichen Hort gehalten, schien ihm nun in seiner Wirklichkeitsanwendung als ein ohnmächtiges Feilschen um bloße Worte, wesenlose Begriffe, untergeordnete, dabei aber doch nie völlig abzuklärende Tatbestände, bei dem sich nicht der Schuldlose, sondern der obenauf schwingt, der mit den Ränken des Rechtsverfahrens am besten vertraut, daher am geschicktesten ist, die ihm beliebige Auffassung glaubhaft zu gestalten. Er erahnte, daß das Urteil auch des gewissenhaftesten Richters stets ein Fehlspruch sein müsse; nicht weil der Richter bestechlich, gewissenlos oder dumm sein kann, sondern weil die Absicht des Rechtes nicht auf Gerechtigkeit, sondern allein auf die Wahrung des gesellschaftlichen Nutzens ausgehe. Es dämmerte in seinem Unterbewußtsein die Ahnung auf, das Recht sei nicht allein bieg- und schmiegsam, sondern je nach Zeit, Ort und Gelegenheit wandelbar, es bedeute nicht eine Richtschnur des menschlichen Gewissens, sondern lediglich eine übereingekommene gesellschaftliche Verteidigungsmaßregel zur Wahrung früherer, von der Gesellschaft oder von Einzelnen mit Erfolg verwirklichter gewaltsamer Eroberungen.

Je eindringlicher er über sein, dann aber auch über das Geschick seiner Mitgefangenen nachsann, je aufmerksamer er deren Schicksale untereinander sowohl als mit denen der draußen in Freiheit lebenden Menschen verglich, desto klarer ward ihm die Einsicht, daß draußen die Sieger, drinnen die Besiegten lebten, daß, was den Gesetzesübertreter vom Gerechten unterscheidet, nicht von des Einzelnen Verdienst, nicht vom Wollen oder Können der Gesellschaft, sondern lediglich von etwas abhängt, das, bei Licht besehen, eine verwünschte, täuschende Ähnlichkeit mit blindem, rohem Zufall aufweist. Eine Entdeckung, die ihn ebenso bestürzte als beunruhigte, die ihn aus allen Geleisen seiner bisherigen Lebensauffassung warf. Fritz Grädel verzweifelte am Recht.

Allein seine bedürfnisbedingte Sehnsucht, die Notwendigkeit, in seiner Lage auf irgendeinem festen Boden zu fußen, nötigten ihn, irgend anderswo, gleichviel auf welcher Seite, eine vernünftige Grundlage seines Fühlens, Denkens und Lebens zu suchen. Da entsann er sich seiner ihm einstmals eingeprägten Religion.

Wie die meisten seines Standes war Fritz Grädel von müßiger Schwärmerei ebensoweit entfernt wie von vorlauter Verachtung der Dinge, die man als die göttlichen bezeichnet. Er war ein Gewohnheitschrist, wie die meisten andern auch, gehörte der Landeskirche, die ihn getauft, unterwiesen und getraut hatte, an wie einer Verwandtschaft, deren Bande bei besondern festlichen Gelegenheiten zwar stets, wenigstens äußerlich, erneuert, aber nie mehr übermäßig herzlich wurden, deren man sich entsann, wenn es galt, ein Kind zu taufen, ein Liebes zu begraben, als einer gesellschaftlichen, übrigens recht leidlichen Einrichtung, deren Hauptzweck darin bestand, die Allgemeinheit gewissermaßen am eigenen Leben, an Freude und Leid auf anständige Weise teilnehmen zu lassen. Eine Einrichtung zur Erhärtung des gesellschaftlichen Gemeinschaftsgefühles also, die man sich gegebenen Falles ganz gerne gefallen läßt, der man die übliche Ehrerbietung durch gelegentliche Kirchenbesuche und den Genuß des Abendmahles erweist, im weitern aber auf sich beruhen läßt, ohne sich von ihr mehr als unabweisbar beeinflussen zu lassen, ohne ihr tiefschürfenden Einfluß auf sein Innenleben einzuräumen, ohne sie im täglichen Wirken sonderlich zu beachten.

In seiner gedrückten Lage nun wollte es den Gefangenen schier bedünken, es könnte am Ende die Kirche dem Einzelmenschen mehr sein, als er bisher geahnt; in ihr liege möglicherweise der Hort, der die Menschen über sich selber und ihr klägliches Leben hinauszuerheben vermöge, jener Hort, den er im Rechte so erbärmlich, so endgültig hoffnungslos hatte zusammenstürzen sehen.

Da nun aber Fritz Grädel kein auf Folgerichtigkeit eingeschulter Denker war, da er außerdem, überlieferungsgemäß, Christentum und Kirchentum, Erlebnis und Lehre, Gehalt und Form nicht klar voneinander zu unterscheiden vermochte, war es unvermeidlich, daß er strauchelte, in seinem Suchen nach Wahrheit und innerm Halt auch hier schmählich scheiterte, wozu übrigens die ihm vorliegenden, beschränkt frömmelnden Andachts- und Erbauungsschriften der Gefängnisbücherei, deren lebensfremde Gehaltlosigkeit und klebrig-schleimige Verlogenheit seinen gesunden Sinnen widerstrebte, das Ihrige redlich beitrugen. Er unterlag dem seinesgleichen so naheliegenden, fast unvermeidlichen Trugschluß, Religion und religiöse Einrichtungen, also die Kirche, seien eins. Er hielt beide für ein Ein- und Unteilbares, ohne zu ahnen, daß die Kirche günstigsten Falles eine Brücke unter vielen andern möglichen zur Religion schlagen, diese selber aber niemals ersetzen oder auch nur im Einzelfalle vollgewichtig vertreten kann, und daß die Religion nicht notwendigerweise unzertrennlich mit dem Fürwahrhalten irgendeiner Satzung verbunden ist.

Einmal auf diesem Punkte angelangt, war in des Gefangenen Vorstellung das Bewußtsein des Göttlichen, Übermenschlichen, das er bis anhin mit den Begriffen der Kirche und Religion als unzertrennlich verbunden gedacht hatte, verflüchtigt. Er sah in beiden, wie im Recht, nur menschliche Übereinkünfte, gesellschaftliche Einrichtungen, sittliche Polizeigewalt, wohl dazu geeignet, im gewöhnlichen Lauf der Dinge das menschliche Zusammenleben zu erleichtern, zu ordnen, zu schlichten, aber unfähig, dem Einzelnen, der in seelische Nöte geraten ist, wirksam beizustehen, ihm leben zu helfen, ja, nicht einmal ihm einen halbwegs haltbaren Trost zu spenden. Kirche und Religion, Gottheit und Sittengesetz kamen ihm nun, im Hinblick auf die Fragen, die ihn jetzt bewegten, ebenso antwortleer und öde vor wie die weißgetünchten Wände seiner Gefängniszelle, die zufällig darin Verwahrte nach Willkür und Eigenlaune bekleckst und beschmiert hatten, so daß ihm auf sein grübelndes Warum und Wozu auch hier nur heilloser, grobgewaltig dummfrecher, gefühls- und empfindungsbarer Zufall entgegengrinste.

Hätten nun alle die Fragen und Zweifel, die ihn jetzt unaufhörlich bestürmten, Fritz Grädel in der Vollkraft seiner Mannheit, inmitten seiner täglichen, nützlichen, stets aufs neue anregenden Arbeit heimgesucht, so würde gerade sie ihm darüber hinausgeholfen haben. Was außerdem etwa noch unklar geblieben wäre, hätte er im Gedankenaustausch mit Freunden und Vertrauten abklären können; er wäre gefestigt, gereift und ermutigt zur Tagesordnung übergegangen. Nun aber war er gefangen, müßig, stand unter der Anklage des schwersten Verbrechens, das die Menschen zu nennen wissen. Er war durch die veränderte Lebensweise ebenso wie durch die drückenden Erlebnisse hinter und die unbestimmt drohenden vor ihm geschwächt, von jedem Gedankenaustausch mit verständnisvoll mitfühlenden Menschen abgeschnitten, dazu von würgender Langeweile, einer ihm durchaus fremden, verderblichen Lebensweise körperlich, geistig und seelisch entkräftet, daher auch unfähig, einmal angesponnene Gedanken willensbewußt zu klaren Ergebnissen hinzuzwingen, und da er von Haus aus weder roh noch gewalttätig veranlagt war, unterlag er. Fritz Grädel hatte seinen Gott verloren!

Als er sich dessen endlich bewußt wurde, was eine geraume Weile dauerte, ward ihm nichts weniger als sieghaft oder trotzig zumute. Klar war ihm bloß, daß der Bruch, der sich in seiner Seele zwischen ihm und dem Gott seiner Jugendjahre vollzogen hatte, endgültig, unwiderruflich sei. Das nun ängstigte ihn, erfüllte ihn mit einer stillen, schwermutsvollen Trauer, ähnlich der, die einen beschleicht, wenn man von etwas Schönem, Gutem, dessen man gewohnt und das einem stets vertraut war, auf alle Zeiten Abschied nehmen muß, nicht weil es sich verändert hat, sondern weil man sich über oder außer den Kreis endgültig versetzt fühlt, innerhalb dessen man sich bisher wohlbefunden und innerhalb dessen man jenes Schöne, Gute als liebenswürdige Gegebenheit, ohne viel darüber nachzudenken, mitbenutzt und mitgenossen hat.

So kam es nun, daß sich Fritz Grädel eines Tages, geschwächt, vermindert und vereinsamt, einzig einem unsäglich rohen, blödsinnig glotzenden, urgewaltig drohenden Schicksal gegenübergestellt sah, das ihm weder Angriffsfläche noch Handhabe zu irgendwelcher Eigenbetätigung noch Selbstbehauptung bot. Weil ihn aber seine derzeitige Lage ebensosehr wie seine nächste Zukunft dazu nötigten, sich damit abzufinden, und ihm dazu kein anderer Weg erschließbar ward, dankte er allgemach vor sich selber und dem Leben ab. Er zog sich in die Taumelfühllosigkeit entsagender, willenloser Ergebung zurück, von seiner durchgehenden Unerheblichkeit vollkommen durchdrungen und kaum noch ein wenig neugierig, was nunmehr mit ihm geschehen würde.

In dieser Verfassung hatte ihn sein Verteidiger und Freund, Hugo Brand, angetroffen. Wohl hatte der den Zustand des Gefangenen einigermaßen erkannt und durchschaut, doch ohne dessen eigentliche Ursachen weder zu überblicken noch restlos zu begreifen. Das Gedrücktsein Grädels erschien ihm lediglich als das Ergebnis eines Zustandes, den er schon oft bei Untersuchungsgefangenen beobachtet, deren Haft sich über Gebühr ausgedehnt hatte, denen berechtigte Zweifel über den endlichen Ausgang ihres Handels nicht von der Seele wichen. Brand glaubte in guten Treuen, es genüge, Fritz aufzumuntern, ihn zu überzeugen, seine Sache könne gewonnen werden, um in ihm die frühere Lebenslust und Tatkraft neu zu wecken. Er ahnte nicht, daß sein Schützling eine unwiderrufliche innere Wandlung durchgemacht hatte, von der es kein Zurück mehr gab, daß Fritz schon jetzt zu endgültig lebenslänglicher Hoffnungslosigkeit verurteilt war.

Ohne sich darüber klare Rechenschaft ablegen zu können, hatte das Bethli, Fritzens Frau, seit einiger Zeit mehr geahnt als bemerkt. Denn nachdem einmal die ersten Verhöre überstanden waren, hatte der Untersuchungsrichter nicht länger gezögert, seinem Gefangenen die Wohltat der zulässigen Verwandtenbesuche zu gönnen, die jeweilen an Dienstag- und Samstagnachmittagen von zwei bis vier Uhr stattfinden durften, freilich stets nur in der ständigen Gegenwart des Gefängniswartes oder eines andern zuständigen Beamten. Immerhin hatte diese peinlich lästige Beaufsichtigung schon seit geraumer Zeit nachgelassen; sie wurde sozusagen nur noch der Form halber, um der Vorschrift äußerlich zu genügen, geübt, so daß es den Gatten wohl möglich war, etwa ein vertrautes Wort zusammen zu reden.

Ohne dringende Not versäumte nämlich Bethli keinen der erlaubten Besuche, bei denen sie, seit kurzem, jeweilen von einem der Kinder begleitet wurde, die Fritz im Anfang seiner Haft nicht hatte wiedersehen wollen. Gewissenhaft trug ihm Bethli zu, was sich zu Hause ereignete, was gearbeitet wurde. Von Mal zu Mal holte sie Fritzens Weisungen über die zu unternehmenden Arbeiten sowie über seine Kaufs- und Verkaufsabsichten ein, so daß er über den Gang seines Gewerbes stets auf dem laufenden und darüber mitbestimmend blieb, was dazu beitrug, seine geistestötend langweilige Haft zu mildern. Nun war es aber Bethli nicht entgangen, daß mit ihrem Mann in der letzten Zeit eine Veränderung vorgegangen war, die sie notwendigerweise mit Besorgnis erfüllen mußte. Nicht, daß Fritz darüber gesprochen hätte, aber sie empfand es an seinem ganzen Gehaben. Immer mehr überließ er ihr die häuslichen Entscheidungen über die Dinge, die den Betrieb betrafen; fast schien es, als sei er dessen überdrüssig geworden, als suche er sich auch der letzten Verantwortung dafür zu entledigen. Seine gleichmäßige Gelassenheit allen Nachrichten gegenüber, die sie ihm überbrachte, allen Fragen gegenüber, die sie an ihn zu stellen hatte, beunruhigte Bethli. Sie hatte das Gefühl, daß sie keiner Kraft, sondern einer unheimlichen, bei Fritz sonst nie wahrgenommenen Schwäche entstamme. Daher wuchs ihre Besorgnis um ihn, als er, in den letzten Wochen immer häufiger, unmißverständlicher, deutlicher, sie offensichtlich an die Vorstellung zu gewöhnen suchte, daß er am Ende doch verurteilt werden und nicht mehr nach Hause zurückkehren würde.

Zwar sprach er darüber wie ein sorglicher Hausvater, der auf alle Fälle vorbauen und allen Zufälligkeiten gegenüber wohlgewappnet sein will; aber Bethli empfand den Unterton der Loslösung ihres Mannes von allem dem, das bis dahin sein Leben ausgefüllt und bewegt hatte. Fritz sprach allzuoft zu ihr in der Sprache eines von der Welt Abscheidenden, schon halb Losgelösten, unwillkürlich, unbewußt und ungewollt zwar, aber unverkennbar genug, um Bethli je länger, je mehr zu beunruhigen.

Auch den Eltern und Geschwistern Fritzens, die ihn besuchten, sooft es ihr Betrieb und ihre Häuslichkeit gestatteten, hatte er sich in ähnlicher Weise geäußert, und diese hatten dieselben Eindrücke und Beobachtungen von hinnen getragen. Sie standen Bethli nach Kräften bei; ständig war jemand von Grädels Sippe auf der Schattmatt zur Aushilfe, dann aber auch zur wirklichen Kräftigung und Stärkung Bethlis da, die ihrer wahrhaftig bedürftig genug war.

In gemeinsamer Beratung wurde in der Familie erkannt, vorläufig sei Fritz nicht zu helfen; möge aber der Handel einen Austrag nehmen, wie er wolle, so sei es ihrer aller Pflicht, ihm beizustehen, ihn stets fühlen zu lassen, wie sehr sie alle von seiner Unschuld überzeugt seien, daß es wenigstens einen Menschen gebe, der davon wisse, nämlich Bethli, seine Frau, wenn auch dieser einzige, sichere Entlastungszeuge, gerade um seines engen verwandtschaftlichen Verhältnisses zu ihm, nicht als vollgültig anerkannt werden konnte. Inzwischen, so wurde beschlossen, sollte Fritz, sooft es möglich war, besucht, aufgemuntert, aufgeheitert werden; galt es ja, ihn auf den kommenden Gerichtstag dermaßen aufzurichten, daß er freien Auges, mutigen Sinnes auftreten könne. Alle hatten nur noch den einen Wunsch, die öffentliche Hauptverhandlung vor Schwurgericht möchte so bald als möglich stattfinden, da, wie auch deren Ergebnis ausfallen würde, es die Qualen der langsam meuchelnden Untersuchungshaft endlich abbrechen und, so hofften alle, Fritz seiner Familie und seiner Genesung wieder zuführen würde. Dieser selbst teilte diesen Wunsch. Er selber empfand am unmittelbarsten, wie sehr ihn jeder weitere Tag der unnötig marternden Haft entnervte, wie er mit jeder Woche seine besten körperlichen und seelischen Kräfte von sich abfaulen spürte, wie er von Stunde zu Stunde immer mehr zum jämmerlichen Waschlappen verdämmerte.

Endlich, wenige Tage nach Neujahr, war sein Verteidiger, Hugo Brand, in der Lage, ihm mitzuteilen, daß das Schwurgericht Ende Jänner zusammentreten und sein Handel, als den schwersten Fall der Tagung, am 1. Horner verhandeln würde. Es galt nun, seine Verteidigung vorzubereiten. Wenn diese auch in den wesentlichsten Zügen für den Fürsprech schon bereit lag, da er ihr von allem Anfang an, schon um seines Verhältnisses zum Angeklagten, dann aber auch um der Eigentümlichkeiten des Falles selber willen, seine ganze Aufmerksamkeit zugewendet hatte, so ließ er es Fritz so wenig als möglich merken. Im Gegenteil, er besprach sich mit ihm darüber, so oft und so lange sich ihm hierzu Anlaß bot, weniger, um sich selber danach einzurichten, als um ihn aus seiner entsagenden Teilnahmslosigkeit aufzurütteln, ihn geistig aufzupeitschen.

Das nun gelang ihm in gewissem Maße. Je näher der Gerichtstag heranrückte, je größeren Anteil nahm Fritz an seiner Verteidigung, wenn auch nicht in dem Umfang noch in der Art, wie der Fürsprech gewünscht oder gehofft hatte, sondern eher in einer Weise, als ob der Handel nicht ihn, sondern irgendeinen beliebigen Fremden betreffe, und ihn dessen Ausgang nur angehe wie irgendein Rätsel, dessen Lösung lediglich eine vorübergehende, rein geistige Befriedigung gewährt. In Wirklichkeit war es Fritz durchaus gleichgültig geworden, was mit ihm geschehen würde. In seiner Art hatte er bereits mit dem Leben abgeschlossen; er betrachtete, ohne daß er sein Empfinden in klare Worte hätte fassen können, das Gericht, das über ihn zu urteilen berufen war, innerlich als unzuständig, so daß ihm eines Tages die seinen Anwalt befremdende Bemerkung entschlüpfte, eigentlich könnte man sich die ganze Aufmachung der Schwurgerichtsverhandlung seinethalben ersparen; er könnte ebensogut mit dem Staatsanwalt um Schuld oder Unschuld würfeln. Das Ergebnis würde dasselbe sein, das Verfahren dagegen sowohl für ihn, wie für den Staat, weniger zeitraubend und wesentlich wohlfeiler ausfallen.

«Ja, glaubst du denn eigentlich gar nicht an das Recht?» hatte da der Fürsprech überrascht gefragt. Er ward noch überraschter, als Fritz ihm antwortete:

«An das Recht, dessen ich bedarf, freilich nicht mehr!»

Der Anwalt wußte sich diese Antwort nicht zu reimen und ging auf anderes über, schon recht ordentlich damit befriedigt, daß Fritz in der letzten Zeit erhöhten Anteil an seiner Verteidigung, wie am Gange seines Rechtshandels überhaupt, bekundete. Freilich, hätte der Anwalt geahnt, daß Fritz das nur tat, um ihm gegenüber nicht undankbar zu scheinen, um seiner Familie noch größere Aufregungen zu ersparen, ihr Mut einzuflößen, indem er ihr Vertrauen vorheuchelte und sich zwang, guter Dinge zu scheinen, würde sich Brand ganz eigene Gedanken dazu gemacht und seinen Schützling erst recht nicht mehr verstanden haben.

Am Montag, dem 30. Januar 1894, nun fand die Zusammensetzung des Schwurgerichts statt. Da bei diesem Anlaß die Angeschuldigten, in der Regel von ihren Verteidigern begleitet, vorgeführt werden müssen, so stand Fritz Grädel, zum erstenmal seit seiner Verhaftung, einer größeren Zahl fremder Menschen gegenüber, die ihn selbstverständlich, als den Angeschuldigten des schwersten Falles der Tagung, um so neugieriger musterten, als der Fall selbst in der ganzen Gegend und darüber hinaus großes Aufsehen erregt hatte. Er erwies sich gefaßt, ruhig, doch fiel jedermann auf, der ihn vorher gekannt hatte, wie sehr er durch die Untersuchungshaft mitgenommen worden war. Seine Bewegungen waren schlapp, seine Körperhaltung müde, wie gebrochen, sein Blick getrübt. Natürlich hatte sich sein Verteidiger, Fürsprech Brand, ebenfalls eingefunden. Nicht allein, um Fritz durch seine Anwesenheit seelisch den Rücken zu stärken, sondern auch, um sich an der Zusammensetzung des eigentlich, zum Amten zu bestimmenden Schwurgerichts, im Hinblick auf die Vorteile der Verteidigung, nach Kräften zu beteiligen.

Am Eröffnungstage jeder Tagung des Schwurgerichts erscheinen nämlich aus der Zahl der vom Volke gewählten, über fünfundzwanzig Jahre alten ehr- und wahlfähigen Bürgergeschworenen wenigstens dreißig, die vorher durch das Obergericht durch Auslosung bestimmt wurden, vor den Schranken des Gerichts. Aus dieser Zahl wird dann das Geschworenengericht für den sogenannten schwersten Fall herausgelost. Unter diesem versteht man den Fall, dessen Angeschuldigter des laut Strafgesetzbuch schwersten Verbrechens beschuldigt ist, auf den folglich im Fall der Verurteilung die höchste zulässige Strafe, die während der Dauer der Tagung auszusprechen ist, angewendet werden kann. Hier war es nun der des vorsätzlichen Mordes angeklagte Fritz Grädel.

Nachdem der Vorsitzende der Kriminalkammer, der, unterstützt von zwei Beisitzern, die Schwurgerichtsverhandlungen leitet, die Anwesenheit sämtlicher einberufener Geschworenen festgestellt hat, legt er deren Namen in eine Urne und lost einen nach dem andern heraus. Beim Ausruf jedes Namens steht zunächst dem Angeschuldigten oder seinem Rechtsvertreter, dann dem Staatsanwalt in fortlaufend wechselnder Reihenfolge das Recht zu, den ausgerufenen Geschworenen zu verwerfen, das heißt, ihn von der Teilnahme am eigentlichen Geschworenengericht auszuschließen.

Dieses selbst wird aus den Männern gebildet, die entweder von keiner Partei verworfen oder, weil sie, wegen schon zu vieler

Verwerfungen, überhaupt nicht mehr ausgerufen werden, somit als Rest in der Urne zurückbleiben. Ihre Zahl beläuft sich auf vierzehn Mann, von denen die zwölf erstbestimmten das eigentliche Geschworenengericht, die zwei letztausgelosten aber die Stellvertreter bilden, da dieses, um gültig verhandeln zu können, aus zwölf Geschworenen bestehen muß.

Die Zusammensetzung des Geschworenengerichtes kann daher sowohl für die Staatsanwaltschaft wie für die Verteidigung von größter Wichtigkeit, gegebenenfalls sogar von ausschlaggebender Bedeutung sein. Aus diesem Grunde bietet die Bildung des Geschworenengerichtes immer ein fesselndes, manchmal sogar ein spannendes Schauspiel. Während es für den Staatsanwalt wichtig ist, möglichst sachliche, unparteiische Geschworene zur Hand zu haben, von denen er annehmen kann, daß sie für seine rein rechtlichen Erörterungen das nötige Verständnis aufbringen werden, geht die Verteidigung auf eine für den Angeschuldigten möglichst günstig zu beeinflussende Zusammensetzung des Geschworenengerichtes aus. Der Staatsanwalt wird daher zunächst einmal alle Geschworenen verwerfen, die aus der näheren Umwelt, der Gegend des Angeschuldigten stammen, da er, meist mit Recht, Zweifel in ihre Unbefangenheit setzt. Der Verteidiger dagegen gibt sich alle Mühe, die Geschworenen fernzuhalten, von denen er für den Fall seines Schützlings entweder Vorurteile oder Mangel an Verständnis zu befürchten hat. Daß dabei zwischen den beiden Herren mitunter allerlei Menschliches mit unterläuft, ist nicht zu vermeiden und gibt dem Vorgang der Auslosung erst die rechte Würze für den Beobachter, der mit den Leuten und Verhältnissen aus Erfahrung genügend vertraut ist, um die feinen Schachzüge, aus denen sich unser Rechtsverfahren zusammensetzt, im einzelnen verfolgen zu können.

Gewöhnlich sind Staatsanwalt und Verteidiger jeder mit des andern Kampfesweise aus langer Gerichtsbekanntschaft vertraut. In solchen Fällen kann es vorkommen, daß sie einander gegenseitig die Eisen abzubrechen, sich Streiche zu spielen suchen, indem sie gerade die Geschworenen verwerfen, auf die die Gegenpartei besonders gezählt hatte. Mitunter nimmt der Vorgang sogar die Gestalt eines persönlichen Kampfes an, bei dem gelegentlich der gewandtere, erfahrenere Teil obsiegt; doch tritt dieser Fall darum selten ein, weil bei allzu hitzigen, ungenügend vorausberechneten, rasch aufeinanderfolgenden Verwerfungen die Zahl der auszuscheidenden Namen allzu rasch erschöpft wird und dann beide Parteien mit der Zusammensetzung vorliebnehmen müssen, die sich aus dem in der Urne zurückgebliebenen Rest ergibt, so daß sie oft alle beide durchaus nicht auf ihre Rechnung kommen.

Im Falle Fritz Grädels war nun der Verteidiger Hugo Brand gegenüber dem jungen, noch nicht lange amtenden Staatsanwalt entschieden im Vorteil. Zunächst war Brand in der Gegend aufgewachsen, kannte somit Land und Leute aus langer Erfahrung gründlich, während der Staatsanwalt erst seit kurzem hier lebte, daher weder mit der Wesensart noch namentlich mit den Rechtsanschauungen des Emmentaler-Volkes sonderlich vertraut war. Da das Verzeichnis der zur Stellung herausgelosten Geschworenen schon vor ihrer Einberufung bekanntgegeben und veröffentlicht wird, so können sich umsichtige Staatsanwälte und Verteidiger zum voraus ein ungefähres Bild von den mutmaßlichen Eigenschaften des tagenden Geschworenengerichtes entwerfen, aber das selbstverständlich nur, wenn sie die Herausgelosten, ihre Herkunft, ihre Ansichten und Gepflogenheiten kennen. Beim Durchlesen des Verzeichnisses nun bemerkte Brand, daß von den vierzig Namen nur vier waren, deren Träger er unter keinen Umständen im Geschworenengericht hätte dulden mögen. Zwei davon waren ihm als eigentlich geistig beschränkte Leute bekannt, einer als ein engstirnig frömmelnder Eiferer; demnach einem Schlag von Leuten zugehörend, die sich in Geschworenengerichten jeweilen dazu berufen fühlen, ihre einseitig vorsintflutlichen Rechtsanschauungen mit ebenso großer Hartnäckigkeit als durchgehendem Unverstand zu vertreten, und endlich ein Mann, der dem Verteidiger vom Militärdienst her als hohler, eingebildeter Tropf sattsam bekannt war.

Brand bediente sich nun der unschuldigen List, kurz vor der Verhandlung, angesichts des Staatsanwaltes, gerade diese vier Männer auffällig freundschaftlich zu begrüßen und sich mit ihnen zu unterhalten, was diesem nicht entging und ihn veranlaßte, drei davon zu verwerfen, weil er sie als in freundschaftlichen Beziehungen zum Verteidiger stehend einschätzte. Den vierten und Schlimmsten, der erst gegen den Schluß gezogen wurde, verwarf Brand selbst, zum Erstaunen des Staatsanwalts, der jedoch nicht merkte, wie sehr er den Absichten Brands förderlich gewesen war.

So wie es sich schließlich ergab, war das Geschworenengericht aus lauter ehrbaren, wohlgesinnten und, was wesentlich ist, aus einsichtigen Männern zusammengesetzt, mit denen Brand für seinen Schützling etwas Vernünftiges durchzusetzen hoffte.

Er verfehlte nicht, um ihn zu ermutigen, Fritzen seine Hoffnungen mitzuteilen, als dieser, nach der feierlichen Beeidigung der Geschworenen, wiederum in seine Zelle zurückgeführt wurde. Fritz hatte dem Anwalt freundlich gedankt, aber sich im selben Augenblick doch des Gedankens nicht zu erwehren vermocht, daß, wenn die Beurteilung seines Falles nur von solchen Kniffen abhängig gemacht werde, wie sie ihm der Verteidiger eben heiterer Laune verraten hatte, es mit dem Wahrspruch der Geschworenen wie auch mit dem Urteil des Gerichtes denn doch ziemlich windig stehe; beide würden für ihn keinesfalls weder erhebend noch reinigend ausfallen, auch wenn er freigesprochen würde. Als sich die Zellentür hinter ihm geschlossen hatte, atmete er, seit längerer Zeit zum erstenmal, erleichtert auf. Denn nun nahte die Entscheidung, die ihn, welcher Art sie auch sein mochte, auf alle Fälle aus dem martervollen Zustande der Ungewißheit, der alle Lebensgeister erdrosselnden Untersuchungshaft befreien würde.

Zwar, das verhehlte sich Fritz nicht, würde ihn die öffentliche Verhandlung noch auf eine harte Probe stellen; aber er hatte nun schon so viel erduldet, fühlte sich so gefaßt, daß er sich getraute, auch dieser Prüfung standzuhalten und sie zu überwinden, was ihm durch seine jüngst erworbene Einsicht, durch seine neue Einstellung zum Recht und zum Leben überhaupt, erleichtert wurde.

Immerhin wäre es zu viel gesagt, behauptete man, Fritz hätte seinem Urteil mit dem überlegenen kühlen Gleichmut eines alten, enttäuschten Weltweisen entgegengeharrt. Im Gegenteil: je näher der Gerichtstag heranrückte, je unruhiger, aufgeregter ward er. Es war nicht Furcht, war weder Angst noch Bangen, das ihn beherrschte, sondern vielmehr jene beklemmende Unruhe, die man an Tieren vor dem Eintritt großer Naturereignisse beobachtet. In der Nacht vom Mittwoch auf den Donnerstag, dem Verhandlungstag, schlief Fritz wenig und äußerst unruhig; auch mochte er, trotz des Zuredens des Gefängniswärters, dessen Zuneigung sich Fritz während seiner Haft erworben hatte, das ihm vorgesetzte Frühstück kaum berühren. Als er nun, kurz vor halb neun Uhr, aus seiner Zelle abgeholt und in ein in allernächster Nähe des Schwurgerichtssaales befindliches Zimmer geführt wurde, wo ihn sein Verteidiger bereits erwartete, sah der Gefangene dermaßen schwach und übernächtig aus, daß ihn jener nötigte, einen Schluck Branntwein zu trinken, der ihn auch wirklich aufpeitschte und erfrischte. Gleich darauf, nachdem er ihm noch einmal Mut zugesprochen hatte, verließ ihn der Fürsprech und begab sich in den Gerichtssaal. Um dahin zu gelangen, mußte der Anwalt einen geräumigen Gang abschreiten, von dem zur rechten Hand zunächst die Türe zum Beratungszimmer der Geschworenen, dann die zur Gerichtskanzlei und dem hinter dieser liegenden Beratungszimmer der Kriminalkammer abzweigte, der aber an seinem Ende unmittelbar zu der in den Gerichtssaal führenden Doppeltüre leitete.

Wer durch diese, an der südwestlichen Längsseite des Schwurgerichtssaales angebrachte Doppeltür den Raum betritt, erblickt zunächst zu seiner Linken den treppenartigen Aufbau der öffentlichen Zuhörerschaft, vor dem sich ein besonderer, abgeschlossener Verschlag für die Zeitungsberichterstatter befindet, der in den eigentlichen Verhandlungsraum hineinragt. Rechts vom Eingang, der Längswand entlang, befindet sich das lange Stehpult, hinter dem sich die Sitze der Verteidiger befinden, und unmittelbar davor, an dieses angeschlossen, die Anklagebank. Ihr gegenüber, der nordöstlichen Längsseite des Saales entlang, sind die Geschworenenbänke mit vorgelagerten, durchgehenden Pulten auf zwei Reihen eingebaut, hinter denen sich die einzige Fensterreihe des Saales befindet, die sich, bis an dessen nördliches Ende dem Zuhörerraum folgend, hinzieht. Der südöstlichen Schmalwand des Saales barlaufend, steht in deren Mitte eine etwas erhöhte Bühne, auf der die Kriminalkammer, bestehend aus dem Schwurgerichtspräsidenten und seinen zwei Beisitzern, amtet; ein Standort, der den Richtern ermöglicht, sozusagen eines Blickes den ganzen Saal zu überschauen.

Links von dieser Bühne, unmittelbar vor dem Eingang, der aus dem Beratungszimmer der Kriminalkammer in den Saal mündet, steht der Schreibtisch des Kammerschreibers; rechts von der Bühne, in der Längsflucht der vorderen Geschworenenreihe, der des Staatsanwalts. Vor der Richterbühne, und im Bedarfsfall ebenso vor der vorderen Geschworenenreihe, steht je ein Tisch, zur Auflage der Beleg- und Beweisstücke bestimmt. In der Mitte des Verhandlungsraumes, unter dem mächtigen Kronleuchter, stehen, je nach Bedarf, ein oder mehrere Zeugensessel oder -bänke. Gegenüber dem Sitze des Schwurgerichtspräsidenten hängt, ziemlich hoch an der nordwestlichen Wand, eine wertvolle, schön geschweifte Wanduhr. In allem übrigen aber weist der Saal eine trostlose, schmutzig-grau gestrichene Nüchternheit auf, die höchstens zu gewissen Jahreszeiten, während der frühen Vormittagsstunden, durch einige Sonnenstrahlen belebt wird, da das Licht von Nordosten einfällt.

Als Fürsprech Brand eintrat, kamen gleichzeitig durch die Beratungszimmertür die Herren der Kammer sowie der Staatsanwalt geschritten. Sie begaben sich an ihre Plätze, worauf der Vorsitzende dem Landjägerkorporal, der hier den Dienst des Gerichtsweibels, unterstützt von zwei Landjägern, versah, befahl, die Herren Geschworenen zur Sitzung zu bitten. Der Zuschauerraum war bis zum letzten Platz von neugierigem Volk besetzt, da der Fall Grädel in der ganzen Gegend großes Aufsehen erregt und die ländliche Bevölkerung angesichts der arbeitsstillen Jahreszeit Muße genug hatte, den Verhandlungen beizuwohnen. Unter der Zuhörerschaft befanden sich außer den Stammgästen, den sogenannten Kriminalstudenten, auffallend viele Frauen, wie solches bei schweren Fällen meistens vorkommt, die, ohne eigentlichen inneren Anteil am Falle selbst, sich lediglich hinzudrängen, um ungeahnte Aufregungen zu erleben oder sich mit ungewöhnlichem Gesprächsstoff für die nächste Zeit und Umgebung auf billige und bequeme Weise hinreichend zu versorgen. Ein alter Kriminalrichter pflegte sie die Schwurgerichtshyänen zu nennen.

Wesentlich bemerkenswerter, mitunter sogar ergötzlich, sind unter den Zuhörern fast jeder Schwurgerichtsverhandlung die ständigen Gäste, die von den Eingeweihten, wie schon bemerkt, Kriminalstudenten genannt werden. Sie bestehen zumeist aus Leuten, die selber schon mit den Gerichten zu tun hatten und nun herkommen, um die Verhandlungen aufmerksam zu verfolgen und sich daraus Belehrungen für künftige Eigenfälle zu schöpfen. Wer mit dieser Stammtruppe von Gewohnheitstaugenichtsen auch nur einigermaßen vertraut ist, erkennt unter ihnen meistens lauter bekannte Gesichter. Sind ihm nicht einzelne von ihnen schon vor den Schranken des Straf- oder Schwurgerichts begegnet, so darf er getrost annehmen, daß es früher oder später geschehen wird. Tritt dies ein, so wird man auch ohne großen Scharfsinn bemerken, daß sie sich, jeder seinem Bedürfnis und Verständnis angemessen, recht brauchbare Kenntnisse aus den vorangegangenen Fällen erworben haben. Sie wissen, wes Geistes Kinder der Gerichtsvorsitzende sowie der Staatsanwalt sind; sie haben sich die erfolgreichsten Verteidiger für jedes Gericht gemerkt; sie haben diesen alle möglichen rednerischen und rechtlichen Verteidigungsschliche, dabei eine mitunter spitzfindige Kenntnis der Strafgesetze, des Strafverfahrens und ihrer Anwendung abgeluchst und stehen nun dem Gericht viel gewappneter gegenüber, als wenn sie ihre Ausbildung im Zuhörerraum der Schwurgerichtshöfe vernachlässigt hätten. Mit der Führung von Strafhändeln sind sie gelegentlich so vertraut, daß es ihnen gelingt, durch die Stellung unbequemer Fragen oder Anträge sogar die Gerichtsleute in vorübergehende Verlegenheit zu setzen; den Kunden entgeht kein Formfehler, den sie nicht zu ihren Gunsten auszuschlachten verstünden; sie sind menschen- und seelenkundig genug, um zu wissen, mit welchen Mitteln man auf die Geschworenen, mit welchen andern auf den Staatsanwalt, mit welchen ferneren man auf den Gerichtshof selbst einwirken kann, und sie bedienen sich ihrer nicht selten mit sogar etwas mehr als nur beiläufigen Teilerfolgen. Namentlich den Geschworenen gegenüber, die nicht, wie die Gerichtsleute selbst, ihre Pappenheimer aus andauernder, stets wiederholter Erfahrung natürlich klarer durchschauen als die Männer aus dem Volke, die, wenn es gut geht, während der Dauer ihrer Geschworenenlaufbahn höchstens ein halbes dutzendmal zum eigentlichen Amten gelangen. Um der menschlich heiteren Färbung willen, die diese Kriminalstudenten oft in den sonst so öden, unbarmherzig kalten Schwurgerichtssaal hineintragen, werden sie nicht bloß geduldet, sondern erfreuen sich eines gewissen Wohlwollens sogar bei den Gerichtsbeamten selbst, und manch ergrauter Richter oder Staatsanwalt pflegt in vertrauter, launiger Stunde von den Streichen zu erzählen, die ihm oder seinen Amtsgenossen von einzelnen Gliedern dieser merkwürdigen Brüderschaft etwa gespielt wurden.

Eine weitere Gattung von Zuhörern, die sich den Kriminalstudenten anschließt, setzt sich, zur Winterszeit wenigstens, aus Obdachlosen zusammen, die den Zuhörerraum des Schwurgerichts während der ganzen Dauer der Tagung einfach als willkommene, kostenfreie Wärmestube benutzen, in der außerdem sogar für billige Unterhaltung gesorgt ist.

Ferner finden sich im Zuhörerraum bei besonderen Fällen oder Anlässen auch wirkliche Rechtsbeflissene ein, Studenten oder junge Anwälte, die hier, wenn auch in etwas anderem Sinne als die Stammgäste, ihren fachgemäßen und in ihren Ergebnissen später höchst brauchbaren Studien obliegen.

In der Hauptsache jedoch wechselt der Bestand der Zuhörerschaft von Fall zu Fall, von Tag zu Tag, da er lediglich von der rein menschlichen oder sachlichen Anteilnahme am gerade vorliegenden Fall oder einer daran beteiligten Persönlichkeit gegeben ist.

Im Falle Grädel nun waren es außer der reichlichen Vertretung seiner und des Ermordeten weitläufigen Sippen insbesondere Dienstkameraden und Freunde des Angeschuldigten, die, wenn auch in erster Linie von neugieriger Spannung angelockt, doch nicht ohne die bestimmte Absicht hergekommen waren, ihrem beliebten Korporal, Waffengefährten und Freund, von dessen Unschuld sie alle von vornherein überzeugt waren, durch ihre Anwesenheit ihre Teilnahme an seinem Geschick zu seiner Herzstärkung zu erweisen.

Wenn auch jede Bei- oder Mißfallskundgebung der Zuhörerschaft streng untersagt und vorkommenden Falles in der Regel ebenso rasch als nachdrücklich unterdrückt oder geahndet wird, so hindert das nicht, daß das Vorhandensein eines festen Kerns von Zuhörern, die dem Angeklagten freundlich oder feindlich gesinnt sind, unwillkürlich, ungesucht eine Stimmung schafft, die sich auf alle an der Verhandlung Beteiligten erstreckt, die dem Beklagten zum Vor- oder Nachteil zu gereichen vermag, ja diese in den meisten Fällen wirklich, mitunter sogar ganz wesentlich beeinflußt, so daß das eigentliche Volksgericht, als welches das Geschworenengericht gedacht ist, mitunter ebensosehr im Zuschauerraum als auf den Geschworenenbänken selbst sitzt.

Als nun der Gerichtsvorsitzende den Befehl erteilt hatte, den Angeklagten vorzuführen, richteten sich die Blicke aller Anwesenden auf die Saaltüre. Fritz Grädel, begleitet von einem Landjäger, der ihm seinen Platz auf der Anklagebank anwies, erschien, bleich und eingefallen zwar, aber gefaßt und, wenn auch nicht in herausfordernder Haltung, doch ruhig erhobenen Hauptes, sichern Blickes. Als er Platz genommen, ließ er einen kurzen Augenblick sein Auge über die Versammlung schweifen, dann aber schaute er gelassen vor sich hin.

Fritz Grädel erhob sein Haupt erst wieder, als ihn nun der Vorsitzende über seinen Zivilstand abhörte. Er antwortete klar, deutlich vernehmbar, wenn auch nicht mehr mit der früher an ihm gewohnten, vollklingenden Stimme.

Da keine Vorfragen aufgeworfen wurden, ließ der Vorsitzende zunächst durch den Kammerschreiber den Überweisungsbeschluß der Anklagekammer an das Schwurgericht verkünden, worauf er ihm zum Verlesen der Anklageschrift das Wort erteilte. Die Verlesung dieser ziemlich umfangreichen Urkunde erforderte fast eine volle Viertelstunde und schloß mit der Anschuldigung, es habe Fritz Grädel am Morgen des 7. August 1893 seinen Schwiegervater Andreas Rösti im Sinne des Artikels 153 des Strafgesetzbuches vorsätzlich und mit Vorbedacht getötet und sich somit des Mordes schuldig gemacht.

Fritz hatte während des Vortrags der Anklage mit keiner Wimper gezuckt, sondern schier teilnahmslos vor sich hingestarrt, als ob ihn die ganze Sache nichts anginge. Nun, als der Kammerschreiber mit der scharf umschriebenen Anklage auf Mord schloß, erhob der Angeschuldigte langsam sein Haupt und ließ neuerdings einen festen, forschenden Blick rund im Saale herumstreifen. Da diesen niemand erwiderte, sondern Fritzens Auge lediglich auf bloß neugierige, aber teilnahmslose Blicke stieß, schaute er wieder gelassen vor sich nieder, während der Vorsitzende nunmehr die Anzeiger zunächst, dann die Sachverständigen und Zeugen aufrief. Als diese besammelt waren, wurden sie von ihm auf ihre Pflichten hingewiesen, dann erteilte er ihnen die übliche, gesetzlich vorgeschriebene Zeugenvermahnung, worauf er sie sich, mit Ausnahme von Brand, ins Zeugenzimmer zurückziehen ließ, nicht ohne sie darauf aufmerksam gemacht zu haben, daß es ihnen untersagt sei, sich daselbst über den heute in Verhandlung stehenden Fall zu unterhalten, welches zu verhindern außerdem ein im Zeugenzimmer diensthabender Landjäger beauftragt war.

Der Anwalt des Angeklagten, Fürsprech Brand, wurde als erster Anzeiger zuerst abgehört, so daß er nachher, mit dem Einverständnis des Staatsanwalts, seiner Zeugenpflicht entlassen, in seiner Aufgabe als Verteidiger fürderhin weder unterbrochen noch gestört wurde. Dieser Umstand erwies sich für den Angeschuldigten insofern günstig, als er jenem wichtigen Zeugen und Anzeiger gestattete, durch seine Aussagen nicht bloß über seine Wahrnehmungen und Anordnungen in seiner Eigenschaft als Gemeindepräsident anläßlich des Falles selbst, sondern auch in seiner Eigenschaft als militärischer Vorgesetzter Grädels sowie als oberste Amtsperson seiner Gemeinde alles das auszusagen, was er über den Angeschuldigten und die an dem Straffall sonst Beteiligten in Erfahrung gebracht hatte. Da sich auf diese Art seine Aussagen zu einem zusammenhängenden, folgerichtigen Vortrag abrundeten, bildeten sie gewissermaßen das Gegengewicht zu der staatsanwaltlichen Anklageschrift, wobei diese, obgleich die eigentlichen Beweisfragen im wesentlichsten noch unerörtert blieben, schon von vornherein einigermaßen entkräftet ward und die Aussagen Brands fortan, ebensosehr als jene, den weitern Verhandlungen gewissermaßen zur Grundlage dienten.

Als nun das Verhör Brands beendet war, nahm dieser seinen Platz am Verteidigerpult wieder ein.

Als zweiter Anzeiger wurde Landjäger Blumer und als dritter Wachtmeister Räber einvernommen. Ihre Verhöre boten nichts, das nicht schon bekannt gewesen und aus den Untersuchungsakten hervorgegangen wäre. Befragt, ob er die Zeugenaussagen der beiden Anzeiger als den Tatsachen entsprechend anerkenne, erwiderte Fritz Grädel bejahend, insofern sie die Tatbestände beträfen, die ihm bekannt seien. Über alles übrige, dessen Zeuge er nicht gewesen sei, enthalte er sich jeglichen Urteils.

Nachdem auch diese Anzeiger entlassen worden waren, schritt der Vorsitzende zum Verhör des Angeklagten selbst und forderte ihn zunächst auf, nachdem die üblichen Fragen nach Zivilstand und Persönlichkeit erledigt worden waren, eine zusammenhängende Darstellung des Falles von seinem Gesichtspunkte aus zu bieten. Fritz kam dieser Aufforderung ohne weiteres nach, bedachtsam, sichtlich gewissenhaft und offen. Er erzählte, was er bereits in zahlreichen Verhören vor dem Untersuchungsrichter ausgesagt hatte. Weder die Zwischenfragen des Vorsitzenden noch des Staatsanwalts vermochten es, ihn aus seiner Gelassenheit aufzuschrecken, noch ihn in Widersprüche mit seinen frühern Aussagen zu verwickeln.

Auf eine Frage des Vorsitzenden, wie er, der Angeschuldigte, denn seine Haltung angesichts der Leiche des Ermordeten erkläre, namentlich was er sich bei dem Ausruf «Der verfluchte Lumpenhund!» gedacht habe, den er ausgestoßen, nachdem ihm mitgeteilt wurde, daß der Alte erschossen worden sei, und als er darauf hingewiesen ward, daß aus den Akten hervorgehe, er, der doch sonst auf jede Frage ohne weiteres Auskunft erteilt habe, sei gerade dieser jeweilen mit Verlegenheitsreden ausgewichen, erklärte der Angeschuldigte:

«Wenn ich auf diese Frage verlegen geantwortet habe, so ist dies lediglich darum geschehen, weil ich wirklich verlegen war und es noch bin. Ich hätte zum Beginn der Voruntersuchung auch unter Eideszwang nicht zu sagen vermocht, was ich mit jenem Ausruf eigentlich gemeint, noch was ich dabei empfunden habe. Seither habe ich während der Haft oft darüber nachgedacht und mich erinnert, daß mir im Augenblick, wo mir Landjäger Blumer mitgeteilt hatte, der Alte sei erschossen worden, durch den Kopf gefahren ist, dieser habe sich selbst entleibt, um den Anschein zu erwecken, er habe infolge der schlechten Behandlung, die ihm zu Hause zuteil geworden sei, seinem Leben ein Ende gemacht, um mich dadurch unwiderruflich bloßzustellen. Aus dieser durchaus unüberlegten Empfindung heraus habe ich auch ohne weiteres meine Unschuld beteuert, was, wie ich nun sehe, eine Dummheit war, da sie mir nun zum Strick gedreht wird und zum erschwerenden Umstand gereicht. Ich habe gleich darauf, nachdem ich mit den andern Umständen, namentlich aber mit der Art der Verwundung des Toten, bekannt wurde, das Unsinnige meiner übereilten Annahme eingesehen und mich ihrer geschämt. Aus diesem Grunde war ich nicht in der Lage, auf die Frage, die man mir schon oft stellte und die nun neuerdings gestellt wird, klare Auskunft zu geben. Auch darum nicht, weil mich trotz allem mein erster Einfall, der Alte habe sich selbst entleibt, immer wieder heimgesucht hat, obwohl ich angesichts der Feststellungen der Untersuchung die Unhaltbarkeit dieser Annahme einsehe und begreife.»

Als nun der Vorsitzende, nachdem Fritz einige knifflige Fragen ruhig und sachlich beantwortet hatte, einsah, daß aus der weitern Einvernahme des Angeschuldigten wenigstens vorläufig nichts Ersprießliches mehr herauszuholen war, und die Parteien einlud, auch ihrerseits von ihrem Fragerecht gegenüber jenem Gebrauch zu machen, wandte sich der Staatsanwalt mit folgenden Worten an Fritz:

«Grädel, es mag sich nun mit allem, was Ihr uns da gesagt habt, verhalten, wie es will, so bleibt immerhin die Tatsache bestehen, daß die ganze, sorgfältig geführte Voruntersuchung nur einen einzigen Verdacht ergeben hat, den zu verfolgen sich lohnte, und dieser Verdacht richtet sich gegen Euch! Ihr selbst habt hier wie in der Voruntersuchung zugestanden, zugestehen müssen, daß die gegen Euch geltend gemachten Verdachtsgründe gerade gewichtig genug sind, um Eure heutige Anwesenheit hier auf der Anklagebank zu rechtfertigen. Ferner habt Ihr zugeben müssen, daß Ihr durch Euer Verhalten anläßlich der Entdeckung des Ermordeten sowie am Abend zuvor im Gespräch mit Andreas Christen selber dazu beigetragen habt, den Verdacht auf Euch zu lenken.

Die Untersuchung hat ferner ergeben, daß außer Euch niemand vorhanden ist, auf den der Verdacht, Andreas Rösti ermordet zu haben, füglicherweise fallen könnte, es wäre denn, daß die heutige Verhandlung neues, bisher ungeahntes Licht über die Angelegenheit verbreiten würde, was mir jedoch angesichts der Sach- und Aktenlage unwahrscheinlich scheint.

Endlich, und das ist wesentlich, gedieh der Tod Andreas Röstis niemandem zum Vorteil als eben Euch, Grädel!

Wenn also Euer Gewissen mit der Tat beschwert ist, dann, Grädel, beschwöre ich Euch bei allem, was Euch heilig ist, die Wahrheit zu bekennen, Euer Gewissen zu entlasten und dem Gericht das Vertrauen zu schenken, daß es, was zu Euren Gunsten sprechen mag, in vollem Umfange zu würdigen wissen wird!»

Darauf erwiderte Grädel feierlich, indem er sich unwillkürlich erhob:

«Meine Herren! Ich bin unschuldig am Tode meines Schwiegervaters! Ich habe ihn nicht getötet und würde es auch nicht getan haben, wenn er noch zehnmal schlimmer gewesen wäre. Denn in dem Falle hätte ich mich einfach fortgemacht, wie es ohnehin schon halb und halb meine Absicht war. Ich selber verlange und wünsche nichts anderes, als was ich von Anfang an wünschte, nämlich, daß das Verfahren und besonders die heutige Verhandlung das Licht bringen werde, von dem ihr gesprochen habt; denn ich hätte dabei, das weiß Gott, noch mehr zu gewinnen als nur den Freispruch des Gerichts, nämlich meinen bisher unangetasteten Ruf, meinen guten Leumund, meine Selbstachtung und», setzte er nach kurzer Pause mit erstickender Stimme hinzu, «mein ganzes künftiges Familienglück!»

Fritz hatte diese Worte mit bewegt erhobener Stimme in den Saal geschleudert, feierlich und ernst. Sie verhallten nicht, ohne Eindruck zu erregen. Im Zuhörerraum machte sich eine stumme Bewegung geltend, die rechtzeitig einzudämmen nur dem raschen, drohenden Blicke des Vorsitzenden gelang.

Kein Mensch, der Staatsanwalt nicht ausgenommen, der von dem Tone aufrichtiger Wärme der bekümmerten, beweglichen Rede Fritzens nicht ergriffen worden wäre! Während der tiefaufatmend sich setzte, entging es seinem Verteidiger nicht, daß sich die Geschworenen, ihm gerade gegenüber, zum Teil räusperten, zum Teil untereinander gewichtig flüsternde Bemerkungen austauschten.

Das Verhör des Angeschuldigten war damit bis auf weiteres abgeschlossen; der Vorsitzende schritt nun zunächst zu der Einvernahme der Sachverständigen, die lediglich die Bestätigung der Tatbestände ergab, wie sie sich schon aus deren frühern Berichten und Abhörungen ergeben hatten.

Auf die vom Verteidiger aufgeworfene Frage, ob es denkbar und möglich sei, daß sich Andreas Rösti selber entleibt hätte, erwiderten die beiden gerichtsärztlichen Sachverständigen mit eingehender, scharf folgerichtiger Begründung ihrer Ansicht übereinstimmend, diese Annahme sei vollkommen ausgeschlossen und in keiner Weise einer ernsthaften Prüfung standhaltig.

Vorschriftsgemäß wurden nun zunächst die Belastungszeugen abgehört, die von der Staatsanwaltschaft auch dann geladen worden wären, wenn sie nicht schon vom Gericht selbst, gestützt auf die Untersuchungsakten, hätten aufgerufen werden müssen. Es waren dies der Tierarzt Wegmüller, ferner der junge Andreas Christen sowie der Stallknecht zum «Rößli», Albrecht Ryser, und endlich einige weitere, von keinem besondern Belang.

Auch diese Abhörungen boten für den mit den Untersuchungsergebnissen Vertrauten nichts Unerwartetes. Bemerkenswert war lediglich, daß der Stallknecht Ryser auffällig beflissen war, seine ursprünglichen Aussagen gegenüber den Habliger Bauern und dem Landjäger Blumer nach Möglichkeit abzuschwächen, was vom Verteidiger stillschweigend zugunsten des Angeklagten gedeutet wurde; denn der kannte den Zeugen gerade gut genug, um zu wissen, daß dessen Meinung jeweilen von der allgemeinen Volksmeinung bedingt war.

Brand hatte nicht verfehlt, jedem Zeugen am Ende seines Verhörs, im besondern auch dem Anzeiger Landjäger Blumer, die Frage stellen zu lassen, ob er, ganz allgemein gesprochen, nach seiner Bekanntschaft mit dem Angeklagten zu urteilen, diesen einer Mordtat oder überhaupt einer Schlechtigkeit fähig halte, eine Frage, die von jedem Zeugen, namentlich von den gewichtigsten, wie Tierarzt Wegmüller, Dr. Wyß, Andreas Christen und dem Schwellenmeister, entschieden verneint wurde, so daß sich die Belastungszeugen unter der Hand zu eigentlichen Entlastungszeugen umgewandelt hatten.

Auch die weitern Zeugenverhöre fielen für den Angeschuldigten günstig aus. Allein Neues brachten sie nichts, und von allen Einvernahmen blieben eigentlich nur drei, die sich einigermaßen bemerkenswert gestalteten: die der Frau des Angeschuldigten, Bethli Grädel, die seines Melkers Miescher und endlich das Verhalten seines angeheirateten Oheims Christian Rösti.

Bethli Grädel, die Frau des Angeklagten, befragt, ob sie von ihrem Recht, von der Zeugenpflicht enthoben zu werden, Gebrauch machen wolle, verneinte bestimmt. Ihre Darstellung des Sachverhaltes entsprach durchaus in allen Teilen den Aussagen, die sie vom ersten Verhör in der Voruntersuchung an gemacht und seither immer bekräftigt hatte, nämlich, daß sie den Schuß nach halb drei Uhr morgens habe fallen hören, zu einer Zeit also, wo ihr Mann bereits vom Dorfe heimgekehrt gewesen sei und sich schlafend neben ihr befunden habe. Auf vom Staatsanwalt dringend veranlaßtes Befragen, ob sie denn in diesem Punkte ihrer Sache ganz gewiß und ein Irrtum ihrerseits ausgeschlossen sei, erklärte Bethli neuerdings ausdrücklich, indem sie noch einmal alle den Schuß begleitenden Nebenumstände wiederholte, ein Irrtum ihrerseits sei durchaus ausgeschlossen; sie sei, wenn sie auch ungern einen Eid auf sich nehme, jederzeit bereit, eidlich zu bekräftigen, daß sich ihr Mann im Augenblick, wo der Schuß fiel, in ihrem gemeinsamen Ehebett befunden habe.

Als nun der Staatsanwalt eine etwas anzügliche Bemerkung darüber machte, daß sie sich zur Eidesleistung wohl bereit erklären könne, weil ihr bekannt sein dürfte, daß ihr, als der Frau des Angeklagten, der Eid doch nicht zugeschoben werden könne und sie selbst nicht einmal als Zeugin, sondern lediglich als Auskunftgeberin behandelt werden müsse, verlor Bethli die bisher gewaltsam bewahrte Fassung. Aufsteigende Tränen tapfer niederkämpfend, rief sie, tief empört, in den Saal hinaus, der Ermordete habe sich ihr gegenüber jederzeit als ein so rechter, liebevoller Vater, trotz aller Wunderlichkeiten, bewährt, daß sie seinem Mörder nie verzeihen könnte, auch wenn es ihr eigener Mann, der Vater ihrer Kinder wäre. Daß die beiden nicht zusammen ausgekommen seien, das habe, sie müsse es um der Wahrheit willen gestehen, freilich am Vater gelegen. Sie selbst habe genug darunter gelitten und leide heute um so mehr darunter, als ihr Mann, der sich stets den Launen und Bosheiten ihres Vaters gegenüber duldsam und nachgiebig erwiesen habe, nun noch des Verbrechens an ihm angeschuldigt sei. Daß diese Anschuldigung auf einem Trugschluß beruhe, sei ihr so gewiß, als es einen Gott im Himmel gebe; es sei ihr gerade genug geschehen, indem sie durch ruchlose Hand ihren Vater verloren habe, und wenn sie sich hier der Wahrheit gemäß für die Unschuld ihres Mannes einsetze, so geschehe das nicht nur um seinet-, sondern auch um ihret- und ihrer Kinder willen, die es wahrhaftig nicht nötig hätten, durch einen Irrtum um ihren Vater, sie um ihren Mann gebracht und obendrein noch auf Lebenszeit gebrandmarkt zu werden.

Bethlis Stimme versagte. Sie wurde entlassen und setzte sich in den Zuhörerraum, um dem Fortgang der Verhandlung beizuwohnen. Ihr leidenschaftlich ehrlicher Zornesausbruch hatte seinen Eindruck auf die Versammlung nicht verfehlt. Ihr Zeugnis wurde von dem des sie ablösenden Zeugen, des Melkers Gottfried Miescher, insofern erhärtet, als er, wie er schon früher angegeben, den Meister am fraglichen Morgen um zwei oder halb drei Uhr hatte heimkommen und die Küchentür ins Schloß fallen hören, was immerhin darauf schließen ließ, daß der, wie Bethli ausgesagt hatte, unverzüglich zu Bett gegangen sei. Miescher erklärte ferner, den Schuß nicht gehört zu haben; doch könne er sich nicht denken, daß Fritz in der kurzen Zeit, die ihn von seiner Heimkunft und der Mordtat trennte, es zustande gebracht hätte, den alten Rösti zum Ankleiden, dann nach dem Hof zu bewegen, ihn dort umzubringen und sich nachher wieder, ohne daß ein Hausbewohner etwas gemerkt hätte, in sein Schlafzimmer zu begeben.

Wo aber das Zeugnis Mieschers besonders wichtig wurde, das war, als er sich über das Verhalten des alten Rösti und des jungen Bauern vor des erstern Tode ausließ. Seine Aussagen über den Alten gediehen so schonungslos wie möglich. Der sei rein des Teufels gewesen; er habe sich gegenüber seinem Schwiegersohn oft benommen, daß es eine Schande und ein Spott gewesen sei, in einer Art, die er sich, der Zeuge, nimmer hätte gefallen lassen. Er habe Fritz um der steten Nachgiebigkeit gegenüber dem Alten nicht sonderlich hoch geachtet, sondern ihm sei es vorgekommen, daß, wäre Fritz nicht ein Höseler gewesen, er den Alten wohl in die Schranken des Wohlanstandes hätte zurückweisen können.

Nach Miescher wurde der Bruder des Ermordeten, Christian Rösti, abgehört. Zunächst versuchte der, sich von der Zeugenaussage überhaupt entbinden zu lassen, indem er sich auf seine nahe Verwandtschaft mit dem Angeschuldigten berief. Als ihn der Vorsitzende belehrt hatte, daß er sich der Zeugenpflicht nicht entziehen könne, da die Enthebung davon nur auf Verwandte zweiten Grades ausgedehnt werden dürfe, bequemte er sich widerwillig zur Beantwortung der an ihn gestellten Fragen.

Er gab einsilbig wohlüberlegten Bescheid, stets nur mit Ja oder Nein antwortend, so daß der Glaube hätte aufkommen können, er halte es in der Tat für möglich, daß Fritz Grädel der Täter sei, wage es aber einzig aus Schonung für diesen oder aus anderen Rücksichten nicht, sich offen auszusprechen. Der Verteidiger Brand beschloß, sich darüber Klarheit zu verschaffen. Er ließ ihn fragen, ob er seinen Schützling für den Täter halte. Darauf nun antwortete Christian Rösti ebenso unvermittelt als für alle Augen wahrnehmbar erschrocken:

«Nein, um Gottes willen nicht; Fritz ist unschuldig!» Auf die fernere Frage des Vorsitzenden, wieso er das so bestimmt behaupten könne, erwiderte der Zeuge kleinlaut und verlegen, beweisen könne er natürlich Fritzens Unschuld nicht; aber er halte ihn einer solchen Tat für durchaus unfähig. Er wurde schließlich entlassen und hinterließ bei den einen den Eindruck eines hinterhältigen, bei den andern den eines beschränkten Zeugen. Für Fürsprech Brand aber galt es von diesem Augenblick an als eine ausgemachte Tatsache, daß Christian um den Tod seines Bruders viel mehr wisse, als er ausgesagt hatte, so daß er beschloß, wie auch der heutige Rechtshandel ausgetragen würde, auf den Mann auch in Zukunft ein wachsames Auge zu halten.

Um halb ein Uhr ward der letzte Zeuge abgehört, und der Vorsitzende ordnete eine Unterbrechung der Verhandlung zur Mittagspause an, die Wiederaufnahme des Geschäftes auf nachmittags drei Uhr festsetzend. Alles erhob sich und verließ den Saal, in dem zuletzt nur der Angeschuldigte, der Verteidiger und die Landjäger zurückblieben. Fritz hatte sich während der Dauer des Beweisverfahrens durchaus teilnahmslos verhalten. Was die Sachverständigen und Zeugen ausgesagt hatten, schien ihn gar nicht berührt zu haben; nur als seine Frau ihre warmblütige Aussage gemacht, hatte er den Kopf einen Augenblick erhoben und ihr mit einem langen Blick gedankt. Ebenso, als Christian einvernommen worden war, hatte er ihn eine Weile prüfend, durchdringend angeschaut.

Nun meinte sein Verteidiger ermunternd zu ihm:

«Je nun, Fritz, mir will scheinen, unsere Sache stehe so übel nicht! Der Handel ist gewonnen, oder ich müßte mich schlecht darauf verstehen!»

«Es macht mir auch den Anschein», gab Fritz gleichmütig zurück, drückte dem Anwalt die Hand, dann ließ er sich in seine Zelle zurückführen, wo er, nun doch hungrig geworden, sein Mittagsmahl rasch verzehrte, sich dann auf die Pritsche niederließ und eifrig nachzudenken begann.

Gewiß, sein Anwalt mochte wohl recht haben; er würde wahrscheinlich freigesprochen werden. Weder Sachverständige noch Zeugen hatten ihn eigentlich belastet, im Gegenteil: die meisten waren für ihn eingetreten. Es war nicht anzunehmen, daß ihn die Geschworenen der Tat für überwiesen betrachteten. Sicheres wußte man freilich noch nicht; aber sonderbar müßte es schon zugehen, sollte er wirklich verurteilt werden. Dann aber müßte er das Urteil mit seinen Folgen so gelassen als möglich auf sich nehmen. Das würde zu dem schon Ausgestandenen gehen und ihm wahrscheinlich, nein, ganz gewiß, weniger peinlich sein. In diesem Falle war seine Lage klar, ein ferneres Leben bis in alle Einzelheiten umrissen, genau vorgezeichnet.

Anders verhielt es sich im Falle seines Freispruchs. Freilich, dann würde er freigelassen werden, würde heimkehren, seine gewohnte Beschäftigung wieder aufnehmen, und mit der Zeit würde er vielleicht das erlittene Ungemach verschmerzen können.

Verschmerzen? Das vielleicht schon, fuhr ihm durch den Kopf, aber vergessen nicht! Übrigens würde er nicht mehr derselbe sein, der er vordem gewesen. Die Untersuchungshaft hatte ihm Ausblicke eröffnet, von denen er die Augen fortan nicht mehr abzuwenden vermöchte, deren zwingende Folgerichtigkeit stärker war als sein Wille, als sein Naturempfinden. Er hatte den Glauben an Gesellschaft, Recht und Gott verloren, er fühlte dumpf, daß er sich von nun an ohne sie werde behelfen müssen, sah aber nicht ein, wie. Ihm war wie einem im Nebel verirrten Bergsteiger zumute, der keinen Schritt getrost vor den andern zu setzen wagt, ohne befürchten zu müssen, abzustürzen. Ihm winkte kein Halt, keine Erlösung, kein Ziel, und er fühlte, daß ihm ein solcher Zustand auf die Dauer unmöglich werden würde, daß er, in dieser Ungewißheit auf den Trümmern seines innerlichen Zusammenbruchs hausend, das Leben nicht mehr würde ertragen können.

So kam es, daß Fritz vor der Verurteilung, der er doch zu entgehen hoffte, weniger bangte, ihr klarer, entschlossener entgegensah als dem doch wiederum ersehnten Freispruch mit all seiner Gefolgschaft von Zweifeln, Unsicherheiten, schleichenden Gefahren.

Inzwischen hatten sich auch die Geschworenen zum gemeinsamen Mittagstisch begeben. Ihr Urteil über den Fall war in der Hauptsache schon gebildet. Die Mehrheit hielt Fritz Grädel für unschuldig; eine Minderheit von zwei, drei Mann dagegen hielt wenigstens dafür, daß man ihm die Tat nicht bewiesen habe, daß er unschuldig sein könne, und daß man ihn wohl, auch auf die Gefahr hin, am Ende einen Schuldigen straflos ausgehen zu lassen, freisprechen müsse. Klar geäußert wurden diese Meinungen freilich nicht; die Männer waren zu sehr von der Würde ihres Amtes und der Verantwortung ihrer Aufgabe durchdrungen, als daß sie sich hätten beikommen lassen, den Fall, den sie nach bestem Wissen und Gewissen, nach ernster Selbstprüfung entscheiden mußten, zu einem Straßen- oder Wirtshausgespräch zu erniedrigen. Aber die wenigen, nebenbei fallenden Bemerkungen ließen darauf schließen, daß der Freispruch schon in ihrem Innern beschlossen war.

Als um drei Uhr das Gericht neuerdings versammelt, der Angeklagte vorgeführt war und seinen Platz eingenommen hatte, erteilte der Vorsitzende dem Staatsanwalt das Wort zur Begründung der Anklage. Diesem war die während der vormittäglichen Verhandlung aufgekommene, dem Angeklagten günstige Stimmung nicht entgangen. Ohne unbedingt jener Gattung von Staatsanwälten anzugehören, die in der Verurteilung jegliches Angeklagten unter allen Umständen einen persönlichen Erfolg, dagegen in dessen Freispruch eine eigens ihnen zugedachte Niederlage erblicken, glaubte er sich dieses Mal doch schuldig zu sein, die einmal gestellte Anklage bis aufs äußerste zu vertreten, weniger, weil er in seinem tiefsten Innern von der Schuld Grädels überzeugt war, als aus dem unbewußten Pflichtgefühl heraus, die Würde der staatlichen Sicherheits- und Gerichtsbehörden wahren zu sollen. Denn, erfolgte in diesem Falle ein Freispruch, in diesem ersten wirklich schweren Falle, den er, der junge Staatsanwalt, zu behandeln hatte, so war damit stillschweigend das Geständnis abgelegt, daß es in seinem Wirkungsbezirk möglich sei, einen Menschen umzubringen, ohne daß es den Staatsbehörden gelänge, den oder die Schuldigen festzunehmen und der Tat zu überweisen, was notwendigerweise zur Verminderung des Ansehens des Staates und der Behörden führen müßte. Außerdem war er vom Irrtum vieler, auch älterer Amtsgenossen befangen, die in guten Treuen meinen, dem Staat und der Gesellschaft dadurch am nützlichsten zu sein, wenn sie sich unerbittlich hart erweisen, nicht im Hinblick auf den gerade vorliegenden Fall oder den ihnen eben gegenüberstehenden Angeschuldigten, sondern ganz allgemein. Sie wähnen, dadurch die Gesetzesübertreter und Verbrecher abzuschrecken, glauben allen Ernstes, der Gesetzesübertretungen kämen weniger vor, je mehr der Strafvollzug und die damit betrauten Behörden zu fürchten seien. Endlich handelte es sich hier für den jungen Staatsanwalt auch darum, seine vor kurzem angetretene Stellung in dem neuen Bezirk gleich beim ersten schweren Fall dermaßen zu festigen, daß er nachher ohne weiteres die ihm zukommende achtunggebietende Stellung zu behaupten vermochte.

Er begann die Begründung seiner Anklage mit der Schilderung des offenkundig feindseligen Verhältnisses zwischen dem Ermordeten und dem Angeklagten, wie es sich aus dessen Einvernahme selbst wie aus der sozusagen aller Zeugen ergeben hatte. Daß dieses unerquickliche Verhältnis zwischen Schwiegervater und Tochtermann vor allen Dingen dem böswilligen Verhalten des ersteren zuzuschreiben gewesen sei, wolle er nicht in Abrede stellen; ebensowenig sei er gesinnt, die Duldsamkeit und Langmut des Angeschuldigten zu bestreiten. Aber jedes Ding habe seine Grenzen, jede Geduld ihr Ende. Als sich endlich der Alte an des Jungen Dienstpferd vergangen habe, da sei in diesem die lang verhaltene Wut ausgebrochen, der lang zurückgedrängte Zorn aufgeflammt. Auch das sei menschlich begreiflich, ja bis auf einen gewissen Punkt sogar entschuldbar. Fritz Grädel habe auf ihn den Eindruck eines im allgemeinen durchaus rechtschaffenen Menschen gemacht, der wohl unfähig wäre, bei kalter Überlegung ein Verbrechen zu begehen; soweit stimme er mit den Zeugen, die von der Verteidigung zu der Aussage darüber angehalten worden seien, durchaus überein.

Allein, Tag um Tag beleidigt, gedemütigt, endlich in seinem liebsten persönlichen Eigentum, seinem Dienstpferd, schimpflich gekränkt und geschädigt, habe Grädel die Stimme der abmahnenden, besänftigenden Vernunft nicht mehr vernommen, sondern sein vielleicht wirklich allzulange verhaltener Groll sei endlich mit Urgewalt, uneindämmbar, unbezwingbar zum Ausbruch gelangt. Das beweise seine empörte Klage seinem Freund Andreas Christen gegenüber, die in annähernd übereinstimmender Fassung von durchaus ehrenwerten, urteilsfähigen Männern den Herren Geschworenen zur Kenntnis gebracht worden sei, vorab von dem Herrn Verteidiger des Angeschuldigten selbst, dann aber auch von Dr. Wyß, Tierarzt Wegmüller, außerdem noch von dem Stallknecht Ryser, der, von den andern Zeugen unbeachtet und ungeahnt, in ungefähr ähnlicher Weise gegenüber dem Landjäger Blumer über das Todesdrohungen enthaltende Gespräch Grädels mit Christen ausgesagt habe. Diese Aussagen seien übrigens vom jungen Andreas Christen fast wörtlich ebenfalls bestätigt worden.

Als zweiten mittelbaren Beweis der Schuld Grädels führte der Staatsanwalt die durch nichts begründete Unschuldsbeteuerung des Angeschuldigten angesichts der Leiche seines Opfers an. Bevor noch jemand gegen ihn Verdacht gefaßt, geschweige denn geäußert habe, hätte sich der Angeschuldigte gedrängt gefühlt, in geradezu auffälliger Weise seine Unschuld zu beteuern. Heute habe er sich endlich, zum erstenmal seit seiner Verhaftung, herbeigelassen, eine Erklärung jener Äußerung zu bieten. Allein diese Erklärung hätte entschieden mehr Gewicht gehabt, wäre sie zum Beginn der Voruntersuchung abgegeben worden und nicht erst nach vielen Monaten eingehender Überlegung vor Schwurgericht, in der Hauptverhandlung, in einem Augenblick also, wo der Angeschuldigte endlich einsehen mußte, daß ihn das Umgehen dieses wichtigen Umstandes in höchstem Grade bloßstelle.

Er, der Staatsanwalt, glaube schlechterdings nicht an die vom Angeschuldigten heute morgen abgegebene Erklärung. Daß er, als er seine Tat entdeckt sah und verhaftet wurde, von den über ihn hereinstürzenden, rasch aufeinanderfolgenden Ereignissen dermaßen betäubt worden sei, um nicht mehr fähig gewesen zu sein, anläßlich der ersten Verhöre seine Gedanken und Erinnerungen klar zu ordnen, das wolle er ihm am Ende noch gelten lassen, obwohl es zu der sonstigen Besonnenheit, mit der der Angeklagte seine Verteidigung vom ersten Tage an bis zur heutigen Stunde stets überlegt, ununterbrochen folgerichtig durchgeführt habe, in immerhin bemerkenswertem Widerspruch stehe. Daß er dagegen auch nur einen Augenblick ernsthaft an den möglichen Selbstmord seines Schwiegervaters gedacht zu haben vorgebe, das mache ihm angesichts seiner nicht abzuleugnenden geistigen Fähigkeiten der Angeklagte nicht weis und werde auch die Herren Geschworenen schwerlich davon zu überzeugen vermögen. Wie man daher die Sache auch drehen und wenden möge, die unwillkürliche, schier selbsterhaltungstriebhafte Unschuldsbeteuerung Grädels angesichts der Leiche seines Schwiegervaters bleibe schwer belastend auf ihm sitzen.

Im weitern, führte der Staatsanwalt aus, sei Grädel in jener Nacht zugestandenermaßen wohl schwerlich mehr seines vollen, ungetrübten Bewußtseins mächtig gewesen, sondern habe im Verein mit Freunden und Gespanen bis gegen zwei Uhr morgens herum scharf gebechert. Möge sich auch, nach den übereinstimmenden Aussagen aller Augenzeugen, seine ursprünglich auffällig erbitterte Laune gelegt, sein Gemüt sich erheitert und er im Verein mit seinen Gefährten im Chor gesungen und gelacht haben, so schaffe das die Tatsache keineswegs aus der Welt, daß er, der dessen, wie aus allem hervorgehe, ziemlich ungewohnt war, in seiner verbitterten Stimmung mehr getrunken habe, als er wohl vertragen könne, und jedenfalls genug, um darin die etwaigen sittlichen Hemmungen, die ihn bisher vor der Ausübung offener Gewalttätigkeiten seinem Schwiegervater gegenüber bewahrt hätten, zu ertränken.

Die Annahme, daß Grädel im Augenblick der Begehung der Tat nicht ganz Herr über sich selber und seine Sinne gewesen sei, ergebe sich ferner unzweifelhaft aus der durchaus leichtsinnigen Zurücklassung und Preisgabe der beiden im Garten des Wohnstockes gefundenen Beweisstücke, der Sattelpistole und der Zigarrenspitze. Nur so sei es zu erklären, daß der im übrigen nicht gerade auf den Kopf gefallene Angeschuldigte diese so ungemein wichtigen Beweisstücke, deren Auffindung notwendigerweise zu seiner Entdeckung führen mußten, nicht, wie es ihm doch leicht möglich gewesen wäre, beiseitegeschafft habe.

Zu diesen Beweisstücken gesellten sich aber noch eine ganze Reihe fernerer, schwer belastender, mittelbarer Beweise, von denen zunächst die Fußspuren Grädels unter dem Bäumchen im Garten des Wohnstockes in Betracht zu ziehen seien. Der Angeschuldigte habe nie gezögert, die Schuhe, von denen sie stammten, als sein Eigentum anzuerkennen, wohl in der einleuchtenden Erkenntnis, daß das Leugnen keinen Sinn gehabt hätte und er allzuleicht der Unwahrheit hätte überführt werden können. Daß die Schuhe selbst mit den Eindrücken und Spuren am Tatort übereinstimmten, ergebe sich augenscheinlich aus den auf dem Tisch der Geschworenen vorliegenden Schuhen und den dazu passenden, von Wachtmeister Räber am Tatort aufgenommenen Abgüssen. Nun mache der Angeschuldigte geltend, diese Schuhe an jenem Tage und namentlich in jener Nacht nicht getragen zu haben. Dagegen spreche aber der Umstand, daß sich daran Spuren von noch regenfeuchter Gerberlohe, mit der die Gartenweglein des Wohnstockgartens belegt gewesen seien, gefunden hätten, und daß die Fußspuren nachweisbar nach dem Verzug des Regens entstanden waren. Also hatte Grädel die Schuhe getragen, denn es sei doch nicht anzunehmen, daß irgendein Fremder während der Nacht seine Pistole von der Wand seines Schlafzimmers entwendet, seine Zigarrenspitze zu sich gesteckt und seine Schuhe unter dem Ofen des Wohnzimmers hervor- und angezogen habe, ohne daß irgend jemand im Hause davon etwas gemerkt, und daß dieser Fremde dann, nach vollbrachter Tat, die Schuhe wieder an ihren alten Platz unter dem Ofen des Wohnzimmers versorgt, ohne daß auch nur der sonst so wachsame Haushund sich irgendwie bemerkbar gemacht hätte.

Ziehe man nun ferner noch in Betracht, daß das Ladungspflaster der Pistole einem Kleidungsstück des Angeschuldigten entstamme, das sozusagen nur diesem selbst zugänglich gewesen sei und ausschließlich zur Hand gelegen habe, vergegenwärtige man sich im weitern, daß der Riß an dem Überhemd, von dem das Stück stammte, das zum Pflaster gedient, nachweisbar neue Rißränder aufgewiesen habe, füge man noch bei, daß die Rehposten, vermittels denen der alte Rösti erschossen worden sei, offensichtlich den in der Futterkammer des Pferdestalles gefundenen zugehörig gewesen seien, und daß die dort befindlichen sich in einer Schoppenflasche fanden, über die der Angeschuldigte eingestandenermaßen ausschließlich verfügte, so werde jeder unbefangene Beurteiler zum Zugeständnis genötigt sein, diese lückenlose Kette mittelbarer Beweise sei zur Überführung Grädels mehr als hinreichend und dürfe nahezu den Wert eines unmittelbaren Schuldbeweises beanspruchen, besonders wenn man dazu noch das Verhalten des sonst wachsamen Haushundes in der Mordnacht selbst berücksichtige, der durch seine Ruhe eindringlicher als der bestimmteste Belastungszeuge dargetan habe, daß keine dem Hause fremde Hand an den Ermordeten gelegt worden sei, und bedenke, daß der einzige Mensch, der vom Ableben des Ermordeten eine wesentliche Erleichterung seines täglichen Lebens, die Möglichkeit fernern Lebens überhaupt, verbunden mit äußerlichen Vorteilen, zu erwarten gehabt habe, eben des Hundes Meister, der dort auf der Anklagebank sitzende Fritz Grädel, gewesen sei.

Dieser habe nun freilich von sich aus und scheinbar in geradezu verdächtig uneigennütziger Weise selbst auf das merkwürdige Verhalten des Hundes aufmerksam gemacht; allein wenn man in Betracht ziehe, daß sich der Angeschuldigte während der langen Dauer seiner Untersuchungshaft und seinen zahlreichen stattgehabten Einvernahmen auch nicht ein einziges Mal, weder in wesentlichen noch in unwesentlichen Angaben, widersprochen habe, so müsse man zu der Ansicht gelangen, daß er sich, was bei seiner unzweifelhaften geistigen Begabung naheliege, von vornherein auf ein festgegliedertes Verteidigungsverfahren festgelegt habe und somit sein Hinweis auf des Hundes Gebaren lediglich eine List gewesen sei, den Untersuchungsrichter irrezuführen oder wenigstens den sittlichen Verdacht gegen sich zu erschüttern, ein Kniff, bei dem Grädel um so weniger zu verlieren hatte, als er mit annähernder Sicherheit annehmen konnte, das Schweigen des Hundes dürfte ohnehin gerichtskundig werden.

Endlich sei bemerkenswert, daß der Angeklagte Grädel auch nicht einmal den Versuch unternommen habe, den Beweis seiner Abwesenheit vom Tatort zur Zeit des Mordes zu erbringen. Der einzige Vorstoß in dieser Richtung sei von der Ehefrau des Angeschuldigten gewagt worden, die, wie den Geschworenen ja bekannt sei, von Gesetzes wegen nicht als vollgültige Zeugin gewertet werden dürfe. Dies um so weniger, als, wie sie ja heute morgen selber zugestanden habe, der Verlust ihres Mannes durch seine Verurteilung ihr häusliches Unglück, das ja freilich drückend genug sei, noch vermehren würde.

Immerhin möchte auch er, der Staatsanwalt, sich nicht nachreden lassen, er habe der wehrhaften, offensichtlich tüchtigen und rechtschaffenen Frau des Angeschuldigten nicht volle Gerechtigkeit widerfahren lassen. Er behaupte keineswegs, sie habe gegen ihr besseres Wissen, gegen ihre bessere Überzeugung ausgesagt, sondern er finde es durchaus begreiflich, daß die bedrängte, nun vollständig verwaiste Tochter, die sorgliche Gattin und Hausmutter ganz triebmäßig ohne weiteres versucht habe, von den Trümmern ihres jungen Glücks das zu retten, was möglicherweise noch zu retten sei, und daß dieses Bestreben, ohne daß es ihr zum eigentlichen Bewußtsein gekommen sei, ihre Aussagen unwillkürlich ein wenig zugunsten dessen gefärbt habe, der nun einmal vor Gott und der Welt ihr Gatte und der Vater ihrer Kinder sei. Dieser rein menschliche Zug verdiene sogar eine gewisse Bewunderung und schließe außerdem den Hinweis in sich, daß Grädel, abgesehen von seiner einmaligen Verirrung, die ihn allerdings zur Begehung des schwersten Verbrechens geführt habe, das das Strafgesetz zu ahnden wisse, ein treuer, liebenswürdiger Gatte, ein um die Seinen wohlbesorgter Familienvater, ein rechtschaffener Bürger gewesen sei.

Aber auch, wenn man annehmen sollte, die Frau des Angeklagten habe ihrem Empfinden nach die reine Wahrheit gesagt, was er ihr nicht ohne weiteres bestreiten möchte, so sei denn doch zu bedenken, daß sie sich nicht nur in der Zeitangabe in guten Treuen habe irren können, sondern auch, daß sie, von den ungewohnten Geschehnissen verwirrt, wohl leicht zu beeinflussen gewesen sei, daß sie nachträglich eine ihr von Grädel möglicherweise nur angedeutete, möglicherweise aber auch aufgedrungene Darstellung der Sachlage zu der ihrigen gemacht und diese von ihren eigenen Wahrnehmungen nachträglich nicht mehr zu trennen vermocht habe, was ja bei vielen Menschen, namentlich aber bei Frauen, durchaus nicht selten vorkomme.

«Auf jeden Fall», schloß der Staatsanwalt seine Ausführungen, «müssen wir, angesichts der erdrückenden mittelbaren Beweise, auf der Schuld des vor uns sitzenden Angeschuldigten, Fritz Grädel, beharren. Niemand anders als Fritz Grädel dort drüben hat seinen Schwiegervater, Andreas Rösti, umgebracht! Das ist bewiesen, und zwar darum, weil es unter den Umständen, die Ihnen, Herr Obmann und Herren Geschworenen, nunmehr bekannt sind, kein anderer Mensch als eben Fritz Grädel hätte vollbringen können.

Ich beantrage Ihnen daher, ihn des Mordes an Andreas Rösti schuldig zu sprechen, stelle Ihnen aber anheim, nein, beantrage Ihnen sogar, ihm mildernde Umstände zuzubilligen, in Anbetracht der schweren Herausforderungen und Reizungen, denen er nachgewiesenermaßen von seiten seines Schwiegervaters seit längerer Zeit unaufhörlich ausgesetzt war, und in Anbetracht auch des Umstandes, daß er zur Zeit der Begehung der Tat wohl schwerlich, sowohl infolge der starken Aufregung seines Dienstpferdes wegen, als auch infolge des daraufhin erfolgten reichlichen Weingenusses, mehr vollständig Herr seiner Sinne und seines Willens gewesen sein mag.»

Der ermüdete Staatsanwalt setzte sich tief aufatmend hin. Aller Augen waren in diesem Augenblick auf Fritz Grädel gerichtet, der während der ganzen Anklagerede scheinbar teilnahmslos vor sich hin geschaut hatte, als wäre er in tiefes Sinnen versunken, das ihn weit weg, auf ganz andere Gegenstände als die hier verhandelten, geführt hätte. Nun, als der Staatsanwalt schwieg, erhob er, wie aus einer Art Betäubung erwachend, sein Haupt und schaute langsam, lässig verwunderten Blicks rund im Saale herum, um dann ohne weiteres wieder in seine Grübeleien zurück zu verfallen.

In Wirklichkeit war er der staatsanwaltschaftlichen Rede wohl gefolgt, aber auf eine ganz eigentümliche, ihn selbst befremdende Weise. Ihm war es, als ob der Mann dort drüben, der so beredt gegen ihn auftrat und schließlich seinen bürgerlichen Tod verlangte, unendlich weit von ihm entfernt gesprochen hätte, so daß ihn seine schlagendsten Gründe, seine höchsten rednerischen Anstrengungen, ihm nur aus dumpfem Nebel tönend, mittelbar berührt hatten. Sein Verstand, sein Wille suchten den Ausführungen des Staatsanwalts zu folgen, vermochten es aber nicht, sondern wurden von dessen Rede eher eingelullt, und während der Mann dort möglicherweise durch seine Rede über sein Schicksal entschied, grübelte Fritz tief in seinem Innern über die Frage nach, was dann schließlich menschliches Recht bedeute und wo wohl eigentlich Gott sei.

Auf die Zuhörerschaft wie auch auf die Geschworenen hatte die Rede des Staatsanwalts stark gewirkt. Bethli, die sich wiederum im Zuschauerraum befand, weinte still vor sich hin. Die Geschworenen machten bedenkliche Gesichter, da nun die Belastungsbeweise, durch den Vortrag des Staatsanwalts folgerichtig zusammengehalten und dargestellt, doch eine wesentlich ernstere Bedeutung zuungunsten des Angeschuldigten annahmen, als sie vorher geahnt hatten. Dieses nun entging seinem Verteidiger nicht, doch fühlte er sich der Lage gewachsen, als ihm nun nach einer kurzen Pause der Vorsitzende ebenfalls das Wort erteilte.

Es freue ihn, so begann der Fürsprech seine Ausführungen, daß der Staatsanwalt wenigstens der Wesens- und Gemütsart des Angeschuldigten volle Gerechtigkeit habe widerfahren lassen, indem er Fritz Grädel, das seien des Herrn Staatsanwalts eigene Worte, bei denen er ihn ein für allemal behaften wolle, einen rechtdenkenden, rechtschaffenen Mann genannt habe, der an dem Zwist, der zwischen seinem Schwiegervater und ihm obgewaltet habe, keine Schuld trug, sondern daß jener, wie der Staatsanwalt richtig bemerkt habe, einzig auf das stets herausfordernde, unversöhnliche Verhalten des Verblichenen zurückzuführen gewesen sei. Sogar der öffentliche Ankläger habe nicht umhin gekonnt, der Duldsamkeit und Langmut, die der Angeschuldigte bewiesen habe, anerkennend zu gedenken. In einem andern Zusammenhang habe der Herr Staatsanwalt mit vollem Recht die Besonnenheit, die bemerkenswerte Ruhe, die ununterbrochene Folgerichtigkeit im Verhalten des Angeschuldigten hervorgehoben. Zu zwei Malen habe der öffentliche Ankläger ebenfalls dessen geistige Fähigkeiten, die unzweifelhafte geistige Begabung des Angeklagten ins Feld geführt, und endlich, gegen den Schluß seiner Rede, habe er ihn ausdrücklich als treuen, liebenswürdigen Gatten, wohlbesorgten Familienvater und rechtschaffenen Bürger anerkannt. Das sei mehr, als die Verteidigung in ihren kühnsten Träumen von der öffentlichen Anklage hätte erwarten dürfen, denn das bilde zusammengenommen ein Leumundszeugnis für Fritz Grädel, auf das dieser um so stolzer sein dürfe, als es vollständig bis in alle Einzelheiten zutreffe, das eindringlich zu seinen Gunsten spreche, besser, als es auch die beredteste Verteidigung zustande gebracht hätte, da es von einer Stelle ausgehe, die von Amtes wegen verpflichtet sei, die sittlichen Mängel des Angeklagten schonungslos hervorzuheben.

Er, der Verteidiger, müßte befürchten, das vortreffliche Zeugnis, das der Staatsanwalt seinem Klienten in Ausübung seines Amtes habe erteilen müssen, abzuschwächen, würde er es allzusehr vertiefen und erhärten. Immerhin möge ihm gestattet sein, es durch einige wenige Tatsachen zu belegen.

In klaren Zügen umriß nun der Anwalt den bisherigen Lebenslauf des Angeschuldigten, woraus hervorging, daß dieser zu jeder Zeit und überall seiner Rechtschaffenheit, seines umgänglichen Wesens, seiner Mäßigung und Klugheit wegen beliebt und geachtet worden war, was niemand besser bezeugen könne als er, der Verteidiger selbst, der die Ehre habe, die Schwadron zu führen, der Fritz Grädel als Unteroffizier zum Stolz, zur Zierde und Ehre gereiche, wo er, sowohl bei seinen Vorgesetzten wie bei seinen Kameraden und Untergebenen, in hoher Gunst stehe.

Dieser Mann nun, der sich, wo man ihn auch nur immer hingestellt habe, durch rechtschaffenes, freundliches Wesen, durch Ehrbarkeit, überlegte Besonnenheit und Klugheit ausgezeichnet, dem der öffentliche Ankläger selbst das trefflichste Leumundszeugnis ausgestellt habe, dieser Mann sei heute des Mordes an seinem Schwiegervater angeklagt, eines Mordes, der, wenn er ihn begangen hätte, der unmöglich vorstellbaren Verleugnung seines ganzen Wesens, seiner geistigen und seelischen Beschaffenheit, seiner ganzen bisherigen Lebensführung gleichkäme.

Um diese unerhörte Anklage aufrechtzuerhalten, stütze sich die Staatsanwaltschaft auch nicht auf den Schimmer eines einzigen überzeugungskräftigen Beweises, sondern lediglich auf eine Reihe von Anzeichen und Inzichten, die, zusammengenommen, freilich dazu angetan seien, auf den ersten Anblick zu verwirren und zu befremden, einen stutzig zu machen, die sich aber, sobald man sie nur einigermaßen gesunden, vorurteilslosen Sinnes untersuche und ihnen abwägend näher trete, in bloßen, blassen Dunst auflösten und keiner ernsthaften Erörterung standhielten.

Nun begann der Anwalt die Beweissätze des Staatsanwalts einzeln zu beleuchten und zu zergliedern.

Fritz Grädel, so führte er im wesentlichen aus, habe keinen Grund gehabt, den Tod seines Schwiegervaters herbeizuführen oder dessen Beschleunigung auch nur zu wünschen. Denn, wie aus den Akten und Zeugenaussagen hervorgehe, wäre ihm ein leichtes, gesetzliches Mittel zur Verfügung gestanden, sich seinen Quälereien zu entziehen, nämlich das, die schon einmal angerufenen Mannen wiederum zu bemühen, um sie zu veranlassen, von Vormundschafts- und Polizeibehörde wegen Ordnung zu schaffen, die vermutlich in der Bevormundung und Versetzung Andreas Röstis in eine Nervenheilanstalt ihren Ausdruck gefunden hätte.

Das sei Fritz Grädel nach der letzten Unterredung mit den Mannen nicht unbekannt geblieben; die Möglichkeit sei sogar offen erörtert und dem alten Rösti als äußerste Maßregel in sichere Aussicht gestellt worden. Sein Schwiegersohn habe es also nicht nötig gehabt, seine Zuflucht zu den Gefahren eines Verbrechens zu nehmen, um im eigenen Hause die von Andreas Rösti gestörte Ordnung wieder herzustellen.

Das Gespräch des Angeschuldigten mit seinem Freund und Dienstkameraden, dem jungen Andreas Christen, das eigentlich einzig und zuerst den Verdacht auf Grädel gelenkt habe, könne diesem, bei Lichte besehen, ebensowohl zur Entlastung wie zur Belastung gereichen. Denn, so frage er, der Verteidiger: ob es wahrscheinlich, ob es auch nur denkbar sei, daß der sonst wohl überlegende, bedachtsame und, wie der Herr Staatsanwalt selbst wiederholt festgestellt habe, kluge Grädel wohl von vornherein seinen allfälligen Mordplan jemandem anvertraut hätte, und das noch vor einer Wirtschaft, die an jenem Abend äußerst belebt war, wo er, wenn nicht wissen, so doch annehmen konnte, daß er belauscht würde? Und das in einem Zeitpunkt, wo er nachgewiesenermaßen noch nichts getrunken hatte. Wenn er sich dennoch unvorsichtig geäußert habe, gewissermaßen, als ginge er darauf aus, geflissentlich Zeugen für die nachherigen Geschehnisse zum voraus festzulegen, so beweise das eben, daß die leidenschaftlichen Äußerungen, die er damals in der Erregung fallen ließ, in Gottes Namen nichts mehr als Worte des Unmuts bedeuteten, gut genug, seinen Zorn, seine berechtigte Aufregung kundzugeben, ohne jedoch im entferntesten daran zu denken, ihnen weitere Folge zu geben. Denn auch der gottverlassenste Dummkopf würde, falls er wirklich beabsichtigte, ein Verbrechen zu begehen, soviel Überlegung aufbringen, es keinem, auch dem besten Freunde nicht, geschweige den noch zufälligen, ganz unbeteiligten Lauschern, vorher in aller Form auf die Nase zu binden.

Gesetzt aber auch, daß, was wohl niemand hier im Saale im Ernste glauben werde, Fritz Grädel einer solchen unerhörten Dummheit fähig gewesen wäre, so müßte er wirklich bei der Begehung der Tat von allen guten Geistern verlassen und mit unheilbarem Blödsinn geschlagen gewesen sein. Etwas Derartiges habe der öffentliche Ankläger angedeutet, indem er unterschob, der Angeklagte sei betrunken oder doch mindestens stark angeheitert gewesen. Dagegen spreche jedoch das Zeugnis aller seiner damaligen Tischgenossen. Grädel sei nicht betrunken, nicht angeheitert gewesen, sondern einfach aufgeräumt und froh, seinen ursprünglichen Ärger vergessen zu haben. Er habe in der Pinte fröhliche Lieder mitgesungen, gelacht und gescherzt, unbefangen und heiter, was sonst nicht gerade das Gebaren eines sonst rechtschaffenen Bürgers, sorglichen Familienvaters von unzweifelhafter geistiger Begabung, steter Duldsamkeit und Langmut, Besonnenheit und bemerkenswerter Ruhe sei, der für die nächsten Stunden just einen Mord im eigenen Haus, an der Person des Vaters seiner Frau und des Großvaters seiner Kinder vorhabe.

Wo aber sowohl die Untersuchung wie die Anklage vollständig versagt hätten, sei in der Darstellung der Mordtat selbst gewesen. Weder der Voruntersuchung sei es gelungen, noch habe der Staatsanwalt auch nur versucht, den mutmaßlichen Hergang der Tat vor Augen zu führen. Diese Unterlassung spreche für die durchgehende Unmöglichkeit, sich den Hergang überhaupt vorzustellen, eine auch nur einigermaßen glaubhafte Darstellung der Tathandlung zu bieten. Ja, diese Unterlassung des Staatsanwalts trage in sich schon die zwingende Notwendigkeit des Freispruchs des Angeklagten. Denn man möge bloß versuchen, sich an Hand der ermittelten Untersuchungsergebnisse sowie der Sachverständigen- und Zeugenaussagen den Hergang des Mordes vorzustellen, vorausgesetzt, daß man Grädel als den Täter ansprechen wolle.

Daraus ergäbe sich ungefähr folgendes, unmögliches, lächerliches Bild:

Der Angeschuldigte komme um halb drei Uhr morgens nach Hause. Binnen einer halben Stunde, da der Mord ungefähr um drei Uhr erfolgt sei, bringe der Tausendsassa folgende Kunststücke zustande: Er hole im Schlafzimmer seine Sattelpistole, begebe sich dann in die Futterkammer des Pferdestalles, sie sachgemäß zu laden, denn dort habe er die Rehposten aufbewahrt, und aus dem Pferdestall stamme auch das dem Stallüberhemd entnommene Ladungspflaster. Nachdem diese Verrichtungen schulgerecht erledigt worden seien, gehe er hin, wecke, ohne daß es jemand im Hause bemerke, seinen ihm spinnefeindlich gesinnten Schwiegervater, bewege ihn dazu, ihn, den alten kranken Mann, sich sonntäglich anzukleiden und ihn, am Morgen, kurz vor drei Uhr, nach dem Hofe zu begleiten. Dort angekommen, verstehe er es, dem Alten beizubringen, nun an Ort und Stelle mit dem Rücken gegen die Gartenwand, dem Gesicht gegen den Scheiterhaufen, stehenzubleiben und stille zu halten, bis er, der Mörder, den Umweg nach dem Stockgarten zurückgelegt habe. Dort nun gebe er sich noch erst recht alle Mühe, seine Fußtritte im frisch beregneten Gartenbeet einzuprägen, damit sie bei späterer Untersuchung ja recht auffällig auf ihn hinwiesen, denn seine Verrichtung führte ihn nicht ins Gartenbeet, sondern auf den mit Gerberlohe belegten Weg, dicht an den Zaun, unters Bäumchen. Dort angelangt, stehe nun der Mörder auf einen erhöhten Gegenstand, eine Kiste oder so etwas Ähnliches, rede seinem Schwiegervater zu, ihm gefälligst den Rücken zuzuwenden und sich schön still zu verhalten; «bitte recht freundlich!» wie der Photograph sagen würde; dann jage er seinem geduldigen, fügsamen, durchaus ahnungslosen Opfer, als welches man sich den alten Schattmatt-Rees lebhaft vorzustellen vermöge, eine Schrotladung in den Nacken. Nachdem der Alte tot sei, versorge der Täter den erhöhten Gegenstand, auf dem er zum Schießen gestanden habe, und verschwinde nicht ohne weiteres vom Schauplatz, sondern gebe sich die Mühe, zu irgendeinem unerfindlichen Zweck einen Fleischhaken an eine Schnur, dann diese an einen Ast des Bäumchens zu knüpfen, daraufhin verliere er nicht allein seine Zigarrenspitze, sondern sei auch noch so zuvorkommend, die Waffe, mit der er soeben seinen Schwiegervater erschossen habe, nicht etwa an sich zu nehmen, sie zu reinigen und an ihren alten Standort zurückzuverbringen, sondern sie an eine leicht zu findende Stelle, am Tatorte, sorgfältig hinzuschmeißen, worauf der besonnene, bemerkenswert ruhige, stets überlegende, ununterbrochen folgerichtig denkende, rechtschaffene Bürger und treue Familienvater des Herrn Staatsanwalts sich zu Bette begebe und neben seiner Frau bis in den hellen Morgen hinein den Schlaf des Gerechten schlafe.

So oder ähnlich müßte der Vorgang der Mordtat, mit dessen Darstellung der Herr Staatsanwalt die Herren Geschworenen vorsichtigerweise verschont habe, notgedrungen lauten. Auf dieses Gemengsel von Unsinn und Unmöglichkeiten baue sich die Anklage gegen Grädel auf, in einer Weise, die von keinem vernunftbegabten Wesen ernst genommen werden könne.

Folglich sei die Täterschaft Grädels an dem Morde sowohl aus seelischen wie aus rein sachlichen Beweggründen einfach unmöglich, daher die Anklage hinfällig.

Doch gebe es außerdem noch verschiedene Tatsachen, die seine Unschuld bewiesen; vor allem nämlich sein Verhalten während der Verhöre und der Untersuchungshaft. Vom Staatsanwalt selber sei festgestellt worden, daß sich der Angeschuldigte während der ganzen langen, allzulangen Dauer der Untersuchung, vom ersten Verhör an, am Tatorte selbst, bis zur heutigen Einvernahme in diesem Saal, auch nicht den kleinsten Widerspruch in seinen Aussagen habe zuschulden kommen lassen. Darin erblicke die Anklage das Ergebnis eines wohlüberlegten, ungemein scharfsinnig durchgeführten Verteidigungsplanes. Ganz abgesehen davon, was der öffentliche Ankläger erst gegen den Angeschuldigten vorgebracht haben würde, wäre es ihm gelungen, Grädel eines Widerspruches in seinen Aussagen zu überführen, messe der Herr Staatsanwalt dem Angeklagten auf der einen Seite zuviel, auf der andern zuwenig Klugheit zu. Ein so widersinnig, jeder vernünftigen Überlegung hohnsprechend begangenes Verbrechen gehe nicht Hand in Hand mit der Durchführung eines so gerissenen, in alle Einzelheiten durchdachten Verteidigungsplanes; derartige Widersprüche seien einem einzigen und gleichen Menschen schlechterdings nicht zuzumuten, und was die Überlegung des Verteidigungsplanes anbetreffe, so möge denn doch bemerkt werden, daß, wenn dieser wirklich künstlich aufgebaut worden wäre, er sich dann ganz gewiß anderer Voraussetzungen bedient haben würde, die zum mindesten ermöglicht hätten, neue, bisher ungeahnte Fährten zu verfolgen, den Verdacht von der eigenen auf eine andere, mehr oder weniger bestimmte Person abzulenken, was vielleicht nicht allzu schwierig gewesen wäre.

Das habe Grädel aber nicht getan. Er selber habe unaufgefordert dem Untersuchungsrichter das ruhige Verhalten seines Haushundes während der Mordnacht vermeldet, das ihn belasten mußte, und von dem er durchaus nicht vorauszusehen brauchte, daß es zur Sprache käme, da es bei den Ersterhebungen tatsächlich der Aufmerksamkeit der Zeugen sowohl als der des Untersuchungsrichters entgangen sei. Diese Mitteilung Grädels habe der öffentliche Ankläger als einen Kniff bezeichnet, den Untersuchungsrichter wenigstens auf seelischem Gebiet auf eine falsche Fährte zu führen. Dieser Kniff wäre demnach von einem Menschen ausgeheckt worden, der recht eindrücklich seine Fußspuren und seine Mordwaffe am Tatort zurückgelassen hätte! Eine solche Annahme sei ebenso willkürlich als widersinnig. Das Verhalten Grädels, die anerkannte Folgerichtigkeit seiner wiederholten, widerspruchslosen Aussagen in den Verhören, lasse eine viel natürlichere, wahrscheinlichere, nämlich die wahre Erklärung zu, daß Grädel von allem Anfang an bis zur heutigen Stunde ganz einfach die Wahrheit gesagt habe, daß er um den Hergang des Mordes ebensowenig wisse wie irgendwer hier im Saale. Zu wiederholten Malen habe er während der Voruntersuchung den Wunsch ausgesprochen, es möchte volles Licht über den Fall verbreitet werden; er, Grädel, würde dabei nur zu gewinnen haben. Wenn er heute noch nicht erdrückt von dem ungerechten Verdacht, noch nicht zermalmt von der geistesmordenden, körperschwächenden, allzulangen Untersuchungshaft die Kraft aufgebracht habe, hier zu erscheinen und die Verhandlung zu erdulden, so habe er das lediglich der Hoffnung zu verdanken, daß heute endlich aufgeklärt würde, was für alle immer noch ein Rätsel sei und bleiben werde, bis es der Anklage oder sonst wem gelinge, eine einigermaßen glaubhafte Darstellung des Herganges beim Morde des Andreas Rösti zu erbringen.

Im weiteren ließ sich der Verteidiger eingehend über das Zeugnis Bethlis, der Frau des Angeschuldigten, aus, erinnerte mit viel Geschick und Wärme an den tiefen Eindruck, den ihre Aussagen hervorgerufen hatten, machte geltend, daß nicht an der Aussage der Zeugin zu zweifeln sei, wonach sie den Mörder ihres Vaters auch dann nicht schonen würde, wenn er ihr Mann wäre. Er erinnerte an die Bestimmtheit, mit der Bethli immerdar behauptet habe, den Schuß zu einer Zeit gehört zu haben, wo sich der Angeschuldigte in ihrer Gegenwart im Bett befunden und geschlafen habe, und schloß endlich, indem er überzeugend geltend machte, daß das Rätsel des Todes Andreas Röstis noch ebenso unentwirrt sei wie am ersten Tage; daß die Verdachtsgründe, die sich gegen Grädel gefunden hätten, unzureichend zur Aufrechterhaltung der Anklage gegen ihn seien. Er beschwor schließlich die Geschworenen, sich wohl zu überlegen, ob sie, angesichts der Sachlage, eine Verurteilung verantworten könnten, und forderte endlich den einfachen Freispruch des Angeklagten von ihnen.

Die Rede des Anwalts hatte über eine Stunde gedauert, und alle, die sie hörten, nicht zum wenigsten die Geschworenen, äußerst nachdenklich gestimmt; doch wäre es schwer gewesen, zu entscheiden, inwiefern der Anwalt seinen Zweck, den Angeklagten loszubekommen, erreicht hatte.

Da der Staatsanwalt darauf verzichtete, auf den Vortrag des Verteidigers zu erwidern, waren somit die Vorträge überhaupt beendet, und der Vorsitzende erteilte dem Angeklagten übungs-

und vorschriftsgemäß das letzte Wort zu seiner Verteidigung. Fritz, der während der Rede des Anwalts neuerdings in weltfernes Grübeln versunken gewesen war, erhob sich fast taumelnd und erklärte:

«Ich habe den Herren Geschworenen nichts mehr zu sagen, das ihnen mein Fürsprech nicht schon gesagt hätte, nämlich, daß ich unschuldig bin am Tode meines Schwiegervaters!» Dann, nach einer Pause, setzte er leise, mühsam hinzu:

«Das Urteil geht euch an, nicht mich!» und setzte sich.

Man sah ihm die Anstrengung, die ihn diese Worte gekostet hatten, wohl an. Sein letzter Ausspruch hatte jedermann befremdet. Nun verharrte er wieder gleichmütig in seiner äußeren Teilnahmslosigkeit auf seiner Bank, als bemerke er gar nicht, was um ihn herum vorgehe.

Der Vorsitzende gab nun die an die Geschworenen zu richtenden Fragen bekannt und frug die Parteien, ob sie mit deren Abfassung einig gingen. Die Fragen, nur zwei an der Zahl, lauteten:

Erste Frage: Hat sich der Angeklagte Fritz Grädel des Mordes schuldig gemacht, indem er vorsätzlich und mit Vorbedacht seinen Schwiegervater Andreas Rösti am Morgen des 7. August 1893 erschoß?

Zweite Frage: Sind zugunsten des Angeklagten mildernde Umstände vorhanden?

Der Staatsanwalt, der nun befürchtete, die Geschworenen möchten, nur vor die einzige Schuldfrage auf Mord mit Vorbedacht gestellt, diese verneinen, beantragte eine Ergänzung der Fragestellung durch Einschaltung folgender Frage an zweiter Stelle:

War zur Zeit der Begehung der Tat das Bewußtsein oder die Willenskraft des Angeklagten vermindert?

Während er seinen Antrag in kurzen Worten begründete, unterhielt sich der Verteidiger mit dem Angeklagten einen kurzen Augenblick, bei welcher Gelegenheit dieser bestimmt abwehrende Gebärden umriß. Als daher der Vorsitzende den Verteidiger ersuchte, sich zu dem Antrag des Staatsanwalts zu äußern, lehnte sich dieser unbedingt dagegen auf. Er machte geltend, um dieser Frage eine berechtigte Grundlage zu bieten, hätte die Voraussetzung dazu während der Voruntersuchung in der Form ärztlicher Gutachten geschaffen werden müssen; denn so, wie die Frage jetzt gestellt werde, biete sie den Geschworenen keine hinreichenden Anhaltspunkte zu sachgemäßer, gewissenhafter Entscheidung. Wenn es ihm übrigens gestattet sei, die Frage nach seiner Einsicht zu erörtern, so müsse er, seiner innersten Überzeugung nach, erklären, daß er den Angeschuldigten für geistig durchaus gesund, daher für sein Tun und Lassen voll verantwortlich halte, und daß er keinen Anlaß zur Annahme sehe, dies sei jemals, wenn auch nur vorübergehend, anders gewesen.

Da der Staatsanwalt dennoch auf seinem Antrag beharrte, zog sich die Kriminalkammer zur Beratung zurück, erschien aber kaum fünf Minuten später wieder im Saal, um zu verkünden, der staatsanwaltliche Antrag sei abgewiesen worden.

Der Vorsitzende erklärte nun den Schluß der Verhandlungen, und die Geschworenen zogen sich ihrerseits zur Beratung zurück. Da vorauszusehen war, daß sie sich, angesichts des Umstandes, daß nur eine Hauptfrage zu beantworten war, bald geeinigt haben würden, verließ niemand der Anwesenden den Raum, wohl aber standen die Herren vom Gericht sowie die Zeitungsberichterstatter in zwanglosen Ansammlungen im Saale herum, während der Angeklagte ins Wartzimmer zurückgeführt wurde, wo ihn gleich darauf sein Anwalt aufsuchte und sich mit ihm unterhielt.

Nach den gesetzlichen Vorschriften des bernischen Strafprozeßverfahrens müssen dem Vorsteher oder Obmann der Geschworenen sämtliche Prozeßakten, mit Ausnahme der geschriebenen Zeugenaussagen, Klagen, Anzeigen, sowie die Anklageakte eingehändigt und ins Beratungszimmer mitgegeben werden. Dort setzen sich die Geschworenen in stets gleichbleibender Reihenfolge um den Beratungstisch, worauf der Obmann, bevor er die Verhandlungen eröffnet, verpflichtet ist, die gesetzliche Belehrung vorzulesen, die folgendermaßen lautet:

«Das Gesetz verlangt von den Geschworenen keine Rechenschaft über die Gründe ihrer Überzeugung; es schreibt ihnen keine Regeln vor, nach welchen sie einen Beweis für vollständig oder hinlänglich annehmen sollen; es schreibt ihnen nur vor, ihr reines Gewissen bei ruhiger Überlegung und gesammelter Gemütsstimmung zu befragen, welchen Eindruck die für und gegen den Angeklagten erbrachten Beweise auf sie gemacht haben. Das Gesetz richtet nur die einzige Frage, die alle ihre Pflichten umfaßt, an die Geschworenen: Habt ihr die innige Überzeugung der Schuld des Angeklagten?»

Hierauf eröffnet der Obmann die Umfrage, abwechslungsweise einmal zu seiner Rechten, das andere Mal zu seiner Linken beginnend. Jeder Geschworene äußert seine Meinung, entweder indem er einfach auf die in Verhandlung stehende Frage mit Ja oder Nein antwortet oder seine Ansicht mehr oder weniger eingehend begründet. Bei Unklarheiten oder wesentlichen Meinungsverschiedenheiten läßt der Obmann diese in freiem Redeaustausch erörtern und ordnet nach Beendigung der Erörterung die Umfrage neuerdings an. Die Fragen werden durch Stimmenmehrheit entschieden, wobei der Obmann gleich den übrigen Geschworenen mitstimmt. Bei Stimmengleichheit gilt die dem Angeklagten günstigste Ansicht.

Heute nun dauerte die Beratung der Geschworenen ungefähr zwanzig Minuten, worauf die Türe ihres Beratungszimmers aufging und die Herren wiederum ihren Sitzen zuschritten, vorab der Obmann, hinter ihm die elf übrigen Geschworenen, zum Schluß die beiden Ersatzmänner, die jedoch der Geschworenenberatung ferngeblieben waren. Gleichzeitig nahmen auch die Herren vom Gericht ihre Plätze ein, und nachdem auf Befehl des Vorsitzenden der Angeklagte ebenfalls seinen Platz auf der Anklagebank wieder bezogen hatte und angewiesen worden war, sich zur Entgegennahme des Wahrspruches der Geschworenen von seinem Sitze zu erheben, stellte der Vorsitzende an diese die Frage, welches das Ergebnis ihrer Beratung sei.

Nun folgte der ernste Augenblick, der, so oft man ihm auch beigewohnt haben mag, dennoch immer aufs neue ergreifend und feierlich wirkt, wo der Obmann sich von seinem Sitze erhob und, die Hand aufs Herz gelegt, in getragenen Worten verkündete:

«Auf meine Ehre und auf mein Gewissen, vor Gott und vor den Menschen, der Wahrspruch der Geschworenen ist auf die erste Frage: Hat sich der Angeklagte Fritz Grädel des Mordes schuldig gemacht, indem er vorsätzlich und mit Vorbedacht seinen Schwiegervater Andreas Rösti am Morgen des 7. August 1893 erschoß? – Nein!»

Der Obmann setzte sich wieder, da durch die Verneinung der Hauptfrage die Nebenfrage nach mildernden Umständen, weil gegenstandslos geworden, dahinfiel.

Anschließend an den Wahrspruch der Geschworenen meldete sich der Verteidiger Grädels zum Wort und heischte von der Kammer nicht bloß den nun durch den Wahrspruch unumgänglichen Freispruch seines Schützlings, sondern auch eine Entschädigungs- und Genugtuungssumme von zweitausend Franken für unschuldig ausgestandene Untersuchungshaft und Schmälerung seines gutes Rufes und seiner Ehre, wobei er nicht verfehlte, darauf hinzuweisen, daß der wirkliche, von Fritz Grädel erlittene Schaden sich um vieles höher belaufe und dieser seine Forderung ausschließlich ehrenhalber stelle.

Der Staatsanwalt dagegen beantragte, das Entschädigungsgesuch abzuweisen. Er begründete dies mit der Behauptung, der Freigesprochene habe durch sein Verhalten den Verdacht selbst auf sich gelenkt und seine Untersuchungshaft infolgedessen selber verschuldet, was der Verteidiger in kurzer, knapper Widerrede bestritt.

Nunmehr zog sich die Kriminalkammer zur Beratung zurück. Nach etwa einer Viertelstunde nahm sie wiederum ihre Sitze im

Saale ein. Es ergriff nun der Vorsitzende wiederum das Wort, um den Angeklagten von Schuld und Strafe freizusprechen, seine Freilassung zu verfügen und zu verkünden, daß ihm für die ausgestandene Untersuchungshaft eine Entschädigung von tausend Franken zugesprochen werde und der Staat die ergangenen Kosten zu tragen habe.

Das Urteil wurde von der Zuhörerschaft mit beifälligem Gemurmel aufgenommen; Fritz erhob sich von der Anklagebank und drückte seinem Verteidiger dankbar die Hand. Fünf Minuten später war der Gerichtssaal geräumt und der Freigesprochene bereits auf dem Heimweg begriffen.

Während sich nun die Verwandten, Freunde und Bekannten Fritz Grädels zu dem Austrag des Handels beglückwünschten, in der Hoffnung, nun werde auf der Schattmatt bald wieder alles ins richtige Geleise kommen, dauerte die Niedergeschlagenheit und Mutlosigkeit Fritzens an. Zwar erholte er sich körperlich nach der Aufnahme seiner gewohnten Beschäftigungen in Haus, Wald und Feld ziemlich rasch, wenn auch nicht dermaßen, daß er wieder derselbe geworden wäre wie ehedem. Sein Gemüt dagegen blieb bedrückt; man sah ihn nie mehr heiter, hörte ihn nie mehr lachen. Er ward je länger, je einsilbiger. Kaum vermochten seine Frau und seine Kinder ihm dann und wann ein schier zerstreutes Lächeln abzugewinnen. Hätte man ihn befragt, wo es ihm eigentlich fehle, wäre er um eine Erklärung in eigentliche Verlegenheit geraten. Es wäre ihm unmöglich gewesen, in Worte zu fassen, was er in seinem Innersten doch so deutlich, so schmerzlich empfand, nämlich, daß etwas, das Beste seines Wesens, unheilbar, unwiederbringlich zerstört worden und verloren war. Er vermied es, soweit als möglich, unter die Leute zu gehen, mußte es aber dennoch sein, dann geschah es widerwillig und zaghaft.

Im Anfang hatte man ihm das hingehen lassen, ohne viel Aufhebens davon zu machen, denn man fand es bis zu einem gewissen Punkt verständlich. Als sich jedoch mit der Zeit das Verhalten Fritzens nicht veränderte, sondern er im Gegenteil je länger, je menschenscheuer wurde, obwohl ihn seine besten Freunde, der Gemeindepräsident und der junge Andreas Christen, nach Möglichkeit aufheiterten, da wurde sein Gebaren auffällig, wurde mißbilligt und trug dazu bei, die Erinnerung an die Geschehnisse auf der Schattmatt im Gedächtnis der Leute lebendig zu erhalten, während sie anders, dem allgemeinen Lauf der Dinge folgend, wohl bald in den Nebel wohltätiger Vergessenheit untergetaucht wäre.

Man fand – es waren Fritzens Freunde, die so dachten –, es gebreche ihm an Mannhaftigkeit. Manch einer habe ebenso Schlimmes ertragen, sich nachher jedoch wieder zusammengerissen, emporgearbeitet. Sie stellten ihm vor, daß all sein Grübeln das Vergangene nicht ungeschehen machen werde, daß die beste Art, es zu überwinden, lediglich im Vergessen und mutigen Vorwärtsstreben liege, daß er ja, trotz des Mißgeschickes, das ihn allerdings betroffen habe, blank und rein in seinen eigenen wie in den Augen seiner Mitmenschen hervorgegangen sei, daß er seiner Familie wie seinen Freunden und Mitsassen schulde, seine ganze Kraft der Arbeit, und was darüber hinausging, dem gemeinen Wesen zu widmen. Allein auf die beiden letzten Einreden blieb Fritz stocktaub, wobei sein Gesicht höchstens einen halb spöttischen, doch mehr schmerzlichen Ausdruck annahm, der etwa besagen mochte: Redet nur; ich weiß, was ich weiß, und lasse es mir nicht ausreden!

Andere Leute – das waren die Wohlwollend-Gleichgültigen –, die fanden, Fritz gebärde sich einfach unverantwortlich wehleidig. Am Ende sei ihm weder ein Liebes gestorben noch das Haus verbrannt, noch habe er Unglück in Stall oder Feld gehabt, und wegen der paar Monate Gefängnis, mein Gott, ja, das sei freilich eine schwere Sache gewesen, aber schließlich sei er freigesprochen, sei sogar entschädigt worden, und es gebe manchen armen Teufel, der gerne für das Geld, das Fritz von Gerichts wegen zugesprochen worden sei, noch länger brummte.

Die dritte Meinung, die sich erst schüchtern, vorsichtig, höchst vereinzelt und hinterlistig hören ließ, dann aber, als sie keinen ausreichend kräftigen Widerspruch vom ersten Anbeginn an erfuhr, unter der Hand in einem gewissen, nicht großen zwar, aber stets regsamen Kreise um sich fraß, nämlich in dem der ständigen, nirgends fehlenden, bösartig neidvollen männlichen und weiblichen Klatschbasen, lautete, das Gehaben Fritzens weise eine verteufelte Ähnlichkeit mit Gewissensbissen auf. Der Tod seines Schwiegervaters lasse ihm keine Ruhe; wo ein Rauch sei, da sei auch ein Feuer, und wer wisse, ob, wenn sich die reichen Dragonerbauern und der Gemeindepräsident, der einen Stein im Brett der großen Herren habe, nicht für ihn ins Zeug gelegt hätten, Grädel dann auch freigesprochen worden wäre. Man habe Beispiele, wo sich die Gerichte geirrt hätten, und zwar nicht immer nur zuungunsten der Angeklagten. Es komme manchmal nur darauf an, ob der, der auf der Anklagebank sitze, ganze oder zerrissene Hosen trage – und was dergleichen unfaßbare, darum aber nicht minder giftige Erörterungen mehr waren.

Alle diese Meinungsäußerungen kamen unvermeidlicherweise Fritz so oder anders zu Ohren. Sie waren nicht dazu angetan, ihn aufzuheitern oder ihn vermehrten Umgang mit seinen Mitbürgern wünschen zu lassen, von denen ihn keiner, auch der Christen-Reesli nicht, ja nicht einmal der Gemeindepräsident, ganz verstand.

Keiner begriff, daß es nicht allein das ihm angetane Unrecht war, das ihn verbitterte. Denn wäre es nur das gewesen, so hätte er darüber hinauszukommen vermocht; aber er hatte seinen Glauben an alles verloren, was ihm vorher, weil bestehend, als unantastbar und unverrückbar gegolten hatte.

Keiner begriff, daß Fritz, der die Hohlheit der gesellschaftlichen Übereinkünfte ebenso tief wie die Unverläßlichkeit der landläufigen Kirchenreligion, wenn es sich einmal um etwas Ernstes handelte, um so einschneidender empfunden hatte, als ihm, trotz seiner natürlichen Begabung, die Bildung fehlte, die ihm ermöglicht hätte, sich darüber hinauszuerheben, daß er nun haltlos geworden war, an sich und den Menschen, die er übrigens mehr fürchtete als haßte, verzweifelte. Denn es gehört nicht bloß eine kräftige Seelenbeschaffenheit dazu, sich, verkannt und unverstanden, inmitten einer Umwelt zu behaupten, deren Fühlen und Denken sich unaufhörlich auf der breiten, ebenen Gewohnheits- und Überlieferungsstraße bewegt, die ihr höchstes Entzücken wie ihr tiefstes Leid, beide dadurch auf das durchschnittlich Erträgliche abschwächend, nie anders als in allgemein abgegriffenen Formeln zu empfinden, zu denken und auszuüben vermag, ohne an sich und ihr zu verzweifeln, ohne schließlich mit seinem Verstande zu scheitern.

Um diese Klippe zu überwinden, bedarf es, außer allem übrigen, noch einer gewissen Bildungshöhe, die sich entweder aus weltweiser Vertiefung in die letzten Menschheitsfragen oder aus vergleichender Menschenbeobachtung und daraus fließender allgemeiner Menschenkenntnis ergibt. Diese beiden Möglichkeiten waren Fritzen naturgemäß verschlossen. Er war kein Denker, sondern günstigen Falles ein Grübler, und weil er, in einfachen Verhältnissen aufgewachsen, der vergleichenden Maßstäbe entbehrte, die ihm, hätte er andere Sitten und Leute erfahren, ermöglicht hätten, sich über die Ansichten, die ihn umgaben, verstehend, mild-verzichtend oder grimmig-humorvoll hinwegzusetzen.

Der Gemeindepräsident Brand mochte so etwas ahnen, obgleich ihm der Zustand seines Freundes nicht bis ins Innerste klar war, anders er nicht gehofft hätte, der demnächstige Militärdienst, an dem Fritz unter seiner Führung teilzunehmen hatte, würde ihn endgültig heilen.

Brand mußte jedoch bald einsehen, daß er sich darin geirrt hatte. Korporal Grädel versah zwar seinen Dienst mit gewohnter Pünktlichkeit und Pflichttreue; doch war es leicht ersichtlich, daß er es ohne innere Anteilnahme noch Freudigkeit tat, sondern lediglich um seiner Pflicht zu genügen und seinem Hauptmann zuliebe. Dieser hatte, gleich am Einrückungstag, den ersten passenden Augenblick benutzt, der ihm erlaubte, Fritz in dienstlichem Auftrag von der Schwadron eine Weile zu entfernen, worauf er seine untergebenen Offiziere und Unteroffiziere zusammenberufen, ihnen den Fall des Korporals Grädel auseinandergesetzt und sie gebeten hatte, diesen nach Möglichkeit aufzuheitern und sich ja Mühe zu geben, ihn durch nichts an seine Jüngstvergangenheit zu erinnern. Da Grädel in der Schwadron äußerst beliebt war, hätte es des Zuspruches des nicht weniger wertgeschätzten Hauptmanns kaum bedurft; Vorgesetzte, Kameraden und Mannschaft wetteiferten, Fritz den Dienst und im besondern auch die Freizeit so kurzweilig und angenehm als möglich zu gestalten.

Allein gerade dort versagte Fritz mit merkwürdig sanfter Beharrlichkeit. Waren die Erholungsstunden angebrochen, so sonderte er sich geflissentlich von den andern ab und grübelte so einsam als möglich vor sich hin. Von den gewöhnlich so fröhlichen, oft übermütigen Schwadronsabenden suchte er sich, so gut es ging, zu drücken, sei es, indem er freiwillig den Wachtdienst übernahm, sei es, indem er Müdigkeit vorschützte und sich zu Bett begab. Gelang es ihm jedoch nicht, sich abseits zu stellen, so wohnte er mit so kläglich gedrückter Miene bei, daß nach wenigen Versuchen der Hauptmann selber die stille Weisung gab, ihn nicht weiter dazu zu nötigen. Nicht allein, weil er bemerkt hatte, daß diese Anlässe Fritz zur eigentlichen Qual gediehen, sondern auch, weil dieser durch sein Verhalten den fröhlichen Soldatenhumor der andern beeinträchtigte, den Brand als eines der besten Mittel, seine Mannschaft frisch, leistungsfähig und bei guter Laune zu erhalten, unter keinen Umständen hätte missen mögen.

Zu zwei Malen hatte er Fritz über sein Verhalten unter vier Augen, nicht als Vorgesetzter, sondern von Freund zu Freund, zur Rede gestellt. Das erstemal hatte Fritz tonlosen, ausweichenden Bescheid gegeben. Es fehle ihm nichts, aber er sei nicht in der Stimmung, sich lustig zu machen. Ob er sich über das Verhalten seiner Vorgesetzten oder Kameraden zu beklagen habe, hatte der Hauptmann weiter gefragt, worauf ihm Fritz erwidert hatte:

«Nein! Das ist's ja eben: alle tun mir zuliebe, was sie mir nur an den Augen absehen können. Ich weiß und merke wohl, sie wollen mich schonen, sie bemitleiden mich. Alle wissen, daß ich im Gefängnis saß, und alle tun, als ob sie's nicht wüßten. Das drückt mich nieder.»

Der Hauptmann suchte ihn aufzuheitern:

«Und alle wissen auch, daß du unschuldig im Gefängnis saßest; wir alle, vom Major ab bis zum hintersten Soldaten, wissen, daß dir Unrecht geschehen ist, und man schätzt dich in der Schwadron um so mehr. Die Schwadron ist stolz auf ihren Korporal Grädel, dessen kannst du versichert sein, Fritz!»

«Die Schwadron ist nicht stolz auf einen Unteroffizier, der gesessen hat, sei er nun schuldig oder unschuldig gewesen», hatte Fritz geantwortet, worauf Brand sinnend seiner Wege gegangen war.

Das zweitemal, als er Fritz vornahm, schlug er einen kräftigern Ton an:

«Jetzt sag mir einmal, was mit dir los ist, Fritz! Wenn du dich krank fühlst, so melde dich krank; dann werde ich sofort dafür besorgt sein, deine Entlassung zu erwirken. Wenn nicht, so sei uns der fröhliche Kamerad, der du uns andere Male auch warst. Also, ja oder nein: Bist du krank?»

«Ich bin nicht krank», hatte Fritz erwidert.

«Je nun, wenn du nicht krank bist, was soll das Gebaren?»

Fritz schwieg, aber in seinen Augen perlten zwei schwere Tränen, die er mit dem Handrücken abwischte, damit jener sie nicht merke. Brand erschrak.

«Fritz», sagte er, «ich frage dich noch einmal: Bist du krank? Willst du lieber entlassen werden?»

«Ich bin nicht krank, und den Dienst versehe ich gern; aber wenn du meinst, es sei der Schwadron anständiger, wenn ich nicht mehr dabei sei, so habe ich nichts dagegen, heimzugehen.» «Du bist ein Kamel!» hatte da der Hauptmann unmutig ausgerufen. «Wer denkt denn an so etwas! Und das gerade im Augenblick, wo ich dich zum Wachtmeister vorgeschlagen habe, was du übrigens schon längst verdient hättest!»

«Ich danke dir», hatte Fritz zögernd geantwortet, «aber wenn ich dich bitten darf, so ziehe den Vorschlag zurück. Ich tauge nicht zum Wachtmeister ... nicht einmal mehr zum Korporal», setzte er nach einer Weile niedergeschlagen hinzu. Diesmal gab er sich keine Mühe mehr, seine rieselnden Tränen zu verbergen.

«Das ist blanker Unsinn», hatte der Hauptmann erwidert, worauf er ohne Erfolg versuchte, Fritz vom Gegenteil zu überzeugen. Da gab er's auf und beriet sich mit seinem Regimentsarzt.

Dieser, ein verständiger, in seinem Beruf tüchtiger Mann, erklärte, er habe den Korporal Grädel, ohne daß es dieser gemerkt, nun schon seit Beginn des Dienstes beobachtet. Wenn ihn nicht alles täusche, so habe man es da mit dem Beginn einer ernsten Geistesstörung, nämlich mit Schwermut, zu tun. Die seelische Erschütterung der gegen ihn erhobenen Anklage, verschlimmert durch monatelange, unsinnige Untersuchungshaft, habe ihn dermaßen mitgenommen, daß Schlimmes zu befürchten sei. Er riet dem Hauptmann, Fritz dienstlich und außerdienstlich nach Möglichkeit zu beschäftigen, ihn anzustrengen, indem er ihm schwierige Aufgaben stelle, die sein ganzes Sinnen und Denken in Anspruch nähmen, damit er weder Zeit noch Gelegenheit finde, Grillen zu fangen. Künstliche Aufheiterung und Zerstreuung führe da nicht zum Ziele. Es handle sich darum, den Kranken, denn krank sei der Korporal schon jetzt, so zu behandeln, daß sein Selbstbewußtsein aufgepeitscht, seine verlorene Tatkraft wieder lebendig werde. Dazu könne der gegenwärtige Militärdienst vielleicht beitragen, aber voraussichtlich werde es neuerdings schlimmer mit ihm werden, wenn er wieder zu Hause, in seiner gewohnten, von der Außenwelt immerhin mehr oder weniger abgeschlossenen Umgebung sei. Dann aber könne, wenn überhaupt, nur noch Anstaltsbehandlung helfen.

Brand merkte sich's und stellte sich dementsprechend ein. Er überhäufte Fritz mit dienstlich ehrenvollen Aufträgen, sorgte nach Möglichkeit dafür, ihn so wenig als unbedingt erforderlich sich selbst zu überlassen. Dieser kam jedem Befehl nach, verrichtete alle Obliegenheiten gewissenhaft, pünktlich, doch mit sichtlicher Selbstüberwindung, ohne Freude, ohne Ehrgeiz, ohne Lust.

Als er wieder zu Hause war, wurde es schlimmer. Der Schlaf begann ihn zu fliehen. Er wurde bleich, magerte ab, sein Blick ward hohl und matt; die kleinste Anstrengung kostete ihn je länger, je größere Mühe und Überwindung. Die Arbeit, die er sonst mit Freude verrichtet hatte, wurde ihm zur unsäglichen Qual. Er sah unerhörte Schwierigkeiten bei den kleinsten Angelegenheiten, die er sonst mit raschem Wort oder Griff aus dem Wege geräumt hatte; seine sonst so kräftige Eßlust nahm von Tag zu Tag ab, dagegen stellten sich Angstgefühle ein, die seine Umgebung mit Besorgnis erfüllten.

Seine Frau zunächst, dann aber ganz besonders seinen Oheim Christian, den Bruder des ermordeten Andreas Rösti, im Wohnstock drüben. Auch mit diesem war seit dem Schwurgerichtshandel eine merkliche Veränderung vorgegangen. Er war unstet, aufgeregt geworden. Nun, als Fritzens Krankheit so sichtbare Fortschritte machte, schien es, als ob er sich die Schuld daran beimesse, als ob ihn darob das Gewissen peinige, so daß er sich je länger, je betulicher um des kranken Jungbauern Wohlergehen kümmerte, jeden freien Augenblick dazu verwandte, mit seiner Arbeitskraft einzuspringen und seine Erfahrung Bethli zur Verfügung stellte, als hätte er ihr gegenüber etwas gutzumachen.

Brand, der sich die Äußerungen seines Regimentsarztes wohlgemerkt hatte, hielt ein wachsames Auge nicht nur auf Fritz, sondern überhaupt auf die Schattmatt, so daß ihm das eigentümliche Verhalten Christians auf die Dauer nicht entgehen konnte. Seine frühern Wahrnehmungen an ihm aufs neue auffrischend, kam der Gemeindepräsident immer mehr zur Überzeugung, daß Christian um den Tod seines Bruders Genaues wisse, das er weder in der Untersuchung noch vor Schwurgericht verlautbart hatte. Ein nicht mehr zu unterdrückender Verdacht glomm in Brand auf, der ihn veranlaßte, Christians Verhalten, so gut es unauffällig geschehen konnte, zu beaufsichtigen.

Mit Fritz dagegen ging es stets schlimmer. Sein Verfall nahm reißend zu; nicht lange dauerte es, so stand er überhaupt nicht mehr auf oder wenn schon, nur unter den größten Anstrengungen, worauf er immer mehr begann, jede Nahrung zu verweigern, ununterbrochen und bewegungslos leeren Blickes vor sich hinzustieren, wenn er nicht, was in der letzten Zeit immer häufiger vorkam, von furchtbaren Angstanfällen heimgesucht und gepeinigt wurde, während denen er dann allerhand sinnloses Zeug redete, das stets auf dasselbe herauskam, nämlich, er sei entehrt, zeitlich und auf ewig verloren, gereiche seiner Familie zur Schande und zur Last.

Dr. Wyß, der zugezogen worden war, bestätigte den Befund des Regimentsarztes und hatte schon geraten, den Kranken in eine Heilanstalt überzuführen, wogegen sich jedoch Bethli bis jetzt mit Händen und Füßen gesträubt und erklärt hatte, es möge nun mit ihrem Mann so schlimm werden, als es wolle, sie lasse nicht von ihm und werde ihn pflegen, bis er genese oder sterbe. Als sich jedoch seine Anfälle seit einiger Zeit bis zur Raserei steigerten, so daß man um Fritzens Umgebung besorgt sein mußte und der Arzt erklärt hatte, er könne die Verantwortung der Heimbehandlung nicht länger tragen, da zu Hause die Heilung des Kranken ausgeschlossen, in der Heilanstalt dagegen immerhin noch zu erhoffen sei, war Bethli wenigstens innerlich nachgiebiger geworden. Immerhin bedurfte es eines Selbstmordversuches Fritzens, um ihre bessere Einsicht zum Entschluß zu wandeln, so daß, fast auf den Tag ein Jahr nach der Ermordung ihres Vaters, ihr Mann in eine Nervenheilanstalt verbracht wurde.

Wenige Wochen darauf starb dann auch Anneliese, die Frau Christian Röstis, so daß dieser, nun verwitwet, zwar noch im Wohnstock hauste, aber sich selten mehr zu Hause sehen ließ. Im folgenden Frühjahr verkaufte er seine Fahrhabe unter dem Vorgeben, er habe sich im Waadtland mit einem befreundeten Viehhändler zu einem gemeinsamen Geschäfte vereinigt, worauf er Habligen verließ und fortan verschollen blieb, da man keine Nachricht mehr von ihm erhielt und sich seine Angabe über das anzutretende Geschäft als unwahr erwies, was den Verdacht Brands um die Mitwisserschaft Christians an der Ermordung seines Bruders zur innern Gewißheit steigerte, wenn auch die Verdachtsgründe nicht derart waren, daß er es hätte wagen dürfen, gerichtliche Vorkehren gegen den nun endgültig Weggezogenen einzuleiten.

Auf der Schattmatt mußte, da der Hausvater seinen Platz nicht mehr ausfüllen konnte und sonst kein Mann da war, dem Bauernwesen vorzustehen, ein tüchtiger Meisterknecht eingestellt werden, der sich endlich fand, nachdem der Vater und die Brüder Grädels das Nötigste aushilfsweise besorgt hatten. Als Rechtsbeistand Bethlis und Vormund ihrer Kinder war, auf einstimmigen Wunsch der Familie hin, der Gemeindepräsident, Fürsprech Brand, ernannt worden, der sich seiner Schützlinge umsichtig annahm.

Fritz, der sich in der Anstalt nach langer Zeit endlich wieder zu erholen schien, sollte die Schattmatt nimmer wiedersehen. Wohl gab es Zeiten der Besserung; aber die stets rascher aufeinanderfolgenden Rückfälle gestalteten sich immer bösartiger und waren jeweilen mit andauernder Nahrungsverweigerung verbunden, so daß man ihn, um ihn am Leben zu erhalten, künstlich nähren mußte. Nachdem dieser Zustand etwas mehr als zwölf volle Jahre angedauert hatte, starb Fritz Grädel an einer Lungenentzündung, die durch die Schlingbeschwerden, wie sie die andauernde künstlich-gewaltsame Ernährung mit sich bringt, hervorgerufen worden war.

Als am Montag, dem 3. Mai 1920, Fürsprech Hugo Brand seine Morgenposteingänge musterte, fiel ihm vor allem ein eingeschriebener, mit dem brasilianischen Generalkonsulatssiegel versehener, großer, dicker Brief auf, der nach Umfang und Gewicht offenbar dickleibige Aktenstücke enthalten mußte.

Wenn er auch immer noch jugendlich schien, hatte der Anwalt doch merklich gealtert. Er war grau geworden, feine Runzeln hatten sich um seine Augen gebildet, aber im übrigen war seine Erscheinung, abgesehen von einer nicht mehr ganz jugendlichen Fettleibigkeit, immer noch die eines strammen, gesunden Mannes, der weder in Haltung noch Gehaben seinen Nebenberuf als Offizier zu verleugnen vermochte. Fürsprech Brand war nun Nationalrat, Oberst und wieder einmal Gemeindepräsident, nachdem er dieses Amt schon zu wiederholten Malen ab- und dann wieder angetreten hatte. Noch war er Rechtsbeistand der Witwe Grädel auf der Schattmatt sowie Freund und Vertrauter ihrer Familie geblieben; aber seine vormundschaftlichen Obliegenheiten hatten schon vor ein paar Jahren mit der erreichten Volljährigkeit des jüngsten Sohnes seines ehemaligen Korporals Fritz Grädel ein Ende genommen. Auch Gritli Grädel, die Mutter Fritzens, in Oberhabligen lebte noch. Sie war ein betagtes Großmütterchen geworden und freute sich ihrer Enkel da und dort, besonders auf der Schattmatt, die alle drei gemeinsam mit ihrer Mutter das Anwesen bebauten und vermöge ihrer Tüchtigkeit sowie ihrer vielseitigen Kenntnisse, ihrer tüchtigen Fach- und allgemeinen Bildung, die ihnen ihr Vormund hatte angedeihen lassen, den weithin reichenden guten Ruf des Gutes als vorbildlicher Landwirtschaftsbetrieb, den es zur Zeit ihres Urgroßvaters genossen hatte, täglich aufs neue festigten.

Gleichgültig und sachlich, mit der ruhigen Bestimmtheit eines arbeitsgewohnten Mannes, erbrach Fürsprech Brand einen Brief nach dem andern, einige ohne weiteres dem herbeigerufenen Maschinenfräulein, andere dem Hilfsschreiber mit knappen Weisungen zur Weiterbehandlung einhändigend, während ein weiterer Teil in ein auf seinem Schreibtisch stehendes Briefkörbchen zur eigenen, weitern Bearbeitung abgelegt wurde. Als er nun den großen, vorhin erwähnten Umschlag erschloß, entnahm er ihm eine lange Zuschrift in Kanzleiformat zunächst, dem ein ebenso großes, ziemlich umfangreiches Aktenheft nebst einigen weitern, zum Teil bedruckten und gestempelten Urkunden beigeheftet waren.

Kaum hatte der Fürsprech einen Blick auf das Begleitschreiben geworfen, als er höchst überrascht zusammenschrak, dann das Schreiben samt seinen Beilagen vor sich hin legte und mit der Erledigung seiner weitern Posteingänge fortfuhr, worauf er seine Angestellten davon verständigte, er wünsche vorderhand nicht gestört zu werden.

Als er sich allein befand, setzte er seine Augengläser wieder auf, zündete sich eine Zigarre an und vertiefte sich in die brasilianische Schriftensendung, wobei sich ihm zu wiederholten Malen Ausrufe, bald der Überraschung, bald des Zornes oder der Verwunderung, entrangen.

Aus dem Schreiben war nämlich ersichtlich, daß vor wenigen Monaten in Pelotas, der südbrasilianischen Hafenstadt im Staate Rio Grande do Sul, der ursprünglich schweizerische Großviehhändler und Leimfabrikant Christian Rösti im Alter von achtundsiebzig Jahren verstorben sei und eine letzte Willensverordnung hinterlassen habe, laut der sein ganzes Vermögen im Betrage von rund 82 000 Milreis, also nach Schweizerwährung etwa 188 000 Franken, seinem angeheirateten Neffen Fritz Grädel auf der Schattmatt in Habligen oder, falls dieser nicht mehr lebe, dessen Kindern zufalle. Eine behördlich beglaubigte Abschrift der Urkunde lag dem Schreiben bei, ebenso die Ermächtigung zur Erhebung der Summe gegen den Vorweis der erforderlichen Vollmachten und Ausweise.

Was aber den Fürsprech Brand viel unmittelbarer als die Tatsache des Erbanfalles der Kinder Grädel fesselte, war ein weiterer, den amtlichen Urkunden beigelegter Bericht, der die Begründung der letzten Willensverordnung Christian Röstis enthielt, den dieser, als er sein Ende nahen fühlte, vor den Behörden in Pelotas nach allen Formen des dortigen Rechts hatte niederschreiben und beglaubigen lassen. Daraus ergab sich, daß Christian Rösti, um sein Gewissen zu erleichtern und sein an Fritz Grädel verübtes Unrecht soweit als möglich gutzumachen, diesen zu seinem Alleinerben eingesetzt und zu seinen Handen den wahrheitsgetreuen Bericht über das gewaltsame Ende seines Bruders im Jahre 1893 niedergelegt hatte.

Daraus ging nun hervor, daß sich Christian Rösti im Jahre 1892 mit dem größten Teil seines Vermögens an einer damals neugegründeten Zuchtviehausfuhrgesellschaft beteiligte, die riesige Gewinne versprach und ihm obendrein, da er für sie als Einkäufer zu arbeiten bestimmt war, ein ansehnliches Arbeitseinkommen zugesichert hatte. Er hatte sowohl sein Anstellungsverhältnis zu der Gesellschaft wie auch seine Beteiligung daran auf Anraten seiner Geschäftsfreunde gegenüber jedermann geheimgehalten; nicht einmal seine Frau noch sein Bruder Andreas wußten davon. Die Gründe, die die Gesellschaft bestimmte, diese Geheimhaltung von ihm zu fordern, waren einleuchtend. Da es sich hauptsächlich um die Ausfuhr von Zuchtstieren nach Preußen, Ungarn, Rumänien und Rußland handelte, die übrigen Gesellschafter aber lauter Ausländer waren, bedurften sie eines schweizerischen Vertrauensmannes, der orts- und geschäftskundig und von dem nicht bekannt war, daß er für eine ausländische Gesellschaft einkaufe, weil in diesem Falle ihre Auswahl schwieriger und ihre Bezugsbedingungen ungünstiger geworden wären. Als Händler auf eigene Faust, mit seinem guten Namen, hatte Christian Rösti in alle großen Ställe der Viehzüchter des Berner Oberlandes Zutritt. Er war als einheimischer Händler bekannt, so daß die Verkäufer viel mehr Zutrauen zu ihm hatten, als sie einer unbekannten ausländischen Gesellschaft entgegengebracht haben würden. Um das Geheimnis noch besser zu wahren, hatte die Gesellschaft in der Schweiz keinen Rechtssitz namhaft gemacht, sondern der befand sich in Wien; ihr Geldverkehr wurde ebenfalls durch eine dortige Bank vermittelt.

Im Anfang ging auch alles gut. Christian kaufte nach bestem Wissen und Gewissen ein, seine Forderungen wurden jeweilen auf die vereinbarten Tage beglichen; allein anfangs Heumonat 1893, als Christian, der Trockenheit halber, ungemein viel und billig hatte kaufen können, dabei aber, um den Gewinn zu erhöhen, sein eigenes Geld einschoß, um sich ja keinen guten Schick entgehen zu lassen, und die Ware nach Osten verfrachtet hatte, verkrachte zunächst die Bank in Wien, die bisher die Zahlungen der Gesellschaft ausgerichtet hatte, sodann kurz darauf diese selbst, so daß Christian, der nun weder Geld noch Ware mehr besaß, unmittelbar vor dem Zusammenbruch stand. Er hatte nicht bloß alles verloren, was er besessen, sondern außerdem noch viele tausend Franken Schulden für gekaufte, bereits bezogene und beförderte Ware, deren er nicht mehr habhaft werden konnte, weil es sich erwies, daß die Gesellschaft aus lauter galizischen und rumänischen Schwindlern bestanden und mit der Bank in Wien unter einer Decke gesteckt hatte.

Die Erkundigungen, die nun Christian durch seinen Rechtsanwalt nachträglich einholen ließ, ergaben, daß er einer regelrechten Gaunerbande zum Opfer gefallen war und daß, wenn sie auch vielleicht strafrechtlich gefaßt werden konnte, es mehr als zweifelhaft sein würde, ob er je auch nur einen kleinen Bruchteil seiner Verluste wieder einholen könnte. Auf alle Fälle hätte der Rechtshandel so lange gedauert, daß seine endgültige Verarmung, sein bürgerlicher Tod, jenen Austrag weit hinter sich gelassen hätte.

In seiner Not, aufs äußerste bedrängt, zog Christian endlich, als er gar nicht mehr weder ein noch aus wußte, seinen Bruder Andreas ins Vertrauen, ihn um Hilfe angehend. Dieser war damals schon sehr krank, weigerte sich aber, sich der ihm von seinem Arzte dringend angeratenen Wundheilbehandlung zu unterziehen. Nach einer ziemlich stürmischen Auseinandersetzung zwischen den beiden Brüdern erklärte sich Andreas schließlich bereit, das Geld, das Christian zur Rettung seiner bürgerlichen Ehre bedurfte, aber nicht mehr, vorzustrecken. Nicht, wie er ihm sagte, um seinet-, Christians, sondern um der Schande willen, die ansonst das Geschlecht der Rösti treffen würde.

Christian konnte bezahlen, damit war aber auch alles gesagt. Es blieb ihm, nachdem er seinen Verpflichtungen nachgekommen war, nichts mehr übrig als sein guter Ruf, mit dem sich, in seiner Eigenschaft als Viehhändler, immerhin etwas anfangen ließ, da außer seinem Bruder und seinem Anwalt niemand von seinem Mißgeschick wußte.

Eine weitere Hilfe, sei es in Form eines Betriebsgeldervorschusses oder in der einer Bürgschaft, hatte ihm Andreas kurzerhand abgeschlagen, was ihm, angesichts dessen, was er bereits geleistet hatte, nicht einmal allzu übel genommen werden konnte.

Christian sah sich also als bereits fünfzigjähriger Mann gezwungen, sein Leben von vorne anzufangen, was ihm um so schwerer fiel, als angesichts der allgemeinen Futternot des Sommers 1893 die Viehpreise gesunken waren, jedermann verkaufen, aber niemand kaufen wollte. Christian war darum genötigt, sich auf kleine Händel zu verlegen, wie sie der Zufall bot, mit denen sich ein Großviehhändler sonst höchstens gelegentlich, etwa gefälligkeitshalber, befaßt. Dabei hatte er herzlich wenig Umsatz, wohl aber viele Läufe, Gänge und Auslagen, so daß er mit Sicherheit voraussehen konnte, dennoch in Bälde zu verarmen, gelang es ihm nicht, binnen verhältnismäßig kurzer Frist auf einen grünen Zweig zu kommen.

Eines Tages nun, als auf der Schattmatt alles zur Ernte ausgerückt und nur der alte Andreas zu Hause geblieben war, kam Christian von einem erfolglosen Geschäftsgang just in einem Augenblick heim, der ihm gestattete, seinen Bruder bei einer recht sonderbaren Hantierung zu beobachten. Andreas stand nämlich in Christians Garten, unter dem nach der Hofseite überhängenden Bäumchen, an dessen einen Ast er eine Schnur mit einem daran baumelnden Fleischerhaken gebunden hatte. Außerdem lagen ihm eine alte Sattelpistole und eine Zange zur Hand. Andreas übte sich nun offensichtlich, die Sattelpistole dermaßen am Tragring an den Fleischhaken zu hängen, daß, wenn er die Schnur, und damit den Ast, an dem diese befestigt war, anspannte, die Pistole über den Zaun hinweg in den Garten Christians geprellt wurde, ohne jedoch am Haken hängen zu bleiben. Zu diesem Zwecke öffnete oder schloß er den untern Teil des Fleischhakens mit der Zange so lange mehr oder weniger, bis der Versuch mehrere Male hintereinander vollständig gelang und die Pistole regelmäßig ein paar Meter weit in den Garten geschleudert wurde, woraus sie Andreas holen ging und im Hof den Versuch neuerdings, bis zur völligen Sicherheit des Gelingens, wiederholte.

Christian hatte dem merkwürdigen Treiben seines Bruders eine gute halbe Stunde unbemerkt zugeschaut; jetzt aber vermochte er nicht mehr länger an sich zu halten, sondern trat hervor und rief ihm zu, was zum Teufel er denn da vornehme, ob er in seinen alten Tagen zum Narren geworden oder Kinderspiele wieder anfangen wolle. Auf des Bruders Anruf schrak Andreas jäh zusammen und war offensichtlich äußerst peinlich überrascht. Die beiden Brüder standen sich Aug' in Auge gegenüber. Andreas fahl, zitternd und verärgert; Christian halb verblüfft, halb ergötzt. Schließlich frug jener:

«Wie kommt es, daß du mitten im halben Tag heimkommst? Bist du schon lange da?» Worauf Christian der Wahrheit gemäß berichtete, er habe Leute, die er aufgesucht, nicht angetroffen, sei darum umgekehrt und habe nun seit einer geraumen Weile zugeschaut, was er, Andreas, da für ein Kunststück unternehme.

Dieser musterte ihn bösen Blickes, dann, wie nach tiefer Überlegung, frug er nach langem Schweigen:

«Bleibst du nun den ganzen Nachmittag zu Hause?»

Auf Christians bejahende Antwort meinte Andreas:

«Gut, dann gehe dort hinters Ofenhaus und warte auf mich; ich habe etwas mit dir zu reden.»

Darauf nahm er Zange und Pistole an sich und steckelte dem Hause zu. Die Schnur mit dem Fleischerhaken ließ er hängen.

Als er nun nach einer Weile seinen Bruder hinter dem Ofenhaus traf, frug er ihn, wie es nun mit seinen Geschäften stünde; ob er Aussicht habe, wieder emporzukommen. Christian mußte verneinen. Nun, hub Andreas nach einer Weile des Zögerns wieder an, es sei nicht, daß er ihm nicht dazu verhelfen wolle, nur frage es sich, ob Christian auf die leichte Bedingung, die er daran knüpfen würde, auch einginge. Auf dessen Frage, was das wohl für eine Bedingung wäre, erwiderte Andreas, das einzige, was er von ihm verlange, sei, daß Christian über das, was er soeben beobachtet habe, zwanzig Jahre lang gegenüber jedermann reinen Mund halte, möge mit ihm, Andreas, auch geschehen, was wolle; ebenso fordere er vollständiges Stillschweigen über alles, was er etwa sonst noch beobachten würde, und ihn, Andreas, allein angehe.

Christian meinte, diese Bedingung, die ihm angesichts dessen, was er beobachtet hatte, eher kindisch vorkam, wohl eingehen zu dürfen; allein sein Bruder gab sich nicht so leicht zufrieden, sondern forderte von Christian ein förmliches, sozusagen an Eidesstatt abzugebendes Versprechen. Lege er ihm dieses Versprechen ab, so könne er ihm gleich zehntausend Franken, die er bereits mitgebracht habe, übergeben; außerdem werde er seine Lebensversicherung, die auf zwanzigtausend Franken laute, auf ihn überschreiben, deren Auszahlung, angesichts seines Gesundheitszustandes, wohl nicht mehr lange auf sich warten lassen könne, sondern wahrscheinlich kurz nach dem nächsten, hoffentlich schon baldigen Regen erfolgen werde.

Christian, obwohl er des Bruders Reden nicht durchaus begriff, ging auf den Handel ein. Er schwur dem Bruder Verschwiegenheit, was auch geschehen möge, und dieser händigte ihm das Versprochene aus.

Ebenso wurde ihm nach dessen Tode die Versicherungssumme anstandslos ausbezahlt, wobei es sich erwies, daß sie ihm der Verblichene ohnehin schon einige Wochen zuvor vermacht gehabt hatte, so daß Christian nun genügend Mittel besaß, aufs neue anzufangen, was dann auch in Südamerika etwa zwei Jahre später mit stets wachsendem Erfolg geschehen sei.

Als nun Andreas Rösti erschossen aufgefunden wurde, war es Christian ohne weiteres klar, daß dieser, seiner schmerzhaften Krankheit wegen des Lebens überdrüssig, Selbstmord begangen hatte, indem er sich die Pistole, an die von ihm selber ausgetüftelte Prellvorrichtung angehakt, an den Hinterkopf gesetzt und abgefeuert hatte, so daß man notwendigerweise nach der Art der Verwundung ebenso wie nach dem Fundort der Pistole annehmen mußte, Andreas Rösti sei von einem Dritten hinterrücks erschossen worden.

Dabei war es ihm gelungen, wenn wahrscheinlich auch nicht in dem von ihm gewünschten Maße, durch allerlei Vorkehren, wie der des Gebrauches von Fritzens Schuhen, Fritzens Stallüberhemd, dem er das Ladungspflaster entnahm, sowie durch das Verstecken der Rehposten an eine Stelle, die sozusagen ausschließlich seinem Schwiegersohn zugänglich war, diesen seines Mordes zu verdächtigen. Damit hoffte er, sich nicht nur an Fritz, dem er nicht verzeihen konnte, daß er seine Lieblingspferde verkauft hatte, zu rächen, sondern auch an den Dragonern überhaupt, indem sie alle durch die Schande eines der ihrigen, des beliebten Korporals Grädel, betroffen werden sollten. Seine Hauptrache aber war gegen Fritzens Mutter, gegen Gritli gerichtet, deren Sohn er ins Zuchthaus zu bringen und sie selber damit ins innerste Herz zu treffen gedachte.

War ihm auch durch die Preisgabe seines ihm ohnehin zur Last gewordenen, erbärmlichen Lebens sein Vorhaben nicht bis in alle Einzelheiten geglückt, da Fritz schließlich doch freigesprochen wurde, so war ihm nichtsdestoweniger seine Rache fürchterlich genug gelungen.

Nationalrat Brand, als er nach langem Sinnen an die Vergangenheit und Fritz Grädel das Schriftstück weglegte, fuhr sich plötzlich, ernst und bewegt, mit der Hand über die Stirne, fast, als hätte ihn der Rauch seiner doch schon längst erloschenen Zigarre belästigt.

KRIMINALERZÄHLUNGEN

DIE GEISTERPHOTOGRAPHIE
Eine Detektivgeschichte nach Conan Doyle

«Du, Lawson, ich glaube, ich werde mich doch erschießen.»

«Sehr schön, aber warum, wenn ich dich bitten darf?» fragte ich meinen Freund, den berühmten Detektiv, der vor mir auf dem Diwan lag, und ließ meinen Blick von der Zeitung, die ich eben gelesen hatte, langsam auf Harlock Shelmes gleiten. Er qualmte mißmutig an einer Zigarette und meinte, ein Gähnen mühsam unterdrückend:

«Du frägst noch? Nun sind doch schon mehr denn zwei Monate vergangen, ohne daß sich auch nur das kleinste Problem gezeigt hätte – wahrlich, die Verbrecher von heute sind gar nicht mehr wert, daß man sich mit ihnen beschäftigt.»

Ich dachte einen Augenblick nach, was Watson an meiner Stelle nun zu Sherlock Holmes gesagt haben würde, und da fiel mir ein, ich könnte meinem Freunde nun erwidern, daß er selbst, indem er die bedeutendsten Verbrecher unserer Zeit unschädlich gemacht habe, schuld an seinem erzwungenen Müßiggang sei. Aber ich besann mich rasch eines bessern. Wozu hatte ich denn die Zeitung vor mir. Hatte sie Holmes gute Dienste geleistet, warum sollte sie nicht auch Shelmes zu neuer Tätigkeit anregen. Ich erwiderte also vorläufig nichts und las weiter. Und Shelmes schien keine Antwort zu erwarten – er faulenzte, empört über seine Untätigkeit, drauf los. Auf einmal fuhr ich auf:

«Du, Shelmes, ich habe einen Fall!» rief ich entzückt.

«Ein Fall mit spiritistischem Beigeschmack ist nicht mein Fall», erwiderte mein Freund, ohne eine Miene zu verziehen.

«Wie in aller Welt...?»

«Kannst du wissen, daß es sich um einen spiritistischen Fall handelt, das wolltest du doch fragen», ergänzte Shelmes gelassen.

«Aber gewiß!»

«Mein lieber Lawson, wirst du denn nie lernen, Schlußfolgerungen zu ziehen? Und glaubst du nicht, daß dich das Publikum allgemach für einen dummen Kerl halten wird, wenn du ihm immer und immer wieder erzählen mußt, daß du trotz der langjährigen Bekanntschaft mit Harlock Shelmes es noch nicht weiter in seiner Kunst gebracht hast?»

«Nein, mein Lieber», entgegnete ich überzeugt, «das Publikum merkt nichts, es ist ebenso dumm wie ich, mein Erfolg besteht im Kitzeln und je mehr ich es an derselben Stelle kitzele, je größer ist sein Wohlbehagen. Aber sage mir jetzt, wie bist du darauf gekommen, daß der Fall, von dem ich dir sprechen wollte, eine spiritistische Seite bietet?»

«Das ist sehr einfach, ich habe die Zeitung schon heute morgen, also vor dir, gelesen und mußte daher wissen, daß nur der Artikel über die Geisterphotographie dein Interesse erregen konnte.»

«Freilich, das ist außerordentlich einfach und hätte mir auch einfallen dürfen, aber für meine Leser genügt das nicht – ich muß etwas haben, das weniger nahe liegt, sonst ist der Effekt zum Teufel.»

«Schön, sollst du haben. Als du vorhin, ohne mich einer Antwort zu würdigen, dich wieder in die Zeitung versenktest, da flog dein Blick rasch zu mir herüber und es war etwas wie Mitleid in dem Blicke enthalten. Ich dauerte dich offensichtlich, weil du mich nicht in meinem Elemente wußtest, dann lasest du die Zeitung. Du überschlugst die Leitartikel und die auswärtigen politischen Nachrichten, um dich sofort dem lokalen Teil zu widmen. Ich schloß daraus, daß du für mich um Futter ausgehest. Dein Gesicht verfinsterte sich allgemach und nahm einen gelangweilten Ausdruck an. Auf einmal erhellten sich deine Züge, also hattest du etwas gefunden. Deine Augen begannen zu leuchten und dann blicktest du einen Moment sinnend auf das oberste Regal jenes Bücherschrankes dort in der Ecke, wo sich deine spiritistischen Bücher befinden, und dein Ausdruck zeigte große Spannung und Nachdenken. Du suchtest eine Analogie, und als du sie gefunden zu haben glaubtest, da lasest du noch einmal den Artikel und dein Gesicht erhellte sich immer mehr, bis du endlich ausriefst: ‹Du, Shelmes, ich habe einen Fall!›»

«Wundervoll, so läßt sich's drucken!» entgegnete ich befriedigt.

Der Artikel, welcher mein Interesse geweckt hatte und mich ahnen ließ, daß er meinen Freund aus seiner Lethargie aufrütteln werde, stand in der Morgenausgabe der *Daily News* vom 12. Juli 1905 und hatte folgenden Wortlaut:

«Eine Geisterphotographie. Eine merkwürdige, noch unaufgeklärte Geschichte hat sich dieser Tage an der Davisonstreet Nr. 18 zugetragen. Vor ungefähr 14 Tagen erschienen bei dem dort wohnenden Photographen, Mr. John Thomson, zwei Damen aus Wyskicastle (County of Kent), Mrs. Webster und ihre Tochter Miß Lucie Webster. Letztere wollte sich photographieren lassen. In einer Viertelstunde war die Sache abgetan. Der Photograph ließ sich noch die Adresse seiner neuen Kundin geben und versprach, schon in den nächsten Tagen Probebilder zu senden. Die beiden Damen waren im Hotel Bristol abgestiegen, hinterließen dem Photographen diese Adresse und teilten ihm im ferneren noch mit, daß sie einige Tage in London zuzubringen gedächten. Zwei Tage später erhielt Miß Lucie ein Schreiben des Photographen, sie bittend, ihm doch noch einmal zu einer Aufnahme zu sitzen, da die erste Aufnahme mißlungen sei. Am Vormittag des folgenden Tages befand sich Miß Webster wiederum an der Davisonstreet im Atelier des Mr. Thomson, der sich lebhaft entschuldigte und eine neue Aufnahme machte. Am darauffolgenden Tage erhielt Miß Lucie ein zweites Schreiben des Photographen, in welchem er ihr mitteilte, zu seinem großen Bedauern sei auch die zweite Aufnahme verunglückt, sie möchte doch die Güte haben, ihm ein drittes Mal zu sitzen und ihn zu entschuldigen; es liege nicht an einem beruflichen Versehen, wenn auch diese Aufnahme nicht geglückt sei, sondern an einem Fehler der Platten, den er nicht habe voraussehen können. Miß Webster ging ein drittes Mal zu dem Photographen, welcher sie versicherte, er habe nun ganz andere Platten kommen lassen, und diesmal werde gewiß die Aufnahme nach Wunsch ausfallen. Mr. Thomson machte eine dritte Aufnahme und Miß Webster verabschiedete sich, freilich nicht ohne zu bemerken, daß sie ein viertes Mal nicht mehr herkommen würde. Gestern morgen nun um halb elf Uhr meldete Mr. Thomson der Mutter seiner Kundin, Mrs. Webster, seinen Besuch an, mit der Bitte, sie möchte ihn sofort vorlassen, da er sie in einer ebenso eigentümlichen als dringlichen Angelegenheit zu sprechen wünsche. Der Photograph wurde sofort eingelassen und leitete seine Mitteilungen damit ein, daß er erklärte, auch die dritte Aufnahme, die er von Miß Webster gemacht habe, sei mißraten. Er legte nun der erstaunten Mrs. Webster drei Photographien vor, entsprechend den drei Aufnahmen, zu welchen Miß Lucie gesessen hatte, und alle drei zeigten das überraschend gut gelungene Bild der jungen Dame; *aber sie war nicht mehr allein auf den Bildern*, sondern auf jedem stand neben ihr ein junger Mann, der einen Dolch gegen sie zückte. Miß Lucie wurde herbeigerufen und die beiden Damen erkannten in dem jungen Manne Leutnant Black, den Verlobten von Miß Lucie, der gegenwärtig in Bombay in Garnison steht und sich in vierzehn Tagen einschiffen sollte, um nach England zu kommen und Hochzeit zu feiern. Die junge Dame war über dieses Ereignis so außer sich, daß sie im Einverständnis mit ihrer Mutter die Verlobung mit dem Leutnant Black sofort telegraphisch aufhob. Die Geschichte, so abenteuerlich sie klingen mag, beruht vollständig auf Wahrheit, unser Mitarbeiter, welcher die Damen Webster und dann Mr. Thomson interviewte, war so glücklich, die drei Bilder selbst zu Gesicht zu bekommen. Die männliche Figur sei ein wenig verschwommen, lasse aber deutlich die Uniform erkennen, eine Identifizierung des Gesichtes dagegen ist seiner Ansicht nach nur möglich, wenn man das Original dazu kennt.»

«Na, vorläufig hat der Fall für mich kein Interesse, da ich keinen Auftrag habe, darin irgend eine Rolle zu spielen», meinte

Shelmes, sich eine neue Zigarette drehend, «und im übrigen ...» Er sprach nicht weiter, seine Züge nahmen den Ausdruck jenes intensiven Nachdenkens an, welche ich an ihm gewöhnt war, wenn er eine Fährte gefunden hatte. Ich wußte, daß in solchen Augenblicken nichts aus ihm herauszubringen war, und überließ ihn seinen Gedanken. Auch in den nächsten Tagen sprachen wir nicht mehr davon, denn am folgenden Morgen mußte mein Freund nach Edinburg verreisen, wo man seine Dienste in einer verwickelten Diebstahlsgeschichte brauchte. Die Arbeit hielt ihn länger, als er ursprünglich geglaubt hatte, dort fest, und als er nach glücklichem Erfolge zurückkam, hatte ich die Geschichte schon halb vergessen und erwähnte sie jedenfalls gegenüber Shelmes nicht mehr. So vergingen etwa sechs Wochen, wir dachten längst nicht mehr an die Sache, als uns eines schönen Tages ein junger Herr gemeldet wurde, der mit meinem Freunde sprechen wollte. Wie immer lud mich Shelmes ein, der Unterredung beizuwohnen, und es trat ein junger, hübscher Mann ein, der sich uns als Leutnant Black vorstellte und gekommen sei, die Dienste meines Freundes in Anspruch zu nehmen. Als der Leutnant seinen Namen nannte, warf mir Shelmes einen verständnissinnigen Blick zu und sagte:

«Setzen Sie sich, Herr Leutnant. Sie kommen vermutlich, mich um Rat zu fragen, wie Sie Ihre Braut wiedergewinnen können, nicht?»

In dem Gesicht des Besuchers malte sich offenkundige Verblüffung, und verwirrt stammelte er:

«Freilich, Herr Shelmes, aber woher Sie das wissen ...?»

«Die einfachste Sache der Welt, Herr Leutnant», erwiderte Shelmes lachend, «ich habe die Geschichte der mysteriösen Photographie aus den Zeitungen vernommen und dabei ist mir Ihr Name geblieben. Daß Sie in Indien in Garnison standen, sehe ich an Ihrer Gesichtsfarbe und an der Berloque, die Sie an der Uhrkette tragen und die unzweifelhaft indische Arbeit ist, endlich, daß Sie Ihre Braut verloren haben, weiß ich wieder aus der Zeitung, und Ihre Niedergeschlagenheit beweist mir, daß Sie mit dem Ausgang der Sache nicht zufrieden sind, denn sonst wären Sie ja nicht zu mir gekommen.»

«Das ist ja sehr einleuchtend», erwiderte unser Besuch, «aber Herr Shelmes, wollen Sie sich der Sache annehmen, und was raten Sie mir?»

«Wenn Sie wirklich meinen, daß Ihnen meine Hilfe von Nutzen sein kann, gerne. Was haben Sie mir in der Angelegenheit noch zu sagen, das nicht schon in den Zeitungen gestanden hätte?»

«Sehr wenig. Wie Ihnen vielleicht bekannt ist, wurde von Miß Lucie die Verlobung per Depesche am Tage des Besuches jenes Photographen aufgehoben. Vierzehn Tage später hätte ich meinen Urlaub antreten und nach Europa kommen können. Da die Depesche nichts Näheres enthielt als die bloße Absage, so konnte ich mir das Verhalten meiner Braut nicht erklären, denn noch tags zuvor hatte ich einen zärtlichen Brief von ihr erhalten. Ich dachte einfach, es habe sich jemand einen schlechten Scherz mit mir erlaubt. Erst am folgenden Tage las ich in den indischen Zeitungen unter den Agenturtelegrammen den wahren Zusammenhang und da kam ich unverzüglich um Urlaub ein, der mir gerne sofort gewährt wurde. Ich hatte das Glück, mich bereits am folgenden Tage einschiffen zu können, und befinde mich nun schon seit drei Wochen hier. Ich habe alles versucht, um mich mit meiner ehemaligen Braut in Verbindung zu setzen, allein sie wies jede Annäherung, ja jede Unterredung ab, die Briefe, die ich schrieb, kamen uneröffnet zurück. Und nun gestern erhielt ich ein Schreiben des Rechtsberaters der Familie Webster, worin er mir im Namen meiner ehemaligen Braut mitteilt, daß sie sich fernere Annäherungsversuche meinerseits verbitte, und ich möchte, falls ich Lust habe, nur noch mit ihm, dem Rechtsvertreter, verhandeln. Ich weiß nun, daß die Gesetze unseres Landes mich zu einer finanziellen Entschädigung wegen Bruch des Eheversprechens berechtigen, allein – ganz offen gestanden, ich liebe Miß Webster und lasse mich nicht ablöhnen. Die Sache muß unter uns zur Sprache kommen und, wenn möglich, aufgeklärt werden. Ein Freund, Mr. Harry Brown, dem Sie früher in einer Angelegenheit beigestanden sind, riet mir, bevor ich irgend etwas unternehme, mich mit Ihnen zu beraten. Das ist alles, was ich Ihnen zu sagen habe. Sollten Sie noch irgendwelche Auskunft benötigen, so bitte ich Sie, Fragen zu stellen, ich werde sie nach bestem Wissen und Gewissen beantworten.»

«Ich danke, Herr Leutnant», erwiderte Shelmes, «ich werde von Ihrem Anerbieten Gebrauch machen. Daß Sie ein gutmütiger Charakter sind, glaube ich zu wissen, ebenso, daß Sie gelegentlich außergewöhnlich jähzornig werden und sich zu unüberlegten Handlungen hinreißen lassen können. Das verrät das erregte Zittern Ihrer Hände und das nervöse Vibrieren der Nasenflügel. Nun, darf ich Sie fragen, Herr Leutnant, hat Ihr Jähzorn Sie nie zu einer Handlung veranlaßt, welche Sie später zu bereuen hatten, ich meine, die Ihnen gesellschaftlich geschadet hätte oder hätte schaden können?»

«Ich begreife den Zweck der Frage zwar nicht, aber recht haben Sie schon, ich ließ mich einmal hinreißen, einen Bookmaker, der offensichtlich mogelte, in der ersten Hitze mit der Reitpeitsche zu züchtigen.»

«Öffentlich?»

«Jawohl, auf dem Rennplatz!»

«Hat die Familie Webster Vermögen?»

«Sie ist sogar sehr reich. Der verstorbene Mr. Webster hat ein großes Vermögen als Banquier erworben.»

«Und Sie selbst?»

«Ich erfreue mich eines anständigen Wohlstandes, der mir erlauben würde, recht bequem aus den Renten zu leben.»

«Wissen Sie, ob, bevor Sie sie kennenlernten, irgendein Mann auf Lucie Webster einen tiefern Eindruck gemacht hätte; als reiche Erbin hatte sie doch gewiß eine Masse von Anbetern.»

«Ich bin überzeugt, daß ich ihre erste Liebe war. Angeschmachtet wurde sie freilich von vielen, besonders von ihrem Vetter Mr. Arthur Chambord; aber es war bei ihm wohl mehr eine Laune, denn jedenfalls zeigte er sich nicht im mindesten betrübt über unsere Verlobung. Auch Miß Lucie glaubte nicht, daß er sich jemals im Ernste große Hoffnungen gemacht hatte. Jedenfalls spekulierte er keinenfalls auf eine Geldheirat, da er selbst sehr reich ist.»

«Ist Miß Webster sonst im allgemeinen abergläubisch?»

«Das habe ich nie an ihr bemerkt.»

«Noch eins, Sie haben gewiß Ihrer Braut Ihre Photographie geschenkt?»

«Freilich, zweimal. Das erste Mal kurz nach unserer Verlobung, also vor drei Jahren, das zweite Mal habe ich ihr eine Gruppenaufnahme des Offiziersstabes, dem ich angehöre, von Bombay geschickt.»

«Wo wurde die erste Aufnahme gemacht?»

«Auf dem Kontinent, aber ob es in Paris oder in Havre war, könnte ich Ihnen heute nicht mehr sagen.»

«Sind Sie noch im Besitze der beiden Bilder?»

«Die Gruppenaufnahme habe ich gewiß noch, ob die andere auch noch vorhanden ist, kann ich wirklich nicht sagen.»

«Schön, Herr Leutnant, für den Augenblick habe ich nichts weiter zu fragen. Ich habe nur eine Bitte an Sie, nämlich die, daß Sie jetzt unverzüglich nach Hause fahren und mir, wenn immer möglich, die beiden Photographien sofort senden. Wollen Sie das tun und auch allen fernern Weisungen, die ich vielleicht an Sie richten werde, unverzüglich Folge leisten?»

«Gewiß, Herr Shelmes! Haben Sie irgendwelche Hoffnung, den Fall entwirren zu können?»

«Das kann ich Ihnen nicht sagen, bevor ich im Besitze der Photographien bin. Vielleicht... auf alle Fälle werde ich Ihnen Mitteilung machen, wenn etwas Besonderes vorfällt.» Shelmes stand auf, und unser Besucher entfernte sich.

Als Leutnant Black weg war, fragte ich Shelmes:

«Nun, was gedenkst du jetzt zu tun? Hast du dir schon eine Meinung über den Fall gebildet?»

«Vor allen Dingen will ich ein Dutzend Zigaretten rauchen, denn soviel ist das Problem wert. Ganz klar sehe ich zwar noch nicht, obwohl...» Shelmes unterbrach sich, versank in tiefes Nachdenken und hüllte sich in undurchdringliche Rauchwolken. Ich blätterte zerstreut in einer Zeitschrift und suchte vergebens dem seltsamen Rätsel auf den Grund zu kommen. Da unterbrach mich auf einmal Shelmes mit dem ruhigsten Tone der Welt, aber die schwach geröteten, sonst so blassen Wangen und das blitzende Auge verrieten, daß er eine Spur gefunden hatte:

«Du, Lawson, was macht jetzt eigentlich dein Freund Fokking, von dem du mir letzthin erzähltest?»

«Ich habe ihn lange nicht gesehen und weiß es nicht bestimmt, aber wie kommst du gerade darauf?»

«Weil er uns in der Sache, die uns beschäftigt, vielleicht einen unschätzbaren Dienst leisten könnte. Du erzähltest doch, er sei ein überzeugter Spiritist und arbeite an einem Werke, mit dem er den Spiritismus wissenschaftlich beweisen wolle, oder nicht?»

«Das ist richtig, aber was das mit dieser Angelegenheit zu tun hat, begreife ich nicht.»

«Das wirst du erfahren, glaubst du nicht auch, daß es höchst wichtig ist, die Platten, oder doch zum mindesten Abzüge der Platten, in unsern Besitz zu bekommen, auf denen sich der Geist des Leutnants Black, sein Doppelgänger, verewigt hat?»

«Ich begreife, daß dich dieses Material in deinen Nachforschungen unterstützen könnte.»

«Schön, dann wirst du auch begreifen, daß ich es haben muß. Und glaubst du nun, daß Mr. John Thomson dieses so wertvolle Material dem ersten besten hergibt, etwa einem Detektiv?»

«Vielleicht, warum sollte er nicht?»

Shelmes wurde nachdenklich.

«Ja, warum sollte er nicht. Aber zur Sicherheit, wo wohnt dein Freund Mr. Focking?»

«Broadwaystreet 20. Willst du zu ihm hingehen?»

«Jetzt noch nicht, vielleicht. – Du, ich bin aber ein Esel. Ich hätte den Leutnant noch fragen sollen...»

Shelmes vollendete den Satz nicht, er sprang auf und ging in sein Schlafzimmer. Nach fünf Minuten erschien er wieder im Straßenanzug.

«Willst du ausgehen?» fragte ich.

«Ja, willst du mich begleiten?»

«Gerne!»

Eine halbe Stunde später befanden wir uns in der Wohnung des Leutnants Black. Dieser war eben erst heimgekommen und schien nicht wenig erstaunt, uns bei ihm zu sehen.

«Ist schon etwas... Nein, das ist nicht möglich, in so kurzer Zeit», sagte er überrascht.

Shelmes beeilte sich zu erklären: «Ja, sehen Sie, Herr Leutnant, wir mußten gerade hier vorüber, und da dachte ich mir, ich könnte doch die Photographien gleich selbst abholen.»

«Das ist sehr freundlich von Ihnen, ich hätte Sie Ihnen übrigens noch heute geschickt. Nun, da Sie da sind, natürlich gerne, bitte, nehmen Sie Platz und entschuldigen Sie mich eine Weile.»

Leutnant Black verschwand in einem Nebenzimmer und nach zehn Minuten brachte er uns zwei Photographien. Die eine war ein Kniestück des jungen Offiziers, die andere das schon erwähnte Gruppenbild in großem Format.

«Wem haben Sie diese Photographien sonst noch geschickt außer Miß Webster?» fragte Shelmes.

«Niemandem», antwortete der Leutnant. «Dieses Bild und das, welches noch im Besitze von Miß Webster ist, sind übrigens die einzigen, welche abgezogen wurden. Wie Sie sehen, ist es eine Amateurphotographie. Einer meiner Kameraden hat sie aufgenommen und hat nach dem zweiten Abzug die Platte kaputt gemacht. Ich bat ihn um die Bilder und erhielt sie.»

«Sie erzählten mir heute, Sie hätten einen Brief von dem Rechtsvertreter der Familie Webster erhalten, der Sie anwies, in der Angelegenheit nur noch mit ihm zu verhandeln, nicht?»

«Freilich, da ist der Brief.»

«Haben Sie ihn schon beantwortet?»

«Noch nicht, ich wollte mir doch zuerst Ihren Rat einholen.»

«Dann schreiben Sie dem Herrn, Sie hätten von seinem gestrigen Schreiben Kenntnis genommen und seien nun selbst überzeugt, daß an eine Wiederanknüpfung der Beziehungen nicht zu denken sei, so leid Ihnen das auch tue. Dem Schreiben legen Sie die allfälligen Geschenke, die Sie von Ihrer Braut haben, sowie ihre Briefe, Bilder usw. bei und ersuchen den Anwalt zu veranlassen, daß auch Sie Ihre Sachen umgehend zurückerhalten. Sie können beifügen, daß Sie auf eine Entschädigung wegen nicht eingelöstem Eheversprechen förmlich verzichten. Sobald Sie im Besitze der Sachen sind, teilen Sie mir unverzüglich mit, ob sich diese beiden Photographien dabei befinden. Wollen Sie das tun?»

«Ich werde es tun, obwohl ich nicht einsehe, zu was Ihnen das dienen kann.» Man sah dem Leutnant ganz gut an, daß er sich von der Tätigkeit meines Freundes nicht viel Erfolg versprach. Auch Shelmes war das nicht entgangen, und als wir uns wieder in der Droschke auf der Straße befanden, meinte er bitter lächelnd zu mir:

«Lawson, ich glaube wirklich, daß du letzthin recht hattest, das Publikum ist noch dümmer als du. Nachdem du meinen Scharfsinn in weiß der Teufel wie vielen Bänden verherrlicht hast, sollte es dem Publikum doch nach und nach in Fleisch und Blut übergegangen sein, daß ich nichts ohne Überlegung tue. Zum mindesten sollten das meine Kunden wissen und mir Vertrauen schenken, aber sie tun es nicht, sie wollen nur in Büchern gekitzelt werden. Der junge Mann, bei dem wir soeben waren, traut mir auch nicht besonders große Fähigkeiten zu, und doch bin ich überzeugt, daß er alles gelesen hat, was über mich von dir geschrieben wurde.»

Shelmes versank nach diesen Worten in ein tiefes Nachdenken, plötzlich rief er:

«Du, glaubst du, daß sich auch Geister die Beine brechen können?»

Ich blickte ihn erstaunt an, ohne zu antworten.

«Du meinst wohl, ich scherze oder versuche einen trostlosen Witz zu machen. Aber das ist eine Frage, die deinen Freund Mr. Focking interessieren wird.»

«Warum – etwa weil Leutnant Black in seiner Jugend einmal den rechten Oberschenkel gebrochen hat?»

«Ach, das hast du also doch gesehen, alter Knabe», scherzte Shelmes, «und daß sich dadurch das Bein ein wenig verkürzte. Ohne deswegen zu hinken, tritt er mit dem rechten Fuß viel mehr auf die Zehen als auf die ganze Sohle. Wenn er sich in Ruhestellung befindet, so ruht infolgedessen das Schwergewicht seines Körpers hauptsächlich auf dem linken Bein. Er sucht dem Mangel abzuhelfen, indem er den rechten Schuh dicker macht als den anderen, aber dieses Mittel dient nur dazu, das Gebrechen noch mehr hervortreten zu lassen, indem dann das rechte Knie rechts hinaus steht. Das siehst du auch hier auf dieser Photographie und sogar auf dieser früheren, dem Kniestück. Wenn nun sein entmaterialisiertes Ich sich photographieren läßt, dann ist es doch über das Gesetz der Schwere erhaben, damit geht aber das hervorragendste Charakteristikum der äußern Erscheinung unseres Leutnants verloren, wenn nicht, dann haben wir es mit einer Photographie des leibhaftigen Leutnants und nicht einer seines Geistes zu tun.»

«Dagegen läßt sich nur einwenden, daß zur Zeit, als sich Miß Webster photographieren ließ, Leutnant Black in Indien war.»

«Das ist es gerade, was mir die Sache so außerordentlich leicht macht. – Willst du mich zu Mr. Focking begleiten?»

Ich bejahte.

«Broadwaystreet 20», rief Shelmes dem Kutscher zu. Unterwegs schärfte er mir ein, meinem Freunde nicht mehr von der

Sache zu sagen, als er ihm selbst mitteilen würde, und dem Gespräch eine Wendung von Anfang an zu geben suchen, die ihn zum Herrn der Unterhaltung mache. Ich ging bereitwillig darauf ein und führte Shelmes bei meinem Freunde als einen Bekannten ein, der sich als Dilettant mit spiritistischen Fragen befasse. Shelmes wußte die Sache so zu drehen, daß der Spiritist bald zur Überzeugung kam, hier liege ein für seine Wissenschaft unendlich wichtiges Problem vor, und ohne weiteres versprach er sein möglichstes zu tun, um uns die Platten des Herrn John Thomson zu beschaffen. Als wir wieder in die Droschke stiegen, war ich erstaunt, daß Shelmes, statt dem Kutscher unsere Wohnung anzugeben, die Adresse eines bekannten Börsenmannes in der City nannte und sich zu ihm hinführen ließ. Er bat mich, ihm in dem Wagen zu warten, da er gleich wieder zurückkommen werde, und verschwand im Innern des Bankhauses. Eine Viertelstunde später war er wieder da, sein Gesicht strahlte förmlich und er rieb sich vergnügt die Hände.

«So, Kutscher, jetzt fahren Sie nach dem Westbahnhof, und dann führen Sie meinen Freund nach Hause», befahl er, und zu mir: «Du mußt mich entschuldigen, ich muß mit dem nächsten Zuge nach Manchester verreisen. Bis morgen mittag hoffe ich wieder hier zu sein.»

Als ich von dem Bahnhofe weg allein nach Hause fuhr, versuchte ich einigen Zusammenhang in die Handlungen meines Freundes zu bringen, allein ich vermochte zu keinem befriedigenden Schlusse zu gelangen. Und doch hatte er schon eine ganz bestimmte Fährte, der er eifrig nachspürte, er hatte ein klares Ziel vor Augen, alle Fäden in seiner Hand und wartete nur noch auf den Augenblick, den Knoten zu schürzen, und ich vermochte auch nicht einen zu verfolgen, geschweige denn den Knäuel zu entwirren.

Zu Hause angekommen, beschäftigte ich mich noch lange mit dem Problem, freilich ohne deswegen weiter zu kommen, und endlich schlief ich ermattet ein. Die nächsten Tage vergingen ohne besondere Zwischenfälle. Shelmes war, wie er vorausgesagt hatte, schon am folgenden Mittag aus Manchester zurückgekommen und erwähnte von seiner dortigen Tätigkeit keine Silbe, er trug eine so gleichgültige Miene zur Schau, als wenn er den Handel ganz aus dem Sinne geschlagen hätte. Ich hätte ihn nicht kennen müssen, um nicht zu wissen, daß diese angebliche Unbekümmertheit nur eine Maske war, seine innere Ungeduld zu verbergen – aber ich fragte ihn nicht, wohl wissend, daß er mir alles mitteilen werde, wenn er einmal den Moment dazu für gekommen erachtete. Von Leutnant Black hatten wir einen Brief erhalten, in dem er uns mitteilte, daß er von seiner Braut durch den Rechtsanwalt seine Geschenke zurückbekommen habe. Das Gruppenbild sei nicht dabei gewesen, sie müsse es verlegt haben, sobald sie es finde, werde sie es ihm noch nachsenden. Ferner habe der Rechtsanwalt sich recht anerkennend darüber geäußert, daß Leutnant Black sich in die Sache gefunden habe und keine weiteren Konsequenzen daraus ziehen wolle; aus Anerkennung dafür sei er von der Familie Webster beauftragt worden, ihm, dem Leutnant, eine freiwillige Entschädigung von 100 Pfund anzuweisen. Er, Black, habe selbstverständlich dieses Anerbieten abgelehnt. Im ferneren fragte er ungeduldig, ob etwas in der Sache gegangen sei, und ließ recht unzweideutig seinen Mißmut durchblicken, daß Shelmes ihn nicht über seine Tätigkeit benachrichtige.

Shelmes schien dem Briefe keine besondere Bedeutung beizumessen und meinte gelassen:

«Na ja, ich wußte wohl, daß er das Gruppenbild nicht zurückerhalten werde.» Wieso Shelmes das wissen konnte, verschwieg er, und da konnte ich nicht länger die Frage zurückhalten:

«Ja, warum denn?»

«Weil es ihr entwendet wurde.»

«Zu welchem Zweck?» forschte ich weiter. Da fuhr er mich beinahe heftig an:

«Ja, wenn du es nicht selbst errätst, dann begreifst du es auch nicht, wenn ich es dir sage. Das ist doch sonnenklar.» Mehr aus ihm herauszubringen, war nicht möglich. Eines Abends erhielten wir von meinem Freund Focking ein kleines Päckchen, die drei magischen Platten enthaltend, und ein langes Schreiben, in welchem er erklärte, daß diese Platten von geradezu epochemachender Bedeutung für den Spiritismus seien, indem hier bewiesen und erhärtet werde, was schon Aksakow behauptet habe, nämlich, daß die «Geister» sich nicht entmaterialisierten, sondern den bekannten wissenschaftlichen Untersuchungsmethoden standhielten. Shelmes lachte:

«Mit diesen Platten läßt sich noch etwas ganz anderes beweisen, von dem dein gelehrter Freund keine Ahnung hat.»

Am nächsten Tage war er eifrig damit beschäftigt, von den erhaltenen Platten Abzüge zu machen. Am Abend pfiff er eine Opernmelodie vor sich hin, ein Zeichen, daß ihn seine Untersuchungen vollständig befriedigt hatten.

«Lawson, ich fahre morgen noch ein wenig nach Wiskycastle, ich will mir die Braut des Leutnants ein wenig näher ansehen. Du bist wohl so freundlich und besorgst für übermorgen ungefähr um diese Stunde einen opulenten Lunch, denn wir werden Besuch bekommen. Wir werden unser fünf Personen zu Tische sein, vielleicht auch sechs. Willst du das besorgen, Lawson?»

«Mit Vergnügen, aber willst du mir nicht sagen …?»

«Nein, gar nichts sage ich – ich will dich überraschen wie die andern. Du weißt ja, daß ich solche dramatische Effekte liebe, und da verdirbt mir jeder Mitwisser den reinen Genuß. Gute Nacht, alter Junge!» Dann verschwand er in seinem Schlafzimmer.

Den ganzen folgenden Tag war Shelmes abwesend. Erst am nächstfolgenden, um die Mittagszeit herum, erhielt ich durch einen Dienstmann ein Billet von ihm, in welchem er mir mitteilte, daß er vielleicht nicht zur bestimmten Stunde zum Abendbrot kommen werde, und mich bat, ich möchte alles zum Essen bereit halten und die Gäste bis zu seiner Rückkehr unterhalten. Was für

Gäste es waren, die er eingeladen hatte, teilte er mir auch jetzt noch nicht mit, ich konnte aber annehmen, daß wenigstens Leutnant Black dabei sein werde. Ich befand mich im Laufe des Nachmittags in einer begreiflichen Erregung, sorgte jedoch dafür, daß alles bereit war.

Es hatte bereits sieben Uhr geschlagen, als sich zunächst Leutnant Black anmeldete. Er begrüßte mich ein wenig erstaunt, als er die Vorrichtung zu unserer Mahlzeit sah.

«Wenn Herr Shelmes Gesellschaft erwartete, so muß etwas sehr Wichtiges sein, das ihn bewegen konnte, mich noch kommen zu lassen. Wissen Sie, ob etwas in der Angelegenheit gegangen ist, Herr Doktor Lawson?»

«Ich weiß ebenso wenig wie Sie selbst, Herr Leutnant. Aber ich habe allen Grund zu glauben, daß mein Freund am Ziele seiner Untersuchungen angelangt ist und Ihnen Wichtiges mitzuteilen hat.»

Wir sprachen noch, als Shelmes eintrat.

«Ah, Herr Leutnant, auch schon da. Das freut mich. Wie Sie sehen, habe ich einige Bekannte zum Abendbrot eingeladen, und ich hoffe, Sie werden mit dabei sein, besonders, da ich mit Ihnen und den Geladenen geschäftlich zu verhandeln habe.»

Der Leutnant wollte etwas erwidern, aber schon wurden Mrs. und Miß Webster angemeldet und von Shelmes zwanglos begrüßt. Leutnant Black war sichtlich verlegen, sich plötzlich seiner ehemaligen Braut gegenüber zu sehen, allein, diese ließ ihm keine Zeit zum Nachdenken, sondern ging auf ihn zu, ihm die Hand entgegenstreckend:

«Kannst du mir verzeihen?»

Der Leutnant wußte nicht, wie er sich benehmen sollte, da rief Shelmes fröhlich:

«Schlagen Sie ein, Herr Leutnant, Miß Webster wünscht nichts sehnlicher, als wieder Ihre Braut zu sein – auch sie wurde das Opfer eines Betrügers. Übrigens gehen wir zu Tische, ich werde Ihnen erzählen, was ich ausgerichtet habe.»

Der Leutnant ergriff die Hand des Mädchens, freilich ohne sich eigentlich Rechenschaft zu geben, was in und um ihn vorging. Man setzte sich. Da rief Shelmes:

«Es fehlt aber immer noch ein Gast – na, seine Schuld ist's, wenn er zu spät kommt – wir essen, ich habe einen wahren Wolfshunger, denn seit heute morgen habe ich nichts genossen.»

Es war eine eigentümliche Mahlzeit. Appetit hatte nur Shelmes, wir andern aßen kaum. Der Leutnant, weil er überrascht war und, wie wir, voller Spannung auf die Enthüllungen, welche Shelmes uns versprochen hatte.

Als abgedeckt wurde, lehnte sich mein Freund in den Stuhl zurück und meinte:

«So, meine Herrschaften, soweit wären wir glücklich, jetzt aber zum Geschäft. Es fehlt allerdings noch ein Geladener, dessen Anwesenheit fast notwendig ist und der nicht lange auf sich warten lassen wird, Herr Arthur Chambord. Aber vielleicht ist er schon da und wagte nicht, uns zu unterbrechen. Ich will doch gleich sehen, ob er nicht vielleicht schon gekommen ist.»

Shelmes entfernte sich und trat einen Augenblick später mit einem Herrn ein, der einen äußerst niedergeschlagenen Eindruck machte und die Anwesenden höchst befangen grüßte. Mrs. und Miß Webster nahmen gar keine Notiz von ihm, während Leutnant Black ihm die Hand reichte. Chambord erwiderte den Gruß kaum und Shelmes wies ihm einen Platz an.

«Ich hoffe», sagte er zu ihm, «daß Sie sich an unsere Abredung halten und mich nicht zwingen werden, Maßregeln zu ergreifen, die für Sie, wie Sie wissen, ziemlich folgenschwer würden.»

Chambord nickte und ließ sich wie gebrochen in einen Stuhl sinken. Shelmes flüsterte mir zu, ich möchte mich in der Nähe des Mannes halten und ihn bei der geringsten verdächtigen Bewegung niederboxen. Dann wandte er sich an die Gäste und sagte:

«Sie werden über dieses seltsame Zusammentreffen einigermaßen erstaunt sein und von mir eine Erklärung wünschen. Ich bin bereit, sie Ihnen zu geben, und dann werden Sie begreifen, daß unsere Zusammenkunft von heute abend, wenn auch nicht absolut notwendig, doch sehr nützlich war. Am 12. Juli las mir mein Freund Dr. Lawson die Geschichte der Geisterphotographie, die uns alle ein bißchen aufregte, aus der Zeitung vor; einige Wochen nachher besuchte mich Herr Leutnant Black und erzählte mir sein Abenteuer, rief meinen Rat und meine Hilfe an, und bat mich, mein möglichstes zu tun, um ihm seine verlorene Braut wieder zu verschaffen. Vor allen Dingen drängte sich ein Faktum auf, nämlich das, daß auf drei verschiedenen Platten der Geist des Leutnants Black sich ungerufen vor das Objektiv gestellt hatte. Es war mir sofort klar, daß es sich hier um einen Betrug handelte, daß hier eine zusammengestellte Photographie, ‹photographie truquée› nennen es die Franzosen, gemacht wurde. Um das zu tun, mußte irgend jemand ein Interesse daran haben und dieses Interesse bestand selbstverständlich darin, die Braut Miß Webster von ihrem Bräutigam zu entfremden. Ein solches Interesse konnten haben: entweder der Bräutigam selbst, welcher die Braut los sein wollte, oder umgekehrt die Braut, welche genug von ihrem Bräutigam, oder aber eine Drittperson, welche ein Interesse an der Trennung der Brautleute hatte. Auf alle Fälle mußte der Photograph mit ins Vertrauen gezogen worden sein, Mr. Thomson mußte um die Sache wissen und das war immerhin ein wichtiger Anhaltspunkt. Herr Leutnant Black fiel außer Frage, von dem Augenblicke an, wo er sein möglichstes tat, um der Sache auf den Grund zu kommen, und mich mit dieser Aufgabe betraute. Ich hatte es nur noch vor allen Dingen mit dem Photographen Thomson, Miß Webster oder deren Familie, oder einem interessierten Dritten zu tun. Nach der Auskunft, welche ich von meinem Klienten erhielt, mußte ich annehmen, daß es sich nur um diesen Dritten handeln konnte, denn der Umstand, daß die Familie Webster sich anbot, ohne weiteres eine verhältnismäßig hohe Abstandssumme zu entrichten, verbunden mit der Tatsache, daß diese Summe von Leutnant Black ausgeschlagen wurde, ließ zum mindesten darauf schließen, daß die Liebe zwischen den beiden jungen Leuten nur durch ganz außergewöhnliche Vorkommnisse gelockert werden konnte und daß ihrerseits wenigstens ein merkantiles Motiv so gut wie ausgeschlossen war. Erkundigungen, die ich einzog, bestätigten meine Vermutungen und ergaben, daß auch der Einfluß von Mrs. Webster nicht stark genug gewesen wäre, ihre Tochter von ihrem Verlobten abzubringen. Es stand also ziemlich fest, daß wirklich die Photographie die Lösung der Verlobung bewirkt hatte.»

«Haben Sie je daran gezweifelt, Herr Shelmes?» fragte Miß Lucie erstaunt.

«Jedenfalls hielt ich die Frage einer gründlichen Untersuchung wert, denn es hätte auch anders sein können. Nachdem ich über diesen Punkt Gewißheit hatte, mußte ich mir darüber klar zu werden versuchen, warum ein beliebiger Dritter gerade zu diesem Mittel gegriffen hatte, das doch zum mindesten sonderbar ist. Offenbar weil er sich gerade von diesem Mittel einen besonderen, wahrscheinlich einzigen Erfolg versprechen konnte. Ich fragte daher meinen Klienten, ob seine Braut abergläubisch sei, oder sich vielleicht viel mit spiritistischen Experimenten befasse. Diese Frage wurde verneint, aber meine Erkundigungen ergaben, daß Miß Webster sich sehr für solche Probleme interessierte, und da derartige Experimente gewöhnlich in Gesellschaft vorgenommen werden, so gelang es mir leicht, in Erfahrung zu bringen, wer an den spiritistischen Séancen mit Miß Webster teilgenommen hatte. Der einzige Name, der sich lohnte, näher untersucht zu werden, war der des Herrn Arthur Chambord. Wie ich wußte, hatte Arthur Chambord sich seinerzeit um Miß Webster bemüht, freilich hatte mir Herr Leutnant Black gesagt, daß die Neigung sehr einseitig war und nicht über einen harmlosen Flirt hinausgegangen sei. Mr. Chambord galt als sehr reich – wenn er der geistige Urheber der Photographie war, so mußte er seine ganz bestimmten Gründe gehabt haben. Ich fuhr nach Manchester und erfuhr, daß Mr. Chambord durch unglückliche Spekulationen in Baumwolle sozusagen sein ganzes Vermögen verloren hatte und sich vor dem finanziellen Ruin nur dadurch noch zu bewahren wußte, indem er seine Gläubiger auf eine demnächst stattfindende reiche Heirat vertröstete. Ich hatte nun einen Indizienbeweis in den Händen, aber mehr freilich nicht. Mr. Chambord hatte ein Interesse daran, die reiche Miß Lucie heimzuführen, um sich vor dem drohenden Konkurse zu retten. Zu diesem Zwecke mußte sie frei sein, und da sie es nicht war, so mußten die Bande, die sie an einen andern gefesselt hatten, gelöst werden. Selbstverständlich konnte dieser Beweis nicht zu seiner Überführung genügen; ich mußte, wollte ich ihm beikommen, an Hand photographischen Materials seine Schuld beweisen. Vor allen Dingen mußte ich in den Besitz der Platten des Mr. Thomson gelangen. Daß der sie nicht ohne weiteres hergeben würde, mußte ich annehmen, denn auch für ihn stand im Falle der Entdeckung des Betruges etwas auf dem Spiel. Es handelte sich darum, eine Finte zu finden, und die fand ich, indem ich mir die Platten durch einen Mann beschaffen ließ, der kraft seiner Wissenschaft Gewähr bot, den Betrug als eine übernatürliche Erscheinung zu sanktionieren. Der Kniff gelang vollständig und die Platten wurden herausgegeben. Der Umstand, daß Herr Leutnant Black auf drei Platten in drohender Stellung mit einem Dolche bewaffnet erschien, ließ mich darauf schließen, daß es damit eine besondere Bewandtnis habe, daß der Betrüger gerade mit dieser drohenden Haltung einen besonderen Effekt zu erzielen hoffte. Darum fragte ich meinen Klienten, ob er sich je im Jähzorn eine unüberlegte Handlung habe zu schulden kommen lassen, eine Frage, die mir bejaht wurde. Also wollte man die Braut einschüchtern, ihr die Furcht beibringen, der als jähzornig bekannte Bräutigam könnte sie eines Tages lebensgefährlich bedrohen. Chambord wußte von der Geschichte. Wie ich seither in Erfahrung brachte, hatte er früher einmal, ohne freilich damals noch zu denken, in welcher

Weise er daraus Kapital schlagen könnte, Miß Lucie davon erzählt.

Interessant war nun festzustellen, ob der Geist auf dem Bilde sich wirklich mit dem Konterfei des Leutnants Black decke, denn zweifelsohne mußte, wenn er ohne weiteres von Mutter und Tochter Webster erkannt wurde, trotzdem das Gesicht verschwommen war, etwas an ihm sein, das seine Erscheinung charakterisierte. Das war, wie ich gleich nach unserer ersten Zusammenkunft feststellte, seine durch einen früheren Unfall etwas abnorme Beinstellung. Um diese auf der Photographie von Miß Lucie wiederzugeben, mußte also ein Bild des Leutnants vorgelegen haben. Leutnant Black hatte mir die beiden Bilder, welche er auch seiner Braut geschenkt hatte, überreicht. Die erste, ein Kniestück, war für meine Untersuchung ohne weiteres wertlos, dagegen fand ich den Leutnant in einem Gruppenbild wieder. Dieselbe Beinstellung und Körperhaltung, welche sich in dem Gruppenbilde vorfand, wiederholte sich in den Geisterphotographien. Das Gruppenbild war nur in zwei Exemplaren angefertigt worden, von denen das eine in meinem, das andere im Gewahrsam von Miß Webster sich befand. Es mußte festgestellt werden, ob das Bild noch in ihrem Besitze sei, und daher riet ich meinem Klienten, seine von der Braut erhaltenen Geschenke, Bilder und Briefe zurückzusenden und Gegenrecht zu verlangen. Alles langte pünktlich ein, nur das Gruppenbild fehlte – war, wie der Rechtsanwalt der Familie meldete, verlegt worden. Für mich stand es fest, daß es entwendet worden war und daß der einzige Mensch, der es entwendet haben konnte, Mr. Chambord, der im Hause Webster ungezwungen verkehrte, sei. Außerdem brachte ich in Erfahrung, daß gerade Mr. Chambord es war, der Miß Webster dazu bewog, sich ausgerechnet bei Thomson photographieren zu lassen. Durch das Mikroskop betrachtet, sieht man ganz deutlich, daß die Photographie des Leutnants Black bis auf den Arm, der den Dolch hält, unverändert geblieben ist. Dieser Arm war also hineinretouchiert worden, und zwar nicht gezeichnet, sondern, wie man deutlich sah, auf eine Vergrößerung der ursprünglichen Photographie aufgeklebt. Dieser Arm war von einer dritten Person abgenommen worden und wies am Handgelenk eine Narbe auf, die auch noch in der Photographie zu erkennen war. Soweit war alles in schönster Ordnung. Man hatte das Bild Blacks, wie man es brauchte, in verschiedenen Abzügen fix und fertig zum Einfügen in eine neue Photographie, der von Miß Webster. Die Figur des Leutnants brauchte nur mit der nötigen Akkuratesse auf die ersten Abzüge der Photographie der Dame aufgeklebt und die Umgebung, Schatten usw. hineinretouchiert zu werden, dann photographierte man das Bild noch einmal und die Geisterphotographie war fertig. Das erklärte auch, warum Thomson für die Bilder eine so lange Lieferfrist brauchte. Der Coup war also gar nicht so dumm eingefädelt. Immerhin wußte ich nun genug, um mit gröberem Geschütz aufzufahren. Ich besuchte kurz entschlossen diesen Herrn da» – Shelmes wies auf Chambord – «und erklärte ihm, daß er geliefert sei. Anfänglich verlegte er sich aufs Leugnen, dann gab er klein bei, besonders als ich ihm die Narbe an seinem Handgelenk auf der Photographie des Leutnants Black zeigte, denn selbstredend hatte Chambord alles Interesse daran, keinen Dritten in die Sache einzuweihen, und hatte seinen Arm zu der Prozedur hergegeben. Ich machte ihm zur Bedingung, heute abend hier zu erscheinen, und nun ist er da und erwartet sein Urteil. Von ihm weg fuhr ich nach Wiskycastle, wo es mir gelang, die Damen von dem an ihnen verübten Betruge zu überzeugen, so daß sie nach längerer Unterredung mit ihrem Rechtsanwalt sich entschlossen, hierher zu reisen und das Unheil wiedergutzumachen.»

Als Shelmes diese Erklärung abgegeben hatte, lehnte er sich in seinen Stuhl zurück, Black ergriff seine Hand und dankte ihm herzlich. Shelmes wehrte ab.

«Wir sind noch nicht zu Ende, Herr Leutnant.» Und zu Miß Webster gewendet, fuhr er fort:

«Und nun, Miß Webster, was gedenken Sie mit den beiden Schuldigen zu tun? Thomson trifft ein geringeres Verschulden, aber sein Verhalten bietet immerhin Handhabe genug, ihn gerichtlich zu belangen und bestrafen zu lassen. Was aber diesen Herrn da anbetrifft, da liegt die Sache wesentlich anders. Sie können ihn jeden Augenblick verhaften lassen.»

Miß Webster erklärte, sie habe mit ihrem Rechtsanwalt bereits darüber gesprochen und sei entschlossen, die beiden ihrem Schicksale zu überlassen unter der Bedingung jedoch, daß sich Chambord nie mehr vor ihren Augen blicken lasse.

«Dann entfernen Sie sich!» befahl Shelmes dem Betrüger, und dieser erhob sich, schritt, ohne sich umzusehen, der Türe zu und verschwand. Er hat sich dann wenige Wochen später nach Australien eingeschifft, und die Familie Webster soll ihm ermöglicht haben, sich dort, jenseits des Ozeans, eine neue Existenz zu gründen. Aber an jenem Abend feierte man in der Wohnung des Detektivs noch eine echt animierte Verlobungsfeier, die zweite des Herrn Leutnant Black und der reichen Lucie Webster. Shelmes rieb sich vergnügt die Hände dabei, und als die Gäste weg waren, da meinte er lächelnd zu mir:

«Was meinst du, Lawson, kann ich nun mein Gewerbe aufstecken, oder braucht dein Publikum noch mehr solches Lesefutter?»

Und ich erwiderte ihm treuherzig, daß ich noch lange nicht genug Kapital aus ihm, dem herrlichsten der Detektive, herausgeschlagen hätte.

DER VERLASSENE STUHL

Das Schloß Elfenberg liegt ein wenig abseits vom gleichnamigen Dorfe und ist eigentlich weniger ein Schloß als ein alter schöner Edelsitz aus dem 18. Jahrhundert. Sein Hauptreiz besteht in einem umfangreichen alten Park mit mächtigen Pappeln und Linden, in deren Laubdunkel ein alter Weiher ihre prächtigen Kronen widerspiegelt. Hinter dem Weiher erhebt sich der Boden zu einer kleinen Anhöhe von höchstens fünf oder sechs Fuß. Dort steht die größte Silberpappel, die weit und breit zu sehen ist. Der Stamm, der auf Stockhöhe wohl zehn bis zwölf Fuß im Durchmesser mißt, trägt eine herrliche, breitausgeästete Krone, und dieser Baum bildet, mehr noch als das Schloß, das eigentliche Wahrzeichen des Dorfes, dem Fremden schon von weither sichtbar. Unter diesem Baume steht ein granitener Stuhl, den die Dörfler bis vor einigen Jahren ängstlich mieden, weil sich eine merkwürdige und unheimliche Geschichte an ihn knüpft.

Man muß nämlich wissen, daß der Sitz Elfenberg in den letzten sechzig Jahren sehr häufig seine Besitzer wechselte. Nach den politischen Ereignissen Ende des vorletzten Jahrhunderts verarmten viele Adelige, so daß ihre schönen Landsitze damals billig zu erwerben waren. So auch das Gut von Elfenberg, das einem reichen Ausländer Ende der zwanziger Jahre um ein Spottgeld zugeschlagen wurde. Der war ein wunderlicher Kauz und lag allerhand sonderbaren Liebhabereien ob, so daß die Bauern der Gegend ihm bald scheu aus dem Wege gingen, möglichst wenig mit ihm zu tun haben mochten, obwohl sich keiner je über ihn zu beklagen gehabt hätte. Im Gegenteil, er war ein oft recht zuvorkommender Herr, wenn vielleicht auch nicht gerade geselliger Art. Als er nach Elfenberg übersiedelte, brachte er viele Wagen voll merkwürdiger Waffen und Gerätschaften mit, die den Dörflern Ehrfurcht einflößten. Als er sogar noch einen großen Wagen voll Bücher auslud, als es ruchbar wurde, daß er ganze Nächte mit einem Fernrohr nach den Sternen gucke, war sein Ruf gemacht; der Fremde konnte entschieden mehr als Brot essen. Er wurde übrigens recht alt und starb erst gegen das Ende der vierziger Jahre. Nach altem Brauche wurde er als Schloßherr in der Kirche des Dorfes beigesetzt. Nicht lange darauf fanden sich zwei Herren ein, die sich als Söhne des verstorbenen Schloßherrn auswiesen und die von nun an zusammen das Schloß bewohnten. Vorher hatten die Elfenberger nie gewußt, daß der alte Herr überhaupt verheiratet gewesen war, noch daß er zwei erwachsene Söhne hatte.

Die beiden jungen Herren waren unter sich recht verschieden, und eigentlich jung waren sie auch nicht mehr. Guido, der ältere, war ein Mann von ungefähr achtunddreißig Jahren, von großer Gestalt mit knochigem Dickschädel, tiefliegenden flakkernden Augen und einer so schneidenden Stimme, daß jede seiner Reden wie ein Befehl klang. Er war schon damals leicht ergraut, seine Haut war dunkel, sonnenverbrannt.

Arno, der jüngere Bruder, war nicht weniger groß und breitschultrig, aber sein Gesicht war weniger wetterhart als das seines Bruders und seine Stimme sanft und klangvoll. Er war eher schwächlich, während Guido vor Gesundheit strotzte. Während Guidos Blick den Dörflern heilige Scheu einflößte, erweckte bei ihnen das traumverlorene, leidende Aussehen seines Bruders eher jenes Mitleid, das man einem Unbeholfenen, also eigentlich Unglücklichen entgegenbringt, an den die Spottlust nicht heranreicht.

Wie ihre Art, war auch die Lebensweise der beiden Brüder verschieden. Jeder ging seine eigenen Wege; Guido oft zu Pferd in die benachbarte Stadt, noch häufiger überhaupt lange Monate auf Reisen, deren Ziel keiner kannte. Arno dagegen vergrub sich in die Bücherei seines Vaters, die er noch ansehnlich vermehrt hatte, und lag gelehrten Arbeiten ob, deren Zweck den Dörflern selbstverständlich verborgen blieb. Wenn die Jahreszeit günstig und die Witterung freundlich war, saß Arno gewöhnlich unter der großen Pappel am Weiher, las oder schrieb, umgeben von allerhand Papieren und Büchern. Die Brüder verkehrten wenig miteinander – schon darum nicht, weil sie sich selten trafen. Wenn es jedoch geschah, dann war der Ton Guidos immer der eines seiner Überlegenheit bewußten Vormundes, der seinen Mündel gewähren läßt, solange der keine dummen Streiche macht. Sprach Arno mit seinem Bruder, so schien es, als vermeide er absichtlich, von dem zu reden, was ihn gerade besonders bewegen mußte. Wahrscheinlich setzte er bei Guido kein Verständnis dafür voraus. Er sprach dann von den Pferden seines Bruders, von allen möglichen Dingen, von denen er offenbar nichts, sein Bruder dagegen sehr viel verstand. Der hörte ihm nicht unfreundlich zu, schnitt aber das Gespräch oft plötzlich mit einem Witzwort über die Weltentlegenheit seines Bruders ab, wie einer, der nun genug des Tandes hat und wieder etwas Gescheiteres vornehmen will.

So lebten die Brüder einige Jahre nebeneinander hin, keiner wußte, was sie eigentlich trieben; jeder hatte seine eigene Welt, keiner schien sich um den andern sonderlich zu kümmern.

Eines Tages jedoch erkrankte Arno an einem heftigen Nervenfieber, das sein Leben arg bedrängte. Guido ordnete an, daß man den Kranken aufs Beste pflege, ließ zwei bedeutende Ärzte, ferner einen erfahrenen Krankenpfleger kommen und ging, als er sich überzeugt hatte, daß dem Bruder zum Kranksein nun nichts mehr fehle, auf Reisen, ohne sich weiter um ihn zu sorgen. Als Arno nach langen Wochen endlich genas und von seines Bruders mehrmonatiger Abwesenheit erfuhr, schien er sie als etwas Selbstverständliches hinzunehmen, dann vergrub er sich bald wieder in seine Bücher.

Allein, die Krankheit hatte offenbar nachteilige Folgen hinterlassen. Arnos Blick schien von jener Zeit an noch hilfesuchender als zuvor und mehr als einmal schon hatte er in der Nacht die Dienerschaft aufgeschreckt, die ihn dann in Schweiß gebadet auf seinem Lager fand, mit einem Ausdruck im Gesicht, als ob er sich vor etwas Schrecklichem fürchtete.

Kaum war jedoch jemand um ihn, so beruhigte er sich wieder und keiner der Diener erfuhr je von dem wortkargen Herrn, welches der Grund seines Entsetzens gewesen.

Als Guido nach längerer Abwesenheit wieder eintraf, begrüßten sich die Brüder, als wären sie nur auf wenige Stunden getrennt gewesen. Wie die Dienerschaft ihm von Arnos Anfällen erzählte, ordnete Guido an, daß ein vertrauter, rüstiger Diener von nun an in dem Zimmer neben Arnos Schlafgemach sein Lager aufschlagen und dem Bruder bei dem geringsten Unwohlsein beispringen solle. Dann beriet er sich noch mit einem der Ärzte, der Arno während seiner Krankheit behandelt hatte, ließ ein Wort von Sinnestäuschungen oder Zwangsvorstellungen fallen und verreiste wieder auf viele Monate.

Von jener Zeit an hieß es im Dorfe, dem jüngern der beiden Herren fehle es ein wenig im Kopf; es sei recht schade um ihn: er sei ein freundlicher, milder Herr, der keinem je ein böses Wort gegeben und für jede, auch die kleinste Handreichung freundlich danke.

Seine Anfälle wiederholten sich übrigens noch oft, bald mehr, bald weniger heftig, dann wurden sie seltener und blieben endlich lange Zeit gänzlich aus. Herr Arno schien vollkommen genesen, aber die Erinnerung an das Furchtbare, das er geschaut oder zu schauen vermeint hatte, nagte an ihm; sein leidendes Aussehen wurde immer auffälliger, wenn er auch körperlich erstarkt und vollkommen hergestellt schien.

Herr Guido war inzwischen auch wieder einmal nach Elfenberg zurückgekommen, allein, es litt ihn nie lange dort, sondern nach wie vor war er fast jede Woche einen oder mehrere Tage abwesend. Da begab es sich, in der Nacht, die einem sonnigen Apriltage folgte, daß Guido zufällig zu Hause war, als ein markerschütterndes Geschrei mitten in der Finsternis durch das ganze Schloß ergellte. Als Guido eine Viertelstunde später in Arnos

Zimmer eintrat, lag dieser auf seinem Bette, an allen Gliedern heftig zitternd. Der Diener war bei ihm und erzählte, selbst schreckensbleich, der Herr habe soeben einen Anfall gehabt, wie er ihn heftiger noch nie gesehen. Er sei sofort aus seinem Bette zu dem Herrn hineingerannt, da sei dieser am Kopfende des Lagers zusammengekauert gewesen, habe mit weitaufgerissenen Augen nach dem Fenster gestiert und dazu geschrien, daß er, der Diener, sich gefürchtet habe. Er habe dann sofort helles Licht gemacht und zu Herrn Arno gesprochen, worauf sich dieser, willenlos und widerstandsunfähig, wieder habe zu Bette legen lassen. Darauf habe er gesagt, er, Herr Arno, möge sich nur beruhigen, er wolle ihm jetzt rasch ein Glas frischen Wassers holen, da habe sich aber Herr Arno an seinen Leib geklammert, ihn mit schreckerfüllter Stimme um Gottes willen gebeten, er möchte ihn keinen Augenblick verlassen, sonst stürbe er. Nun sei er dageblieben und so wie jetzt habe es seither Herrn Arno immer geschüttelt, wie im Fieberfrost – es sei doch entsetzlich, eine solche Krankheit, mit solch fürchterlichen Anfällen. Ob er den Arzt holen solle, fragte er Guido, der des Dieners Erzählung mit keinem Worte unterbrochen, sondern unverwandt, mit zusammengekniffenen Augen auf seinen zitternden Bruder geblickt hatte.

Doch bevor Guido eine Weisung zu erteilen vermochte, setzte sich plötzlich Arno in seinem Bette auf, und den Bruder erkennend, sagte er:

«Guido; den Arzt braucht's nicht, das war kein Anfall, das war...» Weiter vermochte er nicht zu sprechen, sein Kinn bebte; von neuem füllte seine Augen ein blasses, fürchterliches Entsetzen.

«Na, beruhige dich doch, Arno! Was war es denn?» fragte der Bruder.

Arno nahm sich sichtlich zusammen und sprach mit langsamer, ruhiger Stimme, aus tiefer Überlegung heraus:

«Was es war, das vermag ich dir nicht zu sagen. Daß es aber keine Täuschung meiner Sinne gewesen ist, weiß ich gewiß. Ich mag kurz nach meiner Krankheit Anfälle gehabt haben, das gebe ich zu. Dieses hier war kein Anfall, das war eine Ausgeburt der Hölle, mich zu schrecken. Ich weiß, ich bin ja überreizt und aus diesem Grunde wohl empfindlicher als andere Menschen. Aber abergläubisch und vernagelt bin ich nicht, davor schützt mich mein Wissen. Was mir aber jetzt, vor einer halben Stunde geschah, geht über meine Begriffe, über meine Kraft! Jetzt bin ich wieder ganz meiner Sinne mächtig, dennoch vermag ich nicht zu schildern, was Aberwitziges, Teuflisches ich sah. Doch, geh nur zur Ruhe, Guido; für diese Nacht ist keine Gefahr mehr, denn sollte es wiederkommen, dann, bei Gott! Dann er oder ich!»

«Es bedrohte dich also jemand?» forschte Guido.

«Ja – nein! – Bruder, frag nicht! Frag mich nie, vielleicht erzähle ich dir's sonst einmal. Und jetzt geh nur schlafen; das Schlimmste ist ja nun vorbei.»

«Ganz wie du willst, ich gehe schlafen. Gute Nacht, Arno!» Und zum Diener:

«Daß du aber in deinem Zimmer wachst und bei der geringsten Bewegung meinem Bruder zu Hilfe eilst, brauche ich dir wohl nicht noch besonders einzuschärfen.»

«Es ist gewiß nicht mehr nötig, Guido!»

«Laß es gut sein, Arno, er soll nur wachen. Schlaf wohl!» sagte Guido mit seiner schneidenden Stimme und ging.

Eine halbe Stunde später lag Arno wirklich in tiefem Schlafe. Tags darauf war Guido wiederum abwesend, doch erschien im Laufe des Tages in Elfenberg ein städtischer Arzt, den er zur Untersuchung und Behandlung des Bruders hingesandt hatte. Allein, Arno erklärte, er fühle sich wiederum ganz wohl, und war nicht zu bewegen, über die Erscheinung, die ihn des Nachts zuvor so erschreckt hatte, irgendwelche nähere Auskunft zu geben. Er werde sein Gleichgewicht schon wieder finden, sagte er; was ihm jetzt not tue, sei, nicht mehr an das Vorkommnis erinnert zu werden. So verließ der Arzt Elfenberg wieder, ohne klüger geworden zu sein denn zuvor.

Zwei Monate vergingen, ohne daß Arno wieder Anfälle gehabt hätte, oder wenigstens wußte er es so einzurichten, daß sie niemandem auffielen. Der Diener nämlich, den ihm sein Bruder zugesellt hatte, behauptete steif und fest, Herr Arno sei schon zu wiederholten Malen wiederum von seinen Erscheinungen heimgesucht worden. Er selbst habe ihn des öfteren beobachtet, wie er des Nachts aufrecht in seinem Bette gewesen und nach dem Fenster gestarrt habe, schreckensbleichen Gesichts, daß er aber, so oft er dann unter irgend einem Vorwand eingetreten sei, ihm befohlen habe, er möge sich nur zur Ruhe legen, ihm fehle nichts; er habe bloß in die Nacht hinausgeschaut, weil er zu heiß habe, oder weil ihm seine Gedanken keine Ruhe ließen. Einmal wollte der Diener ganz bestimmt gehört haben, daß Herr Arno mit angstgepreßter Stimme rief:

«Lydia, wenn du lebst, dann sag ein einziges Wort; dann ist alles gut!»

Arno aber sagte jedem, der ihn darum befragte, er fühle sich vollkommen wohl. Man hätte es ihm auch glauben dürfen, wäre nicht sein Blick gewesen, der jeden Tag in sich gekehrter, unsicherer, irrer wurde. Bei der geringsten Bewegung, dem kleinsten Geräusche fuhr Arno mit dem Kopf in die Höhe, blickte gespannt und furchtsam zugleich nach der Richtung, wo es herkam. War es dann, was stets der Fall war, irgendein unschuldiger kleiner Lärm, dann fiel der große, starke Herr in sich zusammen und ein Seufzer der Befriedigung entrang sich seiner Brust. Wer ihn jedoch genau beobachtete, dem konnte nicht entgehen, daß er noch minutenlang nachher an allen Gliedern leise bebte. Sein Zustand wurde nach und nach zu dem einer steten, aufreibenden Wachsamkeit, die nur dann von ihm wich, wenn er sich auf freiem Felde, in hellem Sonnenschein befand. Dann atmete er erleichtert auf und kehrte neu gekräftigt heim. Denn Arno hatte es sich in der letzten Zeit zur Regel gemacht, große einsame Spaziergänge zu unternehmen, er, der früher meistens hinter seinen Büchern saß. Fast gleichzeitig hatte er sich's angewöhnt, des Nachts in seinem Bette zu lesen – etwas, das er bisher nie getan – und erst dann die Lampe zu löschen, wenn ihm der Schlaf die Augen zudrückte. Er schien sich auf diese Weise wieder zu erholen; seine Augen bekamen wiederum einen ruhigeren, milderen Glanz. Der Arzt war nicht mehr gekommen.

Als Guido wieder zurückkehrte, bat ihn der Bruder, ihn in Zukunft mit Ärzten zu verschonen, und jener hatte leichthin gesagt:

«Gut; wenn es dir lieber ist, dann lassen wir's.»

Dabei hatte es sein Bewenden. Das Leben in Elfenberg nahm seinen Fortgang, als ob nie eine Störung vorgefallen wäre. So verflossen zwei Monate. Arno hatte seine gelehrten Arbeiten wieder wie früher aufgenommen und Guido vertrieb sich die Zeit auf seine Weise.

An einem heißen Julitage saß Herr Arno auf dem steinernen Stuhl hinten am Weiher unter der Pappel, einen von Büchern bedeckten Tisch vor sich, las, schrieb und sann eifrig, wie ein Mensch tut, der ganz in seine Arbeit versunken ist. Er trug ein helles Nankingkleid und hatte seinen breitrandigen Panamahut in den Nacken geschoben. Seit mehreren Stunden arbeitete er, ohne auch nur für einen Augenblick aufzusehen. Endlich ließ er die Feder sinken, lehnte sich behaglich zurück, steckte eine Zigarre an, blickte ausruhend über den Weiher hinweg in den Park hinein, die müden Augen an dem schattigen Grün erfrischend. Dann stand er auf, hob einige Steine vom Boden, beschwerte mit ihnen die losen Blätter seiner Handschrift und schritt langsam, die Glieder dehnend, in das Dunkel des Parkes hinein, sinnend und ausruhend zugleich.

Nachdem er eine Viertelstunde gegangen war, kehrte er langsam um, die verlassene Arbeit wieder aufzunehmen. Noch war er vielleicht hundert Schritte von seinem Lieblingsplätzchen entfernt, da schien es ihm, als ob sich dort, durch das Gebüsch hindurch, etwas Weißes bewege.

«Ein heruntergefallenes Blatt Papier», dachte er und wandelte gemächlich weiter.

Da, wie er um die Biegung des Weihers, aus den alten Bäumen trat, blickte er wieder auf, nach seinem Tische und blieb wie angewurzelt stehen. Er war keine zwanzig Schritte mehr von dem steinernen Stuhle entfernt. Auf diesem saß ein Mann in weißem Nankingkleide mit einem Panamahut wie der seine auf dem Kopfe, der schrieb und las, mit den gleichen Bewegungen, die ihm eigen waren. Kalter Schweiß bedeckte Arnos Stirne; feuchtes Grauen rieselte durch seinen Leib. Unwillkürlich kniff er sich in die Arme, um sich zu überzeugen, daß er nicht träume. Da erhob der Mann auf dem Stuhle sein Haupt und Arno grinste sein eigenes, fürchterlich verzerrtes Antlitz entgegen. Herr Arno schaute hin, lange ohne eines Lautes oder einer Bewegung mächtig zu sein; in seinem Gehirne rangen Wahnsinn und Vernunft. Kein Zweifel, er war es selbst, der dort saß. Das war ja sein Körper, sein Gesicht – nur grauenhaft, wie im Todeskrampf entstellt, fürchterlich zu schauen. Sein Doppelgänger blickte ihm gerade in die Augen, kalt, tief, boshaft – Herr Arno taumelte, stieß einen fürchterlichen Schrei aus und fiel bewußtlos zu Boden.

Eine halbe Stunde später fand man ihn, halb leblos, am Rande des Weihers liegen – der Mann im steinernen Stuhle war nicht mehr da. Man brachte den Fiebernden zu Bette, da schlief er einen langen, unruhigen Schlaf, unterbrochen von wilder Raserei, aus der zu entnehmen war, was er im Parke gesehen. Drei Tage später starb Herr Arno an einer heftigen Gehirnentzündung. Er hatte das Bewußtsein nicht wieder erlangt.

Allgemein hieß es, Herr Arno habe wieder einen seiner fürchterlichen Anfälle gehabt, er sei dem Schreck, den ihm seine Zwangsvorstellung eingeflößt, erlegen. Alle glaubten es, sein Bruder Guido, die Ärzte, das Gesinde und die Dörfler – nur einer glaubte es nicht, der Diener nämlich, den Herr Guido mit der besonderen Sorge um seinen Bruder betraut hatte.

Von dem Tage an, wo man seinen Herrn bewußtlos vom Weiher brachte, war der Mann wie umgewandelt. War er vorher frohen Mutes, meist ein Liedlein pfeifend, seinen Obliegenheiten nachgegangen, so war er jetzt fahl, schweigsam und keine Macht der Erde hätte ihn bewegen können, allein nach dem Parke, zu dem Weiher zu gehen. Fast schien es, als habe der Verstorbene seinem Diener die fürchterliche Krankheit vererbt, denn ganz wie weiland Herr Arno schrak nun auch Kaspar bei jedem Geräusche zusammen, als erwarte er etwas Furchtbares. Sein verändertes Benehmen blieb den Hausgenossen nicht lange verborgen, sogar Herrn Guido nicht, der doch seit dem Tode seines Bruders noch weniger zu Hause war denn zuvor.

Auf alle teilnehmenden Fragen jedoch blieb Kaspar stumm. Sein Blick bloß flehte angstvoll, man möge ihn damit verschonen.

Da ließ ihn eines Nachmittags Herr Guido rufen. Kaspar folgte dem Befehl, niedergedrückt, angstbebend, wie er immer seit Herrn Arnos Tode war.

«Kaspar», fragte ihn Guido scharf, «was ist mit dir? Bist du krank?»

«Nein», würgte der zögernd hervor.

«Nun, was fehlt dir denn, daß du so scheu herumschleichst, ganz verändert bist?» forschte der Herr weiter.

Da begann Kaspar zu schluchzen, sein Körper schüttelte sich wie in heftigen Krämpfen. Guido sah ein, daß der Diener der Sprache nicht mächtig war; er wartete stillschweigend, bis die erste Nervenerschütterung überwunden und Kaspar ruhiger geworden war. Dann sagte er:

«Nun, Kaspar, setze dich dort auf den Sessel, erhole dich, dann erzähle, was dich drückt.»

Kaspar fand allgemach seine Fassung wieder. Man sah ihm an: er wollte schon sprechen, sich eine Last von der Seele wälzen, rang nach Worten, fand sie aber nicht. Endlich wagte er die schüchterne Frage:

«Herr Guido, meinen Sie auch, daß Herr Arno infolge eines Anfalles gestorben sei?»

Die Frage klang so eigentümlich bittend und lauernd zugleich, daß Herr Guido überrascht aufblickte.

«Was soll das?» fragte er gedehnt.

«Nun, ich meine bloß, wenn zwei Menschen dasselbe sehen, so kann man doch nicht wohl von einer Zwangsvorstellung, oder wie es der Arzt nannte, sprechen. Und», setzte er nach einer Weile in zögerndem Aufschrei hinzu, «ich habe ihn auch gesehen.»

«Wen? – Was hast du gesehen?» fragte Herr Guido.

«Ihn. Den Doppelgänger des Herrn Arno, der ihn zu Tode erschreckte. Den, von dem er immer sprach in seinem Fieber.»

«Kaspar! – Bist du verrückt?» fuhr Guido erregt auf.

«Noch nicht; aber ich fürchte bald, es zu werden.» Einen Augenblick schien es, als wolle sich der Anfall von vorhin wiederholen. Aber Kaspar bemeisterte sich und sprang auf und rief mit lauter Stimme:

«Aber ich habe keinen Anfall gehabt, ich! Ganz genau habe ich ihn gesehen.»

Dann schwieg er. Guido schritt erregt im Zimmer auf und ab. Dann sagte er nach einer Weile mit gewaltsam unterdrückter Stimme:

«Nun, Kaspar, erzähle!»

Nach einigen Sekunden der Sammlung erzählte Kaspar tonlos, gleichsam traumhaft berichtend:

«Als Herr Arno an jenem Nachmittage nach dem Park ging, befahl er mir, ich möchte, sobald der Postbote käme, ihm die Eingänge nach hinten bringen; er erwarte einen eiligen Brief. Ich tat wie mir befohlen. Als der Briefträger kam, erlas ich die Post, nahm die Sachen, die die Aufschrift des Herrn Arno trugen, zu mir und begab mich nach dem Parke. Um rascher an Ort und Stelle zu sein, nahm ich meinen Weg durch das Gebüsch, das sich links vom Weiher in die Hochstämme verliert. Sie wissen, daß man von dort aus schon von weither zur Pappel sieht. Herr Arno saß dort auf dem steinernen Stuhl und schrieb. Plötzlich erhob er den Kopf und schaute unverwandt, wie mir schien, nach der Stelle hin, von der ich herkam. Ich beschleunigte den Schritt, glaubend, Herr Arno habe mein Kommen bemerkt und warte ungeduldig auf mich. Da, wie ich in den Fußweg einbiege, steht Herr Arno vor mir und schaut unentwegt nach seinem Ebenbild unter dem Baume. Ich war so erschrocken, daß ich keinen Schritt mehr weiter wagte, und blickte abwechselnd auf den Herrn, der im Stuhle saß, dann wieder auf den, in dessen Rücken ich stand. Erst als Herr Arno einen Schrei ausstieß und zusammenfiel, kam ich wieder eigentlich zum Bewußtsein. Ich vergaß einen Augenblick die Erscheinung im Stuhl, tauchte mein Taschentuch in den Weiher und benetzte die Schläfen des Herrn Arno, der ohnmächtig dalag. Als ich den Kopf wieder erhob und nach dem Stuhle hinschaute, war er leer; der Doppelgänger war verschwunden. Da rannte ich voller Angst nach dem Schlosse zurück, Leute zu holen, um Herrn Arno beizustehen, aber ich muß wohl ganz von Sinnen gewesen sein, denn statt in den Vorraum, wo Peter und die Köchin Gemüse rüsteten, ging ich in meine Kammer, lachte und weinte zugleich, so daß, als ich mich nach einer Weile wieder gefunden hatte und herunterkam, man Herrn Arno schon aufgehoben und ihn eben nach dem Schlosse gebracht hatte.»

Herr Guido hatte den Bedienten, während der sprach, scharf angeblickt und konnte sich nun, da er zu Ende war, eines Schauders nicht mehr erwehren. Er wurde jedoch rasch wieder Herr seiner selbst und forschte weiter:

«Aber der Mann in dem steinernen Stuhl, wie sah denn der aus? Wenn Herr Arno vor dir stand, dann konnte er doch unmöglich zu gleicher Zeit in dem Stuhle sitzen!»

«Das habe ich mir nachher auch gesagt und will es mir seither jeden Tag ausreden, aber es war auch Herr Arno, nur sah er so ganz anders aus, wie ein Toter – ganz schrecklich! Bloß seine Augen schauten wild und kalt drein, wie die einer Schlange.»

«Du sagst aber, daß er nachher nicht mehr da war, als du hinsahest?»

«Nein, dann war er weg!»

«Kaspar, da hast du aber doch geträumt, wie mein armer Bruder. Du hast wohl in der letzten Zeit vor seinem Tode allzuoft und allzulange gewacht, warst erschöpft, hast dich von seinen Hirngespinsten anstecken lassen, hast am hellichten Tage Gespenster gesehen.»

Da antwortete Kaspar und gab sich einen kräftigen Ruck:

«Nein, Herr Guido, so war's nicht. Gespenster tragen keine Meerschaumpfeifen mit sich herum. Und der, der dort auf dem Stuhle saß, besaß eine Meerschaumpfeife. Sie muß ihm während des Sitzens aus der Tasche gerutscht sein. Ich fand sie, als ich am Abend die Sachen, die Herr Arno dort hatte liegen lassen, nach Hause holte. Und Herr Arno besaß, wie Sie ja wissen, keine Pfeife, er rauchte nur Zigarren.»

«Wo hast du die Pfeife, Kaspar?»

«Oben, in Herrn Arnos Arbeitszimmer, wo ich sie hingelegt habe.»

«Geh, hole sie!»

Kaspar ging und brachte den Gegenstand bald zurück. Es war eine schon stark angerauchte kurze Meerschaumpfeife mit silbernen Beschlägen. Guido schien sie aufmerksam zu betrachten, in Wirklichkeit blickte er jedoch darüber hinweg auf Kaspar hin.

«Ja», sagte er endlich, «etwas sonderbar ist die Sache schon. Aber die Pfeife kann auch sonst jemand dort verloren haben. Auf alle Fälle mußt du dir die Sache aus dem Kopf schlagen, so merkwürdig sie dir auch vorkommen mag. Das Spintisieren schadet dir nur.

Damit dir das leichter werde und du dich erholst, gebe ich dir jetzt einen Monat Urlaub. Gehe zu deinen Leuten nach Hause, unterhalte dich gut und in einem Monat werde ich dir einen andern Dienst anweisen, der dich nicht mehr an die merkwürdige Geschichte erinnern wird.»

Kaspar dankte und ging.

***

Von jenem Tage an schien es Herrn Guido in Elfenberg nicht mehr zu behagen. Er war immer häufiger, immer länger abwesend, wurde schweigsamer und verschlossener denn je. Kam er gelegentlich wieder, so befand er sich stets in Gesellschaft fremder Herren, unter denen sich meistens ein bekannter Rechtsanwalt der benachbarten Stadt bewegte. Noch waren keine drei Monate verflossen, so hieß es, Herr Guido habe das Gut Elfenberg verkauft und sei auf weite Reisen gegangen. Kaspar, als er von seinem Urlaub zurückgekehrt war, wurde vor die Wahl gestellt, seinem Herrn ins Ausland zu folgen oder mit dessen Hilfe eine neue Stelle zu suchen. Er entschied sich für das letztere und fand bald, durch die Vermittlung des Herrn Guido, einen ihm zusagenden Platz. Herr Guido aber blieb verschollen, man hörte nichts mehr von ihm. Das Gut Elfenberg jedoch wechselte in kurzer Zeit oft seine Besitzer; das trug dazu bei, daß sich allgemach Wahres und Erfundenes zu der Sage verdichtete, es spuke auf Elfenberg und es laste ein Fluch auf dem herrlichen Sitz. Denn die Erzählung Kaspars war unter die Leute gedrungen, und wie nun die Menschen einmal sind: allem überlegenen Verstande zum Trotz lieben sie das Unerhörte, sie glauben lieber an das Wunderbare als an das Naheliegende, Natürliche. So vergingen dreißig Jahre. Der verlassene Stuhl hinten im Parke am Weiher galt im Volke für einen unheimlichen Ort, zu dem sich zur Nachtzeit auch die kecksten, verwegensten Bauernburschen kaum ohne heimliches Herzklopfen gewagt hätten.

***

Das Schloßgut Elfenberg hatte, wie gesagt, in den letzten dreißig Jahren oft seine Besitzer gewechselt. Endlich fand sich ein älterer Kaufherr aus der Stadt, der es zuerst nur als Sommerwohnsitz erwarb, aber bald ganz hinaussiedelte, als ihm sein zunehmendes Alter nicht mehr erlaubte, seinem Handel vorzustehen. Er durfte sich die Ruhe um so eher gönnen, als sein Geschäft in die sicheren Hände seines ältesten Sohnes und eines

Schwiegersohnes überging. Sein jüngster Sohn Alfred dagegen kam mit seinen betagten Eltern nach Elfenberg. Er hatte alles mögliche studiert, um sich endlich der Tierkunde im Besonderen zuzuwenden, und da es ihm seine Verhältnisse erlaubten, so wurde er Privatgelehrter, arbeitete bald hier, bald dort an fremden Anstalten, veröffentlichte dann und wann eine wissenschaftliche Arbeit und ließ sich nun auf Elfenberg einen eigenen Versuchsraum einrichten. Doktor Alfred war ein großer stämmiger Mann, voll Lebensfreude und Übermut und im Grunde genommen wohl der gutherzigste und freundlichste Herr, der seit langer Zeit das alte Schloß bewohnt hatte.

Nicht lange nachdem Elfenberg in den Besitz von Alfreds Familie übergegangen war, ließ sich der frühere Diener des Herrn Arno, Kaspar, dem es in der Welt draußen erträglich ergangen war, in Elfenberg-Dorf nieder, um dort ein bescheidenes Rentnerleben zu führen und den Rest seiner Tage in ruhiger Beschaulichkeit zu genießen. Mit seinem Erscheinen tauchten im Dorfe die halb vergessenen, unheimlichen Gerüchte über den bösen Spuk, der im Schlosse sein Unwesen treiben sollte, wieder auf, und es ging nicht lange, bis die neuen Schloßbesitzer ebenfalls davon gehört hatten. Selbstverständlich wurde Kaspar von den Dörflern bald mit allen möglichen Fragen bestürmt, allein er verhielt sich sehr schweigsam, wies die Neugierigen kurz ab, vorgebend, er habe im Laufe der Zeit vergessen, was sich in Wirklichkeit zugetragen und was ihm als junger Mensch damals seine Einbildungskraft vorgegaukelt haben mochte. Damit wurde aber die Sache nicht besser, die Neugierde wuchs; jedermann sagte, der alte Mann wüßte schon viel zu erzählen, wenn er nur sprechen wollte. So wurde den wildesten Vermutungen freier Lauf gelassen.

Aber auch in Kaspar wurde die Neugierde wach, wieder einmal den Ort zu sehen, wo er das bedeutsamste Ereignis seines Daseins erlebt, daher bat er sich eines Tages von dem jungen Herrn, dem Dr. Alfred, die Erlaubnis aus, das Gut, das viele Erinnerungen seiner Jugend berge, zu betreten und wieder einmal zu besichtigen. Diese wurde ihm gern und zwar ein für allemal erteilt, so daß man in der Folge den alternden Kaspar oft hinten am Weiher auf dem steinernen Stuhle sitzen sah, der einst Herrn Arnos Lieblingsplatz gewesen war. Nach und nach lernten sich die neuen Schloßbesitzer und der alte Diener näher kennen; besonders mit Alfred sah man ihn nun viel zusammen. Kaspar, der sich für die freundliche Erlaubnis, das Gut zu betreten, erkenntlich zeigen wollte, stellte sich oft dem jungen Gelehrten für kleine Handreichungen zur Verfügung. Es ging nicht lange, so war er der eigentliche Gehilfe des Gelehrten geworden. Kaspar war dies um so lieber, als er dadurch eine anregende Beschäftigung fand, die ihm die Eintönigkeit seines geruhsamen Lebens unterbrechen, die Langeweile bannen half und ihm sonst noch allerlei Vorteile brachte. So ging es, bis Dr. Alfred die geheimnisvolle Geschichte von Herrn Arnos Tode aus dem kleinen alten Rentner herausgelockt hatte.

Als Kaspar einmal sein Stillschweigen gebrochen hatte, wußte er die damaligen Geschehnisse so lebhaft zu erzählen, war dabei so tief erschüttert, daß es offensichtlich war, welch tiefen, unauslöschlichen Eindruck er damals davongetragen. Als er geendet, sagte Alfred:

«Was Sie mir da erzählt haben, ist wirklich eine ganz merkwürdige Geschichte, aber eines geben Sie mir doch zu, nicht wahr? Nämlich, daß es auch dem nüchternsten, gesundesten Menschen einmal im Leben vorkommen kann, daß er Gespenster zu sehen vermeint.»

Kaspar aber schüttelte überzeugt den Kopf und auch Dr. Alfred konnte die Geschichte nimmer so leicht loswerden, wie er es sich doch vorgenommen hatte. Der Ton Kaspars hatte jeden Zweifel an seiner Glaubwürdigkeit von vornherein ausgeschaltet; im übrigen machte der Mann nicht gerade den Eindruck, als ob er sich von Ammenmärchen verwirren ließe. Der junge Doktor ertappte sich seitdem oft im Nachsinnen über die sonderbare

Geschichte. Er fing, fast wider Willen, immer wieder an, mit dem Alten darüber zu sprechen, bis er schließlich die beiden Herren, Arno und Guido, fast ebensogut zu kennen glaubte, wie sie einst Kaspar selbst gekannt.

Nun trug es sich zu, daß ein Zimmer des Schlosses, jenes, das früher Herrn Guido als Schlafgemach gedient hatte, neu tapeziert werden mußte. Als nun die alte Tapete abgelaugt war, zeigte es sich, daß sich in der Wand ein Schrank befand, von dessen Dasein keiner der gegenwärtigen Besitzer je eine Ahnung gehabt hatte. Dr. Alfred, der neben seiner Tierkunde auch noch eine große Leidenschaft für Altertümer hegte, ordnete an, daß der Schrank freigelegt und geöffnet werde, in der etwas gewagten Hoffnung, vielleicht einen Fund zu machen. Ein Schlüssel war nicht vorhanden, also wurde die Türe in Alfreds Gegenwart gesprengt. Dr. Alfred untersuchte den Inhalt des Schrankes. Der bestand aus einem alten, verblichenen, seidenen Frauengewand, einer Damenperücke, einer kurzen Meerschaumpfeife, die Alfred sofort als die erkannte, die ihm Kaspar in seiner Erzählung beschrieben hatte, endlich aus zwei seltsamen Masken aus ursprünglich weichem, kunstvoll bemaltem, jetzt aber verstaubtem und verschrumpftem Stoff.

Eine seltsame Gedankenverbindung blitzte bei diesem Anblick in Alfreds Gehirn auf. Er bemächtigte sich der Gegenstände, doch als am folgenden Tage Kaspar wiederkam, verschwieg er ihm den Fund, fragte ihn aber, ob er wohl sehr erschrecken würde, wenn er eines Tages Herrn Arno wieder auf dem steinernen Stuhl sitzend fände.

«Das will ich meinen!» rief der Alte entsetzt.

«Wenn ich Ihnen aber sagen würde, daß alles mit ganz natürlichen Dingen zugeht und ich Ihnen nachher den Spuk aufklären würde – glauben Sie, daß Sie dann den Anblick ohne Gefahr für Ihre Gesundheit ertragen würden?»

«Dann würde ich allerdings weniger erschrecken – aber warum fragen Sie?»

«Weil ich einen Versuch ganz besonderer Art vorhabe, der uns die dunkle Geschichte von damals einigermaßen aufklären soll.»

«Ja wie ist denn das möglich?» fragte Kaspar erstaunt.

«Das darf ich Ihnen jetzt nicht verraten, aber wenn Sie morgen nachmittags, sagen wir so um halb drei Uhr, nach der alten Pappel gehen, dann werden Sie vielleicht Herrn Arno auf dem Stuhle sitzend finden. Aber dann nur keine Bange – es handelt sich, wie ich Ihnen schon sagte, nur um einen an sich harmlosen Versuch, von dessen Eindruck auf Sie das ganze Gelingen abhängt.»

Kaspar versprach, sich nicht zu fürchten, und verabschiedete sich, während Dr. Alfred sich in seinen Versuchsraum einschloß, die beiden Larven so gut es ging reinigte und wiederum geschmeidig machte. Am folgenden Tage zog er einen weißen Nankinganzug an, setzte einen Panamahut auf, band eine der Masken vors Gesicht und setzte sich in den steinernen Stuhl am Weiher. Er hatte sich einen Tisch hinschaffen lassen, diesen mit Büchern und Papieren belegt und gebärdete sich nun, wie er sich vorstellte, daß Herr Arno vor dreißig Jahren dort gearbeitet hatte. So wartete er, bis er durch das Laub des Gebüsches Kaspar herankommen sah, dann senkte er den Kopf und schien eifrig zu schreiben. Kaspar hatte seinerseits den Mann im Stuhle wahrgenommen. Wirklich schien es ihm, als sähe er dort die Gestalt seines längst verstorbenen Herrn. Obwohl er verständigt worden und entschlossen war, sich nicht zu fürchten, hemmte er doch seine Schritte immer mehr, je näher er zu dem Weiher kam.

Als er jedoch nur noch etwa zehn Schritte vom Stuhle entfernt war, dann Alfred plötzlich das Haupt erhob und ihn unversehens starr anblickte, schrie er auf:

«Barmherziger Gott, es ist wirklich Herr Arno!» Er taumelte.

In diesem Augenblick hatte Dr. Alfred die Maske abgestreift, den Hut weggeworfen und rief fröhlich:

«Nein, nein, ängstigen Sie sich nur nicht! Sehen Sie, ich bin's ja!» Nun schritt er Kasparn entgegen. Aber der Schreck war für den alten Mann doch immerhin heftig genug gewesen. Seine Knie bebten; als ihm Alfred unter die Arme griff, starrte er wie entgeistert nach dem verlassenen Stuhl und lallte:

«Ja, aber – wo ist jetzt Herr Arno?»

Als sich Kaspar endlich hinreichend beruhigt hatte, erklärte ihm Alfred, wie die Erscheinung zustande gekommen war, legte zum Beweise die Maske wieder auf und stülpte den Hut auf den Kopf. Der alte Kaspar konnte sich nicht genug wundern, wie geschickt, wie täuschend ähnlich die Maske des Herrn Arno gemacht war.

***

Auf diese Weise wurde das Geheimnis, das den steinernen Stuhl umgab, wenigstens teilweise aufgeklärt. Es war klar, daß Guido an seinem Bruder einen Bubenstreich verübt und seinen Tod herbeigeführt hatte. Wahrscheinlich diente die andere Maske mit der Damenperücke und dem Frauenkleide dazu, dem Verstorbenen noch eine weitere ihm nahe stehende Person vorzutäuschen und so seine Sinne zu verwirren. Möglich, daß es jene Lydia war, die Arno einmal angerufen. Aber etwas Gewisses brachte man nicht in Erfahrung. Weder die einzelnen Nebenumstände noch der Grund des sonderbaren Verbrechens wurden je aufgeklärt, denn Guido war und blieb verschollen.

Der steinerne Stuhl aber blieb verlassener als je, denn trotz aller Vernunftgründe war der alte Kaspar nie mehr zu bewegen, ihn aufzusuchen, und die Dörfler mieden ihn nach wie vor aus eingewurzelter Scheu vor dem Übernatürlichen, für das sie keine genügende Erklärung hatten.

SUNNEMÜLI-BÄNZES BURDI

We-n-ig eso druber nache sinne, was aws isch gredt worde-n-u wi du no-n-en jiedere het a Sunnemüli-Bänze wewe d's Muu abwüsche, wo-n-er nümme da isch gsi, de tüecht es mi mängisch, d'Lüt heige-n-afe wäger Gott ke Verstang meh un es syg e kes Rächt u ke Grächtigkeit meh uf der Wäwd obe, u de tüecht es mi no grad zu der hütige Stung vor Gott nid rächt, das der Bänz däwäg het ab der Wäwd müeße.

I cha-n-ech nume säge, dä Ma het e schwäri Burdi treit, fasch so lang das er g'meisteriert het, un er het nume niemerem nüt dörfe säge dervo, we's ne mängisch tüecht het, jitze chönn er's nümme für sich säwber ha u jitze mües es use, gang's de wi's wew. Weder er het's verbisse-n-u het sy Burdi treit, het nie niemerem neuis derglyche ta, u wo-n-er se nümme het möge trage, het er d's Läbe-n-u d'Burdi eis Gurts i d's glych Loch ta, vo wäge d'Burdi isch zäjer gsi weder d's Läbe-n-u wo si ne-n-us em Mülibach use zoge hei, isch d's Läbe furt gsi, aber d'Burdi no da, weder es het se niemer ganzi gseh; mi het nume gwahret, was grad eso oben-uffe-n-isch gsi, u du isch es richtig grüsli ring gange, der Bänz hingernache no gage-n-ache z'mache u ne no ungerem Bode gage z'verbrüele.

Vor öppe vierzg, feufevierzg Jahre-n-isch der Bänz e junge-n-uflige Purscht gsi, e lustige Fäger un e guete Jödeler derzue, un aws het der Bänz wohw möge lyde-n-u ne gärn gha. We-n-ame ne-n-Ort neuis isch los gsi, so het der Sunnemüli-Bänzli kenisch dörfe fähle; er isch e Churzwylige-n-u Freine gsi, u de het es gheiße:

«Bänzli, mir gange de dert u dert hi, du muesch de ou derby sy, aber nimm de d'Handorgele mit d'r» – u der Bänzli isch 'gange, un ersch wo-n-er du unger d'Draguner cho isch – d'Mundur isch im gar chäpperwätters guet agstange –, da het er ersch rächt dürhar müeße leiche-n-u bi awem z'hingerisch u z'vorderisch sy.

Bi de Draguner isch er du zur Musig cho, un es isch neue ke Lengi 'gange, su isch er Kapiraw u dernah Wachmeister worden-u landuf u landab het es nid mänge flöttere-n-u gattligere Mylitär gä weder grad der Bänzli. Un im Ryte het er aw zäme dürta, un es het nid nume einisch i der Schwadron gheiße, was der Bänz nid zwägbringt, das bringt e kene zwäg, da cha me Gift druf näh. U derzue isch der Bänzli nüsti b'liebte gsi – es isch im ganze Dorf un i syr ganze Schwadron nid eine gsi, wo nid für in dür d's Füür düre wär, vo wäge-n-er het's mit awne Lüte guet chönne, un en jiedere het gwüßt, das, wen er eim neuis cha z'Gfawe tue, es nie nei isch.

Deheime isch er enzige Bueb gsi, u sy Ewter, der Sepp sälig, het si ou nid weneli mit im gmeint, u sys Müetti, das isch fasch versprützt vor Hochmuet, we der Bänzli sy Mundur het anne gha oder wen er öppe mit syne Gspane-n-usgrite-n-isch. Mi het dürhar gmeint, der awt Sunnemüwer syg e ryche Ma, wo's heig u vermög, vo wäge-n-er het e gueti Chundemüli gha, e Huffe-n-Usgleuets u vom schönste Land, wo me wyt u breit het wewe gseh, u Wawd, i cha-n-ech säge, das isch e Wawd gsi, wo di nünzg Schue länge Tanne nume-n-eso zum Ordinäri zewt hei. Mi hätt chönne meine, ömu dert chönn's jitze niene fähle, u we-n-öpper i der ganze Gmein Ursach hätt, em liebe Gott uf de Chneue z'danke, so wär es Sunnemüwers gsi. Dernäbe het di Hushawtig neue-n-aws wohw möge lyde, der awt Sunnemüwer isch e fründlige-n-u freine Ma gsi, wo, we-n-er scho rych isch gsi, öppe mit awne Lüt het möge rede-n-u ne d's Muu gönne, u was Änneli a'gange-n-isch, su hei di ermere Lüt düre Bawch awägg erchennt, e so-n-es Guets un es Gmeins u Niderträchtigs träf men-i zäche Gmeine zäntume niene-n-a.

U nüsti het es Zyte gäh, wo i der Sunnemüli nid guet Wätter isch gsi u wo aws näbe-n-angere düre-n-isch, wi we si d's Öhw verschüttet hätte, u wo mängisch ke Möntsch em angere d's Muu gönnt het, eso vierzäche Tag, drei Wuche lang. Mi het das fryli im Dorf ume gwüßt, aber niemer het chönne säge warum, nume das me-n-öppe gmugglet het, es fähli Seppe-n-öppe n-es ungrads Maw e chli im Chopf, u de wärd er wunderlige-n-un ulydige. U das hätt me chönne meine. Es isch mängisch es hawb Jahr u mängisch no lenger 'gange, das der awt Sepp der gäbigst u fründligst Möntsch isch gsi, u de ungereinisch het er der Gring la hange-n-un afah mugge, das es längs Zyt ke's Derbysy meh isch gsi um in ume. U das isch füräh gsi, we churzum vorane-n-öppe d's Schwäbumanndli isch i d's Dorf cho u bi der Müli zueche gha het, für gage syner Schwäbuhöwzli feew z'ha. De het der Sepp das Manndli awi Maw i di hingeri Stube gnoh u het im öppe-n-es Glas Wy u neuis Gschläsmets ufgstewt, u de sy di zwe mängisch nume ganz churz u mängisch ganz Stunge lang i der hingere Stube gsi u hei zäme prichtet. Der Müwer het öppe gseit, we-n-er isch gfragt worde, er bchönni das Manndli no us syne junge Jahre, wo-n-er z'Ungerwysig syg 'gange, u mi het im's gärn gloubt, wiw si Sepp nid hurti öperem verschämt het, syg er rych oder arm, u wiw er, we-n-er der Luun gha het, nid lang gfragt het, wi bisch a'gleit, für eine-i-d'Stube z'füehre un im öppe neuis ufz'stewe.

Nume, we das Manndli isch furt gsi, het der Müwer füräh afah chowdere-n-u de isch er öppe-n-es paar Tag druf ache-n-uf Bärn, u dernah isch mängi Wuche verfluecht schlächt Wätter gsi um in ume. Nid das er öppe poleetet un usgkehrt hätt, das isch i der Sunnemüli nie der Bruuch gsi; weder er het si desume trückt, wi wes im die schönste Chüe awe zämethaft töt hätt, u het zu niemerem es Wort me gseit u isch de Lüte gfloh, we-n-er nume vo wytem öpper gäge der Müli het gseh zue cho. Nahdisnah het es im de awbe-n-ume vo säwber 'baaset, weder mit de Jahre sy di Lüün gäng stränger cho, un ömu einisch, das er es paar Tag vorane z'Bärn inne-n-isch gsi, het ne der Bänzli, just i dene Jahre, wo-n-er e flotte Draguner gsi isch, im Wawd usse-n-uf em-n-e Stock atroffe, das er gruchset het, wi we-n-er wett ufgeiste. Der Bänzli isch parasareli an in a'glüffe, u-n-ersch wo-n-er schier uf im obe-n-isch gsi, het er gseh, das es Drättin isch, un er isch fei übu erchlüpft, wo-ne der Awt aglueget het, u Bänzli het nüt angers gmeint, weder Drätti syg hert, hert ungrächte, u het wewe gage der Tokter reiche-n-u Drättin gseit, er wew ne hei tue u de mües er im enangerenah i d's Bett.

Der awt Sepp het im z'ersch glost, wi we-n-er nid verstieng, un ersch wo du Bänz seit wägem Tokter reiche, isch er du zu-n-im säwber cho u seit:

«Ne-nei, lah du das nume-n-ungerwäge, mir hiwft e ke Tokter u kes Bett – es wird mer de scho ume baase, es isch mer scho mängisch so gsi, u we-n-es nid dynetwäge u der Schang d'hawber wär, su hätt es lengschte baaset u das für gäng.» U wi-n-er das gseit het, isch im d's Augewasser füregschosse, un er het der Bänzli a'gluegt wi-n-en arme Sünder, u dä isch di längerschi minger us sym Ewtere-n-use cho. Aber dä het nüt meh gseit, het ufgha un isch gäge hei zue'gange, u wo Bänzli uf u nache wewe het, het er im abgwunke-n-u du isch der Bänzli no lang dert gstange-n-u het gstuunet u het nid chönne bigryffe, was es em Ewtere-n-ächtert 'gäh heig.

Nüt lang druf het der Müwersepp der größer Teew vom Wawd verchauft, u vo denn etwägg isch er aw pott i dä Wawd use-n-un isch dert ufe-me Stock zämeg'huuret u het dert stungelang chönne sy u-n-i d's Blaue-n-usestiere, u het zu kem Möntsch es Wort gseit. Di längerschi minger het er möge rede-n-u unger d'Lüt, un es isch nüt lang 'gange, so het afe jide Bling gseh, das es hinger ache geit mit Seppe u das er us de Chleidere g'heit un auwäg nümme lang macht. U du geits no einisch nüt lang, su isch er du bettlägerige worde-n-u du het der Tokter zueche müeße, weder er het neue säwber nid rächt chönne säge, wo-n-er's heig, u het Müwers ufe Hustage vertröstet u gseit, finge tüj er aparti nüt, der Müwer mües e grüselige Chlupf oder e Verdruß ha gha, u jidefaws vergangi de das ume, wi-n-es cho syg, u mi mües nume luege, das er gäng tow ässi u si nid laj gheje, de syg no nüt verspiwt un er wärd de wohw wider zwäg cho, wes de öppe-n-afe hustageli. U d'Lüt hei im Dorf ume gseit, der Müwersepp tüj si hingersinne, wiw er der Wawd verchauft heig u das no view z'wowfu, u das syg im jitze-n-i Chopf cho u mach ne däwäg ache. Der Bänzli het ou nüt angers gwüßt u het öppe mängisch zu Drättin gseit, er söw doch nid chummere wäge däm Bitzli Wawd, es syg ömu gäng no gnue da, u was öppe-n-eso-ne junge Purscht i Bänzlis Awter weis z'tröste, het er a Drättin ane brunge, weder es het nüt pattet; der Sepp isch gäng chrächeliger worde-n-un eis Tags het du der Bänzli säwber müeße-n-ygseh, das es nümme lang gang mit im. U das isch ne grusam hert acho, vo wäge der Bänzli isch a Drättin ghanget u Drätti a im, un er het scho wyt a sy Buebezyt müeße zrugg täiche, das er si hätt möge bsinne, das im Drätti einisch es bös's Wort gäh het. U derzue isch er no grad versprochne gsi mit Chruttbodeseppe-n-Annemeieli, u-n-uber di anger Wuche hei si wewe Hochzyt ha, u da chame täiche, wi-n-es Bänzlin worde-n-isch, wo-n-er gseh het, das Drätti churzum drus mues.

Er het si i d'Chuchi use gmacht un isch em Müetti i Spycher nache tychet u seit zu-n-im, wi-n-er's aluegi mit Drättin u gäb er ächt mit Hochzyte no sötti warte.

D's Müetti het afah plääre u het gseit, es heigi's scho lang gseh cho; hingäge das er söw warte mit em Hochzyte, vo däm het es nüd wewe wüsse.

«Du muesch e Frou ha, Bänzli», het es zue-n-im gseit, «u säwb gäb lang vergeit, vo wäge, we-n-einisch Drätti nümme da isch, su mache-n-ig ou nümme lang; we me so lang am glyche Chare zoge het, su cha eis nid lang ohni d's angere sy, u derzue chunsch de-n-i d'Jahr, wo deheime muesch luege-n-un es d'r grad guet tuet, we de-n-es Froueli hesch, wo dinne meisteriert.»

Uf das ache meint der Bänzli, henusode, so wew er täich tue, wi-n-es im sägi, weder we-n-er nume wüßt, wi em Drätti z'häwfe wär u was im ou eigetlich fähli. Er wew nüt gäge Tokter gseit ha, er syg ja süsch e bchönnige Ma u heig scho mängem ghuwfe, weder da tüech's ne syg er z'mutze-n-un er heig scho meh weder ume-n-einisch gsinnet, er wew no mit Drättis Wasser zum Chowb z'Bränzikofe; das söw für settigi Sache, wo di rächte

Tökter nümme druber chömi, bsungerbar e Gschickte sy. D's Müetti het weni u nid view druf gseit, weder henusode, er chönn ja probiere; nützi's nüt, su schadi's ou nüt, weder es troui nid, das es der Huffe patti.

Uf das ache het d's Müetti no stränger afah plääre, u du seit du der Bänzli zu-n-im:

«Jitz, Müetti, los, säg mer, was de weisch, was isch mit em Drätti? E settige Maa wi-n-är gheit nid vo eim Jahr zum angere däwäg für nüt u wider nüt zäme; da steckt öppis angers derhinger, u das chasch mer öppe sawft säge; i bi ja ke Schuewer meh.»

Uf das ache het d's Müetti lut uf afah hüüle, u wo-n-es widerume-n-isch z'Ahte cho, seit es zu Bänzli:

«Los, Bueb, das bi Drättin öppis angers derhinger isch, säwb isch gwüß, un i gäb säwber view drum, we-n-i wüßti was; weder er het mer's nid wewe säge, so mängisch i bi hinger im gsi u so mängisch i gmeint ha, i laji nid na, bis er uspackt heig. Er het süsch syr Läbtig nid d's Gringste vor mer gheims gha weder das, u das mues öppis Grüsligs sy, wo-n-im schier d's Härz im Lyb abtrückt, u lue, Bänzli, das bringt ne-n-ungere Bode u mi de ou, zew nume druf. Un us desse Gründe troue-n-i nid, das im dert düre der Tokterzüüg view aschlaji, syg er vo üsem oder vo däm z'Bränzikofe.

Aber eis wiw der säge – we das tonners Schwäbumanndli nie unger d's Dach cho wär, de wär aws ungerwäge blibe. I weis nid, was Drätti mit däm Kärli het, un er macht süsch nid d'Gattig, das er en Untahne syg; aber so mängisch das dä Cheib, das i no so säge, isch ungers d's Dach cho, so mängisch isch Drätti der anger Möntsch worde. Verzieh mer Gott mi Süng, aber es tüecht mi es n'jieders Maw, we dä Schwäbuma gäge der Müli zue chunt, es syg der Tüfu säwber. Der Drätti un i hei jitze meh weder dryßg Jahr zäme ghushastet, u mir hei enangere bis zu der hütige Stung gärn gha, u nie het er m'r i dene zweuedryßg Jahre-n-es Uwörteli gäh, u nüsti bi-n-i e gschlagni Frou gsi vom Tag a, wo das Manndli z'erscht Maw isch cho.»

U dermit het d's Müetti wider afah plääre, das es e Stei erbarmet hätt, un es het's nume-n-eso gschüttlet, u zu Bänzlin het es nüt meh gseit, we-n-er scho gfragt het, u du isch er süferli dervo u het si fasch hingersinnet, was ächt der Drätti mit däm Manndli heig u warum er eso syg zwäg cho; aber er isch im nie druber cho.

U vierzäche Tag druf isch i der Müli Niedersinget u der Tag druf Hochzyt gsi, u da hätt es eim chönne tüeche, es heig ömu no nid aws gfähwt mit Seppe; er isch no uf u zum Tisch cho, u we-n-er scho nid der Huffe gseit het, su isch er fründlig un ordlige gsi, u das es im im Chopf fähli, het im ömu niemer a'gmerkt. Er isch fryli nid lang uf gsi, u vo säwbem Tag a isch er überhaupt nie meh zum Bett us cho, bis me-ne du us em Hus treit het; aber säwb isch ömu no meh weder es Viertujahr gange-n-un ungerwyle het der Bänzli no awergattig müeße-n-erläbe.

Öppe vierzäche Tag na em Hochzyt het d's Müetti neuis wewe-n-a'säje-n-im Garte u du het es der Same wewe füre näh uf em Buffert obe-n-u steit uf ene Stuew u gheit ache-n-u wirset si, das es drei Tag druf gstorbe-n-isch. U d's letscht Wort, wo-n-es zu Bänzli gseit het, isch gsi:

«Lue ömu de guet zu Drättin u täich a das, wo-n-i der im Spycher gseit ha; vilicht chunsch de de einisch druber, u de chunt de am Änd no aws guet.»

Dermit isch d's Müetti gstorbe-n-u der Bänzli isch vo denn a ersch rächt aleini un uf sich säwber a'gwise gsi, vo wäge, we sys junge Froueli scho n'es aschickigs un es tifigs isch gsi u ghörig i d's Züüg bisse het, su isch nüsti no mängs gsi, wo-n-es no bi der Schwähere hätt söwe lehre un ere abluege, bsungerbar was öppe der Husbruuch a'gange-n-isch.

Ytem, Änneli isch biärdigt worde, u wo d'Grebt isch für gsi u di fröde Lüt us em Hus, da het's der Bänzli tüecht, e sövli gschlagne syg er ömu no syr Läbtig nie gsi un er wärd's nie meh, u grad het er no der Chehr gemacht gha i der Müli un i de Stewe u het ungere wcwe, du chunt d'Jumpfere-n-u seit zue-n-im, der Drätti heig na-n-im gfragt un er söw de, gäb er ungere gang, no zue-n-im yche. Der Sepp isch wie gseit im Bett gsi, u der Tod vom Änneli het weni u nid view g'änderet a-n-im. Er isch duußen-u freine gsi, het nüt 'gässe-n-u nüt prichtet, u nume wo d'Lychlüt cho sy, het er zu Annemeieli gseit, es wär im de aständig, we si, ungerwyle das si da syg, täte d'Tür bschließe-n-u niemer zue-n-im yche lies, u so isch es gscheh. We-n-öpper na Seppe gfragt het, su het es gheiße, er syg nid guet zwäg u sött schlafe-n-un es syg auwäg gschyder mi stör ne nid, vo wäge-n-er heig nachär gäng mit em Schlaf es bös's Verding, u Dorfete schlaje-n-im es n'jieders Maw schlächt a. U d'Lüt hei Verstang gha u Biduure mit Bänzlin, das er grad i syne junge Jahre däwäg düre müeße het, u meh weder eine vo syne Gspane, u gwüß ou vo de-n-ewtere Lüte, hei ne-n-öppen e chli näbe-n-use gnoh u zue-n-im gseit, we si-n-im de öppe n-uf e ne Wys u Wäg chönni a d'Hang gah u bhüwflig si, su söw er de nume vorspräche, u si hätte's ungärn, we-n-er se nid bruuchti u wyters gieng. U das het Bänzlin fei e chli wohw ta u het ne es Bitzeli tröstet. Nid das er grad im Sinn hätt gha, da oder dert vorz'spräche, vo wäge Saches sy Gottlob u Dank gnue ume gsi i der Müli, u wägem Wärche het er ja säwber am baaste gwüßt, was öppe üeblig u brüüchlig isch u was mues gah; weder es het ne gfreut, das si aws synere-n-a'nimmt un aws Biduure het un im wett häwfe. U wo du no-n-es paar vo syne Dienstkamerade cho sy un im gseit hei, we-n-er se de bruuchi, es mög sy für was das es wew u wenn das's wew, su söw er de a se täiche, het der Bänzli wider Muet gfasset, un es het ne tüecht, er gspüri, wi-n-er ume-n-erstarchi, un es isch im gsi, he wohw, er wärd's scho uf e-n-e Wäg prestiere, un er isch i dene paar Tag gsetzter worde weder vorane i mängem Jahr. Er het gseh, das är jitze dra hi mues u das, we Drätti scho no läbt, aws uber in us geit, u das er mues luegen-u-zueche ha, u we-n-er de öppe-n-a sys jung Froueli täicht het, su het er sich's vorgnoh, er wew sy Ma stewe, u chuum het er sich's vorgnoh gha, su het er ou gspürt, das er's cha, u wi we-n-er lengschte wär dra gwanet gsi z'bifäle, het er uber di Tage, wi si d's Müetti no hei ungerem Dach gha, bifole-n-u gseit, was mües gah, wi we-n-er sit mängem Jahr wär dra gwanet gsi.

D's Abläbe vom Müetti het ne grüsli hert gha, vo wäge-n-er isch a-n-im ghanget u het im aws dörfe säge, wiw es es verständigs u guetmeints Wybervowch isch gsi u nie view Wäses gmacht u nüsti aws i d's Gleus brunge het, un einewäg het er gäng nume müeße-n-a Drättin täiche u sinne, was im d's Müetti z'letscht u vorane-n-einisch im Spycher äne gseit het gha, un es het ne tüecht, we-n-er nume dert düre heiter gsäch; es möcht fasch sy was's wet, es wär im lieber, weder nüt wüsse wo wehre u doch müeße täiche-n-es syg neuis unguets ume, u mi wüs nid was, u chönn nüt derfür tue. U meh weder nume-n-einisch het er si vorgnoh, so bhäng das es de gstiwet heig, wew er de mit Drättin rede-n-u nid nahlah, bis das im chünnts syg, was d's Müetti plaaget u der Drätti däwäg ache gmacht het. Aber we-n-er de i di hingeri Stube-n-isch u Seppe-n-agluegt het u gseh, das ne-n-öppis wörgt u das er plaaget isch, de het er de awbe nüsti d's Härz nid gha un er het Drättin nume-n-agluegt u gschwige. Er het wohw gseh, das er gärn wett rede-n-u nüsti nid wott, u das es in im wärchet un er nüt fürebringt. U das het ne gmüejt u wo-n-er jitze-n-i di hingeri Stube zu Drättis Bett zueche-n-isch, het's ne tüecht, we-n-er doch nume-n-um der Tusiggottswiwe wett rede, däwäg syg es uf d'Lengi nid derby z'sy.

Der Sepp isch im Bett gläge-n-u het gschluunet, u wo's der Bänzli gmerkt het, het er süferli ume wewe gah, weder da schlaht der Sepp d'Auge-n-uf u dütet im, er söw hocke. U der Bänzli het e Stabäwe gnoh, isch zum Bett zueche ghocket u het gschwige. Der Sepp het es paar Maw derglyche ta, er wew neuis säge, aber de het er wider d'Auge zue gha u het nüt gseit. Bis du afe der Bänzli zue-n-im seit, er troui er wew ungere-n-er mües am Morge bizyte füre, beed Charer müeßi i d'Chehre-n-u de mües er no bifäle, was si z'tue heig. Du isch der Sepp im Bett ufghokket u der chawt Schweis isch uber in abglüffe, u du seit er zu Bänzli:

«Wart no chli, i mues no mit d'r rede, wär weis wi lang i no cha.»

U wo Bänzli nüt druf seit, het der Sepp wider e Chehr gstuunet, u z'letscht am Änd het er si zäme gnoh u seit:

«Bueb, es treit nüt meh ab, Schnäggetänz z'mache, es zieht mi em Müetti nah, un i bi froh, das my Plaag baw es Änd het – aber du muesch wüsse, wi's 'gange-n-isch, es ma speeter prichtet wärde was wott, das di de chasch wehre.»

U na-me ne Wyli het er Bänzlin verzewt, das er vor baw vierzig Jahr im Frankrych inne syg uf der Wawz gsi u das er dert mit zwene Schwyzer gwawzt syg, der eint syg Schumacher u der anger Chüefer gsi. Der Schumacher syg en uflige rächte Pursch gsi u der Chüefer e Nütnutz bis dert u äne-n-ume, e Suufus, u we-n-er de einisch es Glas z'view heig im Oberstübli gha, su heig er nümme gwüßt, was er vor Narochtigi un Ubersüünigi wew astewe.

Es syg Summerszyt gsi, un öppe drei Wuche heige si zäme gwawzet gha, da heig einisch der Chüefer wider e Guttere Schnaps ergatteret gha, u wo-n-er die heig im Lyb gha, syg er äkkige-n-u chybige worde-n-u heig mit em Schumacher afah Händu sueche. Der Schumacher syg z'ersch nid hert toube worde-n-u heig ne-n-öppe mit em Muu bschlage, das es e Gattig heig gha, aber dertürwiwe syg der Chüefer gäng dest länger dest täuber worde-n-u z'letscht am Änd heig er am Schumacher träut, er schlay ne-n-ab. Si syge öppe drei Stung vom neechste Dorf gsi, im Wawd usse-n-uber e Mittag, u heige gsinnet gha, we-n-es de chli erchuelet heig, su wewe si de uf d'Socke u gäge-n-Aabe-n-ane öppe gage luege, wo si chönn ungere schlüüffe. Wo der Chüefer du afe-n-ufgstange syg un uf e Schumacher heig los wewe, heig är, der Sepp, du ou ufgha u heig im gseit, er söw jitze-n-Ornig ha, süsch nähm är ne de i d'Finger. Chuum heig das der Chüefer ghört gha, heig er d's Mässer zoge-n-u syg uf in los cho wi-n-e böse Muni, weder är nid fuu, heig sy Haaggestäcke-n-ufzoge u heig ne-n eso vaterländisch wewe-n-uf d'Finger zwicke für im d's Mässer drus z'schlah; aber wi-n-er grad gschlage heig, syg der Schumacher ou derzwüsche gsprunge, grad unger e Streich, u Sepp heig mit vower Chraft uf d'Schläfe gschlage-n-u du syg der Schumacher zämegheit, heig us der Nase-n-us e chlyseli blüetet u no-n-es paar Schnüüf ta, dernah syg es fertig gsi mit im. Wo der Schumacher ache gläge syg, heig der Chüefer d's Mässer la gheye, u wi-n-er gseh heig, das er tod syg, heig er zu Seppe gseit:

«Das hesch du gmacht u nid i», u dermit heig er si furtgmacht u Seppe heig ne nümme gseh.

«Eso isch es 'gange, Bueb, so wahr das i wott sälig wärde-n-u nid angers! Weder was hätt i jitze wewe mache. Enzig i mene fröude Land, wo mi niemer bchönnt het u der Chüefer furt un ig alei bi däm totnige Schumacher – wär hätt mer da gloubt, we-n-i d'Wahrheit gseit hätt. U we me der Chüefer scho hätt gha, was hätt's mer gnützt; dä hätt chuum die ganzi Wahrheit gseit, u das hätt mi chönne der Gring choste. I ha gmacht, was auwäg en jiedere-n-a mym Platz gmacht hätt – i ha der Schumacher verscharet u ha mi drus gmacht. Aber gäb i ne ha ungere ta, ha-n-ig im sys Wanderbüechli gnoh, vo wäge säwb ha-n-i grad gsinnet, das i öppe wew luege guet z'mache, was i gfäwt heig, so guet das es mer müglig syg. I bi ömu glücklig uber d'Gränze cho, u ke Möntsch het öppis vo der Sach gwüßt, weder ig u der Chüefer, u wo dä isch gsi, ha-n-i nid gwüßt u mängs Jahr nüt meh vo-n-im ghört. Wo-n-i ume bi hei cho, ha-n-i churzum ghüratet, u wo Drätti het afah chrächele, ha-n-i d'Müli müeße-n-a mi zieh u afah meisteriere. Un i ha-n-e gfeligi Hang un e gueti Frou gha, es isch aws gange wi am Schnüerli, un es het mi mängisch tüecht, gfeliger Lüt weder mir gäb es uf der ganze Wäwd niene, we nume di Sach mit däm Schumacher nid wär gsi. Wo-n-i du wider bi deheime gsi, het es mi du tüecht, z'letscht am Änd heig i mi nid sövli verfähwt gha, i heig ne ja nid wewe töde-n-u das es eso u nid angers 'gange syg, desse vermög i mi nüt, weder was i mer denn, wo-n-i ne-n-ungere ta ha, ha vorgnoh gha, das ha-n-i gmacht. I ha us sym Wanderbüechli gwüßt, wo-n-er deheime-n-isch, er isch da us em Sanggawische cho, u du bi-n-i einisch use-n-u ha luege z'vernäh, wär syner Lüt syge-n-u du vernime-n-i du, das der Schumacher der enzig Bueb vo me-n-e chlyne Puurli isch gsi, wo näbezueche no i d'Fabrigge-n-isch u das es ewter Lüt sy, wo grad z'pyschte-n-u z'raggere gnue hei gha, das si sich hei möge dertür schlah. U vo denn a ha-n-i ne-n awi Jahr es Gnamts la zue cho, das si ömu nid müeßi Mangu lyde. Der Ewter vo däm Schumacher isch scho mängs Jahr ungerem Bode, hingäge d's Muetterli läbt no un isch en armi awti Frou, u solang das si läbt wott i ha, das si uberchunnt, was si bis jitze het ubercho, u das, we-n-i de einisch nümme da bi, du däm Froueli lasch zue cho, was im ghört, das muesch mer versprächhe – i chönnt süsch nid rüjig stärbe. Gäw, du versprichsch mer's so gwüß das de witt sälig wärde?»

U der Bänzli het's Seppe-n-i d'Hang versproche, u sy Drätti het ne fei chli übu duuret. Es het in im gwärchet un er hätt gärn neuis zu Seppe gseit u het nid rächt gwüßt was u wo-n-er du äntlige het wewe rede, het im der Sepp abgwunke-n-u seit zue-n-im:

«I bi no nid fertig, lah mi jitze la z'Bode rede, solang i no ma u cha u der Sinn bi-n-enangere ha. – Wo-n-i wider bi deheime-n-u ghüratet gsi, ha-n-i gsinnet, es mües neuis gah mit dene Lüte im Sanggawische-n-usse, u wo-n-i du einisch gwüßt ha, wie u wenn, da han-i gsinnet, we-n-i, wo se vo Hut u Haar nüt bchönni, ne vo mir us Gäwt schicki, so faje si afah nachefrage wieso u warum, u de wär mer am Änd di Sach nüsti uscho. U du isch mehr z'Sinn cho, das Gäwt mües ne-n-einisch vo hie u d's angermaw vo dert här gschickt wärde, u du chunnt mer der Sinn a Schwäbuhöwzlisameli, wo no mit mer z'Ungerwysig isch. Dä Sameli isch aws Bueb grusam e verschüpfte gsi u het nume di hawbi Zyt gnue z'Ässe gha, weder er isch es astewigs u flinggs Pürsteli gsi, u scho wo mer zäme d'Schuew sy, ha-ni ne gäng wohw möge lyde, u mängisch ha-n-ig im öppe gschoppet, oder süsch öppe-n-öppis für in ta, u dä Sameli isch mer ahänglige gsi, das er für mi dür d's

Füür düre wär. Er isch z'arme gsi für neuis rächts z'lehre-n-u z'bringe für Purechnächt z'sy, u no i der Zyt, wo-n-i i der Fröndi bi gsi, het er afah händele-n-u husiere-n-un isch öppe-n-es ungrads Maw dahäre Schwäbuhöwzli u Fade-n-u settige Züüg cho feew ha. Er isch de awbe by-n-is ubernachtet, u meh weder nume-n-einisch ha-n-ig im öppe Gäwt vorgschosse gha, nid view, herjeses, aber im het's öppis usgmacht, u de ha-n-i ne de nüt plaaget mit em Umegäh, weder das mues i säge, er isch mer nie e Batze schuwdig blibe, u so bhäng er ume isch zu Gäwt cho, het er mer my Sach umebrunge, we-n-is scho nid ume bigährt ha. Er hätt's nid angers ta, un i ha gwüßt, das i mi uf das Manndli cha verlah, u wo-n-er ume-n-einisch cho isch, ha-n-i grad niemer deheime gha; d's Änneli isch uf Bärn gsi mit Färleni u d'Dienste sy uf em Fäwd gsi, u du nime-n-i dä Sameli i di hingeri Stube u ha-n-im der ganz Handu verzewt, grad wi-n-i ne jitze dir prichtet ha, u ha-n-e gfragt, gäb är, wo eso i der Wäwd ume chöm, dene Lüte das Gäwt nid wett schicke, baw vo da u baw vo dert us, aber eso, das si nid druber chöm, wohär es eigetlich chömi. Der Sameli het das gmacht un er wird's de für di ou mache, solang es nötig isch u solang er am Läbe-n-isch. Sowyt wär jitze-n-aws rächt gsi – i ha mys Müglige ta für guet z'mache-n-u mit de Jahre het es mi afe minger plaaget, un i ha wider afah Freud am Läbe-n-ubercho. U wo dyner zweu ewtiste Gschwüsterti gstorbe sy, het es em Müetti fast d's Härz abdrückt u mir ou, weder i ha für mi säwber gsinnet, das wärd mer eso g'ordnet sy vo üsem Hergott un er wärd mi wewe la büeße wägem Schumacher, u das het mi wider tröstet un i ha gsinnet, henusode, jitze heig i my Straf abta, u wo du du nachecho u däwäg guet grate bisch, da ha-n-i gsinnet, jitze syg ömu üse Hergott wider z'fride, un i ha de Lüte wider frävelig dörfe-n-i d'Auge luege. Un i mues säge, aws het is g'ästimiert, u der Sunnemüwer het nid ume grad i üser Gmein neuis guwte; mi het mi i Gmeinrat ta, nachär i Großrat, un es isch kes Ämtli gsi, wo-n-es e rächte Ma derzue gmanglet het, wo me mi nid derfür a'gsproche-n-u bruucht hätt.

Das isch eso 'gange bis öppe vor acht Jahre, du chunnt einisch vöwig zur Unzyt der Schwäbuhöwzlisameli u seit zue mer, er mües öppis mit mer rede-n-u chuum sy mer aleini gsi, seit er zue mer, gäb dä Chüefer vo dennzumaw nid dä u dä sygi gsi. I säge ja, dä syg's gsi, warum er fragi u wohär er das wüssi. He, seit er, er syg da di Tage z'Langetaw im Bärestübli gsi u da syg eine dinne gsi, dä heig grusam plagiert, u mit paarne dert gschnapset u zawt, u heig gseit, we-n er de kes Gäwt me heig, su wüß er de scho no wo näh; es syg da im Ämmitaw inne-n-eine, wo-n-im gärn zali was er nume wew, nume das er im nüt usbringi – si syge da vor Jahre im Frankrych inne-n-uf der Wawz gsi, un er wärd sich wohw no a-n-in bsinne. Sameli heig du afah d'Ohre spitze-n-u heig sich a dä Kärli zueche gmacht u was er so heig us im use brunge, sygi gsi, das er mängs Jahr i frönde Dienste sygi gsi u das er Chüefer vo Profässion syg, u das er jitze mit nüt umecho syg, für äbe da eim im Ämmitaw inne uf der Wurst z'rytte. ‹U du han-i no der Name gluegt z'vernäh u ha grad gsinnet, wo-n-es öppe möcht hirecke, u du täiche-n-i du, i wew di cho warne, du chasch di de afe gfaßt mache; er ma cho oder nid, su weisch de de, was de z'tüe hesch.› Däwäg het Sameli prichtet u dernah isch er 'gange. U richtig, es paar Tag druf isch der Chüefer cho, agsoffne-n-un uverschante u het mer nah gfragt u mit mer afah rede, wi we-n-i by-n-im verdinget wär. Mir sy zäme-n-i Wawd ubere u dert hei mer zäme gredt. Richtig het er Gäwt vo mer wewe un i ha müeße dra gloube. I ha-n-im gäh, was er gheusche het, un är het versproche, er wew si furt mache, weder er heig im Sinn, neume-n-es Gschäftli a'zfah u de mangleti-n-er e Bürg u gäb i dä Bürg wew sy. Was ha-n-i angers wewe, i ha-n-im bürget. I ha nid angers chönne-n-u nid angers dörfe. Dä Schyshung wär zu awem fähig gsi, u we-n-es Lärme gäh hätt, su hätt mir e ke Möntsch gloubt, we-n-i d'Sach gseit hätt, wi-n-es 'gange-n-isch, u dä Luuser hätt gäge mi g'eidet, we-n-es druf u dra cho wär, u vo denn etwägg bi-n-i verrate-n-u verchoufte gsi. Er het du fryli es Gschäftli agfange, da im Gäu nide, aber er het im nüt dernah gfragt u het nume d's Hudle-n-u d's Suffe-n-im Gring gha u du isch's angänts Matthäi am letschte gsi. Es isch sider kes Jahr vergange, wo-n-er nid ume hinger mi isch, weder dahäre-n-isch er nümme cho; der Schwäbuhöwzlisameli het awbe mit im ghandlet, un er het mängisch erchennt, er wett ne lieber erwörge, weder was ha-n-i wewe; i ha gäng zawt u gäng zawt, i ha am Änneli u dir z'lieb nid wewe, das neuis ruechber wärd, u sider ha-n-i ke rüjigi Stung meh. Vor eme hawbe Jahr ha-n-i ume zueche müeße u denn het es mi der hawb Wawd g'chostet, dä Luushung geit i d's Guettuech, un ulängschte-n-isch der Sameli ume da gsi u da ha-n-i ume müeße dra gloube.

I bi meh weder einisch druf u dranne gsi, aws abz'häiche u mi gage z'stewe, weder we-n-i de täicht ha, was das für Änneli wär u wi du de speeter dastiengisch, ha-n-i's de awbe wider ungerwäge glah u ha mi glitte. U z'letscht am Änd ha-n-i müeße sinne, we das no lang eso gang, su chöm i um Hab u Guet, un i ha mi fasch hingersinnet u vo denn etwägg ha-n-i la gheye u jitze weisch es, u jitze täich u mach, was de witt.

I für mi mache nümme lang, u we-n-i de einisch nümme da bi, su wird er de hinger di cho; henusode, du weisch de, was 'gange-n-isch u de isch es de a dir, z'mache was de für guet fingsch. Dernäbe isch der Sameli gäng no da, u bruuch ne de, wi de mer versproche hesch, u vergiß nie, das i my Straf meh weder ume-n-abta ha, un es möcht gredt wärde was wett, su weisch de de ömu, wi aws zue u här 'gange-n-isch, u der Sameli weis es ou.

I hätt der lieber nie nüt dervo gseit, weder i gseh, es hätt si nid angers la tue; dä tonners Bluetsuger hawtet d's Muu nid, we me-n-im's nid gäng verschoppet, u jitze, wo der's gseit ha, het es mer nüsti gwohlet.»

Der Bänzli het glost u wo Drätti gschwige het, het er ou gschwige u lang het er kes Wort füre brunge, un ungerwyle het es em Schwarzwäwderzyt i der Wohnstube-n-usse zwöwfi gschlage. Du het er e Gruchs usglah u Drättin e gruewsami Nacht gwünscht un im d'Hang gäh un isch gage lige. U wo ne d's

Annemeieli gfragt het, was er jitze no so lang mit Drättin heig gha z'tampe, het er's agloge-n-u het im gseit, der Tod vo Müettin heig ne gar grusam häre gnoh, un er heig ömu no e chli müeße by-n-im blybe, vo wäge-n-er syg nid rächt bi Trost gsi u du heig er im no chli müeße wache.

Un er isch chuum drei Stung im Bett gsi, su isch er uf, u Annemeieli ou, u wiw es für di Charer, wo i d'Chehre müeße hei, z'Morge gchochet het, isch der Bänz gage d'Dienste wecke, u wo si hei abgässe gha, het er gseit, er heigi fasch gueti Lust uf Grächlige-n-ubere, er wär jitze grad uf, u sött dert no gage-n-es Roß aluege-n-u de wär er de öppe bis zum Zimisässe-n-ume da u mües nid der Huffe versuume.

U wo-n-er du ungerwägs isch gsi, het er si aws, was im Drätti i der Nacht vorane prichtet het gha, lah dür e Chopf gah u z'letscht am Änd isch er schlüssig worde, der Drätti syg e rächte Ma, dert düre gäb's nüt z'prichte-n-u wo-n-er a Chüefer täicht het, het er afah stercher schnuppe u het e füürrote Gring ubercho u het d'Füüscht gmacht u zue sich säwber gseit:

«Chum du mer nume-n-eis unger d'Fingere, mit dir wiw i de abrächne.» Aber er het's chuum täicht gha, su het er ume müeße dra sinne, was dä Kärli vom Drätti wüssi u wi-n-er's chönn verträje, u du het er gsinnet, we de Drätti nümme da syg, su wärd de vilicht der Chüefer si ou stiw ha u de syg z'letscht am Änd aws i der Ornig. Dä Chüefer wärd ou nid ewig läbe u biwyse chönn er am Änd awer Änd nüt u Drätti syg e tumme gsy, das er si vo däm Uflaht däwäg heig la drangsaliere. Weder, het er wyters täicht, u we-n-er si de nid stiw het? We-n-er de hinger mi chunnt u mer wott d's Bluet unger de Negu füre drücke? Fryli cha-n-er nüt biwyse, aber het im nid Drätti awi Jahr Gäwt gäh un isch im Bürg gsi u täte d'Lüt nid gloube, das es äbe doch eso sygi, wi der Chüefer sägi, er möcht säge was er wett u wi-n-er's wett?

U de chäm Drätti no ungerem Bode-n-i d'Schang yche-n-un är ou. Wäge-n-im miech es im nüt, är wüssi ja jitze, wi's zue u här 'gange syg, aber wär gloubti-n-im das u wär gloubti's em Schwäbuhöwzlisameli? Dir heit's nid gseh u syt nid derby gsi, wurd me ne säge, u der awt Müwer wird ech wohw nid aws gseit ha, u wen es eso wär, wi dir säget, warum hätt er si de sövli lang vo me ne settige Fötzuhung la ushungge?

Däwäg het der Bänz di Sach i sym Gring ume-n-u ane tröwt u wo-n-er eso zwo Stung wyt isch glüffe gsi un er scho der Chiwchsturn vo Grächlige het gseh uber e Wawd us luege, isch er no gäng glych wyt gsi u het nid gwüßt wo us u wo a. Eis isch im gwüß gsi, das di Sach nie dörf unger d'Lüt cho, gäb Drätti no da syg oder nid. Aber wie mache?

Der Bänz isch uf Grächlige cho, er het nid gwüßt wie, u dert isch er das Roß, wo-n-im isch atreit gsi, gage luege, es wär bim Ewtere vo eim vo syne Dienstkamerade gsi u dä het du gmeint, Bänz söw ömu by ne Zimis ässe, weder gäb wi-n-er ne gnötet un agwängt het, Bänz het gäge hei zue pressiert u het z'Fürwort gha, d's Müetti syg ersch verwiche biärdiget worde-n-u Drätti teuf im Bett un Annemeieli heig im Hus z'tüe u de syg niemer wo luegi, es angers Maw syg's im gradglych, weder er mües u mües gah. U du hei si ne la gah, aber er het müeße verspräche, das er de es angers Maw e chlyseli länger suumi.

U dernah isch er ume gäge hei zue u het wider am awte Trom umegspunne un isch nid wyters cho dermit. Aber wo-n-er du uf e Hubu ueche chunt, wo sy Wawd agfange het, wo-n-er das schöne schlagryfe Howz gseht u druber us sys gäbig Heimet, die Matte, wo hei afah gruene, u sy Müli im Sunneschyn, da het es im afah liechte-n-un er het ume Guraschi ubercho u het täicht, henusode, er syg ömu ame-n-Ort deheime u heig es jungs bravs Froueli, u z'Ässe-n-u z'Luege-n-u z'Wärche gnue, un er wew ömu afe di Sach la a si cho, gäb er sich hingersinni, u de chönn me de gäng no luege, was me wew fürnäh.

Wo-n-er isch hei cho u ne d's Annemeieli grüemt het, das er scho ume da syg, u wo-n-er gseh het, wie aws isch gschaffets gsi, was er het bifole gha, u wi aws wi am Schnüerli zoge gwärchet u gluegt het, isch er fci e chli ufgheiterete gsi u wo-n-er bim Zimis uber e Tisch ewägg bifole het, was düre Namittag us mües gscheh, da het er gspürt, das er nümme der Bänzli isch, das er der Puur u der Sunnemüwer isch, u das er sy Ma mues u cha stewe. Wo-n-er het der Löffu gwüscht gha, isch er gage luege, was Drätti machi, u dä seit du zue-n-im, er gloub im's nid, wi-n-es im gwohlet heig, u druf ache seit du der Bänz, un im gang es grad prezis glych, mi wüssi ömu jitze, wohär der Luft chöm, un es mög gäh was es wew, so syg er ömu de ou no da, un är förchti dä Chüefer nid hert.

U vo denn etwägg het sich der Bänzli di Sach meh u minger us em Sinn gschlage, vo wäge er het du anger Sache gha z'täiche un er het si chumm rächt gwahret, das es mit Drättin je lenger dest stränger hingerache geit, u wo ne-n-öppe-n-usgänds Meje d's Annemeieli einisch z'Nacht gweckt het, er söw hurti, hurti uf, es syg bös mit Drättin, het er's z'ersch ganz verstöberet a'gluegt, gäb er gwüßt het, was es vo-n-im wott. Am Änd isch er i d'Chleider gschlüffe-n-un isch a Drättis Bett, aber Sepp isch veriret gsi u het ne nümme bchönnt. Du het er enangerenah eine vo de Charer ufgjagt, gage der Tokter reiche, weder wo dä mit em Fuerwärch u mit em Tokter isch umecho, isch der Sunnemülisepp gstorbe gsi, un isch nid emaw no einisch zue-n-im säwber cho gsi, gäb es fertig gmacht het mit im.

***

Di große Wärche sy für gsi u mi het scho afah a d's Härdöpfuusmache sinne, da isch eis Tags der Schwäbuhöwzlisameli gäge der Sunnemüli zue cho. Mi het ne sit der Lycht vo Seppe nie meh gseh gha u säwbisch het er si dervogmacht, gäb der Bänz, wo no mit im hätt wewe rede, ne ebsoge het gha.

Dä Rung het's es ömu du grad müeße preiche, das er im i d'Häre glüffe-n-isch u du isch es Bänz ersch z'Sinn cho, das er eigetlich sit Drättis Tod nie meh het a di Sach täicht gha, u we-n-er Sämeli nid gseh hätt, su hätt er auwäg no ne Chehr nüt dra gsinnet. Ytem, der Bänz het's dä Rung ömu du gwüsst y'zrichte, das er mit Sämele-n-es vertrouts Wort het chönne rede-n-u chuum sy si e chli vom Hus dänne gsi, fragt er ne du:

«U de Sämeli, was bringsch für Bscheid?»

Aber der Sämeli het nid grad wewe-n-uspacke u meint, warum de, was er meini?

«He du weisch wohw», het Bänz zur Antwort gäh, «gäng wäge der awte Gschicht, vo Drättin nache.»

«Jä was het der de Drätti gseit?»

«He, was er dir ou gseit het.»

«Aws?»

«Mhm!»

«Aws? Aws, wi's zue u här gange-n-isch im Frankrych inne, u wägem Schumacher un em Chüefer?»

«Wi-n-i säge, aws het er mer gseit un er het mer ou gseit, wi du-n-im sygisch chumlig cho, u wi-n-i mi de i der Sach söw a di ha!»

Der Sameli het es Wyli i di blaui Luft use tubaket u du seit er du:

«Es wär mer jitze baw lieber, du wüßtisch vo der ganze Sach nüt, es tuet di einewäg nume z'Unnützem plaage. Vo wäge, däm Schumacher sys Muetterli isch verwiche gstorbe-n-u du wärisch baas gsi, we de vom angere nüt gwüßt hättisch.»

«U we de der Chüefer cho wär?»

«De wär er ömu z'ersch zu mir cho un i gloube-n-i hätt mit im möge gfahre. I hätt im hawt gseit, der Sepp syg nümme da u du wüssisch vo nütem, u das er uf mi nid het chönne zewe, säwb het er gwüßt, vo wäge-n-es isch im no bis zu der hütige Stung nid chünts, das i weis, warum ig im gäng ha müeße Gäwt bringe vo dym Ewtere.»

«Jä u jitze, was macht er jitze?»

«He, gäng wi gäng, suuffe-n-u hudle, bis er wider mit em Gäwt voruse-n-isch. Er isch verwiche da i de Dörfere nide gsi u was i öppe vernoh ha, wird er angänts ume-n-am Hag anne sy.»

«U de chunt er täich de uf mi los», macht der Bänz.

«He, das wei mer ömu de no luege. Z'ersch chunt er de ömu

afe zu mir, u was a mir isch wiw i öppe mache, das er die rüjig laht. Es isch vor Gott nid rächt, das me-ne settige miserablige Kärli mues tole, weder dä Rung trou-e-ni wärd i fertig mit im.»

«He nu, das wär guete Bscheid», het der Bänz erchennt, «wen es nume derby blybt. U dernäbe, was i der de no ha wewe säge, we de de neuis manglisch, su sprich de zue, es söw de gradglych sy, wi we Drätti no läbti.»

«Dankheigisch z'hunderttusig Male – lue, dy Ewtere het's meh weder nume guet mit mer gmeint un i cha d'r nid säge, win-er mi reut, un es het mi mängisch tüecht, wen ig im's nume-nuf ene Wäg chönnt vergäwte.»

«Es tüecht mi, Sameli, du heigisch dert düre dy Sach gmacht!»

«Das wär si derwärt, u jitze bhüet di Gott u blyb gsung, i mues hüt no wyters.»

U dermit isch Sameli gange-n-un em Bänz het es fei e chli gwohlet. Nüt lang druf isch der Sameli mit em Chüefer zäme cho, u richtig isch dä du wider uffe gsi u het im gseit, er mües ume Chümi ha, er söw's uf d'Sunnemüli gage säge.

Weder der Sameli isch hertmüülig gsi. Der Sepp syg ungerem Bode, het er gseit, u mit em Junge chönn är nüt mache, är wüßti nid, was dä zue-n-im seiti, we-n-er ne chäm cho um Gäwt agah für in. Gäb er de uf der Sunnemüli no öppis z'guet heig?

«He ja, no view», seit der Chüefer, u Gäwt ha mües er.

Wieso er dert no z'guet heig, fragt ne der Sameli. Ho, er syg da am Sunnemüwer sälig ei Zyt chumlig cho u jitze hätt er gärn sy Sach ume.

Das wärd öppe nid sy, het Sameli erchennt, so view im chünnts syg, heig der Sunnemüwer nie frönds Gäwt gmanglet u de hätt er's auwäg de no vo me-n-en angere-n-Ort häre-n-ubercho weder grad vo im. Är chönn ömu nid gloube, das er syr Läbtig einisch sövli Gäwt heig gha, wi-n-er im i de letschte Jahre vom Sunnemüwer afe heig müeße bringe, ömu i der Fröndelegion wärd er's chuum verdienet ha.

«Aber vorane!» het im der Chüefer zur Antwort gäh.

Das wär de gspäßig, denn syg er ja chuum afangs zwänzgi gsi.

Uf das ache het der Chüefer gseit, das gangi Sämele-n-überhaupt ke Dräck a, u Sameli seit du zue-n-im:

«Ytem, syg's wi's wew, lue nume guet, was de machisch, es ma jitze gah wi's wott, su isch neuis Usufers derby un i rächne gäng, we de's de z'guet machsch, su cha-n-es de ou einisch fähle, aber nid em junge Müwer.»

Uf das ache-n-isch der Chüefer ufbrönnt, was er dermit meini, un er söw nume füre rücke mit der Sprach.

«Das de-n-e miserablige schlächte Hung bisch, das meinen-i», het im der Sameli zur Antwort gäh un isch gange, gäb der Chüefer si nume het chönne-n-uf ene Antwort bsinne.

Der Chüefer het wohw gmerkt, das es jitze nümme geit wi awbe, u das, we der Bänz im bös wott, er mües hingerab näh, weder wi-n-es bi settige geit: wo kes Gäwt u ke Schnaps meh isch ume gsi, un er nümme gwüßt het wo us u wo a, isch er nüsti d's Ämmitaw uf, gäge der Sunnemüli zue. Das er bi Sämele nüt meh usrichtet, het er gwüßt, oder ömu gmeint, u du het er gsinnet, jitz wew er no us em Müwer useschlah, was usez'schlah syg, un ab awem Laufe-n-u Durst ha isch es im du bi Längem schier gar vorcho, wi we-n-er z'heiligst Rächt hätt, u der jung Müwer 's eifach schuwdig wär, im fürezmache was er bruuchi.

Uverschant isch er uf di Müli los un uverschant het er em Bänz zwänzg Feuflyber gheusche. Der Bänz het nüt angers gmeint, weder das syg ömu jitz einisch e Vagant, wo kes Schinierdi heig, u het im gseit, we-n-er neuis z'Ässe wew, su chönn er i d'Chuchi ga heusche u we-n-er wew ordlig sy so syg's guet, süsch wew er ne de stawe, das er de gstawet syg. Uf das ache seit der Chüefer zu-n-im, är merki wohw, är wüssi nid, wär är syg, er söw neuis cho lose. U wo-n-im der Bänz het zur Antwort gäh, mit emene settige heig er nüt z'gschäfte, isch der Chüefer zue-n-im zueche gstange u het zue-n-im gchüschelet:

«Aber i wohw! Oder söw i de Lüte gage säge, das dy Awte gmordet het im Frankrych inne, he?»

Der Bänz isch totebleich worde un er het scho d'Fuuscht i der Luft gha, für se-n-em Chüefer i d's Muu z'schlah, aber grad het er a sy Drätti müeße sinne u seit:

«Aha, du bisch der Chüefer!»

«Ja, grad dä bi-n-i, du weisch mit Schyn, was das wott säge, Püürschteli. U jitze, wi hesch es?»

Der Bänz hätt am liebste dry gschlage, weder er het si gmeisteret u reckt i Sack u nimmt e Feufedryßger füre-n-u laht ne-n-e Bode gheye u dernah seit er:

«So, häb dä uf, aber ersch we-n-i dänne bi, u de chum de hinecht i d's Bärgacherhöwzli, öppe so bi de hawbe-n-englefe-n-ume, dert wei mer de zäme rede.»

Dermit het er sich umdräit un isch gange-n-u het der Chüefer la stah. U dä het der Feuflyber ufgha un isch gäge der Pinte zue u het ungerwyle glachet u zue-n-im säwber brummlet:

«Ähä, Sameli, du hesch lätz, bi däm het's y'gschlage.»

U nachär isch er gage schnapse, bis gäge de zächne-n-ume u dernah het er si bhüetet un isch gägem Bärgacher zue. Der Wäg het anere stotzige Hawde nah gfüehrt un er het nid lang gha z'warte-n-isch Bänz cho. Wyt u breit isch niemer gsi u du het der Bänz afah rede.

E ke Santine gäb er meh u we-n-er im no einisch zum Hus zueche chöm, su schlay er ne-n-ab, er syg e verfluechte Bluetsuger un e schlächte Cheib un är syg d'Schuwd u süsch ke Möntsch, das Drätti das Ungfew heig gha, u derfür heig er müeße härha, es ganzes Läbe lang un är heig ne-n-usgsoge, das es e Schang un e Spott syg, u we-n-er no einisch mit e so me-n-e Asueche-n-an in chöm, wi hütt namittag, su laj er ne la hingere gheye. Drätti syg jitz ungerem Bode un a-me-ne settige fröde zuecheglüffene Fötzuhung glaub wiws Gott nüsti ke Möntsch es Wort.

Uf das isch der Chüefer nid gfasset gsi. Er het gmeint, der Bänz syg dä Namittag kantsame worde-n-u du seit er du zue-n-im:

«Das chasch du mira mache wi du witt, aber gäb si mi de hingere tüe, mues es de no d's ganz Ämmitaw wüsse, das di Awte gmordet het, u gäb me mer's de glaubt wei mer de luege. Ja mygottsew, Müwer, d's ganz Ämmitaw mues's wüsse, du cheibe Großhans, du wirsch mer de der Tüfu söw mi näh no chlyne.»

I däm Augeblick het si Bänz nümme gspürt. Er het gmerkt, das er e Dummheit het gmacht gha, u gwüßt, das dä Chüefer rachsüchtige gnue isch, für wahr z'mache was er träut het u du het ne d'Täubi ubernoh.

«Nei, du Heilandstonner, vo dir vernimmt niemer nüt meh!» het er g'chychet un i däm Augeblick isch der Chüefer uber d'Bärgacherhale-n-us i d'Griengrube-n-ache gfloge.

Der Bänz het no-n-es Wyli glost u nachär isch er gäge hei zue. Er isch kes Bitzeli reuig gsi, d's Gägespiw, es het ne tüecht, er heig jitze-n-öppis verrichtet, wo scho lengschte hätt söwe gwärchet sy. U dernah isch er i d's Bett u het gschlafe wi-n-es Murmeli, u no gäb er etschlafe-n-isch het er für si säwber brümelet:

«Gottlob u Dank, di Sach isch im Blei.»

Der Tag druf isch der Chüefer i der Griengrube nide totne gfunge worde u zwe Tag druf het me-n-en ungere ta. Aws het a'gnoh, er syg i der Stürmi näb em Wäg abcho un uberusgheit. Ersch öppe na dreine, vierne Wuche isch prichtet worde, der Mülibänz sygi mit däm Vagant dert obe zäme gsi u heig mit im gworte. Der Rächemacherreesli heig ne-n-a der Stimm a bchönnt, wo-n-er vom obere Bärgacher nache cho syg, weder wo-n-er zueche cho syg, syg neue niemer meh ume gsi, un är heig si wyters ou nüt g'achtet.

Z'ersch het däm Gstürm neue niemer glost, aber, wi-n-es eso geit, ungereinisch het me-n-i der ganze Gmein vo nüt angerem meh prichtet, u teew hei scho wewe wüsse, der Bänz heig dä frönd Vagant erschlage. Ytem, z'letscht het der Regierer müeße luege u der Grichtspresidänt het der Sunnemülibänz vorglade. Kene vo dene Here het dänkt, das öppis wahrs a däm Lärme syg, si hei ne nume wewe b'höre.

Aber säwb Morge, wo der Bänz i d's Schloß söwe hätt, het mene ertrauchne-n-us der Wasserchammere zoge.

Teew Lüt hei wewe ha, er syg ungfelige gsi, u teew, er heig's äxpräß gmacht, un ersch mängs Jahr druf, der Schwäbuhöwzlisameli isch säwb Rung scho-n-es awts Manndli gsi u lengschte nümme gage husiere, het er Bänzes Schwäher, em Chruttbodesepp, prichtet, was er gwüßt het, u der Chruttbodesepp het du afange gsinnet, es chönnti doch nid aws mit rächte Dinge zuegange sy bi Bänzes Abläbe. Weder we d'Red druf cho isch, het er awbe gseit:

«Bhüet is der lieb Gott vor ere settige Burdi, wi se der Mülibänz het müeße trage, e settigi hätt no mänge ewtere un erfahrenere Ma, weder das är isch gsi, i Bode-n-ache trückt!»

ZWEIERLEI KALIBER
(Fragment)

Man erinnert sich: Am Montag, dem 8. Juli 1901, um sechs Uhr morgens, wurde der zweiundzwanzigjährige «Hirschen»-Wirt von Brechwil tot auf der Kegelbahn aufgefunden. Die Leiche war noch warm. Sie hielt mit der rechten Hand einen Ordonnanzrevolver fest umklammert und wies an der rechten Schläfe eine rundum versengte Einschußwunde auf.

Das Ereignis, sobald es bekannt wurde, erregte ungemeines Aufsehen, ratlose Bestürzung. Der junge «Hirschen»-Wirt, der seine beiden Eltern das Jahr zuvor kurz aufeinander verloren hatte, war seit drei Monaten mit Anna Wegmüller, der einzigen Tochter des reichen Käseherrn Christian Wegmüller in Obergrütt, verlobt. Im Herbst hätte die Hochzeit stattfinden sollen. Er selbst, Alfred Bracher, galt nach emmentalischen Begriffen für mehr als bloß wohlhabend. Der Gasthof «Hirschen» war einer der besten und gangbarsten der ganzen Gegend und außerdem mit einem weithinreichenden, schuldenfreien landwirtschaftlichen Betriebe verbunden. Geldsorgen konnten es also unmöglich gewesen sein, die den jungen Mann in den Tod getrieben hatten.

Daß der Tote, Alfred Bracher, etwa irgendwelche Neigung zu Schwermut oder anderweitiger Geistesstörung bekundet hätte, war ebenfalls nicht der Fall. Im Gegenteil! Es gab in der ganzen Gemeinde wohl keinen frohmütigeren, lebensfroheren Burschen als gerade er.

Liebesgram? – Schwerlich!

Zwar war allgemein bekannt, daß Anna Wegmüller zunächst von ihrem Freier nicht besonders entzückt gewesen war und daß es einer ganz kräftigen Beeinflussung ihrer Eltern bedurft hatte, um sie endlich zur Annahme der Werbung Alfred Brachers zu bestimmen. Aber schließlich hatte sie eben doch eingewilligt, und da das Mädchen immerdar ein wenig launenhaft und verwöhnt gewesen, nahm man allgemein an, es hätte sich nun nachträglich mit seiner Bestimmung als künftige «Hirschen»-Wirtin versöhnt. Auf keinen Fall war die Abneigung, die es allenfalls noch gegen seinen Bräutigam hegen mochte, derart, daß sie dessen Selbstmord gerechtfertigt oder auch nur wahrscheinlich gemacht haben würde.

Zwei Umstände ließen die Verzweiflungstat des jungen Mannes noch rätselhafter erscheinen. Einmal war es gestern im «Hirschen» den ganzen Tag, und zwar bis halb fünf Uhr morgens, hoch hergegangen. Es war Heumonatssonntag, also Tanz gewesen. Die letzten Gäste hatten sich erst gegen fünf Uhr verzogen und der Wirt hatte, aufgeräumt wie noch nie, bis zuletzt ausgehalten. Als endlich die letzten, ordentlich angetrunkenen Gäste das Feld geräumt hatten, hatte er noch die Kasse nachgeprüft, mit den Stubenmädchen abgerechnet und sie dann mit dem Bemerken zu Bette geschickt, sie würden am Montag vormittag noch Zeit genug finden, die nötigen Reinigungsarbeiten vorzunehmen. Einzig in der Gaststube hatte er aufstuhlen lassen, dann war er allein zurückgeblieben.

Zum andern hatte niemand einen Schuß fallen hören. Freilich, die Mädchen waren todmüde zu Bette gegangen und mochten allerhand überhört haben, sogar die paar heftigen Donnerschläge, die das morgendliche, übrigens rasch vorübergehende Gewitter mit sich gebracht hatte. Aber der Stallknecht und der Melker waren doch schon aufgestanden gewesen. Der eine striegelte die Pferde, der andere molk just zu der Zeit, wo sich der Meister erschossen haben mußte, und keiner hatte etwas gehört, obwohl die Kegelbahn dicht hinter den Ställen durchlief.

Bemerkt wurde die Leiche zuerst von der Küchenmagd, die eine Verrichtung nach der Kegelbahn führte. Voll Entsetzen rannte sie schreiend ins Haus zurück, wo eben noch kein Mensch um den Weg war, dann eilte sie in den Pferdestall und meldete ihren schrecklichen Fund dem Stallknecht. Dieser, ein alter, bewährter Kunde, verlor den Kopf keinen Augenblick, sondern, nachdem er sich von der Richtigkeit der Meldung überzeugt hatte, läutete dem benachbarten Landjäger an und sorgte inzwischen dafür, daß niemand in die Nähe des Toten gelangte. Zehn Minuten später war der Landjäger auf dem Platz und nahm seine Erhebungen vor, die er sorgfältig und vorschriftsgemäß in sein Taschenbuch eintrug. Der Tote lag auf dem Bauche, das Gesicht zur Erde, die Glieder weit von sich gestreckt. Während der Landjäger seines Amtes waltete und, ohne sie zu berühren, die Leiche umschritt, schüttelte er plötzlich den Kopf. Aus der Einschußwunde war nur eine ganz kleine Blutlache ausgesickert, der Schläfe, dem rechten Auge und teilweise der Nase entlang. Ausschußwunde vermochte der Landjäger keine wahrzunehmen. Er verlangte eine Wagenblache, und nachdem er seine Aufzeichnungen beendet hatte, deckte er, mit Hilfe des Stallknechts, den Leichnam zu, jenen beauftragend, dafür zu sorgen, daß an der Unfallstelle nichts berührt oder verändert werde. Dann begab er sich in das hintere Gastzimmer, ließ sich, nachdem er ihn abgeräumt hatte, an einem Tisch nieder und begann zu schreiben und zu telephonieren.

Zwei Stunden später trafen bereits die Behörden aus dem benachbarten Amtssitze ein, die ihrerseits den Ortsarzt, Dr. Keller, beizogen. Dieser stellte fest, daß überhaupt keine Ausschußwunde festzustellen sei. Nachdem die Herren ihres Amtes an der Unfallstelle gewaltet hatten, wurde die Leiche ins Schlafzimmer gebracht, dieses abgeschlossen und die Türe versiegelt.

Die amtlich angeordnete Leichenöffnung zeitigte ein überraschendes Ergebnis. War es schon dem Landjäger aufgefallen, an der Leiche keine Ausschußwunde bemerkt zu haben, so waren die Ärzte noch verblüffter, als sich herausstellte, daß eine solche überhaupt nicht vorhanden war, was angesichts der Durchschlagskraft des Ordonnanzgeschosses ans Unmögliche grenzte. Einzig die Möglichkeit schien vorhanden, daß, was mitunter vorkommt, das Geschoß auf seiner ursprünglichen Flugbahn auf einen Widerstand gestoßen sei und dadurch eine Abweichung davon erlitten habe. In diesem Falle mußte es sich im hohlen Leib des Toten verloren haben und daselbst auffindbar sein.

Allein, diese Annahme bestätigte sich nicht. Das todbringende Geschoß fand sich in der innern Wandung des linken Hinterhauptbeines. Allein, es war keine Kugel des Ordonnanzrevolvers Modell 1882, dessen Kaliber 7,5 Millimeter mißt, sondern ein bikonisches Stahlgeschoß von 6,35 Millimeter Durchmesser.

Die herbeigezogenen Waffensachverständigen äußerten sich dahin, es habe ihre Untersuchung ergeben, daß von den sechs Lagern des Ordonnanzrevolvers, der in des Toten Hand gefunden worden war, drei leer und drei geladen gewesen waren. Von diesen war eines abgeschossen worden, wie die darin befindliche leere Patronenhülse bewies. Unzweifelhaft sei ferner, daß aus der Waffe vor kurzem ein Schuß abgegeben worden sei.

Das Geschoß, das sich in der Schädelhöhle der Leiche befunden und den Tod des jungen «Hirschen»-Wirtes augenblicklich herbeigeführt hatte, konnte, nach ihrem Bericht, unter gar keinen Umständen mit dem Ordonnanzrevolver abgeschossen worden sein.

Diese Annahme wurde dadurch erhärtet, daß sich bei einer neuen peinlichen Untersuchung der Unfallstelle eine ausgeworfene Patronenhülse vorfand, die, genau wie es die Sachverständigen behauptet hatten, mit einem Geschoßkaliber von 6,35 Millimetern übereinstimmte.

Folglich hatte sich Alfred Bracher nicht selber erschossen, sondern war erschossen worden. Nach der übereinstimmenden Ansicht der Sachverständigen war der Schuß nicht mit einem Revolver, sondern mit einer damals hierzulande noch unbekannten automatischen Pistole, wahrscheinlich einem Browning oder einer ähnlichen Waffe, abgegeben worden.

Blieb zu enträtseln, woher der Ordonnanzrevolver in der Hand des Toten die unverkennbaren Spuren eines kürzlich abgegebenen Schusses aufwies; ferner wieso weder sein Schuß noch der, der ihn getötet hatte, gehört worden war und endlich, gesetzt der Fall, der «Hirschen»-Wirt sei ermordet worden, woher es komme, daß dieser seinen Revolver auch in der Leichenstarre so krampfhaft umklammert gehalten hatte. Denn eine Waffe einem bereits Sterbenden, geschweige einem schon Toten derart in die Hand zu spielen, daß er sie wirklich festhält, ist bekanntlich schon oft versucht worden, aber nie vom beabsichtigten Erfolg begleitet gewesen.

War aber der junge Mann erschossen worden, dann stellten sich die Fragen: Wann? Warum? Von wem?

Lauter unentwirrbare Rätsel!

Unter diesen Umständen blieb den Behörden nichts übrig, als festzustellen, der junge «Hirschen»-Wirt sei von unbekannter Hand ermordet worden, und nach dem mutmaßlichen Täter zu fahnden. Allein, trotz allen Nachforschungen und Erhebungen verbreitete sich kein Licht in die geheimnisvolle Angelegenheit. Der Tod Alfred Brachers blieb ungesühnt und im Laufe der Jahre verwischte sich allgemach die Erinnerung an das Ereignis, das im Jahre 1901 die Bevölkerung von Brechwil sowie die öffentliche Meinung des ganzen Emmentals und weit darüber hinaus beschäftigt und in Atem gehalten hatte.

[…]

ANHANG

ANMERKUNGEN UND WORTERKLÄRUNGEN

Die Schattmattbauern

Vorbemerkung: Der Erstausgabe der *Schattmattbauern* hat C.A. Loosli 1932 folgende «Vorbemerkung» vorangestellt: «Der vorliegende Roman wurde im Jahr 1926, also zu einer Zeit verfaßt, wo noch das ‹Gesetzbuch über das Verfahren in Strafsachen für den Kanton Bern› vom 1. Januar 1851 Gültigkeit hatte. Unter seiner Rechtskraft spielt sich demnach die Geschichte der Schattmattbauern ab. Seither ist (am 28. Mai 1928) das neue ‹Gesetz über das Strafverfahren des Kantons Bern›, jenes ablösend und ergänzend, in Kraft getreten. Wenn auch dadurch viele wesentliche Mängel unserer Strafrechtspflege behoben wurden, was ebenso anerkennenswert und wertvoll ist, als es dringlich und notwendig war, namentlich insoweit es das Schwurgerichtsverfahren anbetrifft, so bleiben der unserer Zeit und unserem gegenwärtigen allgemeinen Rechtsempfinden widersprechende Gesetzesbestimmungen und Einrichtungen gerade noch genug übrig, um unsere Arbeit auch heute noch in der Hinsicht zu rechtfertigen, die ihrer wesentlichsten Absicht entspricht, der zu dienen sie geschrieben wurde, und die darin bestand, die Strafrechtspflege mit dem Leben und namentlich mit jenem höheren Recht in tunlichste Übereinstimmung zu bringen, das, laut dem bekannten Dichterwort, mit uns geboren, von dem jedoch nie die Frage ist.[1]
Ein Beitrag zur schweizerischen Gesittungsgeschichte also, der möglicherweise auch für später einige urkundenhafte Bedeutung in sich trägt! – Der Verfasser»

---

[1] Loosli spielt hier auf eine Passage der «Studierzimmer»-Szene in *Faust I* von Johann Wolfgang Goethe an. Auf die Feststellung des Schülers: «Zur Rechtsgelehrsamkeit kann ich mich nicht bequemen», antwortet Mephistopheles: «Ich kann es Euch so sehr nicht übel nehmen,/ Ich weiß, wie es um diese Lehre steht./ Es erben sich Gesetz' und Rechte/ Wie eine ew'ge Krankheit fort;/ Sie schleppen von Geschlecht sich zum Geschlechte/ Und rücken sacht von Ort zu Ort./ Vernunft wird Unsinn, Wohltat Plage;/ Weh dir, daß du ein Enkel bist!/ Vom Rechte, das mit uns geboren ist,/ Von dem ist, leider! nie die Frage.»

Habligen (23/1): Die Frage, welcher Ort des Unterremmentals C. A. Loosli als Vorlage für das fiktive «Habligen» gedient haben könnte, haben Erwin Marti und Hans Wittwer zu beantworten versucht. Nach ihren Recherchen treffen zwar viele von Looslis Hinweisen auf Oberburg bei Burgdorf zu (insbesondere wird das häufig erwähnte «Oberhabligen» als der Oberburgschachen identifiziert); «in mancherlei Hinsicht» handle es sich aber bei Habligen um «ein emmentalisches Potpourri». Vorlage für den Schattmatthof könnte, so ihre These, der Hof Stalden südlich von Oberburg sein («Auf den Spuren der Schattmattbauern», in: *Berner Zeitung*, 19. 10. 2000). Diese Identifizierungen hat danach Jacqueline Schärli übernommen (vgl.: «In den Löchern des Emmentaler Käse wohnt der lötige Teufel», in: Dominique Strebel / Patrik Wülser (Hrsg.), *Mordsspaziergänge. Kriminalliterarische Wanderungen im Kanton Bern*, Zürich [Rotpunktverlag] 2001, 33 ff.).

Ulrich Dürrenmatt (23/22): konservativer Politiker und Publizist in Herzogenbuchsee (1849–1908). Zum Zeitpunkt der Romanhandlung, 1893, war er tatsächlich «Großrat», also Mitglied des Kantonsparlaments (1886–1908); zwischen 1902 und 1908 gehörte er zusätzlich dem Nationalrat an. Er war Redaktor und Herausgeber der *Berner Volkszeitung (Buchsi-Zeitung)* und Großvater des Schriftstellers Friedrich Dürrenmatt.

Karl Moor (23/28): eigentlich Carl Vital Moor (1852–1932); Politiker am linken Flügel der sozialdemokratischen Partei und Redaktor der *Berner Tagwacht*.

Dr. Wassilieff (23/29): Niklaus Wassilieff (1857–1920); kam aus St. Petersburg nach Bern, um Medizin zu studieren; ab 1890 als Sozialist populärer Führer der Berner Arbeiterschaft, 1906 nach Rußland zurückgekehrt.

Mannen (25/17), auch «Gemeindemannen» (34/21): angesehene Bewohner des Dorfes mit friedensrichterlichen und vormundschaftlichen Funktionen. Im Folgenden spielen die Mannen eine Rolle, weil sie den Konflikt zwischen Rees Rösti und Fritz Grädel zu schlichten versuchen (vgl. 229/18 ff.).

das benachbarte Bezirksstädtchen (25/33): auch «Bezirkshauptort» (128/12), «Amtsstädtchen» (155/24), «Kreisstädtchen» (175/22) oder einfach «Städtchen» (187/5). Daß Loosli hier an Burgdorf gedacht hat, ergibt sich insbesondere aus einem Hinweis auf Seite 186/27: Jeweils am «ersten Donnerstag» des «Wintermonats» finde dort «der sogenannte ‹kalte Markt›» statt. Tatsächlich gibt es in Burgdorf seit 1639 jeweils am zweiten Donnerstag im November einen «kalten Märit». Er sei heute «der größte der noch verbliebenen Märkte» (Trudi Aeschlimann an Erwin Marti, 8.1.2006).

barlaufend (26/30): geradeaus-, gleich-, parallel laufend.

Michel Bärtschi (29/4). Neben Bärtschi, dem Dorfpolizisten und Gemeindeweibel, spielt im Folgenden als Ordnungshüter vor allem der Landjäger Blumer eine Rolle (ab 34/31). Letzterer ist Angehöriger der Kantonspolizei.

Hitzesommer 1893 (29/11): Daß C.A. Loosli den Sommer 1893 – er war damals 16 Jahre alt – als extreme Wetterlage in Erinnerung gehabt hat, ergibt sich auch aus einem Brief an Alfred Huggenberger. Ihm schrieb er am 8. Mai 1911, der «diesjährige» Sommer drohe so trocken zu werden «wie der von 1893». Nach Looslis Darstellung im Roman war es nach dem 7. Mai (der übrigens tatsächlich ein Sonntag war) vier Monate lang heiß und trocken, was dazu geführt habe, daß «das Heu vollständig versagt» habe und «Korn und Emd […] günstigsten Falles einen schwachen Mittelertrag» versprochen hätten (ab 231/12). – Klimageschichtlich betrachtet war insbesondere der April 1893 weitestgehend niederschlagsfrei: «Diese Jahrhundertanomalie setzte sich in den Frühsommer hinein fort, führte zu einem fast völligen Ausfall der Heuernte und in der Folge zu einem katastrophalen Futternotstand.» (Christian Pfister, *Wetternachhersage. 500 Jahre Klimavariationen und Naturkatastrophen*, Bern/Stuttgart/ Wien [Verlag Paul Haupt] 1999, 113). Die Klimageschichte relativiert lediglich Looslis Behauptung, es habe damals zwischen Mai und August nie geregnet (Niederschlagsmengen in diesen Monaten vgl. ebenda, 285).

Band hauen (30/7) bedeutete laut *Schweizerischem Idiotikon* (SI) ursprünglich «Weidenruten usw. (zu Bändern) schneiden, oft von fahrenden Korbflickern, dann als leichter, aber kärglicher Verdienst auch von armen, arbeitsuntüchtigen oder arbeitsscheuen Leuten teilweise auf unerlaubtem Wege betrieben». Im übertragenen Sinn sei die Redewendung deshalb «typisch für eine niedrige, schlecht lohnende, armselige Beschäftigung» (Band 4, Spalte 1324; für die

SI-Recherchen hier und im Folgenden danken die Herausgeber Zeno Zürcher).

Doppelmulchen (30/11): Das Mulchen bezeichnet den Ertrag an Milchprodukten in einer Saison, zum Beispiel während einer Sömmerung auf der Alp (vgl. «Habligenmulchen» [159/33]). Mit «Doppelmulchen» meint Loosli aber hier offensichtlich nicht den Jahresertrag an Milchprodukten. Das *Schweizerische Idiotikon* (4/1422) erwähnt unter «Doppel» respektive «Popel»: «Eine in der Sirte (der nach dem ersten Käsen zurück bleibenden Milch) durch erneutes Sieden entstehende Art zweiten Käses, der aus der wallenden Flüssigkeit an die Oberfläche emporsteigt und dort eine schwimmende Schicht bildet.» Statt dieses «zweiten Käses», sagt Loosli demnach, habe es wegen der Trockenheit «nur noch einen Käse täglich» gegeben.

Brachmonat (30/13): Juni.

Doppelzentner (30/13): 100 Kilogramm.

Napoleon (31/1): zwischen 1803 und 1914 in Frankreich geprägte, goldene 20-Francs-Stücke («Napoléon d'or»).

«Helvetia» (36/3): gesamtschweizerische schlagende Studentenverbindung, die 1832 von radikal-demokratisch gesinnten Studenten aus Luzern und Zürich gegründet worden ist. Heute bezeichnet sich diese Verbindung als «politisch und konfessionell neutral» und vereinigt in den Sektionen Genf, Lausanne, Bern, Basel und Zürich insgesamt ungefähr 1000 Mitglieder.

Dragoner (39/6), im Folgenden auch «Rösseler»: In der seit 1874 bestehenden Schweizer Armee sind die Dragoner die Angehörigen der Reitertruppe (Kavallerie; aufgelöst 1972). Die Zugehörigkeit zu den Dragonern war für die jungen Bauern des Emmentals eine Prestige- und Ehrensache, wie der Gewährsmann Hans Wittwer gegenüber Erwin Marti bestätigt hat (mündlich, 15. 10. 1991). Loosli macht sie zu einem wichtigen Motiv dieses Romans, um das unstillbare Ressentiment des Rees Rösti zu begründen: Zwar ist er reich, aber zu den «reichen Dragonerbauern» (298/11) kann er sich trotzdem nicht zählen. Nachdem sein älterer Bruder Ulrich als Rekrut «selbstverständlich [zu] den Dragonern» (175/24) gekommen ist, meldet auch er sich zu dieser Truppe (177/34), wird aber zurückgewiesen. Gritli, die ihn als Ehemann verschmäht, nimmt kurz darauf einen Dragoner zum Mann (193/13). Und zum Schwiegersohn erhält er mit Fritz Grädel einen «Dragonerkorporal» (209/11). Seine Tat wird schließlich unter anderem als Rache an den Dragonern interpretiert (313/31). C. A. Loosli hat die Zugehörigkeit zur Kavallerie in seinen Erzählungen verschiedentlich zur Charakterisierung des sozialen Status von männlichen Figuren verwendet.

einen Gaul vernageln (40/5): Anwenden eines «Zigeunerkniffs», um «Tiere zu lähmen und sie dann zu vorteilhaften Bedingungen zu erwerben». Dabei wird eine Stecknadel in die Krone des Pferdefußes getrieben (152/14 ff.).

ein Glas bis auf die Nagelprobe leeren (42/22): Trinkbrauch, bei dem das Glas geleert, nach dem Austrinken umgedreht und dann über den Daumennagel gehalten wird. Tropft es aus dem Glas nicht auf den Nagel, hat man gut ausgetrunken.

an der Kirchenturmuhr von Habligen schlug es eben sechs Uhr (44/33): Für die folgenden zwei Stunden des 7. August 1893 sind Looslis Zeitangaben widersprüchlich: Der Tierarzt Wegmüller ist auf dem Hof des «Schachen-Ueli» bis ungefähr «ein Viertel vor sechs» beschäftigt (46/16). Danach begibt er sich «in zwanzig Minuten» nach der Schattmatt (46/26), wo er demnach kurz nach sechs Uhr eintrifft. Hier spricht er mit dem Melker (46/30 ff.), untersucht das Pferd (47/6 ff.), schlendert über den Hof (47/33 ff.), entdeckt die Leiche (48/14 ff.) und rennt dann «spornstreichs» zurück ins Dorf (48/31), wobei es für die Distanz zwischen der Schattmatt und dem Dorf folgende Angaben gibt: Der Weg führt aus dem Dorf in den Stierengraben hinein (51/5) bis zur Sägerei, von wo die Schattmatt in «etwa zwanzig Minuten» zu erreichen sei (52/3). So gesehen müßte die Habliger Kirche in Zeile 44/33 sieben Uhr schlagen. Dies wiederum ist nicht möglich, weil in diesem Fall bis zur Zeile 63/28, als die gleiche Kirche «eben acht Uhr» schlägt, innerhalb einer Stunde sich folgendes ereignet haben müßte: Wegmüller erzählt Brand die Geschichte vom Leichenfund (46/11 ff.); danach wiederholt er sie «langsam», damit Brand die «Vernehmungsschrift» ausfertigen kann (48/33 ff.), danach machen sich die beiden erneut auf den Weg zur Schattmatt (49/19 ff.). Dort begehen sie den Tatort, führen ein Gespräch mit Fritz Grädel (ab 57/9), veranlassen die Sicherung des Tatorts (58/27 ff.), besichtigen Rees Röstis Zimmer (ab 59/28) und kehren dann zu Fuß ins Dorf zurück (ab 61/29). Die Widersprüche lösen sich auf, wenn man davon ausgeht, daß Wegmüller beim «Schachen-Ueli» bereits eine Stunde früher, also um «ein Viertel vor fünf», weggegangen ist.

die Schattmatt (51/33): vgl. den aufgrund von Looslis Angaben für diese Buchausgabe hergestellten, hypothetischen Lageplan des Berner Architekten Tilman Rösler (S. 397). Vorausgesetzt wurde dabei, daß es sich bei Looslis Angabe, die Längsachse des Hauses liege in «südöstlich-nordöstlicher Richtung» (52/11) respektive «von Nordwesten nach Südwesten» (54/17) um zwei Versehen Looslis handelt (beide Angaben bezeichnen ja keine Richtung, sondern je zwei Richtungen im Verhältnis eines rechten Winkels). Angenommen wird hier, daß die Längsachse der Schattmatt in südöstlich-nordwestlicher Richtung verläuft.

Jucharte (51/33): altes Schweizer Feldmaß. 1 Jucharte entspricht 36 Aren, 1 Are zehn mal zehn Quadratmetern.

«Wie ist es möglich, […] daß der Hund nicht angeschlagen hat?» (62/9 f.) Dieser Abschnitt verweist auf zwei logische Probleme im Roman. Einerseits ergänzt der Landjäger seine Frage mit der Feststellung: «Wenigstens haben ihn weder Fritz noch der Melker […] anschlagen hören.» Später (133/27 f.) stellt sich Grädel die Frage, wo in jener Nacht der Hund gewesen sei, trotzdem so, als ob er daran noch nie gedacht hätte und insbesondere nicht vom Landjäger bereits darauf angesprochen worden wäre. Dazu kommt: Loosli läßt seine Figuren zwar danach fragen, warum der Hund, der weder geschlafen habe noch angekettet oder eingeschlossen gewesen sei (133/32), beim Auftauchen des Mörders von Rösti nicht angeschlagen habe. Daß Bäri – der fähig sei, «einen Höllenlärm» (134/5) zu vollführen, und vor dem Schuß logischerweise nicht bellt, weil er den herumschleichenden Rees Rösti kennt – nach dem Schuß ohne Zweifel angeschlagen hätte, bleibt ausgeklammert. Schwierig zu erklären wäre in diesem Fall gewesen, warum das Ehepaar Grädel, seine Kinder, der Melker Gottfried Miescher und die Magd Anna Grütter, die alle im Haus schlafen, nach dem Schuß auch Bäris «Höllenlärm» überhört haben sollten.

Kanaster (75/32): feiner Rauchtabak. Der Name leitet sich ab vom spanischen «el canasto», was den geflochtenen Korb bezeichnet, in dem dieser Tabak versandt worden ist.

Scheidemünze (76/4): Münzen zum Ausgleich kleiner Wertdifferenzen zwischen Käufer und Verkäufer, um die an einem Geschäft beteiligten Leute friedlich zu «scheiden».
Rehpostenschuß aus einer Vorderladerfeuerwaffe (76/26 f.): Rehposten bilden die gröbste Schrot-Munition (Kugeln mit 6 bis 8 Millimeter Durchmesser), Loosli bezeichnet sie denn auch als «erbsengroße Bleikügelchen» (100/2). Bei der Vorderladerwaffe handle es sich, schreibt er weiter, um eine «messingbeschlagene Sattelpistole» (78/9). Diese Waffe, bestätigt Ferdinand Piller, Leiter des Schweizerischen Schützenmuseums in Bern, sei 1842 gebaut worden. Looslis weitere Darstellung der Schußabgabe bleibt aber für Piller aus folgendem Grund schwierig nachzuvollziehen: Die Sattelpistole wird geladen, indem zuerst Schwarzpulver in den Lauf geschüttet wird. Danach legt man ein angefeuchtetes oder eingefettetes Stoffstück – Loosli nennt es im Folgenden das «Pflaster» (138/17) – auf die Mündung. Darauf kommt die Kugel, die, so Piller, einen Durchmesser von 17,1 Millimeter haben müsse. Sie wird anschließend mit dem Pflaster in den Lauf geschoben. Bei der Schußabgabe verhindert das Pflaster dann, daß der Explosionsdruck neben der Kugel durch den Lauf entweichen kann. So werden Reichweite und Präzision des Schusses optimiert. Würden mit dieser Methode aber «erbsengroße Bleikügelchen» verschossen, würde der große Teil des Explosionsdrucks trotz Pflaster verpuffen (Ferdinand Piller, mündlich, 12.4.2006). Offen bleibt, was Loosli mit der Formulierung, Rösti habe «die Rehposten eingeschwärzt» (141/14), meint.
Seelendurchmesser (78/12): Kaliber der Sattelpistole.
Grandsonstumpen «extra-fort» oder FF aus der Fabrik der Gebrüder Vautier (78/33): Angespielt wird auf die 1831 gegründete Tabakfabrik Henri Vautier Frères et Cie., die bis zu ihrer Schließung 1972 der wichtigste Arbeitgeber von Grandson (VD) war.
Drahtnachricht (79/13): Telegramm.
Artikel 220 des Gesetzbuches (82/29): Später werden auch die Artikel 218 (83/11) und 153 (263/24) angesprochen. Wie aus Looslis «Vorbemerkung» zur ersten Ausgabe (390) hervorgeht, bezieht er sich dabei auf das kantonalbernische Strafgesetz vom 1. Januar 1851.
Krauterer (90/2): eigenbrötlerischer, sauertöpfischer Mensch.
Schwäher (96/25): Schwiegervater.

Lageplan der Schattmatt

Stierengraben
Stierengrabensträsschen
Habligen
Ofenhaus
Miststock
Röstis Schlafzimmer
Bauer Rösti
Linde
Garten
Wohnstock
Scheiterhaufen
Apfelbäumchen
Bretterzaun
Apfelbäumchen
Garten
Holzhaus + Wagenschuppen

Tilman Rösler, Bern

Schoppenflaschen (99/27): Im Dialekt sind das «Babyflaschen», hier steht «Schoppen» aber vermutlich für das alte Flüssigkeitsmaß (ursprünglich für 1/2 Liter, später meist für 1/4 oder 1/5 Liter Bier oder Wein).
Karbol (102/24): Desinfektionsmittel.
Inzichten (108/22): Später spricht Loosli auch von «Anzeichen und Inzichten» (285/14) respektive von einem «mittelbaren Belastungsbeweis» (232/21). Auf den Begriff «Indizien» verzichtet er im emmentalischen Milieu vermutlich aus stilistischen Gründen (bereits 1908 hat er in «Die Geisterphotographie» [336/6] den Begriff «Indizienbeweis» verwendet).
Güterbub (128/14): Verdingbub, also ein armengenössiger Pflegebub.
Dürrbächler (133/24): Berner Sennenhund.
Roßjuden (156/14): Gemeint sind jüdische Roßhändler. Daß Loosli diesen Begriff verwendet, ist insofern interessant, als er von jedem Verdacht frei ist, Antisemit gewesen zu sein. Offenbar hatte er für ihn keinen pejorativen oder antisemitischen Beiklang, sondern diente als Berufsbezeichnung. An anderer Stelle läßt Loosli den Vater von Rees Rösti den zweifellos pejorativen Begriff des «Schacherjuden» brauchen (182/28).
Oberst von Effinger (159/5): Gemeint ist Oberst Rudolf Emmanuel von Effinger (1771–1847). Als Verwalter des Schloßgutes seiner Familie in Kiesen errichtet er 1815 die erste bernische Talkäserei.
Krapp (160/14): Färberröte (Rubia tinctorum); die Pflanze gibt eine nur wenig lichtfeste rote Farbe ab und wurde deshalb ab 1868 weitgehend von synthetisch hergestelltem Alizarin (Alizarin-Krapplack) verdrängt.
Heidelberger Katechismus (163/7): der weitestverbreitete Katechismus der reformierten Kirche (erstmals erschienen 1563), der sich in die Teile Sündenerkenntnis, Erkenntnis der Erlösung sowie einen Abschnitt über die Dankbarkeit mit den zehn Geboten und dem Vaterunser gliedert.
Helvetik (163/10): Gemeint ist die nach dem Zusammenbruch der Alten Eidgenossenschaft ausgerufene «Helvetische Republik» (1798–1803).
Philipp Albert Stapfer (163/11): Stapfer (1766–1840) war Theologe und als «Minister der Wissenschaften, Künste, Gebäude, Brücken und Straßen» Mitglied der Helvetischen Regierung.

bernisches Erbrecht (163/19): Das sogenannte «Minorat» begünstigte als grundsätzlich einzigen Erben eines Hofes jeweils den jüngsten, also voraussichtlich am längsten lebenden Sohn. Das alte bernische Recht zielte auf Kosten des Erbrechts der älteren Geschwister auf die Erhaltung und Unteilbarkeit des Hofes. Für die auf einem Hof lebenden unverheirateten älteren Geschwister – die sogenannten «Stöcklivettern» (vgl. 216/24) und «Stöcklibasen» – war dieses System oft mit großen Härten und Ungerechtigkeiten verbunden. Das auf den 1. Januar 1912 in Kraft tretende Schweizerische Zivilgesetzbuch schrieb das Erbrecht aller ehelichen Kinder zu gleichen Teilen vor, was das Ende des Minorats bedeutete (siehe dazu ausführlich: C. A. Loosli, *Es starb ein Dorf*, Frauenfeld/Stuttgart [Verlag Huber] 1978, 224–230).

Erlenbacher Hengst (165/29): Gemeint ist Erlenbach im Simmental, das im 18. und 19. Jahrhundert berühmt war für seine Pferdezucht.

kummetscheu (170/14): Der Kummet ist Teil des Pferdegeschirrs, ein gepolsterter Bügel, der um den Hals des Pferdes gelegt wird.

Zettel (171/27): Beim Weben bezeichnet der Zettel die fest verspannten Kettenfäden, in die hinein mit einer zweiten Fadenlage rechtwinklig gewoben wird.

einsegnen (176/10): konfirmieren.

Krotonöl (180/22): Das Krotonöl wird aus den Samen des Krotonölbaums (Croton tiglium) gewonnen. Bei der medizinischen Anwendung gilt es als drastisches Abführmittel, dessen Überdosierung tödlich wirkt.

Kommißbrot (180/31): Als «Kommiß» wird die vom Staat gelieferte Ausrüstung und Verpflegung des Soldaten bezeichnet.

sotane (182/1): solche, in Dialekt: söttig.

Vater Rösti starb […] in seinem sechsundfünfzigsten Lebensjahre (183/24): Da Rösti «Anfangs der zwanziger Jahre» (155/24), also um 1820, auftaucht und damals «etwa fünfundzwanzig Jahre» alt ist (155/25), wurde er um 1795 geboren. Wurde er 56, so starb er um 1851. Da Rees Rösti andererseits 1831 geboren wurde (162/24), ist er beim Tod seines Vaters rund zwanzig (Loosli schreibt «dreiundzwanzig», vgl. 183/27).

leibliche Base (193/18): Cousine ersten Grades; Mutter Rösti und Vater Grädel hatten demnach gemeinsame Großeltern.

entwegt (198/29) wird in der *Schattmattbauern*-Ausgabe von 1976 als «unbewegt, gelähmt» gedeutet; naheliegender ist: vom Weg abgebracht.

dengeln (205/25): eigentlich: Schäden am Sensenblatt mit dem Hammer ausbessern; hier: verprügeln.

jemandem grün sein (206/23): jemandem wohlgesonnen, gewogen sein.

hirtsam (218/18): angenehm im Umgang, gut zu führen. In «Sunnemüli-Bänzes Burdi» verwendet Loosli in ähnlichem Zusammenhang das Adjektiv «kantsam» (380/33).

Austragstube (219/4): Im *Schweizerischen Idiotikon* (14/520) gibt es einen Eintrag zu «Ustragler» respektive «Usträgler»: «Inhaber eines Nutzungsrechts (Wohnrechts) auf Lebenszeit». Schließt man daraus, daß der Wohnraum des «Ustraglers» die «Austragstube» sei, hat sich der Schattmatt-Rees also gegenüber seinem Schwiegersohn ein Wohnrecht auf Lebenszeit vorbehalten.

Rüti (220/30): Gemeint ist die Landwirtschaftliche Schule Rüti in Zollikofen bei Bern.

Sterzen- oder Geitzenpflug (221/30+31): Pflug, der mit der Hand des Pflügers am Sterz (Schweif, Stengel, Stiel) geführt wird.

Pferderechen (222/10): von einem Pferd gezogener Rechen zum Gras-Einbringen. Der Pferdeführer sitzt auf einem quer zur Fahrtrichtung liegenden Rechenkorb, den er mit einem Fußhebel anheben und damit leeren kann.

Normänner (223/2): Pferderasse; die Normänner gelten als schwere, leistungsstarke Arbeitspferde.

beluxt (225/2): eigentlich: beluchst (von Luchs, abluchsen), im Sinn von betrogen, geprellt.

Gemeinderatsmitglied (229/2): Vater Grädel war demnach Mitglied der Dorfregierung.

Horner (252/13): Februar.

Schwurgericht (253/26): Die 1846 geschaffenen Schwurgerichte waren der Stolz der bernischen Rechtsprechung, Ausdruck der Macht und Souveränität des Volkes. Als Geschworener kannte Loosli die Einrichtung aus eigener Anschauung bestens, was ihm hier im Roman eine präzise Schilderung erlaubt. Männer aus dem Volk entschieden über Schuld oder Unschuld, Berufsrichter setzten die Strafe fest. Mit dem Gesetz über das Strafverfahren vom 20. Mai 1928 wurde im Kanton Bern die Trennung von Schuldfrage und

Strafzumessung aufgehoben und das Geschworenengericht in ein eigentliches Schöffengericht umgewandelt; das Gewicht des Berufsrichtertums überwog nun das Laienelement. Mit der Annahme der neuen Kantonsverfassung hat das Bernervolk am 6. Juni 1993 die Institution des Geschworenengerichts abgeschafft (vgl. ausführlich Erwin Marti, *Carl Albert Loosli 1877–1959*, Biographie, Band 2, Zürich 1999, 246 f., 457).

die üblichen Fragen nach Zivilstand (265/11): ein Versehen Looslis: Der Richter hat Grädel hierzu bereits befragt (233/14).

Höseler (271/25): Angsthase.

bürgerlicher Tod (283/2): Loosli braucht die Formulierung im Roman zweimal (vgl. 309/33). Hier bezeichnet sie den Ausschluß aus der bürgerlichen Gesellschaft aus juristischen Gründen, dort aus ökonomischen.

Mitsassen (297/19): Das *Schweizerische Idiotikon* bestimmt den «Mit-Säss» als jemanden, der «am selben Ort ansässig ist» (7/1363), also: «Mitbewohner».

dem gemeinen Wesen (297/20): hier im Sinn von «der Allgemeinheit».

Grillen fangen (302/29): trübsinnig oder eigensinnig sein.

die Kinder des Ehepaares Grädel (306/26): Nachdem Loosli bis hierhin lediglich von den «Kindern» des Ehepaars Grädel gesprochen hat, wird nun klar, daß es deren drei sind (306/28), und da es einen «jüngsten Sohn» gibt (306/23), ist daraus zu schließen, daß Loosli von drei Söhnen ausgeht.

Maschinenfräulein (307/4): Sekretärin.

Kanzleiformat (307/9): früher übliches Papierformat mit den Maßen 42 x 33 Zentimeter.

Christian Rösti im Alter von achtundsiebzig Jahren verstorben (307/27): eine Ungenauigkeit Looslis: Christian Rösti ist am 11. November 1843 geboren (80/6), würde also erst am 11. November 1921 achtundsiebzig Jahre alt. Brand liest den Brief aus Brasilien aber bereits am 3. Mai 1920 (306/4) und darin, daß Rösti «vor wenigen Monaten» (307/24) gestorben sei – also im Alter von rund 76 Jahren.

Milreis (307/30): ursprünglich portugiesische Münzeinheit (1 Milreis = 1000 Reis), die auch in Brasilien verwendet und dort 1942 durch den Cruzeiro (= 100 Centavos) abgelöst wurde.

Heumonat (309/11): Juli.

einen guten Schick machen (309/14): einen guten Handel, ein gutes Geschäft machen.

Die Geisterphotographie

Alexander Aksakow (331/6): Publizist aus St. Petersburg (1832–1903), der sich mit Traumforschung, Animismus und Spiritismus beschäftigte.

Sunnemüli-Bänzes Burdi
(alphabetisch)

äckig: streitsüchtig.
awänge: anwenden, sich Mühe geben.
baase: besser werden, bessern.
Bawch: Balken, auch Laden, Fensterladen (gemeint ist auf S. 360/27 vermutlich, der gute Charakter von Änneli sei «durch den geschlossenen Fensterladen hindurch» erkannt worden).
bhäng: sobald (von: behende).
b'höre: abhören, hier: vernehmen (aus dem Schul- und Kirchenbereich für: examinieren).
bring: klein, schmächtig.
chäpperwätters: Kraftausdruck, wobei «chäpper» für «Chätzer» (= Ketzer») und «Wätter» (verhüllend) für «Teufel» steht (vgl. auch «dä Tonnerwätter» für jemanden, der Überdurchschnittliches zu leisten vermag).
i d'Chehre: die Runde oder den Kehr machen (vgl. «Chundemüli»).
dr Chowb z'Bränzikofe: Nachweisbar ist in Brenzikofen (zwischen Großhöchstetten und Thun) ein Naturheiler namens Kolb, der 1814 ein *Tocktor-Büchlein* verfaßt hat (vgl. www.kiesental.ch/gemeinden/brenzikofen/infos.asp).
chrächelig: gebrechlich, altersschwach, kränklich.
chumlig: gelegen (kommen).
ds Chümi: Geld; im Gegensatz zur Pflanzenbezeichnung «dr Chümi» (der Kümmel) sächlich. Auch von Jeremias Gotthelf verwendet: «Im

Gemeinderat zu sitzen, das müsse man Denen überlassen, die Kümmi hätten.»
er mües ume Chümi ha: er müsse wieder Geld haben.
Chundemüli: Kundenmühle (im Gegensatz zur Handelsmühle holt der Müller der Kundenmühle das Getreide und bringt das Mehl; vgl. «i d'Chehre»).
chybig: grollend, mürrisch, zänkisch.
duuße: kleinlaut, sanft (im Dialekt auch: «duuch»).
ebsoge: erreichen, herankommen (Perfektum von «ebsie»).
englefi: elf Uhr.
Färleni: junge Schweine, Ferkel.
fei: Soviel wie «stark» oder «sehr», allerdings mit einer gewissen Untertreibung: «fei e chli» ist gewöhnlich bereits ziemlich viel. Im erwähnten Satzumfeld «sogar sehr viel»).
Feufedryßger: Fünfliber zu 35 Batzen (ab 1851).
frävelig: herzhaft, frei heraus, ohne Scheu.
frein: freundlich, angenehm, liebenswürdig, umgänglich.
Fürwort: Ausrede, Vorwand.
gmein u niderträchtig: hier: zugänglich, freundlich, bescheiden (von «gemein»: freundlich im Umgang mit «gemeinen», d. h. gewöhnlichen Leuten, nicht überheblich; und von «niederträchtig»: sich in christlichem Sinn zu Demut und Bescheidenheit bekennend).
Gnamts: ein bestimmter Geldbetrag (von: benannt, festgelegt).
Gschläsmets: gesalzenes, leicht angeräuchertes Rinds- oder Schweinefleisch.
eis Gurts: auf einmal, auf einen Schlag (eigentlich: eines Gürtels, mit dem auch Schläge verabfolgt werden).
Haaggestäcke: Stecken mit einem «Haken» (gebogenem Griff), also: Spazierstock.
Häre: Falle (Brett mit einer Schlinge aus Haaren eines Pferdeschweifs als Vogelfalle).
hinecht: heute abend.
hudle: unehrlich handeln, schlecht haushalten, prassen und saufen.
Hustage: Frühling, Frühlingsbeginn (Austage: die Tage, an denen man wieder hinausgeht und das Vieh auf die Weide läßt).
kantsam: angenehm im Umgang, gut zu führen (vgl. Anmerkung zu «hirtsam» [400]).

leiche: Umgang, Kameradschaft pflegen, auch: ausgehen, unter die Leute gehen, dabeisein. Im politischen Jargon kann der Begriff auch bedeuten, dass eine Interessengruppe wie Froschlaich zusammenklebt und sich dabei wohl und geborgen fühlt.

mugge: vor sich hinbrummen, kurze, mürrische Antworten geben.

Narochtigi: Übermut, närrisches Wesen und Treiben.

Niedersinget: alter Hochzeitsbrauch, im Kanton Bern seit 1698 verboten: Das Brautpaar begleiten und auf das Hochzeitsbett «niedersingen».

nüsti: doch, jedoch; auch: trotzdem.

parasareli: zufälligerweise (von französisch: par hasard).

patte: nützen, helfen, bessern.

poleetet un usgkehrt: poleete: lauthals verkünden, lärmend behaupten; uschehre: seinem Zorn oder Ärger Luft machen.

pyschte: schwer seufzen, pusten, keuchen.

dä Rung: dieses Mal.

u das chasch mer öppe sawft säge: und das kannst [du] mir doch wirklich sagen; «sawft» setzt eine kleine Betonung.

d's Schinierdi: das Schamgefühl (vgl. genieren von französisch: gêner).

Schwäbuhöwzlimanndli: Hausierer, der auch Zündhölzer verkauft (eigentlich: das Schwefelhölzchenmännlein).

stawe: (Looslis Schreibweise für «stalle») zur Räson bringen, zur Ordnung rufen (abgeleitet von Stall, ein Tier dadurch disziplinieren, dass man es in den Stall sperrt).

tole: dulden, tolerieren.

Trom: hier: Gedanken-Faden.

tyche: schleichen.

Ubersüünigi: Übermut, Anmaßung.

ufgeiste: den Geist aufgeben, sterben.

uflig: fröhlich, lustig, munter, wohlgemut.

ungrächt: unpäßlich, krank.

Untahne: Unmensch, Übeltäter (eigentlich: Untaten getan Habender).

Usgleuets: ausgeliehenes Geld, Darlehen, Geldanlage.

ushungge: ausbeuten, «aussaugen» (von: Hung = Honig, also: den Honig wegnehmen).

Usufers: Unsauberes.

es bös's Verding: schwierige, kaum lösbare Aufgabe.

di große Wärche: die großen Feldarbeiten.

wirse: verletzen, verrenken.
wowfu: wohlfeil, billig.
uf der Wurst rytte: jemandem auf der Kost sitzen, jemanden ausnützen, sich häufig einladen lassen.
Zimis: hier: Mittagessen (auch: die Zwischenverpflegung am Nachmittag, das Vesperbrot).

Recherche: Zeno Zürcher

PUBLIKATIONSGESCHICHTE

Die Schattmattbauern

C. A. Loosli hat den Roman *Die Schattmattbauern* im Winter 1925/26 verfaßt. Anfang März schreibt er, er habe «soeben» seinen «bernischen Kriminalroman fertiggestellt».[1] Seine Hoffnung, die Arbeit werde dem «in erster Linie erwünschten Zweck», dem «Geld»[2], kurzfristig dienen, erfüllte sich nicht. Die Suche nach einem Verlag verlief derart harzig, daß er 1931 feststellen mußte: «Ich habe ihn [den Roman, die Hrsg.], bisher erfolglos, 27 Verlagsanstalten angeboten.»[3]

Immerhin erklärt sich der *Schweizerische Beobachter* bereit, den Roman zwischen dem Januar 1929 und dem Juli 1930 in 22 Fortsetzungen zu veröffentlichen.[4] Dieser Abdruck ist für Loosli immerhin eine persönliche Genugtuung. Er sei nun, stellt er fest, bei einer *Beobachter*-Auflage «von 6–700 000 Exemplaren», «der meistgelesene Schriftsteller der Schweiz».[5] Allerdings werde sein Roman durch die gekürzte Publikation in Fortsetzungen «verstümmelt und zerrissen».[6]

Looslis Bitte, die «Schattmattbauern nunmehr auch in der Buchausgabe vorzubereiten»[7], lehnt hingegen auch der *Beobachter* ab: «Wir können uns nicht entschließen, die *Schattmattbauern* in Buchform herauszugeben»[8], wird ihm beschieden. Grund: Der Text habe «die große Masse der Leser» doch etwas enttäuscht, weil er als zu lang erachtet worden und man mit dem Ausgang der Geschichte nicht zufrieden gewesen sei.[9]

In dieser Situation entschließt sich Loosli mit einigen Freunden zur Herausgabe des Romans in einem «ad hoc» gegründeten Verlag, der

1 C. A. Loosli an Fritz Langhans, 3.3.1926. Nachlaß C. A. Loosli, Schweizerisches Literaturarchiv, Bern (SLA, Bern).
2 C. A. Loosli an Jonas Fränkel, 12.2.1926 (SLA, Bern).
3 C. A. Loosli an Jonas Fränkel, 22.6.1932 (SLA, Bern).
4 Erwin Marti, *Carl Albert Loosli 1877–1959*, Biographie, Band 2. Zürich (Chronos) 1999, S. 444, Fn 232.
5 C. A. Loosli an Jonas Fränkel, 27.11.1929 (SLA, Bern).
6 C. A. Loosli an Jonas Fränkel, 22.6.1932 (SLA, Bern).
7 C. A. Loosli an Max Ras, 8.4.1929 (SLA, Bern).
8 *Beobachter* an C. A. Loosli, 27.6.1930 (SLA, Bern).
9 *Beobachter* an C. A. Loosli, 9.8.1930 (SLA, Bern).

sich «Verlagsgenossenschaft C. A. Looslis Werke» nennt und in Bern-Bümpliz domiziliert ist.¹ Dort erscheint die erste Auflage des Romans im Frühling 1932.² Sie wird in den Zeitungen sofort und mehrheitlich positiv besprochen, bis Ende des Jahres erscheinen über vierzig nachgewiesene Hinweise und Rezensionen.³ Trotzdem ist die Veröffentlichung ein Mißerfolg. Im Rückblick schreibt Loosli 1945: «Es waren, nach Jahren, keine 400 Exemplare verkauft worden.» Gescheitert sei die Ausgabe «an unserer verlegerischen Unerfahrenheit ebensowohl, wie an der abweisenden Einstellung des schweizerischen Sortimentshandels».⁴

Im Mai 1937 erhält C. A. Loosli einen überraschenden Brief. Sein Schriftsteller-Kollege Jakob Bührer schreibt ihm, endlich habe er *Die Schattmattbauern* gelesen. Er ist begeistert, bezeichnet den Roman als das «gewichtigste Zeugnis des menschlichen Wertes», das ihm «überhaupt in der Literatur (vom Dasein zu schweigen) in den letzten zehn Jahren begegnet» sei. Und, schreibt er, er frage sich, was er für das Buch tun könne. Die Antwort gibt er gleich selber: «Einmal bin ich seit etwa 6 Monaten im lit. Ausschuß der Büchergilde Gutenberg. Ich halte es für meine selbstverständliche Pflicht, darauf zu dringen, daß sie das Buch dort herausbringen.»⁵

Loosli bleibt zwar in seiner postwendenden Antwort skeptisch: «Angesichts der noch restierenden Auflage ist es also mit Deinem Vorschlag, es bei der Büchergilde Gutenberg zu verlegen, Essig.»⁶ Gut fünf Jahre später kommt er dann aber gegenüber Bührer selber auf dessen Angebot zurück: «Du warst s. Zt. so freundlich mir in Aussicht zu stellen, es möchte vielleicht die Büchergilde Gutenberg meinen Roman *Die Schattmattbauern* 1943 neu auflegen [...]. Du batest mich, Dich rechtzeitig daran zu erinnern, was hiermit geschieht.»⁷ Nun wird Bührer tatsächlich aktiv. Bereits im Januar 1943 kann er nach Bümpliz melden: «Ich habe in der letzten Sitzung der Büchergilde deine Schattmattbau-

---

1 C. A. Loosli, «Als freier Schriftsteller», Typoskript, o. J. [1945], 57 f. (SLA, Bern).
2 C. A. Loosli, *Die Schattmattbauern*. Bern-Bümpliz (Verlagsgenossenschaft C. A. Looslis Werke) 1932.
3 Sammlung im Nachlaß (SLA, Bern).
4 C. A. Loosli, «Als freier Schriftsteller», a.a.O., [1945], 57 f. (SLA, Bern).
5 Jakob Bührer an C. A. Loosli, 23. 5. 1937 (SLA, Bern).
6 C. A. Loosli an Jakob Bührer, 25. 5. 1937 (SLA, Bern).
7 C. A. Loosli an Jakob Bührer, 29. 9. 1942 (SLA, Bern).

ern durchgedrückt. Das Buch soll also im 3. Quartal erscheinen.»[1] Anfang August 1943 kommt diese zweite Ausgabe der *Schattmattbauern* in den Verkauf.[2]

Sie wird zum größten Verkaufserfolg Looslis zu Lebzeiten. Laut den sechs ersten Quartalsabrechnungen über die Bücherverkäufe sind *Die Schattmattbauern* zwischen dem 1. August 1943 und dem 31. März 1945 8014mal verkauft worden.[3] Die Ausgabe war bereits Ende 1946 vergriffen und wurde nicht mehr nachgedruckt[4]; insgesamt wurden rund 12500 Exemplare verkauft.[5]

Der Erfolg dieser Ausgabe hat damals schnell das Interesse der Zeitungsredaktionen geweckt, den Roman in Fortsetzungen nachzudrucken. Laut Looslis Verlagskorrespondenz willigte er – gewöhnlich für ein Honorar von 100 Franken – bei folgenden Zeitungen in den Nachdruck ein: *Schweizer Bauer* (1944), *Unterwaldner* (1944), *Thurgauer Arbeiter-Zeitung* (1946), *Volksstimme* [St. Gallen] (1946) und *Seeländer Volksstimme* (1946). Seither wurde der Roman auch vom *Freien Aargauer* (1959) und vom *Landboten* in Winterthur (2002/03) nachgedruckt.

Das Buch selber erlebte nach Looslis Tod zwei weitere Neuausgaben: 1976 bei der Deutschen Büchergilde Gutenberg[6]; 1981 gleichzeitig im Huber Verlag[7] und im Rahmen von Charles Linsmayers Reihe «Frühling der Gegenwart» bei Ex Libris[8]. Laut Linsmayer lagen die Rechte am Abdruck damals beim Huber Verlag, Ex Libris mußte sie kaufen.[9] Gedruckt wurden die beiden Bücher, die den Roman text- und seitenidentisch bringen, bei der Benziger AG in Einsiedeln. Durch die Medienrezeption bekannt geworden ist vor allem die um Gustav Huon-

1 Jakob Bührer an C. A. Loosli, 20. 1. 1943 (SLA, Bern).
2 Büchergilde an C. A. Loosli, 2. 8. 1943 (SLA, Bern).
3 Die Belege liegen lückenlos in Looslis Verlagskorrespondenz (unter L Ms B/Vq 13 im SLA, Bern).
4 Vgl. Looslis Verlagskorrespondenz vom 15./17. 10. 1947 sowie vom 1./5. 5. 1951 (SLA, Bern).
5 C. A. Loosli an Jonas Fränkel, 7. 2. 1952 (SLA, Bern).
6 C. A. Loosli, *Die Schattmattbauern* (mit einer Einführung von Jakob Bührer von 1943), Frankfurt am Main (Büchergilde Gutenberg) 1976.
7 C. A. Loosli, *Die Schattmattbauern*, Frauenfeld (Verlag Huber) 1981.
8 C. A. Loosli, *Die Schattmattbauern* (mit einem Nachwort von Gustav Huonker), Zürich (Buchclub Ex Libris) 1981.
9 Charles Linsmayer, mündlich, 14. 6. 2006.

kers Nachwort erweiterte Ex-Libris-Ausgabe. Die vorliegende Ausgabe ist somit die insgesamt sechste.

Daneben sind *Die Schattmattbauern* zweimal für das Radio und einmal für die Bühne bearbeitet worden. Noch zu Looslis Lebzeiten hat Hans Rudolf Hubler den Roman zu sieben Hörspielfolgen umgearbeitet, die zwischen dem 8. Januar und dem 19. Februar 1958 ausgestrahlt worden sind. Die einzelnen Episoden trugen die Titel «Die Augustnacht», «Spuren», «Der Verdacht», «Der Hof», «Rees», «Anklage» und «Die Schuld». Die Tonbänder sind gelöscht worden. Zudem hat Rudolf Stalder den Roman 1985 als Lesung eingespielt. Diese wurde zwischen dem 1. April und dem 3. Mai 1985 in zwanzig halbstündigen Teilen im Rahmen der Sendung «Fortsetzung folgt» ausgestrahlt. Diese Tonbänder befinden sich in der Phonothek in Bern.[1]

Im Sommer 2003 hat das Ensemble «Berner TheaterCompanie» unter der Regie von Peter Leu den Roman als Vorlage genommen für eine Freilichtinszenierung auf der Moosegg im Emmental; die Dramatisierung besorgte Marcel Reber. Angekündigt wurden *Die Schattmattbauern* dabei mit dem Untertitel: *Ein Emmentaler Kriminalstück mit sozialkritischem Hintergrund, nach dem gleichnamigen Roman von C. A. Loosli*.[2] Weitere Inszenierungen von Rebers Dramatisierung unternahmen im November 2005 die Laienbühne Escholzmatt und im Februar 2006 die Laienbühne Leimiswil. In beiden Fällen lautete die Ankündigung *D'Schattmattbuure nach dem gleichnamigen Roman von C. A. Loosli*.[3]

---

[1] Ganzer Abschnitt: Berta Theiler/Radioarchiv sfdrs an Erwin Marti, 6.2.2006 und Buschi Luginbühl an Andreas Simmen, 31.8.2006.

[2] Siehe *Berner Zeitung*, 27.6.+12.7.2003; *Der Bund*, 12.7.2003, *Schweizer Bauer*, 12.7.2003.

[3] Marcel Reber, *D'Schattmattbuure. Nach em Roman Die Schattmattbauern von Carl Albert Loosli*, Belp (teaterverlag elgg) 2005.

Die Ausgaben der *Schattmattbauern*

Verlagsgenossenschaft
C. A. Looslis Werke,
Bern-Bümpliz 1932

Büchergilde Gutenberg,
Zürich 1943

Büchergilde Gutenberg, Frankfurt am Main 1976

Verlag Huber,
Frauenfeld 1981

Buchclub Ex Libris,
Zürich 1981

Die Geisterphotographie

Die Erzählung erschien erstmals in *Der Hausfreund. Kalender für das Schweizer Volk*, Bümpliz (Benteli) 1908. Weitere Abdrucke erfolgten in *Der Narrenspiegel*, Bern (Unionsdruckerei) 1908, und im *Schweizer Familien-Wochenblatt*, Zürich, 27.11.1915 und 11.12.1915.

Der verlassene Stuhl

Die Erzählung erschien in *Der Hausfreund. Kalender für das Schweizer Volk*, Bümpliz (Benteli) 1911. Sie wurde nachgedruckt in *Heimat und Fremde. Wochenschrift zur Wahrung der Interessen und zum Zusammenschluß der im Ausland lebenden Schweizer*, Bern, Nr. 23, 2.11.1912, und in C.A. Loosli: *Sansons Gehilfe und andere Schubladennovellen*, Bern (Pestalozzi-Fellenberg-Haus), 1926, 107–129. Letztere Fassung diente als Druckvorlage.

Sunnemüli-Bänzes Burdi

Die Mundarterzählung erschien in C.A. Loosli: *Wi's öppe geit!*, Bern (Verlag R. Suter & Cie.) 1921, 52–86. Greifbar ist dieses Buch heute im Licorne-Verlag (Murten/Langnau), wobei darin Looslis Orthographie nach den Richtlinien von Werner Marti (*Bärndütschi Schrybwys*, ²1985) überarbeitet worden ist.

Es ist verständlich, daß man C.A. Loosli heute vor allem noch als Dialektautor kennt: Seine Bücher in einer Unteremmentaler Variante des Berndeutschen – *Mys Dörfli* (1909), *Üse Drätti* (1910), *Mys Ämmitaw* (1911) und *Wi's öppe geit!* (1921) – sind dank des Licorne-Verlags bis heute greifbar. Trotzdem ist C.A. Looslis sprachpolitisch motiviertes Engagement für die Mundartdichtung nur eine Episode in seiner publizistischen Arbeit. Wie andere auch war er um 1910 der Meinung, daß die Dialekte vom Aussterben bedroht seien und daß es gelte, mit literarischen Texten den Dialekten «ein Museum» zu errichten (*Wissen und Leben*, 13/1910). Übrigens war auch Looslis baldiger Rückzug von der Dialektdichtung sprachpolitisch motiviert: Er sah, daß die Pflege des

Berndeutschen als literarische Sprache bei Publikum und Kritik vor allem als Heimatstil, als Mode der Gebildeten um Otto von Greyerz und Rudolf von Tavel Erfolg hatte. Loosli interessierte sich aber ganz entschieden nicht für die Pflege des manierierten Soziolekts der Stadtberner Aristokratie (ausführlich zu Looslis Motiven, Dialekt zu schreiben, vgl. Erwin Marti, *Carl Albert Loosli 1877–1959*, Biographie, Band 2, Zürich 1999, 215–225).

Die Dokumentation der vorliegenden Erzählung hat im Rahmen der Werkausgabe einen doppelten Sinn: Einerseits zeigt sie die Skepsis des Kriminalautors Loosli, daß Verbrechensaufklärung und Sühne gelingen könne (vgl. Einführung zu diesem Band), andererseits belegt sie an einem konkreten Beispiel, wie sich Loosli für eine adäquatere schriftliche Darstellung des Dialekts einsetzte: Er entwickelte eine eigene, dem mündlichen Ausdruck angenäherte, phonetische Schreibweise, die damals zum Teil heftig kritisiert, zum Teil begeistert begrüßt wurde und in den heute greifbaren Ausgaben seiner Dialektbücher zugunsten einer konventionellen Darstellung aufgegeben worden ist. Hier wird deshalb bewußt auf Looslis Textdarstellung aus dem Jahr 1921 zurückgegriffen, offensichtliche Druckfehler wurden stillschweigend bereinigt.

Zweierlei Kaliber (Fragment)

«Zweierlei Kaliber» ist Teil eines Fragments, auf das die Herausgeber im Lauf der Arbeiten an diesem Band gestoßen sind. Es liegt als Durchschlag eines Typoskripts in der Sammlung von Kurt Loosli, eines Enkels von C. A. Loosli, die im Sommer 2006 dem restlichen Nachlaß im Schweizerischen Literaturarchiv angegliedert worden ist. Das Kriminalfragment liegt in einem Ordner mit fünf als «Entwürfe/Ebauches» bezeichneten Texten. Der Durchschlag weist Korrekturen mit rotem Farbstift von Looslis Hand auf.

Der dokumentierte Abschnitt «Zweierlei Kaliber» umfaßt die ersten sechs von insgesamt 35 A4-Blättern und bildet ein abgeschlossenes Kapitel. Die restlichen Seiten werden durch drei weitere Kapitelüberschriften gegliedert:

«Der welsche Maler» (Seiten 7–23). Darin wird erzählt, daß zur Tatzeit im «Hirschen» von Brechwil seit einiger Zeit der junge Kunstmaler

Raoul Aubé aus dem Neuenburgischen lebt, der Anna Wegmüller, die Verlobte des Ermordeten, kennt, weil diese seinerzeit in St-Blaise einen Sprachaufenthalt gemacht hat. Aubé verkehrt deshalb regelmäßig und freundschaftlich im Hause Wegmüller in Obergrütt. Nach Brachers Ermordung zieht Aubé ins Wirtshaus von Obergrütt und kehrt wenig später ins Neuenburgische zurück. Im weiteren wird das Haus Wegmüller ausführlich vorgestellt und gezeigt, wie Anna von ihren Eltern aus gesellschaftlichem Ehrgeiz dazu gedrängt worden ist, sich mit Alfred Bracher, der als gute Partie gegolten hat, zu verloben. Ende Oktober hält Aubé brieflich um die Hand von Anna an. Im Frühjahr 1902 heiraten die beiden und ziehen nach Neuenburg.

«Das Haus Aubé» (S. 24–32). Dieser Abschnitt besteht zur Hauptsache aus einer Charakterstudie des pedantischen Oberlehrers Abram Daniel Aubé, der Schilderung seiner Familie mit fünf Söhnen und einer Tochter sowie seiner spezifisch neuenburgisch-hugenottischen Gläubigkeit. Daß es sich bei der Familie Aubé um die Herkunftsfamilie von Raoul handelt, ergibt sich lediglich implizit und durch den Einschub «zur Zeit der Geschehnisse, von denen hier berichtet wird» (24).

«Ruth» (Seiten 33–35). Loosli setzt erneut bei Abram Daniel Aubé ein, schildert ihn nun aber als weltfremden Vater seiner Kinder, der ratlos der Emanzipation seines namenlos bleibenden ältesten Sohns gegenübersteht, der zwar in Vaters Sinn Theologie studiert, danach aber als Orientalist seinen eigenen Weg geht. Der Text bricht ab, bevor Loosli eine Figur mit dem Namen «Ruth» auftreten läßt.

Aus folgenden Gründen haben sich die Herausgeber entschlossen, «Zweierlei Kaliber» im Rahmen der Darstellung von C. A. Loosli als Kriminalautor zu präsentieren:

– Das Fragment, das mit dem allein stehenden ersten Kapitel als Kurzgeschichte eines ungelösten Falles durchgehen würde, deutet anschließend immer mehr einen epischen Bogen an, der die Behauptung erlaubt, Loosli habe neben den *Schattmattbauern* (mindestens) noch einen zweiten epischen Stoff mit kriminalistischem Zentrum angedacht und anformuliert.

– In der Anlage scheint die Aufklärung der Tat im Fragment analog wie in den *Schattmattbauern* nicht detektivisch, sondern «anamnestisch» (Edgar Marsch) vorangetrieben werden zu sollen. Begründet dort der Fürsprech Brand mit seinen biographischen Nachforschungen die

Teufelssucht des Rees Rösti, schließt Loosli hier – ohne Einführung einer nachforschenden Person – mit der Schilderung der Familien Wegmüller und Aubé den biographischen Hintergrund von Anna und Raoul an.

– Zwischen der kriminalistischen Situation des Romans und jener des Fragments gibt es unübersehbare Motivparallelen: In beiden Texten wird die Zeit der Handlung um die Jahrhundertwende angesetzt, und der Ort des Geschehens liegt im Emmental. In beiden Texten ist es Hochsommer, die Tat wird in beiden Fällen am Montag früh entdeckt, und zwar jeweils nach einem ersten Sonntag im Monat mit Tanzveranstaltung in der Dorfwirtschaft und einem nächtlichen Gewitter. In beiden Texten wird eine Leiche mit einem Kopfschuß gefunden, Hinweise auf Täterschaft und Motiv fehlen, im einen Fall entpuppt sich der scheinbare Suizid als Mord, im andern der scheinbare Mord als Suizid. In beiden Texten hat niemand einen Schuß gehört, wird akribisch die Wunde des Toten beschrieben, wird der Tatort schnell und vorbildlich gesichert, erscheint ein Landjäger am Tatort, der sich in ein «Taschenbuch» Notizen macht, und in beiden Fällen reisen die Behörden aus dem benachbarten Amtssitz an. Schließlich verwendet Loosli in beiden Texten den Geschlechtsnamen Wegmüller (hier als Familienname Annas, dort für den Tierarzt, der die Leiche entdeckt).

Nur spekulieren läßt sich über die Frage, warum Loosli die Arbeit an diesem Text abgebrochen hat. Aus dem Fragment ersichtlich ist allerdings zweierlei. Zum einen krankt es an einer Konstruktionsschwäche: Weil der Abschnitt «Zweierlei Kaliber» keinerlei Hinweise auf eine mögliche Täterschaft gibt, ist klar, daß Loosli diese im Folgenden nachliefern muß. Die Einführung von Raoul Aubé bringt den Krimi deshalb nur dann weiter, wenn dieser in irgendeinem Zusammenhang mit der Tat steht; seine Zuneigung zu Anna Wegmüller verweist denn auch schnell auf Eifersucht als mögliches Motiv. Ungeschickt an dieser Konstruktion ist, daß man Loosli als Konstrukteur durchschaut, ohne noch Aubés Bezug zur Tat genau kennen zu müssen. Zum anderen führt Loosli keine detektivische Instanz ein. Er läßt die Behörden die Untersuchungen am Ende des ersten Kapitels erfolglos abschließen und im zweiten einen Zeitraum von drei viertel Jahren ohne weitere Ermittlungen verstreichen. Damit liegt nahe, daß die Klärung des Falls nur noch dann plausibel gemacht werden kann, wenn die Täterschaft gesteht, ohne verfolgt zu werden (zum Beispiel aus psychischer Not). Statt der kriminalistischen Überführung ist nur noch die Selbstanklage möglich.

Ungeklärt ist bis heute auch die Frage nach der Datierung des Fragments, insbesondere, ob dieses vor oder nach dem Roman *Die Schattmattbauern* entstanden ist. Es gibt aber zwei Argumente, die dafür sprechen, daß das Fragment Looslis erster, gescheiterter Versuch sein könnte, einen Kriminalroman zu schreiben. Zum einen: Wäre das Fragment jünger als die *Schattmattbauern*, dann wäre unter dem Aspekt der Verkäuflichkeit des Textes schwierig zu erklären, warum Loosli eine kriminalistische Situation mit derart offensichtlichen Motivparallelen zum bereits vorliegenden Roman entworfen haben sollte. Und zum andern hat Loosli am 12. Februar 1926, anläßlich der Fertigstellung der *Schattmattbauern*, an Jonas Fränkel geschrieben: «Zieht er [der Roman, die Hrsg.] gut, dann habe ich noch mehr auf Lager, das sich dann, im Laufe der Zeit unter der Sammelflagge ‹Das Verbrechen auf dem Lande› vereinigen läßt.» Tatsache ist, daß *Die Schattmattbauern* eben gerade nicht zogen, daß der Roman erst sechs Jahre später im Selbstverlag erfolglos herauskam und Loosli deshalb bis zur erfolgreichen Zweitauflage 1943 keinerlei Veranlassung gehabt hat, sich erneut an einen Roman unter dem Thema «Verbrechen auf dem Lande» zu setzen. Am 7. August 1943 schrieb der Sechsundsechzigjährige dann aber an Jakob Bührer: «Nun müßte es schon sonderbar zugehen, sollte ich mich noch einmal dazu entscheiden, einen Roman zu schreiben, der selbstverständlich wieder in die gleiche Kerbe hauen würde. Nicht daß es mir an Stoffen oder sogar an zum Teil schon recht weit gediehenen Entwürfen gebrechen würde, wohl aber an der zu ihrer Ausarbeitung erforderlichen Stimmung und Konzentrationsmöglichkeit. Jene kann man schließlich erzwingen, doch erst wenn sich diese einstellt.»

PERSONENVERZEICHNIS

JAKOB BÜHRER (1882–1975), geboren in Zürich, Journalist und Schriftsteller. 1912 unter anderen mit C. A. Loosli zusammen Mitbegründer des Schweizerischen Schriftstellervereins (SSV). Er setzt sich im Winter 1942/43 als Mitglied des Literarischen Ausschusses der Büchergilde Gutenberg vehement für die Herausgabe von Looslis Roman *Die Schattmattbauern* ein.

ARTHUR CONAN DOYLE (1859–1930), aus Edinburgh/Schottland, Arzt und Schriftsteller, Erfinder des Detektivs Sherlock Holmes und seines Freunds, Doktor Watson.

BRUNO DRESSLER (1879–1952), Gründer und Leiter der Büchergilde Gutenberg, exilierte 1933 in die Schweiz und baute die Büchergilde Schweiz und – bis 1938 – eine Niederlassung in Prag auf.

JONAS FRÄNKEL (1879–1965), gebürtig in Krakau/Polen, 1909 bis 1949 Privatdozent für Neuere deutsche Literatur an der Universität Bern, war während Jahrzehnten der beste Freund und Berater C. A. Looslis. Fränkel erwarb sich große Verdienste bei der philologischen Aufarbeitung des Werkes von Gottfried Keller und vor allem seines Freundes Carl Spitteler.

ERNST THEODOR AMADEUS HOFFMANN (1776–1822), aus Königsberg, begründete als Dichter eine damals neuartige, dämonisch-romantische Erzählkunst.

IMMANUEL KANT (1724–1804), Philosoph in Königsberg.

SAMUEL ERNST FRIEDRICH LANGHANS, genannt Fritz Langhans (1869–1931), Generalprokurator, also Generalstaatsanwalt des Kantons Bern von 1910 bis 1931; ein enger und guter Freund Looslis.

GEORG ALBERT MERCKLING (1895–1958), aus Schaffhausen, lebte viele Jahre in Montagnola (TI). Er war Jurist und Sekretär der Vormundschaftsbehörde Schaffhausen, bevor er sich seit den dreißiger Jahren als Maler und Porträtist betätigte. Mit Loosli führte er seit 1938 einen intensiven Briefwechsel.

EDGAR ALLAN POE (1809–1849), US-amerikanischer Schriftsteller, gilt unter anderem als der Erfinder der Detektivgeschichte.

MAX RAS (1889–1966), österreichischer Herkunft, änderte seinen Namen Rasvortscheg 1918 ab in Ras. Redaktor an den *Basler Nachrich-*

ten, 1927 gründete er den *Schweizerischen Beobachter*, dem er viele Jahre lang vorstand. C. A. Loosli war von Beginn weg Mitarbeiter dieser Zeitschrift.

JOHANN RITSCHARD (1845–1908), aus Saxeten in der Nähe von Interlaken, Advokat und bernischer Regierungsrat von 1873 bis 1878 und 1893 bis 1908.

BENJAMIN VALLOTTON (1877–1962), waadtländischer Journalist und Schriftsteller, seit 1921 in Strasbourg wohnhaft und Direktor der Zeitschrift *Alsace et Suisse* und der Zeitung *Alsace française*, an der Loosli gelegentlich mitarbeitete.

INHALT

EINFÜHRUNG

Der Kriminalautor C.A. Loosli   7

Editorischer Bericht   16

DIE SCHATTMATTBAUERN   21

KRIMINALERZÄHLUNGEN

Die Geisterphotographie
Eine Detektivgeschichte nach Conan Doyle   317

Der verlassene Stuhl   340

Sunnemüli-Bänzes Burdi   359

Zweierlei Kaliber (Fragment)   383

ANHANG

Anmerkungen und Worterklärungen   390

Publikationsgeschichte   407

Personenverzeichnis   417

DIE WERKAUSGABE C.A. LOOSLI

BAND 1: VERDINGKINDER UND JUGENDRECHT, *Anstaltsleben*,
ISBN 978-3-85869-330-3

BAND 2: STRAFRECHT UND STRAFVOLLZUG, *Administrativjustiz*
ISBN 978-3-85869-331-0

BAND 3: KRIMINALLITERATUR, *Die Schattmattbauern*
ISBN 978-3-85869-332-7

BAND 4: LITERATUR UND LITERATURPOLITIK, *Gotthelfhandel*
ISBN 978-3-85869-333-4

BAND 5: DEMOKRATIE ZWISCHEN DEN FRONTEN, *Bümpliz und die Welt*
ISBN 978-3-85869-334-1

BAND 6: JUDENTUM UND ANTISEMITISMUS, *Judenhetze*
ISBN 978-3-85869-335-8

BAND 7: KUNST UND KUNSTPOLITIK, *Hodlers Welt*
ISBN 978-3-85869-336-5

BAND 1
VERDINGKINDER UND JUGENDRECHT
Anstaltsleben

Anstaltsleben · Spielzeug · Hausaufgaben · Wie soll man Kinder strafen? · Kinderausbeutung · Schülerselbstmorde · Heil dir Helvetia! · Meine Pestalozzi-Feier · Schule und Leben · Enfants Martyrs · Verdingkinder · Schweizerische Kinder- und Jugendnot · Jugendrecht und schweizerisches Strafrecht · Caligula Minor.

Sein Schicksal als elternloses und bevormundetes Kind und die Erlebnisse in den Anstalten haben Loosli das ganze Leben lang beschäftigt. Seine Schriften, die sich für eine bessere gesellschaftliche Integration unterprivilegierter Kinder und Jugendlicher stark machen, ergeben eine schweizerische Sozialgeschichte der besonderen Art.

Band 2
Strafrecht und Strafvollzug
Administrativjustiz

Administrativjustiz und schweizerische Konzentrationslager · Entlassene Zuchthäusler · Unser Strafvollzug · Gegen Willkür im Vormundschaftswesen · Vom Recht · Für eine saubere Trennung der Gewalten · Verfassungsschutz gegen administrative Willkür · Asylrecht · Zur Frauenemanzipation.

Loosli trat für unbedingte Rechtsgleichheit ein, auch für die Gleichstellung der Frau, und verlangte konsequente Rechtsstaatlichkeit. Er brandmarkte die »Administrativjustiz« als dauernden Verfassungsbruch und willkürliche Freiheitsberaubung. Ohne Gerichtsurteil in Anstalten und Gefängnisse abgeschobene Menschen, Opfer von Sterilisationen, Folteropfer und Strafgefangene aus der ganzen Schweiz wandten sich Hilfe suchend nach Bümpliz.

Band 3
Kriminalliteratur
Die Schattmattbauern

Die Schattmattbauern · Die Geisterphotographie · Der verlassene Stuhl · Sunnemüli-Bänzes Burdi · Zweierlei Kaliber (Fragment).

Schon früh experimentierte Loosli mit kriminalistisch gefärbten Geschichten. Zwar missfielen ihm die Sherlock-Holmes-Geschichten; sie waren ihm zu unwahrscheinlich. Aber er akzeptierte auch nicht, dass die Kriminalerzählung im deutschen Kulturraum (aus snobistischen Gründen) gering geschätzt wurde. Looslis 1926 verfasster Roman *Die Schattmattbauern* kann als der erste moderne Kriminalroman der Schweiz bezeichnet werden.

BAND 4
LITERATUR UND LITERATURPOLITIK
Gotthelfhandel

Bitzius oder Geissbühler, die Gotthelfaffäre und die Folgen · Über die Mundart und ihre schriftliche Anwendung · Erinnerungen an Carl Spitteler · Wie lernt man Sprachen? · Industrieliteratur · Poesie des Aberglaubens · Literarischer Lausbubenstreich · Die blasierten Moralstabstrompeter.

Der Fall Gotthelf war Teil einer Auseinandersetzung, die sich um die Stellung der Intellektuellen und Künstler im Staat drehte und nicht zuletzt um den Kurs des Schriftstellerverbands. Wir lernen Loosli aber auch als Meister der kleinen literarischen Formen kennen, der Kurzgeschichte, der Novelle, der Anekdote, des »Features« –, und vor allem auch als virtuosen Satiriker.

WERKE BAND 5
DEMOKRATIE ZWISCHEN DEN FRONTEN
Bümpliz und die Welt

Bümpliz und die Welt · Der tote Liberalismus · Die Lüge des Geschichtsunterrichts · Ist die Schweiz regenerationsbedürftig? · E Muschterbürger · Hinter der Front. Erinnerungen eines Staatskrüppels · Die »Geheimen Gesellschaften« und die schweizerische Demokratie · Umschalten oder Gleichschalten · Aus Zeit und Leid · Diktatur und kein Ende · Den Bösen sind wir los, das Böse ist geblieben.

Looslis Kampf für die Demokratie und die Selbstbehauptung der Schweiz machte ihn im Ersten Weltkrieg zum engagierten Parteigänger der Entente und in den 30er- und 40er-Jahren zum entschiedenen Gegner von Faschismus und Nationalsozialismus sowie zum ungeliebten Kritiker des helvetische Anpasser- und Duckmäusertums. Im Kalten Krieg, der in den 50er-Jahren begann, behauptete er seine geistige Unabhängigkeit zwischen Ost und West.

BAND 6
JUDENTUM UND ANTISEMITISMUS
Judenhetze

Die schlimmen Juden! · Die Judenhetze in der Schweiz · Antisemitismus und Menschenrechte · Gutachten zu den »Protokollen der Weisen von Zion« · Judentum und Zionismus · Flüchtlingspolitik – keine Besinnung nach allem, was passiert ist · New Deal?

In seiner Schrift *Die schlimmen Juden!* warnte Loosli bereits 1927 vor dem Antisemitismus als einem gefährlichen Herrschaftsmittel der reaktionärsten Kreise in der Welt. Es ist die erste große Kampfschrift gegen Antisemitismus aus nichtjüdischer, schweizerischer Sicht. Während des Krieges setzte sich Loosli für Flüchtlinge ein und beteiligte sich an den entstehenden christlich-jüdischen Arbeitsgemeinschaften.

WERKE BAND 7
KUNST UND KUNSTPOLITIK
Hodlers Welt

Ferdinand Hodler. Leben, Werk und Nachlass · Sehen lernen · Die Formel der Ästhetik · Über Wettbewerbe und Konkurrenzen · Meine Arbeit als GSMBA-Sekretär · Kunst und Brot · Staatliche Kulturpolitik? · Geistige Landesverdürftigung · Des Malers Rache

Loosli war ein exzellenter Kenner der zeitgenössischen Schweizer Kunst und mit vielen bildenden Künstlern persönlich befreundet, so mit Ferdinand Hodler, Cuno Amiet, Emil Cardinaux und Rodo de Niederhäusern. Mit Künstlerrechts- und Wettbewerbsfragen beschäftigte er sich als Sekretär der GSMBA und als Redaktor der *Schweizer-Kunst*. Als Fachmann in Urheberrechtsfragen vertrat er die Künstlerinteressen auf Bundesebene. Vor allem den Werdegang Hodlers verfolgte er intensiv.

- über das Recht   245
- Mitgefühl   243
- innerer Rückzug   249
  -> Verlust des eigenen Gottes